Jean Passadieu — Charlatan de Saint-Pierre

Volume I
—
1709 à 1740

Du même auteur :

Romans

M@il à Élise — L'Harmattan 2009
Civic Instinct — Les 2 Encres 2010
3ème Section — Les lettres ligériennes 2012
Facies Delicti — L'Àpart 2014
Palliatif — L'ivre-book 2014

Théâtre

Le bruit des autres (collectif) — Flammarion 2012
Virtuellement sincères — Bod 2016

Histoire

Rages de dents ! Dictionnaire des remèdes et superstitions (collaboration avec
Florence Semur-Seigneuric) — L'Àpart 2012

Photographie

A mare labor — Jacques Flament éditions 2016

JEAN-BAPTISTE SEIGNEURIC

JEAN PASSADIEU

—

CHARLATAN DE SAINT-PIERRE

VOLUME I

—

1709 À 1740

OEIL CRITIK ÉDITIONS

Éditions Œil Critik
© 2016, Œil Critik Éditions
ISBN 978-2-9556122-6-2
Tous droits réservés pour la France et l'intégralité des pays francophones.
Image de couverture : Théodore Romboust — « l'Arracheur de dents »
Œuvre dans le domaine public

Préface

Le charlatan de Saint-Pierre

Quel personnage ! Voilà ce qu'on attend d'un roman historique : qu'il vous fasse rêver, voyager dans le temps, mais en bonne compagnie. Pour rentrer dans une époque, découvrir un pays, il faut un héros attachant. Jean Passadieu est de ceux-là. Il n'est pas blanc-bleu. Après tout, un charlatan n'est pas toujours recommandable. Son enfance n'a pas été rose, plus proche des personnages de Dickens que de ceux de la comtesse de Ségur. Mais après tout, on fait rarement de bons livres avec du bleu, du blanc et du rose ! De la layette, à la rigueur…

Dans ce roman de Jean-Baptiste Seigneuric, on navigue plutôt dans le gris, le noir parfois, le brouillard, le plus souvent. On se fraie un chemin à travers les brumes de Saint-Pierre et Miquelon, ou les tempêtes de Saint-Malo et de Combourg, cher à Chateaubriand. Et cela nous permet de relever la tête, d'affronter le destin et de ressortir revigorés de la lecture du charlatan de Saint-Pierre.

On nous annonce déjà un second tome : on a hâte de découvrir la suite des aventures de Jean Passadieu !

Le 15 octobre 2016

Patrick Poivre d'Arvor

7

NOTE DE L'AUTEUR

Au milieu d'une fiction historique, il est toujours délicat pour le lecteur de faire la part entre les éléments notoires et ceux inventés. Si nos personnages principaux sont purement fictionnels, nous les avons placés dans un cadre historique aussi réaliste que possible.

En préambule, il nous paraît utile d'apporter quelques précisions sur le terme de charlatan dont la connotation moderne pourrait prêter à confusion.

LE CHARLATAN

Le *Dictionnaire Universel* d'Antoine Furetière de 1690 nous éclaire.

Pour le mot charlatan, on peut lire : *faux médecin qui monte sur un théâtre en place publique pour vendre de la thériaque et autres drogues et qui amasse le peuple par des tours de passe-passe et des bouffonneries. Ce mot vient de l'italien Ceretano, bourg proche de Spolete en Italie, d'où sont venus les premiers de ces imposteurs qui courent de ville en ville*[1].

Tout est dit, ou presque. Faux médecin, itinérant, amuseur public, débiteur de remèdes, tel est le charlatan. Ne manque que la fonction d'opérateur qui lui est souvent associée.

Ainsi, le charlatan se place en faux vis-à-vis :

— des médecins par l'exercice illégal, non documenté et approximatif de la médecine.
— des pharmaciens et apothicaires, par la délivrance de préparations et remèdes.
— des barbiers et des chirurgiens, par la pratique *d'opérations* de natures diverses, sans compétence ni autorisation.

Le Moyen-Âge voit fleurir ce type de commerce, attribuant au plus effronté et à la plus mirifique des potions les louanges et le soutien de la Cour et des seigneurs. Des lettres patentes sévères paraissent au XIVe siècle contre les charlatans et un arrêt du parlement tente d'endiguer cette corporation. Malgré les violentes satires et critiques, les édits et l'opposition féroce de la faculté, la *profession* connaît un essor exceptionnel dès le XVIIe siècle, puisant dans la crédulité du peuple et les lacunes de la médecine pour développer son art.

---

1 - Une autre origine étymologique pourrait être attribuée à l'italien *ciarlare*, venant du latin *circulare*, qui signifie *tourner alentour*.

L'histoire et le temps leur ont attribué d'autres noms, associés à certaines spécificités tels que : médecins chimiques, empiriques, inciseurs, mages, merciers…

SAINT-PIERRE-ET-MIQUELON

L'histoire bouleversée et bouleversante de cet archipel a inspiré les origines de notre histoire. On retrouve son empreinte tout au long du roman. Si les îles ont été abandonnées en 1713 au profit des Anglais lors de la ratification du traité d'Utrecht et n'ont été rendues (temporairement) qu'en 1763, nous avons imaginé qu'une petite colonie avait perduré quelques années sur l'île aux chiens, théorie évoquée par certains historiens.

PERSONNAGES NOTOIRES

Si certains personnages ont réellement existé, leurs propos et actions sont inventés. Quelques éléments biographiques permettent de les replacer dans le contexte du roman.

LE BOURREAU GASNIER : au XVIIIe siècle en Bretagne, la famille Gasnier constitue une véritable dynastie d'exécuteurs de la haute justice. On retrouve un Gasnier à Rennes dès 1698. Bien qu'il n'y ait aucun titre d'office héréditaire, la tradition veut que le fils aîné soit reçu *en survivance de son père*. La lignée familiale se poursuit au moins jusqu'à la fin de l'ancien régime, car on retrouve en 1782 le fils d'un certain Jean Gasnier, reçu bourreau à l'âge de 7 ans.
Souvent considéré par le peuple comme ayant des connaissances médicales, le bourreau est volontiers consulté pour les problèmes de luxation et de fracture. De par sa profession, il dispose directement d'un certain nombre d'ingrédients *particuliers* qu'il revend, faisant concurrence aux apothicaires.

MALO AUGUSTE DE COETQUEN (1679-1727), dit également Malo III : seigneur de Combourg, lieutenant général des armées du roi, il s'illustre au siège de Lille de 1708. Il est amputé d'une jambe à la bataille de Malplaquet en 1709 et porte ensuite une prothèse de bois. Il meurt le premier jour de juillet 1727 dans son lit. Selon certaines légendes, il hante le château en compagnie d'un chat noir dans la tour dite « du chat ». C'est cette tour qu'il occupe dans le roman, lieu même qui sera plus tard la chambre du jeune François-René de Chateaubriand.

JEAN-PHILIPPE RAMEAU (1683-1764) : compositeur français connu pour ses ouvrages lyriques et pièces pour clavecin. Au début de sa carrière parisienne, il collabore avec Piron à de nombreuses pièces à caractère populaire, opéras-comiques pour les foires Saint-Germain et Saint-Laurent en particulier. Il participe régulièrement aux séances de la Société du Caveau, célèbre goguette parisienne. Considéré par ses contemporains comme trop moderne, il alimente à la mort de Lully la querelle des Lullistes et des Ramistes (ou Ramoneurs).

10

Thomas Jean dit **grand Thomas** ou **gros Thomas**. L'un des plus célèbres opérateurs pour les dents du Pont-Neuf. Il se proclame chirurgien dans le corps des gardes françaises et garçon chirurgien de l'Hôtel-Dieu avant de s'installer comme charlatan. Il est reconnaissable de loin par sa taille gigantesque. Il se prétend de l'ordre des chirurgiens de Saint Côme. Il meurt en 1757. L'anecdote d'étudiants ayant accroché des fusées sous ses tréteaux pendant que celui-ci arrachait une dent est rapportée par un journal allemand de l'époque.

Olympe Hardy : au XVIIIe siècle, de nombreuses boutiques d'orfèvrerie et d'horlogerie se trouvent Place Dauphine. En 1700, on recense la boutique *La Montre* de Mademoiselle Olympe Hardy au n° 21. Les archives nationales ont conservé un bail au nom de Marie-Olympe Hardy à Germain Lesueur, horloger Place Dauphine en 1703. De plus, en mai 1727, le Mercure de France rapporte le baptême d'un certain Claude-Etienne Anjorrand que Marie-Olympe Hardy tient sur les fonts baptismaux. On apprend alors qu'elle est veuve.

René Hérault (1691-1740), seigneur de Fontaine-l'Abbé et de Vaucresson, il est lieutenant général de police de 1725 à 1739 et conseiller d'État par la suite. Sa seconde fille Louise-Adelaïde est née en 1722.

Catherine Restier : danseuse de corde d'une célèbre famille de forains apparentée à la famille Alard, que l'on retrouve à la Foire Saint-Germain notamment.

Jean François Datelin (1679 —) dit **Brioché** : dernier de la lignée de célèbres opérateurs-marionnettistes d'origine italienne, les Brioché (Briocci). Fils de Charles Datelin, il épouse Marie Sautereau en 1723. Opérateur rue des Tournelles, il tient une boutique de vannerie rue du four Saint-Germain.

Marc-Antoine de Blégny : fils du célèbre Nicolas de Blégny auquel Pomardini fait souvent référence. Marc-Antoine est nommé apothicaire de la garde-robe royale en 1683. La charge étant supprimée en 1689, il reste néanmoins apothicaire ordinaire du roi. Il exerce quai de Nesle. Nicolas de Blégny avait installé son célèbre *Laboratoire Royal* au Collège des Quatre Nations, composé de quatre boutiques au rez-de-chaussée ainsi que d'entresols et de caves dans l'actuelle aile gauche (bibliothèque Mazarine). La boutique n° 5 possède deux ouvertures, une sur l'hôtel de Conti et l'autre sur la Seine.

Pierre Fauchard (1677 ou 1678-1761) : chirurgien dentiste français. Il publie en 1728 le traité *Le Chirurgien dentiste, ou Traité des dents*. Il est mondialement considéré comme le père de la chirurgie dentaire moderne. Le lecteur éclairé pourra le reconnaître au cours de la période parisienne.

***

Les fragments de l'éphéméride ont été reconstitués à partir de *l'Almanach royal* et d'autres publications de l'époque comme *Le Mercure de France*.

Tous les éléments chirurgicaux, les recettes et remèdes ayant trait aux charlatans ou à l'histoire de la médecine ainsi que les anecdotes foraines sont documentés.

Pour Florence, Hector et Olympe

Sous votre égide indéfectible...

Première période

L'ouest

1709 - 1727

I

LES FEUX DU DESTIN

Ça avait commencé simplement : un coup de canon pendant qu'il dormait sur le pont. Roulé en boule dans sa couverture, il essayait de résister au froid de la nuit du mieux qu'il pouvait, la ration du soir déjà oubliée dans l'estomac vide. Il faudrait attendre le lendemain midi pour espérer quelque chose de chaud. La saison ne s'annonçait pourtant pas si mal. C'était la deuxième année qu'Hector embarquait avec les Basques. Il avait passé l'hiver à Terre-Neuve, économisant la solde de sa campagne précédente. Les sous, on ne savait pas forcément pourquoi on en aurait besoin, mais il fallait toujours en avoir un minimum de côté. C'était le bon sens paternel, celui du terroir qui parlait. Il faut dire que, comme harponneur, Hector était plutôt doué. Son emploi lui offrait deux avantages par rapport aux autres gars de l'équipage : une prime pour chaque baleine ramenée, et pas de quart. Pas besoin de se réveiller en pleine nuit pour surveiller la brume, à guetter le moindre bruit ; des coups à devenir un peu plus nerveux. Franchement, il n'avait pas besoin de ça. La dispense de cette corvée et la prime : deux privilèges qui sur ce genre de navire valaient mieux que n'importe quoi d'autre. On ne lui épargnait pas les corvées habituelles : briquer le pont, écoper dans la cale, aider à préparer les repas ou même vider et découper les prises. Mais ce n'était pas le genre de choses à lui faire peur. S'il avait choisi le métier de marin, c'était en connaissance de cause. Et au final, son sort n'était pas si mal.

Il était responsable de son harpon et de l'enroulement du câble au fond de la baleinière. Pas question de plaisanter avec ça. De nombreuses histoires couraient sur des maladroits : le pied qui se prend dans le cordage alors que la baleine blessée plonge. D'abord, on est content, un peu trop pour faire attention. L'accident bête… et mortel. Pour celui à qui ça arrivait, inutile d'espérer s'en sortir. La mer pour cercueil, du fretin pour les requins. Au mieux, on retrouvait l'imprudent à la fin de la chasse, noyé au bout du cordage comme un gros poisson défiguré. Hector n'était pas le genre de garçon à se laisser prendre à ce piège. En dehors des périodes de chasse, il enroulait plusieurs fois son cordage, alignant parfaitement les spires concentriques. Il ne laissait ça à personne : quand c'est de sa vie qu'il s'agit, on ne confie rien au hasard, et donc encore moins à n'importe qui. Lorsque la chasse était lancée, il se tenait fièrement, les deux pieds sur le plat-bord, le lourd harpon en travers comme un

17

funambule, jusqu'à ce qu'il soit au-dessus du monstre. Mieux valait risquer de tomber à l'eau, que se trouver emporté. Témérité ou inconscience, il ne savait pas lui-même où était son courage. Il croyait plutôt à l'instinct. Et c'est comme ça qu'il était devenu un des meilleurs harponneurs du Nouveau Monde.

Grâce à sa réputation, il avait déjà plusieurs propositions d'embarquement pour la saison suivante. La veille encore, il avait combattu un grand cachalot : pas le genre de bête qu'on trouve facilement dans le coin à cette époque de l'année. Il avait participé à la découpe de la carcasse énorme. On l'avait hissée sur le pont du navire, il avait fallu s'y mettre à plus d'une douzaine sur le cabestan. Le bateau avait penché, mais il avait tenu. Lorsqu'on l'avait posée sur le pont, elle s'était avachie. Mais on pouvait apprécier ses proportions monstrueuses, la tête haute comme presque deux hommes, l'œil vide qui n'avait plus rien de furieux, gros comme un boulet. Hector avait vu l'ambre sortir du ventre de la bête : une masse informe et gluante à l'odeur bizarre. Le capitaine l'avait tout de suite emportée dans sa cabine comme le plus précieux des trésors. Puis on avait raclé les lanières de graisse le long des côtes gigantesques. Hector avait gardé une des dents avant qu'on balance les restes par-dessus bord. Il l'avait rangée dans son coffre, avec l'idée de sculpter dedans un manche pour un nouveau poignard et peut-être un motif pour incruster dans la hampe de son harpon. Un jour, quand il aurait le temps. Son harpon, c'était son gagne-pain. Et après l'avoir aiguisé et graissé consciencieusement, il le roulait chaque soir dans un morceau d'étoffe et le glissait entre sa paillasse et le bastingage, toujours à portée. Sa seule richesse. Même sur un bateau, il ne s'agissait pas de le perdre.

Lorsqu'il entendit le sifflement du boulet au-dessus de sa tête, il posa tout de suite sa main dessus. Tout de suite. Avant d'avoir réfléchi à ce qui se passait. Il s'accroupit et resta immobile. Juste un court instant : un chien à l'arrêt. Le temps de retrouver ses esprits pour s'en rendre compte. Malgré la nuit pleine, il pouvait imaginer la brume qui encerclait le bateau depuis plusieurs jours. Aucune raison qu'elle se soit levée. C'était pire que de la glu : même dans la nuit, on la sentait coller sur la peau à travers les vêtements. Une malédiction. Pas de lune, encore moins d'étoiles : la cachette était pourtant parfaite pour le bateau. C'était la stratégie du capitaine. Ancien corsaire et pas tout à fait sûr d'avoir complètement le droit de braconner dans cette zone, il cherchait refuge dans ces grandes nappes opaques. Le petit navire pouvait s'y glisser en quelques minutes. Ne restait plus qu'à garder le silence et à affaler pour disparaître à la vue d'un éventuel poursuivant.

Depuis le début de la campagne, la petite flûte spécialement affrétée pour la pêche à la baleine avait évité toute rencontre désagréable. Mais à ce petit jeu, les marins avaient définitivement l'impression d'être des flibustiers en maraude et de risquer leur peau à chaque instant. Et il y avait quand même un fond de vérité là-dedans. Avec tous les Anglais qui sillonnaient le secteur, c'était presque de la provocation. Le sort finirait bien par les abandonner un jour et les livrer aux canons des vaisseaux ennemis. En pleine brume pourtant, c'était bien le hasard qui les avait trahis. Ou alors tout simplement la cloche du quart qui sonnait un coup toutes les heures, qu'il pleuve, neige ou vente, brume ou pas brume. Le quart, il n'y avait pas moyen d'y échapper. Sauf pour un harponneur émérite comme Hector. N'empêche qu'à cet instant, il était dans le même bateau que les autres.

Tous se taisaient, c'étaient les consignes en pareille situation. L'ennemi était proche. Hector restait accroupi derrière le bastingage, serrant d'une main son harpon encore emballé et de l'autre son poignard. Ses deux seules armes en cas d'abordage. Mais si ça devait se régler au canon, ça ne changerait pas grand-chose pour lui. Pas loin, il sentait ses compagnons, réveillés eux aussi, attendant la suite. Quelqu'un rampait vers lui. C'était l'officier d'artillerie, il l'avait senti, plus que reconnu à l'odeur tenace de poudre qui le précédait toujours.

— C'est toi, Passadieu? Reste tranquille, ils ont peut-être tiré au hasard. Préviens les artilleurs, qu'ils descendent tout de suite dans l'entrepont et qu'ils préparent les batteries. Que les autres se tiennent prêts pour l'abordage. En attendant les ordres, silence absolu!

Sans attendre, il partit prévenir les autres. Hector avait pour habitude de dormir à l'avant du navire, car c'est là que se trouvaient les feux. On les entretenait pour faire fondre l'huile des baleines et pour la tambouille des marins, le plus souvent dans le même chaudron. Malgré l'odeur âcre qui régnait dans cette zone du pont, il y avait toujours un peu de chaleur à gagner, ce qui n'était pas négligeable la nuit. Même si les feux restaient allumés en permanence, on les couvrait toujours à la nuit, de manière à ne laisser aucune lueur trahir la position du navire. On entendait parfois le matelot de quart fourrager pour attiser les braises, chargeant le feu au minimum pour ne pas le laisser mourir et pour économiser le combustible. L'odeur de l'huile de baleine rebutait plus d'un de ces marins basques, alors qu'ils empestaient eux-mêmes l'ail à longueur de temps. Comme si cet ingrédient pouvait faire oublier la pauvreté de la cuisine du bord!

D'autres compagnons dormaient à l'avant avec Hector. Il y avait Jean, un mousse de douze ans, français comme lui. Hector l'avait pris sous sa protection dans la mesure où il le brimait moins que les autres, justement parce qu'il était français, et parce qu'il partageait parfois avec lui sa ration de vin ou de rhum, selon les largesses du capitaine. Jean sursauta pourtant lorsqu'Hector posa sa main sur sa couverture.

— Tu as entendu?

— Oui, qu'est-ce que c'était? Le tonnerre?

— T'as jamais entendu un coup de canon?

— Je pensais bien que c'était ça. Sur qui on a tiré?

— On n'a tiré sur personne. La cible, c'est nous.

Hector enchaîna sans laisser au gamin le temps de répondre.

— L'officier est passé, il faut que tu descendes.

— Maintenant?

— Oui, vas-y.

Malgré l'obscurité, Hector imaginait la terreur de l'enfant. Sur ces petits bateaux, chacun donnait la main à toute heure. En cas d'attaque, Jean était servant d'un canon dans l'entrepont. Son rôle était simple : une fois la gueule du canon nourrie de la charge et du boulet, il devait pousser le projectile jusqu'au fond avec un long écouvillon. Jean avait été choisi en raison de sa petite taille. Il pouvait se glisser entre le sabord et le canon pendant la manœuvre, faisant gagner de précieuses secondes entre chaque tir. Cela comportait plusieurs risques, s'il n'était pas assez rapide : être écrasé par le recul du canon ou se trouver en face de la bouche au moment du tir. Jean n'avait connu que les exercices et malgré cela, il avait décrit à Hector un enfer, où l'on n'entendait rien, où l'atmosphère, la chaleur, la sueur et l'odeur de la poudre rendaient l'air irrespirable. Une géhenne où l'on distinguait à peine ce qu'on faisait dans une obscurité enfumée, sous les ordres de l'officier de batterie qui gueulait pour couvrir le bruit.

Jean ne bougeait pas. Hector posa sa main sur son épaule, l'enfant tremblait.

— C'est peut-être une fausse alerte ?

— Possible, il faut que tu descendes maintenant. Ne traîne pas.

Hector le poussa un peu brutalement. Il fallait que chacun rejoigne son poste au plus vite. Comme dans une ruche, la survie de tous dépendait du rôle de chacun, du capitaine et de ses seconds, et surtout de la grâce de Dieu. Jean était parti.

Hector avait un rôle beaucoup plus simple, qu'il n'aimait pas forcément. L'ère de la chevalerie étant révolue, même sur mer, le capitaine s'était organisé une porte de sortie en cas de déroute. C'était bon pour la royale de ne jamais quitter le bord et de couler avec son navire... Inutile et prétentieux. C'est comme ça qu'il s'était lui-même justifié. Hector était chargé d'armer la baleinière à l'arrière du navire et de se tenir prêt, un canot de sauvetage particulier en quelque sorte. Fuir comme un rat, il n'y avait pas d'autre mot. C'est ce qu'avait prévu le capitaine si ça tournait mal, Hector avec lui. Sous un des bancs de nage de la petite embarcation, se trouvait une cache aménagée avec des vivres, un peu de poudre, deux pistolets et leurs munitions. Hector devait s'équiper d'une lanterne borgne et attendre patiemment dans la baleinière prête au départ. Un seul homme suffisait pour la mettre à l'eau. Ce n'était pas glorieux, mais sans doute mieux que de se trouver dans l'horreur de l'entrepont ou de participer à l'abordage. Dans ce cas, c'était le corps à corps aveugle, difficile de reconnaître les siens, pas de quartier pour les plus faibles. En attendant sans rien faire, Hector craignait ce sentiment d'impuissance qu'il n'aimait pas : une part de son destin qui lui échappait. Ce n'était pas dans son état d'esprit, encore moins quand sa vie en dépendait. Sans compter avec cette lâcheté forcée, pas sa manière de voir les choses.

Trop tard pour penser à sa malle. Hector passa son couteau dans sa ceinture et il se mit à ramper vers l'arrière du bateau. Il entendit distinctement des chuchotements à bâbord, de l'anglais, quelque part dans la brume, pas très loin. Si le brouillard aveuglait, il transmettait les sons avec précision. Hector se crispa. Autour de lui, le bruissement des autres marins. Le premier boulet avait été envoyé, non comme une semonce, mais bien comme le début de l'attaque. Le boulet était passé au-dessus, cela signifiait deux choses : d'une part que le navire anglais était de plus fort tonnage. Bien plus puissant que leur petite flûte de corsaires basques. D'autre part, le canon qui avait tiré ce boulet était proche. Tout irait très vite.

Hector préparait la baleinière lorsqu'il entendit un long sifflet strident. Puis encore quelques instants d'un silence terrible. Et l'enfer. D'abord un rougeoiement fugace dans la brume sur bâbord, un éclair d'un rouge vif, le rouge du feu, celui de la poudre. Le son arriva juste après, comme le craquement de la foudre, devant lui. Un sifflement suivit, puis le bruit du bois qui explose. Le bateau prit tout de suite du gîte, accusant le choc reçu par le travers. Il n'y avait plus de raison de se taire, la peur était plus forte que les ordres. Ça se mit à hurler partout, qui jetant des ordres à qui voulait les entendre, en français, en basque, en espagnol, qui appelant un secours du ciel, qui jurant tout simplement. Ça grouillait. On ne voyait pas grand-chose, mais ça grouillait comme la vermine, ça puait la peur et déjà la mort. Au-dessus, on entendit les hurlements de l'entrepont, là où les coups avaient porté. Le cri des blessés surpassait tout le reste au-dessus du navire. Il n'en fallait pas plus pour exciter la panique, maîtresse du bord en quelques secondes. Par-dessus les plaintes, le cri d'un contremaître qui gueulait la malédiction :

— Boulets rouges ! Ces chiens d'Anglais tirent à boulets rouges !

Hector remarqua alors l'odeur de brûlé : le feu ! Le feu dans l'entrepont ! Déjà ! Pour un navire chargé d'huile de baleine et de sa provision de poudre, c'était fatal. Il n'y avait qu'une chose à espérer, c'est que la deuxième salve soit encore de projectiles chauffés à blanc. Ça prendrait plus de temps aux ennemis pour recharger. Le temps peut-être de riposter. Dans l'entrepont pourtant, il n'y avait plus grand-chose à espérer, pas même sauver sa vie. Le capitaine avait donné l'ordre de condamner les niveaux inférieurs. Deux lourds panneaux ajourés, immobilisés par de grosses chevilles de bois bloquaient les écoutilles. Cette consigne avait deux vertus : empêcher les marins d'abandonner leur poste et les protéger des assaillants en cas d'abordage. Si on en arrivait là, il valait mieux avoir un sabre qu'un canon !

À travers les caillebotis, on distinguait les rougeurs de l'incendie. Des flammes glissaient déjà entre les claires-voies. Des cris de désespoir, des supplications, des jurons venaient avec. Sur le pont, pas le temps de se préoccuper des malheureux. On se préparait à un abordage incertain, le tout pour le tout. Mais la stratégie des Anglais était simple, couler les corsaires en évitant l'abordage, ce qui économisait des vies précieuses, au grand mépris des ennemis et de leur cargaison. Hector pensa à Jean et aux autres : pour eux, c'était trop tard. Il ne faudrait pas plus de quelques minutes pour que les flammes atteignent les réserves de poudre. On y voyait comme en plein jour. Quelle belle cible ! La deuxième salve ne devrait plus tarder. Aucune trace du capitaine.

Hector devait prendre une décision. Abandonner son poste n'était pas dans ses habitudes, risquer sa vie inutilement lorsqu'il y avait une petite chance de la sauver non plus. Les secondes d'hésitation sont fatales. Aucun survivant ne viendrait un jour lui reprocher quoi que ce soit, pas même sa conscience. C'était fichu sinon. Il fallait faire vite. Il s'apprêtait à dégager le cordage pour mettre à l'eau la baleinière, lorsqu'il entendit un cri par-dessus les autres, une voix rocailleuse venant du château arrière :

— Passadieu ! Passadieu ! Prépare-toi à larguer !

Le capitaine ! Il n'avait pas pris le temps de s'habiller. Il était en chemise et en bottes. À la main droite, un sabre d'abordage et sous le bras gauche, un petit coffre qu'il tendit à Hector. Celui-ci le jeta au fond du canot, à côté de son harpon et de la lanterne.

— Sois prêt ! Je reviens !

Le capitaine repartit dans les flammes. Impossible de ne pas l'attendre. C'est alors seulement qu'Hector eut peur. Ces quelques instants, ceux de la fatalité ! Il entendit un deuxième sifflet du côté du navire ennemi. En même temps, le capitaine était réapparu, courant vers la baleinière. Le rugissement des canons suivit, tous s'accroupirent pour éviter d'être pulvérisés. Le capitaine continua de courir. Il y eut plusieurs explosions sur le pont au moment de l'impact. La seconde suivante, le capitaine avait disparu, une grosse brèche dans le pont à sa place.

Une gerbe d'échardes de bois s'abattit en pluie. Au milieu des éclisses, des morceaux de viande s'écrasèrent sur le pont avec un bruit flasque. Le prix du sang, au poids de la chair. Hector ne s'en préoccupa pas et sauta dans la baleinière le cordage à la main. Une aiguille de bois de l'épaisseur d'un doigt et longue comme la paume se planta dans sa cuisse droite. Il poussa un cri et porta la main à sa cuisse, lâchant le cordage qui retenait l'embarcation. La corde fila et la baleinière tomba contre le flanc du navire. Pas le temps de penser au mal, il fallait s'éloigner au plus vite du brûlot. Hector cassa l'écharde à ras du membre pour ne pas être gêné à la manœuvre et il commença à ramer.

Juste à côté de lui, de l'eau s'infiltrait à bouillons dans la coque de la flûte, luttant au corps à corps contre l'incendie, propulsant des gerbes de vapeur brûlante. La fumée se mêlait à la brume sans distinction, l'homme n'avait plus sa place au milieu d'un tel carnage. La vision du ventre du navire resterait toujours dans sa mémoire. Le feu ronflait, la mer bouillonnait en s'engouffrant dans la brèche, le bois craquait. Ne restait que la poudre à parler, c'était imminent, c'était certain. Plus le temps de prier pour le mousse, plutôt espérer qu'il soit déjà mort dans cet enfer. Le diable lui-même n'aurait pas trouvé une seule âme à distraire au milieu d'un tel chaos.

Hector ramait de toute sa force. Sa jambe le bourrelait[2], mais c'était la preuve qu'il était encore vivant. La dernière vision avant de passer derrière le bateau fut celle de quelques derniers forcenés, parés à l'abordage et à vendre leur peau à tout prix, agrippés aux haubans, scrutant le néant au-delà des nuées. Mais ils allaient périr sur place sans combattre, sans la moindre chance de choisir leur destin, brûlés vifs ou noyés. Les Anglais, économes et confiants, semblaient vouloir faire l'épargne d'une dernière salve.

Hector était déjà de l'autre côté du navire lorsqu'il entendit des cris plus

---

2 - Bourreler : faire souffrir.

forts. Levant la tête, il eut le temps de voir le grand mât s'écrouler dans une gerbe d'étincelles, jetant dans le brasier une poignée de marins. Restait-il des survivants ? Ceux qui criaient, plus pour très longtemps. Leur venir en aide ? Ce n'était pas une question à se poser à ce moment-là ni un risque à prendre. Un seul but pour Hector : être le plus loin possible au moment de l'explosion, éviter les retombées de projectiles enflammés, et ne pas apparaître aux marins anglais à la lueur des dernières flammes.

Hector se trouvait déjà à plusieurs encablures de la flûte. La chaleur du brasier n'était plus perceptible, la brume reprenait ses positions. En revanche, sa jambe lui faisait de plus en plus mal et il sentait un liquide collant glisser contre son pantalon. Le sang coulait. Il ne pourrait pas continuer longtemps comme ça.

Puis ce fut l'explosion. D'abord le château arrière : l'armurerie. À côté, les coups de canons anglais, ce n'était pas grand-chose. Hector ne prit pas le temps de s'attarder. Il se jeta au fond de la barque, se contentant d'écouter le bruit de la déflagration, suivi du sifflement des morceaux de bois qui chuintaient dans l'eau autour de lui, certains contre l'embarcation. Le bruit se perdit finalement en roucoulement de gascon pendant plusieurs secondes encore. Et plus rien, plus un cri, que le crépitement de flammes sur des radeaux de hasard déserts. Nul survivant en perspective. Lorsqu'il se redressa à demi pour risquer un œil par-dessus le plat-bord, Hector vit la proue qui s'enfonçait, tendue vers un ciel qu'elle ne reverrait plus. Ça bouillonna encore un peu juste au-dessus de l'épave.

Cela n'avait pas duré plus d'une demi-heure, depuis le premier boulet. Hector se redressa et se remit à ramer. Il se trouvait à présent au milieu de débris flottants : bouts de bois en flammes, vêtements, chapeaux, un tonnelet dérivait. Inutile de rester là comme une cible en plein champ. L'obscurité refermait la scène, les dernières flammes se noyaient de désespoir. Pas l'ombre d'un survivant, pas un râle, aucun appel... La brume se glissait doucement contre la baleinière, noyant entre ses bras les derniers témoins du drame.

Il y eut deux coups de sifflet très brefs. Un nouveau signal. Hector entendait les bruits d'un équipage à la manœuvre, sans qu'aucun mot ne soit échangé. Il écoutait le souffle des marins en train de hisser des voiles, quelques minutes où il put imaginer avec précision ce qui se passait sur le navire ennemi. Les dernières flammes tardaient à s'éteindre, lorsqu'il lui sembla distinguer une masse au milieu de la brume, juste en face. L'apparition se précisa lentement, venant sur lui avec détermination. C'était un vaisseau gigantesque. Même dans les ports, Hector n'en avait jamais vu de pareil. Il donna désespérément quelques coups de rame pour essayer de dévier sa trajectoire, mais devant une erre pareille, toute manœuvre était inutile. Il n'y avait plus qu'à faire le mort, en espérant que sa frêle embarcation ne vienne pas s'encastrer juste sous l'étrave du navire de guerre. Hector se barbouilla le visage du sang de sa cuisse à tout hasard. Juste avant de se coucher sur le ventre au fond de la barque, il aperçut la figure de proue qui sortait de la brume, le torse d'une femme aux cheveux de serpents, l'œil mauvais brillant à la lueur des dernières flammes. Il se recroquevilla au fond du canot, dénudant son harpon contre lui. Si on lui laissait une chance de la défendre, il ne braderait pas sa vie.

Il y eut des remous, et la barque se mit à danser dangereusement, le choc d'une coque contre l'autre : une noix creuse contre un tronc de chêne. Et puis deux voix, juste au-dessus de lui.

— What's ?

— Bloody pirates !

— God bless them.

Il entendit ensuite des éclats de rire. Hector oublia la douleur de sa jambe, le temps de serrer les dents, de se faire aussi petit que possible. Il sentit la coque du géant glisser juste à côté de lui, comme les requins qui longeaient parfois la baleinière. Puis plus rien.

Il attendit encore avant de bouger. Il écouta le silence plusieurs minutes, les muscles contractés, s'attendant à un coup de feu au premier mouvement. Lorsqu'il imagina qu'un délai raisonnable l'autorisait à ouvrir les yeux, il scruta l'obscurité : son regard glissait sur l'ombre. Sa jambe lui faisait de plus en plus mal, et ses muscles engourdis par les longues minutes d'immobilité mirent un certain temps avant d'obéir. Il desserra lentement l'étreinte du harpon et chercha à tâtons la lanterne. Il s'accroupit au milieu des cordages. Il sentait distinctement la brume qui rendait l'obscurité si particulière, comme un voile supplémentaire sur la nuit. La mer était calme, presque rassurante, le vent léger, trop timide pour souffler un semblant de vie là-dessus. Encore valait-il mieux cela que la présence du navire anglais. Hector était sauf, il avait échappé au naufrage, seul rescapé certainement. Vivant, mais pour combien de temps ?

Il fit glisser le panneau qui occultait la lumière de la lanterne. La flamme brillait toujours à l'intérieur, mais l'éclairage faible eut du mal à remplir le vide, juste à confirmer l'épaisseur de la brume : maigre coup de pouce à l'espoir. Il en avait pourtant besoin. Hector commença à ressentir le froid. Aucune idée de l'heure. Dans tous les cas, cela ne changeait rien. Le jour pouvait se lever, si la brume persistait, il ne pourrait s'orienter. Il n'avait aucune notion des choses de la mer et sur le bateau, il s'était toujours contenté de son rôle de harponneur, se désintéressant complètement de la route et de la position du navire. Pour lui, un cap était uniquement un relief de la côte. Il avait la vague idée de se trouver entre la Nouvelle-Écosse et Terre-Neuve : un point minuscule quelque part sur une carte. Les chances de croiser un navire étaient dérisoires, et réduites par moitié s'il espérait un allié plutôt qu'un ennemi.

Il y eut tout d'abord une période d'abattement et le regret de ne pas s'être manifesté auprès des ennemis pour tenter sa chance. Mais après une courte réflexion, il imagina le sort réservé aux survivants. À l'image de l'attaque : impitoyable. Nul espoir qu'ils s'encombrent de prisonniers, autant de bouches supplémentaires à nourrir. Ils avaient coulé leur cible sans aucune pitié, sans même laisser imaginer que la moindre prise était susceptible de les intéresser. C'était un acte de guerre, pas de piraterie. L'instinct d'Hector l'avait guidé et lui avait permis de survivre, même si cela n'était finalement que provisoire.

Un condamné en sursis, avec la certitude de l'issue et l'angoisse de l'attente. La mort allait venir et il ne savait pas quand. Mais il ne pouvait pas croire que, si le sort l'avait préservé jusque-là, il n'y avait pas une raison. Cet espoir lui ménageait un avenir. Son histoire ne s'arrêtait pas là, sinon il serait déjà avec ses compagnons, avec Jean, avec le capitaine et tous les autres au paradis des marins. Au paradis peut-être pas, mais au fond de l'eau, certainement. Rien n'était encore dit, mais il y avait dans ces brumes nocturnes un parfum d'Achéron qui l'aurait certainement alerté s'il avait eu la moindre notion de mythologie.

Il fit l'inventaire de la baleinière, imaginant que cela lui permettrait d'évaluer le nombre de jours de supplice qui lui restait. Il déposa la lampe sur le banc de nage et vida la cache de secours. Pour la nourriture, il recensa seulement deux paquets de biscuits de marin, une bouteille d'eau douce dont il huma le relent croupi, une petite flasque de rhum et une pièce de cuir qui s'avéra être en réalité un morceau de couenne ou de lard boucané, qui avait perdu toute dignité depuis longtemps. De quoi tenir à peine une semaine. Le facteur limitant était l'eau douce, s'il venait à ne pas pleuvoir durant cette période. Ça, c'était dans le meilleur des cas. Dans le pire, s'il buvait de cette eau douteuse, il risquait les diarrhées et une fin encore plus rapide. Il n'en boirait qu'en dernier ressort. Boire de l'eau de mer restait une alternative moins dangereuse. Et puis il y avait le rhum, après tout, un liquide comme un autre pour combattre la déshydratation. Avec ces maigres réserves, il trouva également une couverture de laine qu'on n'aurait pas donnée à un chien en temps normal, quatre bougies pour quelques heures de lumière et une pierre à fusil. Les pistolets normalement prévus ne se trouvaient pas dans la cachette. Mais c'était bien le dernier de ses soucis. Le reste des richesses d'Hector comprenait son harpon, son couteau, la corde pour la chasse à la baleine, une paire de rames et le coffret du capitaine qui lui appartenaient maintenant. Il imaginait ce qu'il y avait à l'intérieur, mais une telle richesse, fût-elle inestimable, ne lui serait d'aucune aide à ce moment et à cet endroit.

Hector n'avait ni faim ni soif. Il avait surtout mal. La peur ne venait qu'après. L'épuisement menaçait, les images de l'attaque revenaient déjà. Il se souvint de ses dernières paroles à Jean. Jean qu'il avait envoyé à la mort, alors qu'il aurait pu le garder avec lui. À quelques secondes près, il l'aurait embarqué dans la baleinière et il serait assis à côté de lui maintenant. Au lieu de cela, Hector imaginait la carcasse désarticulée du petit mousse, flottant entre deux eaux, dans l'entrepont inondé, son corps perdant sa dernière chaleur dans l'océan glacé, les yeux ouverts vers un soleil qu'il ne verrait plus. L'obscurité pour lui, pour toujours. Il n'avait pas dû souffrir, ou du moins pas longtemps. Il eut cette dernière pensée en forme d'oraison et se roula en boule dans la couverture. Puis il souffla la lanterne : inutile de gâcher sa bougie. Le noir l'embrassa. Et comme il ne voyait plus rien autour de lui, il se sentit un peu moins seul quelques instants, juste le temps de somnoler, bercé par le clapot.

Impossible de dire combien de temps il avait dormi. Il s'était réveillé plusieurs fois en pleine obscurité, espérant que tout cela n'avait été qu'un cauchemar. Mais il s'était rendormi aussitôt, pour échapper quelques instants supplémentaires à la cruelle réalité. Le jour avait fini par percer, timidement, dans une brume tellement dense qu'il était impossible d'évaluer la position du soleil et l'heure de la journée. Curieusement, la douleur s'était estompée. Et c'est bien la faim d'abord qui le réveilla. Le bruit de la faim, celui de son estomac qui s'étirait d'impatience, à la limite de la douleur. Hector ne se sentait pas si fatigué, habitué aux nuits sur le pont, hachées par les changements de quart de ses compagnons. Il mâchonna consciencieusement un biscuit de marin, sentant les petits fragments se diluer dans sa bouche après de longues minutes. Il avait de la chance, ceux-là semblaient être frais. Ils avaient dû être préparés et mis de côté juste avant le départ du navire, c'est-à-dire environ deux mois plus tôt. Un luxe ! Sur le navire, les biscuits que les marins mangeaient d'ordinaire dataient parfois de l'année précédente.

Il n'y avait rien d'autre à faire qu'à savourer. Hector regardait la brume, s'attendant à chaque instant à voir apparaître la terrible figure de proue du navire anglais. Tout restait calme, pourtant. Le brouillard ne semblait rien vouloir céder en opacité. On voyait à peine à quelques brassées et, lorsqu'Hector se plaçait à un bout de la baleinière, l'autre extrémité était déjà troublée par les vapeurs marines. Il ne s'était même pas posé la question de ramer. Pour où ? Dans quelle direction ? Et comment tenir un cap ? Lui, qui n'avait de marin que le pied ? C'était une perte d'énergie inutile. Il résista à la tentation d'une gorgée de rhum, sachant que cela éveillerait sa soif. Rien à faire, juste à penser. Il s'agissait maintenant de s'occuper de sa jambe.

Après sa misérable collation, il entreprit de s'occuper d'elle. Son pantalon était collé par le sang, séché depuis longtemps. Il n'aurait pas dû attendre autant. Maintenant que tout était sec, le tissu collait, raide comme le cuir. Les premières tentatives pour le décoller attisèrent la douleur. Il mouilla alors le pantalon directement avec de l'eau de mer. Tout de suite, il se rendit compte que c'était une mauvaise idée. Le sel s'infiltra rapidement et commença à brûler. Une nouvelle nuance sur l'échelle de la souffrance. Et le sang se remit à couler. Avec son couteau, Hector réussit à découper une fenêtre dans l'étoffe, pour avoir une vision complète de la plaie. Patiemment ensuite, il la nettoya complètement. Il l'imprégna d'abord d'eau de mer, endurant la douleur, d'abord vive comme une piqûre, puis se diffusant lentement dans sa jambe jusqu'à l'engourdissement. Ensuite, il tamponna doucement avec un morceau de tissu, de celui dans lequel il emballait son harpon. Le sang se décolla, difficilement au début, par petites plaques. Il répéta l'opération plusieurs fois, avec le calme de celui qui sait qu'il a tout son temps. Lorsque la plaie parut enfin propre, Hector l'examina longuement.

La partie de bois qui dépassait de la chair ne paraissait pas bien large : à peu près comme son pouce. Laisser là cette écharde, c'était courir à l'infection avec certitude. Tenter de la tirer, c'était risquer l'hémorragie. Un jour, le barbier du bord lui avait expliqué la nature des fluides vitaux, et le risque de mourir en se vidant de son sang. Il l'avait assisté lors d'une opération. Le chirurgien avait extrait une balle de couleuvrine dans la jambe d'un marin. Hector avait parfaitement vu le sang jaillir au milieu des chairs. Le sang faisait des bonds hauts de plusieurs pouces hors de la plaie. Et ils eurent beau épuiser leur charpie à tenter de colmater la fuite, le malheureux mourut en quelques minutes. Le risque était grand. L'infection, c'était la gangrène, puis la mort, à coup sûr. L'hémorragie laissait quand même une petite chance. C'était le bon sens.

Profitant de l'engourdissement de sa jambe sous l'action du sel et du froid de l'eau, il se décida. Il fabriqua de la charpie en quantité raisonnable avec ce qui restait de tissu. Puis il découpa une sorte de bandage qu'il pourrait nouer ensuite autour de sa cuisse. Le tissu était souillé de la graisse de baleine avec laquelle il entretenait son harpon, mais il n'avait guère d'autre choix. Il essaya le bandage et mit de côté la charpie. Il trempa ensuite son couteau longuement dans l'eau de mer, imaginant que le sel aurait peut-être une action cicatrisante. Puis, il s'octroya une rasade de rhum avant de se mettre à l'ouvrage.

La première tentative fut terrible. Il dut lâcher le couteau sous l'effet de la douleur. Il s'étonna d'avoir retenu son cri : seul au milieu des vagues, il pouvait hurler tout son comptant. Il approcha une seconde fois la pointe du couteau du morceau de bois, essayant de le faire bouger. Il remuait effectivement, libérant simplement une nouvelle décharge dans tout le membre. Hector évalua la profondeur de l'objet à sa mobilité. La troisième fois, il planta la pointe comme on enfonce la bêche dans la terre : d'un coup. Puis sans réfléchir ni véritablement regarder, il fit basculer le manche. Ce n'est qu'après qu'il regarda, après quelques secondes d'un étourdissement où il crut que la douleur allait lui faire perdre connaissance. Sa cuisse était de nouveau pleine de sang. Plantée au bout de son couteau : l'écharde, pas plus longue qu'un doigt. Au moins, ce morceau était mieux là qu'à l'intérieur de sa cuisse. Le sang coulait sans discontinuer, mais sans le jet qu'Hector craignait. Il lava la plaie à grande eau. La douleur alors, c'était comme une habitude. Il tamponna directement avec de la charpie, plaça par-dessus une petite lame de lard avant de nouer le bandage. Le lard, c'était pour éviter que le tissu colle avec le sang, du moins il l'espérait. Il se sentit soudain épuisé. Il s'octroya une nouvelle rasade de rhum et s'allongea au fond de la barque.

Contremont[3], sa jambe lui faisait moins mal et il posa son pied sur le banc de nage, pour la maintenir surélevée. L'effet du rhum aida peut-être, car il perdit connaissance, son corps sachant qu'on ne lui demanderait plus rien de particulier dans les heures à venir. Le nécessaire avait été fait. Il fallait récupérer.

Lorsqu'il se réveilla, sa jambe était lourde, mais la douleur était acceptable. Le pansement ne saignait pas et était très peu souillé. Le blessé grignota une moitié de biscuit et fixa le vide. Hector Passadieu n'était pas habitué à ce genre de situation. C'était un homme d'action, agissant sur le coup, comme il disait toujours. Fils de paysans du Béarn, il avait quitté la maison familiale en quête d'une aventure, qu'il avait rencontrée au cours de ses mois de campagne. La dernière nuit avait dépassé toutes ses espérances de jeune homme. Si c'était

---

3 - En haut. (ancien)

ça l'aventure, il s'en serait finalement bien passé. Il se retrouvait seul, sans rien à faire ou à tenter pour changer sa situation, et c'était bien cet état-là qui le déstabilisait le plus. Le jeûne et la privation, il connaissait, cela n'avait pour lui qu'une consistance anecdotique. C'était un homme de la terre et la solitude ne lui pesait pas non plus. Mais l'inaction ! Et cette obligation à penser qui venait avec, ça risquait de le perturber davantage. L'image de Jean, noyé, et son sentiment de responsabilité dans la mort du mousse l'obsédaient. Pourquoi avait-il survécu, alors que Jean si jeune avait peut-être été le premier à mourir ? Hector se fit la promesse que de retour en France, il retrouverait ses parents et irait leur raconter comment l'enfant avait trouvé une mort héroïque. Cela supposait en revanche qu'il survive lui-même, alors que rien ne laissait espérer que cela soit possible d'une quelconque façon. Il n'y avait que le hasard qui pouvait encore quelque chose. Et pour lui donner toutes les chances de se manifester, il fallait lui donner le maximum de temps. Hector s'économiserait au maximum, c'est ce qu'il pouvait faire de mieux.

Par curiosité, il ouvrit le coffret confié par le capitaine. À l'intérieur, il observa l'ambre gris avec respect. Comment une chose aussi insignifiante, une concrétion grise avec des veines dorées, poisseuses, à l'odeur étrange, pouvait-elle être l'objet d'une telle convoitise ? Comment une aussi petite part (il devait y avoir l'équivalent de la tête d'un homme) pouvait-elle avoir autant de valeur ? Bien mieux que de l'or, et plus rare encore, aux dires du capitaine. Seulement le capitaine n'était plus là, et l'ambre ne représentait presque rien pour Passadieu. Il décida de le conserver tout de même, se rassurant lui-même en agissant comme s'il allait survivre, et non comme celui qui n'a plus rien à perdre. Il referma le coffre et le rangea.

La première nuit, le sommeil mit une éternité à venir. Il se laissa englober par l'obscurité sans allumer sa lanterne, dîna d'un seul biscuit et se força à dormir le plus longtemps possible. Cela fut difficile, et il compta les heures d'insomnie à écouter une brise légère, qui faisait danser la baleinière en cadence. Mais le roulis n'avait aucune prise sur sa vigilance. Il sentait l'humidité forcer la vilaine couverture pour ajouter le froid à son inconfort. Il essaya d'allumer une bougie pour agrémenter le temps, mais la pierre à fusil refusa de rendre le service pour lequel on l'avait placée là. Il se résigna finalement, imaginant que ces instants étaient peut-être ses derniers. Si c'était le cas, il serait bien incapable de trouver quelque chose à faire ou à dire pour conclure sa courte existence. Hector ne croyait pas en Dieu, ou si peu. Ou alors à un Dieu, peu empreint de la clémence que lui attribuait le curé de son petit village, dans les sermons de son enfance. Pour lui, Dieu avait été inventé par les riches, pour laisser aux pauvres l'illusion que leur condition avait un sens. À cette heure-là, sa vie était complètement dénuée d'avenir, inutile de placer le moindre espoir dans celui qui avait placé le roi de France sur le trône. Dieu avait sans doute d'autres hommes plus influents à satisfaire. Il n'était pas fait pour les marins, certainement pas pour les protéger de l'océan, à peine capable de consoler leurs veuves. Au moins, il n'y aurait personne pour le pleurer, nulle part, ni femme ni enfants. Il en oubliait ses parents, penchés sur leur âpre terre pour en extraire une misérable existence. Pas de quoi s'attendrir, pour un fils parti depuis si longtemps. Sa vie ne manquerait à personne. Seules les baleines autour de lui s'en félicitaient déjà : un harponneur de moins.

Cette pensée saugrenue le fit sursauter. Il était en train de délirer, probablement, à mi-chemin entre le rêve et l'absurde réalité, un répit inutile avant la mort. Il fut tenté par une orgie définitive de biscuits et de couenne, le tout arrosé de rhum. Mais le bon sens paysan lui interdit cette voie. Jusqu'à son dernier souffle, il garderait les ultimes ressources qui pourraient tout changer, à la dernière minute.

Le jour vint enfin, sans meilleure perspective sur l'horizon. Hector s'occupa à un semblant de toilette à l'eau de mer. Elle commençait à brûler sa peau, débutant par l'extérieur le long processus de déshydratation. Bientôt elle ressemblerait au morceau de couenne, guère plus appétissante. Puis il refit son pansement, changea la charpie qui se décolla sans trop de difficulté. La plaie ne saignait plus. Malgré les bords qui restaient d'un rouge très vif, l'ensemble lui parut satisfaisant. Il tâta les berges, ce qui ne déclencha pas d'accès douloureux. Le paradoxe, c'est qu'il n'allait pas mourir de cette blessure. Ça aurait pourtant été plus rapide que se voir mourir de faim et de soif. Il replaça la même tranche de lard, renoua le pansement. Il marqua ensuite une double encoche sur le plat-bord de la barque avec son couteau : une pour la veille et une pour cette nouvelle journée de sursis. Il s'amusa à compter le nombre de biscuits qui restaient et tailla dans la couenne fumée un nombre équivalent de lanières, qu'il disposa ensuite sur chaque biscuit. Drôle de festin… En fonction de son appétit et de sa générosité, il lui restait quatre à cinq jours de nourriture, tout au plus. C'était compter sans la soif. Il puisa dans sa main une dose d'eau de mer, qui lui dessécha la bouche avant de tordre sournoisement son estomac.

Lorsque vint le deuxième soir, il s'octroya une rasade de rhum contre le froid de la nuit. Il n'essaya même pas d'allumer une bougie, refusant de gaspiller son énergie pour une pierre à fusil qui ne serait pas plus efficace que la veille. Il ne sut pas s'il avait véritablement dormi ou simplement déliré. Sa nuit ne fut qu'un long et pénible cauchemar. Il parla avec Dieu et ils firent ensemble des jeux de mots sur son patronyme, puisque le pauvre Hector lui devait en outre cela.

Il ne s'aperçut pas du lever du jour, imaginant même qu'il avait été réveillé par le cri d'une mouette ou d'un autre oiseau. Cela n'avait rien de suspect après tout; on était en mer. S'il avait été un véritable marin, il aurait tout de suite espéré beaucoup de ce signal, pour peu qu'il fût réel. Son mépris des choses de la mer prenait sa revanche. Il ne s'était jamais considéré que de passage sur les océans. Cet univers, c'était pour ceux qui, comme il le disait lui-même, *étaient nés sous la dunette*. La journée passa en silence. Dieu, fâché, ne voulait plus parler. Cela tombait plutôt bien, puisque la langue d'Hector finissait de se racornir dans sa bouche, cherchant un endroit où se poser sans se coller sur son palais. Il avait débouché plusieurs fois la bouteille d'eau, avait respiré son parfum infect, avant de la reboucher avec sagesse. Sûr qu'il pouvait encore se passer de ce genre de problème.

Il fit son pansement. L'aspect était rassurant. Sa jambe faisait moins mal quand il la bougeait. Il prit un temps minutieux à graver la troisième encoche, puis son nom sur le plat bord du bateau. Hector Passadieu ne savait pas lire. Écrire à peine. Juste son nom et son prénom, ce qu'il fit avec patience, dans une calligraphie que la rudesse du bois excusait. Puis il grava le chiffre de l'année en cours, dernière chose qu'il savait écrire. La brume n'avait pas faibli. La nuit vint.

Le clapotis des vagues était différent. Un bruit sourd revenait régulièrement par-dessus. Un véritable marin aurait compris tout de suite. Mais ce signal lui avait échappé. Roulé dans sa couverture, il se demandait s'il ne serait pas utile d'ajouter une rasade de rhum à sa ration du jour. C'est en se retournant pour essayer de trouver le sommeil, que son œil fut attiré par quelque chose d'inattendu. Après Dieu, c'était sans aucun doute le Saint-Esprit qui venait lui-même le visiter. Méchant présage ! Un halo lumineux fouillait l'épaisseur de la brume, précisément comme l'idée que l'on peut se faire d'un esprit ou d'un fantôme. Dans son état, Passadieu ne fut pas effrayé. Il essaya de comprendre. La lumière devait se situer pas très loin du niveau de l'eau. Elle formait une tache jaunâtre, point fixe quand l'embarcation se balançait.

Hector s'assit sur le banc de nage, enveloppé dans sa couverture, et contempla la lueur avec passivité, durant de longues minutes. Était-ce l'alcool, la solitude, ou son état de semi-délire, mais il n'arrivait pas à concentrer ses pensées. Impossible d'imaginer une manière de cause au phénomène. Ce fut encore plus compliqué lorsqu'il devina une seconde tache lumineuse plus éloignée, plus timide que la première. Puis ses yeux s'habituant, il put en dénombrer d'autres qui apparaissaient successivement. La première avait gagné en intensité et en précision. Il ne s'agissait certainement pas de l'Esprit-Saint, encore moins d'un navire d'après la répartition des lumières. Une d'entre elles s'éteignit, comme une étoile au matin. Une autre se déplaçait lentement. Hector détaillait les apparitions dans la brume, tout en écoutant le bruit des vagues se heurtant régulièrement contre un obstacle.

Lorsqu'il comprit que la terre était à sa portée, il n'imagina pas tout de suite que la plus simple des actions était de ramer dans sa direction. Son imagination n'en avait pas la force, et ses bras sans doute encore moins. Il se laissa juste le temps d'une dernière réflexion. Il s'était économisé jusque-là, juste pour ce moment précis. Il ne s'agissait pas d'hésiter, mais d'agir. Malgré la brume, il essaya d'évaluer la distance qui le séparait des lumières, probablement des maisons. Il les avait vues s'affirmer très nettement, mais maintenant elles avaient tendance à faiblir... il s'éloignait. Le courant était contre lui. Vu la distance, il n'y arriverait pas à la seule force de ses bras. Il devait signaler sa présence. Vite ! Et faire confiance à la chance.

À tâtons, il récupéra dans l'obscurité le sac contenant les bougies et la pierre à fusil. Il humecta rapidement la mèche de l'une d'entre elles avec un peu de rhum et gratta la pierre. Une fois, deux fois, encore et encore, pour finalement voir percer la première étincelle. Elle mourut aussitôt. Il essaya et réessaya encore, voyant avec angoisse les lumières disparaître une à une dans le brouillard. À force, la pierre s'échauffa et les étincelles se firent plus fréquentes, plus nettes. Deux jaillirent coup sur coup et la mèche de la bougie s'éclaira un instant. Hector souffla maladroitement, mais trop fort. Au bout de trois autres tentatives, la bougie s'alluma enfin. D'excitation, il faillit l'éteindre en voulant l'attiser trop vite, mais la flamme tint bon. Il plaça la bougie dans la lanterne et prépara un brûlot de fortune : la corde sur laquelle il versa le restant du rhum. Cela valait bien cet héroïque sacrifice. Le tout pour le tout ! Le feu prit rapidement, commençant à lécher les planches de la barque.

Hector voulut crier. Il se mit debout sur le banc de nage et commença, mais sa gorge, qui n'avait pas sorti un son depuis plusieurs jours, malmenée par l'humidité, la soif et l'eau de mer s'étrangla en un son grotesque : même pas le cri de sa douleur. Il s'assit alors et se prépara pour ramer en direction des lumières. Elles finissaient de disparaître. Il se mit à l'œuvre, avalant régulièrement sa salive pour tenter d'éclaircir sa voix récalcitrante. Le feu attaquait déjà le premier banc de nage. Au bout de plusieurs minutes d'effort, il eut l'impression que les dernières lumières se rapprochaient enfin, plus nombreuses et plus nettes. Hector transpirait, ses paumes brûlaient, le bruit des rames entrant dans l'eau était la seule source de son courage, car il voyait maintenant le feu se rapprocher dangereusement de lui, incontrôlable. Il pleurait. La rage et la peur, maintenant. C'était la dernière chance.

Il rama aussi longtemps que le feu le lui permit. Puis enfin, au bord de l'épuisement et sur le point de griller, il se leva, se signa à tout hasard et sauta à la mer. Il oublia même la peur de celui qui ne sait pas nager. Juste après, il perdit conscience.

Toute cette histoire ne devait être qu'un mauvais cauchemar, puisqu'il se réveilla avec la sensation d'être installé dans un lit. Aucun roulis, il était à terre ! Ça ne lui était pas arrivé depuis longtemps. Il était sur le dos, un drap ou une couverture remontée jusqu'au menton. Il avait chaud et tremblait en même temps : la fièvre. L'odeur tenace de poisson le raccrochait à une réalité difficile à fixer. Il percevait des murmures. Il ne saisissait que des bribes. Il n'y comprenait rien. Il reconnaissait des mots français, prononcés cependant avec un accent assez rude. Des voix de femmes, deux. Deux petits points dansants où se raccrocher pour ne pas sombrer de nouveau. Une main fraîche passa sur son front. Puis il plongea à nouveau. Un abandon de confiance, la terre ferme et le pays natal. Pas utile d'en savoir plus. Il était sauf et en sécurité. Il lâcha prise sans arrière-pensée. Au second réveil, les voix étaient toujours là et se turent tout de suite, comme si l'imminence de son réveil ne faisait aucun doute. Le silence de part et d'autre suspendait l'attente. Il se décida. Hector Passadieu ouvrit les yeux.

Il se trouvait dans une petite pièce basse et sombre. Une simple fenêtre, où un rideau de dentelle masquait le jour. Devant la fenêtre, l'énorme pince séchée d'un homard se découpait en ombre chinoise, freinant un peu plus la lumière.

Des murs de bois, comme une cabane, sans décoration, sans autre ornement que le massacre du crustacé. Hector était couché dans un lit presque confortable, sur une paillasse pas trop dure, une grande couverture l'enveloppait. En tournant la tête, il devina la silhouette des deux femmes. À contre-jour, il ne put les dévisager tout de suite. Puis progressivement, voilà ce qu'il découvrit : la plus grande des deux et la plus jeune aussi n'avait pas trente ans, la seconde devait être sa mère, la ressemblance était nette. Elles l'observaient avec une expression craintive, attendant ses premières réactions. Lui n'osait pas bouger et gardait le silence. La plus jeune se décida enfin :

— Vous n'êtes pas anglais ?

Hector Passadieu hocha la tête de gauche à droite. Tout se réchauffa soudain dans la pièce au sourire des deux femmes.

À chaque fois qu'il racontait cette histoire, mon père n'oubliait jamais de dire à quel point le sourire de la plus jeune l'avait touché dès le premier instant. Il me racontait souvent comment il s'était échoué sur l'île aux chiens, dans l'archipel de Saint-Pierre, en 1709. Comment il avait su, en la voyant pour la première fois, que cette femme serait la sienne. Ma mère. Il me faisait comprendre par son récit, que mon existence n'était pas due au hasard, pas plus que mon prénom.

II

SAINT-MALO

À beaucoup de tournants de ma vie, j'ai repensé à ce récit, à cette destinée préservée contre tout espoir. À mon existence qui n'avait finalement tenu qu'à un fil, à d'autres vies perdues depuis. Mon père me l'avait raconté tant de fois pendant mon enfance. Avec ses mots à lui, un peu bruts, mais qui rendaient l'histoire tellement réelle. Elle revenait souvent d'un bloc, aux instants particuliers où mon existence prenait un tour dangereux. S'il avait survécu aux canons anglais, à la mer, à la faim, à la soif, et à bien d'autres choses encore, c'était au bout du compte pour me permettre d'être là. Cette vie qu'il avait donnée, en préservant la sienne, avait pour lui un sens que je n'imaginais pas. Tant que je n'aurais pas trouvé sa véritable signification, il n'y aurait aucune raison de confier mon destin au hasard. Mon père m'avait élevé dans cet esprit, une simple philosophie des instants difficiles.

Mais il n'était plus l'heure des souvenirs. Mon évocation s'arrêta là. J'allais entrer en scène. Pour la première fois. Une sorte d'improvisation, quelque chose de tout à fait spécial. Le charlatan avait fini de frapper son tambour et le petit chien blanc qui s'était trémoussé en cadence sur ses pattes arrière alla s'asseoir dans un coin de l'estrade, bien certain qu'il n'y avait aucune récompense à attendre de ses prouesses. Le bateleur s'apprêtait pour la phase ultime de son boniment, la clef de voûte de son argumentaire :

— Tambours, battez, sonnez, trompettes! Approchez tous bons Malouins, mes découvertes sont sans égales. Essayez-les et vous verrez! Foin d'la concurrence, personne ne peut me surpasser. De mes remèdes, goûtez la puissance et dépêchez-vous d'm'en acheter!

Roulement de tambour.

— Avez-vous la fièvre ou la colique? Une entorse? Seriez-vous tombé d'un arbre? Approchez, je vais vous guérir en un rien d'temps. Une dent qui danse le branle? Une diarrhée vous fait courir toute la nuit? Approchez! Mes spécifiques sont pour vous.

Nouveau roulement furieux.

— Ce breuvage miraculeux tuera toutes vos araignées dans l'plafond. Adieu migraines et cors aux pieds. Approchez-vous, bons villageois! En un mot comme en cent, de vos orteils jusqu'à vos cheveux, pour vous guérir, cherchez pas mieux!

33

Le bonhomme se tut. En face, la foule à moitié convaincue attendait une suite. Au marché de Saint-Malo, les charlatans avaient toujours beaucoup de succès. Comme à l'église, les habitués connaissaient le déroulement du spectacle et attendaient l'eucharistie. Patients, ils regardaient en silence le héraut qui avait épuisé ses arguties et laissait son tambour en paix. Les bruits d'animaux, les harangues des marchands et le murmure du marché reprirent le dessus quelques instants. Mais on voyait bien à l'œil vif du saltimbanque, qu'il repérait déjà ses victimes et qu'il n'allait pas en rester là. Son accoutrement était étudié pour attiser l'intérêt des badauds. Son pantalon, quoiqu'élimé si l'on y regardait de près, était de drap or et rouge, d'un motif à prétention orientale où les arabesques se mêlaient subtilement aux nombreuses réparations. Le pourpoint de même étoffe était barré de deux bandes de velours aux couleurs du roi, censées figurer d'extravagantes distinctions décernées par le souverain lui-même. Un gros pendentif, représentant une tête de loup en métal noir, alourdissait le cou de l'homme. Il était coiffé d'un chapeau noir à larges bords, qu'il avait eu le raffinement d'orner de quelques médailles, en hommage à un autre monarque.

Le bonhomme transpirait dans son costume, le fard blanc de son visage commençait à trahir un âge qui aurait sans doute fait honte à ses remèdes. Il cherchait dans la foule, hésita un peu inquiet, quelques instants avant de m'apercevoir. Alors rassuré, il entama la deuxième partie du spectacle : son préambule n'avait pour propos que d'amasser la foule par ses cris et son tambour.

— Approchez! Approchez! Venez tous profiter de la science du grand Mario Pomardini. Premier chirurgien du sultan de Turquie, conseiller extraordinaire du grand Mogol, il vient jusqu'à votre porte déposer ses talents, recettes et onguents! Pour toutes les bourses, contre toutes les maladies. Et pour vous prouver ses grandes dispositions et son immense générosité, il offre gratis la première consultation.

Il y eut quelques mouvements dans la foule, mais même cet effet d'annonce n'était pas pour surprendre. Même si chacun se demandait s'il oserait le premier monter sur l'estrade, on attendait patiemment qu'un nécessiteux, à la limite de l'agonie, vienne s'offrir en sacrifice pour la première expérience. Il ne fallait pas que j'aie l'air trop impatient. Mais il ne fallait pas non plus qu'on me prenne mon tour, ce qui aurait été embarrassant pour le démonstrateur. La stratégie était simple : illustrer brillamment l'efficacité de ses remèdes sur un complice, pour en vendre un maximum, sans avoir à démontrer davantage. Et le complice, c'était moi. Tout était réglé d'avance. Tout, sauf mes émoluments. Ils dépendraient de ma prestation et des répercussions sur la vente des dits remèdes.

Je levai un doigt timide, Mario se retourna théâtralement vers moi, roulant les R comme s'il n'avait jamais respiré d'autre air que celui d'Italie.

— Eh bien, mon garçon, ne devrais-tu pas à cette heure te trouver dans les jupes de ta mère? Laisse les grandes personnes traiter ce genre d'affaires.

Éclats de rire du public, bienveillant à son égard et plutôt moqueur pour moi. Ma réponse avait de quoi surprendre.

— Je n'ai plus de mère, Monsieur le grand turc, et cela depuis fort longtemps.

On rit dans le public. Le charlatan, un peu surpris par cette réplique qui n'était pas prévue, mais amusé par l'improvisation, s'approcha de moi et me toisa depuis l'estrade, les mains sur les hanches. Les badauds, à qui ce spectacle n'avait encore rien coûté, nous regardaient tous les deux, impatients de la suite.

— Alors, retourne dans ton orphelinat, il doit bien y avoir une sœur bienveillante pour te border le soir?

Nouveaux éclats de rire.

— On vient de me jeter dehors, Monsieur.

Les sourires s'arrondissaient au plus grand mépris de mon malheur. Mon histoire était vraiment poignante, et cette misère imprévue leur faisait un peu oublier la leur.

— Eh bien, j'y puis rien si tu as pris le frein aux dents, mon bonhomme. Je peux te soigner, mais pas t'adopter. Va donc aux enfants trouvés!

— C'est que, monsieur, j'ai une mauvaise dent qui me fait souffrir depuis deux nuits… à n'en plus fermer l'œil. Vous disiez que vous soigneriez gratuitement le premier malade… S'il vous plaît.

— Que t'importe une dent malade, si tu es à la rue et que tu n'as plus rien à te mettre dessous?

Sur ce, il éclata de rire, persuadé de l'effet comique de cette plaisanterie très peu charitable. Mais le public, amadoué par mon histoire, commençait à prendre parti pour moi. Un peu plus et je lui volais la vedette. Une matrone aux joues cramoisies par le cidre lui parla méchamment :

— Et pourquoi qu'tu le soignerais pas, le p'tiot? Essaie donc d'le soulager et on verra si t'es si bon docteur que tu l'dis!

— Oui, c'est vrai, ça!

L'autre élargit son sourire, voyant que ce dialogue ajoutait du sel à sa préparation.

Mon vocabulaire d'alors pourrait surprendre. À l'époque, ma culture se bornait en tout et pour tout à la connaissance approximative de la localisation des îles Saint-Pierre où j'étais né et de l'île de l'Anglois[4] : loin, très loin par delà les mers, proche de l'Acadie. J'avais fait le trajet une fois, et ce périple était pour moi un souvenir si terrible, que jamais, à cette époque, je n'aurais souhaité le refaire. Pour rien au monde. Mon père m'avait montré un jour sur une carte. Autre point de mes connaissances d'alors, c'était le nom du roi de France, Louis, quinzième du nom. Je savais un peu de lecture et des rudiments de l'écriture. Ainsi, l'étendue de mon vocabulaire ce jour-là ne m'aurait certainement pas permis de retranscrire cette scène avec fidélité. Plutôt que trahir la saveur des péripéties de mon histoire par un langage trop pauvre, je préfère, avec le recul de la maturité, en livrer une version plus propice à reproduire dans l'imaginaire la chose telle qu'elle arriva, et surtout, telle que je la ressentis.

Mario s'apprêtait à répondre à la mégère, mais d'autres prenant ma défense, il devenait urgent pour lui de passer à la suite, avant que la situation ne tourne à son désavantage.

---

4 - Ancienne dénomination de Langlade

— Mais bien sûr que je vais l'soigner vot' protégé et vous allez en être toute surprise. Vas-y, mon gars, monte me rejoindre, tu veux une échelle ?

Vu mon âge et ma taille, la question avait valeur de plaisanterie et fut accueillie avec ferveur. Je me sentis poussé par la foule, dont les mains me propulsèrent sur les planches, sans que j'aie le moindre effort à fournir. Je gardai avec moi mon sac de toile, toutes mes richesses d'alors. Impensable de prendre le risque d'abandonner ma seule fortune sans surveillance. Je le posai près de moi.

— Dis donc, toi, t'as dévalisé l'orphelinat avant qu'on te mette dehors ?

Nouveaux éclats de rire. Je ne répondis rien. Mario attendit que le calme revienne pour continuer sa démonstration. Son talent exigeait l'attention du plus grand nombre.

— Dis-moi ce qui t'arrive, mon garçon ?

— Une mauvaise dent qui branle, monsieur, j'ai mal à m'en taper la tête sur un mur.

— Fais-moi donc voir ça.

Et sans plus de cérémonie, il m'empoigna la bouche à deux mains. Ses doigts sentaient l'ail, mais c'était un moindre inconvénient en comparaison de son haleine. Il fourrageait dans ma bouche avec conviction, roulant des yeux d'expert et marmonnant quelques noms savants, que je pris sur le moment pour du latin. Je me laissai faire comme convenu. L'examen dura de longues secondes, le public respecta religieusement le silence pour assurer au praticien la meilleure concentration possible. Il finit par pousser un cri de victoire :

— Je vois ! C'est ta petite molaire ! Quand je t'appuie là, ça fait mal ?

Son doigt appuyait grossièrement sur les dents du fond, parfaitement saines. Je devais approuver. Jusque-là, tout se passait comme prévu. Difficile de parler avec son doigt dans ma bouche, je me contentai de hocher la tête en grimaçant.

— Voyez, braves gens, rien ne résiste à mon observation. Cette dent branle au manche, mon garçon, il va falloir te la tirer.

J'entendis un murmure de satisfaction dans la foule captivée. Sans aucune cruauté, les spectateurs attendaient pourtant ce supplice en récompense de leur patience.

— Qu'on m'amène une chaise. Et tu voudras bien t'asseoir dessus, petit.

Sorti de je ne savais où, une espèce de colosse à tête de brute, torse nu comme un forçat, vint poser entre Mario et moi un petit tabouret à trois pieds. L'assistant du charlatan recula d'un pas et resta derrière moi, les bras croisés. Il contribuait nettement au folklore et dangereusement à mon malaise. Sa participation menaçante n'était pas prévue au départ.

— Voilà ton trône monseigneur, prends place !

Et d'un geste majestueux, Pomardini m'invita à m'asseoir. Je m'installai sur le tabouret. Il se retourna alors d'un coup vers le public, brandissant sous les yeux avides, d'une main, une pince de métal que rien ne différenciait à première vue de celle d'un forgeron, et de l'autre, un petit flacon contenant la substance miraculeuse qu'il avait l'intention de brader ensuite à un maximum d'entre eux.

— Et pour tirer la dent de la bouche de ce malheureux, le grand Pomardini, n'a besoin que de ce simple petit outil.

On s'exclama dans la foule devant la pince impressionnante.

— Et pour la lui tirer sans la moindre souffrance, il suffit de quelques simples gouttes de cet orviétan de ma composition, spécifique dont la recette ancestrale m'a été transmise par un sage, pour la sauvegarde et le plus grand bien de l'humanité. Et comme le grand Pomardini n'a qu'une seule parole, je vais en un temps soulager ce malheureux et le délivrer de cette mauvaise dent… Néron !

Néron n'était pas le nom du chien comme on aurait pu l'imaginer, c'était celui de la brute qui servait d'assistant. Sans bouger de sa place et sans la moindre expression, il tendit au maître un gobelet en terre, sorti de nulle part. L'illusion porta, la foule s'émerveillait. Mario le remplit à moitié de la précieuse substance et Néron, qui avait très exactement choisi sa place, me le tendit sans avoir rien à bouger d'autre que son bras.

— Bois mon garçon.

Je m'exécutai et faillit m'étouffer de tant d'amertume. Je ne pensais pas qu'il prendrait le risque de dilapider son spécifique pour ce simulacre. Sans doute croyait-il lui-même aux vertus de son produit, mais alors pourquoi le gâcher sur moi, puisque je n'avais en réalité aucun mal qui justifiât sa prescription ? J'avalai, réprimant une grimace qui serait allée contre mon rôle. L'autre, apparemment satisfait de ma docilité, m'observait en silence, attendant l'action du produit. Puis il s'approcha de moi avec détermination. Et c'est alors que mes inquiétudes me rendirent raison.

— Courage petit.

Un réflexe de dernière minute me poussa à me relever et prendre mes jambes à mon cou. Mais c'était compter sans Néron, dont le vrai rôle se révéla alors. Ses deux énormes mains plaquées sur mes épaules, il me bloqua sur le tabouret avec une force et une précision telles, que je compris tout de suite, qu'il était inutile d'espérer me dégager. Je pouvais toujours garder la bouche fermée, mais sa poigne sur mes épaules allait grandissant, m'intimant subtilement à continuer à faire bien sagement ce qui était prévu. Pomardini était devant moi, la pince à moitié ouverte à la main, juste sous mes yeux.

— Allez, ouvre maintenant. Murmura-t-il entre ses dents serrées, juste pour moi. Si tu veux gagner ton pain, tu as intérêt à te tenir tranquille.

Les mains du colosse derrière moi finissaient de broyer mes muscles, me confirmant que je n'avais pas d'autre voie que celle de l'obéissance. J'ouvris alors lentement la bouche tandis que Pomardini s'approchait. Théoriquement, je n'avais aucune raison réelle de m'inquiéter, puisque tout se déroulait comme prévu, si ce n'était la détermination de mes bourreaux. Pomardini glissa d'un côté de ma bouche une petite cale en liège, afin de s'assurer tout le champ de son action. De deux doigts d'une main, il écarta la joue de l'autre côté et il approcha ensuite la fameuse pince, qu'il introduisit dans ma bouche. Il tourna ensuite la tête légèrement, de manière à se trouver exactement face au public. L'emplacement avait été calculé, permettant aux curieux de ne rien rater.

— Et maintenant braves gens, vous allez voir comment le grand Pomardini tire une dent qui branle, sans que même le souffreteux s'en aperçoive. Détournez le regard des enfants, car la prise sera sanglante.

Tout se passa avec une extrême rapidité. Et si le breuvage miraculeux était parfaitement inefficace pour soustraire la douleur, le grand Pomardini avait une agilité particulière avec son instrument du diable. Je me raidis, misérable sur mon tabouret, Néron affirma encore sa prise, ses doigts marquant définitivement leur empreinte dans ma peau. Je sentis le métal de la pince chercher son chemin dans ma bouche, le trouver. Puis Pomardini fit une grimace, sa figure tordue par l'effort. J'avais gardé toute mon énergie pour cet instant-là. Je poussai sur mes jambes d'un coup et tournai la tête violemment sur le côté. Mais mes bourreaux ne lâchèrent pas leurs prises. Il y eut un craquement sinistre, comme si ma bouche entière était emportée. Le cri que je poussai n'était pas articulé à cause de la cale, mais il jaillit de ma gorge par réflexe, la douleur et la surprise dépassaient toute retenue.

— Petit crétin! Me lança Pomardini dans une grimace.

J'en avais autant à son service. Il n'y avait plus aucune raison de penser à ce qui avait été convenu, puisque, de son côté, le charlatan n'avait pas respecté sa parole. Les larmes coulèrent et je me sentis glisser. Néron m'empêcha de m'écrouler, c'était le seul point d'attache pour contrebalancer la sensation d'un fer rougi à blanc qui battait dans ma mâchoire.

Le charlatan recula pour ne pas être aspergé par le sang qui glissait entre mes lèvres. J'étais incapable d'avaler à cause de la cale. Il brandissait au public ma dent sanguinolente au bout de sa pince, comme Persée, la tête de Méduse à bout de bras. Le silence valait tout l'or qu'il espérait encaisser ensuite. Néron lâcha sa prise et je m'effondrai sur mon sac. J'entendis, au-dessus de moi, Mario qui reprenait son boniment.

— Voyez, public honnête, que la dent gâtée a été tirée sans un sourcillement. Le cri du malheureux n'est dû qu'à la surprise. Et grâce à cet onguent que je vais lui passer dans la bouche, il ne souffrira plus dans l'instant qui suivra.

Il se pencha alors sur moi et glissa entre mes lèvres un doigt tout visqueux d'une substance âcre, qu'il déposa expertement à l'endroit où la douleur donnait à plein. Puis, il dégagea la cale qui tenait mes mâchoires ouvertes.

— Et maintenant que te voilà à la gueule du loup, tu vas la fermer bien sagement, d'accord?

Il eut le temps de me glisser ces mots à l'oreille, quand pour le public, il me délivrait une incantation associée à sa mixture pour mieux me calmer. L'amertume prédominait dans ma bouche, mais le long battement de la douleur continuait à résonner dans mon crâne. Ma tête posée contre le plancher, le sang coulait patiemment entre mes lèvres. Je les mordis un peu pour tenter malgré tout de rester conscient, espérant que le supplice finirait par s'arrêter. Mais la faim et mon estomac vide depuis trop longtemps finirent par avoir raison de ma résolution. Un voile noir tomba devant mes yeux, le spectacle était fini pour moi.

Je me réveillai bien plus tard. La douleur m'avait retrouvé malgré mon évanouissement, me rappelant avec cruauté la nécessité de reprendre une part active à mon existence. Dans ma bouche, le goût du sang. Je tâtai timidement du bout de ma langue l'endroit où Pomardini avait sévi. Je sentis un bord tranchant : la dent était probablement cassée, la racine encore en place dans la mâchoire. Le bougre m'avait épargné les dents de devant, par chance. Je regardai autour de moi. Je me trouvais toujours sur la petite place où s'était déroulée la démonstration du charlatan, mais l'estrade avait été démontée. Le forfait accompli, j'avais été traîné dans un coin, tandis qu'on avait démonté les tréteaux en un tournemain. Pomardini avait filé en me laissant à l'agonie, amputé d'une dent et sans me régler mon dû.

J'étais roulé en boule sur le côté, mes bras autour de mon sac que j'avais embrassé par réflexe avant de m'évanouir complètement. Dégagée de l'encombrante estrade, la rue avait repris un flot étonnamment paisible. La pâleur du ciel signait la fin de la journée. Le marché se terminait, on rangeait. Une vieille, toute racornie, grappillait quelques subsides dans les ordures poussées sur les côtés pour ne pas boucher le passage. Ma dent se trouvait peut-être parmi les immondices, mais ce n'était sans doute pas la chose la plus importante dont j'avais à me préoccuper. Même si la nuit n'allait pas arriver tout de suite, je ne m'imaginais pas la passer seul dehors, dans cette ville que je connaissais si peu.

Finalement, je n'étais guère plus avancé que le matin même, lorsqu'on m'avait mis à la porte de *La Maison de la Providence*... De la Providence ! Ces femmes qui se proclamaient sœurs de la Charité ne s'étaient pas encombrées de scrupules lorsqu'elles avaient appris la mort de mon père. Lui, mort, il ne restait personne pour payer ma pension. Impossible de nourrir plus longtemps une bouche inutile. La mère supérieure m'avait fait venir la veille dans son bureau. J'y entrai pour la seconde fois, depuis quatre années pleines que j'étais pensionnaire là-bas. La première fois, c'était lors de mon admission.

Mais hier, c'était complètement différent. J'allais avoir quatorze ans et j'étais plutôt impatient en arrivant dans la petite pièce. Car, pour justifier cette convocation exceptionnelle, on m'avait annoncé des nouvelles de mon père. Il était parti en campagne depuis plusieurs mois sur un navire de *la Compagnie[5]*, comme il disait. La vieille nonne ne s'embarrassa d'aucune des subtilités qu'on est en droit d'espérer à mon âge. Elle me fit vaguement signe de m'asseoir, en attendant de finir ce qu'elle était en train de faire et qui semblait de la plus haute importance : égrener son chapelet. La fenêtre à petits carreaux baillait sur un ciel sale et le cri des mouettes toutes proches me rappelait la mer, à quelques brasses à peine. L'air sentait les algues.

Malgré cette proximité, on nous autorisait seulement une sortie par mois dans la ville, à condition de rester à l'intérieur des remparts. Et deux fois par an, pour les fêtes patronales, nous avions la permission exceptionnelle et cependant

_____

5 - Compagnie des Indes

sous bonne garde, d'aller tremper nos pieds dans l'eau et le sable fin des plages au pied du château. Quelques îles que l'on pouvait toucher à marée basse, me rappelait la mienne, si lointaine. Une terre perdue que je ne reverrais jamais. La mer brute frappait la roche noire inlassablement, et ces rochers, comme ceux de Saint-Pierre, me ramenaient à l'époque oubliée de mes premières joies d'enfant.

Je n'avais guère de liens avec les autres garçons, du moins pas ceux que j'aurais pu imaginer à mon âge. Sans doute mes origines y étaient-elles pour quelque chose, car, malgré mon ancienneté, on m'avait toujours considéré en étranger. Il n'y avait donc guère de distraction, en dehors d'une jeune novice qui donnait, depuis son arrivée à *La Maison de la Providence,* une teinte nouvelle à mon univers. Il y avait en elle un charme virginal, que soutenait une modestie toute particulière. Ses traits d'une grande pureté prouvaient sa noblesse, et il n'y avait guère plus de doutes à placer sur ses origines que sur sa grandeur d'âme. Je m'épris donc en secret de cette enfant qui aurait pu être aussi bien ma sœur. Et je m'appliquais à la croiser le plus souvent possible, simplement pour le plaisir d'admirer son visage et de provoquer, en même temps, la fuite du regard et l'imperceptible rougeur qui venait en même temps sur ses joues. J'aimais aussi les réactions que cette rencontre provoquait sur moi, n'y voyant alors qu'une source innocente de plaisir. J'y trouvais là des exaltations, bien différentes de tout ce qu'on m'avait promis jusqu'alors par les voies divines. C'est son image qui me sauvait dans les moments de doute. Son nom de noviciat était Balbine. Je ne savais rien d'elle, ne lui avais jamais parlé, mais j'imaginais que par elle, un autre soleil réussissait à franchir les murs de notre retraite.

La supérieure renifla bruyamment pour récupérer toute mon attention et me parla en ces termes, fixant son regard sur un petit crucifix de bois posé sur son bureau. Sans nul doute, le sacrifice de ma vie qu'elle s'apprêtait à faire n'intéressait que le Christ, puisqu'à aucun moment, elle ne prit le risque de croiser mon regard. Voilà où les gens de trop de foi placent leur courage, non pas dans leur cœur, mais dans celui des icônes.

— Je viens de recevoir des nouvelles de ton père, mon garçon. Tu es bien le fils d'Hector Passadieu ?

— Oui.

— Il avait embarqué pour les Antilles, pour y rejoindre un navire de la Compagnie des Indes ?

— Oui ma mère.

L'imparfait me glaça, ce n'était pas la peine qu'elle aille plus loin, j'avais compris. J'étais seul au monde, définitivement. Mais je n'en mesurais pas alors immédiatement toutes les conséquences.

— Ton père est mort le mois dernier, mon garçon. Je viens de l'apprendre ce matin. Son navire, *le chameau* s'est échoué sur les côtes d'Afrique. Prions pour lui.

Et elle baissa un peu plus la tête, reprit son chapelet d'une main griffue pour s'abîmer dans des prières, dont je pense qu'elle n'attribua pas la moindre part à la sauvegarde de l'âme de mon pauvre père. La prière, moi, j'aurais toute la vie pour m'y adonner, m'y plonger, m'y concentrer. Dieu n'était pas dans cette pièce, puisqu'il m'abandonnait aujourd'hui. J'étais ma famille à moi seul, sans parents ni fratrie, à la charge de quelques bigotes sans amour. Et pour combien de temps ? Je n'allais pas tarder à le savoir. Un énorme sanglot remontait dans ma gorge.

La dernière fois que j'avais serré mon père dans mes bras, il y avait de cela plusieurs mois, c'était sur un des quais, juste à l'entrée du port, où j'avais eu le droit de l'accompagner alors qu'il embarquait. La mer n'était pas sa vie, mais bientôt la mienne, car ses primes lui permettaient à peine de payer ma pension aux religieuses. En échange, elles me logeaient, me nourrissaient misérablement, et m'enseignaient juste à peine ce qu'il fallait de latin pour ne pas trop m'attédier[6] aux nombreux offices quotidiens qu'on nous y imposait. J'avais dix ans quand il m'avait placé là, c'était en 1721. Mon père était tout pour moi, et j'étais tout ce qui lui restait. Nous n'avions plus rien à partager que nos souvenirs, notre tristesse et notre fierté. Celle d'avoir survécu malgré tout, celle de continuer à vivre en attendant des jours meilleurs que je grandisse et au pire que je finisse un jour par embarquer avec lui. Mais, ce rôle de mousse qui avait coûté la vie à un autre Jean autrefois, il me le refusait encore, de peur de me perdre, imaginant pour moi un poste plus élevé dans la hiérarchie de la vie. Il avait lui-même abandonné son emploi de harponneur, le jugeant trop dangereux. Il était redevenu simple matelot. Il faisait tout pour continuer à vivre, pour protéger sa dernière richesse. Et, moi, je végétais dans cette prison, gouvernée par des femmes, trop accaparées à servir Dieu pour me donner une once d'amour, quand je n'aurais plus jamais celui de ma mère.

Sans mon père, c'était la fin. Ce dernier jour où je l'avais vu embarquer, je n'avais pas eu le moindre doute : il reviendrait, il me prendrait encore dans ses bras, je sentirais de nouveau l'odeur froide du tabac à pipe qu'il mélangeait lui-même. Je n'imaginais pas me retrouver un jour seul, sans un adieu, sans même un dernier mot, un dernier sourire. C'était comme ça. Dieu n'y pouvait rien. Et la mère supérieure, en pleine contemplation, ne faisait rien pour me donner l'impression de m'accorder la moindre compassion.

— Cela fait plus de deux mois, que nous n'avons pas reçu d'argent de ton père. Tu comprends ce que cela veut dire ?

Je n'avais pas eu le temps de répondre, elle s'était dépêchée de finir ce qu'elle avait à dire, comme un juge qui prononce une sentence, dont il doute peut-être encore un peu.

— Nous ne pouvons pas te garder plus longtemps. Un garçon de ton âge, ça coûte beaucoup à entretenir, tu comprends ?

— Je peux travailler.

— Là n'est pas la question, nous ne sommes pas un pensionnat et c'était déjà un acte de générosité de notre part d'avoir accepté de te garder parmi nous. Ici, chacune d'entre nous a une tâche définie. De plus, tu commences à grandir

6 - S'ennuyer (ancien)

comme un homme et ta place n'est plus dans une maison tenue par des femmes. Cela poserait trop de problèmes.

Soudain, à cause de l'argent, tout devenait un prétexte : l'organisation quotidienne, l'éveil des sens, que sais-je encore... j'étais condamné. Et l'enfant de quatorze ans que j'étais ne pouvait lutter face à cette vieillarde décidée à me mettre dehors. Comme si elle n'avait jamais attendu que cela ! Me priver de mon père, c'était à coup sûr me livrer aux pires tourments, aux flammes de l'enfer. Puisque c'est Dieu lui-même qui me l'annonçait, le diable aurait dorénavant toute mon oreille. Elle m'annonça alors que je partirais le lendemain, que je n'emporterais que ce qui m'appartenait en propre, c'est-à-dire peu de choses, et qu'elle n'avait pas les moyens de me donner quelque argent d'avance, car elle faisait déjà un immense sacrifice en effaçant la dette des deux mois de pension, qui resterait à jamais impayée. Malgré tout mon malheur, j'étais encore son débiteur. Peut-être aurais-je même dû me montrer reconnaissant. Même si cette liberté était au fond un événement que j'attendais, l'inconnu qu'il y avait derrière me terrifiait.

Inutile de détailler ma dernière nuit à *La Maison de la Providence*, pensant moins à mon chagrin et à ma solitude qu'à mon devenir, lorsque la porte des sœurs se refermerait derrière moi. Le démon avait dû me souffler cette nuit-là tous les registres de son imagination, allant de la tentation de me jeter de la fenêtre pour rejoindre mon père au plus vite, à celle de voler ces âmes si charitables qui me livraient à une mort certaine, sans le moindre sourcillement. Le suicide m'effrayait un peu, car, si je ne doutais pas un instant que mon père soit déjà au paradis, il n'aurait pas fallu que par ce geste païen, je me retrouve aux antipodes et que nous restions à jamais séparés. Car malgré tout, la force des principes qu'on m'avait inculqués continuait de bloquer mon jugement dans ses carcans. Le vol non plus n'avait pas mes faveurs. J'avais aussi un instant imaginé saccager le bureau de la supérieure, mais je n'y voyais pas un grand intérêt et cela n'atténuerait en rien mon chagrin. Cette nuit-là, je n'avais pas dormi, pas prié. J'avais juste laissé couler mes larmes, en imaginant que le lendemain, je trouverais le moyen de m'engager comme mousse et que je partirais moi aussi, abandonnant à la mer, la pire des traîtresses, la maîtrise de ma destinée.

Avant de quitter *La Maison de la Providence*, ce matin de juillet 1725, j'avais prévu de me goinfrer au repas du matin et de chaparder un morceau de pain, au moins, avant de prendre la route. Mais l'ordinaire était aussi chiche que d'habitude. Ici, les sœurs ne risquaient pas de nous affriander[7]. Comme les autres jours, le cellier était clos à double tour. La mère supérieure était descendue elle-même au réfectoire après les laudes, et toujours sans me regarder, elle avait prononcé quelques mots :

— Jean est sur le chemin de la maturité. Il nous quitte aujourd'hui pour vivre sa vie d'homme. Dans sa bonté, Dieu a placé aujourd'hui en notre bonne ville son grand marché. Il n'est pas à douter que Jean y trouvera besogne à sa

7 - Exciter l'appétit (ancien)

main, afin de pourvoir à son toit et à son pain. Que Dieu l'ait en Sa Sainte Sauvegarde et nous prierons pour son père disparu.

Elle avait fait demi-tour et était sortie de la pièce. Dieu n'était donc pas si méchant à l'entendre, mais, n'en étant pas à une facétie près, il n'avait pas voulu me laisser quitter *La Maison de la Providence* sans un signe, juste pour me laisser douter de sa divine bonté et de sa bienveillance envers la plus pitoyable de ses brebis. Je me sentais en effet ce jour-là, le plus petit, le plus misérable et le plus oublié de tous les chrétiens.

Au tout dernier instant, avant de franchir la porte du pensionnat, Balbine s'était avancée vers moi, sortie de l'ombre comme un fantôme. Ses yeux changeants avaient la couleur de mers inexplorées, car ils me regardaient, pour la première fois bien en face, comme si tout avait été préparé pour ce moment. Il émanait de son visage une sérénité et une bienveillance naturelle qui m'avaient donné à imaginer, à cet instant, que si les anges existaient, ils ne pouvaient avoir d'autre visage que le sien. J'étais prêt à sortir. De la manche de sa robe, elle avait sorti le quart d'une miche de pain noir qu'elle m'avait tendu timidement.

— Ce n'est pas grand-chose. Avait-elle dit simplement.

C'était beaucoup. Et elle m'avait souri avec une grande modestie, et son sourire valait mille fois son geste. Elle avait posé l'offrande entre mes mains. Je me souviens encore de ses longs doigts poudrés de la farine du pain, leur contact frais. Je n'avais rien osé dire. Elle avait continué de sourire en modèle de béatitude. Et en même temps, un voile imperceptible de doute m'avait laissé imaginer qu'elle enviait mon sort à cet instant. Bientôt on l'avait appelée du fond de la prison, j'avais murmuré un merci et étais sorti en reculant, gardant son sourire en réserve, quand le courage viendrait à manquer. Je m'étais retrouvé dans la rue. La porte avait claqué.

J'avais décidé de me diriger vers le marché, à la rencontre de cette *providence* que les nonnes n'avaient pas voulu me donner. Elle portait le nom de Pomardini, m'avait coûté une dent, me laissant pour mort dans une rue de Saint-Malo, sans la moindre idée de l'endroit où je pourrais passer la nuit. Je marchai d'abord au hasard, incapable de réfléchir, ne sachant, de mes malheurs, lequel était le plus détestable : de ma douleur ou de l'absence de perspective. Au bout d'un moment, je m'assis en tailleur sur un pas de porte et palpai mon sac en toile, pour en reconnaître le contenu et m'assurer que rien n'y manquait. C'était facile, pas besoin de l'ouvrir ; j'y retrouvai entre autres choses et avec surprise le contour du pain que m'avait offert la jeune fille. Ce souvenir seul me réchauffa quelques instants et me donna l'énergie nécessaire pour autoriser une suite à mon histoire.

Lorsque nous étions arrivés à Saint-Malo quatre ans plus tôt, mon père et moi, épuisés de chagrin et presque aussi démunis que je l'étais en ce jour, nous avions trouvé une halte accueillante à *La Marmite des Pauvres*. C'était une sorte d'auberge où l'on distribuait une soupe chaude et un morceau de pain sec à qui le demandait, simplement par charité. L'établissement n'offrait pas le gîte, mais on nous avait autorisés pour une nuit à dormir sous un abat-vent avec les bêtes.

J'habitais dans cette petite ville depuis presque quatre ans, mais pour n'être pratiquement jamais sorti de *La Maison de la Providence*, et en tout cas jamais seul, je savais que j'aurais tôt fait de me perdre dans le dédale de ruelles qui courrait à l'intérieur des remparts. Je me souvenais vaguement d'une rue qui montait, mais ce souvenir ne valait pas grand-chose à hauteur de mes dix ans de l'époque. Et peut-être que l'établissement n'existait plus.

On me renseigna facilement et je reconnus au fond d'une ruelle qui grimpait sec vers l'abat-vent, où nous avions passé notre première nuit à terre, mon père et moi. Je fus un peu rassuré de retrouver ce lieu que je reconnaissais. Je le fus moins en distinguant devant l'entrée de l'établissement la stature de Néron, assis sur la carriole du charlatan. Il était là en chien de garde, le vrai chien du spectacle à ses pieds, assurant ainsi à eux deux une double veille. Il me tournait le dos, et je pus entrer dans *La Marmite* sans qu'il me remarque. J'avais la ferme intention d'aller réclamer mon dû au sieur Pomardini. Je ne savais pas comment, mais je n'avais plus rien à perdre et n'avais plus peur de grand-chose.

Dans l'estaminet régnait le silence, cette pudeur de la misère s'excusant presque d'être là. Quelques places encombrées de miséreux devant leur bol de soupe, une seule bougie sur chaque table éclairait faiblement l'endroit. La lumière du jour faiblissante avait renoncé à cette heure à franchir la crasse qui obstruait en partie l'unique fenêtre. Au fond, une mégère opulente farfouillait avec une grosse louche dans une marmite qui bouillait sur un coin de feu. La cheminée était si petite que je ne l'avais pas remarquée tout de suite. La femme finit de servir un vieillard tremblant dans un bol de terre, puis elle se tourna vers moi.

— Qu'est-ce que tu veux, toi? On ne sert pas les enfants seuls ici. Si tu es orphelin, tu n'as qu'à aller à l'hospice.

— Je cherche mon père.

C'était sorti d'un coup et je regrettai aussitôt d'avoir dit ça. L'attention de la femme s'était affermie. Je cherchais des yeux Pomardini, mais ne l'avais pas reconnu encore.

— Il est ici?

— Oui, il est là.

Il était assis à une des tables près du feu, tout au fond. Il avait bien moins fière allure que sur scène. Je ne l'aurais peut-être même pas reconnu, si je n'avais pas vu son chargement devant l'échoppe. Lui ne m'avait pas remarqué, le nez au fond de son bol, lapant sa cuiller avec avidité. Je m'approchai, et, lorsque je me trouvai en face de lui, je posai sans précaution mon sac sur la table, au risque de renverser le reste de son dîner.

— J'ai mis du temps à te retrouver!

Pour la tenancière, mon assurance suffisait à prouver ma bonne foi et elle m'invita à venir chercher un bol de soupe. Pomardini leva les yeux vers moi, et je pus détailler son vrai visage, sans fards, les sillons de vieillesse creusés pour la dernière moisson. Il était presque chauve, son nez était parsemé de petits cratères violacés, ses yeux fatigués striés de veines prêtes à éclater. Il me reconnut tout de suite et eut un mouvement de recul, dû uniquement à la surprise. Il était impensable qu'un gamin de quatorze ans, même bâti comme moi, puisse lui faire peur. Mais mon air déterminé et l'audace d'un tutoiement, qui m'avait moi-même surpris, avaient suffi à le faire douter.

— Ne bouge pas, je reviens!

Et il fallait une bonne mesure d'arrogance ou d'inconscience pour lui abandonner quelques secondes mon baluchon et lui tourner le dos. Je revins m'asseoir en face de lui, avec un bol rempli d'une soupe aussi claire que l'eau du puits, et à l'aspect aussi douteux que celle d'un marigot. L'autre était resté à sa place, la cuiller en suspend. Il se redressa un peu pour retrouver de sa superbe, malgré sa mine pitoyable. Pour moi, c'était comme un encouragement.

— Qu'est-ce que tu veux? Tu m'as suivi?

Je ne répondis pas tout d'abord et commençai à manger ma soupe lentement, le fixant bravement entre chaque cuillérée. Vu de près, il ne faisait pas le poids contre un géant tel que moi. L'âge n'y faisait rien. La vigueur et la force étaient pour moi, et il le savait. Il n'aurait pas le temps d'appeler Néron, que je lui aurais déjà fait rendre au centuple la dent qu'il m'avait brisée. Logiquement, la suite allait venir d'elle-même. Elle ne tarda point, preuve que le fanfaron était resté là-bas, sur les tréteaux, et que je n'avais plus en face de moi qu'un vieillard fragile, qui cherchait maintenant à se justifier pour échapper à la correction.

— Tu vois, je ne pouvais pas faire autrement. J'avais bien une dent cachée dans ma poche, mais le charcutier qui me fournit d'habitude n'avait plus de sang de porc frais. Tu sais, le public est crédule, mais, s'il n'y a pas de sang, il n'a pas son compte. Si je leur avais montré une dent toute sèche, ça n'aurait pas marché. Ils nous auraient confondus tous les deux.

Ce qui me frappa, c'était sa façon de parler et son vocabulaire qui n'avait rien à voir avec celui du charlatan qui était sur scène quelques heures plus tôt.

— Et pour ça, tu me brises une dent? Joli métier! Quand tu m'as fait monter sur scène, tu savais déjà que tu n'avais pas de sang. Tu n'avais qu'à proposer un autre tour.

— Ce qu'ils veulent, c'est du sang. Je ne voulais pas briser ta dent, juste l'ébranler suffisamment pour que la gencive saigne un peu. C'est tout.

— Je vais croire ça!

— Si tu ne t'étais pas débattu, ça ne serait pas arrivé. Tu n'aurais presque rien senti. Tout ça, c'est ta faute!

J'avais du mal à croire son boniment. Il était beaucoup moins convaincant que lorsqu'il paradait sur ses tréteaux.

— Tu aurais pu te piquer un doigt, ou prendre du sang au chien.

— Je suis douillet.

— Et notre arrangement, alors?

— Tu étais censé ne pas avoir mal. Tu crois que ça s'est terminé comment, cette petite mascarade? Tu n'as pas vu la suite, mais je vais te la raconter. Lorsque tu as eu tes vapeurs, cette foule crétine a pris parti pour toi, m'accusant de t'avoir violenté et d'avoir menti sur les vertus de mon remède. Tu étais tout prêt à revenir, un simple évanouissement. Mais je devais faire diversion. Alors, j'ai sorti la vipère.

— La vipère?

— Oui, pour un numéro très dangereux. Je me fais mordre par le serpent après avoir pris mon antidote.

— Et comment fais-tu pour ne pas succomber au venin?

— Mon antidote, pardi!

— Ben voyons! Si tes potions marchaient, je n'aurais pas si mal, maintenant. D'ailleurs, tu n'as qu'à me donner une de tes fioles, car ma tête pourrait s'arracher toute seule tellement je souffre.

— Attends, je n'ai pas fini. Après la morsure du serpent, ils ont voulu vérifier par eux-mêmes qu'il ne s'agissait pas d'une vulgaire couleuvre. Pour une fois qu'ils y connaissaient quelque chose.

— Et alors? Pourquoi m'avoir ainsi abandonné? Tu aurais pu me secourir!

— Attends la fin! Une matrone était allée chercher les hommes du prévôt. Ils ont fait tomber mon autorisation et j'ai dû plier mes tréteaux en grande hâte. Et lorsque j'ai eu mis mon équipement à l'abri, j'ai envoyé Néron te chercher pour te venir en aide.

— Ah oui?

— Oui, mais entre-temps, tu étais parti. Je ne pouvais pas te faire chercher partout. Je dois quitter la ville ce soir. Pour moi, Saint-Malo, c'est fini. Et la représentation de toute à l'heure m'a coûté un serpent.

— Ce n'est pas mon affaire. Avant de partir, tu vas quand même me régler ce que tu me dois. Avec un supplément pour la dent.

— Tu crois que si j'avais le moindre argent, je serais ici en train de manger mon pain dans ma poche[8]?

— Tu m'as abandonné dans la rue, à la merci du premier tire-laine. Une chance que je me sois réveillé.

— Ils m'ont mis le feu sous le ventre[9], j'ai été obligé de démonter à toute vitesse. J'avais pourtant demandé à Néron de s'occuper de toi.

— Oui, mais un peu tard, tu ne trouves pas? Et maintenant qu'est-ce que tu comptes faire avant que je me paie sur la bête?

— Je n'ai ni feu ni lieu où aller ce soir, je serais bien en peine de t'offrir quoi que ce soit… Si je te devais quelque chose d'ailleurs.

— Une dent, rien que ça. Quelqu'un d'aussi docte que toi connaît l'Ancien Testament?

Puisqu'il avait l'air d'aimer les dictons, je venais de lui en suggérer un inusable et parfaitement adapté à ce qui allait se passer. Au moins, le misérable enseignement des sœurs allait servir à quelque chose pour une fois.

— Tu n'as pas rempli ton contrat, tu devais ne pas montrer de souffrance pendant l'extraction. Moi, je t'ai un peu abîmé une dent. Nous voilà quitte à quitte.

8 - Manger tout seul
9 - Presser

— Que tu crois ! Tu m'as défiguré, laissé pour mort et tu imagines t'en tirer comme ça ?

— Je t'ai dit, je n'ai rien avec moi.

La discussion commençait à tourner court. Nos bols de soupe finis, la femme qui nous avait servis nous lorgnait ostensiblement derrière sa marmite. Sa charité s'arrêtait là, il fallait sortir. Dehors, il y avait Néron. Si je voulais faire quelque chose, c'était maintenant, même si c'était loin d'être l'endroit idéal, et Pomardini le savait. Il se leva en me regardant droit dans les yeux, ramassa son chapeau qu'il cala sur son crâne et me dit.

— Et maintenant, qu'est-ce que tu vas faire ? Me donner cette correction dont tu as tellement envie que je la vois dans tes yeux. Allons, mon garçon, nous sommes frappés à même coin[10]. Nos poches sont vides et nos estomacs guère mieux. Tu as le salut de Mario Pomardini.

Après une parodie de révérence, il me tourna le dos et sortit dans la rue. Je comptai jusqu'à vingt avant de le suivre, n'ayant aucune envie de me confronter à Néron. Lorsque je sortis à mon tour, les deux hommes se saluaient. Néron avait en main une des fioles de Pomardini, gage qu'il avait dû recevoir de son employeur ; modeste émolument dont il avait l'air pourtant particulièrement satisfait. Puis, le fort des halles tourna les talons et disparut au coin de la rue, laissant le vieil homme avec son chien devant l'imposante voiture à bras. Il y avait à parier que Pomardini n'avait pas prévu ce revers-là. Il devait avoir quitté la ville avant qu'on ferme les portes : il ne restait pas une heure avant la nuit. Et je ne voyais pas comment il allait réussir à tirer seul son chargement. La charrette était chargée de planches et de tréteaux destinés à dresser l'estrade, de quelques éléments de décor, d'un tabouret et d'une petite caisse contenant ses instruments, ses remèdes et quelques bocaux en verre au contenu mystérieux. Pour tirer tout cela, il aurait fallu un bon mulet. Mais il y avait bien longtemps que Pomardini n'en avait plus la carrure. Il me regarda, l'air vaguement craintif, mais tellement misérable que malgré ma douleur et ma rancœur, je n'eus pas la force de lui administrer la raclée dont je rêvais quelques instants plus tôt. La seule chance de cette journée était pour moi d'avoir oublié le chagrin d'avoir perdu mon père.

Nous nous sommes regardés longuement. Après tout, n'avait-il pas complètement tort, le vieux bonhomme, en nous mettant à l'égal tous les deux. Je savais que je ne trouverais pas où loger cette nuit-là. Alors, mieux valait ne pas rester seul. Je jetai mon baluchon sur sa charrette et me mis à l'un des bras pour tenter de le soulever. L'autre me regarda, incrédule, et sans rien dire se plaça de l'autre côté. L'étrange équipage se mit en branle, le chien joyeux nous précédant dans le dédale de rues.

Je laissai Pomardini nous guider en silence et bientôt nous atteignîmes les remparts. Dehors, le soleil finissait de se coucher et l'ombre de la ville submergeait le château. Je revis la mer et son impression d'infini, celui qu'avait couru

---

10 - Nous ne valons pas mieux l'un que l'autre

mon père, ce même infini qui avait causé sa perte. L'espace d'un instant, je relâchai mon effort et m'arrêtai.

— Qu'est-ce que tu regardes comme ça ?

— La mer.

— Et quoi ? Tu ne l'as jamais vue avant ?

— Elle m'a volé ma famille…

— Crois-moi, profite de cette chance de l'avoir en face de toi plutôt que sous tes pieds. C'est ce qui peut t'arriver de mieux.

Je ne bougeais toujours pas.

— Allons mon gars. Regarde les nuages qu'elle nous apporte ta mer. Dépêchons-nous de trouver un abri, sans quoi nous serons mouillés comme des canards avant la nuit. Il ne manquerait plus qu'on attrape la mort.

— Je ne crains rien, je suis avec un grand docteur.

L'ironie n'avait pas égratigné ses certitudes.

— Qui te dit que je te soignerais ?

— Maintenant que je t'ai aidé à quitter la ville… Et puis, tu me dois toujours une dent. Et je ne te lâcherai pas tant que cette dette ne sera pas réglée.

— Tu peux toujours rêver. Et dis-toi surtout que ça ne t'autorise pas à me tutoyer comme un camarade. Souviens-t'en, si tu veux que je tolère ta compagnie plus longtemps.

Et il donna un à-coup à la charrette pour me forcer à démarrer. De gros nuages sombres s'annonçaient effectivement du large, laissant encore filtrer quelques rayons de soleil sur les tours du château. La nuit est arrivée très vite ensuite. C'était l'été, il faisait chaud. À la sortie de la ville, nous nous arrêtâmes à une fontaine pour nous désaltérer et remplir malhonnêtement nos estomacs, qui se trouvaient déjà vides.

Bientôt nous arrivâmes aux abords d'une forêt. La route devenait moins large et semblait se perdre sous des arbres immenses. Je m'arrêtai devant leur masse imposante, regrettant tout d'un coup la protection des remparts de la ville. Pomardini me regarda, surpris.

— Tu as peur d'une forêt, maintenant ?

— C'est que… des arbres aussi gros… Je ne savais pas que ça pouvait exister.

— Mais de quel diable de monde viens-tu ? Des arbres, il y en a partout.

— Pas chez moi, en tous les cas pas aussi gros, ni aussi hauts. Par chez nous, le vent bat la terre sans cesse. Il y a beaucoup de brousses, quelques sapins qui peuvent résister. Mais à part ça, je n'ai jamais vu de feuilles semblables et de troncs si robustes.

— Et bien, tu n'es pas au bout de tes surprises, mon garçon.

Et Pomardini donna un à-coup sur la carriole.

— Allez, ce n'est pas cette petite forêt qui va nous arrêter. Dépêchons-nous avant la pluie.

Nous nous remîmes en marche et bientôt notre équipage s'enfonça sous les voûtes épaisses. Le chemin était mauvais et nous devions redoubler d'efforts pour éviter aux roues de se bloquer dans les ornières. La fatigue pesait sur mes épaules, mais ma fierté était plus forte. Je pensais au morceau de pain dans mon sac, mais n'ayant nulle envie de le partager avec qui que ce soit, je me gardais d'en parler. Béni par les mains de la jeune novice, il eût été sacrilège de ne pas le garder tout entier pour moi : autant donner la communion à un converti. Plus loin, le bois que nous avions traversé s'éclaircit un peu. Je fus presque rassuré de revoir le ciel, malgré les nuages qui pesaient sur nous. De grosses gouttes chaudes commençaient à tomber.

— Tu vois, qu'est-ce que je t'avais dit ?

Seul, je n'aurais jamais osé prendre cette route, à la merci du moindre coupe-jarret. Et même si Pomardini ne semblait pas taillé pour me défendre, sa présence me rassurait. Et puis nous avions le chien.

Nous sommes entrés sous un bosquet plus dense, un peu à l'écart du chemin et la charrette parut soudain beaucoup plus difficile à manœuvrer. Sous le pied d'un gros arbre aux feuilles dentelées, Pomardini s'arrêta enfin, laissa la charrette basculer en arrière.

— Viens m'aider.

Nous avons simplement tiré deux planches du chargement qui formèrent instantanément une sorte d'abat-vent. Même s'il ne payait pas de mine, je dois dire que mon bonhomme avait de la ressource et de l'idée. Il prit ensuite une vieille couverture dans sa caisse à malice et l'étendit sur le sol, sous le toit de fortune que nous venions de dresser.

— Voilà.

Il ne dit rien de plus, lui d'habitude si loquace, sans doute intimidé par cette proximité dont il n'avait pas l'habitude, en vieil homme solitaire. Il s'allongea sur une moitié de la couverture. Je restais debout, indécis. Je me rendis soudain compte que j'avais quatorze ans, que j'avais suivi cet homme que je ne connaissais pas au fond d'un bois, cet homme avec lequel le premier contact n'avait pas été particulièrement encourageant. Je pouvais tout envisager, même si mon imagination de jeune garçon n'était pas encore capable d'entrevoir le pire. La pluie, qui avait retenu ses flots le temps de nous installer, s'ébattait à plein sur les feuilles. Le bruit couvrait tout et des gouttes plus lourdes commençaient déjà à se glisser à travers les feuilles jusqu'à mon visage. Le monde n'existait plus, la fatigue seule imposait une décision.

Pomardini ne semblait pas faire attention à moi. Le chien s'était roulé à ses pieds et regardait le maître avec la résignation de celui qui sait que ce soir, là encore, il devrait se passer de dîner. Il glissa sa tête entre ses pattes pour oublier le bruit de la pluie et la faim au creux du ventre. Je pensais à mon morceau de pain, qu'il était inutile de laisser tremper. Je jetai mon sac sur la couverture à côté du vieil homme et vint m'asseoir à la place qu'il m'avait réservée. Au moins, j'avais un toit ce soir-là, contre toute espérance : le plus inattendu, mais le seul que j'étais en mesure de m'offrir. Pomardini, allongé sur le dos, regardait droit devant lui, et l'acuité de son regard trahissait, malgré sa dégaine misérable, une intelligence qu'on ne soupçonnait pas au premier abord. Au bout d'un moment, il me demanda sans me regarder.

— Tu n'as rien à manger ?

J'hésitai quelques instants, même si je savais pourtant, malgré toutes mes convictions, que je finirais par céder. Finalement, les sœurs avaient fait de moi cette sorte de chrétien aux dépens desquels les gredins peuvent vivre. Ce soir là encore, Dieu avait gagné.

— Vous avez un couteau ?

Pomardini fouilla dans sa poche et en sortit un, dont il déploya lentement la lame étrangement courbe. Je parus un peu surpris lorsqu'il me tendit l'objet.

— Tu vois, si j'avais voulu, il y a longtemps que je t'aurais réglé ton compte.

J'hésitai encore à le prendre.

— Et puis, si tu avais essayé de me surprendre, je me serais défendu jusqu'à la dernière dent.

Le manche était en bois lourd et rugueux, mais on l'avait bien en main. Avec une telle arme, on se sentait aussitôt rassuré. Je fouillai dans mon sac et en sortis le pain. L'autre le regarda avec des yeux ronds, impressionné par la taille du morceau et son apparente fraîcheur. Avec le couteau, j'en taillai une tranche pas trop épaisse et la lui tendis. Il la garda entre ses mains et la contempla longuement avant de l'attaquer lentement, comme on le fait quand on ne sait pas dans combien de temps se présentera à nouveau une telle aubaine. Je le regardai manger, jusqu'à ce que la tranche soit finie. J'avais rangé le pain entre-temps.

— Tu ne manges pas ?

— J'ai trop mal.

— Attends.

Il se leva et, malgré la pluie, alla fouiller dans la caisse sur la charrette. Il en revint avec une toute petite fiole. À ce moment, il faisait presque nuit et je ne pouvais pas véritablement distinguer son contenu. Lorsqu'il l'ouvrit, une odeur très forte se répandit.

— Donne-moi un doigt.

Je lui tendis mon index droit et il l'imbiba de liquide.

— Frotte ta dent avec ça. Tu verras, ça ira mieux.

Je fis comme il m'avait dit. Le goût était extrêmement fort, comme un alcool. Lorsque je l'appliquai sur ma gencive, je ressentis d'abord une brûlure, qui, au lieu de me calmer, ajouta une nuance différente à la douleur déjà présente.

— Masse bien, ça va passer.

Le bonhomme connaissait son affaire, car au bout de quelques minutes, la sensation de chaleur s'estompa, pour faire place à une espèce de torpeur qui masqua progressivement la douleur. Les battements s'apaisèrent enfin. Pomardini avait refermé la fiole et l'avait rangée dans une de ses poches. Je ne devinais plus que sa silhouette dans la pénombre. Il se tourna sur le côté, me faisant dos, prêt à dormir.

J'attendis longtemps pour être sûr qu'il soit complètement assoupi, puis je fouillai l'intérieur de mon sac pour en sortir un coffret de bois. À l'intérieur, les feuilles que j'avais ramassées moi-même autrefois à Saint-Pierre étaient toutes sèches, mais probablement toujours efficaces. J'en prélevai une pincée que j'écrasai contre ma gencive. Bientôt, je ne ressentis pratiquement plus aucune douleur, la combinaison des deux principes ayant enfin eu raison de mon martyre. Je rangeai la boîte, ne touchant au pain qu'en pensée. Puis, je roulai le sac pour en faire une sorte d'oreiller où reposer ma tête. Au creux de ma nuque, je sentais la forme rugueuse du pain. Ma dernière pensée avant de sombrer ne fut pas pour mon père, mais pour la jeune Balbine, qui venait de rejoindre l'album de ma vie.

Jean-Baptiste Seigneuric

III

LA MAISON DE LA PROVIDENCE

Lorsque la jeune Enora avait quitté le domaine familial, c'était avec la certitude qu'elle ne reverrait jamais ni les vieilles murailles ni les visages de ceux qui jusqu'alors avaient façonné son univers. Sa mère, seule, l'avait conduite à la berline, dernier luxe de la famille, ultime relief de fastes qu'Enora n'avait jamais connus, mais dont on lui avait quelquefois parlé comme d'un temps ancien, où son nom illustre rayonnait alors sur les environs. L'ancienne demeure était à l'image de la déchéance, criblée de trous dans la toiture et de dettes insolubles.

Jusqu'à ses quinze ans, Enora avait pu jouir en toute tranquillité des privilèges de son rang. Jusqu'au bout, ses parents avaient souhaité garder le train d'une vie qui ne se méritait plus. Ils vivaient encore sur l'ère des jours fastes, usant jusqu'à la corde le prestige de leur nom, en emprunts et créances diverses. Et ces heures faussement insouciantes allaient devoir trouver leur fin d'elles-mêmes. De l'héroïsme passé de sa famille, Enora avait gardé le goût épicé de l'aventure et un esprit joliment fantasque. Un précepteur lui avait appris assez facilement le latin et le français. Elle écrivait d'une main assez sûre. À quinze ans, elle avait exploré à son gré la bibliothèque de son père. Elle y piochait d'une main éclectique aussi bien les antiques que les modernes, préférant entre tous, les récits de Virgile et d'Homère, ne dédaignant pas pour autant Rabelais, dont elle avait découvert un volume caché derrière une bible. La main qui l'avait caché là avait assuré, par cette tentative de dissimulation, l'intérêt particulier pour cette lecture. Enora s'était ainsi forgé une culture disparate, mais finalement humaniste, et pourtant moins séditieuse qu'elle se l'imaginait.

La vie de province n'offrant guère de distractions ni de possibilités de jugement ou d'appréciation du monde extérieur. Sa vie avait débuté de manière assez monotone, dans une sorte de réclusion préfigurant déjà l'avenir qu'on lui destinait. Lorsque les ressources avaient commencé à s'épuiser, les sacrifices s'étaient imposés d'eux-mêmes. Et tout naturellement, ce fut Enora, la dernière née, qui devait faire les frais de restrictions urgentes. Personne ne lui avait expliqué ces choix et elle avait appris simplement de sa mère qu'elle devrait quitter le château quelques jours plus tard, au prétexte logique d'aller parfaire son éducation en s'ouvrant au monde extérieur.

Ce mensonge, qui cherchait à se donner bonne conscience, n'avait pas effleuré la naïveté de la jeune fille, qui s'était trouvée plutôt heureuse de ce voyage inaugural. Pour la première fois, depuis sa naissance, elle allait quitter les murs austères de la forteresse familiale. Saint-Malo était sa destination. Cette perspective avait un parfum d'épices, ceux que ramenaient les navires marchands de leurs périples autour du globe. C'était aussi l'espoir de voir la mer, motif chanté si souvent dans l'Odyssée et l'Énéide, porteuse de perspectives d'aventures. Il n'y avait donc eu dans ce départ aucune crainte, pas même de regret, car la pensée de ce voyage portait haut les espoirs de la jeune fille.

Il n'y avait pas eu de longue effusion, à peine une accolade avec sa mère qui l'avait regardée monter dans la voiture sans une larme, imaginant pourtant la forte probabilité de ne jamais revoir sa fille. La veille au soir, Enora était allée saluer son père dans la grande salle où il dormait paisiblement au coin du feu, l'almanach[11] de l'année précédente ouvert sur ses genoux. C'était devenu sa seule lecture, car il espérait vainement y relire un jour son propre nom. Il avait offert à sa fille un chaste baiser sur le front, sans prononcer un mot. Il n'était pas arrivé à imaginer ce que devait dire un père qui chassait sa fille définitivement, sous des prétextes altruistes, et pour aussi et surtout, assurer un peu plus longtemps son confort personnel. Il l'avait plutôt saluée, comme un monarque envoie un ambassadeur pour une mission obscure, dans un pays si lointain qu'il n'imagine pas de retour. Il ne la reverrait pas : si la mère s'en était seulement inquiétée, il en avait eu, lui, la certitude. Il n'en avait éprouvé aucune tristesse, imaginant les propres brimades qui avaient émaillé son enfance, trouvant dans ces souvenirs un apitoiement où caler rapidement sa bonne conscience. S'il fallait en passer par là pour devenir adulte, c'était lui qui offrait après tout la meilleure opportunité à sa fille, en l'envoyant chez les sœurs à Saint-Malo. Le lendemain matin, il n'avait pas daigné apparaître au moment du départ, probablement encore couché.

Le soleil timide tardait, la brume s'élevait à travers les arbres. Deux vieilles rosses dépareillées soufflaient dans le matin. Un matin comme un autre pour les autres habitants du château ; il n'était différent que pour Enora. Le départ avait été décidé tôt, car on avait besoin de l'attelage le soir même. En guise de bagage, point de malle ni de trousseau. Là où elle allait, elle n'aurait besoin de rien. Comme il était écrit dans la bible : une ceinture et un bâton pour la marche. Elle tenait pourtant contre elle un petit sac de voyage, dans lequel elle avait caché *La Princesse de Clèves*, volé dans la bibliothèque, un bracelet que lui avait légué sa grand-mère et une fiole d'eau de Hongrie. Cette eau qu'elle ne connaissait pas la veille encore, c'est sa mère qui lui avait confié. Peu inquiète, mais superstitieuse quand même, elle s'était séparée de ce remède infaillible, de cette panacée rare et hors de prix, dont elle s'était jusque-là réservé l'usage. Elle l'avait simplement donné à Enora, lui expliquant que ce spécifique incontestable valait contre toutes les faiblesses et fièvres. Il la protégerait assurément dans

---

11 - Almanach royal : annuaire administratif fondé en 1683 qui répertorie chaque année la liste des membres de la famille royale de France, des princes de sang et des principaux corps du royaume

tous ces cas de maladie, et dans bien d'autres choses qu'elle ne soupçonnait pas encore. Elle devrait faire bon usage de ce présent exceptionnel.

Enora monta dans la berline, se cala le plus confortablement possible au fond de la banquette au velours usé. Elle adressa un petit signe timide de la main à sa mère, ne se rendant compte qu'à cet instant précis, que tout retour serait impossible une fois que les chevaux seraient lancés. Sa mère lui sourit. Et pour la première fois, elle retrouva dans ce sourire une sincérité restée, jusqu'à ce jour, en retrait derrière les convenances du rang. Cette sincérité n'était pas de la tristesse, pas seulement : plutôt un doute. Le doute vola de la mère à la fille. La mère se ressaisit, fit un signe au cocher. Le fouet claqua et la voiture démarra. Il n'y eut aucune larme. Si tout n'avait pas été dit, l'essentiel avait été suggéré, suffisamment pour qu'Enora n'entre pas dans *La Maison de la Providence* en toute naïveté. Malgré cela, le bouleversement fut terrible.

La Maison de la Providence n'était pas un couvent, et c'est un peu pour cela que cet endroit avait été choisi. On y hébergeait, dans la plus grande confusion, enfants trouvés, perdus, novices en quête de vocation, sœurs en retraite qui tenaient les rênes de l'établissement, participant au matériel de la communauté, pour mieux assurer le confort spirituel de tous. Pour les novices, c'était une sorte de purgatoire avant d'entrer définitivement dans la gloire de Dieu, dans un établissement consacré. La seule condition d'admission était qu'on y versât une rente.

Pour Enora, son placement n'était ni un investissement pour ses parents ni une perspective pour la victime. Il s'agissait simplement de lui permettre de vivre décemment, tout en épargnant sur la bouche qu'elle était à nourrir. Bien moins cher que les illustres couvents des bénédictines, dominicaines ou ursulines de la ville de Dinan toute proche, La *Maison de la Providence* de Saint-Malo offrait un asile à bas prix. Les pensionnaires payaient de leur personne en participant aux tâches domestiques, en sus de la rente modeste qu'on payait pour eux. Les économies faites sur les frais d'éducation, d'habillement étaient substantielles, le calcul était rapide pour les parents.

Le cocher déposa Enora devant le bâtiment, s'assura vaguement qu'elle entre dans la bâtisse et fit faire demi-tour à son attelage, pour repartir aussitôt. Il n'était pas question de prendre le moindre retard. Midi sonnait et la sœur portière, car cet établissement reprenait à la lettre la hiérarchie des vrais couvents, informa Enora que le repas de midi venait d'être servi au réfectoire et qu'en l'occurrence, elle devrait attendre la supérieure. On ne lui proposa pas de rejoindre les autres pour déjeuner, on ne lui offrit qu'un banc dans l'entrée sombre de la maison. Mais elle ne s'assit pas, trop fière encore pour montrer une quelconque soumission, dans ce lieu où elle se sentit immédiatement une parfaite intruse. De longues minutes plus tard, on la pria enfin de monter dans le bureau de la supérieure.

À l'intérieur de la petite pièce, la fenêtre ouverte laissait entendre le bruit de la mer, dont Enora avait si longtemps rêvé et qu'elle n'avait pas même pu apercevoir en arrivant. Les senteurs nouvelles de goémon et d'iode, qu'elle ne connaissait pas encore, excitèrent sa curiosité. C'était une distraction comme une autre pour échapper au malaise qui l'avait surprise, lorsqu'elle était entrée dans le bureau. Une odeur de vieille chose émanait de la bigote assise derrière sa table de travail. Elle détaillait la jeune fille d'un air dédaigneux, et probablement jaloux.

— Vous êtes en retard.

Fallait-il répondre ou pas ? L'éducation d'Enora lui commandait respect et modestie, mais un sentiment de liberté, qui l'avait caressée depuis qu'elle était montée le matin dans la berline, la poussa à moins de prudence que ce que le bon sens et les conventions imposaient.

— Je suis pourtant partie très tôt ce matin.

— Justement, vous n'avez aucune excuse.

Le ton était sec d'emblée pour couper tout germe d'insolence. C'est comme cela que la supérieure régnait en maître sur son petit univers, compensant la frustration de n'avoir pas atteint des postes plus officiels, plus dignes de son ambition. On l'écoutait, c'était tout. Enora n'avait pas l'expérience de ce genre de confrontation ni avec ses parents ou sa fratrie ni avec son précepteur. Elle savait pourtant qu'on payait pour son accueil dans cet établissement. Et elle s'était imaginée que pour cet argent versé, et par égard pour son nom et son rang, on lui devait au moins le respect qu'on lui avait toujours témoigné auparavant.

— Je suis Enora de…

— Votre nom et les titres de gloire, déchus d'ailleurs, de vos ancêtres, sont restés à la porte lorsque vous êtes entrée ici. Nous sommes le 31 mars et vous porterez le nom de la patronne du jour. Ici, et pour tout le temps que vous y resterez, vous porterez le nom de Balbine.

Cela sonnait comme une sentence, Enora tenta une dernière bravade. La dureté de l'entretien et l'absence de nourriture solide depuis le matin secouaient son corps fragile. Elle craignait de s'évanouir d'une minute à l'autre.

— J'ai faim.

— Vous attendrez le repas du soir. En attendant, on va vous montrer votre cellule.

La supérieure fit tinter une clochette et quelques instants plus tard, une nonne sans âge apparut.

— Sœur Dominique, emmenez Balbine. Faites-lui visiter notre établissement. Instruisez-la des horaires des offices et des tâches qui lui ont été attribuées. Qu'elle prenne ses habitudes au plus tôt.

La cellule était individuelle : c'était son seul confort. Cela éviterait à Enora de partager ses nuits dans des dortoirs bruyants et malsains, comme elle l'avait craint. Mais tout avantage s'arrêtait là. La pièce comportait une minuscule lucarne en haut d'un des quatre murs, inaccessible, et aucun mécanisme ne laissait espérer qu'on puisse l'ouvrir. La lumière qui en glissait misérablement éclairait à peine, contribuant à donner l'illusion que l'endroit était moins exigu qu'il ne l'était en réalité. Les murs bruts ne comportaient aucune décoration outre le traditionnel crucifix noir qui veillait seul au-dessus d'un lit de bois, une paillasse, une petite table et un tabouret. L'exiguïté n'aurait d'ailleurs toléré aucun mobilier supplémentaire. La sœur s'écarta pour laisser entrer Enora dans son nouveau domaine. Ce genre d'austérité n'était ni pour la surprendre ni pour la faire réagir sur le moment. Elle laissa courir ses yeux sur les murs, ne trouvant aucune aspérité où accrocher sa déception. À quelques encablures de la mer et d'un parfum de liberté, on la parquait dans un réduit, plus petit que la plus modeste des chambres de domestique de son château. Elle posa son sac sur la couche, tâta le matelas garni de paille. Rien à voir avec ceux qu'elle avait connus jusque-là, rembourrés de laine et de plume. La sœur s'était avancée derrière et lui tendit une chandelle.

— Ne gaspillez pas cette bougie, on ne vous en donnera qu'une par mois. À vous de gérer au mieux.

— Merci.

C'était déjà ça.

— Maintenant, déshabillez-vous.

L'ordre était sans appel, comme si par la voix du sbire s'exprimait jusqu'ici l'autorité de la supérieure. La sœur désigna sur le lit des vêtements pliés qu'Enora n'avait pas remarqués en entrant. Comme elle tardait à s'exécuter, l'autre commença à montrer des signes d'impatience. La jeune fille la regarda, imaginant qu'on allait la laisser seule pour se changer, ou au moins se retourner.

— Dépêchez-vous.

Enora défit timidement sa robe sous le regard neutre, mais concentré de sœur Dominique. C'était une de ces personnes sans âge, que l'uniforme rendait encore plus transparente. Elle regardait Enora sans curiosité, et sa seule malice était de profiter du malaise de la jeune fille. Celle-ci hésitait encore.

— Complètement !

Il n'y avait pas à discuter sur le sens littéral de l'adverbe. Enora se retrouva donc entièrement nue devant cette femme qu'elle ne connaissait pas, découvrant avec violence ce que pudeur voulait dire. Sous le regard d'une autre, elle découvrait une féminité qu'elle avait jusqu'alors ignorée. Ses formes s'étaient arrondies avec l'âge, mais Enora n'avait pas entendu cet appel de la nature qui la tirait vers sa condition de femme. Il y avait là une volonté inconsciente de garder sa place à l'enfance, puisque ce qui venait ensuite n'avait eu jusqu'alors aucune dimension tangible. Elle avait subi, jusqu'à cet instant, la froideur des adieux, la solitude du voyage, l'aridité de la supérieure et la misère de sa cellule. Mais, cet instant de dénuement total qu'on lui imposait, sous un œil torve qu'elle trouva alors plein de méchanceté, était au-delà du tolérable. Au-delà de l'absence d'un respect qu'elle avait toujours connu, au-delà du froid de la pièce qui hérissait sa peau qu'elle cachait maladroitement. La frustration reprit le dessus ; celle de perdre une vie dont elle prenait à peine conscience.

Elle avait envie de crier à l'autre de sortir, comme à la moindre des servantes. Elle avait envie de la gifler pour son impudence. Au lieu de cela, elle se contenta d'enfiler rapidement une grosse culotte de toile rêche, une chemise aussi raide et une robe de religieuse par-dessus. Après la découverte de la nudité, sa peau ressentit le contact rugueux des étoffes qui glissaient âprement sur ses formes, lui révélant une sensibilité nouvelle, difficile à appréhender. Lorsqu'elle eut fini, sœur Dominique ramassa les vêtements, les roula en boule contre elle, puis elle s'écarta de la porte.

— Je vous laisse quelques instants pour vous habituer à votre cellule, novice Balbine. Je reviendrai dans quelques minutes, ensuite je vous ferai visiter la maison.

Sœur Dominique tira la porte sur elle et disparut. Elle prouvait d'un coup que son indiscrétion était volontaire et assumée, comme si mettre Enora mal à l'aise avait été sa mission première, ou du moins, sa volonté. Enora s'assit sur le lit. Elle avait contenu ses larmes jusque-là, mais il n'y avait plus rien à faire ni comprendre pour quoi elle pleurait ainsi. Elle était incapable d'analyser ce qui l'angoissait le plus, dans cette perspective qui se dessinait comme une absence totale d'avenir. Une chance encore, car ce devait être un oubli de sœur Dominique, on lui avait laissé son sac. Par mesure de sécurité, elle cacha son livre sous son matelas, imaginant que les brimades ne faisaient que commencer. Les hoquets revenaient en vagues lui faire regretter le temps d'une insouciance dont elle n'avait pas su profiter. Elle eut grande difficulté à se calmer avant que la sœur ne revienne. La porte s'ouvrit d'un coup brusque, comme pour la surprendre ou lui faire peur. Mais ces quelques minutes de désespoir passées avaient suffi à Enora pour se reprendre. Il n'était pas question de s'abandonner au moindre apitoiement, avant la prochaine fois où elle se retrouverait seule dans sa cellule.

— Votre sac.

Sœur Dominique avait en effet oublié d'en vérifier le contenu et elle en éprouvait soudain de l'inquiétude. Enora lui tendit le sac, se félicitant d'avoir pensé à cacher le livre. L'autre fouilla et sortit une brosse à cheveux qu'elle jeta négligemment sur le lit en grognant, comme si c'était un péché de se coiffer ! Puis elle tendit la fiole d'eau de Hongrie à Enora.

— Qu'est-ce que c'est ?

— Des sels, tout simplement.

— Vu votre constitution, vous les aurez vite épuisés.

Elle s'abstint de renifler le contenu pour vérifier. Le flacon rejoignit la brosse sur le lit, sans un mot supplémentaire. Enora devait sans doute se montrer reconnaissante qu'on lui laisse ses affaires. Mais elle tremblait surtout pour le livre dissimulé.

— Rien d'autre ?

Enora affronta le regard de l'autre sans réagir.

— Non.

— Suivez-moi maintenant et écoutez bien tout ce que je vais vous expliquer. Je ne vous le répéterai pas.

La visite commença. Sœur Dominique montra à Enora le réfectoire désert où flottaient encore les relents du déjeuner : c'est son estomac maintenant qu'on torturait. Elle visita ensuite la chapelle, elle nota les heures des offices. La fin de la visite se termina par une pièce voûtée, au rez-de-chaussée, où trois jeunes garçons étaient soi-disant à l'étude. Sous l'éclairage coloré de vitraux, ils essayaient de déchiffrer des textes qu'ils ânonnaient à haute voix en latin. À l'épaisseur des volumes usés, il s'agissait probablement des textes sacrés. La séance d'enseignement se faisait sous l'autorité placide d'une sœur vénérable par l'âge. Et le ton monocorde des récitants ne dépassait pas une certaine limite afin de laisser la répétitrice ronfler paisiblement. Curieusement, sœur Dominique respecta son repos, qui allait pourtant à l'encontre de sa mission d'enseignement.

Elle montra ensuite à Enora un jardinet où elle irait bêcher parfois. La seule chose qui sauva la jeune fille d'une désespérance précoce, c'était le rôle qu'on lui attribuait. En tant que sœur dépositaire, elle serait chargée des approvisionnements, et ainsi, elle aurait le privilège de quitter la maison une fois par semaine pour le ravitaillement. Sœur Dominique, qui terminait donc son rôle d'hospitalière, lui expliqua qu'elle recevrait une somme hebdomadaire pour gérer et organiser l'achat des denrées alimentaires, du bois de chauffage, des chandelles et autres produits de consommation courante, nécessaires à la vie de la communauté. Elle crut bon d'ajouter que les comptes étaient vérifiés avec minutie afin qu'Enora ne soit pas tentée d'enfreindre le huitième commandement. C'était la fin de la visite et déjà l'heure des vêpres.

Pas le temps de méditer sur sa condition au fond de sa cellule. Enora se retrouva agenouillée sur un banc, en tête-à-tête avec le seul responsable. Celui qui, d'après elle, l'avait abandonnée. Pas plus qu'elle ne s'était posé de question auparavant sur son corps, elle n'avait jamais remis en cause la foi monolithique qu'elle avait reçue du baptême et que bien des sacrements s'étaient ingéniés à inculquer ensuite. Pour elle, Dieu était une évidence, comme le soleil qui la chauffait l'été ou la terre sur laquelle elle posait ses pieds. Ce soir-là, elle n'eut pas encore l'audace de la révolte. Mais sa tristesse était telle qu'elle interrogea son Créateur sur Sa volonté de la placer là, dans le plus terrible isolement. Il n'y eut pas de réponse à son questionnement, mais elle finit par se dire qu'elle n'était pas seule, puisqu'Il était là. Il était sans doute trop préoccupé par le destin de la France, pour prendre le temps de lui répondre. Elle glissa dans ses prières un mot pour la sauvegarde de sa famille, ce qu'elle n'omettait jamais, par habitude et par superstition.

Le dîner fut comme le reste, un brouet insipide et maigre comme la silhouette de la plupart des pensionnaires, servi dans des écuelles en bois ; objet dont Enora ignorait l'existence. Le goût âpre du bois sur sa langue masquait la fadeur de la soupe, ce qui au fond, n'était pas si mal. Pour distraire son esprit et l'empêcher de glisser définitivement dans le désespoir, elle se mit à détailler la communauté, toutes ces échines baissées sur leur gamelle, ce troupeau servile et disparate. En plus de la portière, de sœur Dominique, de la supérieure, de la doyenne (celle qui dormait à l'étude), il y avait encore trois autres nonnes, toutes sans âge et ternes comme leur robe, les trois jeunes garçons de l'étude et Enora. Personne de son âge, de sa condition encore moins, pour espérer quelque échange intelligent. Vinrent les prières du soir, et un long chapitre où une des sœurs lut des passages de la Bible d'une voix monocorde et sans ferveur.

Enora se trouva finalement seule dans sa cellule, sans idée de l'heure qu'il pouvait être. Trop épuisée pour pleurer, ressentant cruellement la faim pour la première fois de sa vie, elle ne prit pas la peine d'une ultime prière, ayant suffisamment invoqué sans qu'on lui réponde. Elle s'endormit telle quelle sur son lit, immobile et froide, les mains croisées sur elle, songeant aux gisants du tombeau familial, s'imaginant que cette nuit pourrait être sa dernière sans qu'elle en éprouve le moindre regret.

Mais au matin, son esprit avait repris le dessus, tourné alors vers la rébellion : il y avait tout à revoir dans ce destin qu'elle n'acceptait pas. Et elle entra dans l'univers de La *Maison de la Providence*, comme on avait planifié qu'elle le fasse ; comme un de ses rouages, certes anonymes, mais plus totalement innocents.

La vie s'organisant autour d'horaires stricts, entremêlant offices et tâches domestiques. Il n'y avait guère de liberté pour laisser à l'esprit le temps de la revanche ni celui de la réflexion. À peine celui de la tristesse, atténuée par la fatigue des premiers jours. Enora prit rapidement les habitudes auxquelles on avait prévu de la contraindre. Et pour asservir ainsi une âme neuve, noble et réfléchie, il n'y avait pas mieux que ce rythme-là, associant fatigue, manque de sommeil, faim, soif, privations et frustrations de tout genre. La seule place restante revenait au repos et c'était déjà trop peu.

La jeune fille avait oublié son livre sous son matelas, et sa chandelle n'avait guère le temps de s'user le soir. Elle en faisait naturellement l'économie. Elle avait rapidement occulté la prière du soir, qui était au château son seul culte, en dehors de celui du dimanche. À *La Maison de la Providence*, on priait à n'importe quelle heure du jour et de la nuit. Lorsqu'on chantait, c'était pour Dieu, lorsqu'on lisait c'était aussi pour Lui, aucune conversation échangée ne pouvait se dispenser de références à l'Être suprême. Il ne s'offusquerait donc pas de la dispense qu'Enora fit rapidement de cette obole vespérale. Et à trop Le fréquenter, elle avait perdu avec Lui cette intimité sincère et naïve qui avait été le modèle de son enfance. Dieu n'était plus un confident, encore moins un ami ; c'était un officiel à qui on devait tout, en Lui payant un tribut quotidien et toujours allouvi[12]. Même cette liberté-là s'était éteinte d'elle-même. Le soir, en rentrant dans sa cellule, Enora brossait longuement sa chevelure épaisse qu'elle laissait respirer. Comme elle n'avait pas de miroir à sa disposition, l'éclairage était superflu. Elle restait donc silencieuse de longues minutes simplement rythmées par le glissement de la brosse dans ses cheveux, le regard fixé sur la vague clarté qui émanait de la lucarne les soirs de lune. Elle s'efforçait de ne pas trop penser à sa condition, se concentrant sur les souvenirs de son enfance, comme autant de lumières à préserver le plus longtemps possible.

Mais, il lui vint une liberté qu'elle n'aurait jamais imaginée et qui valait toutes

---

12 - Insatiable (ancien)

les autres, puisqu'elle était nouvelle. Elle était la seule à avoir officiellement le droit de sortir une fois par semaine. Même si la plupart du temps, des livreurs apportaient vivres et munitions matérielles à *La Maison de la Providence*, il fallait bien que quelqu'un aille s'enquérir des commandes, acheter des produits frais, payer les marchands. Bien sûr, le temps passé à l'extérieur était compté, tout comme l'argent confié par la communauté, mais Enora s'accommodait pour régler les achats le plus rapidement possible, de manière à garder pour elle le plus précieux des trésors... le temps. Une liberté usurpée qui n'en avait que plus de prix. Lorsque tout était réglé, elle courait presque, au risque de l'inconvenance au regard de son uniforme, de son âge et de l'époque. Elle sortait des remparts et se hâtait vers la mer.

En fonction du temps, elle restait simplement marcher dans le sable, ses pieds nus, en prenant soin tout de même de relever sa robe. Le sel déposé par la mer avait failli la trahir la première fois. La sœur portière était vigilante, car elle n'avait rien d'autre à faire de ses journées. Les allées et venues n'étaient pas fréquentes en dehors des livraisons, du prêtre, qui venait une fois par jour pour célébrer l'eucharistie et de la sortie hebdomadaire de Balbine. À chaque passage, on vérifiait son panier de provisions, l'argent qu'elle emportait, celui qu'elle rapportait, l'heure d'arrivée et de départ, comme si tout cela était indispensable à la bonne marche du système. Lorsqu'elle avait peu de temps, Enora marchait donc dans le sable, sentant le vent salé sur son visage, défiant les vagues du regard, imaginant toutes sortes d'aventures sur ces bateaux qu'elle contemplait au loin, à cheval sur la ligne d'horizon, qui n'en finissait pas de crouler sous les nuages.

Certaines semaines où il n'y avait pas grand-chose à organiser et, lorsque les horaires de la marée concordaient, elle avait le temps d'une rapide course sur un des îlots voisins. C'est jusqu'au Grand Bé qu'elle allait courir le plus souvent, alors que la mer finissait à peine de se retirer. Elle grimpait au sommet pour guetter les navires. C'était là le plus lointain voyage qu'elle pouvait s'offrir, tendant ses joues à l'air qui les rougissait. Et, dans la petite cité, on avait pris l'habitude de cette silhouette au vent, dont la robe claquait comme les voiles des trois-mâts qui quittaient le port. Mais, son horizon à elle allait bien au-delà, et c'est l'imagination qui la sauvait de la morosité. Lorsqu'elle revenait au couvent, elle ralentissait le pas, pour laisser à sa peau le temps de perdre ses couleurs, car ni ses mains ni son visage ne devaient trahir, par leur coloration, ces contacts inconvenants partagés avec les éléments. Comme une maîtresse coupable, elle cachait les stigmates de son infidélité.

Elle aurait pu trouver une distraction auprès des trois garçons. Même s'ils étaient plus jeunes qu'elle, ils étaient les seuls de la communauté dont l'esprit ne semblait pas complètement absorbé par l'atmosphère générale des lieux. Elle les croisait à chacun des repas et des offices, mais il n'était pas permis de parler. Hommes et femmes étaient toujours séparés. Enora s'identifiait pourtant à leur solitude, car s'ils étaient là, c'est qu'on les avait probablement abandonnés eux aussi. À leur âge, c'était encore plus touchant. Une forme d'empathie la poussait donc vers ces âmes juvéniles, sentiment également nouveau dont elle ne savait trop que faire, ne sachant même s'il était bon ou mauvais pour elle. Ils portaient une sorte d'uniforme gris, de la couleur des robes des sœurs, taillé dans ce mauvais drap dont le stock paraissait inépuisable.

L'un d'entre eux, qui pourtant paraissait le plus jeune, se distinguait par sa taille et sa robustesse. Il y avait aussi dans son allure quelque chose de différent et d'imposant. Ou bien était-ce simplement l'audace qu'il mettait à croiser Enora, la dévisageant le plus souvent avec une effronterie dont la jeune fille s'étonnait de ne pas s'outrager. Une sorte de communication subtile s'était donc ainsi installée entre eux malgré le silence, un de ces liens occultes qui puisent leur pouvoir dans leur essence même. Il se prénommait Jean, ne lui avait jamais parlé, sinon qu'avec les yeux ; le meilleur chemin pour son cœur. Mais Enora n'en savait rien, et ne le comprit que trop tard.

Passé le temps de la douleur et de la solitude, la jeune fille glissa doucement vers la résignation. Pour elle, il y avait la vie au couvent et ses sorties qui la sauvaient du reste. Elle était entre ces murs depuis déjà quatre mois quand un signe l'alerta. Lorsque la supérieure informa les pensionnaires du départ de Jean avec l'hypocrisie des personnes bien pensantes, Enora comprit que la charité chrétienne, la vraie, celle qu'elle avait apprise dans son enfance, n'était pas de cet endroit. Elle avait reconnu Jean. Assis à table, il rentrait la tête dans les épaules, comme s'il était coupable de quelque péché mortel. Pour quelle faute inconnue se trouvait-il ainsi chassé ?

Enora ne comprenait pas, elle qui aurait tout donné justement pour fuir. Et cette vision entraperçue d'une possible évasion éveilla en elle des éclairs presque jaloux ; mais d'une douce jalousie, celle où l'on pense plutôt à partager la fortune de l'autre qu'à la lui ravir. Mais pour où ? Avec quel argent ? Dans une tenue de religieuse, on aurait vite fait de la rattraper, pour la confiner ensuite dans un endroit encore plus étouffant. Jean était devenu son héros, un messager qui porterait au-dehors ses espérances. Elle l'admira soudain, même s'il n'y avait rien d'enviable à sa situation, même s'il n'était pour rien dans les malheurs qui se déchaînaient sur sa tête et dont elle ne connaissait rien. Sa révolte intérieure, pourtant fiévreuse et sincère, comme le sont parfois celles des jeunes filles de cet âge, ne put malheureusement s'exprimer avec toute la mesure qu'aurait justifiée un tel bouleversement.

Elle savait qu'on découvrirait l'absence du morceau de pain et que cela lui vaudrait immanquablement des remontrances, et peut-être même une privation de sortie. C'était le maximum qu'elle puisse faire, et elle le devait au jeune garçon. Ce morceau de pain était moins une offrande charitable qu'un véritable trophée qu'elle offrait à son vainqueur. Elle ne savait même pas s'il connaissait son nom. Après tout, cela n'avait aucune importance. Elle lut la gratitude dans ses yeux. Et, pour la première fois depuis son arrivée entre ses murs, elle ressentit un flot de sincérité : une âme répondait enfin à la sienne, la récompensant au centuple des risques pris pour lui. Cet échange, si bref, avait été comme un éclair, relevant pour elle le registre des sentiments humains d'une nouvelle dimension, bien plus profonde que tout ce qu'elle avait pu éprouver avec sa mère, personne avec laquelle elle pensait avoir eu jusque-là la plus grande intimité. Sa journée en avait été transformée, et, comme si le ciel avait voulu la conforter dans son geste, on ne lui fit jamais le reproche du croûton manquant. Elle regretta même alors de ne pas avoir osé davantage, mais ce mince regret s'envola devant la force du souvenir de leur échange. Ses sentiments trouvèrent dans le regret et l'absence l'énergie d'un bouleversement qui, sans la surprendre véritablement, l'exalta d'une façon toute particulière.

Elle n'eut de cesse de se retrouver seule dans la chambre ce soir-là, pour savourer la puissance de ces sentiments inédits. Elle entendait distinctement la pluie marteler la nuit avec méchanceté. Le contact furtif de leurs doigts en échangeant l'offrande avait provoqué une décharge brûlante. Mais, dans sa naïveté, Enora n'avait pas songé un seul instant à quelque chose de répréhensible. Elle repassait les images sans cesse, serrant ses mains l'une contre l'autre pour reproduire ce feu intérieur, comme on frotte deux pierres. Le sourire du garçon, réveillé de sa solitude par son geste, évoquait des images saintes au limbe d'or. Il s'appelait Jean, et pour Enora, Dieu dans toute Sa gloire ne devait pas être plus beau que lui. Elle pria pour lui. Ce fut sa dernière pensée du soir, mais elle fut incapable de dormir, essayant de prolonger cette intensité aussi longtemps que possible, sentant confusément ce qu'il pouvait y avoir d'aussi fort derrière tous ces transports. Pas très loin, mais encore inconnus.

Le souvenir ne s'éroda nullement avec le temps, ni celui du visage de Jean, ni celui des émotions qui avaient bouleversé son corps et son esprit. Les jours passaient. Mais même sans l'espoir de croiser une nouvelle fois sa route, Enora décida de garder cette foi toute neuve et vibrante, comme la certitude qu'elle était encore vivante.

Jean-Baptiste Seigneuric

IV

INITIATION

C'était le premier matin de ma nouvelle vie. Le savais-je ? Je ne sais quel argument décisif m'avait poussé à la suite de cet homme. Il serait difficile de l'avouer, avec le recul et les ans passés dessus. Peut-être que, par son évidence même, cette intuition n'avait pas besoin d'autre justification. Et je m'éveillai sur mon coin de couverture trempée de boue, comme si d'autres matins semblables avaient précédé celui-là. Le souvenir de Saint-Malo s'estompait. Comme si cet épisode pénible, l'annonce de la mort de mon père et la douleur effroyable de ma dent brisée, comme si tout cela était très loin. Très précis dans mon souvenir, mais atténué. Comme si le temps avait déjà usé de son action sur lui.

Durant la nuit, la pluie s'était insinuée entre les branchages et l'endroit que nous avions choisi s'était perfidement transformé en bauge. Nous avions lutté tant bien que mal, déplaçant plusieurs fois la couverture en silence, mais l'eau avait fini par gagner le combat. Nous nous étions retrouvés au petit matin, assis tous les deux contre le tronc de l'arbre, prenant appui sur les plus grosses racines. La pluie avait fini par faiblir. Même si l'averse ne semblait plus pouvoir traverser les frondaisons, une brise espiègle agitait les branches et saupoudrait sur nous les dernières gouttes retenues par les feuilles. Il pleuvait paradoxalement davantage sous notre abri qu'à ciel ouvert. Nous pliâmes notre matériel et nous rejoignîmes la route, tournant définitivement le dos à Saint-Malo. Mon avenir était incertain, mais solidaire de cet homme que je ne connaissais pas, au mépris des impressions premières. Le chien avait disparu, mais ce détail n'avait pas l'air d'inquiéter Pomardini. En fait, rien ne semblait surprendre cet homme, en dehors de moi. Curieusement, je ne sentais presque plus la douleur de ma dent.

Après plusieurs lieues de marche et d'un silence humide, la pluie finit par cesser complètement. Le chapeau du charlatan pendait lamentablement sur les bords, lui ôtant définitivement toute illusion de panache et de prestance : un vrai claque-oreille[13]. Le chien réapparut, tenant dans sa gueule un gros rat, qu'il présenta à son maître comme un possible festin. Mario parut gêné devant moi, comme si cette chasse improvisée était coutumière entre eux. L'homme, trop digne pour une si misérable prise, autorisa d'un signe le chien à la garder pour son ordinaire.

---

13 - Chapeau qui baisse les bords (ancien)

Nous marchions sans hâte, mais c'était pourtant moi qui imposais le rythme à l'équipage. Pomardini commençait à souffler. J'avais bien vu que depuis un moment il peinait, mais il était trop fier pour laisser paraître devant un jeune garçon le moindre signe de faiblesse. Il se décida enfin à rompre le silence. Nous n'avions pas prononcé d'autres mots depuis la veille en dehors de quelques ordres brefs, indispensables, lorsque nous avions rangé le campement avant de reprendre notre marche.

— Tu n'espères pas que je vais te prendre à mon service?

Un silence. Il continua après plusieurs pas encore.

— Je n'ai rien pour te payer.

— Tu m'apprendras.

— Tu crois que les secrets, ça se donne comme ça au premier venu?

— Ça ne se donne pas, non, je suis d'accord.

Je continuai à marcher en silence. Ces longs temps morts, dont je ponctuais notre marche, finissaient de le perturber. Le tutoiement qui était revenu spontanément également. Car il ne savait toujours pas à qui il avait affaire, alors que de mon côté, j'avais l'impression que plus nous avancions, plus je cernais mon homme, devinant son tempérament, et par avance ce qu'il allait dire. Plus j'apparaissais taciturne et plus il semblait vouloir s'ouvrir à moi. Peut-être ne lorgnait-il tout simplement en pensée que le morceau de pain resté dans mon sac depuis la veille. La faim me tiraillait, mais je préférais garder cette monnaie aussi précieusement que le plus grand des trésors, tant que nous ne serions pas arrivés à un accord. Et, tant que nous tirions la charrette tous les deux, tout était possible. Je ne le voyais pas continuer seul à traîner l'attirail, s'il m'avait pris l'idée de l'abandonner sur le bord de la route. J'étais grand et je faisais bien plus que mon âge. À la lumière du jour, ce matin-là, j'étais la meilleure assurance qu'il puisse espérer contre toute mauvaise rencontre.

C'était un dimanche, et c'est pourquoi nous n'avions pas rencontré âme qui vive. Cela me revint, en entendant successivement les cloches des villages près desquels nous passions. Elles appelaient les fidèles à leur devoir religieux. Dieu, complice du roi, tenait la France muselée dans cet état servile depuis tant de générations, que personne n'y trouvait à redire et que la misère croupissante était le lot de beaucoup. Mais, il y avait quelque chose de rassurant à cet état de dépendance, comme cette relation que nous étions en train de tisser à tâtons, Mario Pomardini et moi.

Nous marchions depuis plus d'une heure et le soleil commençait à peine à poindre entre les nuages, toujours bas. La journée n'en finissait pas d'éclore. Je ne savais pas où nous allions, mais mon mentor semblait le savoir parfaitement. Il regardait les bornes sur le bord de la route et scrutait régulièrement le ciel, comme si la conjonction de ces deux facteurs devait conditionner la suite de notre aventure. Il avait de lui-même forcé un peu l'allure, oubliant la fatigue des premières lieues. Il y eut encore plusieurs méandres de route, de nombreux horizons atteints, tout cela dans le silence. À vue de ciel, il ne devait guère être plus de dix heures, quand il prit à nouveau la parole.

— Avec un peu de chance, nous serons arrivés pour la sortie de la messe.

Je le laissais venir à son idée et ne répondis rien.

— Nous marchons depuis le lever du soleil. Nous avons dépassé La Fresnais. Si nous continuons comme ça, nous serons à Dol avant midi…

J'avais déjà entendu parler de cette ville chez les sœurs. Un évêque de Dol était même venu nous visiter à *La Maison de la Providence*.

— Qu'est-ce qu'il y a à Dol?

— Si nous accélérons un peu, nous aurons le temps de nous installer avant la sortie de la messe. À midi et demi.

— Et?

— Et nous pourrions réussir ce que nous avons raté hier.

Je laissai encore quelques longues minutes à ma réflexion et à son attente.

— Une dent ne t'a pas suffi, tu veux me défigurer?

— Non, cette fois-ci, il n'y aura pas de surprise, ta gencive est encore suffisamment saignarde. Cela leur suffira.

— Qu'est-ce que j'y gagne?

— On leur fait le même numéro, je m'occupe du boniment pour vendre mes produits. Et on partage par moitié le bénéfice.

— Par moitié? Pourquoi es-tu si généreux d'un coup?

— J'ai besoin d'argent. Sans un sou et sans âne, je ne trouverai personne pour m'aider à trimballer tout ça. Je n'ai pas le temps de recruter un complice pour une nouvelle représentation. On recommence comme à Saint-Malo, sans toucher à tes dents cette fois. Une fois la séance terminée, on partage.

— Et après?

— Après, chacun est libre.

Je laissai une dernière fois la parfaite mesure de silence, avant de placer l'idée que j'avais en tête depuis mon réveil.

— Après, tu me gardes avec toi et tu me montres. Tu m'apprends. Tout.

J'avais abattu complètement mon jeu, peut-être un peu trop brutalement. L'autre s'arrêta. Il me scruta à l'abri des rebords de son chapeau.

— Tu ne manques pas d'air, pour un simple garnement.

— Eh! Sans moi, je ne sais pas où tu serais avec ta maudite carriole qui pèse un bœuf mort.

— Sans moi…

— Sans toi, j'aurais toujours ma dent.

Un clocher sonna dix heures, comme pour sceller un accord tacite qui venait de se conclure. Mario s'agita.

— Allez, pas de temps à perdre. Il te reste du pain? On va avoir besoin de force.

Tout en reprenant la route, nous partageâmes une nouvelle tranche, qui grâce à l'humidité de la nuit avait gardé une certaine souplesse. Ce qui permit en outre d'épargner ma gencive. Il n'avait pas plus de goût que le pain d'église, mais le cœur de Balbine y distillait encore une aura précieuse. Le passé s'éloignait bien trop vite, et les quelques lieues parcourues depuis la veille me paraissaient dater d'un siècle. Au bout d'un temps, Pomardini me montra une bourgade au sommet d'une petite colline, dominée par une imposante église. La montée fut difficile. Plus nous avancions, plus nous allions lentement, nous laissant l'impression que nous n'atteindrions jamais notre destination.

À midi, nous étions sur la place de la cathédrale de Dol, déserte. C'était une méchante bâtisse anguleuse de granit. Depuis que j'avais quitté l'exiguïté de *La Maison de la Providence*, tout me paraissait démesuré. Le monde s'ouvrait à moi. Les fidèles étaient sagement parqués à l'intérieur, car on entendait sourdre des litanies monocordes, un murmure de latin. Mario était fébrile, il se raclait la gorge comme un chanteur avant son tour de chant, donnant les ordres et sortant de sa caisse un attirail impressionnant : costume, accessoires, fioles et pots. Le chien tournait autour de lui, balançant la queue d'excitation. La perspective d'une nouvelle représentation réveillait nos estomacs dans la promesse d'un proche réconfort.

— Dépêche-toi de monter l'estrade : tu sauras te débrouiller ?

— Ça ne m'a pas l'air bien compliqué.

Monter quelques planches sur quatre tréteaux ne semblait guère difficile et je m'affairai, disposant la scène en face du porche de la cathédrale, de manière à recueillir directement le public à la sortie de la messe. Aux deux coins du devant, je disposai deux perches entre lesquelles je tendis, avec l'aide de Pomardini, une banderole élimée jusqu'à la trame, pauvre parure décolorée de théâtre ambulant. Après s'être assuré que je suivais parfaitement ses ordres de montage, il disparut, suivi de son chien toujours frétillant. Il revint quelques minutes plus tard, costumé, maquillé, presque fringant, rajeuni de dix ans au moins, comme s'il venait d'absorber en cachette toutes les potions de jouvence dont il allait faire l'éloge.

La demie sonna et les portes s'ouvrirent sur la procession : le prêtre et deux enfants de chœur, suivis des notables, assez misérables à la vérité. L'office régulier n'avait pas justifié la présence de l'évêque. Derrière les bourgeois, venait la populace : femmes, enfants, paysans pour la plupart, les hommes fermaient la marche. À les voir endimanchés aussi pauvrement, j'imaginais leur mise des autres jours, et le fond de leur misère que je n'avais aucune peine à distinguer dans les regards fatigués. Mon sort finalement n'était peut-être pas aussi effroyable que leur indigent quotidien.

En quelques secondes, les visages éteints s'éveillèrent de curiosité. La plupart des participants vinrent s'agglutiner autour de l'estrade, tandis que Pomardini, juché dessus, faisait déjà danser son chien au rythme du tambour et de ses boniments. Dans cette affaire, je me retrouvais donc une nouvelle fois dans le rôle du complice. Je devais me porter volontaire lorsqu'il en appellerait un. Il m'avait recommandé de mâchonner un bâtonnet de bois sur ma dent cassée, afin de réveiller le saignement : tout le succès de la représentation viendrait de là. Le sang, c'était la clef : pour le public, une preuve de la réalité des choses. *La seule qu'ils peuvent comprendre*, m'avait-il expliqué : *voir ton sang leur rend moins amère la sueur qu'ils rendent en impôts à longueur de vie.* En mastiquant un simple morceau de noisetier ramassé au hasard, j'avais réactivé la douleur de la dent et de la gencive, et je reconnus vite dans ma bouche le goût métallique du sang. Au creux de la joue, je devais glisser le morceau de dent que Pomardini m'avait arraché la veille et qu'il avait gardé.

Il recommença le même numéro qu'à Saint-Malo, faisant rouler son tambour avec beaucoup d'habileté. Il invectiva la populace dont les rangs se resserrèrent naturellement autour de l'estrade, au rythme de la curiosité qu'il excitait en maître. Je ressentais tout cela au centre de la foule, me laissant porter par cet élan naturel. Lorsqu'il fut certain d'avoir capté l'attention de son auditoire et d'avoir ainsi apprivoisé sa crédulité, le charlatan proposa comme la veille de réaliser une consultation gracieuse au premier volontaire. Je montai sur scène et m'assis sur le tabouret. J'étais tranquille cette fois, aucun Néron pour me coincer. Pomardini jouerait le jeu, ou je le planterais sur place. Il me donna à boire une petite fiole au liquide jaunâtre qui avait approximativement le goût de l'eau. C'était bien moins amer que la veille. Je bus. Dans l'assistance, on retenait son souffle.

Lorsqu'il s'approcha de moi avec sa grosse tenaille rouillée, je vis dans son regard une connivence malicieuse et c'était suffisant pour lui faire confiance. Tout se passa dans une grande simplicité. Je n'eus rien à faire, sinon ouvrir la bouche et grimacer un peu, juste pour le réalisme. Mario attrapa le morceau de dent cassée au fond de ma bouche avec la pince, et la tourna plusieurs fois pour l'imprégner correctement de mon sang. C'était un peu sensible, mais très supportable. Je geignais mollement, comme il m'avait demandé de le faire. Ma tête tournée vers le ciel, je ne pouvais voir les visages dans le public, mais je sentais bien au silence que l'attention était complète ; on n'aurait pas raté une seconde de mon martyre. Après de longues secondes d'une attente, d'un dramatisme parfaitement dosé, il poussa une sorte de ahanement et extirpa la pince de ma bouche, victorieux. Il brandit ensuite la prise sous le nez des badauds comme la relique d'un des saints qu'ils avaient priés quelques minutes plus tôt. Et moi, je souriais d'aise, me tenant tout de même la joue pour rappeler de quel mal on venait de me libérer avec dextérité. De l'autre côté de la place, on en aurait appelé au miracle, mais de ce côté-ci, c'est de talent dont il était question : celui d'une science parfaitement maîtrisée. Je voyais briller l'admiration dans les yeux. Les regards allaient et venaient de la dent sanguinolente à ma mine apaisée. Après quelques instants encore, d'un silence respectueux, on osa me questionner :

— Tu n'as pas mal, petit ?

— Non, la douleur est partie avec la dent. Quel soulagement !

En réalité, j'avais bien plus mal qu'avant la représentation, mais c'était pour la bonne cause. Enchaînant avec verve, Pomardini se mit à vendre, et il vendit bien. Une file se forma. Chacun vint à son tour comme à confesse, livrer ses petites misères. Bourgeois et paysans repartirent avec la satisfaction d'avoir assisté à un grand moment de chirurgie, emportant chez eux ce concentré de science, qui sous forme d'onguent, qui d'huile ou de liqueur. Je laissai le charlatan à son commerce et quittant l'estrade, je m'assis juste en face sur les marches de l'église pour observer son savoir-faire. Il réussissait à tirer le meilleur parti de chacun, adaptant ses prix à la mise du chaland, évaluant ce que raisonnablement il pouvait lui soutirer tout en laissant à l'autre l'impression d'avoir fait une bonne affaire. Cela paraissait essentiel dans l'esprit du client.

Le prix parfois dérisoire entravait la meilleure résolution de ne rien acheter. Là, où moi-même, je n'aurais rien vendu à d'opulents lépreux, il fit sauter la mitraille en pluie dans son escarcelle, juste par sa bonne foi et ma guérison spectaculaire. Lorsque tout fut fini et que chacun eut rejoint son chez-soi, la tête pleine de souvenirs et la bourse allégée, je traversai la rue pour le rejoindre. Pomardini semblait satisfait.

— Tu vois ?

— Je vois qu'il y en a peu qui vous ont échappé.

Le vouvoiement était revenu de lui-même. Plus respectueux, et surtout plus naturel pour moi. Cela eut l'air de plaire à Mario.

— Si tu veux busquer fortune, il n'y a pas d'autre moyen. Maintenant, il faut remballer, et vite.

— Et pourquoi, maintenant que nous sommes riches, ne pas nous offrir un vrai dîner ? Nous trouverons bien ici une table où on nous servira un vrai repas.

— Apprends, mon garçon, la première règle du métier, si je ne t'en apprends qu'une : ne t'attarde jamais après ton spectacle. Il s'en trouvera toujours un qui sera au regret sitôt retourné chez lui et qui voudra que tu le rembourses. Ne rembourse jamais !

— Il n'y a pas si grand péril. Lorsqu'une affaire a été conclue.

— Nenni. Dans une petite bourgade comme celle-là, le prévôt aura tôt fait d'apprendre que tu es passé sans autorisation. Et alors, en plus de rembourser, tu risques l'amende… au mieux.

— Et au pire ?

— Ne discute pas maintenant et fais ce que je te dis. Il ne manquerait plus qu'on nous confonde comme complices et notre peau ne vaudra plus grand-chose. Nous mangerons ce soir, ailleurs et en sécurité.

Nous pliâmes rapidement. Tout fut remballé et en quelques minutes nous étions de nouveau sur la route, rongeant les restes de mon pain que nous partageâmes pour fêter notre succès. Le ciel était toujours menaçant. Mais la perspective d'un repas chaud, et qui sait d'un toit, rendait la marche moins pénible que le matin. Pomardini finit par demander :

— Comment t'appelles-tu ?

— Jean Passadieu.

— Si tu veux faire carrière, il te faudra changer de nom mon garçon. Moi, je me nomme Jean-Marie Pommard.

Cette confidence, dont la spontanéité m'avait surpris, semblait enfin sceller l'association que j'avais suggérée le matin même. Il arrêta la charrette et me tendit sa main droite. Sa poigne était ferme, j'en savais quelque chose. Mais celle-là était honnête, du moins, m'en persuadé-je.

— Tu apprendras vite. Avait-il conclu avant de plonger dans le silence, fixant la route devant nous avec une nouvelle assurance.

— Allons-y!

Et nous reprîmes notre marche.

Nous avons marché encore longtemps, mais sans hâte cette fois. Et l'après-midi était bien avancée, lorsque nous arrivâmes dans une petite bourgade. J'appris plus tard qu'il s'agissait de Saint-Léonard. Un clocher veillait sur quelques maisons, et c'était assez pour qu'un saint garde l'endroit en lui prêtant son nom. Mario savait, m'avait-il dit, une auberge où nous pourrions souper correctement et trouver un abri. Nous étions apparemment suffisamment loin de Dol, pour ne plus être inquiétés pour notre récente prestation. La marche forcée du matin nous avait fatigués, et, même si celle de l'après-midi avait été plus paisible, nous avions besoin d'une vraie halte. La nuit pitoyable que nous avions passée se rappelait à mes jambes. J'imaginais la fatigue de Pomardini, qui n'avait plus ni ma jeunesse ni ma vigueur.

Presque en face de l'église, il arrêta la charrette devant une maison basse, dont l'enseigne de bois, figurant deux oiseaux, pendait à une de ses attaches. C'était une petite construction d'un seul étage, accueillant sur sa façade une unique fenêtre, en sus de la porte. Au-dessus de l'entrée, on devinait en lettres ternes : *Aux Deux Perdrix*. La couleur avait passé depuis longtemps, et, s'il n'y avait eu l'enseigne pour l'illustrer, je ne suis pas sûr que j'aurais réussi à déchiffrer l'inscription. L'établissement était fermé et semblait ne pas avoir accueilli d'hôtes depuis longtemps. Je jetai un œil interrogateur à mon compère, qui me rassura d'une œillade.

— Fais-moi confiance.

Et je l'aidai à pousser la charrette dans la cour attenante à l'auberge vétuste. Il attacha le chien avec un morceau de corde qui se trouvait là, comme exprès, nouée à un anneau dans un des murs de la cour. L'animal ne sembla pas surpris de cette entrave et se roula en boule à l'abri de la charrette, comme s'il se savait à destination. Pomardini récupéra la couverture et l'étala pour la faire sécher. Puis, il traversa la rue. Je le suivis. De l'autre côté, une herbe grasse longeait le mur du cimetière qui entourait complètement l'église. Mario tâta le sol, pour s'assurer qu'elle n'était pas trop humide avant de s'asseoir, dos au mur. Deux vieilles en dentelles passèrent devant nous, sans un regard. Elles se glissèrent par la porte du cimetière pour aller gratter la tombe de quelque mari disparu. Mario les regarda passer. Puis il dit doucement, mais quand même assez fort pour que les femmes aient des chances d'entendre.

— C'est ça! Tu vois, pour vivre longtemps, il faut être vieux de bonne heure.

Le personnage ne cessait de me surprendre, puisant sans limites dans les dictons, usant d'un vocabulaire riche, il était capable de passer pour le paysan de la dernière souche aux yeux de son public, pour peu qu'on n'y fasse pas attention. Alors qu'en réalité, il était bien plus savant, j'en étais de plus en plus certain. J'avais besoin de savoir.

— Dites-moi…

— Je n'ai rien à te dire, maintenant. Maintenant, c'est l'heure du repos. Apprends une deuxième chose fondamentale dans ce métier, qui découle directement de la première : si tu te déplaces souvent, dès que tu en as la possibilité, repose-toi. Et si tu as de quoi, mange. Car tu ne sais jamais quand sera ta prochaine halte ou ton prochain repas. Et sois toujours prêt à décamper en quelques secondes si tu tiens à ta veste. Maintenant, laisse-moi tranquille. Ici, on ne risque rien.

Puis, il se laissa glisser sur l'herbe, rabattit son chapeau sur ses yeux et croisa ses jambes. Avant de s'endormir, il ajouta :

— Et tu ferais bien de suivre mes conseils, parce que je n'ai pas l'intention d'user ma salive à perte avec toi pendant des jours et des jours.

Je m'installai près de la charrette, laissant Pomardini de l'autre côté de la route. Le chien ne bougea pas, il dormait déjà, appliquant avec sagesse les préceptes de son maître. La tête appuyée sur mon sac, je sombrai. Lorsque je me réveillai, le soleil n'avait toujours pas réussi sa percée à travers les nuages : il n'avait sans doute pas prévu de le faire avant longtemps.

C'est l'odeur du feu de bois qui me surprit tout d'abord. De la fumée sortait de la cheminée de l'auberge. Pommard était debout près de moi, me poussant de la pointe de sa botte. Apparemment, cela faisait un certain temps qu'il essayait de me réveiller.

— Au moins, tu as compris une chose. C'est déjà ça.

Il rit.

— Allons, mon garçon, ne gaspille pas tout ton sommeil, sinon tu n'auras rien à dépenser cette nuit. Viens ! Nous allons faire bombance.

Et il entra dans l'auberge. Je le suivis.

L'intérieur était petit, sombre et poussiéreux, aussi peu avenant que l'extérieur le donnait à penser. Une auberge fantôme et vide de tout client : nous étions les seuls. Une odeur de légumes bouillis remplissait l'air. La salle comptait trois larges tables disposées sans ordre. Quelle était donc cette maison qui ne semblait pas plus se préoccuper de ses clients que cela ? Mario s'assit à la seule table à peu près propre, ou tout au moins praticable. Les autres étaient couvertes de divers objets et colis, poussiéreuses comme si personne ne s'était occupé de cet endroit depuis longtemps. Il m'invita à m'asseoir en face de lui. Je m'installai. D'une porte basse au fond apparut une fillette, qui ne devait pas avoir plus de dix ans. Elle avait la mine assez propre pour l'endroit. Elle s'approcha et posa deux gobelets en étain devant nous et un pot en terre cuite, qui semblait très lourd pour elle. Elle agissait avec tranquillité, sans précipitation. Ses yeux noirs avaient adressé un rapide petit signe à Pomardini avant de s'attarder sur moi. Il posa une de ses mains sur la tête de l'enfant et lui caressa les cheveux.

— Comment vas-tu, ma petite ?

Manifestement, il avait ici ses habitudes. La fillette sourit et retourna en cuisine sans rien demander, elle savait parfaitement ce qu'elle avait à faire. Pomardini me versa une rasade de ce qui devait être du cidre. J'avais vu mon père en boire parfois, mais je n'y avais jamais goûté moi-même. Inutile de préciser que ce genre de boisson n'avait jamais fait l'ordinaire de *La Maison de la Providence*. Devant mon hésitation, il éclata de rire, fit tinter son gobelet contre le mien et avala une large rasade.

— Bois, ne t'inquiète pas, il faut un commencement à tout.

— Cela fait beaucoup de premières fois d'un coup.

Il rit, le nez de nouveau dans le breuvage. Je goûtai la boisson de la pointe de la langue : rugueuse comme une planche, mais pas désagréable au goût. La boisson était tiède et neutre sur ma malheureuse dent, c'était déjà ça.

— Il faut que je te dise d'abord, que la voie dans laquelle tu prétends t'engager n'est pas la plus facile. Tu ne feras jamais fortune, à moins d'un coup de chance. Le plus souvent, ce métier attire les gagne-petit ou les déchus, qui n'ont pas eu de chance dans leur première vocation. On ne naît pas charlatan, et tu peux me croire. Après plusieurs dizaines d'années de courses de ville en ville, j'en sais quelque chose. Mais après tout, il faut croire que ça conserve.

— Vous avez quel âge ?

— Hé hé ! Ne pose pas de questions dont les réponses ne servent à rien. Que t'importe ? Si tu étais mon public et que j'étais en représentation, je te dirais que j'ai cent trois ans et tu me trouverais l'air bien juvénile pour cet âge. Cela fait si longtemps que je ne sais plus en réalité quel âge j'ai. Et puis, si je te le disais, tu penserais que je mens ou que ma mémoire m'abuse. Alors qu'importe ? Ce qui compte, c'est que je sois là, devant toi, et que j'aie toujours le goût du cidre ou du vin inchangé dans ma bouche. Tu te demandes sans doute pourquoi j'ai travesti mon nom. Il faudra un jour que toi aussi tu passes par là.

Il prit une nouvelle gorgée.

— Certains récits prétendent que les charlatans sont arrivés d'Italie, au début. C'est un pays suffisamment proche pour que ce soit crédible, et une nation assez tumultueuse pour qu'on lui prête des audaces que nous n'avons pas, de ce côté-ci des Alpes. Bref, si tu veux qu'on se souvienne de toi et que les gens t'écoutent, il faut que ton nom tinte avec des *I* et ronfle avec force *R*. Choisis les titres les plus extravagants possibles, sois le médecin d'un souverain éloigné, que personne jamais ne puisse vérifier. Sois toujours le premier : le premier chirurgien, le premier conseiller extraordinaire... Ne dis jamais ton âge et laisse leur croire ce qu'ils veulent. Plus tu leur paraîtras vieux, plus l'élixir de jouvence que tu leur proposes leur semblera efficace. Voilà pour ton personnage. Tu m'as bien compris ?

— Je ne me vois pas en Passardini.

J'avais volontairement roulé le *R*. Il éclata de rire.

— Pourquoi pas ? Mais pour le moment, tu seras mon complice et au mieux mon assistant, alors pas besoin d'une identité à part. Tu seras Jean, tout simplement.

— Pour le moment, ça me va.

— Je t'apprendrai ce que tu dois savoir. Je t'apprendrai à reconnaître les plantes, à capturer certains animaux. Plus tard, je te confierai peut-être le secret de certaines préparations, mais d'abord, quelques mots sur moi.

Allais-je enfin savoir ? Le cidre avait soudain ouvert la porte des secrets et Jean-Marie Pommard se révélait spontanément sans que j'aie aucun effort à produire. La fillette revint avec bols et couverts et une gamelle odorante. L'heure de mon dernier véritable repas était bien loin. La dernière bouchée de pain était oubliée depuis longtemps et nos estomacs se réveillèrent d'un coup, nous rappelant à un ordre des choses que la conversation avait un peu négligé. Pomardini poussa un rugissement pour accueillir la fillette, qui fit mine d'être terrorisée et repartit en cuisine en riant après avoir déposé son chargement devant nous.

— Pas de viande ce soir. Mais je t'assure que nous ne trouverons pas mieux à cent lieues à la ronde.

Et il remplit mon assiette généreusement. Je plongeai aussitôt ma cuiller sans attendre.

— Attention, attention… Ventre affamé…

— N'a point d'oreille, oui celle-là je la connais.

Et je goûtai la soupe… et me brûlai aussitôt. Pomardini me regardait en souriant par-dessus son bol.

— Ventre affamé n'a plus de langue. On sert toujours très chaud ici. Tant pis pour toi. Maintenant tu n'as plus qu'à m'écouter. Et attendre que ton brouet tiédisse.

Et il continua ses explications, en sirotant par instants sa soupe du bout des lèvres, me livrant quelques pans d'une vie qui se révélait aussi aventureuse que je me l'étais imaginé. Jean-Marie Pommard avait été étudiant en la faculté de médecine de Montpellier, au siècle dernier, et avait failli être reçu docteur. Il aurait pu devenir un illustre professeur de la faculté, si au cours de sa dernière année d'étude, il ne lui avait pas pris la lubie de s'enticher de l'œuvre d'un certain Paracelse.

— Tu connais Paracelse ? Me demanda brutalement Pommard, entre deux cuillers, alors que je me laissais aller à la passivité de l'auditeur. Je savais que les explications venaient au fur et à mesure, aussi fluides que le cidre qui filait dans son gosier, comme dans un puits sans fond. Il enchaîna.

— Il n'y a pas d'art sans Paracelse. C'était un précurseur. Et comme tout précurseur, il n'a pas été compris. J'aurais pu être le nouveau Paracelse français, mais je ne suis que Pomardini. La théorie des humeurs, ça te dit quelque chose ?

— La bonne et la mauvaise ?

Il éclata d'un rire énorme, manquant de s'étouffer avec la bouchée qu'il mâchonnait. Décidément, Pommard s'amusait énormément de mon ignorance, ayant enfin trouvé le public idéal, à la mesure de son talent.

— La bonne et la mauvaise ? Après tout, tu n'es pas si loin de la vérité. Elles sont quatre. Enfin, c'est ce que disent les sages professeurs de la faculté, depuis des siècles, depuis les temps anciens. Ces humeurs ne sont pas comme les états d'âme d'une pucelle, ce sont les fluides vitaux qui parcourent notre corps et qui régissent notre santé. C'est pourquoi, pour les réguler et redonner la santé aux souffreteux, la faculté prescrit avec largesse saignées, lavements et purgatifs. Ça, tu connais au moins ?

— Oui.

Je connaissais. Impossible d'oublier de tels souvenirs, si cruels que je ne pensais jamais pouvoir les oublier. Je revoyais ma mère si pâle, un peu plus pâle à chaque fois, comme si les saignées qu'on lui infligeait lui retiraient le peu de vie qui lui restait, en accélérant son agonie.

— Tu vois que tu n'es pas complètement ignorant. Paris n'est qu'un vaste marécage de sang et d'humeurs fétides. La France et une bonne partie de l'Europe sont saignées par ses théoriciens barbares. Affaiblir un malade qui aurait besoin de toutes ses forces pour lutter, où est la logique là dedans ? Je ne sais pas. Et crois-tu que les gens s'en portent véritablement mieux ? Meurt-on moins qu'autrefois dans notre bonne France ?

Il resta un instant pensif. Puis avala sa bouchée et continua.

— Mais revenons à mon histoire. Ce brave Paracelse était un médecin suisse, qui pensait que les maladies correspondaient, en effet, à certains dérèglements. Mais il proposait de combattre les maladies par des substances chimiques appropriées. Ces drogues étaient selon lui, susceptibles de rétablir les équilibres brisés.

— Et ?

— Et s'il y a bien quelque chose qu'on ne brise pas facilement, ce sont les dogmes. Ce sont les dogmes qui te brisent.

Je ne savais pas à l'époque ce que le mot dogme voulait dire, mais j'écoutais son histoire avec une telle avidité, que je n'imaginais pas l'interrompre pour quelque chose d'aussi futile.

— Pendant ma dernière année d'étude, j'ai proposé, lors d'un exercice, de soigner un patient par un mélange de soufre et de mercure au lieu de la traditionnelle saignée. Cela n'aurait pas porté à plus de conséquences, si je ne m'étais pas acharné à défendre ma théorie, citant Paracelse et d'autres, qui avaient suivi sa voie. Après avoir été déchu de mon rang de bachelier et renvoyé de la faculté, on m'a raccompagné à la porte de la ville, assis à l'envers, sur le dos d'un âne, sous les huées des habitants. C'est traditionnellement le sort réservé là-bas aux charlatans. Sans le savoir, ils venaient de me tracer mon chemin. Embastionnés dans leurs vérités, ils ferment l'oreille au progrès, continuant de manier la lancette et de purger jusqu'à la mort. Dieu a bon dos, quand la plupart du temps ils échouent. Et si le malade survit malgré cela, quelle victoire pour eux ! Je suis parti de Montpellier et j'ai découvert ma voie tout seul. On nous appelle charlatans, empiriques, ou parfois médecins chimiques, opérateurs ambulants… Qu'importe ! Notre conviction est telle. Je pense que nous ne faisons pas plus de mal qu'eux et que peut-être, nous faisons davantage avancer la science que leurs antiques théories.

Après cette longue tirade, il finit de lamper le fond de sa soupe à grand bruit et se resservit une nouvelle ration, grommelant contre l'absence de pain.

— Et toi, tu n'as rien à me dire ? Qu'est-ce qu'un garnement comme toi fait sur les routes, sans personne pour veiller sur lui ? Tu n'as plus de famille ?

— Depuis la mort de mon père, je suis seul. Il travaillait à la Compagnie des Indes pour pouvoir payer ma pension. Lorsque les sœurs ont appris sa disparition, elles m'ont dit qu'elles ne pouvaient pas me garder.

— Il est mort depuis quand, ton père ?

— Je ne sais pas exactement, je l'ai appris il y a deux jours.

— Et elles t'ont mis à la porte comme ça ?

— Oui.

Le souvenir de ma situation revint d'un coup, balayant les vapeurs du cidre, me renvoyant à ma condition misérable. Pomardini ne sembla pas vouloir s'apitoyer, craignant de raviver mon chagrin.

— Voilà où se place la charité chrétienne ! Maudites bigotes, plus rien ne va dans le royaume, comme si Dieu avait abandonné le roi et la France. Mais avant l'hospice ? Tu viens d'où ? Qu'est-ce que tu faisais à Saint-Malo ? Passadieu, c'est pas un nom d'ici ça.

— Je suis né à Saint-Pierre.

— Ah…

Pour quelqu'un qui connaissait des savants suisses, des dictons pour chaque jour de l'année, il semblait soudain désarçonné par ses lacunes en géographie.

— Tu ne sais pas où c'est.

— Bien sûr que je sais ! Pour qui tu me prends ? C'est une île en Afrique, chez les sauvages. Tu n'en as pas la tête pourtant.

— Non.

Pour une fois que j'avais un petit avantage sur lui, je ne comptais pas le dilapider aussi facilement. Il me regarda de travers, comme si fixer mon visage allait le renseigner. Agacé, il reprit sa dégustation sans m'accorder la moindre attention.

— Après tout, qu'est-ce que j'en ai à faire, moi ?

Nouveau silence. Il était furieux.

— Je m'occupe d'un morveux, orphelin sans le sou ! Et il me tient tête comme si j'étais son père !

Je n'imaginais pas qu'il se vexerait aussi facilement, et c'était là un nouveau trait du bonhomme, dont j'allais devoir évaluer les limites. Sans le regarder, je dis doucement.

— C'est Saint-Pierre de la Nouvelle-France, là où je suis né. Aux Amériques.

Il se contenta de grogner dans son bol, me signifiant que j'étais à moitié pardonné de mon arrogance. J'enchaînai.

— Qu'est-ce qu'on va faire maintenant ?

— Tu n'as qu'à retourner en Acadie, faire le malin avec les Indiens. C'est sans doute ce que tu sais faire de mieux.

Il se leva, évitant toujours mon regard.

— Il doit bien y avoir un morceau de pain qui traîne dans cette foutue maison !

Et il me tourna le dos pour partir en cuisine. J'entendis la voix d'une femme, mystérieuse hôtesse dont je ne savais encore rien. Quelques secondes plus tard, la petite revint. Elle portait une assiette en terre dans laquelle fumait une galette qui venait juste d'être cuite. Elle la posa devant moi et resta debout, les yeux fixés dessus. Je ne bougeai pas.

— Mange, c'est pour toi.

J'étais gêné. Les fois précédentes, elle était retournée aussitôt en cuisine. Et maintenant, elle restait juste à côté, les yeux légèrement baissés. J'entendis des gloussements en cuisine et le timbre guttural de Pomardini. Je comprenais mieux pourquoi la fillette restait là, obéissant aux consignes ou aux habitudes de la maîtresse du logis. Moi-même, je restais interdit, lorgnant l'assiette qui sentait la pomme cuite, imaginant le goût de la galette dans ma bouche.

— Mange, ça va être froid. Je pense que c'est meilleur chaud.

Ses yeux n'avaient pas quitté la crêpe, plus expressifs que n'importe quelle demande. Sans doute n'avait-elle pas eu elle-même la chance d'une telle assiette.

— Tu partages avec moi ?

La fillette ne répondit pas tout de suite.

— Je n'ai pas le droit. Maman dit que ce n'est que pour les grandes personnes. Mange, après ce ne sera plus bon.

Des galettes, il m'était arrivé d'en manger quelquefois avec mon père, le plus souvent pour remplacer le pain. On nous les servait froides et rassises et nous les émiettions dans notre soupe les jours fastes. Les sœurs en faisaient pour le jeudi saint, mais sans œufs. Elles devaient étirer la pâte infiniment en noyant un trop peu de farine dans de l'eau mélangée à du lait. Cette galette-là sentait bon et venait d'être cuite rien que pour moi. La petite restait immobile, et je remarquai à cet instant comme elle avait l'air maigre. Ses yeux sombres et sa peau pâle m'en avaient soudain rappelé d'autres. J'eus soudain l'irrépressible envie de la serrer contre moi, comme si cette enfant avait pu remplir à elle seule tous les vides que l'existence avait creusés un à un dans ma vie. Elle était toute la famille que j'avais perdue, à peine ébauchée. Je n'avais plus rien, à l'âge où l'on aurait envie de se cacher et de pleurer jusqu'à ce que le cauchemar se termine.

Les événements de la veille m'avaient détourné de mon chagrin. Les sœurs m'avaient enseigné la froideur et le fatalisme contre les douleurs terrestres. Maintenant, c'était un malheur qui broyait, qui m'empêchait de penser à autre chose qu'à ma solitude et aux souffrances de ceux qui avaient disparu de ma vie. Par chance, je n'avais pas tout su de leurs histoires, et c'est ce qui, à cet instant-là, m'empêchait de partir me perdre dans un bois ou me noyer dans le premier étang venu. La petite fille me regardait toujours. Un gémissement taurin fusa de la cuisine, confirmant la vitalité de Pomardini et m'arrachant à cet apitoiement. Je le rejetai au plus loin dans mon esprit, au risque de l'y laisser germer encore mieux pour revenir me terrasser la fois suivante. La fillette n'avait pas bougé, parfaitement habituée à la palette complète de l'hospitalité qu'on était susceptible d'offrir ici. Tant qu'elle resterait là, je n'aurais pas le cœur à profiter seul de ce qu'elle m'avait apporté.

— Comment t'appelles-tu ?

— Aliette.

— Tu as quel âge ?

— Je ne sais pas.

— Tu as faim ?

Elle ne répondit pas. Je découpai alors avec mes doigts un morceau de la galette encore chaude qui laissa couler dans l'assiette des quartiers de pomme cuite. Le parfum en devint plus terrible encore pour nous deux.

— Tiens.

Je tendis à la fillette un morceau de pâte craquante dans laquelle j'avais eu soin de placer deux morceaux de pomme. Elle ne bougeait pas. J'insistai.

— Prends, c'est pour toi.

Elle prit la galette et la porta à sa bouche en silence, comme si elle recevait la communion pour la première fois.

— Mange toi aussi.

Il faut avouer que je fis autant de cérémonie qu'elle pour avaler ma première bouchée, malgré les cris de satisfaction qui venaient de derrière. La pomme avait été cuite dans le miel, la pâte craquait et je crois que depuis mon arrivée dans l'ancienne France, je n'avais rien mangé d'aussi bon. Nous partageâmes ainsi la galette jusqu'au bout, à parts égales, sans rien dire. On ne pouvait à proprement parler de silence, car les gémissements s'étaient faits plus pressants, le sol tremblait en cadence et une gamelle de métal chût sur le sol de la cuisine dans la plus jouissive indifférence.

— Merci.

La fillette souriait à présent.

— Merci Aliette.

C'est elle que je remerciais pour cette fraîcheur et cette indifférence du monde autour d'elle, se protégeant comme elle pouvait, malgré tout. Malgré sa maigreur, elle n'avait pourtant pas l'air si mal traitée. Mais, cette infinie tristesse qu'elle dégageait quand je l'avais aperçue la première fois m'avait ému aux larmes. Car je retrouvais chez elle tant de choses qui m'affectaient alors.

Une porte claqua. Pomardini reparut en train de refermer sans pudeur les boutons de son pantalon.

— Alors, monsieur du Nouveau Monde, elle était bonne cette kram-pouezh[14] ?

Et il vint se rasseoir en face de moi, comme s'il ne s'était rien passé de particulier dont il aurait eu à se justifier. D'une de ses poches, il sortit comme un magicien une pomme qu'il tendit à la petite fille.

— Tiens ma belle, tu as le temps de manger ça avant de retourner en cuisine.

La petite prit la pomme sans rien dire et alla s'asseoir dans un coin de la pièce pour croquer tranquillement le fruit. Pomardini se versa une rasade de cidre et me demanda.

— Où est-ce que j'en étais ?

---

14 - Crêpe en breton

Manifestement, son escapade en cuisine l'avait libéré de sa mauvaise humeur.

— Vous en étiez aux humeurs et aux saignées.

— Tu as compris ça, au moins ?

— Une partie peut-être…

— Eh bien, tu oublies. Ce ne sont que foutaises et balivernes. Tu connais Molière ?

— Un autre médecin ?

— Ah ah ! Non, au contraire. Tu ne connais rien, dis-moi ?

— Je connais les écritures.

— Oui, c'est ça : dent pour dent… et toi, tu crois ça comme Évangile ? Molière, ça c'est de l'écriture. C'était un fameux écrivain de théâtre, un homme de spectacle, comme nous autres charlatans. Il a tellement bien réussi qu'à la fin, il jouait des pièces pour le roi à Versailles.

— Eh bien ?

— Eh bien ? Il a beaucoup écrit sur les médecins, leur faisant grand tort. Le public riait en pensant que Molière singeait les charlatans. Mais la critique était en fait contre ces hommes de science, imbus d'un faux savoir qui ne leur servait à rien, sinon à abuser les braves gens. Lorsque j'étais à Paris, j'ai rencontré certains qui l'avaient connu. Il paraît qu'il venait parfois le soir au Pont-neuf pour écouter le boniment des charlatans et trouver son inspiration.

— Le Pont-neuf, qu'est-ce que c'est ?

— Décidément, tu as tout à apprendre mon garçon. Si Paris est la capitale des charlatans de toutes les espèces, amateurs et professionnels, officiels et obscurs, chimistes, spagiriques, alchimistes, le Pont-neuf est leur point de ralliement : une sorte de foire permanente où chacun vient y exercer son art, pour un public toujours fervent, bien moins crédule qu'en province, mais plus riche aussi.

— Nous irons un jour à Paris ?

— Comme tu y vas ! Non, j'y ai connu trop de choses, bonnes et moins bonnes, pour avoir le souhait d'y remettre les pieds, et surtout pour t'encourager à aller là-bas. Crois-en mon expérience, en province on vit peut-être plus chichement, mais assurément plus vieux. J'ai vécu longtemps à Paris et j'y ai côtoyé les plus grands : Contugi, Datelin… D'autres, plus jeunes comme Thomas, juste avant que je quitte la capitale. Mais Paris, c'est la Babylone de tes écritures, il n'y a rien à y chercher de bon. Alors, je suis venu en Bretagne, où le climat plus rude oblige les braves gens à se prémunir contre la phtisie et autres miasmes. Il y a de la place pour tous ici, le pays est vaste. Les charlatans n'y font aucune ombre aux saigneurs, tu peux me croire. Et dans ton pays de froidure là-bas, vous faisiez comment pour vous soigner ?

— Nous n'avions pas de médecin à Saint-Pierre.

— Alors, un barbier à la rigueur ?

— Non plus.

— Un mage ? … un charlatan au moins ?

— Pas plus. Nous avons nos secrets.

— Vos secrets?

— Oui, des remèdes transmis dans les familles, des dons que nous échangeons contre chaque maladie.

— Comme l'herbe que tu as mâchée hier soir pour soulager ta dent?

Comment avait-il remarqué ce détail?

— Tu croyais que je ne t'avais pas vu? Si tu veux que je t'apprenne mes secrets, il faudra partager les tiens. Tu connais peut-être des herbes ou des préparations nouvelles qui pourraient faire notre affaire ici.

Je ne disais plus rien, me méfiant de cette brusque curiosité. Aliette était repartie en cuisine et revint avec une grosse bougie allumée qu'elle posa sur la table. Je remarquai à cet instant qu'il faisait nuit dehors. Il ne me semblait pas pourtant que nous avions passé autant de temps dans l'auberge. La fillette ferma ensuite les volets et tira le lourd verrou de la porte d'entrée.

— Tu vois? Ne t'inquiète pas d'un toit ce soir. Tu n'auras pas la meilleure part, mais ce sera toujours mieux que la nuit dernière.

Je ne saisis pas la subtilité de la dernière allusion, mais l'idée de ne pas reprendre la route ce soir-là et de pouvoir dormir au sec suffit à me rassurer. Pomardini avait repris de sa superbe, le cidre et l'exercice lui ayant rendu la verve de tantôt sur l'estrade. Je n'avais pas bu plus d'un verre de la boisson, mais cela avait suffi à me transporter aussi dans une sorte de moelleuse quiétude. J'écoutais le grand homme finir son panégyrique.

— J'ai connu des barbiers de grands talents, experts pour la taille de la pierre[15] comme pour la cataracte. J'ai accouché des femmes, j'ai appris le secret de préparation des meilleurs orviétans. J'ai fréquenté moult apothicaires et herboristes qui m'ont appris certains talents indispensables à notre art. Et bien, dis-toi ceci: de toutes les choses que j'ai apprises, la plus essentielle est celle-là. Est-ce que tu m'écoutes bien?

— Oui.

— Sois certain que, même si nous ne les guérissons pas tous, nous en améliorons certains, nous en divertissons beaucoup et en ce pauvre monde, c'est déjà pas mal de leur offrir ça. Certainement, nous leur faisons bien moins de mal que tous ces vampires de la faculté qui répandent le sang et la merde sans discontinuer, jusqu'à s'en éclabousser leurs belles chaussures à boucle. Le bonnet carré ne fait pas tout, c'est ce qu'il y a dessous qui compte.

Il termina sa harangue debout, comme s'adressant à tous ces médecins du haut de la tribune, leur déversant ce soir-là tant d'années de rancœur. Puis Mario balaya la pièce d'un bras majestueux.

— Tu es ici chez toi. Choisis-toi un bon coin où dormir. Moi, il y en a un autre qui m'attend. Bonne nuit Passadieu.

Puis il se retourna, ramassa son chapeau, qu'il posa de travers sur sa tête, avant de disparaître sans plus de façon par la porte de la cuisine. Quelques

---

15 - Calcul urinaire

minutes plus tard, Aliette m'apporta un burat[16]. Elle me souhaita une bonne nuit timidement et avant de sortir, souffla la bougie par mesure d'économie. Je restai seul dans le noir, abasourdi par l'orateur. Le personnage n'en finissait pas de révéler ses multiples facettes.

Je m'installai rapidement, roulé en boule dans la couverture sur une banquette du fond de la pièce. Je n'avais pas d'autre souci que mon estomac : allait-il pouvoir garder le cidre que j'avais absorbé ? J'en avais oublié les douleurs de ma dent. Celle de ma situation et de la mort de mon père revint soudain, comme le ressac, juste à l'instant où j'aurais aimé l'oublier. Je ne sais si c'était en rêve ou dans cet état de demi-vigilance où je stagnai encore quelques instants avant de sombrer. Mon père me parlait, il était près de moi. Je savais pourtant que c'était impossible. Je préférai m'endormir au plus vite plutôt que laisser les sanglots qui montaient sournoisement.

La nuit fut houleuse, mélange du cidre et du roulis cruel des souvenirs.

---

16 - Grosse étoffe de laine qui tient quelque chose du drap (ancien)

Jean-Baptiste Seigneuric

V

PREMIERS PAS

Je ne l'ai pas compris tout de suite, mais l'auberge *Aux Deux Perdrix* était en réalité le repaire de Pomardini. Il s'était amusé à me laisser croire que nous étions arrivés là par hasard, qu'il avait séduit la patronne, ce qui nous avait ainsi permis de trouver un asile à moindres frais, *au débotté* comme il avait dit. C'était un artifice supplémentaire, mais qu'y avait-il de surprenant chez un tel personnage ? Rien d'étonnant de la part d'un homme qui avait fait de sa vie un monde d'illusion et de spectacle, où il se nourrissait de la crédulité des autres. La mienne n'avait pas failli à la règle. Il vint me trouver au réveil, rasé de frais, vêtu de vêtements propres et l'œil aussi vif que j'aurais pu l'avoir si j'avais évité le cidre la veille.

— Allons, debout. Si tu veux faire fortune, il faut se lever matin. Le petit déjeuner n'attend pas.

Sur notre table, deux bols nous attendaient, garnis de deux grosses tranches de pain et d'un petit morceau de lard. Je n'avais pas fini de m'étirer, que Pomardini était déjà assis. La douleur dans la mâchoire était toujours présente, mais moins violente que la veille. Ma dent rendait son âme. Pomardini avait découpé le lard en petits cubes au-dessus des bols. Je m'assis devant mon bol : une simple soupe de sarrasin, tellement épaisse que le lard y flottait résolument. La ration d'une semaine à *La Maison de la Providence*.

— Mange, tu en auras bien besoin. Il y a de la besogne.

Nous mangeâmes en silence. Une fois le repas terminé, nous quittâmes la table. Aliette sortit de la cuisine pour débarrasser. Dans la cour se trouvait une remise, une simple dépendance de pierre qui avait dû autrefois servir de porcherie. Une porte de bois la fermait. Au milieu de la porte, une petite ouverture permettait de passer un bras. Pomardini glissa sa main, debout sur la pointe des pieds. En quelques secondes, il tira le verrou de l'intérieur. La porte s'ouvrit sur sa caverne aux trésors. Pour avoir écouté tant d'histoires de corsaires que me racontait mon père autrefois, je retrouvais ici l'esprit de ceux qui dissimulaient leur plus précieux magot à l'abri des indiscrets et des plus brigands qu'eux. C'est à cet instant seulement, que je compris que Pomardini était chez lui. Et ostensiblement, il s'y comportait en maître. Pour entrer dans la remise, il dut se baisser. Quant à moi je passai debout, mais le sommet de mon crâne frôla l'angle de la pierre au-dessus. En entrant, Mario donna un léger coup de pied dans une caisse en bois qui était sur le sol. Des sifflements venus de l'intérieur lui répondirent : des serpents.

— C'est bon, ils sont toujours vivants.

Au-dessus de la première, il vérifia dans une seconde caisse où crapauds et grenouilles dormaient en tas.

— Les crapauds, essentiels. On n'a pas fait mieux depuis les premières sorcières pour appâter les badauds.

C'était tout pour la ménagerie apparemment. Sur le côté, des étagères supportaient fioles, cassolettes, boîtes de toutes les tailles, de toutes formes, en métal, en bois. Des pots en terre s'alignaient à côté. Plus loin, de grandes jarres. Sur d'autres étagères encore, on avait mis à sécher des plantes de toutes sortes, comme dans un séchoir à tabac. Tout cela était rangé sans ordre apparent, mais il semblait clairement que cette petite souillarde était plus souvent visitée que certaines tables de l'auberge. Pomardini comptait, soulevant des pots, fouillant derrière certains rayonnages, cherchant manifestement quelque chose qu'il ne trouvait pas. Au passage, il saisit une petite boîte ronde de métal qu'il me tendit.

— Tiens, prends ça. Tu peux t'en passer avec le doigt sur ta dent deux fois par jour. La douleur ne devrait pas tarder à passer complètement.

— Merci.

J'ouvris la boîte, à l'intérieur, une espèce de pâte jaunâtre à l'odeur très forte, la même que celle de la fiole que j'avais utilisée le premier soir. J'eus un mouvement de recul, car l'aspect de la préparation était peu encourageant.

— Ne fais pas le difficile, une pommade comme ça, tu n'en trouveras pas deux dans le royaume. J'ai une recette bien à moi : ni trop épaisse, ni trop fluide. Après, je n'ai plus qu'à rajouter les spécifiques. Un jour peut-être je t'apprendrai.

Je trempai un doigt dans la pâte et m'en massai la gencive. Il y eut comme la première fois cette sensation de brûlure avant l'apaisement. Mais la douleur finit par s'estomper. Pomardini avait repris ses recherches.

— Bon Dieu, où est-ce que j'ai bien pu les poser ?

— Qu'est-ce que vous cherchez ?

— Mes gants. Sans mes gants, impossible d'attraper ces bestioles du diable. C'est déjà assez dangereux comme ça. Trouve-moi un linge en attendant, n'importe quoi.

C'est en fouillant pour ramasser un morceau de grosse toile, que je découvris, juste dessous, la paire de gants. Pomardini les ramassa, visiblement satisfait et les enfila en m'expliquant :

— Tu as deviné ce qu'il y a dans la caisse sous les crapauds. Des vipères. Je t'en ai déjà parlé. Le public en raffole. Avec le truc de la dent arrachée sans douleur, c'est le numéro qui fait le plus vendre. Il n'y a guère de vipères ici, pourtant. Elles sont difficiles à trouver. Mais la hantise de ce foutu animal est telle que le moindre paysan ne sort pas faner sans son antidote en poche. Maintenant, tu vas m'aider et faire exactement comme je te dirai.

Il tira la caisse au milieu de la remise et posa un pied sur le couvercle. Puis il prit soin de fermer la porte.

— S'agirait pas qu'elles s'échappent. Dans cette caisse, il y a quatre ou cinq vipères, je ne sais plus exactement. On va en prendre une pour notre prochain voyage. Il faut simplement lui arracher ses crochets.

— Simplement?

— Oui, d'habitude je fais ça tout seul. Mais comme tu es là, ce sera plus facile. Tu es du bon côté, je t'assure, tu ne risques rien.

Il posa à côté de la caisse une sorte de gros bocal en verre très épais. Je n'arrivais pas bien à distinguer ce qui grouillait au fond du récipient. Pomardini continua de m'expliquer.

— C'est le flacon dans lequel je transporte la vipère qui me sert sur scène. Au fond, il y a un paquet de lézards. C'est Aliette qui me les attrape, elle n'a pas son pareil. Les lézards, c'est le casse-croûte pour la bestiole pendant le transport. Et avant de la mettre dedans, il faut pouvoir la saisir. Écoute-moi bien. Tu vas soulever le couvercle, et moi, je vais plonger la main là-dedans pour en attraper une. Dès que je te dirai, tu reposes le couvercle et tu le bloques avec la caisse des grenouilles. Une fois, elles ont réussi à soulever le couvercle et elles ont filé dans tous les coins. J'en ai d'ailleurs perdu une cette fois-là. Elle doit toujours traîner dans le coin.

Je sursautai en regardant derrière moi. Mario éclata de rire, puis redevint sérieux d'un coup.

— T'inquiète pas, elle a pas dû demander son reste depuis le temps. Tu refermes et tu bloques le couvercle, pendant ce temps, moi je tiens la bestiole par l'arrière de la tête. Il ne peut rien se passer. Quand tu es certain que la caisse est calée, tu me présentes le linge. La bête va mordre avec ses crochets bien en avant. Quand elle sera plantée dans ton torchon, tu tires un coup sec vers toi. Pas trop fort, pour pas lui arracher la tête, pas trop doux, sinon les crochets ne viendront pas. C'est comme avec les femmes, juste ce qu'il faut. Tu crois que tu vas y arriver?

— Il n'y a pas de raison.

— Tu as peur?

— Je crois que je n'ai jamais vu de serpents ailleurs que dans la bible. C'est une incarnation du mal envoyée par Satan.

Il éclata de rire.

— Oublie Satan et ses pompes, et prépare-toi!

Je pris le couvercle de la caisse des deux mains, en appuyant fermement dessus, tandis que Pomardini enlevait son pied. À l'intérieur, les animaux avaient retrouvé leur calme, ne s'attendant probablement pas à une intrusion. Pomardini était accroupi à côté, une main sur le côté de la caisse et une autre, près de l'endroit où j'allais soulever le couvercle. Toute l'adresse résidait dans deux choses : n'attraper qu'un seul serpent et le saisir juste derrière la tête, pour ne pas risquer un retournement et une morsure, ce qui serait fatal. Il n'était donc pas question de piocher au jugé, mais bien de viser et d'être le plus rapide.

— Soulève le couvercle juste un peu, de l'épaisseur d'un doigt, que je jette un œil. Et tiens-toi prêt pour ouvrir ensuite très rapidement.

— Je suis prêt.

— Vas-y.

Avec une infinie délicatesse, je soulevai le couvercle comme il me l'avait demandé. De ma place, je ne pouvais voir l'intérieur de la caisse, j'aimais autant. À distance, Pomardini scrutait doucement.

— Ouvre encore un peu.

Je fis bâiller davantage le couvercle.

— Parfait, ne bouge plus.

Il observait toujours l'intérieur de la boîte, chasseur insolite aux aguets, en pleine concentration. À l'intérieur, ça ne semblait pas bouger.

— Oui, c'est ça, ma jolie. Tu as envie de venir en balade avec nous ? Jean, prépare-toi.

Mes doigts étaient crispés sur le bord de la boîte. J'imaginai que les animaux allaient surgir d'un instant à l'autre et mordre un de mes doigts.

— Maintenant !

Je tirai le couvercle vers moi, avec tant de force et de recul que je m'en trouvai déséquilibré. Je tombai sur les fesses tandis que Pomardini plongeait sa main droite gantée dans la caisse, la gauche restant en retrait sur le bord.

— Ferme, Jean, ferme tout de suite !

Le temps que je retrouve mon équilibre et que je repose le couvercle sur la caisse, une petite tête écailleuse à l'œil mauvais se glissait déjà près du bord. Ça sifflait à l'intérieur, ça sifflait dehors. Le temps d'un éclair, c'était devenu l'enfer.

— Ne bloque pas le couvercle tout de suite. Tiens-toi prêt à ouvrir de nouveau !

Je jetai un œil à Pomardini, en train de se débattre avec deux animaux qu'il essayait de décrocher. Au moment où il avait tiré le serpent, un deuxième était venu avec, leurs queues entremêlées avaient trompé sa prudence. Dans sa main droite, il tenait la plus petite : son pouce était juste en arrière de la tête de l'animal, le neutralisant complètement. Dans sa main gauche en revanche, il avait décroché l'autre animal par la moitié du corps et celui-ci se contorsionnait en sifflant, pour tenter de se libérer en mordant son agresseur.

— Ouvre, tout de suite !

J'ouvris, et presque aussitôt une nouvelle tête apparut par l'ouverture, j'hésitai à ouvrir davantage. Pomardini cria.

— Ouvre ! Mais ouvre, bon sang !

J'écartai complètement le couvercle. Et tout en jetant la deuxième bestiole dans le nid visqueux, il me cria :

— Ferme maintenant ! Ferme tout de suite et cale-moi ce couvercle !

La scène avait à peine duré le temps de ces brefs ordres. La caisse vibrait, agitée par les serpents furieux. Je posai la caisse des grenouilles par dessus. Mes mains tremblaient. Pomardini avait gardé son sang-froid et tenait toujours fermement sa proie, dont la tête disparaissait sous l'épaisseur du gant.

— Saloperies. À chaque fois c'est pareil. Tu t'es pas mal débrouillé, mais la prochaine fois essaie de ne pas te casser la figure. Bon maintenant ma belle, ça va être ta fête. Jean, tu es paré pour la deuxième partie ? Tu tiens la toile bien tendue et tu gardes tes doigts le plus à l'extérieur. Une fois qu'elle a mordu, tu tires d'un coup vers toi.

— C'est bon, je suis prêt.

Je tendis la toile, et Pomardini approcha la tête de l'animal, lui laissant juste assez de liberté pour ouvrir sa gueule toute grande. Je pouvais voir distinctement ses deux crocs et ses deux petites pupilles fendues d'un trait vertical. Lorsque l'animal mordit, Pomardini me fit simplement un petit signe de la tête et je tirai, doucement d'abord.

— Vas-y ! Tire !

Puis d'un coup plus sec, le torchon se libéra. Pomardini referma l'étreinte sur la vipère et s'approcha de moi. La bête me regardait toujours, pleine de méchanceté.

— Fais voir.

Je tendis le linge à Pomardini, qui ne mit pas longtemps à trouver ce qu'il cherchait. Coincés entre les fibres du torchon, on distinguait les deux crochets au milieu d'une petite auréole.

— Tu vois ses crocs et le venin qu'elle a lâché ? Je te déconseille d'y toucher. Maintenant nous sommes tranquilles pour un petit moment.

Mario glissa la vipère dans le bocal qu'il avait préparé et ça se mit à grouiller de plus belle entre lézards et serpent. Puis il enferma le bocal dans un étui en cuir sur mesure. Il n'y avait ainsi aucun risque qu'il puisse s'ouvrir ni se casser. La tension retomba d'un coup. Pomardini me regarda et son sourire marqua une pointe d'ironie.

— Alors, monsieur Passadieu, toujours partant pour le métier de charlatan ? Tu es pâle comme le lait d'une jument. Il ne faut pas aller au bois si tu as peur des feuilles !

— Ça ira très bien. Mais ces bestioles sont certainement d'émanation diabolique pour être aussi hideuses. Je ne suis pas près de m'y faire.

— Heureusement, je te rassure, je ne fais pas ça tous les matins. Et maintenant, on part à la cueillette.

— La cueillette ?

— Oui, il ne me reste plus de belle-dame[17].

— La belle-dame ? Qu'est-ce que c'est ?

— Une plante qui sert à beaucoup de mes préparations. Viens.

Et nous partîmes, en ayant refermé derrière nous la caverne mystérieuse de maître Pomardini, laissant siffler les serpents de rage. Nous nous enfonçâmes rapidement dans un petit bois derrière le bourg. Pomardini portait une grande besace en cuir, dans laquelle il entassait tout un tas d'herbes, de baies et de fruits sans discernement, semblait-il. En réalité, il avait une réelle faculté pour reconnaître chacune des espèces qu'il avait l'habitude d'utiliser. Il m'expliquait peu, sautait d'un buisson à l'autre, reniflait, palpait, froissait les feuilles et coupait les

---

17 - Belladone

racines avec sa lame en croissant. Il connaissait manifestement le bois comme le fond de sa poche. Midi sonna à un clocher. Comme un chien, il s'arrêta, sentit le vent et avant que le dernier coup fût sonné, il repartit d'un pas rapide comme s'il avait le diable aux trousses.

— Midi, c'est l'heure du déjeuner. On rentre.

Je le suivis sans un mot, étonné de la direction. Si j'avais été seul, je me serais sûrement perdu. Il commençait à faire très chaud, malgré l'ombre. Mario soufflait devant moi, mais ne ralentissait pas.

— Tu vas voir que tu n'as pas travaillé pour rien hier. Tu n'as pas fait un tel repas depuis longtemps, à mon avis.

Nous arrivâmes *Aux Deux Perdrix* et nous installâmes à notre table d'habitués, toujours seuls dans la salle que la lumière de midi éclairait à plein. L'air avait pris lui aussi une tournure réjouissante, libérant de la cuisine des parfums de viande et d'épices. Aliette ne tarda pas à amener deux gobelets et une cruche de vin. Pomardini la remercia et nous versa une large rasade à chacun.

— Tu vas voir, notre dimanche à nous, c'est aujourd'hui !

La fillette nous apporta ensuite deux assiettes remplies copieusement : de larges morceaux de viande nageaient dans une sauce épaisse et noire d'où émergeaient d'énormes navets. Pomardini sortit de sa poche son large couteau, l'essuya contre le revers de sa manche et commença à découper un morceau de viande qu'il engloutit d'une bouchée. La bouche pleine et le couteau pointé sur moi, il articula.

— Vas-y, mange mon garçon, ne te prive pas. Ça vaut bien ta dent !

Sans relever cette ultime plaisanterie sur la mutilation dont il était l'artisan, je me laissai aller comme lui à la dégustation. Aliette avait déposé un petit couteau à côté de moi et j'entrepris mon assiette. Je crois que la faim ne m'avait jamais quitté depuis mon départ de Saint-Pierre. J'eus l'impression que ce repas était en effet le premier capable de me rassasier depuis longtemps. La viande était ferme, mais la sauce compensait. Légèrement acide et un peu sucrée, elle convenait parfaitement. Les navets fondaient entre les doigts avant de fondre dans ma bouche.

— Alors, c'est bon ?

— Oui.

— Tu as oublié le bénédicité !

Et il éclata de rire avant de se replonger avec concentration dans son assiette. Nous avons mangé âprement, la bouche proche de la gamelle, comme des animaux privés depuis longtemps. Je n'imagine pas l'effet des bruits que nous produisions dans le silence de la pièce. Aliette avait apporté un pain noir que nous gorgions de sauce avant de le sucer avec gourmandise. À la moitié des assiettes, la voracité fit place à davantage de modération : les bouchées s'espacèrent, la mastication se fit moins brouillonne, on allait au fond des choses. Pomardini reprit la parole.

— Cet après-midi, nous mettrons en recette les plantes que nous avons ramassées ce matin. Il me manque certaines préparations avant de pouvoir repartir en tournée. Tu m'aideras pour tout ça. Et je te montrerai quelques secrets. As-tu de l'honneur, Jean Passadieu ?

La question m'avait surpris, mais ma réponse ne tarda pas.

— Il y a deux jours avant de vous rencontrer, il ne me restait plus que ça. Je n'en ai pas perdu une livre depuis. C'est celui des gens de ma race, de ceux de Saint-Pierre.

— Très bien, je n'en attendais pas moins. Tu me jures donc que, de tout ce que je vais te montrer, tu ne diras mot à personne ?

— Cela va de soi. Mais, je le jure si c'est plus solennel.

— C'est plus sûr surtout. Si un jour j'apprends que tu as failli à ta promesse, tu regretteras jusqu'à ta dernière dent.

— J'ai compris. Mais…

— Quoi ?

— Pourquoi vous donner autant de mal pour vos préparations ?

— Comment ?

— Pourquoi toutes ces plantes, toutes ces recettes dont vous me parlez. Tout ça, c'est du vent ?

— Qu'est-ce que tu veux dire ?

— Vous y croyez à vos remèdes ? Parce que si vous y croyez, si vous pensez que votre antidote contre la morsure de serpent est efficace, pourquoi prendre la peine d'arracher les crochets de la vipère avant de vous laisser mordre ?

Pomardini resta un instant sans bouger, la bouche béante, comme s'il ne croyait pas un seul mot de ce qu'il venait d'entendre. Pour la seconde fois, je le découvris furieux.

— Tu veux bien répéter ?

— Vous avez bien compris ce que je voulais dire.

— Tu fais partie de ces couillons qui pensent que nous autres, nous ne vendons que du vent, de l'espoir en liqueur ? Tu crois en effet que je me donnerais tout ce mal si je ne croyais pas à ce que je faisais ?

Je n'avais pas besoin de lui donner la réplique, le vin attisait la virulence de l'outrage qu'il avait à laver. Quant à moi, j'avais juste trempé mes lèvres, ne souhaitant pas renouveler l'expérience de la veille avec le cidre. Pomardini fulminait.

— Sache d'abord que je ne suis pas comme ces merciers[18] qui traînent de village en village et qui distribuent de faux secrets, des liqueurs de rien du tout, juste pour alourdir leur bourse. Tu me confonds peut-être avec certains qui ont illustré la profession au siècle dernier ? Des comme ça, il y en a eu de tous les temps. Depuis des temps que tu n'imagines même pas. L'incubation, ça te dit quelque chose ?

— Non.

— Non, bien sûr. De toute façon, tu ne connais rien et tu prétends me critiquer, moi le grand Mario Pomardini ! Mais quelle folie d'imaginer que j'allais pouvoir te léguer quelque chose !

---

18 - Marchands ambulants qui faisaient commerce de toutes choses et bien souvent de préparations médicinales.

Pomardini s'était levé, me pointant d'infamie de son index. Il se tut un instant puis, revenant à un état plus posé, se rassit.

— L'incubation est une des toutes premières supercheries de la médecine. Dans les temps anciens, des prêtres avaient organisé cette foutaise. Ils faisaient venir des malades qui apportaient des offrandes aux dieux : le plus souvent de la nourriture, des animaux. Ils faisaient dormir les malades enfermés dans un temple. Je crois même qu'ils les droguaient largement. Pendant la nuit, ils prenaient l'apparence du dieu de la médecine, Esculape en personne. Ils visitaient ainsi les malades et leur prescrivaient des traitements fantaisistes. Les crédules étaient satisfaits, et comme sur le nombre, ils s'en trouvaient toujours de guéris, les prêtres pouvaient continuer à vivre en toute impunité des offrandes de leurs victimes. Joli travail pour des religieux, au nom du dieu et de la médecine. C'est avec ce genre de truanderie que tu veux comparer mon art ?

— Je…

— Et Barbereau, tu ne connais pas Barbereau non plus ?

— Non.

— Bien sûr que non, mais tu viens chez moi juger ma façon d'aider les pauvres gens ! Barbereau était du même acabit, pas curé, non, mais pendant des années, il a vendu au prix du meilleur vin, l'eau de la Seine, qu'il mettait en bouteille en la faisant passer pour une eau minérale aux grandes vertus. Il n'avait pas de Dieu pour l'aider, lui, simplement un petit grain d'antimoine au fond de la bouteille pour intriguer les gens et la beauté de sa femme et de sa fille pour faire le reste. Elles vendaient bien mieux que quiconque : tout est affaire de minois pour l'entourloupe. Voilà à qui tu oses me comparer. Des comme ça, il y en a des listes entières, des vilains qui discréditent le vrai métier. Tu comprends, eux et moi, c'est pas la même trempe.

— Je comprends.

Je ne devais pas paraître encore convaincu malgré cette démonstration vigoureuse.

— Et, quoi ? Ça ne te suffit pas ?

— Pourquoi faire semblant d'arracher une dent alors ? Pourquoi m'avoir mutilé ?

— Je t'ai déjà dit, ce n'était pas mon intention au départ. J'étais connu à Saint-Malo. On venait parfois me voir depuis Rennes, je n'avais pas le droit de décevoir. Je t'ai expliqué, le public avait besoin de voir le spectacle complet jusqu'au bout, avec du sang ! Je n'avais pas le choix, au risque de perdre ma réputation. Tu n'avais qu'à rester tranquille aussi, et tu aurais toujours ta dent aujourd'hui. En plus de ça, tu as ruiné ma réputation. Il s'en faudra du temps avant que je reprenne du crédit là-bas.

— La faute à qui ?

— Vois-tu, ma vocation à soigner, je l'ai toujours : celle qu'on a brisée à Montpellier. Ce que je fais, j'y crois. Et pour preuve, la pommade que je t'ai donnée, ne te soulage-t-elle pas ?

— Si.

— Eh bien, tu vois ! C'est plus efficace que l'eau du baptistère ! Mon antidote contre le venin de serpent, je le prépare d'après des recettes très anciennes que j'ai moi-même améliorées. L'origine remonte au grand Mithridate lui-même. Ne me demande pas qui c'est, je t'ai expliqué assez de choses aujourd'hui. Je ne peux pas me permettre de l'essayer sur moi, car s'il m'arrivait quelque chose, qui d'autre soignerait tous ces pauvres bougres qui ont tant besoin de mes remèdes ? D'ailleurs depuis le temps que j'en vends, personne n'est venu se plaindre de ce produit-là.

— Et pour cause. Ni celui qui est mort de la morsure ni celui qui en a réchappé par hasard.

— Foutaises ! Et ce diplôme de docteur qui m'est passé bien loin du nez, je n'ai pas d'autre moyen de le remplacer qu'avec ce genre de préceptes. Mon estrade, mes numéros, ce sont mes lettres et mes brevets, ce sont eux qui me permettent de vendre. Et qu'importe si certains ne voient en moi qu'un simple énergumène qui ne brasse que l'eau de la Seine ou d'une simple fontaine ? Si c'est ce que tu penses, alors tu peux reprendre ton balluchon, tes herbes secrètes et ton faux air honnête et débarrasser ma table tout de suite.

— C'était juste une question.

— Tu ferais mieux de réfléchir à tes questions avant de dire n'importe quoi.

— Mais le chien ?

— C'est pour attraire[19] le monde, c'est la mise en bouche. À Paris, on a tout essayé. Les animaux de toutes sortes : les oiseaux, les chiens, des singes que l'on faisait venir à grands frais d'Afrique. On a essayé les filles, on les a fait jouer, danser, chanter, marcher sur des fils. Davantage, c'était difficile. Certains en ont fait un usage bien moins reluisant ; on leur faisait répandre la vérole tout en distribuant des billets publicitaires pour le traitement vendu par leur commanditaire.

— La vérole ?

— Oui. Ça aussi, je t'expliquerai un autre jour. Ou c'est la nature qui t'expliquera. Ça viendra bien assez tôt, ne t'inquiète pas. Mais tout cela n'est que de la poudre aux yeux, la glu qui les fait venir et les colle à l'estrade. Après, il faut les y garder avec un bon miracle médical. Et qu'importe le mensonge, si c'est pour leur vendre après un des produits auquel tu crois ? Si je fais mine d'arracher une dent sans douleur et si je leur vends ensuite cette essence qui te soulage, crois-tu que ce soit mal ? Le jour où j'aurai trouvé le vrai moyen d'arracher une dent sans douleur, je le ferai, c'est sûr et crois-moi, ce secret-là vaudra de l'or.

— Qui sait…

— Mais ce secret existe à mon avis.

— Vraiment ?

Pomardini se versa une rasade de vin, tandis que la sauce finissait de figer dans les assiettes. Il engloutit la moitié de son verre d'un trait et reposa bruyamment le gobelet sur la table. Puis, se penchant vers moi et à mi-voix, comme si quelqu'un pouvait nous entendre :

---

19 - Attirer (ancien)

— Ce secret a existé… et a été perdu. Voilà une dernière histoire, celle de Hironymo Ferranti. Il venait de Rome à ce qu'on dit et il a connu son heure de gloire à Paris au siècle dernier. Il arrivait en superbe équipage, une grosse chaîne d'or au cou. Quatre joueurs de violon jouaient à chaque coin de son théâtre. Un bouffon nommé Galina s'occupait à mille singeries pour divertir le public. Parmi les drogues qu'il vendait figurait une pommade contre les brûlures. Pour en montrer la puissance, il se brûlait les mains avec un flambeau jusqu'à faire apparaître des ampoules, puis se faisait appliquer son onguent qui guérissait les brûlures en deux heures. Mais avant, il s'était secrètement lavé les mains avec une eau, qui en même temps protégeait sa peau de l'action du feu et produisait à sa surface des vésicules.

— Je ne vois pas le rapport.

— Attends! Il était également réputé pour arracher les dents gratis et sans douleur, simplement entre le pouce et l'index. D'après ce que m'a rapporté Clarissa, sa veuve, il enduisait au préalable l'un des doigts d'une poudre caustique provoquant la chute de la dent et l'autre d'une substance narcotique pour engourdir la gencive. C'est de cette fameuse substance dont il est question. Elle est morte dans une misère terrible la pauvre, rongée plus par la petite vérole que par le chagrin. Si elle avait eu vent de cette recette, elle aurait fait fortune. Et je n'imagine pas à qui d'autre il aurait pu confier le secret d'une telle préparation. Il a dû se perdre comme beaucoup d'autres choses, malheureusement. Malgré tous ces artifices, et ce que tu prends pour de la supercherie, ce n'était que de la réclame pour vendre de vrais produits, peut-être pas aussi efficaces que les gens voulaient le croire, mais mille fois moins agressifs que les saignées des bons docteurs.

Après un tel discours, si je n'étais pas convaincu, je n'avais en effet qu'une seule voie et c'était la porte des *deux perdrix*. Malgré la chair qui semblait s'y trouver toujours en quantité, malgré la discrète Aliette, malgré la verve et les horizons que m'ouvrait Pomardini tout grand, rien que par son pouvoir d'évocation, j'hésitai. Je ne lui devais rien, et j'étais prêt à liquider sa dette pour ma dent sur un simple coup de tête. Je ne sais pas si à cet instant je crus complètement à son discours, si le vin complétait l'effet, mais je n'avais plus les idées aussi claires que le matin au réveil. Je repensai à l'œil mauvais du serpent, doutant à cet instant que celui de Pomardini vaille mieux.

Il me laissa à mes réflexions, terminant son assiette comme si rien ne s'était passé. C'était là le délai qu'il me laissait pour prendre ma décision. À la dernière bouchée, je serais parti ou aussi charlatan que lui.

À la fin de son assiette, il releva la tête et me sourit.

— À la bonne heure!

Puis il finit de remplir mon verre que j'avais à peine entamé.

— Mais bois donc un peu, que diable! Ce n'est pas du vin à faire danser les chèvres, celui-là[20]! Et finis ton assiette! Et ensuite, moi j'irai faire la sieste. Toi, tu me feras par contre le plaisir d'aller te décrasser un peu. Quand tu es arrivé de chez les sœurs, tu ne sentais déjà pas très bon, mais là, c'est plus l'épaule de

20 - Ce n'est pas un vin à dédaigner (ancien)

mouton que la rose. Aliette te montrera.

Il se leva, me mit une main ferme sur l'épaule et se dirigea vers la porte d'entrée. Il sortit. Et Aliette, qui ne ratait aucune de ses entrées, arriva de la cuisine.

— Tu as fini ? Viens, je vais te montrer où tu pourras te laver.

Elle m'accompagna tout de suite dehors. En sortant, je vis Pomardini s'installer sur l'herbe grasse devant le mur du cimetière, à la même place que la veille, le chapeau rabattu sur son visage. C'était apparemment son lieu de prédilection pour une partie de l'après-midi. Une bigote passa devant lui, et je l'entendis dire à la vieille qui sursauta :

— Pour vivre longtemps, il faut être vieux de bonne heure !

La vénérable haussa les épaules et entra dans le cimetière. On entendit le rire féroce de Pomardini sous le chapeau. Je suivis Aliette.

Une petite rivière coulait au milieu du champ derrière la maison. La fillette me tendit un morceau de savon très sombre, pas plus gros que son poing, un drap pour me sécher et une chemise propre.

— Je l'ai prise à Jean-Marie. Il ne s'en apercevra pas. Je laverai la tienne.

J'ôtai ma chemise et la donnai à Aliette. J'attendis qu'elle s'éloigne pour enlever le reste et plonger dans l'eau. Je n'avais pas envie de réfléchir, juste envie de me laisser glisser dans le courant. Les nuages passaient mollement. Le soleil d'été frappait à pleins rayons la campagne, où seuls quelques grillons résistaient joyeusement. Finalement, je n'avais pas hésité longtemps. Ce destin en valait sans doute bien un autre, j'avais un âge où le danger n'avait pas encore pris sa réelle consistance. Et au fond, tant que je resterais avec le charlatan, je n'aurais pas à me soucier des choses matérielles. Il n'y avait donc pas à réfléchir beaucoup plus loin, en effet. Je verrais ensuite.

Après m'être longuement trempé, je frottai mon pantalon avec le morceau de savon et l'étendis à une branche. Puis, je m'allongeai dans l'herbe pour sécher ma carcasse comme un vêtement trop porté qu'il convenait de remettre à neuf. L'air chaud cuisait ma peau que je voulais comme une cuirasse, comme celle de ce Ferranti qui résistait au feu. Un tel secret existait-il ? Le secret d'une substance qui endormirait toute douleur au simple contact pouvait-il s'imaginer ? Ce n'est pas en m'endormant au bord de ce ruisseau que j'allais répondre à ces questions qui me semblèrent capitales sur l'instant.

C'est ainsi que commença ma nouvelle vie. Après cette première journée passée aux rudiments de la botanique et de la zoologie, Pomardini se servit de moi et d'Aliette comme un apothicaire des derniers de ses commis. Le lendemain, nous rangeâmes la remise, remplîmes des fioles d'hydrolat, mîmes à sécher certaines plantes, surveillâmes une substance mise à bouillir sur un feu qu'il avait allumé dans la cour. Ce jour-là, il ne m'expliqua rien, ne commenta rien. Il se contenta de donner des ordres, sans sécheresse, mais avec fermeté. Il me signifiait ainsi la hiérarchie dans laquelle s'inscrivait notre association, me privant alors de ses confidences pour me punir de mes questions irrévérencieuses de la veille. Tout comme Aliette, j'obéissais simplement.

Le soir vint. Nous dînâmes dans un silence presque total. Il commença par m'interroger sur les herbes que j'avais dans mon sac. Je lui répondis que je lui en parlerais quand il m'expliquerait les siennes. Et je me gardais bien de lui dire que j'y conservais un autre trésor. Sa curiosité insatisfaite, il ne me témoigna plus aucun intérêt pendant le reste du repas.

Le troisième jour fut à l'identique, mais nous dûmes en plus contrôler les serpents. Après avoir jeté un œil dans la caisse et compté les vipères restantes, Pomardini vérifia que tout allait bien dans le bocal. Ça grouillait toujours et quelques lézards bougeaient encore. Tout était au mieux dans cet univers-là. Nous lavâmes les instruments et notamment la pince qui avait arraché ma dent. Puis, la journée se termina en chargeant la charrette de deux caisses contenant toutes les préparations du maître, ses instruments, deux couvertures, le serpent et le matériel pour l'estrade. Au dîner du soir, il m'informa que nous partirions le lendemain matin. Il ne parla pas beaucoup, Aliette servit le repas en silence, essentiellement les restes des autres jours, comme si on s'apprêtait à fermer boutique derrière nous. J'eus du mal à trouver le sommeil ce soir-là. Il n'y avait pas à craindre de ce renouveau, mais la part d'excitation se partageait avec celle des doutes qui subsistaient, comme si cela allait complètement décider de mon avenir, de manière définitive et irréversible.

Le jour du départ, et pour la première fois, je me réveillai sans les douleurs de ma dent. Sa cause était définitivement entendue, ne restait plus que le petit morceau tranchant qui dépassait de la gencive, sur lequel il m'arrivait parfois de me blesser la langue en mangeant. Nous prîmes le petit déjeuner, en tête à tête toujours, comme si les hommes seuls avaient le droit de manger à table dans cette maison. Aliette nous servait, et une bonne âme mystérieuse, que je n'avais toujours pas vue, nous préparait à heures précises les repas, servis en fonction de la prodigalité du maître à distribuer quelques pièces qu'il restait de celles que nous avions gagnées.

Malgré ma curiosité, je n'avais jamais osé poser de question sur notre hôtesse. Connaissant un peu mieux Pomardini, je savais à son silence que ce secret-là était de ceux qu'il valait mieux ne pas aborder avec lui, au risque de son silence au mieux, ou de son irritation plus probablement. La personne existait bien puisque j'avais entendu cris et gémissements le premier soir. Je n'avais pas eu le droit de m'aventurer au-delà du milieu de la salle commune : ma couche étant réservée dans un coin, comme celle d'un domestique. Cette femme devait bien sortir pour le ravitaillement et autres tâches, mais toujours quand nous étions absents ou à la nuit, ou peut-être par une autre issue de la cuisine, ce qui lui donnait toute liberté d'aller et venir sans être vue. Je n'avais pas posé davantage de questions à Aliette, qui malgré notre partage du premier soir, restait peu loquace, toujours timide, comme un animal sauvage qu'il faut apprivoiser à chaque nouvelle rencontre. Ce matin-là, elle nous apporta les traditionnels bols de soupe, puis elle déposa près de nous un grand panier de provisions. À sa taille et à la nature des denrées que j'aperçus dedans, j'évaluai la durée de notre périple à plusieurs jours. Ce n'était pas pour me fâcher, car j'attendais de voir

Pomardini à l'action et de prendre ma place sur les tréteaux. Tant que je n'aurais pas passé cette étape, il ne me considérerait toujours pas digne de recevoir ses secrets. Aliette déposa aussi un pourpoint de velours noir sur lequel on avait cousu chichement quelques parements dont les dorures usées dataient d'un autre siècle. Cela ressemblait aux fanfreluches qu'on voit parfois dans les églises, sur les statues des saints. Dieu seul sait d'où provenaient ceux-là : peut-être tout simplement de l'église de l'autre côté de la rue.

— C'est pour toi, quand tu monteras sur scène avec Jean-Marie.

C'était là tout mon attirail, pas d'autres accessoires, ni arme ni couvre-chef. Il me faudrait pour cette fois-là me contenter de cet accoutrement. Le velours, sans être neuf, n'était pas trop rapiécé et bien moins usé que la tenue que je connaissais à Pomardini. J'étais content de cette attention que je n'avais pas imaginée, mais du coup déçu de sa simplicité, ayant espéré dans mes rêves quelque chose de plus extravagant. Pomardini vit ma déception.

— Tu n'es pas content ?

— Si fait. Je trouve le noir un peu sévère, c'est tout.

— Le rouge et l'or, c'est pour les rois.

— Comme vous ?

L'ironie l'atteignait rarement en début de journée et je ne prenais pas un grand risque. Il négligea la nuance.

— Ton tour viendra.

Il laissa passer quelques secondes et poursuivit.

— Nous allons juste faire un tour de quelques jours, pas très loin. Une autre fois nous irons à Rennes, j'ai quelques emplettes à faire là-bas. Comme ça, tu verras du pays.

Rennes, pour moi, était un simple nom. Il évoquait une ville très lointaine. J'avais traversé l'océan pour échouer en Bretagne, mais sur terre, pour n'avoir pas bougé de Saint-Malo pendant tant d'années, chaque distance me paraissait infinie.

Nous partîmes donc de bon matin, à l'heure où le soleil d'été nous épargnait encore sa trop grande chaleur. J'avais rangé mes affaires sous la banquette où je dormais : mon sac contenant quelques pauvres vêtements, le coffret renfermant les herbes, et celui contenant l'ambre de cachalot. J'abandonnais là mon maigre bien, ne doutant pas pourtant qu'il était bien plus en sécurité que n'importe où ailleurs.

Le chien trottinait gaiement devant nous, heureux de reprendre la route. Je n'avais pas souvenir que la charrette fût aussi lourde à tirer et à porter. Même si nous avions récupéré nos forces, mangé presque à satiété à chaque repas, dormi convenablement, le démarrage fut plutôt difficile. Mais il faut voir, pour être précis, que la charrette contenait cette fois-ci deux caisses pleines d'instruments et de préparations, des victuailles pour deux gaillards. Nous reviendrions bien plus légers. Et il fallait aussi l'espérer, en ayant un peu rempli notre bourse. Malgré son âge, Pomardini tirait vaillamment, trop fier pour me laisser penser qu'il était moins fort qu'un jeunet de quatorze ans.

— Comment faisiez-vous quand je n'étais pas là ? Je n'imagine pas que vous tiriez ce barda tout seul.

— J'avais un âne très vieux. Nous allions tranquillement tous les deux de ville en ville. Lorsque je suis arrivé à Saint-Malo la dernière fois, je suis resté dans une auberge et j'ai mis l'âne à l'écurie. Le lendemain, il avait disparu. L'aubergiste m'a affirmé qu'il avait été volé pendant la nuit. En réalité, je pense qu'il me l'a fait manger au souper du lendemain.

— Vous n'avez rien dit ?

— Qu'est-ce que tu veux prouver ? L'aubergiste m'avait prévenu le soir qu'il n'était pas responsable de l'âne, que je le laissais à mes risques et périls. J'aurais dû me méfier. Tu sais, la France va mal en ce moment, et parfois, certains sont capables de tuer pour un simple morceau de pain. Alors de la viande… Tu n'imagines pas, même si c'est de l'âne.

Je ne répondis rien.

— Et tu imagines bien qu'avant que je puisse en acheter un autre, il va me falloir en vendre des huiles et des pommades ! Quand tu es revenu à l'auberge, je voulais essayer de louer les services de Néron pour m'aider à ramener la carriole à Saint-Léonard, après je me serais débrouillé. Mais là encore, ce qu'il me demandait pour ce service était au-dessus de mes moyens…

— Alors, vous vous êtes dit qu'un âne en valait bien un autre.

— Si seulement ! Car tu vois bien que nous ne sommes pas trop de deux pour remplacer celui qu'on m'a volé. Allez tire, bourricot, sinon nous ne serons jamais arrivés pour midi.

Et nous éclatâmes de rire tous les deux.

Nous arrivâmes dans un petit village nommé Trans-la-forêt. Le marché finissait. À parler de marché, deux boutiques se partageaient la place. Un étal de viandes où il n'y avait plus guère de marchandise à remballer, s'il y en avait jamais eu. Un marchand ambulant de quincaillerie vendait à côté de lui toutes sortes d'objets : instruments, gamelles, de quoi se mettre en ménage si le cœur nous en disait, comme le clamait son boniment. Cette fois-là, j'allais être l'assistant de Pomardini. Pas question, dans un aussi petit village où l'on nous avait vus arriver de fort loin tous les deux, de me faire passer pour un inconnu, qui n'avait rien à faire là d'ailleurs. Un quidam qui se trouverait là par hasard, sur le passage de ce charlatan précisément, avec justement une grande douleur de dent, serait trop à propos pour être honnête. Pomardini m'expliqua très succinctement mon rôle, qui tenait surtout lieu de l'improvisation, de l'accessoiriste et surtout du faire-valoir. Alors que nous montions les tréteaux, quelques curieux vinrent nous voir, restant à distance respectueuse, suffisamment pour ne pas risquer d'avoir à engager la conversation avec nous. Ils murmuraient entre eux, c'était notre public et déjà il me troublait.

— Fais comme s'ils n'étaient pas là. Tu vas voir, ils vont traîner un peu pour essayer d'évaluer si le spectacle vaut la peine qu'ils soient en retard pour le déjeuner. Et après, ils partiront.

Midi sonnait au clocher lorsque nous finissions nos préparatifs. La plupart des villageois avaient disparu. Ne restait devant nous que le potentiel idiot du village, nous dévisageant, la tête penchée sur le côté, se curant furieusement le fond d'une oreille avec un bâtonnet de bois. Nous nous changeâmes derrière l'estrade. Le pourpoint noir était correctement ajusté et je n'étais finalement pas mécontent de l'effet. Pomardini me tendit le tambour.

— Mais, je n'en ai jamais fait.

— Foutaises ! Il ne faut pas craindre de prendre ici les lièvres au son du tambour[21]. Tu ne sais pas jouer ? Ils n'en ont jamais entendu de meilleur que celui que je leur ai joué quand je suis passé par ici l'année dernière. Et moi, tu sais… Tu tapes fort comme le tonnerre, à chaque fois que je ferai un signe où que je me tairai. C'est moi qui ferai danser le chien. Après, on leur donnera le numéro du serpent. Je sens que ça le démange de me pincer. Et puis, il ne faut jamais trop tarder, car les crochets repoussent vite. Tu as bien compris ?

— Oui.

— Alors maintenant, observe ! Regarde, ils sont tous rentrés chez eux, soi-disant pour aller déjeuner. Ils savent que nous sommes là, et tu peux me croire, la soupe est toujours sur le feu, mais ils attendent le signal. Tu vas les voir rappliquer dru comme mouches au premier roulement de tambour. Vas-y !

Je me plaçai sur un coin de l'estrade, le chien assis sur son derrière à un autre coin, Pomardini au milieu du devant de la scène, bras écartés comme pour embrasser la ville entière. Sur son signe, j'attaquai le tambour de toutes mes forces.

— Tambours, battez, sonnez, trompettes ! Approchez tous bons villageois, mes découvertes sont sans égales. Essayez-les et vous verrez !

Nouveau signe de Mario, nouveau roulement de tambour.

— Tambours, battez, sonnez, trompettes ! Approchez, approchez ! Mario Pomardini est à vos portes pour vous soulager ! Avez-vous la fièvre ou la colique ? Seriez-vous tombé d'une échelle ? Approchez, je vais vous guérir en un rien d'temps !

Nouveau roulement. Pomardini s'amusa alors à mimer un dialogue hypothétique avec un des spectateurs, et plus vraisemblablement une spectatrice, car il prenait une petite voix suraiguë irrésistible pour jouer le rôle féminin. Et lorsqu'il reprenait sa propre voix, il l'amplifiait, roulant les R, se montrant faussement terrifiant.

— Mais, gentilhomme italien, à quoi peux-tu bien nous servir ?

— À vous arracher les dents, madame, sans vous faire aucune douleur, et à vous en remettre d'autres avec lesquelles vous pourrez manger comme avec les naturelles ?

— Et avec quoi les ôtez-vous ? Avec la pointe d'une épée ?

— Non, ma belle, cela est trop vieux, c'est avec ce que je tiens dans la main.

Et il extirpa la tenaille, la brandissant bien haut dans le ciel. À ce moment, une vieille dame sortit en silence d'une maison toute proche et vint se placer devant la scène, à s'y coller le nez dessus. Pomardini continuait sa représentation, en

21 - Prendre les lièvres au son du tambour : parler à l'avance d'un dessein qui doit être secret.

prenant juste le soin de baisser son bras pour que la première spectatrice puisse mieux admirer l'instrument nettoyé de frais. Pomardini continua sa pantomime.

— Et que tiens-tu dans ta main, seigneur italien ?

— La bride de mon cheval.

Et il éclata d'un gros rire avant de continuer. Déjà quatre spectateurs étaient venus rejoindre la vieille.

— Je guéris les soldats par fantaisie, les pauvres pour l'amour de Dieu et les riches pour de l'argent. Voyez ce que c'est que d'avoir une dent ébranlée ?

— N'as-tu point quelque autre remède ?

C'était la vieille du premier rang qui avait interrompu Pomardini. Il ne s'en offusqua pas, ne parut pas même surpris et continua, prouvant qu'à l'improvisation, il avait autant de talent que sur ses textes habituels.

— Oui-da, j'ai une pommade pour blanchir le teint. Mais pour toi, belle dame, nul doute que tu n'en as pas besoin.

Il y eut un éclat de rire général dans le public, dont les gosiers se comptaient à présent sur plus de deux mains. J'en voyais encore arriver d'autres. Je continuais à ponctuer les répliques de mes roulements, à m'en faire mal aux poignets. Le dialogue se poursuivit encore le temps de quelques répliques. Nul doute que Pomardini allait bientôt présenter le numéro prévu.

— Approchez, approchez, braves gens de la terre…

— Tu parlais bien des dents tout à l'heure, mon gars ?

Pomardini, interrompu dans son élan et sa verve, se retourna courroucé dans la direction d'où venait l'invective. Car à voir son air, il n'y avait pas à douter que cette interpellation cavalière en avait tous les caractères. Je mis quelques instants à repérer celui qui était à l'origine de l'affront.

— Sais-tu bien à qui tu parles ?

Pomardini était hors de lui. Dans la foule on riait toujours, n'imaginant pas un seul instant que cette altercation n'était pas prévue.

— Oui, je sais bien. Au grand Mario Pomardini ! Tu m'as vendu une de tes poudres l'année dernière… Contre le mal de dents justement.

Pomardini s'apaisa quelque peu, craignant ce qui allait suivre.

— Et ?

— Et bien, j'en étais assez content de ta poudre. Elle m'a bien soulagé. Mais tu me l'avais dit à ton dernier passage : *« la dent était toute gâtée et il faudrait l'enlever »*. Je crois que c'est pour aujourd'hui.

La foule s'écarta pour laisser voir l'homme qui parlait. Il s'agissait d'un vieillard courbé comme la voûte d'une église. Il se redressa un peu pour montrer un visage tout déformé d'un côté par une énorme fluxion. Le public poussa un *oh* ! de surprise et s'écarta un peu plus, s'imaginant qu'il y avait quelque risque à rester trop près du débile.

— Ça fait quatre jours que je ne sors plus en attendant ton passage. Heureusement, tu es là. Tu vas pouvoir me soulager.

Et sans attendre que Pomardini l'invite, l'autre s'approcha. Il boitillait tranquillement, ne regardant pas plus loin que le bout de sa canne de coudrier, aussi tordue que lui. Il fallait enchaîner. Pomardini me fit signe et je repris le roulement de mon tambour.

— Les anciens malades de Pomardini viennent eux-mêmes attester de sa science et de son art. Comme marque de fidélité, je lui offre son soin gratuitement pour le soulager de cette mauvaise fluxion.

L'abcès avait l'air mauvais, prenant tout l'œil. La peau de la joue était luisante et violacée, prête à craquer d'un instant à l'autre. Le cacochyme arriva au pied de l'estrade et, comme pour moi quelques jours plus tôt, il se trouva des mains impatientes pour l'aider à grimper pour y rejoindre Mario. L'aspect de son visage gonflé et cramoisi était d'autant plus effrayant que le malade était d'une constitution plutôt chétive.

— Jean, apporte-moi un siège confortable, pour que ce fidèle et néanmoins vénérable puisse reposer ses vieux jours.

En fait de siège, j'apportai le tabouret de bois que je plaçai derrière le malheureux. Quelqu'un cria dans la foule.

— Le vieux est fait du même bois que ton siège, Pomardini, n'hésite pas à bien le secouer pour lui tirer sa dent!

Nouvel éclat de rire général. Même le malade sembla rire, mais le rictus qui déforma son visage l'empêcha de manifester plus clairement son contentement. Je me plaçai spontanément derrière lui, comme Néron l'avait fait avec moi. Mais je n'étais pas sûr de pouvoir à moi seul le tenir pendant l'extraction. Je jetais des regards inquiets à mon maître, qui ne semblait pas troublé outre mesure par cette modification imprévue du programme. Il reprit la parole, sachant qu'il n'était pas possible de reculer, mais préparant au mieux le public aux réactions prévisibles du vieillard.

— L'infection est tellement installée, braves gens, que malgré toutes les médecines du monde, d'Orient ou de Perse, l'infortuné risque de souffrir quelque peu de notre action… avant d'être définitivement soulagé. Quelqu'un pourrait-il venir prêter main-forte à mon jeune assistant le temps de l'opération?

Les volontaires ne manquaient pas pour approcher au plus près l'expérience. Un solide gaillard torse nu monta sur l'estrade avec nous.

— Merci, mon brave, comment t'appelles-tu?

— Jacques!

— Je te remercie, Jacques. Tu m'as tout l'air de faire notre affaire. Tu te tiendras aux pieds pour l'empêcher de bouger les jambes et les mains. Tu peux faire ça?

— Facile!

Puis, se tournant vers le malade, qui s'impatientait un peu?

— Et toi, comment t'appelles-tu?

— Éloi.

— Et bien, mon cher Éloi, je vais t'examiner. Ouvre-moi bien grand cette gueule qui m'a l'air fort mal en point.

L'autre s'exécuta de bonne grâce, mais la bouche peinait à s'ouvrir à cause du gonflement. Pomardini y engouffra ses doigts sans hésitation. J'observais chacun de ses gestes, chacune de ses mimiques. C'était manifestement une dent du haut. Mario marqua un temps d'arrêt, comme si ce qu'il venait de voir était plus impressionnant que ce dont il avait l'habitude. Ce qui l'était davantage à mon avis, c'était l'haleine du pauvre Éloi. Même derrière lui, j'avais senti les premières vapeurs de l'enfer. Pomardini recula, la pince toujours en main.

— Tu as un mal, mon cher Éloi, que je vais t'extirper avec la dent. Le pus s'en va couler et te guérir promptement.

— Abrège! Ça fait trop longtemps que j'attends ça!

Éloi s'impatientait. Pomardini lui fit coincer ses mains entre ses cuisses. Le grand Jacques à genoux devant lui tenait fermement jambes et mains dans l'étau de ses bras. Au commandement de Mario, je pris la tête du vieil homme entre mes deux mains et la basculai bien en arrière. Le silence était complet, la foule suspendue à la tenaille, comme si la vie de chacun en dépendait. Pomardini engagea la pince dans la bouche du malheureux et m'adressa un regard. J'affermis ma prise sur la tête. Puis d'un mouvement rapide du poignet, il fit tourner la pince et tira. Le vieillard se crispa entre mes mains et un gargouillis sortit simplement de son gosier. Pomardini dégagea l'instrument, généreusement ensanglanté, la dent entière fermement tenue dans les mors.

— Et voilà!

Le patient dégagea sa tête de mes mains et cracha bruyamment sur le sol. Jacques s'écarta vivement pour ne pas être éclaboussé. Une flaque épaisse et visqueuse chamarrée de rouge et de vert vint s'étaler sur l'estrade. L'infortuné hoquetait et continuait de cracher, comme si un flot ininterrompu de pus s'était libéré dans la bouche. Dire que l'odeur était insupportable est faible. Même en plein air, ça sentait la charogne et la putréfaction. Ne sachant s'il s'agissait là d'un bon ou d'un mauvais signe, le public se taisait, attendant le verdict du patient ou de l'opérateur. Au bout d'un long moment et quelques crachats plus tard, Éloi releva la tête. Il semblait déjà que la peau de sa joue était moins tendue. Une petite hémorragie avait fusé dans le blanc de l'œil du même côté, comme si les efforts de toux avaient fait éclater un vaisseau. Le bonhomme souriait pourtant, se tenant la joue. Pomardini lui prit la tête entre les mains et examina sa bouche longuement, avec des murmures entendus. Il me laissa regarder moi aussi, comme si je devais être le témoin de son efficacité. Puis il enchaîna très vite.

— Et voilà comment le grand Pomardini soulage les souffreteux. N'es-tu pas mieux ainsi, vieillard?

— Pardieu, oui.

— As-tu souffert?

— Eh! Bien moins que ces derniers jours.

Et pour ponctuer ce compliment, il cracha une dernière giclée de pus sur l'estrade, après avoir appuyé sur sa joue de la pointe de ses doigts. Jacques était descendu depuis longtemps, ne voulant pas prendre le risque d'une souillure pestilentielle. Ce n'était pas des écrouelles, mais quand même. Pour finir, nous donnâmes à boire à Éloi un gobelet d'eau, dans lequel Pomardini versa au préalable quelques gouttes d'une fiole prise dans la caisse. L'autre se gargarisa consciencieusement tout en se massant la joue. Il paraissait pleinement satisfait et l'on entendait dans le public les murmures d'approbation, tant sur la qualité du spectacle que sur les talents du charlatan.

Pour ma part, j'étais content de cette première expérience où mon rôle n'avait pas été bien grand. Mais j'avais pu entrapercevoir dans la bouche d'Éloi, la dent malade qui branlait effectivement dans la gencive. J'avais eu le temps d'analyser le mouvement de Pomardini : il avait tourné, puis tiré. Son geste était sûr, rapide, mais sans brutalité. L'expérience parlait d'elle-même. J'avais pu voir ensuite le pus s'écouler directement du trou laissé par la dent. Le vieillard se redressa enfin, comme s'il s'éveillait d'une longue léthargie et qu'il se mettait en route pour soixante années supplémentaires. Pomardini lui tendit la petite fiole.

— Tiens, prends ça! Rince-toi la bouche autant de fois que nécessaire, jusqu'à complète guérison.

L'autre porta la main à sa poche, comme s'il voulait payer.

— Que nenni, mon brave. Garde ton argent!

— Merci!

— C'est le grand Mario Pomardini lui-même qui te remercie de ta confiance et de ta fidélité. Tu veux garder ta dent?

Éloi sourit, chercha une plaisanterie à faire et n'en trouvant pas, il se contenta de répondre :

— Non merci, je préfère plutôt qu'on m'aide à descendre de ton estrade pour que je puisse aller manger. Pendant que tu palabres, ma soupe refroidit.

On n'aurait finalement pas pu espérer meilleure illustration pour cette brillante démonstration. Le vieil homme descendit sous les rires et les bravos, fendit la foule sans se retourner et disparut au coin d'une rue. Pendant ce temps, Pomardini avait repris son discours. Il avait manifestement renoncé à sa danse de mort avec le serpent, jugeant le divertissement assez édifiant pour passer directement à la phase commerciale de notre entreprise.

— Voyez comme ce vieil homme a été soulagé en un tournemain! Et, avec la potion que je lui ai donnée, il sera guéri sous huitaine, foi de Pomardini. Mais j'ai aussi des poudres pour les cors, pommades pour gerçures et autres spécifiques, pour toutes les bourses et pour tous les maux. Demandez et l'on vous servira. Il n'y a pas de souffrance qui me soit inconnue, et pas de remède inventé de par le monde, que je ne puisse vous apporter ici pour votre soulagement! Jean, apporte les médecines!

J'apportai la caisse de pharmacopée. Le plus simplement du monde, Pomardini s'assit au bord de l'estrade. Et une file se forma devant lui, comme à Dol. En camelot aguerri, il débita conseils, remèdes et prescriptions, écoutant, parlant peu et toujours à bon escient, semblant même parfois anticiper sur les requêtes de certains, jouant ainsi un peu au mage par le simple sens de l'observation. À celle qui arrivait en boitant, il lui parlait de ses cors aux pieds. À un jeune qui avait un emplâtre, il lui demandait comment il était tombé. À celui qui ne disait rien avec une mine grise, il parlait à voix basse sur le ton du secret, lui demandant dans quel lit il avait attrapé une maladie si honteuse. Chacun repartait satisfait. Notre bourse se remplissait modestement à mesure des consultations. Dans un petit village comme celui-là, en ces temps difficiles où les impôts éreintaient le peuple, même en l'absence de guerre, difficile d'imposer un tarif fixe. La recette se faisait sur la quantité plutôt que sur le bénéfice réel pour chaque article vendu. Chacun regagna finalement son logis et la place se vida tout naturellement, la foule emportant même dans son flot l'idiot du village, qui avait dû trouver une bonne âme pour lui servir une gamelle de soupe.

— Nettoie vite l'estrade !

Pendant que Pomardini comptait la recette, j'allai à la fontaine tremper un morceau de drap avec lequel je frottai les planches. La violence du jet avait largement éclaboussé notre scène et sous le sang, des auréoles avaient déjà marqué, attestant de la toxicité du fluide dont nous avions libéré le malheureux. Pomardini soupesait les petites pièces au creux de sa main.

— Tu vois, il n'y a pas même une livre là-dedans. C'est pas avec ça qu'on pourra se payer une auberge ce soir. Ça ne fait rien, tant qu'il fait beau, on peut se le permettre. Viens, on va manger quelque chose. Tu n'as pas faim ?

— À vrai dire, ce que nous a craché le bon vieillard n'était pas particulièrement pour me mettre en appétit.

— Il faudra t'y faire. Ne t'arrête pas aux malheurs des autres, chacun a assez des siens.

Et sans me laisser le temps de répondre, il alla chercher dans le panier à provisions du pain et du fromage, en tailla un morceau pour chacun et me tendit ma part. La place était déserte, le soleil avait fini par chasser les derniers curieux. Le clocher sonna un coup.

— Bon appétit.

Nous mangeâmes en silence. Le chien à nos pieds croquait quelques croûtes que lui envoyait Pomardini. Nous buvions l'eau fraîche de la fontaine. La vie était simple pour une fois, et elle avait au fond un accent de quiétude.

VI

SUR LES ROUTES

Les semaines qui suivirent furent à l'image de cette première représentation : hautes en couleur, avec toujours en arrière-plan le sentiment que j'avais trouvé ma place. En tous les cas, une place où j'existais par moi-même. Il n'était pas question de m'apitoyer sur mon sort. Pomardini ne me traitait pas plus mal qu'un autre l'aurait fait, et beaucoup plus humainement que les sœurs de La *Maison de la Providence*. Mais malgré cette compagnie dont je faisais maintenant partie, malgré la présence d'Aliette, discrète et presque fraternelle, je ressentais cruellement l'absence. Je gardais le sentiment terrible, que jusqu'alors le sort s'était acharné contre moi, me dépouillant des miens, à un âge où, si la survie est difficile, le chagrin trouve difficilement les remparts nécessaires.

Je ne compte pas les soirs où j'ai pleuré seul dans la grande pièce commune, roulé dans une couverture, me drapant dans ce qui me restait de courage pour affronter ma détresse. Elle remontait souvent la nuit, me montrant du doigt ma solitude. Pomardini sentait ma douleur, mais feignait de l'ignorer, me rudoyant un peu plus quand il sentait que je fléchissais. Il ne le faisait ni par acharnement ni par méconnaissance de l'affection paternelle, il le faisait d'instinct. Car en me renvoyant à des tâches matérielles, il me dégageait de ma tristesse, ce qui était sans doute la meilleure chose pour moi. Je n'avais personne à qui parler, et c'était peut-être mieux comme ça, même si chaque jour le chagrin risquait de me rattraper. La certitude de ne jamais revoir mon père s'ajoutait aux autres absences. Heureusement, lorsque nous étions sur les routes, il y avait tellement à faire que j'avais encore moins le temps de me laisser aller.

Pour nos premières représentations, je fus cantonné en alternance entre le rôle du complice et celui de l'assistant, rôles que je maîtrisais rapidement, y apportant parfois une touche personnelle qui recevait ou non l'assentiment de Mario. J'excellais au tambour et je rameutais la populace avec entrain autour de l'estrade, tandis que le chien jappait et dansait en cadence sur ses pattes arrière.

Lors de la première représentation avec la vipère, j'avais eu de la peine à retenir mon dégoût pour la bête. Mon rôle était pourtant simple : je devais présenter successivement à Pomardini un onguent spécial dont il s'enduisait les bras devant la foule, l'antidote qu'il absorbait avec ostentation, et le bocal contenant le serpent. On ne sait pour quelle raison, la première fois où je lui tendis le récipient, le couvercle se souleva instantanément lorsque je le sortis de son étui en cuir. Peut-être avait-il été mal fixé, peut-être que les cahots du voyage avaient desserti progressivement le couvercle. En tout état, lorsque je brandis le récipient, la tête du serpent apparut dans un sifflement nerveux cherchant une issue favorable. Le public, dont l'attention était déjà acquise, retint son souffle. Je lâchai un cri et le bocal. Celui-ci se brisa sur le sol, libérant la bête. D'un coup de botte, Pomardini immobilisa la bestiole par le milieu du corps et d'une main experte et nue, il saisit la fugitive. Profitant de la confusion et sans attendre, il plaqua la tête du serpent contre son avant-bras nu. La foule poussa un même cri d'effroi. La bête mordit, du moins en apparence. La suite reprit le chemin de ce qui était prévu. Pomardini triompha, rangea la bête dans un autre bocal et il m'ordonna publiquement de mieux vérifier le matériel la fois suivante. Après la représentation, je craignis qu'il me sermonne, ou pire. Au fond, je n'étais encore qu'un gamin et dans les mêmes circonstances avec un autre, la raclée aurait été largement méritée. Pomardini n'en fit rien et c'est moi-même qui abordai la question alors que nous démontions.

— Je suis désolé pour le serpent.

— Ce n'est pas si grave. Ce n'est pas ta faute et ça n'a aucune importance. Je me suis rendu compte que ça donnait tout son sens au spectacle, le public y croyait vraiment.

Après coup, j'en suis même venu à me demander s'il n'avait pas lui-même déboîté le couvercle du flacon pour donner tout son sel à la représentation. Par conséquent, je redoublais de prudence à chaque fois que nous sortions le serpent, gardant ma main bien à plat sur le couvercle, jusqu'au moment prévu pour la libération.

À chaque représentation, nous vendions parfois peu, mais toujours assez pour nous rembourser de nos efforts et du temps passé à préparer les remèdes et à courir bois et chemins. Je ne voyais jamais passer cet argent, que Pomardini gardait jusqu'au retour, pour le confier à l'hôtesse des *deux perdrix*. À quelque heure du jour ou de la nuit où nous arrivions, Aliette était toujours là pour nous servir un repas chaud. Nos vêtements étaient régulièrement réparés, réassortis, nos provisions pour le voyage étaient toujours en quantité. Un jour, j'ai demandé à Pomardini quelle âme charitable et laborieuse tenait l'établissement, rien que pour nous, semblait-il. C'était peu de temps après le début de notre association. Et cette interrogation qu'il attendait depuis le début, il l'avait anticipée.

— Ne me pose pas cette question-là, je ne t'ai rien demandé de plus sur ton passé et j'en respecte le secret. Le mien est trop intime avec mon présent pour que je le partage, même avec toi.

Il n'y avait rien à dire à cela, et malgré toute ma curiosité, je n'essayai plus de deviner qui hantait l'arrière-salle de la petite auberge, pas plus que je n'avais questionné Aliette. C'était une petite fille à cette époque et je ne souhaitais pas la mettre mal à l'aise avec mes questions.

La fin de l'année 1725 fut marquée par une rencontre particulière. C'était à la fin de décembre, quelques jours avant la nativité. Cela se passait à Rennes. Jusqu'alors, nous ne nous étions jamais aventurés dans une aussi grande ville. Je savais que, depuis son départ de Paris, Pomardini préférait la discrétion des petits villages par crainte, peut-être, de regretter ce qu'il avait perdu en abandonnant la capitale. Ce n'était pas un de nos plus longs périples, car, de Saint-Léonard à Rennes, il n'y avait guère plus d'une quinzaine de lieues. Mais le froid nous avait ralentis et nous n'arrivâmes aux portes de la ville qu'après quatre jours de voyage. Nous nous étions arrêtés dans plusieurs villages, et les recettes avaient été maigres.

La nuit était tombée depuis longtemps, lorsque nous aperçûmes les premiers faubourgs. Deux petites lanternes à bougies se balançaient doucement à l'extrémité des bras de la charrette. Le chien ne nous accompagnait pas cette fois-là. Il faisait froid, l'air gelait le bout de mes doigts. Je regardais les maisons dont les feux brillaient dans la nuit, regrettant presque ma cellule chez les sœurs. Ma quiétude avait le prix de l'austérité, mais, à force de marcher les pieds pratiquement gelés, j'en venais à douter de ma situation. Mario ne disait rien, cachait mal sa fatigue et son énervement. Nous aurions dû être arrivés depuis longtemps, mais un arrêt de trop, dans un village où on nous avait demandé de l'aide, nous avait fait prendre un retard considérable.

J'avais trouvé d'ailleurs la scène très rude. Alors que nous traversions un hameau, un homme était sorti d'une maison en entendant le bruit de la carriole. Le passage de voyageurs sur cette petite route à cette saison de l'année devait être assez rare. C'était la fin de l'après-midi, et il faisait presque nuit. Depuis le pas de sa porte, il nous avait regardés arriver, immobile. Puis, quand nous fûmes assez proches, il sembla se décider et courut vers nous.

— Maître, maître ! Arrêtez-vous !

Pomardini tourna la tête dans sa direction, doublement content qu'on l'ait reconnu, d'une part, et de pouvoir poser la charrette quelques instants. L'autre arriva à notre hauteur. Il était débraillé, montrait une peur atroce et soufflait de sa course.

— Maître, ma femme est en couche ! Point de médecin à la ronde. Il me faut de l'aide !

— Fais chercher la matrone !

— Elle arrivera trop tard. Vous seul pouvez m'aider avec votre assistant.

— Mon assistant ne connaît rien et moi guère plus dans les problèmes des femmes.

— Mais je vous ai vu l'an passé, au marché de Vignoc. Je me souviens bien, vous faisiez sensation.

L'homme semblait terrifié. Pomardini se refermait comme une coquille à mesure que l'autre se faisait plus pressant.

— Ce n'était pas moi.

— Si fait, je vous reconnais ! Même chapeau, même bagage.

— Et si c'était moi, qu'est-ce que j'y faisais à Vignoc ?

— Vous y ôtiez les dents à merveille. Je vous en prie, aidez-moi.

— Si c'était moi et que j'y arrachais des dents, je ne vois pas ce que je peux faire si ta femme est grosse et que c'est l'heure. La nature fera ce qu'il faut.

— Mais, vous ne comprenez pas…

Pomardini me fit un signe de la tête et souleva le bras de son côté de la carriole. Je l'imitai, n'ayant pas d'autre choix. Le pauvre homme en chemise transpirait. Il allait attraper la phtisie et reviendrait sans aide au chevet de l'accouchée.

— Je vous en prie !

— Ne demande pas au diable d'entrer dans ta maison !

Et d'un coup de rein, Mario mit en marche la charrette. L'homme pitoyable continua de nous supplier jusqu'à la sortie du village. Pomardini tirait, ne disait rien, baissait la tête, comme si cela pouvait l'empêcher d'entendre. Puis l'homme rentra chez lui, ayant enfin compris qu'il était inutile à sa femme en courant plus longtemps derrière nous. Je n'étais pas intervenu. Je savais que mon silence pèserait lourd, mais j'espérais simplement que Pomardini me donnerait de lui-même l'explication de son refus. Il m'avait prétendu un jour connaître l'art d'accoucher. Alors, pourquoi passer ainsi son chemin ? Renier ses principes et abandonner au bon vouloir de la nature la vie d'une femme et d'un nouveau-né ? La réponse vint, sèche, sans fioritures.

— Ne juge pas sans savoir.

Puis Mario se tut jusqu'à Rennes. Et c'est avec les remords et l'image de cet homme pathétique que nous arrivâmes dans la grande ville. En terme de désespérance, ce n'était qu'un avant-goût de la nuit que j'allais vivre.

La brume avait monté, enveloppant le toit des chaumières et laissant de pâles halos sur le bord des routes. Rien à voir avec les brumes de Terre-Neuve, et pourtant, il n'en avait pas fallu plus pour me replonger dans ma solitude d'orphelin, courant les routes par un froid de gueux, loin d'un chez-moi que je ne retrouverais jamais. Ce soir-là, Pomardini avait fait montre, pour la première fois, d'une telle cruauté qu'il n'en aurait fallu guère plus pour que je renonce à le suivre. Il n'était pas mon père, ne le remplacerait jamais. Et peut-être valait-il mieux retrouver ma liberté, à cet instant, que continuer à le suivre aveuglément.

La lueur d'un feu se profila au bout de la route et l'ombre massive d'une tour se dessina lentement, plus dense que la brume elle-même. L'effet était lugubre. Il n'y avait rien d'engageant à se trouver devant cette poterne où brûlait un feu dans un brasero. Nous arrivâmes à l'octroi et le préposé qui sommeillait à l'intérieur sortit pour nous questionner. Pomardini grommela entre ses dents :

— C'est pas pour le commerce, c'est une visite privée.

— Que tu dis Marchand : comme je te vois harnaché de la sorte, laisse-moi vérifier.

— Ce n'est pas à pareille heure qu'on va installer un étal.

Mais le gardien commença à faire le tour de la charrette d'un air soupçonneux, l'éclairant avec sa propre lanterne.

— Qu'est-ce qu'il y a dans ces caisses, c'est pas des armes au moins ?

— Juste quelques vieux flacons, des herbes. Je viens visiter un ami.

— Montre-moi ce qu'il y a là-dedans.

Pomardini lâcha alors le bras de la carriole et entreprit de descendre une des caisses, qu'il posa devant ses pieds. J'avais déjà deviné ce qu'il avait l'intention de faire. Il sortit le bocal du serpent et le plaça sous le nez du factionnaire.

— Tu vois ce que je vends ?

L'autre s'écarquillait les yeux à la lueur de sa lanterne. Le serpent, sorti de sa torpeur hivernale par la lumière, se mit à bouger doucement. L'autre sursauta.

— Empoisonneur !

— Si tu le vois comme ça. Maintenant tu nous laisses passer ?

Il hésita encore quelques secondes, sachant que s'il nous laissait passer sans taxe, son pourcentage serait nul sur cette opération. Mais plus superstitieux que craintif, il préféra s'effacer devant nos airs funèbres. Mais là où nous entrions, je compris rapidement que nos mines étaient de circonstances.

— Allez-y! Vous pouvez passer.

Et nous entrâmes dans la ville. De grande ville, je n'avais donc connu que Saint-Malo, ville fortifiée, mais qui profitait de l'air marin pour drainer tout le fumet de la misère humaine. Ce même relent putride, qui stagnait alors entre les murs de Rennes. L'odeur nous prit aussitôt à la gorge, un mélange terrible qui regroupait en un seul les pires parfums que le corps peut produire. Je me mis à tousser, pensant que nous passions à proximité d'une bête morte ou d'un tas d'ordures. Pomardini sourit à la lueur de la lanterne.

— Tu vas voir, il faut un peu de temps pour s'accoutumer.

— Qu'est-ce qu'il se passe ici, une épidémie?

— Non, il n'y a pas eu d'épidémie à Rennes depuis la fièvre scarlatine en 1719. Tu crois bien que s'il y avait ce genre de mal ici, le gardien de l'octroi ne nous aurait pas laissé entrer comme ça. Et puis, tu crois que je viendrais pointer mon museau comme ça?

— Mais quelle est cette odeur? On passe près d'une morgue? Un cimetière?

— Même pas. C'est l'odeur de la ville, tout simplement. Les ordures, la nourriture, les feux et les morts.

— Les morts?

— Tu crois qu'on les met où les morts dans une ville?

— Au cimetière?

— Le cimetière, c'est bon pour les enfants, les indigents et les condamnés. Le cimetière! Ce serait trop beau. C'est vrai, toi, tu viens d'un autre pays. Tu ne peux pas savoir.

Je marchais en silence, attendant la suite. Cette odeur qui me donnait la nausée semblait monter de partout, surnageant au-dessus de toutes les autres, visqueuse, collant aux vêtements, à la peau : je l'affrontais pour la première fois et je sus que je ne pourrais plus jamais la confondre avec une autre. Je regrettai presque à ce moment la puanteur de la bouche des malheureux fluxionnaires.

— Ici, les morts, on les enterre dans les églises.

Un silence.

— Comme ça, ils sont directement à la porte du paradis, tu comprends? Après l'épidémie de scarlatine, les églises d'ici débordaient de cadavres enterrés à la va-vite, répandant la maladie partout. Je peux t'assurer qu'à cette époque, l'air était devenu complètement irrespirable. Le parlement a alors pris des mesures interdisant ce genre de pratiques. Pour les enterrements, il y a eu les cimetières. Alors, ça s'est calmé un peu, du moins en apparence. Mais tu ne connais peut-être pas les Bretons comme je les connais maintenant : ils ont deux qualités essentielles. Ils sont très pieux et opiniâtres. Et ils ont deux défauts majeurs : tu les connais?

— Je ne sais pas.

— Ce sont les mêmes. Ils ont attendu sagement que l'affaire se tasse. Le parlement apaisé avait d'autres affaires plus urgentes à traiter. Mais ça n'a pas traîné, l'année après l'épidémie, ils ont recommencé. Après tout, c'était leur culte, depuis des siècles vraisemblablement. C'était pas un petit arrêté, même officiel, qui allait les priver de leur Dieu. Ça a recommencé à Radenac en 1720. Tu vois, c'était pas longtemps après. Pendant un enterrement, les fidèles ont commencé à insulter le curé, ils l'ont jeté hors de l'église. Puis ils ont tranquillement creusé la tombe de celui qu'ils étaient venus enterrer en plein milieu du sanctuaire. Après, ça a été comme une traînée de poudre. Les bons chrétiens molestaient leurs propres ministres du culte et venaient enterrer en désordre dans les églises, et à n'importe quelle heure du jour et parfois même la nuit. Et les choses aujourd'hui sont redevenues comme avant.

Je ne disais rien. L'odeur tenace que l'air froid de la nuit ne semblait pas vouloir atténuer, la brume qui nous glaçait dans nos manteaux, mon imagination juvénile... tout cela se conjuguait pour rendre l'atmosphère idéale à cette narration cauchemardesque. Pomardini continuait.

— On continue d'inhumer dans la ville et les églises, sans s'inquiéter des problèmes de place ni de commodités. On entasse dans les mêmes tombes, on réduit, on tasse. Dans une grande ville comme Rennes, ça devient irrespirable. C'est une des raisons pour lesquelles je viens plutôt l'hiver.

Il continua.

— Mais ceux qui habitent là n'ont pas le choix. Et puis c'est comme tout, au bout d'un moment, on n'y pense plus. Même les curés finissent par revenir dans leurs chapelles pour prêcher la bonne parole. Allez, mon garçon, encore un peu de courage, on arrive.

C'était une maison massive où ne brillait aucune fenêtre. La nuit était épaisse, mais sept heures du soir ne devaient pas encore être sonnées. Les volets étaient tirés. Aucune enseigne qui aurait pu me laisser deviner qui nous allions voir. Pomardini posa la charrette et frappa plusieurs fois l'imposant heurtoir de métal. Le bruit résonna dans la maison comme dans une caverne. Il frappa une seconde fois, bien plus fort.

— Bagasse, ouvriras-tu?

Il s'écoula de longs instants avant qu'une femme vienne nous ouvrir. Elle glissa son visage par l'ouverture qu'elle maintint volontairement étroite.

— Qu'est-ce que c'est?

— Gasnier est là?

— Qui le demande à c't'heure?

— Pomardini.

— Je vais voir.

Et sans façon, elle nous claqua la porte au nez. Il y eut encore une attente importante et glacée. La porte se rouvrit et l'entrebâillement cette fois ne fut guère plus accueillant.

— Faudra revenir, il consulte. Bonsoir.

La bonne femme s'apprêtait à refermer la porte, mais Pomardini avait glissé la pointe de sa botte dans l'ouverture.

— Nous venons de loin. L'air est plutôt frais ce soir. Nous aimerions l'attendre à l'intérieur.

— Il m'en a pas parlé.

— Je passe toujours à la même époque, chaque année.

— Je sais, il m'a même dit que vous étiez en retard, cette fois-ci.

— Voyez qu'il me connaît. Il vous a dit également qui je suis.

— Un charlatan, un bonimenteur, oui je sais. Et alors ? Suis pas malade, moi !

— Vous avez l'air en parfaite santé. Mais je distribue également des baumes, des fards, qui pourraient fort avantageusement embellir votre teint.

— J'ai rien besoin de vous acheter.

— Qui parle d'acheter ? Vous savez, si vous nous laissez entrer et l'attendre au chaud, je pourrais vous faire profiter de quelques échantillons.

La femme n'hésita pas longtemps, grommela, regarda dans la rue derrière nous pour s'assurer que nous étions seuls puis nous dit :

— Mettez votre charrette dans la cour. Vous connaissez la petite porte qu'il y a au fond ? Vous entrez dans le réduit et vous l'attendez là.

— Merci.

La porte avait déjà claqué. Nous fîmes le tour pour ranger la charrette sous un abat-vent, là où elle nous avait indiqué. Pomardini me montra la porte. Nous entrâmes dans une pièce minuscule où se trouvait un simple banc. Il referma la porte. Je m'assis aussitôt, n'attendant pas plus longtemps pour reposer jambes et bras. Je sursautai en entendant un cri de femme, juste dans la pièce à côté. En fait de cri, il s'agissait plutôt d'une longue plainte à faire dresser les cheveux sur la tête. Un homme à la voix rauque tentait de la calmer.

— Là, tout doux ma bonne dame. Ça va faire mal encore un petit peu, c'est pas facile à renouer une épaule tordue comme ça.

— Quand même, ça fait rudement mal.

C'était la voix tremblante d'une vieille femme.

— Allez, vous êtes prête ? On y retourne !

— Puisqu'y faut...

Il y eut encore d'autres bruits, comme si on déplaçait un meuble. L'homme grognait sous l'effort. C'était singulier, à quel point on entendait parfaitement ce qui se passait dans la pièce voisine, comme si une simple paroi de toile nous en séparait. Je regardai Pomardini avec un air interrogateur. L'index droit sur ses lèvres, il m'invita à rester silencieux et me désigna de son autre index le sommet de la cloison percé de plusieurs trous, ce qui expliquait les étonnantes propriétés acoustiques de l'endroit. Nouveau cri terrible de la vieille qui hurla comme un loup à la lune. Il y eut un bruit de bois fendu. Puis plus rien.

— Ça va ?

Après un long silence, la voix timide répondit.

— J'ai l'impression que c'est mieux.

109

— Allez, je vais vous faire le bandage. Avec un bon emplâtre, ça sera parfait.

Il y eut encore du remue-ménage à côté pendant quelques instants. La vieille gémissait.

— Allez ! Arrêtez de souffler comme si c'était la fin de vos jours. Vous serez en pleine forme pour la Noël, et vous en avez encore de nombreux devant vous.

— Plus derrière que devant.

— Arrêtez de vous plaindre, sinon je double le prix.

— C'est déjà assez cher comme ça !

Puis on entendit le tintement de quelques pièces de monnaie.

— Merci. Le Bon Dieu vous le rendra. Je vous raccompagne.

On entendit une porte claquer, puis le silence revint. Pomardini enchaîna.

— Pas bête, l'animal.

— Quoi ?

— Cette pièce secrète. Il a repris une vieille astuce de charlatan pour attraper ses clients. Quand les patients arrivent pour la consultation, ils sont reçus par un assistant dans la pièce à côté. En attendant l'arrivée du charlatan, l'assistant interroge le malade sur sa maladie, ses origines. Pendant ce temps-là, le charlatan attend dans la pièce où nous sommes et écoute toute la conversation.

— Oui, je comprends.

— C'est tout simple. Une fois qu'il a toutes les informations qu'il souhaite, il sort par la cour et rentre dans son logis comme s'il revenait de quelque course. Il sait tout par avance et peut donc mystifier tranquillement son client. Une fois que celui-ci est pris, il lui fait gober n'importe quelle médecine à n'importe quel prix.

— Mais c'est de la charlatanerie !

— Ah ! Ah ! Disons plutôt du charlatanisme.

— Quelle différence ?

— Pour moi, elle est énorme. Je t'ai expliqué ma façon de voir les choses. Même si ma science est balbutiante, parfois empirique, je donne mes médicaments avec sincérité. Car s'il me fallait me soigner, je le ferais moi-même. Je suis un charlatan. Donc, mon métier relève de la charlatanerie.

— Et alors ?

— Et alors ceux qui pratiquent sans aucune science, sans aucune connaissance, juste pour le profit, sans vergogne ni scrupule, ce sont eux qui ont fait notre discrédit et inventé le charlatanisme, une façon d'abuser la confiance des pauvres malades. Voilà comment je vois les choses.

— Et ce qui s'est passé à côté, c'est quoi ?

— C'est encore autre chose. Vois-tu, on raconte que ce genre de pièce secrète, où l'on ausculte et on sonde à l'avance, a été inventé par un empirique qui lisait dans les urines.

— Dans les urines ?

— Oui. Il lisait les maladies dans l'urine des malades : à sa couleur, son odeur, son trouble. Autant te dire qu'il aurait même pu y lire les Évangiles tellement il y voyait de choses. Une sorte de divination. Mais, comme au préalable il écoutait dans une pièce comme celle-ci les confidences que faisaient les malades à sa femme en attendant son arrivée, il pouvait lire avec tellement de précision ensuite que la confiance de ses victimes n'avait aucune limite.

On bougeait à côté. Il y eut un cliquetis de serrure et une porte dissimulée dans la cloison s'ouvrit sur nous. Il fallait se pencher pour la passer. Pomardini s'y engagea le premier, je le suivis. La pièce voisine sentait fort la sueur et les épices, comme si un Turc venait de s'y ébattre juste avant. En fait de Turc, nous fûmes accueillis par une espèce de colosse. Son ombre tout entière voilait la lumière de deux grosses bougies posées sur une table dans un coin. Il était torse nu. Une longue cicatrice barrait son poitrail, comme s'il avait été ouvert et qu'on l'avait ensuite réparé gauchement sans prendre soin de bien aligner les deux côtés de la balafre. Il avait une longue barbe sale et malodorante. Il portait un pantalon de toile noire et allait pieds nus. Pomardini et lui se donnèrent l'accolade, plutôt comme deux complices que comme deux camarades.

— Qui c'est, le mouflet avec toi ?

Pomardini me présenta.

— Jean, c'est mon assistant. Et peut-être un jour mon successeur.

— Désolé pour ma logeuse, elle est un peu grognon. Comme mes assistants sont sur les routes, c'est elle qui s'occupe de la porte. Et comme tu vois, elle est charmante comme celle d'une prison. Tu me diras… pour la maison du bourreau.

Et là-dessus, il éclata d'un rire gras qui se finit en toux. La toux ne se calmant pas, il finit par s'asseoir sur un tabouret le temps de reprendre son souffle.

— Ça va aller ?

— Oui, ne t'inquiète pas. Garde tes opiats pour tes badauds !

Il finit par retrouver sa respiration. Il nous invita à nous asseoir autour de la table, sortit d'un petit buffet trois gobelets et un pichet qu'il posa devant nous, avant de prendre un siège à son tour. C'était le seul meuble de la pièce, et j'imaginai alors qu'à cet endroit même, il avait administré ses soins à la vieille quelques minutes plus tôt. Il servit, nous invita à trinquer. Le cidre était tiède et très sec, mais il nous réchaufferait un peu. Du bourreau, je ne m'étais jamais fait d'image précise. Mais, si je m'y étais essayé, je crois que je n'aurais pas été si loin de la vérité. Cet homme était une force de la nature : puissant et brutal, imprévisible aussi.

— Quelles sont les nouvelles, Gasnier ?

— Une misère. Les temps vont mal. Figure-toi que, pour bien me couvrir d'infamie, le parlement a exigé que je porte un signe distinctif sur mon vête-ment : une échelle et une potence. Comme si ça suffisait pas qu'on s'écarte sur mon passage. Je gagne mon pain comme tout le monde, mais le mien est quand même bien plus amer, apparemment. Et puis tout le monde me connaît, justement. Pas besoin d'en rajouter. Si je ne porte pas ces signes, c'est le fouet. Il faudrait beau voir, qu'un jour, ce soit un de mes assistants qui me porte le châtiment !

— Comment vont les affaires ?

— Les affaires ? Tu verras qu'un jour, ils vont finir par supprimer le havage[22]. Tout a baissé, tu vois, je ne peux plus toucher qu'un sol par charge de chanvre, par exemple. Les jours de marché, guère mieux. Il n'y a que les jours d'exécution où le havage est multiplié par deux. En tout, je ne dois pas gagner plus de huit cents livres par an.

— Avec les exécutions ?

— Oui, avec. Il y a bien que les déplacements, mais d'ici à ce qu'on m'envoie trancher une main de par chez toi.

— Eh, qui sait ! La justice du roi n'a point de frontières.

— Alors, ne fais pas le malin si je viens un jour frapper à ta porte.

Et les deux larrons éclatèrent de rire, contents de ces retrouvailles, ne portant pas plus d'attention que cela à ma présence.

— Tu ne sais pas ce qui est arrivé ?

— Non ?

— J'ai appris ça la semaine passée. Je crois que c'est arrivé à Rouen ou pas loin. Des collègues à moi faisaient tranquillement leur travail de renoueur[23] sans gêner personne. Un charlatan vient à passer par là. Il s'installe en place publique, fait son numéro, et trouvant le public convenable et la recette satisfaisante, il décide de s'installer quelque temps dans la ville. Le voilà qui plante son campement au nez et à la barbe des bourreaux, en concurrence directe ! L'intimidation n'y a rien fait. *Chacun est libre,* aurait-il dit. Décidant de passer à des méthodes plus accessibles à sa compréhension, ils ont un peu molesté le garçon, juste pour lui faire peur.

— J'imagine.

— Seulement, le pauvre charlatan est mort deux jours plus tard. Une mauvaise fièvre, tout au plus, mais la coïncidence était telle qu'on accusa promptement les exécuteurs qui furent aussitôt condamnés, privés d'exercice pendant six mois et de havage pendant un an. Triste exemple. Ça finit de nous jeter le discrédit.

— Triste époque.

Pomardini semblait plein de compassion, attendant que l'autre ait fini de s'épancher pour passer aux affaires en propre.

— Du coup, je fais quelques soins par-ci, par-là avec des gens de confiance. Il ne s'agirait pas qu'on vienne me dénoncer. Depuis les histoires des cimetières, le parlement est aux aguets. Avant, tant qu'ils inhumaient leurs morts dans leurs saintes églises, j'avais le cimetière à moi tout seul. Puis il en est venu en désordre pour tout chambouler. On n'y retrouvait plus rien, de la fosse, des condamnés, des enfants. Enfin, tout s'est tassé, mais, pour que ça rentre dans l'ordre, il en faudra encore du temps. Tu as senti l'odeur en ville ?

— Oui, ça ne s'arrange pas.

---

22 - Droit que percevaient les bourreaux en l'absence de pension, en particulier en prélevant en nature ou en espèces un droit sur les denrées vendues aux halles. Ce droit fut supprimé en 1775 et remplacé par un traitement fixe.

23 - Sorte de rebouteux qui avait pour spécialité les fractures, entorses ou luxations des membres. De par leurs fonctions, les bourreaux étaient parfois amenés à pratiquer de manière non officielle.

— Tu aurais dû voir cet été! Enfin. Tu viens juste pour m'entendre me plaindre ou quoi?

— Tu sais bien, je viens faire mes courses. Tu as ce qu'il faut?

— Tout dépend. Pour ta graisse, j'en ai encore quelques livres pas trop vilaines. Tu devrais pouvoir la ramener à temps chez toi pour tes préparations. Pour le magister, tu sais que ça se perd vite quand on le ramasse. Je ne savais pas quand tu venais. Tu as de quoi au moins?

Sans rien dire, Pomardini aligna sur la table quelques pièces : presque deux livres en petite monnaie. L'autre fit la grimace.

— Ça ne va pas aller chercher bien loin. Je me demande même si ça vaut le déplacement... pour toi comme pour moi.

Pomardini posa deux autres pièces à côté des premières. L'autre ne bougea pas.

— L'hiver va être rude.

— Pour tout le monde.

Pomardini se contenta de ramasser ses pièces sans rien dire et se leva. Gasnier ne bougeait pas. Pour moi la cause était perdue et la transaction n'irait pas plus loin. Sorti de nulle part, un écu d'or[24] atterrit comme par magie sur la table.

— Tiens, vieux juif, étripeur de chrétien! Je veux la quantité et la qualité aussi. Et puis trouve-moi un crâne pour le petit.

— Qu'est-ce que tu veux en faire?

— Pour qu'il apprenne les dents. S'il connaît son anatomie, il fera un opérateur potable.

— Avec un crâne, c'est pas ton petit écu...

— Si, justement, et c'est très bien payé. Ça paiera aussi la location de ta remise pour qu'on y passe la nuit. Je te dispense de nous vendre à dîner. Je ne mange pas sous le toit d'un bourreau.

Les deux hommes se dévisagèrent longuement puis éclatèrent de rire et finalement se serrèrent la main.

— Fais comme tu veux, si tu préfères te geler les pieds dehors cette nuit. Mais pour le gamin, je le loge et le nourris ce soir gratis. Je ne compte rien de plus.

— Quelle générosité!

— On a beau être bourreau, ça empêche pas d'être charitable. Et puis c'est Noël.

Pomardini se retourna vers moi.

— Qu'est-ce que tu préfères, Jean? La remise et les couvertures ou le coin du feu ici?

Le colosse me regardait en souriant. Un brave homme, finalement, mais terrifiant pour mon âge, d'autant que son sourire découvrait une denture qui aurait fait la fortune de Mario. J'hésitai longtemps avant de répondre.

— La remise, ce sera très bien.

Gasnier éclata encore de rire, toussa, cracha par terre.

---

24 - Un peu plus de cinq livres de l'époque.

— C'est entendu. Allez prendre vos quartiers. Je t'amènerai ta commande au petit matin. Je suppose que tu es pressé de rentrer ensuite ?

— Nous rentrons directement pour être arrivés à la Noël.

— Alors, bonne nuit messieurs. Je ne vous accompagne pas ?

— Ça ira, merci. Bonne nuit.

Je sortis derrière Pomardini, sans me retourner, et la porte du cabinet de Gasnier claqua derrière nous. En habitué, Pomardini alla à la charrette, prit quelques provisions et une lanterne avant d'entrer dans la remise. Je récupérai la deuxième et le suivis. Si j'avais longtemps hésité avant d'accepter l'invitation du bourreau, je doutai à cet instant d'avoir fait le bon choix en entrant dans la cabane.

Cela allait largement au-delà de mon imagination. Pour moi, à cette époque, l'exécuteur des hautes ou des basses œuvres se contentait probablement de pendre les mécréants. Et finalement, c'est bien la potence qui était la moins impressionnante, et pour cause, il s'agissait tout simplement d'un amas de poutres et de planches qui attendaient patiemment dans un coin d'être assemblées à la prochaine occasion. La roue ressemblait à une simple roue de charrette, si ce n'était cette teinte presque noire du bois, que j'attribuai aux flots de sang répandus dessus depuis des années. En dehors de ça, elle n'avait aucune caractéristique véritable.

Mais, sur le mur du fond, en homme organisé, Gasnier avait aménagé une sorte de râtelier barbare où l'on pouvait admirer tout le reste de son attirail, ô combien évocateur de sa spécificité ! Les tenailles étaient les plus impressionnantes, leurs mâchoires d'acier brut prêtes à arracher la moindre bribe de chair soumise à la torture. Elles ressemblaient de très près à celles de Pomardini pour arracher les dents. Il y en avait près d'une dizaine, de tailles et de formes différentes. Intrigué par cette exposition, je pris ma lanterne pour me rapprocher du *mur des châtiments*, comme l'appela à cet instant mon maître.

— Ça fait froid dans le dos, n'est-ce pas ?

— Je n'imaginais pas…

— Non, on n'imagine pas. Des fois, je me dis que si certains voyaient ça, peut-être que l'envie leur passerait de sortir du droit chemin. Regarde cette pince-là, elle sert à la question, pour arracher la langue. Et cette hache, je n'ai pas besoin de te préciser à quoi elle sert.

— C'est affreux.

— Surtout, le supplicié a intérêt à ce qu'elle soit bien aiguisée, sinon tu imagines le supplice ?

— Quelle barbarie !

— Et encore. Tu vois la vieille bassine au fond ?

Pomardini éclaira de sa lanterne une énorme bassine jetée sur le côté, tout au fond de la remise.

— Il n'y a pas si longtemps, au siècle dernier, connais-tu le châtiment pour ceux qui s'essayaient à contrefaire la monnaie ? Bouillis dans une marmite d'huile et d'eau.

Je ne répondis pas, fasciné par le gigantesque chaudron vide, mais plein d'évocations. Mon imagination commençait à prendre un pas dangereux. Je me mis à trembler. Pomardini jugea que la démonstration était suffisante, mais il ne put terminer sans me désigner sur le sol de la corde en tas, passablement effilochée et toute raide.

— Tu vois cette corde, tu imagines à quoi elle a servi ? C'est idiot, mais tu vois, comme c'est gratuit… Maintenant qu'elle a serré le col de moult malfaiteurs, chaque morceau vaut presque une livre comme porte-bonheur.

Pomardini sortit son couteau et en trancha un morceau d'une longueur comme la paume d'une main. Il me tendit le bout que je regardai, incapable de bouger.

— Prends, il n'y a pas de talisman plus efficace. Et si tu gardes ça en poche, il te préservera des rages de dents.

— C'est vrai ?

— Ça ne coûte rien. Prends !

Je finis par prendre ce qu'il me tendait et le glissai au plus profond d'une des poches de mon pantalon.

— Et maintenant, soupons.

Pomardini semblait guilleret. Oubliée la négociation ardue avec Gasnier, oublié le froid, oubliée la pauvre femme qui devait accoucher seule au fond de sa maison. Mario devina ma pensée de cet instant.

— Tu ne vas pas me reparler de ça. Je fais ce qui est de mon possible, Dieu pourvoit au reste. Tu n'avais qu'à rester pour l'aider, si tu regrettes tant que ça. Dans tous les cas, à l'heure qu'il est, la vie de cette femme et celle de son enfant doivent être tranchées. Et maintenant, il n'y a plus rien à faire.

Puis il s'assit et déballa les provisions sans rien dire. Si je voulais manger, je savais que je n'avais plus rien à dire ni à montrer. Pomardini partagea le repas et me regarda dans les yeux :

— Tu vois, tu ne la sens plus cette foutue odeur ?

Je reniflai quelques instants.

— Non, c'est vrai.

— Vrai, tu fais partie d'elle maintenant.

Mon air lui montra de manière trop évidente que je lui en voulais de m'avoir rappelé toutes ces choses horribles. Il se vengea à sa façon.

— Oh, ne fais pas ton timide. Tu sais, il n'y a pas si longtemps, il y a eu une épidémie de peste terrible en Provence, en 1720. Cette année-là, j'avais prévu de me rendre à Beaucaire, où il y a une grande foire, avec une belle concentration de charlatans et d'opérateurs. Un bateau arrivé à Marseille n'a pas respecté la quarantaine et c'est de là que tout est parti. Deux ans pour en venir à bout, plus de cent mille morts. La peste monta jusqu'à Orange, elle progressait de plus de douze lieues[25] dans un mois. Alors les morts, on ne savait pas où les mettre ! Ça devait être autre chose que quelques petits cadavres qui empestent doucement notre bonne ville de Rennes. C'est le parfum de la misère, c'est tout.

---

25 - Nouvelle Lieue de Paris — équivalent à 3,9 kilomètres actuels

Je gardais la tête baissée sur mon morceau de pain, me demandant jusqu'où il allait pousser mon dégoût.

— Et dire que j'aurais dû être à Beaucaire pour la foire. Je ne serais certainement pas là à te parler.

Je crois que j'aurais pu le souhaiter, à cet instant précis. Il finit par se taire et nous mangeâmes en silence. Puis, nous installâmes nos couvertures entre des fétus de paille qui traînaient. Le sommeil mit du temps à venir, malgré les vapeurs du cidre de Gasnier et du vin de nos provisions. Avant de souffler ma lanterne, je contemplai encore quelques instants l'arsenal du bourreau, les chaînes, le fouet, tous ces outils tranchants aux usages angoissants. Posé sur une caisse, on pouvait même distinguer l'étoffe noire bien reconnaissable de la cagoule. Je ne me souviens pas des rêves de cette nuit-là, et peut-être cela vaut-il mieux.

Ce fut la femme Cerbère qui vint nous réveiller à la lueur de sa propre chandelle. Dehors, il faisait encore nuit. Elle alluma nos lanternes à la sienne, tout en grommelant pour nous réveiller.

— J'espère que vous n'avez pas oublié votre promesse, maître Pomardini.

Pomardini, noyé sous sa couverture et la paille, ne bougea pratiquement pas et se contenta de gémir. De mon côté, j'étais déjà debout.

— Quelle heure est-il ?

— Bientôt cinq heures.

Elle m'avait répondu sans me regarder, restant près de Mario, qu'elle poussait énergiquement de la pointe de son sabot.

— Et mes échantillons alors ?

Mario grogna, finit par se lever et regarda la mégère avec un air mauvais.

— Ben quoi ? Je vous ai bien laissé rentrer hier soir. Et vous m'aviez promis compensation.

— Oui, oui.

Il sortit dans la cour fouiller dans la caisse de médecines. Je me demandai s'il n'allait pas jeter à la figure de la bonne femme le bocal de la vipère, tellement son air était mauvais. Il revint avec une petite fiole qu'il lui donna. L'autre regarda le présent avec doute et une part certaine de dédain.

— Qu'est-ce que c'est ?

— Tout spécialement pour vous, de l'eau de mille fleurs[26], pour votre teint c'est infaillible.

Le titre ronflant de la préparation parut satisfaire notre logeuse, puisqu'elle s'empara du présent et grogna pour remercier. À cet instant, je n'avais pas d'idée de ce que cela représentait réellement. Elle repartit et revint avec un énorme ballot de toile épaisse et grasse. Elle le posa aux pieds de Pomardini en soufflant. Le paquet avait l'air bien lourd.

— Voilà vot' commande. Vous pouvez vous mettre en route maintenant.

— Il y a tout ce que j'ai demandé ?

26 - Préparation dont l'origine remonte sans doute au 17e siècle dont chacun proposa une formule différente. La base commune de ces préparations allait de la simple urine, à la bouse de vache.

— Tout ce qui était convenu. Avec un petit supplément.

Et elle éclata de rire. Avant de tourner les talons, elle ajouta :

— Ne l'attendez pas, il est parti cette nuit pour affaire. Vous feriez bien de vous mettre en route, si vous voulez être chez vous pour la Noël. Et puis, à cette heure-ci, vous ne serez pas embêtés à l'octroi. Avec ce genre de marchandise, il vaut mieux se montrer discret.

Et elle disparut dans la nuit pour rentrer dans la maison.

— Aide-moi !

Avec Mario, nous transportâmes notre paquet jusqu'à la charrette. C'était aussi lourd que je l'avais imaginé et je sentis tout de suite que le retour ne serait pas facile. Nous nous mîmes en route sans tarder, après avoir partagé un morceau de pain et une tranche de lard de nos provisions. À l'octroi, Pomardini ralentit pour évaluer la situation avant de s'avancer sous la poterne. Le brasero était à moitié éteint, le gardien devait probablement dormir à l'intérieur. Nous passâmes en silence pour sortir de la ville. La pureté de l'air extérieur me rappela d'un coup les miasmes terribles que nous supportions depuis la veille et auxquels, il fallait bien l'admettre, mon odorat s'était habitué. L'air froid et vif nous fouettait le visage et nous lavait de cette atmosphère délétère dont nous sortions. Je demandai :

— Qu'est-ce que l'eau de mille fleurs ?

— Tu apprendras cela plus tard. Cette eau a été inventée par Nicolas de Blégny au siècle dernier. En l'occurrence, je n'ai donné à cette bonne femme qu'une petite fiole contenant de l'eau de la rivière qui coule derrière l'auberge.

— Elle ne lui sera d'aucune utilité.

— Un peu de pureté ne peut lui faire du mal. Je garde toujours par-devers moi une ou deux mesures d'eau pour ceux qui n'ont besoin de rien, mais qui sont toujours rassurés de prendre une médication réputée.

— À quoi cela peut-il bien servir ?

— Bien plus que tu ne penses, mon garçon, parfois le corps est malade de la tête. Une gorgée d'eau pure avalée avec les meilleures intentions fait parfois bien plus que la plus complexe des préparations. Et maintenant, tire ! On a du chemin à faire et il ne faut point tarder, au risque de perdre notre chargement.

Il nous fallut presque trois jours pour regagner Saint-Léonard. À l'époque, je n'avais pas une idée très précise des dates. Le dernier jour de marche, Pomardini voulut forcer la cadence comme si un rendez-vous précis l'attendait. La charrette était bien lourde pour un homme plus tout jeune et un autre probablement trop pour une telle charge. Mais notre fierté nous poussait chacun dans cette concurrence silencieuse à donner le meilleur de nos forces, jusqu'à chaque tournant du chemin. Il faisait nuit depuis longtemps, la neige s'était mise à tomber.

— Plus vite, on va être en retard !

Sur le fond de la nuit, le clocher de l'église se dessina enfin. Lorsque nous arrivâmes devant les *Deux Perdrix*, je devinai la minuscule silhouette d'Aliette dans l'encadrement lumineux de la porte. Elle connaissait son maître et l'attendait, plus fidèle que le chien resté à l'intérieur devant la cheminée. Depuis combien de temps ? L'église sonnait et les fidèles se pressaient vers le sanctuaire, pour un rendez-vous auquel je ne pensais plus.

— Juste à temps ! Viens !

Aidés par Aliette, nous rangeâmes la charrette dans la cour. Pomardini prit la mystérieuse commande de Gasnier et la posa dans un coin. Sur ses ordres, nous la couvrîmes de neige afin de la conserver au maximum au froid. Mario parut satisfait. Il prit Aliette par la main.

— Allons-y !

Je le suivis. Aliette avait tiré la porte de la maison. À mon plus grand étonnement, Pomardini entra dans l'église. Il ôta son large chapeau sous le cintre de granit, entra, et se signa au bénitier comme le meilleur des chrétiens. Nous nous installâmes à un des rangs du fond. Le monde se pressait, ne nous portant qu'une attention passagère. Et même si depuis l'été où j'étais arrivé, il n'avait pas été question de religion que sous la forme de plaisanteries, il semblait normal à tous que nous soyons ici. Car, il n'était pas à douter que dans ce village où il avait établi ses quartiers, le charlatan était connu de chacun. On ferma les portes derrière nous, et la messe de la nativité commença.

Je ne m'étais jamais imaginé que Pomardini puisse entrer ainsi dans une église avec des intentions pieuses. Dans sa vie de tous les jours, il n'évoquait Dieu que par fragments, plutôt pour évoquer un créateur maladroit et ingrat que pour témoigner d'un quelconque sentiment de foi. Mais Noël était un ré-flexe superstitieux qu'il ne voulait manquer sous aucun prétexte. Comme si les pires misères de la Terre risquaient de s'abattre sur sa tête s'il s'avisait de rater ce rendez-vous sacré. De mon côté, je retrouvai sans nostalgie le rituel inculqué par les sœurs de Saint-Malo, comme si cette référence universelle pouvait être un lien tangible entre les hommes, vivants ou disparus, de par tous les endroits du monde.

Ce fut l'occasion d'une prière unique pour tous ceux que j'avais perdus : une famille décimée en quelques années sans que je ne puisse rien faire. Mon père me manquait toujours autant, hélas. Et malgré la certitude de sa mort, je ne pouvais me faire à l'idée de ne plus le revoir. Quant aux autres, la douleur rentrée depuis si longtemps finit par percer une nouvelle fois, comme un abcès pernicieux. Je pleurai, presque toute la messe durant. Aliette, qui était près de moi, me serra la main à plusieurs reprises, témoin muet et compatissant de cette misère qu'elle était prête à partager et qui ne valait peut-être pas la sienne.

Essayant de distraire mon chagrin, j'examinai l'intérieur de l'église. C'était un bâtiment très simple, sans chapelles, sa voûte large et basse comme une carène de bateau renversé. Quelques statues de saints en bois peint ornaient les murs. Tout le reste de la décoration était concentré sur le maître autel où le prêtre officiait, dos au public. Il me sembla bien un instant distinguer, sur la statue d'une sainte, des parements d'or décousus qui ressemblaient précisément à ceux de la veste que l'on m'avait offerte avant notre première tournée. La figure brandissait avec un air triste une grosse tenaille, semblable à certaines que j'avais vu chez le bourreau, quelques jours plus tôt, mais pas très éloignée non plus des instruments de Pomardini. Aliette avait suivi mon regard, et sourit simplement, me confirmant ce que je soupçonnais. Ce petit détail et cette complicité rompirent le flot de tristesse qui coula peu à peu dans le bahut des souvenirs. J'appris plus tard qu'il s'agissait de sainte Apolline, patronne de tous les arracheurs de dents, officiels et clandestins.

En face d'elle, de l'autre côté de la nef, dissimulée dans l'ombre, une autre statue : une faux d'une main et une pelle de l'autre, un squelette me regardait du fond, de ses orbites noires. C'était une sculpture grossière de bois. De son coin mal éclairé, elle ne laissait voir que ses outils et sa mine sinistre. La mort, peut-être.

— Ne le regarde pas, c'est l'Ankou. Ça porte malheur.

Et que pouvait-il me prendre de plus que je n'avais déjà perdu, celui-là ? Ne restait que ma pauvre âme, à laquelle pourtant je recommençais à tenir. Je fixai la statue malgré les conseils d'Aliette, ne trouvant à cette représentation qu'une dimension bien dérisoire. Je lui avais résisté à tellement de reprises, qu'il avait bien dû se fatiguer de moi. Il y aurait longtemps avant que j'aie à craindre à nouveau de lui. Il m'avait déjà bien assez pris.

La messe prit fin et nous regagnâmes *Aux Deux Perdrix*. Même si nous n'avions qu'à traverser la route, quelques personnes se pressèrent tout de même pour saluer Pomardini à la sortie, le gratifiant généreusement des titres dont il se proclamait. Mario paradait tranquillement, laissant sa modestie au vestiaire de la sacristie.

— Tu connais bien ton latin, me dit-il. Mais sais-tu l'écrire ? C'est une langue bonne pour les diplômés de la faculté. Mais un jour, elle ne servira plus que pour les livres. Les chirurgiens ont pris beaucoup d'avance. Je te montrerai l'écriture. Sais-tu lire au moins ?

— Des bribes.

— Ave Maria, Pater Noster et tout le tralala… On fera mieux, tu verras.

C'était tout le paradoxe de Pomardini. À genoux, devant le prêtre quelques minutes plus tôt pour recevoir la communion, il redoublait de blasphèmes à peine sortis de l'église pour redevenir lui-même.

Aliette nous servit un dîner copieux, mais sans les fastes qu'on aurait pu attendre en ce jour particulier. Seule particularité, la fillette dîna à notre table, gardant quand même toute la disponibilité requise pour le service du maître de céans. À la fin du repas, Pomardini sortit de sa poche un fruit étrange qu'il appela *grenade*. Sa peau jaune ressemblait à du cuir et quand il l'ouvrit, une multitude de petites baies rouges aux formes géométriques s'écartèrent, en libérant un parfum étrange. Aliette souriait et se réjouit avec moi de ce présent inattendu. La saveur de la pulpe et les grains aigrets[27] faisaient un mélange nouveau. Lorsque le dernier grain fut croqué, Pomardini se leva, nous souhaita la bonne nuit et partit en cuisine où il disparut, sans doute soucieux de notre hôtesse. Il se montra pourtant fort discret et on ne l'entendit plus. Aliette s'amusa quelques instants avec la peau du fruit, puis débarrassa en silence.

27 - Médiocrement aigre (ancien)

Quand elle revint la dernière fois dans la cuisine, elle me montra mon coin où l'on m'avait aménagé une paillasse, à l'endroit où j'avais l'habitude de dormir sur le sol. Elle m'embrassa sur la joue, me laissa une bougie et partit se coucher. Ainsi se termina la veillée de Noël 1725 *Aux Deux Perdrix*.

***

À *La Maison de la Providence*, on ne pouvait à proprement parler de veillée. De festivité, il n'était pas question. La célébration de la nativité tenait dans une simple messe. L'office ne revêtait pas plus de pompe que n'importe quel autre ordinaire. Enora s'était levée ce matin de décembre, avec la légèreté d'une veille de fête, celle de son enfance lorsqu'elle était encore au château. À cette époque, la famille complète se rendait à la messe du village en grande cérémonie, où son père, en digne châtelain, offrait aux paysans le pain, comme il était de coutume depuis plusieurs générations. Les années encore fastes, il poussait la générosité à accompagner le geste symbolique de signes beaucoup plus affirmés de générosité : quelques volailles et un tonnelet de vin restaient le meilleur moyen de conserver le respect de ses ouailles. Ensuite, c'était le retour au château où la famille festoyait à la santé du Sauveur une bonne partie de la journée et de la nuit. Il arrivait qu'un musicien ou un comédien soit convié pour l'occasion, troquant table ouverte en cuisine contre quelques tours ou divertissements.

Pour la première fois cette année, Enora devrait se passer de ces festivités bien innocentes. Elle était la mieux placée pour comprendre qu'il n'y avait rien à attendre ce soir-là, si exceptionnel fût-il. On ne lui avait prescrit aucune commande spécifique pour la cuisine. Bien au contraire, un jour de jeûne était inscrit au calendrier et l'occasion était trop belle pour la communauté de satisfaire aux commandements du Seigneur, tout en réalisant de substantielles économies. Un événement, que seul le hasard avait permis, vint pourtant apporter sa part d'excitation à Enora. On avait frappé en milieu de matinée à la porte de la maison. La sœur portière étant en audience avec la supérieure, Enora avait ouvert. Le fait était assez exceptionnel pour qu'elle y sente déjà une intervention providentielle. Un homme d'une trentaine d'années à la mise propre s'était présenté. Il avait demandé à voir un dénommé Jean Passadieu.

De Jean, Enora n'en avait connu qu'un seul dans cette maison, et elle ne douta pas un instant que *son* Jean était bien celui qu'on demandait. Sa réaction avait été plus instinctive que raisonnée. Que lui voulait-on ? Un courrier de Lorient venait d'arriver à Saint-Malo, le messager qui se présentait devant elle portait un petit paquet pour Jean. Qu'est-ce que c'était ? Tout simplement les derniers effets de son père, retrouvés après le naufrage de son navire. Enora ne réfléchit pas plus longtemps, affirmant que le jeune garçon était alors à confesse pour préparer Noël. Elle pouvait se charger du paquet, qu'elle lui remettrait dès que possible. Le coursier ne semblait pas très pointilleux et surtout pressé. Il confia le paquet, remercia et repartit comme il était venu, messager anonyme, imprévu… inespéré.

L'heure du déjeuner était proche et il y avait encore beaucoup d'ouvrage. Enora alla dans sa cellule, glissa le paquet sous le lit comme on cache un trésor, un trésor d'une valeur inestimable tant qu'il ne serait pas ouvert. Était-ce l'imprévu, la curiosité simplement ou surtout le fait que cela avait un rapport avec Jean, cela importait peu. Enora sentit la chaleur sur ses joues, comme si elle venait d'imaginer le plus atroce des pêchés. Elle dut passer quelques minutes la tête à la fenêtre, dans l'air glacial de l'hiver, pour apaiser ce feu qui la condamnait. L'effet fut exactement contraire à l'attente, attisant encore le rouge de sa peau habituellement pâle. Cela ne manqua pas d'attirer l'œil suspicieux de la supérieure qui passa une bonne partie du déjeuner à la dévisager, comme si elle avait eu la prescience de son mensonge. Car après tout, elle avait menti en affirmant que Jean était encore à *La Maison de la Providence*. Mais, elle n'en était pas à un mensonge près face au trouble irrépressible dans lequel cet événement l'avait jetée.

Ce pêché-là devait être mortel à n'en pas douter, pour être aussi violent, aussi puissant qu'un venin, aussi irrésistible qu'une vocation. Enora y retrouvait certains accents passés de dévotion, oubliés depuis son entrée dans ce lieu austère où même les fois les plus vibrantes finissaient par douter.

Après le déjeuner, la supérieure la convoqua, persuadée que la jeune fille avait quelque faute à avouer. Mais, si elle pensait connaître la jeune fille, Enora connaissait encore mieux son ennemie. Se sachant incapable de mentir devant elle, ou du moins de nier correctement, elle choisit de lui donner directement ce qu'elle attendait. Lui avouer une faute serait à demi pardonné, et dissimulerait la véritable raison de ses transports. Il ne s'agissait pas de tenter de la duper en ne lui offrant qu'une simple peccadille, il fallait que ce soit crédible, à la hauteur de ce que l'autre imaginait.

Lorsque la vieille lui posa la question en inquisitrice, Enora hésita un peu, rougit encore et laissa l'autre se réjouir du spectacle de sa contrition. C'était facile, il suffisait de penser au paquet sous son lit qu'elle ouvrirait plus tard, quand tout le monde serait couché. Au bout d'un moment, lorsqu'elle sentit que la supérieure était prête à recevoir sa confession, ayant usé sa patience, juste avant l'exaspération, elle lui raconta toute l'histoire : le coursier, le colis pour Jean qu'elle avait renvoyé puisqu'il n'était plus là. Pour ce genre d'affaires, Enora aurait dû en référer à la supérieure avant de prendre la moindre initiative. La jeune fille s'excusa, se tordit un peu les mains, rougit encore, exaltant la crédulité de la supérieure dans sa mystification.

La sanction fut sévère et Enora se vit interdire la communion. Un soir de Noël, il n'y avait rien de plus terrible à redouter : pas de rendez-vous divin. C'était un châtiment exceptionnel, qui s'accompagnerait au passage de l'opprobre des autres membres de la communauté. Enora en serait quitte pour rougir une nouvelle fois. Son rendez-vous nocturne était autrement plus exaltant. Il n'y avait rien à regretter d'un Dieu silencieux et si peu bienveillant, puisque le stratagème avait fonctionné.

L'après-midi passa, d'une légèreté de plume. La soupe fade du dîner parut un délice. Enora écouta les deux heures de l'office sacré, chanta en chœur avec les autres, distraitement. Elle n'oublia pas de rougir devant les visages tournés vers elle, lorsqu'elle ne suivit pas la procession de la communion. La supérieure prit à cet instant l'air entendu du bourreau qui se délecte du juste châtiment. La charité suintait partout dans La *Maison de la Providence*. Enora dut ensuite adorer le Saint-Sacrement pendant une heure, alors que tous partaient se coucher ; la punition était complète. Et c'est ce qui lui parut le moins supportable, attendre encore. Attendre avant de pouvoir déballer son butin. L'instant vint enfin où seule, en chemise, à la simple lueur de la bougie, elle fut prête. Elle écouta les bruits de l'étage, mais rien ne lui laissa penser que quelqu'un veillait encore. Les journées étaient assez dures, pour que personne ne se permette de gâcher les maigres heures de sommeil.

Elle glissa la main sous la paillasse, craignant une fraction de seconde de ne pas y retrouver le paquet. Il était à sa place. Elle s'assit sur le bord de son lit et le posa sur ses genoux. Elle l'observa longuement avant de l'ouvrir. Il s'agissait d'un petit paquet rectangulaire, emballé dans une toile grise, une cordelette le fermait. La taille, le poids et la forme faisaient immanquablement penser à un livre. Pas une seule seconde, Enora ne se posa la question de la légitimité de son geste, pas plus qu'elle ne l'avait fait le matin. Maintenant qu'il était là, il était un peu à elle. Et puis, elle était persuadée de le faire pour Jean. Si elle ne l'avait pas réceptionné, il aurait été perdu. Maintenant qu'elle l'avait, elle savait aussi qu'il n'y aurait plus aucun moyen de le remettre à Jean... Jean ! Où était-il ? Que faisait-il ? Était-il encore vivant au moins ? Le paquet n'apporterait sans doute aucune réponse, mais éviterait de se poser la question plus longtemps. Enora défit le nœud, déplia la toile.

Il y avait deux cahiers. Le premier était de facture très grossière : de simples feuilles de papier cousues entre elles. Elles paraissaient très vieilles. Il n'y avait guère plus de dix feuillets, couverts de minuscules lignes écrites d'une main très soigneuse. Les lignes allaient par paquets, comme des poèmes. Par endroits, on devinait des crucifix distinctement. L'écriture envahissait toute la place, en diagonale, en haut, parfois le long des bords, débordant sur les côtés, suivant des virages abrupts aux angles des feuilles. L'écriture était si petite, et la lumière de la bougie si faible, qu'Enora dût plisser les yeux longtemps avant de s'habituer à cette calligraphie. Mais elle ne comprit pas alors à quoi correspondait le manuscrit. Elle croyait bien reconnaître par endroits des bribes de prières, d'invocations à Dieu ou à la Sainte Vierge, mais il y avait aussi par endroits des noms de maladies, tout un fatras incompréhensible dont elle se détourna rapidement pour le deuxième cahier.

Celui-ci était beaucoup plus épais. La couverture était d'un cuir très particulier : de minuscules écailles rugueuses ou douces suivant le sens dans lequel on les caressait. La couleur était très sombre et dans la pénombre, Enora ne sût distinguer le vert du noir, à moins qu'il ne s'agît d'un gris très foncé. Le cahier était souple et agréable en main. Les feuilles étaient cousues avec soin et régularité. L'écriture était indéniablement féminine, parfaitement régulière et appliquée, comme si la personne dont c'était l'ouvrage ne maîtrisait pas complètement ses lettres. Les lignes bien parallèles entre elles et au bord de la feuille se suivaient ; un ouvrage imprimé n'aurait pas eu plus d'uniformité dans sa mise en page.

Enora s'installa sur son lit, posa la bougie sur le chevet au plus près. Elle commença la lecture.

Jean-Baptiste Seigneuric

VII

L'ÎLE AUX CHIENS

Je m'appelle Marguerite Phelippeaux. Je suis née à Saint-Pierre en 1684. Mon père est pêcheur. À cause d'une maladie des os, il boite et ne peut plus être engagé sur les gros bateaux qui partent sur les bancs. Il est donc petit pêcheur par la force des choses et part nourrir sa famille avec son frère, dans un bateau minuscule. Comme il n'a pas eu la chance de partir avec les bancais[28], il a été un des premiers à venir s'installer sur l'île aux chiens. Après tout, la vie n'est pas plus difficile ici que sur le caillou. Il a construit sa propre maison et il a aménagé une grave[29] juste derrière.

Chaque mois, il allait à Saint-Pierre vendre le produit de sa pêche et acheter les denrées dont nous avions besoin. Ça, c'était avant l'invasion des Anglais. Ils ont pillé, mis le feu aux maisons, un peu au hasard, pour nous faire peur. C'est comme ça que les premiers sont partis. Puis le gouverneur français de Plaisance nous a lui-même dit qu'il fallait nous en aller. Beaucoup de Saint-pierrais ont obéi. Mais sur l'île, la plupart sont restés. Nous ne sommes pas nombreux. Si nous nous tenons tranquilles, on ne nous fera nulle misère. C'est ce qu'on nous a dit.

Nous vivons donc ici tous les quatre depuis l'année 1705 : ma mère, mon père, son frère et moi. Quelques familles partagent avec nous ce bout de terre. Guère plus de trente âmes en tout. Mon père n'a jamais voulu d'autre enfant. Il pense être trop pauvre pour une bouche supplémentaire. La guerre avec les Anglais lui fait peut-être peur aussi.

C'est donc dans la solitude que j'ai grandi. Enfant, j'ai vécu à Saint-Pierre. C'était la ville. C'est là que j'ai appris l'écriture autefois[30]. Je sais lire aussi, mais il n'y a que la bible à la maison. J'ai vécu assez longtemps à Saint-Pierre pour regretter l'animation qu'il y avait avant l'invasion des Anglais. La pêche et le commerce du poisson amenaient des dizaines de bateaux venus de Saint-Malo ou d'ailleurs. Parfois le port était plein et certains devaient mouiller devant la rade. Les navires venaient en pêche, parfois en troc, apportant le sel, les épices, la mélasse, les tissus, tout ce qui pouvait nous manquer. Des navires anglais venaient parfois dans le port. Nous

---

28 - Pêcheur des bancs de Terre-Neuve
29 - Terrain de caillou où l'on mettait les poissons à sécher pour assurer leur conservation
30 - Autrefois

devions alors partir nous cacher dans la montagne pour échapper à leur méchanceté. Certains flibustiers nous attaquaient parfois. Mais le reste du temps, le port était animé et tranquille. Mon père disait qu'il n'y avait pas plus prospère. C'était il n'y a pas si longtemps pourtant.

L'année dernière, les Anglais ont tout brûlé. Définitivement. Les derniers habitants de Saint-Pierre ont reçu l'ordre de retourner à Plaisance. Mon père et son frère ont préféré rester ici. Sur l'île, il y a six maisons à l'année. Les Anglais nous volent bien un peu de temps en temps. Les Indiens viennent parfois jusqu'ici en troc. Ils emportent la morue et l'échangent contre le pain, la farine, le sel. C'est comme la guerre : pillés par les Anglais, harcelés par certains navires français qui au nom du roi nous ordonnent de rejoindre le reste de la colonie à Terre-Neuve. À chaque mouvement de navire, à chaque événement, il faut trembler pour sa vie et pour sa maison. C'est comme ça. Il n'y a rien à changer. La rudesse de la nature ne nous a pas chassés. Alors de simples hommes, même armés et mauvais, ne peuvent rien contre notre fierté. Nous faire du mal peut-être, brûler nos maisons parfois, mais nous chasser, jamais. Nous sommes ici chez nous. La détermination n'empêche pas la peur. Mais avec l'habitude…

Depuis que nous vivons sur l'île, je n'ai pas le temps de m'attedier[31], car je suis moi aussi occupée à préparer le poisson. La ville me manque pourtant. Lorsque nous vivions à Saint-Pierre, nous allions à la messe dans une petite chapelle en bois. Sur l'île, il n'y a ni église ni prêtre. Les Anglais nous tolèrent sur notre bout de terre qui ne vaut rien pour eux, mais il ne faut pas espérer retourner sur le caillou[32], qu'ils considèrent maintenant comme le leur. On dit même à Saint-Pierre qu'ils nous surnomment les chiens. Faut-il croire pour autant que Dieu nous a abandonnés ? Je ne pense pas, il est partout : au fond de l'océan où il nous donne notre nourriture, dans le vent qui souffle, dans le soleil qui sèche le poisson.

Ensuite se trouvait un large espace. Comme si l'auteur avait volontairement marqué une coupure. Presque une demi-page blanche, des années d'une vie. Enora s'arrêta quelques instants, décontenancée par cette écriture étrange, sensible, dont elle ne comprenait parfois pas tout le sens, dans la moindre des expressions de ce lointain pays, qu'elle ne situait même pas sur une carte.

Je croyais ma vie de jeune fille arrêtée lorsque nous sommes arrivés ici, et j'ai cessé d'écrire… Nous sommes aujourd'hui en 1709. Un grand bouleversement dans ma vie. Je le sens. Même si c'est encore confus. C'est arrivé hier soir, mon père a aperçu un feu dans la nuit. C'était du côté de l'île aux noirs[33]. La nuit venait de tomber, la brume n'avait pas cessé depuis plusieurs jours. Mon père et son frère étaient sortis après le

---

31 - M'ennuyer (ancien)
32 - Appellation affectueuse de l'île de Saint-Pierre
33 - Actuellement *îlot noir.*

dîner pour sentir la morue[34].

Cela fait plusieurs jours qu'ils rentrent bourreau[35], plusieurs jours qu'aucun poisson n'a été mis à sécher. Ils fumaient tranquillement leur pipe, essayant de deviner les étoiles au-dessus de leur tête. C'est mon père le premier qui a vu la lumière. C'était pas loin, d'après ce qu'il a dit, au milieu des battures[36]. Sur l'eau, un simple halo, rien d'autre, mais tellement étrange qu'il n'a pas hésité. En quelques secondes, la petite douzaine d'hommes qui vivent ici ont mouché[37] vers le plein sur l'autre côté de l'île. Quand il y a une alerte, les femmes ont pour consigne de rester à l'intérieur. La terreur première, c'est les Anglais. En second, c'est les flibustiers. Il y en a de plus cruels que d'autres, ça dépend des équipages, et de ce que nous avons à offrir pour qu'on nous laisse tranquilles. Tant qu'ils ne détruisent pas le bateau de pêche et qu'ils nous laissent la vie sauve, c'est déjà beaucoup.

On entendait les hommes qui criaient au loin. On a sonné plusieurs fois du beugloux[38], malgré le risque d'alerter les Anglais. Il n'y avait qu'à attendre. Ils sont revenus un peu plus tard, portant un homme dans un boyart[39]. C'est un solide gaillard. Mon père et son frère l'ont ramené tous les deux à la maison. Mon père a dit qu'il avait mangé les trois quarts de son sel[40]. L'homme sentait le poisson et le brûlé, il avait perdu connaissance. Il était complètement imbibé[41]. On l'a cru rendu. Ma mère et moi avons aidé à l'installer dans la chambre. Puis on l'a laissé seul et les hommes nous ont raconté. Le pauvre bougre a été trouvé inanimé à côté d'une barque en flamme. Il flottait tout proche du bord, la tête dans l'eau. Il respirait toujours et ne répondait pas. Mon père l'a giflé, mais ça n'a servi à rien. Ils l'ont tiré sur le rivage. Il n'a plus grand-chose avec lui : un harpon, un couteau et un petit coffre en bois. Le reste a été perdu dans l'incendie. La barque a fini de brûler, on n'a rien pu sauver d'autre. C'est le hasard qui a permis de recueillir le malheureux. Mais ce hasard, je pense que c'est mon destin.

Cela fait deux jours que ma mère et moi soignons l'étranger. Il a toujours la fièvre. Nous lui avons donné des tisanes, nous avons fait des cataplasmes sur ses brûlures, nous avons soigné une plaie qu'il avait sur la jambe. Mon père lui a même porté de l'eau rouillée[42]. Ses paupières sont brûlées par le soleil et par l'eau de mer, presque collées entre elles. Il a vraiment une goulé[43] à faire peur. Son front est toujours brûlant.

---

34 - Évaluer la présence des poissons
35 - Revenir bredouille
36 - Sorte de rochers qui affleurent sur le rivage
37 - Couru
38 - Coquillage percé qui servait de corne de brume
39 - Sorte de caisse à brancard qui servait à transporter le poisson.
40 - Proche de la mort
41 - Trempé
42 - Eau dans lequel on a fait tremper de vieux clous : remède local contre l'anémie
43 - Tête

Parfois, je pose la main dessus et autre chose que sa fièvre me brûle moi aussi, comme si je partageais sa maladie. Il ne réagit à rien. Il entrouvre seulement les lèvres parfois lorsqu'on lui présente de la soupe ou une tisane de thé rouge. En dehors de la fièvre et de son engourdissement, il n'y a aucun signe de gravité : ses blessures vont vers le mieux. Il faut dire qu'il est d'une solide constitution. De toute façon ici, pas de médecin. Il n'est pas question de demander de l'aide aux Anglais. Nous ne savons pas qui est cet homme. Mais sa présence est un danger pour nous. Corsaire, on nous accusera d'aider les ennemis du roi des Anglais. Français, c'est un espion. Anglais, ses compatriotes nous feront porter la responsabilité de son misérable état. Il n'y a donc plus qu'à attendre.

Je prie pour cet homme sans le connaître. C'est la meilleure des médecines. Moins pour le salut de son âme que pour sa survie. Lorsqu'il semble plus paisible et que je ne suis pas à le veiller, je me rends souvent à la grotte pour prier la Vierge. C'est une petite statue de bois brut à l'abri de quelques cailloux : cela sert de chapelle. Ma mère m'a expliqué qu'il s'agit de Sainte-Anne enseignant la Vierge, représentée enfant et lisant un livre. Elle protège nos marins lorsqu'ils sont en mer. C'est le seul signe extérieur de notre religion. On appelle cet endroit la grotte, et je vais y livrer tous mes espoirs pour ce jeune homme.

La Vierge a dû entendre mes prières. Cela fait trois jours que nous veillons le naufragé. La fièvre commence à s'apaiser. Ce matin, il a bougé les paupières. Puis il a ouvert les yeux. Il voulait s'assurer du monde dans lequel il était : toujours chez les vivants, ou déjà chez les morts ? Nous étions à son chevet ma mère et moi à ce moment-là. Il a tourné la tête et nous a regardées. Il semblait avoir du mal à cause de la lumière, que ses yeux avaient oubliée depuis longtemps. C'est ma mère qui a parlé en premier.

— Pas anglais ?

Il n'a pas répondu tout de suite. Ses yeux se sont habitués, il les a ouverts plus grand et son regard est tombé dans le mien. C'est comme si j'avais glissé d'une échelle, il n'y avait rien pour me retenir. Je ne reconnaissais rien de ce qui m'arrivait. Ni cette sensation de chaleur qui venait partout ni les tremblements de mon corps. Mes joues ont chauffé d'un coup. Et lui, il a continué de me regarder avec obstination. Il a hoché la tête ; non, il n'est pas anglais. Dieu merci ! C'est Dieu qui me l'envoie ! Nous pouvons respirer. Ma mère a compris plus vite que moi ce qui se passait. Elle m'a envoyé chercher de l'eau dans la cuisine. Ce n'était pas pressé. Ce qui lui a tardé, c'était de m'éloigner. Et comme je n'ai pas compris ce qui arrivait, je me suis aussi bien trouvée à sortir. J'ai poussé la porte derrière moi en retenant mon souffle. J'ai écouté les murmures dans la pièce à côté. Il a parlé avec ma mère. Mon père et mon frère étaient en pêche à ce moment-là. C'était imprudent au fond, car, si l'homme s'était réveillé d'un coup, il aurait pu nous faire du mal, vu que nous étions toutes seules. Mais il revient d'entre les morts, et c'est une raison suffisante pour ne pas penser qu'il est agressif.

Ce soir, je n'ai pas eu le droit de retourner près de lui. On m'assure qu'il va mieux. Voici les informations qu'on me donne. C'est un Français. Un corsaire baleinier. Son bateau a été coulé par les Anglais. Après le naufrage, il s'est laissé dépaler[44] dans une barque. Une chance qu'il soit arrivé jusqu'ici. Il s'appelle Hector. Merci mon Dieu! Faites qu'il se déhale[45] !

Aujourd'hui, j'ai eu le droit d'apporter son repas à Hector. Il garde encore la chambre, mais il est au vent de sa bouée[46]. Il va mieux, ses blessures sont maintenant sans inquiétude, mais il est encore trop faible pour qu'on le laisse aller. Il s'appelle Hector Passadieu! Hector... C'est un prénom que je n'ai jamais entendu. Quel beau prénom! J'ai vraiment beaucoup de chance. Ma mère m'a dit que c'était le prénom d'un prince, il y a très longtemps. Celui de l'histoire est mort au combat, tandis que nous avons sauvé le nôtre. Lorsque ma mère me disait des contes pour m'endormir lorsque j'étais petite, il y avait toujours un prince. Je n'avais jamais compris avant aujourd'hui ce que ça pouvait être un prince.

Lorsque je suis entrée dans la chambre, il sommeillait. Hector a ouvert les yeux et m'a regardée. C'était comme une porte sur un autre monde. Ma mère était avec moi. Elle m'a fait sortir de la pièce tout de suite, comme la première fois. Ce soir, je suis retournée voir la Vierge de la grotte. Elle écoute mes questions, mais n'apporte aucune réponse.

Je suis restée deux jours sans le voir, puisqu'on m'a interdit sa chambre. On ne m'a pas expliqué. Mes parents décident, je leur obéis. Ils savent pourtant que cela ne fait qu'augmenter ma curiosité pour Hector. Ce matin en rentrant de la grave, je l'ai trouvé assis devant la cabane à fumer une pipe prêtée par mon père. J'ai sursauté en le voyant : avant, je ne l'avais jamais vu que couché. Je ne pensais pas qu'il était si grand, si fort. Ses muscles sont à l'étroit dans les vêtements de mon oncle, pourtant le plus grand des deux frères. Hector est resté assis sans me parler. Je n'ai pas osé non plus lui adresser la parole, et je suis entrée précipitamment. J'étais effrayée, surtout par ce trouble nouveau.

Le soir, il a dîné avec nous à la grande table. Puis, comme il était fatigué, il est allé se coucher tout de suite après ; pour nous laisser en famille, comme il a dit dans un français sans accent. Mon père a parlé à voix basse, pour qu'Hector ne risque pas de l'entendre à côté. Les règles sont claires pour moi : il n'y a pas à faire, à l'approcher seule ou à lui parler. Mais de toute façon, il restera dans la chambre la plupart du temps. J'ai protesté, car j'ai maintenant vingt-cinq ans. Mais mon père ne m'écoute pas, il est un peu braque[47] en ce moment. Que l'on fasse tout pour essayer de m'éloigner d'Hector provoque le désir inverse. Mais il n'y a pourtant pas besoin, je le sens. Les nuits sont courtes quand je sais qu'il dort dans la pièce à côté, pas très loin de moi.

---

44 - Dérivé
45 - Qu'il survive.
46 - Tiré d'affaire
47 - Bourru

Ce matin, je l'ai trouvé encore assis devant la maison. J'étais seule à travailler à la grave et ma mère était partie chercher l'eau à la fontaine[48]. Elle n'était pas loin, mais je connais son habitude à rester discuter avec les voisines, au prétexte de donner des nouvelles du rescapé. Il m'a regardée sans hésiter. Et je crois que, venant de n'importe quel autre homme, j'aurais dû trouver ça rude. J'ai baissé les yeux. Je ne voulais pas lui laisser voir tout le pouvoir qu'il a sur moi.

— Qu'est-ce que tu fais ? M'a-t-il dit. Sa voix est particulière. Chaude et grave, comme le souffle de la forge. Il y a de l'assurance, une force tranquille, quelque chose de réconfortant. C'est la première fois qu'il s'adressait à moi directement. J'ai relevé les yeux.

J'aurais pu avoir peur. J'aurais dû. Mais c'était excitant en fait, comme de découvrir la saveur nouvelle d'une épice. C'était doux comme du miel. J'en ai mangé une fois à Saint-Pierre, sur le bout d'une cuillère, il y a des années. C'était sur le port, un marin venu troquer a voulu me faire plaisir et surtout essayer d'en vendre un pot à ma mère. Mais c'était trop cher. Et pourtant, c'était tellement bon à la bouche.

J'étais seule avec Hector. C'était un moment que j'attendais. Cela devait arriver. C'était juste tantôt. Je sais que je ne pourrai pas dormir cette nuit. Je repense à ce qui s'est passé et surtout j'imagine d'autres choses. Pas besoin de beaucoup d'esprit. Je ne suis plus une petite fille. Pas de danger, puisque tout est déjà écrit. J'ai lu dans ses yeux comme il lisait dans les miens.

Comme je ne disais toujours rien, il a insisté. Il m'a demandé si j'avais perdu ma langue. J'ai répondu que non et il a souri.

— Et bien, explique-moi ce que tu fais sur ce champ de caillou.

Sa question était étrange. Comme s'il ne savait pas à quoi servent les graves. Je lui ai expliqué que j'attendais le soleil pour faire sécher les poissons. Mais il n'a pas compris qu'il fallait huit soleils[49] pour que les morues soient sèches. Je n'arrivais pas à lui expliquer, et ça le faisait sourire. Et moi, je me sentais de plus en plus idiote devant lui. Ses questions se suivaient et il semblait prendre plaisir à m'agacer avec. Je guettais ma mère. Elle n'allait pas tarder à revenir. Mais je continuais à lui expliquer. En fait, ça ne pouvait pas l'intéresser vraiment. Sinon, il aurait fini par comprendre.

— Je comprends pas, si un jour ça fait un soleil, pourquoi ça peut prendre des semaines pour huit soleils.

Ça devenait compliqué. Maman était toujours à discuter au bout du chemin, elle nous tournait le dos. Si elle me voyait discuter avec lui, sûr, elle serait furieuse. Je me suis excusée et je suis partie, car j'avais à faire.

Et je me suis remise à l'ouvrage, il fallait que le poisson soit sec pour l'appiloter[50] bientôt. On est en fin de séchage et la morue commence déjà à peser moins lourd. Elle est raide comme une planche de bois. J'alignais les filets bien serrés, les uns à côté des

48 - Puits
49 - Huit jours de soleil
50 - Mettre en tas

130

autres, pour ne pas perdre de place. Je tournais le dos à Hector. Je ne l'ai pas entendu arriver. Lorsque je me suis retournée, il était juste derrière. Il fait une tête de plus que moi. Je ne voyais pas son visage, car le soleil brillait derrière lui. Un instant, j'ai eu peur. Je ne savais pas de quoi.

— Montre-moi, je vais t'aider. Et il m'a pris des mains un paquet de poissons.

Il a suivi mes gestes. Il est très capable. Je dois dire que le fumier de morue a été vite bénicassé[51]. Lorsque ce fut fini, il s'est redressé juste en face de moi. Il souriait. Il sentait le tabac à pipe, et aussi les onguents qu'il continue de mettre sur ses brûlures. Le vent sifflait dans les herbes autour de la maison. Il est resté longtemps sans bouger, sans rien dire.

— Comment tu t'appelles ? Il m'a demandé.

J'ai répondu finalement. Lorsque j'ai dit mon nom, il a encore souri.

C'est à cause du vent que je n'ai pas entendu arriver ma mère. Elle a crié d'aussi loin qu'elle a pu. Elle craignait quelque chose de grave pour crier si fort. Trop tard, c'est fait. Pour lui comme pour moi. Ma mère a chassé Hector dans la cabane, comme on chasse les oiseaux qui pillent la morue sur la grave. Pour trouver un prétexte, elle lui a donné l'eau à porter à l'intérieur. Il boitait un peu, et j'ai eu de la peine pour lui. Puis elle m'a prise dans ses bras et s'est mise à pleurer. Je crois qu'elle aussi a compris à ce moment-là. Depuis, je sais qu'il ne repartira pas. Il va rester vivre avec nous ici.

— Tout va bien, maman. J'ai juste dit.

Et elle est rentrée. Et moi, j'ai dû rester dehors en attendant le retour des hommes.

Cette scène était toute simple, mais je sais que le bouleversement est certain. Les hommes sont rentrés. Ils ont parlé longtemps avec ma mère, et peut-être avec Hector aussi. Au dîner, personne ne parlait. Mon père a juste annoncé que comme Hector va mieux, on va changer la disposition de la maison. Il prendra tous ses repas dans la chambre de mes parents. Il y restera le plus possible, pour pas se faire remarquer des Anglais. Je ne sais pas ce que craint mon père : les Anglais, on n'en voit guère en ce moment. Et c'est tant mieux. Je sais que c'est un prétexte pour l'éloigner de moi. Mon oncle dormira sur une paillasse au pied du lit avec lui. Avant, je dormais dans la pièce commune. Cela présentait deux avantages : pour moi, de dormir au chaud, pour la maisonnée, l'entretien du feu pour la nuit.

Ce soir, mon père monte la garde. Je reste à table pour finir d'écrire cette journée. Au moins, cela occupe mon esprit. Il me regarde, ne dit rien, fume sa pipe. Il n'a pas l'air soucieux. Curieusement, bien moins que ma mère. Il a l'air tranquille. Personne ne parle. Mon oncle est parti se coucher. Je dormirai avec ma mère. Mon père gardera le feu. J'ai tellement d'idées dans la tête que je ne sens pas le sommeil venir. Mon père fait un signe. Nous allons nous coucher.

Aujourd'hui mon père a emmené Hector à la pêche. Il ne boite plus et ne souffre plus de ses blessures. Cela fait presque trois semaines qu'on l'a sauvé. Mon oncle est resté à la maison pour vider et saler les poissons. Je l'ai aidé, ma mère est toujours

---

51 - Mis à sécher

*aussi inquiète. Ils sont rentrés à la nuit. J'ai eu peur de voir mon père rentrer seul. C'est un taiseux. Je l'ai vu partir résigné ce matin, comme s'il avait une mission. J'ai imaginé toutes les possibilités. Toutes horribles et ridicules aussi, je m'en rends compte maintenant. Va-t-il le perdre en mer ? Après l'avoir sauvé ? Le livrer aux Anglais ? Je crois pas. Le déposer sur une côte de l'île de l'Anglois et lui laisser sa chance ? C'est plus dans l'idée. Mais ils sont revenus tous les deux. Ils parlaient dehors. J'ai entendu mon père appeler et mon oncle est sorti. Depuis la porte, j'ai vu les trois hommes s'affairer autour du cabestan pour tirer la barque sur le plain. Elle était chargée à couler. Hector a tiré sa part comme les autres, comme s'il était né des bottes aux pieds. Puis ils ont jeté la morue à côté du chafaud⁵². *

Pour la première fois, depuis plusieurs jours, il a eu le droit de manger avec nous. Tout le monde était joyeux, la pêche a été bonne. Nous avons presque oublié que nous sommes toujours en guerre. Les Anglais ne sont jamais loin, les corsaires non plus, et les Indiens ne sont pas toujours contrôlables.

Chaque soir, je continue à écrire. Maintenant, Hector reste avec nous à la veillée, comme si on l'adoptait petit peu par petit peu. Il ne parle pas beaucoup et me regarde par exprès, amusé de me voir acharnée sur mon cahier. Il vaut mieux qu'il ne puisse pas lire ce que j'écris, même si je suis sûre qu'il devine mes pensées. Il nous a parlé de son métier ; chasser les baleines. De l'île, on voit parfois passer une ou deux nageoires, difficile de se rendre compte de la vraie taille de cet animal. Mais Hector raconte tellement bien. Il nous a montré son harpon : c'est une grande pointe de fer, très lourde. Il ne parle pas du petit coffre qu'on a retrouvé avec lui. Je sais qu'il le garde sous son lit, mais je n'ose pas lui demander ce qu'il contient. Malgré la curiosité, je n'ai pas regardé. J'aurais pu le faire lorsqu'il était parti à la pêche. Mais ça n'aurait pas été bien.

À partir de d'là, les journées passent trop vite et je n'ai pas toujours le temps de remplir mon cahier. Comme si un autre intérêt prenait la place. Ça fait plus d'un mois qu'Hector est avec nous. Je ne compte plus les jours. Il fait presque partie de la famille. Il a montré en quelques jours, sa force, sa résistance et son courage. Il fera un bon pêcheur. C'est ce que pense mon père. J'attends avec impatience le jour où mon père pensera qu'il fera également un mari acceptable pour moi. Ce qu'il y a entre nous ne fait de doute pour personne. Ma mère s'obstine pourtant à toujours contrarier les instants où nous sommes seuls. Il faut patienter. Hector ne semble pas pressé, il me sourit gentiment.

Le petit bateau de mon père ne peut accueillir que deux marins. Il est inutile de s'encombrer d'un troisième qui ne sert à rien, ni à la manœuvre ni à la pêche, et qui prend la place du poisson. La mer est souvent plus généreuse que le ventre du bateau. De mon oncle ou d'Hector, un des deux hommes reste toujours à terre quand l'autre part pêcher avec mon père. Lorsque c'est mon oncle qui reste, je suis libre d'aller et

---

52 - Endroit où l'on prépare le poisson après la pêche

venir. Hector est toujours avant[53]. Lorsque c'est Hector qui reste à l'île, on distribue à chacun une tâche bien distincte, de manière à nous éloigner tous les deux. Mais rien ne peut faire dévier ce destin qui décide pour nous.

Mon père a commencé à sauver[54] des bardeaux de bois sur une maison du bout de l'île. Elle a été laissée en ruine par les Anglais l'année dernière. Avec ce bois de récupération, il annonce son projet de construire une annexe à la maison, pour faire une saline de plus ou une remise. C'était déjà son projet avant l'arrivée d'Hector. Il va la construire de l'autre côté de la grave.

Bientôt Noël. Cela fait plus de deux mois qu'Hector est avec nous. C'est une vraie bête à morue. Les Anglais nous laissent en repos. Ils sont venus piller un peu, mais nous leur avons laissé toute liberté sur nos stocks. Alors, ils n'ont rien brûlé cette fois-ci. Dans leur empressement, ils n'ont pas contrôlé le nouveau bâtiment. C'est pourtant interdit de construire quoi que ce soit de nouveau.

1710. J'ai abandonné ce journal pendant trop longtemps, car les événements survenus depuis ne m'ont pas laissé de répit. Je viens de relire les lignes où j'ai raconté les circonstances de l'arrivée d'Hector dans ma vie. Je suis sa femme tout de suite[55]. Je vais écrire maintenant comment c'est arrivé.

Un soir, au moment de passer à table, mon père nous a ordonné de nous lever pour sortir. Il a pris un ton sévère. J'ai eu peur qu'il nous annonce l'exil ou une nouvelle brimade des Anglais. Il faisait froid, nous avons pris nos habits les plus chauds, une lanterne chacun. J'interrogeais Hector des yeux, mais il restait calme et mystérieux. Le vent était faible. La lune était presque pleine et éclairait notre chemin parmi les bruyères. Nous avons suivi mon père. Ma mère et mon oncle derrière. Nous sommes allés à la grotte. Là, toute la communauté de l'île nous attendait. Nous avons éteint nos lampes, car il n'était pas question d'attirer un bateau : ni ami ni ennemi. Nous ne sommes pas des naufrageurs.

Il n'y a pas de véritable chef sur l'île. Chacun remplit son rôle en fonction des circonstances. Mon père ce soir-là a eu un rôle important : tout le monde l'a suivi. Et tout le monde semblait savoir ce qui allait se passer. Sauf moi, je ne m'en suis rendu compte qu'après. Je me souviens de tout. C'est l'émotion qui a fixé ça. Il a gardé une bougie allumée qu'il protégeait avec sa main. Il n'y avait plus de vent, juste le bruit de la mer sur le plain. Il a déposé la petite bougie dans la grotte. La lumière tremblante éclairait la statue. À chaque fois que les Anglais débarquent ici, nous la cachons. Elle ne dépasse pas deux pieds de haut et il est facile de la cacher dans un trou de la roche. Je pense que si les convertis la trouvaient, ils la détruiraient tout de suite. Et ils nous feraient payer ça très cher. Ils nous interdisent de prier ici, et encore moins la Vierge que le Bon Dieu.

Depuis que nous ne pouvons plus nous rendre aux messes à Saint-Pierre, chacun

53 - Poste de pêcheur à l'avant du bateau
54 - Récupérer
55 - Maintenant

sur l'île célèbre sa foi à sa façon, en tête-à-tête avec Dieu. Pas besoin de prêtre. J'ai l'habitude de me recueillir là-bas, et l'atmosphère étrange qu'il y a ne permet pas de douter qu'une force qui nous dépasse veille sur nous. Mais ce soir-là, c'était encore différent. Mon père a sorti la bible de sa poche. Il a commencé une prière à la Vierge, reprise en chœur par toutes les voix. La prière a roulé sur le fond de la nuit, puis il y a eu le silence.

Hector est sorti du groupe et est venu se placer à côté de mon père. C'est à ce moment-là que j'ai compris. Mon père s'est tourné vers moi en souriant. Il m'a tendu la main. Depuis plusieurs semaines, Hector est un des nôtres. À part son absence d'accent, il n'y a plus grand-chose pour le différencier des autres pêcheurs. Mon père a dit quelques mots, placé ma main dans celle du jeune homme au-dessus de la Bible. Hector souriait, moi aussi je crois. Il y avait beaucoup de force dans ce moment-là. Je n'ai rien dit. Mon père a prononcé les phrases rituelles, et a posé les questions que j'avais entendues autrefois à des mariages à la chapelle de Saint-Pierre sans y faire attention. Je me suis entendue répondre « oui ». Et c'est comme ça que je suis devenue Marguerite Passadieu cette maudite[56] nuit. Ma mère avait confié à Hector l'alliance de ma grand-mère. Hector l'a passée à mon doigt. Je ne pouvais pas comprendre comment il arrivait à rester aussi calme. Moi, j'étais bousculée par des vagues de chaleur. Mes jambes tremblaient et je sais que ce n'était pas de froid. J'ai senti pour la première fois sa peau contre la mienne. La corne et le sel avaient fini de la gâter, mais le contact a suffi pour que je ne perde pas connaissance à cause de toutes ces émotions. Il y a eu un nouveau chant, mais ma mémoire ne le retrouve pas. La petite troupe nous a accompagnés ensuite en procession jusqu'à la nouvelle cabane qui était terminée. En fait, ce n'était pas une saline. Le vent s'est levé doucement et le clapot des vagues était plus fort. Ma mère a commencé une chanson, reprise en chœur par le reste de la procession. Des larmes me viennent en écrivant cela, comme je pleurais ce soir-là. Hector serrait ma main dans la sienne et me donnait sa force.

Mes parents m'ont embrassé devant notre cabane. Et je crois bien que malgré ma joie, j'ai eu très peur à ce moment. J'allais me retrouver seule avec cet homme que je ne connaissais pas, et qui pourtant occupe mon esprit tout le temps depuis qu'il est arrivé ici. Ma mère m'a confié une lanterne avant de partir. Elle ne s'est pas retournée.

Nous nous sommes retrouvés seuls avec la lune. Hector souriait toujours, mais pour la première fois, il avait l'air intimidé lui aussi. Finalement, je l'ai pris par la main pour entrer dans notre première maison, là où nous allions rester[57]. C'est une simple pièce carrée au milieu de laquelle se trouve un petit poêle. Il faisait chaud à l'intérieur, ça sentait la nourriture : une chaudière[58] était posée sur le rond[59]. Quelqu'un avait allumé le poêle, sans doute sauvé d'une ancienne maison ou d'une épave. Notre cabane

56 - Sacrée
57 - Habiter
58 - Marmite
59 - Rondelle en fonte du poêle

est toute simple. Il y a une petite fenêtre sur le mur d'un côté. Devant la fenêtre, une petite table. De l'autre côté, un lit de bois. Par terre dans un coin, le harpon d'Hector. La table avait été dressée : deux écuelles de bois en face l'une de l'autre, deux gobelets, une bouteille. Une bougie au centre. Hector l'a allumée à la flamme de notre lanterne. Il a inspecté le poêle qu'il avait lui-même chargé l'après-midi. Il me l'a avoué plus tard, il était dans le secret depuis le début. Le bois crépitait à l'intérieur. Je ne sais pas comment quelqu'un avait réussi à préparer tout ça, alors que tout le monde était à la cérémonie.

Ce premier repas partagé garde encore dans ma bouche le parfum d'un festin. Ma mère avait préparé ce qu'elle appelle sa brioche : une sorte de pâte à pain dans laquelle elle casse un œuf quand elle en a, mélangée avec un peu de mélasse. Le fricot de morue sentait bon. J'y retrouvais tout l'amour de ma mère. Je ne sais pas non plus comment ils avaient réussi à trouver du cidre. J'ai appris plus tard que mon père était allé secrètement faire du troc à Saint-Pierre avec les Anglais. Les risques pris pour nous n'étaient pas à la mesure de la marchandise rapportée. Ma gorge serrée m'empêchait presque d'envaler[60]. Le souvenir de cette sacrée veillée, de notre souper de noce, n'a pas de prix.

Après le repas, nous sommes restés longtemps sans rien dire. Je n'osais plus bouger. Hector avait l'air bien embêté lui aussi. Finalement, il s'est levé et il a cherché quelque chose sous le lit. Il est revenu avec son coffret dans les mains, celui qu'on avait retrouvé dans sa barque. Puis il me l'a tendu.

— C'est pour toi. Il a dit.

Il avait l'air très gêné. Il n'avait jamais montré avant une telle timidité. Dans le coffret, il y avait une substance grise à l'odeur particulière. Pas véritablement désagréable. Il m'a expliqué qu'il s'agissait d'une sorte de caillou qu'on trouve dans le ventre de certaines baleines. De l'ambre, il a appelé ça. C'est quelque chose de très rare qui sert pour les parfums. Il m'a expliqué l'usage qu'on a des parfums à Paris. Je me sens si loin de ce monde. Je ne suis pas sûre que la moindre goutte de ce produit là s'est trouvée un jour sur l'île. Peut-être à Saint-Pierre. Je l'ai remercié. J'ai compris qu'il m'offrait toute sa richesse. Moi, je n'avais rien pour lui. Il a eu un air très embarrassé pour moi, comme s'il regrettait presque de m'avoir mise mal à l'aise en m'offrant son trésor. J'ai souri, il a été rassuré.

Il faudrait que je puisse raconter la suite. Mais je ne peux pas confier au papier plus que les sentiments de ce mariage étrange, la tiédeur de cette cabane qui est devenue ma maison de femme. La cérémonie sous la lune m'a rappelé les histoires que ma mère me racontait sur les premiers chrétiens qui survivaient en cachette, malgré les persécutions des Romains. Nous sommes de ceux-là, résistant tant bien que mal sur notre bout de caillou, luttant contre la méchanceté des Anglais, contre les éléments et bien souvent contre la faim.

Je ne peux pas écrire ce qui s'est passé ensuite cette nuit-là. Je laisse à chacun son propre souvenir d'émotion. Il y a eu beaucoup de maladresse. Il avait l'air rude,

---

60 - Avaler

135

mais essayait de se montrer doux. Il a voulu me prendre dans ses bras pour me porter sur le lit. Mais comme il n'avait jamais connu avant le poids d'une femme, son effort mal mesuré m'a soulagée[61] avec le même élan que son boyart chaque soir. J'ai eu l'impression de m'envoler, ce qui m'a surprise et m'a fait rire aussi. Il ne s'y connaissait pas dans les habits de femmes. Il a cherché comment enlever ma robe. Je sentais son souffle contre mon visage. Je pouvais voir chaque cicatrice de sa joue, tous les endroits brûlés. Au dernier moment, je lui ai demandé de souffler la bougie. Mais la lune nous espionnait derrière la fenêtre. Il y avait une clarté bleue : comme un rêve.

Je crois que j'ai fermé les yeux. Je ne saurais dire si j'étais plus terrifiée d'exposer mon corps que de découvrir le sien. Mais c'est rien à côté de la suite. Je ne savais pas à quoi m'attendre, et c'est pour cette raison que je lui ai permis d'aller au bout. C'est impossible à raconter, et encore plus à écrire. Il n'y a rien d'autre à dire. Je suis devenue une femme. La femme d'Hector Passadieu, cet homme que l'océan a posé devant ma porte, pour mon bonheur. Un bonheur et des sensations que j'ai apprivoisés depuis.

Enora referma le feuillet, ne sachant ce qui prédominait chez elle du malaise ou de l'excitation. Malaise de lire ce que cette femme décrivait sans le nommer. Excitation de la découverte d'un sens qui semblait trouver sa correspondance dans ce qu'elle avait ressenti pour Jean, la seule fois où ils s'étaient parlé. Jean, le fils d'Hector. Elle comprenait mieux dans les mots de Marguerite ce que son instinct lui avait suggéré. Et cette chaleur brutale, qui revenait l'inonder comme une vague, l'obligea à lâcher le cahier comme on lâche un objet trop chaud dont on a mal apprécié la température. Et pourtant, elle ressentait en même temps l'envie de reprendre le fil des mots là où elle les avait laissés. Il y avait ce sentiment coupable d'observer la vie d'une autre sans en avoir la permission. Mais après tout, si cette femme avait livré autant de son intimité, même si elle ne l'avait fait que pour elle-même, elle avait forcément dû envisager que quelqu'un d'autre pourrait lire un jour ces lignes. Et puis, ce cahier était arrivé dans les mains d'Enora par un concours de circonstances tel, qu'il n'y avait qu'une chose à penser : si le hasard avait surmonté tous les obstacles, c'est qu'elle avait un rôle à jouer dans cette transmission. Ce cahier était rescapé d'un naufrage, il avait échappé aux griffes de la portière, et donc de la supérieure, et c'était là le signe le plus manifeste. La bougie finissait de se consumer sur sa table de nuit et un peu de cire commençait déjà à se répandre sur le sol. Il n'y avait plus que quelques minutes de lumière, pas le temps de finir la lecture, pas ce soir-là.

Lorsqu'Enora entendit sonner l'heure des laudes, elle ne dormait toujours pas. Elle n'avait toujours pas pu se détacher des mille images du cahier, de ces sentiments impérieux qui bousculaient les dernières hésitations. L'heure n'était pas encore aux résolutions, mais la résignation des premiers mois commençait à taire sa tyrannie. La révolte grondait dans le corps de la jeune fille, et c'était bien bastant[62] pour emporter la décision. Noël était passé, d'une bien étrange

61 - Soulevée
62 - Suffisant (ancien)

façon. Dehors, il neigeait : il allait encore falloir briser l'eau du puits pour la soupe du matin.

Enora n'attendit pas longtemps pour finir de lire le cahier de Marguerite Passadieu. N'étant pas certaine de pouvoir surmonter une lecture, qui la surprenait tellement dans les réactions qu'elle provoquait chez elle. Elle laissa quand même passer quelques jours avant de la poursuivre, malgré son impatience. Il ne lui avait jamais été donné auparavant d'entrer ainsi dans l'intimité de quelqu'un. L'enseignement des sœurs et sa méconnaissance de certaines choses provoquaient des émotions qu'elle attribuait à une force obscure, qui pour être aussi violente, relevait immanquablement du Démon lui-même. Peut-être fallait-il y entendre les prémices d'un nouveau péché mortel : celui de la chair. Elle comprit alors pourquoi on cherchait à l'éloigner de ce genre de sensations. Car pour être aussi incontrôlable, à prendre ainsi le commandement de son corps, une intercession maléfique était forcément à redouter. Tout en commençant à comprendre, elle ne savait pourtant à quel camp se vouer : la sainteté qui ne lui apportait que frustrations et lassitude, ou la jouissance, qui finalement lui promettait tant sans rien enlever à personne, ni même à sa dévotion.

Il lui fallut un certain temps pour apprivoiser ses mains et le reste de son corps, pour ne plus rougir à chaque pensée coupable, pour enfin oser reprendre la lecture là où elle l'avait laissée. Elle avait dérobé une ou deux bougies au risque de se faire prendre, afin de ne pas manquer de lumière à un moment crucial du récit.

Ayant relu les dernières lignes, qui la troublaient tant, elle fut surprise du changement radical de ton de la deuxième partie, confirmant que la nuit de noces de Marguerite l'avait précipitée dans un bouleversement irréversible.

Jean-Baptiste Seigneuric

VIII

LE COLIS DU BOURREAU

Au lendemain de Noël, j'avais complètement oublié le colis que nous avions ramené de notre voyage à Rennes. La neige tombait encore lorsque nous sommes sortis de l'auberge, le soleil tardait sous les nuages. Pour le déjeuner du matin, nous avions eu droit à un simple bol de vin, dans lequel nous avions émietté un croûton de pain pour deux.

— Viens avec moi.

Mario prit son manteau, enfonça son chapeau sur sa tête et sortit. Je le suivis. Nos souffles gelaient l'air à chaque respiration. Du pas de la porte, il cria à l'intention d'Aliette :

— Apporte-moi la grande bassine, petite. La plus grande !

Dans la cour, il gratta la neige pour retrouver le paquet et utilisa son couteau pour défaire les liens raidis de froid. Aliette arriva un peu plus tard, traînant, plus qu'elle ne la portait, une oule[63] de fonte, dans laquelle elle aurait pu tenir toute entière. Je l'aidai à l'apporter à l'endroit prévu : un simple cercle de pierre qu'elle découvrit sous la couche de neige. Puis elle s'activa seule pour préparer le feu, sans que Pomardini lui ait donné d'autres ordres plus précis. Tout était parfaitement rodé. Je n'avais qu'à suivre le mouvement. Les liens du paquet craquèrent sous le couteau et Mario écarta la toile, dure comme du carton. La première seconde passée, celle où j'ai dû laisser mes yeux analyser ce qu'ils ne comprenaient pas, j'ai senti une coulée de bile monter dans ma bouche par surprise. Il s'en fallut de très peu pour que je ne puisse pas ravaler tout ce dégoût. La nuit avait tout figé dans le givre. Le hasard avait formé une image qui n'était pas sans rappeler un épisode célèbre de la bible : la tête de Saint-Jean-Baptiste sur un coussin. J'avais saisi l'horreur de ce visage supplicié, figé en pleine torture. La mort devait être ancienne, à juger par l'état de dégradation des chairs. Mais le froid avait empêché la putréfaction de continuer plus avant son ouvrage. Malgré cela, les yeux avaient dû se recroqueviller dans le crâne, car sous l'ombre des paupières on ne voyait qu'un trou. Les lèvres étaient dé-chirées et le peu qui en restait donnait par la teinte violacée, un aspect des plus effrayants. En dessous, les dents souriaient une dernière fois en se moquant de ma peur.

J'ai pensé à mon père, tout de suite. Mon imagination me montra son ca-

---

63 - Sorte de marmite

davre, flottant entre deux eaux dans les flancs d'un navire. Des crabes déjà à l'assaut de sa chair. Des algues qui l'entraînaient tout au fond. À ma tristesse venait s'ajouter la terreur, un cauchemar qui me submergeait, l'idée soudaine que je ne pourrais jamais survivre à sa perte. Les premiers instants passés, je tentai de reprendre le dessus. À quatorze ans, j'avais déjà vu des morts dans d'autres circonstances. Mais il s'agissait de morts récentes, associées à l'émotion liée à la perte de la personne qui vivait encore quelques heures plus tôt. Là, il n'y avait aucune empathie, heureusement, simplement le dégoût, le même que j'aurais pu avoir pour le cadavre d'un chien. Pomardini ne disait rien et m'observait en silence. Je regardai la tête bien en face, pour me persuader que celui à qui elle avait appartenu n'était pas mon père. Hector Passadieu était en repos quelque part et son âme avait déjà mérité son salut. Mais il était en même temps impossible d'arracher mes yeux à cette composition et de retenir un terrible haut-le-cœur. Je m'enfuis finalement pour aller vomir un peu plus loin. Terminant de vider mon estomac, j'entendis Mario :

— Dis-toi que c'est un condamné et tu auras moins de regrets pour lui. Tu vois, je pense que c'était un pendu. L'hiver, on les laisse plus longtemps à l'air, car ils pourrissent moins vite. Les corbeaux ont à peine eu le temps de lui manger les yeux.

Lorsque je revins, Pomardini fit comme s'il ne s'était rien passé. Il était accroupi devant le paquet.

— Bougre de cochon ! Je lui avais demandé un crâne et voilà qu'il me donne une tête. Quel beau supplément ! Ça va nous faire du travail en plus. Heureusement qu'on ne nous a pas contrôlés à l'octroi. J'aurais eu du mal à expliquer ce qu'on faisait avec une relique pareille dans nos bagages.

Je ne disais toujours rien, presque certain que si j'ouvrais la bouche trop tôt, mon estomac allait en profiter et me quitter définitivement. Mon courage ne valait guère mieux que mes intestins. Ne restait que ma fierté pour tenir. Pendant ce temps, Aliette avait fini de préparer le feu, elle avait installé un trépied au-dessus. Elle tentait péniblement d'y accrocher l'oule.

— Va aider la petite.

Cette distraction valait toutes les autres. Nous installâmes l'oule à un crochet et Aliette se mit en quête d'un seau pour la remplir avec l'eau de la rivière.

— Reviens ici, maintenant.

La diversion avait été de courte durée. Sous la tête, je pus alors détailler une espèce de coussin racorni de couleur jaune très foncé, presque marron, lui aussi dénaturé par le gel.

— Tu sais ce que c'est ?

— Non.

— De la graisse de chrétien.

J'ai tout d'abord cru, soit qu'il plaisantait, soit qu'il s'agissait d'un terme consacré pour ce genre de substance. Mais, je ne pouvais pas imaginer que ce que j'avais sous les yeux était effectivement ce que Pomardini avait annoncé. L'aspect définitif de cette substance était aussi loin de toute humanité que l'idée que l'on pouvait se faire de la réalité de la chose. Mario arracha la tête à son tapis et la jeta sans ménagement dans la marmite, qui n'était encore qu'à moitié pleine. Aliette en était pourtant déjà à son deuxième seau. Elle jeta un œil au fond du chaudron, juste pour apprécier le nombre de voyages qui lui restaient à faire. Son œil ne cilla pas, elle avait regardé comme s'il n'y avait jamais rien eu de plus surprenant dedans que de l'eau en train de chauffer.

— Il n'y a pas de meilleure graisse pour les préparations que la graisse humaine. Elle a toutes les propriétés pour faire les meilleurs onguents. Elle est très recherchée, même si, comme tu peux l'imaginer, son utilisation et sa collecte sont strictement interdites. Seulement, à la différence de la tête du pendu, sorti de son contexte, ça peut aussi bien passer pour de l'axonge de bœuf ou de porc. Mais je t'assure qu'au final, ça ne donne pas du tout le même résultat.

Pomardini prit une gamelle plus petite dans la remise et la posa au bord du feu. Il dut faire quelques efforts pour découper la graisse en petits morceaux dans le récipient. Il gratta les derniers fragments de gras restés collés à l'emballage : pas question de perdre un gramme d'une aussi rare et précieuse marchandise. Puis il posa la gamelle directement sur les pierres, au coin du feu.

— Il ne faut surtout pas qu'elle brûle, tu comprends ? Elle va se réchauffer tout doucement.

Je remarquai au fond du paquet un autre plus petit : une feuille pliée, pas plus large que deux doigts et épaisse d'autant. Mario poussa un rugissement de satisfaction et s'en empara comme s'il s'agissait de quelque chose de plus précieux encore. La graisse commençait déjà à fondre sur les bords du poêlon, répandant une odeur qui aurait pu être appétissante, sortie de son contexte : celle du lard grillé. Et pourtant, l'idée était simplement écœurante.

— Viens voir par là.

Je me rapprochai. Pomardini déplia la feuille avec précaution. À l'intérieur, une touffe de filaments de couleur bleu-vert aurait pu faire penser à du tabac. Dans cet esprit, il y avait de quoi bourrer deux ou trois pipes tout au plus.

— Tu sais ce que c'est ?

— Je ne sais pas, des herbes spéciales ?

— Mieux que cela... du magister.

Je n'avais bien sûr aucune idée de ce que c'était et encore moins de l'usage qu'on pouvait en faire. Pomardini resta silencieux, comme s'il préparait un effet pour m'impressionner. Je dois avouer que, pour ce matin-là, j'avais déjà eu mon comptant d'émotion.

— Et bien vois-tu celui-là, on n'aura plus besoin de le mettre en cervelle[64] !

Et il sourit de toutes ses dents, me regardant avec l'espoir que j'avais compris sa plaisanterie. Elle était sans doute trop subtile pour moi, car je le regardais bêtement, incapable que j'étais de comprendre son jeu de mots, puisque j'ignorais totalement la nature de ce qu'il tenait dans le creux de sa main.

— Du magister !

— Tu ne sais pas ce que c'est ?

---

64 - De le faire languir.

— Eh bien, non.

— C'est une substance d'une grande valeur puisqu'elle est extrêmement rare. Il s'agit d'une sorte de mousse que l'on peut recueillir en grattant l'intérieur des crânes.

— Des crânes d'animaux ?

— Eh pardi, pourquoi voudrais-tu que je m'embête à aller voir ce mécréant de bourreau, si je n'avais qu'à me baisser pour aller en chercher dans la tête des moutons galeux abandonnés aux coins des champs ?

Il resta encore un instant silencieux, tenant sous mon nez la substance, comme si sa contemplation allait enfin me livrer sa provenance. Pomardini haussa finalement les épaules avant de continuer.

— Ce que tu vois là, c'est la quintessence de l'âme humaine en quelques pincées. Pour obtenir cette quantité, notre ami a bien dû racler quelques dizaines de crânes. On trouve cette mousse sous la voûte crânienne, ou parfois dans l'orbite ou le nez. Il faut que l'os soit bien sec, le mort doit être passé depuis plusieurs années.

J'étais horrifié. Je ne pouvais d'ailleurs pas comprendre à quoi cela pouvait servir.

— À quoi bon ?

— Certaines préparations très spécifiques exigent cette substance, de très petites quantités suffisent. Certains clients demandent parfois d'en consommer en infusion ou en décoction. Ils s'imaginent ainsi s'approprier les vertus des morts dont la substance est tirée.

— Quelles vertus peuvent avoir ces condamnés ! Au mieux des inconnus de la fosse commune, au pire des criminels, des suppliciés.

— Toute la force d'un traitement est dans la volonté d'un malade. Mets-toi bien ça dans la tête ! À toi de stimuler sa crédulité pour qu'il soit sûr d'y croire. Car après tout, ça ne peut pas lui faire de mal.

— Vous y croyez ?

— Et toi, tu y croirais davantage si c'était un de ces messieurs au bonnet carré qui te le disait ? Ou si ce magister provenait d'une des têtes pensantes des docteurs de Montpellier ? Un charlatan en vaut un autre. Je te le répète, moi au moins, je ne les saigne pas ! Et je sais que si ça ne peut pas leur faire de mal, cela peut peut-être leur apporter du mieux.

Il n'y avait rien à attendre de cette discussion. Pomardini maniait le paradoxe avec intelligence et maintenait son ascendant sur moi. Mon jeune cerveau de quatorze ans ne pouvait pas lutter, mais je commençais tout de même à me faire une idée assez précise de lui et à consolider mon jugement. Pomardini replia le paquet, le rangea dans sa poche. J'avais envie d'en savoir davantage.

— Mais qui peut bien avoir envie d'absorber ce genre de chose ? Je suppose que ce n'est pas en place publique que vous faites l'article d'un tel remède.

— Tu le sauras peut-être un jour.

Et il ajouta.

— Si tu cesses de poser des questions idiotes, et de trembler comme une femme chaque fois que je te montre un peu plus à quoi tu te destines. Tu as encore le temps de changer de voie. Maintenant, viens. Il ne faut pas rater le moment.

Muni d'une épaisse cuiller en bois, il entreprit de remuer la préparation de graisse qui commençait à frémir doucement, là où la couche était la moins épaisse. En remuant, des paquets commencèrent à se détacher. Puis tout alla très vite. Bientôt, le mélange fut homogène, Pomardini continuait de tourner sans arrêter. L'odeur de graillon collait aux vêtements. J'avais presque oublié la provenance de cette pâte dorée comme le miel qui bouillait maintenant à grosses bulles paresseuses. Pendant ce temps, Aliette avait tout préparé. Elle finissait d'éplucher trois vieilles pommes aussi ridées que le brave Éloi, celui que nous avions soulagé de sa fluxion. Pomardini prit une autre cuiller en bois, large comme la paume de la main, dans laquelle il y avait de petits trous.

— Maintenant, regarde bien. C'est le premier secret que je te révèle. Une recette fondamentale qui te servira pour une grande quantité de préparations : la pommade.

Pomardini finit de mélanger la graisse. Le volume avait bien dû réduire de moitié par rapport à la quantité de départ. Avec beaucoup de délicatesse, il filtra toute la préparation à travers un morceau de tissu au-dessus d'une terrine remplie d'eau. Mario vida ensuite le poêlon de ses résidus et le remit sur le feu. Lorsque tout fut filtré, il recueillit avec sa cuillère percée la graisse figée qui flottait dans l'eau. Puis il la replaça dans le récipient toujours brûlant. La graisse grésilla. Son aspect était maintenant beaucoup plus homogène et lisse. Mario fit ensuite signe à Aliette, qui jeta dedans les quartiers de pomme, dont elle avait ôté le cœur et les pépins. Elle y ajouta deux citrons épluchés qu'elle tenait dans le pli de son tablier. Pomardini surveillait la préparation avec une attention toute particulière. La fillette lui tendait les ingrédients sur un simple signe, dans un ordre précis qu'elle connaissait par cœur. Il m'expliquait en même temps chaque étape. Il ajouta enfin une mesure de vin blanc et une mesure d'eau-de-vie.

— Tu laisses ensuite roussir les pommes et surtout, ce qui est très important, c'est d'écumer souvent.

En effet, une sorte de mousse blanche se formait régulièrement à la surface de la préparation. Pomardini l'enlevait aussitôt avec sa cuiller à trou et la jetait par terre d'un mouvement sec du poignet. La terre fumait à cet endroit. Les pommes commençaient à devenir d'un jaune très foncé, de la même couleur que la graisse. L'odeur avait changé, presque appétissante, j'en oubliais la tête qui flottait dans la bassine à côté. Pomardini cassa alors une bougie de cire blanche au-dessus de la préparation et l'émietta entre ses mains. Il laissa ensuite fondre le tout jusqu'à ce que la substance soit parfaitement homogène et que plus aucune écume ne se produise à la surface. Entre-temps, Aliette avait préparé un nouveau linge propre au-dessus de la terrine, dont elle avait changé l'eau. Pomardini ramassa avec son écumoire la préparation maintenant épaissie, qu'il déposa avec délicatesse dans le linge tendu au-dessus de la terrine.

— Voilà, c'est presque prêt. Tout le secret est là... ne pas se hâter. Certains te diront qu'il faut écraser pour exprimer la pommade. Moi, je la laisse près du feu pour qu'elle ne fige pas tout de suite et je la laisse filtrer à son rythme. Si tu la presses, tu perds certaines de ses propriétés. Ce soir, nous pourrons recueillir le filtrat dans la terrine. La pommade sera d'une consistance parfaite, tu verras. Ensuite, on y incorpore tous les spécifiques que l'on veut, des arômes, et même des colorants.

Il se redressa de toute sa taille, visiblement satisfait et fier de m'avoir révélé une part de ses talents.

— Tu sauras t'en souvenir ?

— Bien sûr, c'est facile.

— Parfait. N'oublie pas cette recette. Un charlatan sans bonne pommade, c'est comme un aveugle sans bâton. Maintenant, tu surveilles que tout se passe bien et que la graisse ne fige pas trop vite dans le linge.

Puis il ajouta avant de regagner la maison, n'oubliant pas pour autant son sens pratique de l'économie.

— Lorsque tout aura filtré, tu pourras quand même exprimer ce qui restera dans le linge, mais à part. Il n'est pas question de perdre une once de notre travail. Ça pourra toujours servir comme échantillon pour soudoyer une matrone. Il faut toujours avoir de quoi graisser le marteau d'une porte[65].

Puis il disparut à l'intérieur, nous abandonnant avec Aliette. La fillette commençait déjà à ranger, soulevant par moment le linge pour s'assurer que la filtration se déroulait comme il convenait.

— Tu vois, c'est facile.

Elle ne semblait pas craintive à l'égard des produits utilisés et j'imaginai à cet instant qu'elle n'en connaissait pas la véritable origine. Elle se mit ensuite à touiller la préparation du crâne qui finissait de cuire dans la grande marmite : là, il n'y avait aucun doute sur ce qu'elle préparait. Rien ne semblait l'étonner : ça n'avait pas d'importance pour elle. Elle me regarda en souriant.

— Tu sais, il ne faut pas t'inquiéter. Après tout, ils sont morts. Autant qu'ils servent à quelque chose.

La neige s'était remise à tomber, le chaudron fumait, la graisse en train de filtrer fumait elle aussi. Une odeur de bouillon gras commençait à se répandre. Aliette et moi étions deux sauvages en train d'accommoder leurs congénères. Mon estomac repartit en révolte. La seule chose qui m'empêcha de m'enfuir en courant à cet instant, c'était la tranquillité de la fillette, qui malgré son jeune âge me coiffait de son expérience.

Je n'ai pas assisté à la suite de la préparation de la tête du supplicié. Je ne sais d'ailleurs qui l'a réalisée. Mais le soir même, Pomardini m'entraîna après le dîner dans la remise. Il faisait très froid, très sombre, mais ce genre de détail ne semblait jamais être en mesure de contrarier ce qu'il avait décidé. Il me montra, à la lueur d'une lanterne, le fond de la terrine où il préleva la pommade préparée le matin. Si je n'avais pas su sa véritable origine, je l'aurais volontiers trouvée

65 - Payer afin de pouvoir entrer quelque part.

d'aspect particulièrement onctueux et régulier. Mario y trempa un de ses doigts pour l'éprouver.

— Donne ta main.

Je ne pouvais imaginer d'entrer en contact avec cette substance.

— Donne ta main! Il va vraiment falloir que tu te décides à mettre de côté tes préjugés.

Je ne bougeais pas.

— Donne ta main! Quand tu manges un morceau de lard, tu ne te demandes pas si tu connaissais le cochon qui est mort avant de finir dans ton assiette?

Pomardini porta son doigt tout gras de la préparation à sa bouche et fit mine de s'en délecter.

— Et je ne te demande même pas d'en manger! Juste d'apprécier le contact.

Je tendis finalement ma main. Pomardini déposa la valeur d'une noisette sur le dos de ma main.

— Tu vas voir si ce n'est pas de la bonne camelote que nous avons préparée.

J'ai étalé la pommade sur ma peau. L'onguent était lisse et fluide, juste comme j'imaginais qu'il fallait qu'il fût. Pomardini avait l'air satisfait. Il prit une autre terrine sur une des étagères et un bocal. Il entreprit de remplir la nouvelle terrine avec une première couche de pommade dans le fond, puis la tapissa d'une couche de pétales de roses. Il répéta l'opération jusqu'à ce qu'il ait placé toute la préparation à parfumer.

— Vois-tu, l'essentiel d'un bon produit est non seulement sa texture, mais aussi son parfum. Dans quelques jours, nous aurons la base idéale pour préparer nos médecines. Ensuite, pour les spécifiques, il n'est plus question que de dosage. Il n'y a pas une pommade plus réputée que la mienne sur toute la Bretagne. Et maintenant, regarde.

Je me souvins à cet instant d'une petite miniature, qui se trouvait sur un des murs du bureau de la supérieure à Saint-Malo. Cette simple peinture terrifiait mon imagination de jeune garçon. J'appris plus tard ce qu'était une vanité. Ce que Pomardini dévoila pour moi alors, à la lueur de la bougie, était le modèle de cette peinture qui m'avait déjà valu quelques cauchemars saisissants. Il souleva un petit linge que je n'avais pas remarqué sur une caisse de bois. L'os était bien blanc, tout net, comme celui d'une baleine. J'avais vu dans mon enfance certains habitants de l'île aux chiens le sculpter parfois par désœuvrement. Le crâne avait été complètement nettoyé de tous ses muscles, nerfs et vaisseaux. On avait vidé les orbites, raclé le tour des dents, lavé toutes les imperfections. Il était posé sur un très vieux dessin de crâne, annoté à la main dans tous les sens. Juste à côté, un épais volume relié en cuir, de plusieurs centaines de pages au bas mot.

— Voilà ton premier exercice. Tu sais lire?

— Oui, un peu, le latin.

— Le latin, le français! Ce sont les mêmes lettres. Mais oublie le latin, je te le dis pour la dernière fois. C'est le langage des obscurs qui veulent garder pour eux une science qu'ils ne maîtrisent pas. Comme ça, personne ne viendra un jour leur reprocher de s'être trompés. Passe encore pour les prêtres, je leur laisse le bénéfice du doute, mais pas pour les sciences.

Il prit le livre à côté du crâne et le rangea précieusement. Il n'aurait pas eu plus d'égard s'il s'était agi des Saintes Écritures. Puis, il me désigna le dessin du crâne.

— Voilà où tu apprendras. Tu as la base…

Il soupesa le crâne dans sa main, comme pour en évaluer le poids.

— Et tu as la façon de t'en servir. Tu as de la chance, celui-là, il lui reste encore pas mal de dents. Tu pourras t'entraîner dessus. Mais avant, apprends toutes les parties et les endroits que tu vois inscrits sur ce dessin. Lorsque tu sauras ça, tu seras plus savant que tous les imbéciles de Montpellier ensemble.

C'est ainsi que commença l'enseignement de Mario Pomardini. En ce qui concernait la pommade, il m'avoua plus tard qu'il était possible d'en réaliser une pas trop mauvaise avec de l'axonge animale, si la graisse de chrétien me dégoûtait trop. Mais il veillait toujours à la perfection, et il n'avait pas connu une année depuis son installation en Bretagne sans qu'il aille chez son fournisseur, récolter cette matière première essentielle à son art et à sa renommée. Il ne s'encombrait jamais de précautions, me parlant d'homme à homme, ne jugeant pas que mon âge méritât quelque précaution supplémentaire. Je le remercie aujourd'hui de m'avoir traité ainsi, m'évitant de m'apitoyer sur mon sort. Au fond, il restait encore quelqu'un sur cette terre pour me considérer.

L'hiver se fit plus rude et la fin de l'année le vit mordre nos joues plus âprement que jamais, mais sans atteindre jamais les rigueurs de Saint-Pierre. Le froid nous garda plus longtemps à l'intérieur que Mario l'aurait souhaité. S'il n'y avait pas de tournée, l'argent ne rentrait pas. Mais malgré ses inquiétudes, il devait posséder quelques réserves, car la disette ne s'invita jamais à notre table. Il était aussi bon gestionnaire que bonimenteur. J'avais donc un nouveau compagnon comme il l'appelait : ce crâne, qui fort heureusement avait perdu toute humanité à la cuisson. Si les premières manipulations avaient été passablement délicates, j'en avais finalement pris l'habitude. Et lorsque mon ouvrage me le permettait, j'explorais les reliefs de cette anatomie à la lumière du fameux dessin qui mettait des noms sur chaque creux et relief. Parfois, le soir après le dîner, Mario m'interrogeait assez rudement sur telle ou telle partie. Tant et si bien que je finis par garder le crâne avec moi dans la maison, près de ma paillasse, de manière à l'étudier le plus souvent possible, jusqu'aux derniers détails.

Pomardini avait décidé de continuer l'enseignement des sœurs et je dois dire que cette activité me satisfaisait davantage. Ma mère m'avait donné quelques rudiments d'écriture sur notre île, mais c'était si loin. À *La Maison de la Providence*, nous étions plutôt livrés à nous-mêmes. Mais les connaissances de cet homme rude et grossier au premier abord s'avérèrent précieuses. Après tout, il était bachelier et il aurait pu, à une erreur de jeunesse près, finir avec le titre si convoité de docteur en médecine. Docte, il l'était assurément et son sens de la pédagogie éclairait d'autant ses nombreuses qualités humanistes.

Lorsque le vent soufflait dehors et que la neige s'amoncelait devant la porte, lorsqu'il n'était même pas envisageable d'aller à la remise pour quelque préparation, nous nous asseyions avec Aliette de chaque côté de la table et le maître donnait à chacun ce qu'il appelait *ses exercices*. En réalité, il s'agissait de reproduire sur des lignes entières des lettres qu'il avait tracées lui-même à l'encre en début de page. Mais pour nous, il n'était pas question d'écrire à l'encre. Le liquide semblait dans cette maison plus précieux que de l'or. Un simple bâton dont nous faisions charbonner la pointe avant de la tailler était suffisant pour nos devoirs. L'objet friable doublait la difficulté de notre travail. Lorsque la lettre était bien maîtrisée, nous passions à une autre.

Puis vinrent les mots, la lecture du français et toutes les connexions qui permettent de passer de l'un à l'autre se déliaient simplement sans que jamais la tâche ne paraisse difficile ni ingrate. Il profitait de nos cerveaux jeunes et avides pour développer l'intelligence de son savoir qui coulait sur nous comme une source vive, semblait-il intarissable.

Un soir que je commençais à bien maîtriser la chose, et où il sentit que je me libérais du carcan latin, il m'offrit une sorte de cahier, simplement quelques feuilles cousues entre elles. Il ajouta une petite fiole d'encre et une plume taillée en biseau. Cela avait son prix, mais n'était pas complètement gratuit.

— Voilà ton cahier de mémoire. Tu inscriras tout ce que tu crois connaître, tout ce que tu auras appris, tu dessineras la forme et le nom des herbes que nous utilisons. Tu noteras chaque recette.

— Pour ne pas oublier.

— Pour ne pas oublier, et pour transmettre aussi. Ce savoir que je te donne n'a qu'un seul prix. Tu ne dois retenir qu'une chose : mes connaissances, je te les prête. Elles ne t'appartiennent pas. Pas plus qu'elles ne m'appartiennent, elles font partie du savoir que nous partageons depuis des générations, accumulant le poids des connaissances contre la maladie, contre les injustices des hommes. Et n'attends pas d'avoir la mort entre les dents pour t'assurer que quelqu'un pourra recevoir tous tes secrets et se montrer digne d'eux.

La phrase était solennelle et c'est la première fois que je sentis chez lui une sorte d'inquiétude ou de doute. Quelque chose de subtil qui flottait, comme s'il avait mis dans ce legs davantage d'émotion qu'il avait voulu en laisser paraître. Je pris cela comme un compliment puisque pour la première fois, il exprimait d'une certaine façon l'idée que j'étais digne de son savoir et de sa confiance. Le soir même, lorsqu'il fut couché, je m'installai avec mon nouvel attirail. C'est à cet instant que je compris que la pointe charbonneuse était bien moins difficile à manier que l'encre. Je m'exerçai tout d'abord sur un morceau de feuille. Puis, après quelques secondes d'hésitation, j'écrivis sur la première page du cahier mon prénom et mon nom : *Jean Passadieu*. J'inscrivis dessous, bien au milieu de la page d'une écriture toute droite et fière : *Charlatan*. Et plus bas encore, je conclus pour que nul ne me confonde jamais avec un autre : *de Saint-Pierre*. Une tache d'encre tomba pour sceller cet acte.

De l'autre côté de la page commençait donc officiellement le cahier. Et comme je n'avais pas d'idée, mais qu'il fallait un début, j'inscrivis *1726*. Puis je notai la recette qu'il m'avait montrée le matin même : celle d'une préparation qu'il appelait *du blanc pour la face*. C'était une sorte de crème dont il s'enduisait le visage avant les représentations. La recette se résumait ainsi : *prendre des coquilles d'œufs séchées dont on a ôté la peau. Les mélanger à une pommade avant de s'en servir.* C'était bien la recette la plus simple et la plus anodine qui soit, mais sur le moment, je n'avais pas d'autre idée, et je n'imaginais pas aller me coucher sans avoir noirci quelques lignes du précieux testament. Mais mon application de moine me prit de longues minutes. J'étais bien innocent pour le commencer ainsi, mais je n'envisageais pas ça d'une autre manière, tellement j'avais été transporté par l'exorde de Pomardini.

Ce premier hiver passa à préparer nos remèdes, comme on fourbit ses armes. J'apprenais chaque jour de nouvelles techniques et de nouveaux mélanges. Pomardini me montra la petite essence qu'il m'avait proposée le premier soir de notre collaboration forcée, pour soulager la douleur de ma dent. C'est ainsi que j'écrivis la deuxième recette de mon cahier. *Pour faire essence de girofle, prendre quatre onces de girofle concassé et les mettre à infuser dans de l'eau-de-vie avec deux pincées de poivre en poudre.* Je demandai à mon maître combien de temps il convenait de faire infuser la préparation et il me répondit :

— L'espace d'un long temps.

Il me demanda plusieurs fois de lui montrer quelle était la substance que je gardais avec moi et que j'avais mâchée, ce même premier soir. Au bout de plusieurs refus, il me menaça de ne plus rien me montrer si je n'accédais pas à sa demande. Je sortis donc du fond de mon sac la petite boîte et lui montrai les feuilles séchées, qui semblaient tant l'intriguer. Avec le temps, elles avaient fini de sécher et de se mélanger. Elles étaient méconnaissables. Elles avaient vraiment une pauvre allure. Pomardini, qui était tout d'abord très excité de pouvoir enfin percer mon secret sembla perplexe devant ce buisson misérable qu'il découvrit au fond de la boîte. Puis, avec d'infinies précautions, il cueillit une feuille presque intacte et l'observa longuement, essaya de la passer dans la lumière, finit par la sentir et la broyer entre ses doigts, sans pouvoir y reconnaître le moindre indice qui aurait pu le mettre sur la voie de la reconnaissance. Finalement, il eut l'air encore plus déçu que lorsque j'avais refusé de lui montrer mon trésor. Il imaginait le potentiel de cette plante, mais ne pouvait la reconnaître ; il ne savait même pas si elle poussait dans nos contrées. Il me demanda ce que nous en faisions dans notre lointain pays. Je lui avouai que je ne le savais pas très bien moi-même. C'est ma mère qui en tenait le secret de la sienne. Elle était utilisée sur l'archipel de plusieurs façons et très souvent contre la douleur. C'est pour cela que j'avais frotté ma gencive avec. Comme il ne restait que très peu de matière, Mario renonça à me proposer de l'incorporer à une potion ou en faire un hydrolat dans de l'eau-de-vie.

— Garde ce qui reste, peut-être qu'un jour, quelqu'un de plus savant que moi pourra te dire de quelle plante il s'agit. Ce jour-là, tu devras l'utiliser. Et je suis pratiquement sûr qu'en la mélangeant à mon huile de girofle, nous pourrons faire un remède encore plus puissant.

C'était son idée de la science, conjuguer les vertus des principes dans les préparations. Son empirisme avait le mérite d'être sincère et raisonné. Je rangeai la boîte, sans penser vraiment qu'un jour une telle occasion se présenterait. D'ici là, il y avait fort à craindre qu'il n'y aurait plus que de la poussière au fond de ma boîte, définitivement inutilisable.

Le printemps vint, puis l'été. Nous reprîmes les voyages et notre mission humanitaire. Nous étions souvent en déplacement, sillonnant une partie de la Bretagne. Pomardini dispensait son art et ses talents, et moi je m'efforçais de me les approprier. Il suivait un trajet régulier, passant à des dates choisies aux endroits où il avait obtenu certains succès l'année précédente. Il ne manquait jamais de me rapporter telle ou telle anecdote pittoresque. Telle guérison miraculeuse, et inespérée… Si par mégarde, il se trouvait un bourg où l'accueil n'était pas jugé à la mesure de son talent ou trop hostile, nous supprimions définitivement la bourgade de nos itinéraires.

Généralement, l'ordre de marche était le suivant : nous tracions une ligne droite dans une direction, nous arrêtant dans les bourgs que Pomardini connaissait. Lorsque nous arrivions à la moitié de notre réserve de marchandise, nous reprenions le chemin des *deux perdrix* par une autre route, visitant d'autres villages. La plupart du temps, il ne nous restait pratiquement plus rien à vendre à la fin du voyage. Et en contrepartie, nous avions quelques sous en poche, une fois soustraits les frais de logement et de bouche du voyage. Il n'avait jamais été question d'un quelconque intéressement pour moi. Ma seule compensation était l'enseignement que je recevais au jour le jour. J'avais pu, pour la première fois, me badigeonner le visage du blanc que j'avais confectionné moi-même, et dès la deuxième fois, je ne pensais plus à l'origine de cette pommade qui rendait la peau douce et parfumait agréablement l'air alentour.

Malgré une année très difficile pour les paysans, Pomardini exploitait en habile commerçant la maigre élasticité de leurs ressources, compensant la modestie des coûts proposés par la quantité des achats consentis. À la fin du printemps, nous pûmes nous acheter un vieil âne. Il nous donnait plus fière allure qu'avant : deux bagnards traînant leur fardeau pour gagner leur pain. La route en était d'autant plus facile et nous avancions d'un meilleur pas, progressant plus loin dans les terres et vers la mer, parfois. L'âne ne nous coûtait rien puisque, là où nous allions, il se trouvait toujours un endroit pour le laisser à paître, dans un champ ou une prairie. Il buvait indifféremment à une fontaine ou au ruisseau, et c'était certainement le plus sobre d'entre nous. Il portait une clochette autour du cou, suspendue par un collier de velours or et rouge, aux couleurs de Pomardini. Son petit tintement guilleret nous précédait dans les villages comme notre réputation. En ces temps de misère, l'attraction que nous représentions et l'espoir d'un quelconque soulagement attiraient rapidement les curieux autour de notre estrade. Nous les amusions, les surprenions et Pomardini faisait finalement nombres d'entre eux des clients reconnaissants de ce que nous leur apportions, et fidèles le plus souvent.

J'étais un assistant de plus en plus efficace ou un complice des plus crédibles, selon les choix que nous faisions en fonction des endroits visités. Je devins un expert en botanique, comme Pomardini aimait à l'annoncer. Je reconnaissais la plupart des plantes : belladone, jusquiame, genièvre et autres substances essentielles à notre pharmacopée. J'excellais dans l'anatomie du crâne humain et Mario m'avait même prêté une fois la pince avec laquelle il extrayait les dents pour que je m'entraîne en grandeur naturelle. Il avoua que je ne maniais pas trop mal l'instrument et qu'un jour sans doute, lorsque la barbe me serait venue au menton et que j'aurais un aspect plus docte et plus crédible, je pourrais moi aussi jouer le premier rôle sur les tréteaux. Mon cahier se remplissait progressivement de secrets, de dessins de plantes et de l'usage qu'on pouvait en faire. Aliette m'aidait souvent dans mes travaux, comme une sœur, toujours à mes côtés, discrète mais vigilante. La vie semblait établie ainsi *Aux Deux Perdrix*, et j'avais presque renoncé à percer le mystère de notre hôtesse qui mettait tant de soin à ne pas se manifester. Il m'arrivait parfois de penser qu'elle n'existait pas véritablement. Mais certains bruits en cuisine, ou les rumeurs des accouplements de Pomardini attestaient le contraire. Les mois passaient et les saisons se succédèrent sans que rien de particulier ne vienne illustrer de manière notable ni exceptionnelle ce qu'était devenue ma vie. J'avais fini par oublier doucement mon chagrin et ma solitude. Le destin, qui jusqu'alors m'avait plutôt secoué, s'était apaisé comme un chat au coin de l'âtre. Je sentais mon corps se développer et ma force en même temps. Ma dextérité et mon application donnaient pleine satisfaction à mon maître. Et même s'il restait le plus souvent très avare de compliments, je voyais bien que lorsqu'il m'observait en coin, il paraissait content. Et c'était ma meilleure récompense.

Au début de l'été, nous passâmes à Saint-Malo, je venais d'avoir quinze ans. Il n'y avait bien que la peau lisse de mes joues qui me différenciait à présent d'un adulte. Et peut-être aussi le sentiment persistant qu'étant le seul survivant de ma famille, il me restait encore tout à construire. C'était pour moi un évènement en quelque sorte, puisque je renouais avec mon passé. En arrivant, je reconnus l'aspect des ruelles, mais avec une teinte de pauvreté et de lassitude aggravée qui marquait les visages et l'allant des marchands.

Nous montâmes nos tréteaux près des remparts, à l'ombre du château, car le prévôt n'avait pas accepté que nous entrions plus avant dans la ville. Il y avait plusieurs prétextes à cela et notamment les conditions de sécurité qu'il ne pouvait assurer complètement intra-muros. Un charlatan et quelques camelotiers avaient été malmenés le mois précédent. On ressentait nettement dans cette grande ville, l'évolution pernicieuse que les taxes et la misère avaient progressivement infligée. Dans les campagnes, on la ressentait moins, car les paysans arrivaient encore à produire de la terre le nécessaire à leur quotidien, réduisant au maximum leurs dépenses, et souffrant moins de la disette. On entendait grogner contre le roi, ce qui du temps du Roi-Soleil ne serait jamais arrivé, et du moins pas ouvertement, en pleine rue, comme j'avais pu l'entendre à Saint-Malo cette année-là. Les rues étaient plus sales, les mendiants plus nombreux, assis un peu partout à même le pavé. Des vieillards, des femmes avec leurs enfants. J'imaginais facilement l'affluence à *La Marmite des Pauvres*, dans ces heures tristes.

Nous installâmes notre estrade à l'endroit autorisé. J'étais, ce jour-là, dans le rôle de l'assistant et j'avais donc masqué mon visage de blanc et revêtu mon habit. Au roulement du tambour, quelques curieux vinrent à notre rencontre. Il y avait peu de chances qu'on reconnaisse les mêmes compères : le volontaire malheureux et mutilé devenu assistant de l'opérateur ambulant ! Pomardini jetait des regards de droite et de gauche tout en débitant sa litanie, guettant la foule qui en temps normal aurait dû s'amasser autour de nous. Définitivement, on ressentait la cruauté de ces heures pour le royaume.

Mario commença enfin, décidé à montrer le numéro avec la vipère, qu'il estimait le plus impressionnant. Inutile de faire couler le sang, qu'il soit humain ou que ce soit celui d'un cochon. Il fallait assurer la recette. Et peut-être que la superstition, liée à notre expérience passée dans cette ville, nous avait enclins à ne pas reproduire à l'identique la mise en scène de la première fois. Avec le serpent, les réactions étaient vives et le public n'hésitait pas à commenter la taille de la bête. Parfois, on demandait à l'observer, de manière à s'assurer qu'il s'agissait bien de l'animal venimeux et non de sa placide commère, la couleuvre. On avait beau se trouver à la ville, on ne trompait pas ainsi le public.

Ce jour-là, nous eûmes l'impression que la passivité était le mot d'ordre autour de l'estrade, comme si la peste grondait tout autour et que nous étions le seul refuge, pourtant bien illusoire. Il n'y avait pas de peste à Saint-Malo, mais simplement la pauvreté, tout aussi contagieuse et incontrôlable. Même les jeux de mots et les tours du chien n'arrachaient aucune exclamation, aucune réaction. Les badauds portaient eux aussi leur masque, celui de la fatigue et de la privation. J'ai même cru un instant que Pomardini allait arrêter sa démonstration en plein milieu, craignant que nous ne tirassions pas grand-chose de nos efforts.

Je me trompais en partie, nous ne l'apprîmes qu'après. La désolation n'était pas la seule cause du désenchantement. Un charlatan était passé quelques semaines plus tôt. Il se disait opérateur pour les yeux. Il avait entrepris, sur son estrade, d'abaisser la cataracte d'un malheureux qui se plaignait de ne plus voir assez. L'homme était jeune et travaillait sur les navires. Lorsque le charlatan eut opéré le marin, dans des conditions qu'on rapporte assez terribles et douloureuses, il montra à l'infortuné un verre d'eau et un verre de vin et lui demanda de distinguer l'un de l'autre. C'était pour le charlatan le gage de la réussite de son opération. À cet instant, le pauvre homme se tenait la tête de douleur et un sang mêlé de larmes coulait sous la paupière, qu'il avait du mal à garder ouverte.

La violence du traitement qu'il venait de subir n'avait pas encore suffisamment entamé sa naïveté, car il regarda longuement et à grand-peine les deux verres qui attendaient son verdict, à la lumière du soleil. Finalement, il réussit à distinguer l'un de l'autre. L'opérateur voyant confirmée sa dextérité, lui prescrivit quantité de soins et lui assura une prompte et rapide guérison : il retrouverait dès le lendemain la vision de ses vingt ans. Le soir même, le charlatan avait plié bagages. Le lendemain, le malheureux toujours aussi candide et se croyant guéri grimpa aux haubans d'un galion qu'on affrétait dans le port. Mais comme il n'y voyait que d'un œil, aveuglé en outre par le soleil, il perdit sa prise, glissa, et s'écrasa sur le pont vingt pieds plus bas, devant le contremaître. La nouvelle avait vite fait le tour de la ville, et on attendait le prochain opérateur pour lui montrer ce que les Malouins pensaient de ce genre de chirurgien. Nous ne savions pas cela, et je pense qu'en connaissance de cause, nous nous serions épargné un tel risque.

— Hé, toi là-haut, qu'est-ce que tu fais avec ton serpent ? On veut voir une opération.

Pomardini n'avait pas l'habitude d'être interrompu en pleine démonstration. Mais comme il ne sentait pas les choses depuis que nous avions commencé, il s'arrêta tout de même, pour s'intéresser à un bonhomme ventru et sale comme un cochon, qui nous regardait appuyer sur notre estrade avec un œil mauvais.

— Et quoi, bonhomme, souffres-tu d'une colique, pour avoir l'air si hagard ? J'ai de très bonnes infusions pour toi.

L'autre ne montra aucune réaction.

— Moi, ce que je veux voir, c'est une opération ! Tu sais faire ça ?

Au dernier rang de la foule, loin derrière les visages fermés, un autre plus doux avait attiré mon attention. Je plissais les yeux pour le reconnaître avec certitude. Elle portait la robe conventuelle. Balbine venait de s'arrêter au dernier rang de la foule et ne me quittait pas des yeux, hésitant à me reconnaître. Elle n'avait pas changé, mais je pense que ma physionomie et surtout le masque blanc qui cachait mon visage lui laissèrent un doute. Entre-temps, quelques hommes de la foule, venus en renfort du premier grotesque, s'étaient mis à interpeller Pomardini avec plus de virulence. Mario se défendait de faire la moindre chirurgie. La vipère, toujours coincée entre ses doigts, s'impatientait et crachait sur la foule.

— Le dernier de ton espèce qui a osé venir jusqu'ici est parti comme voleur. L'un des nôtres est mort juste après une opération qu'il a pratiquée.

— C'est vrai, assez de boniments !

— Je ne fais pas de chirurgie. Je ne vends qu'onguents, pommades et tisanes. Rien que des médecines naturelles pour préserver la santé.

Cet aveu sembla ramener le calme dans l'assistance. Balbine venait de me reconnaître et je pouvais lire dans ses yeux une connivence qui passait au-dessus des têtes, comme si elle s'apprêtait à me parler.

— Remballe tes affaires et ton bouffon et rentre chez toi, mécréant ! On ne veut pas de toi ici.

La menace lancée, la foule était devenue incontrôlable. Les forcenés s'étaient approchés de l'estrade et commençaient à la secouer comme pour la démonter. Mais l'effet immédiat risquait surtout de nous faire choir. Un caillou gros comme une pomme atterrit sur les tréteaux en roulant. Balbine tentait de se maintenir dans le flot des hommes en colère qui secouaient dangereusement notre édifice comme un frêle bateau. Pomardini me regarda du coin de l'œil. Il me fit signe et d'un ample mouvement du bras, il lança le serpent dans la foule.

Sachant qu'il ne pouvait plus rien contrôler et qu'au risque de s'attirer une haine encore plus farouche, il préférait semer le désordre et la confusion, espérant que cela nous laisserait le temps de fuir avant de nous faire étriper. Le pauvre animal vola pour la première fois de sa vie, sifflant et crachant par-dessus la foule. Le temps sembla s'arrêter malgré les cris. Les badauds se bousculaient en tous sens et hurlaient.

— Démon !

— Charlatan !

— Démon !

Pomardini avait déjà sauté de l'autre côté de l'estrade. Je lançai un dernier regard à l'opposé, avant de sauter à mon tour. Je ne pus retrouver le regard de Balbine, sa mince silhouette grise se confondait avec la marée humaine, prête à tout l'instant d'avant et fuyant maintenant en désordre devant un malheureux serpent inoffensif. Mais cela, ils ne le savaient pas. Entre-temps, le prévôt, alerté par les cris, était venu avec deux hommes pour disperser les fauteurs de trouble, n'ayant pas plus de considération pour nous que pour nos assaillants.

— Remballez ! Dépêchez-vous ! Qu'on ne vous revoie pas par ici.

Le serpent avait été promptement piétiné et l'on revenait de plus belle nous faire notre affaire. Les gardes nous protégèrent tandis que nous démontions. Tout fut chargé en quelques minutes sur la charrette et nous nous mîmes en route, soutenant chacun un bras, à la grande surprise du vieil âne que nous tirions presque, tellement nous étions pressés. Nous repartions sans blessure et sans perte, ce qui était déjà une chance inouïe, compte tenu de ce qui aurait pu se passer. Saint-Malo était pour nous ville interdite. Mais, Saint-Malo était devenue pour moi la ville où il me faudrait revenir. Le hasard n'était pour rien dans cette rencontre, je devais revoir la jeune femme.

De retour *Aux Deux Perdrix*, nous rangeâmes la charrette. L'âne retourna au pré, les médecines dans la remise et Pomardini déclara que nous allions relâcher quelques jours, échaudé par cette mésaventure. Et moi, je me pris à réfléchir à la manière dont j'allais pouvoir retourner là-bas. Il n'était pas imaginable qu'un garçon de mon âge fasse un tel voyage seul. Et il n'était pas question que j'en parle à Pomardini. J'avais la sensation que cette échauffourée l'avait secoué, et pour la première fois ébranlé dans ses certitudes. Ce n'est que quelques semaines après cet incident, qu'un paysan nous raconta l'histoire de l'opérateur pour les yeux, qui nous avait précédés dans la cité. Même s'il était persuadé que sa renommée n'était pas mise en doute par ce qui nous était arrivé là-bas, Mario avait reçu l'affront de plein fouet. Comme s'il venait de se rendre compte qu'il commençait à décliner.

Ce qui arriva rapidement. Il montrait moins d'entrain à la tâche, restait souvent taciturne et passait de longues heures à fumer contre le mur du cimetière, sans rien dire, parfois sous la pluie et le vent, attendant d'être trempé avant de rentrer. Aliette ne disait rien, et moi je m'efforçais de lui obéir avec le plus de fidélité possible, pour ne pas le contrarier davantage. L'été passa bien vite et nous nous contentâmes de quelques visites dans les villages voisins pour nous assurer le nécessaire, comme si mon maître avait peur de s'aventurer plus loin. Ce tournant, qui avait été amorcé, nous amena jusqu'à l'automne qui nous surprit sans prévenir. Les quelques représentations que nous donnions suffisaient à peine à l'entretien de notre table. La situation se dégradait doucement, sans que personne ne s'en inquiétât. L'hiver vint, nous fîmes de maigres provisions. Il n'y eut pas de courses chez le bourreau de Rennes cette année-là. Il n'y eut pas de messe de Noël. Et aux dires d'Aliette, c'était bien la première fois. Cette déchéance soudaine nous affectait tous, puisque le chef de la maisonnée désertait son poste et que personne ne pouvait encore le remplacer. Le navire coulait et Mario se contentait du minimum pour le maintenir à flot, écopant timidement, à peine pour éviter le naufrage. Le petit chien mourut ce même hiver. Ce qui nous inquiéta le plus, ce n'était pas le fait que Pomardini n'en conçût pas un grand chagrin, mais bien qu'il décidât de ne point en reprendre un autre.

Il nous arrivait parfois de ne pas quitter les *Deux Perdrix* pendant plusieurs semaines, même par beau temps. Mario partait parfois à dos d'âne à la ville la plus proche. Il en revenait avec une gazette, qu'il lisait avec une sorte de nostalgie. Sans qu'il l'admette ouvertement, Paris lui manquait. Et il devait regretter avec amertume d'avoir quitté la capitale où apparemment, d'autres, plus perspicaces, avaient mieux réussi que lui. C'est ainsi que naquit pour moi cette fascination pour la grande ville et que s'échafauda le plus extravagant des stratagèmes. Il ne me fallut pas longtemps pour prendre ma décision : dès les premiers beaux jours, je partirais pour Saint-Malo. Enlever Balbine aux griffes des sœurs de la Providence ne m'apparaissait pas comme un exploit insurmontable. Nous partirions ensuite ensemble pour Paris, où je ferais fortune… assurément. Mon jeune âge et mon exaltation ne me laissaient aucun doute sur la réussite de tels projets. Il me fallait l'annoncer et je ne savais trop comment m'y prendre.

Mais le destin, ayant entendu ma détermination, vint apporter sa contribution une nuit de vent, un vent glacial qui passait sous la porte et par la cheminée. C'était au début de 1727. On frappa à la porte. Des coups de poing empressés. Réveillé d'un coup, j'étais terrifié. Mais avec le souffle de la tempête, j'étais le seul à entendre. Un fou furieux s'acharnait et criait derrière la porte :

— Maître Pomardini, on vous demande de toute urgence ! Réveillez-vous ! Maître Pomardini !

IX

Jean Passadieu

Lorsqu'Enora reconnut Jean sur l'estrade du charlatan, elle eut une grande difficulté à imaginer que cela puisse être lui. Comment avait-il pu arriver là ? Mais cette question était sans importance. La certitude de l'avoir reconnu, malgré son étonnant maquillage, était suffisante. La vague de sentiments qui l'avait bousculée comme la foule en colère ne laissait aucun doute. Et cela, malgré les mois qui avaient passé depuis qu'il avait quitté *La Maison de la Providence*. Car elle avait toujours gardé près d'elle l'espoir secret de le revoir un jour, nourrissant ce vœu de la lecture régulière d'un texte terrible, qu'elle connaissait maintenant presque par cœur, comme une nouvelle bible. Leurs regards s'étaient à peine croisés quelques instants. Et le sort qui semblait s'acharner contre eux les avait séparés une nouvelle fois. Pour combien de temps encore, alors ? Même si Enora était certaine que ce n'était que provisoire, elle eut bien du mal alors à maîtriser ses émotions avant de rentrer à la pension.

Le soir même, elle relut les dernières pages du cahier comme une prière innocente à qui voudrait bien l'entendre.

Automne 1710. Je ne saigne plus depuis plusieurs semaines, et je sens que ma mère a deviné. Je suis bloquée[66]. Je l'annonce à Hector. Il n'a pas eu l'air surpris ni content, d'ailleurs. La paternité, pour lui, ne semble qu'une affaire matérielle. Et il est vrai que, sur notre petit bout d'îlot, une bouche de plus à nourrir n'est pas à prendre à la légère. Mais il se montre bien plus vigilant qu'à paraître : il ne laisse voir ni son inquiétude ni sa fierté de devenir père. Tout en organisant l'arrivée de l'enfant, il faut aussi faire en sorte que la nouvelle ne se répande pas, ni à Saint-Pierre ni plus loin. Nous sommes à peine tolérés ici. Je pense que si les Anglais apprennent que les colons commencent à se multiplier, les représailles ne tarderont pas. Mon père et mon oncle ont pris la nouvelle avec plus de distance, mais nous ont beaucoup aidés. Je sais que mon père se rend parfois la nuit en cachette sur L'Islet du Havré[67] pour troquer le poisson. La morue séchée sur les graves de l'île aux chiens est réputée jusqu'à Plaisance. Et même si officiellement, il n'y a aucun pêcheur français ici, notre marchandise

66 - Enceinte
67 - Actuellement l'île au massacre.

vaut bien plus que toutes les raquettes[68] de Terre-Neuve. Le séchage sur les graves en est peut-être la raison. Mon père nous a ainsi préparé une sorte de trousseau pour la naissance : nous ne manquerons pas de drapeaux[69]. Il a même sauvé un tonneau de bière, si jamais mon lait venait à manquer pour nourrir l'enfant.

Dès qu'un navire se présente dans la rade, je rentre me cacher dans notre cabane. Malgré mon ventre qui s'arrondit, je continue, comme ma mère, à habiller[70] la morue. J'ai de la peine à porter et je ne suis plus aussi rapide qu'avant pour paleter[71] les poissons quand ils sont secs ou que le temps menace. Mais je continue sans faiblir, refusant les faveurs que l'on veut me faire en m'épargnant les tâches trop lourdes à la moindre haleine de vent. Je ne veux rien devoir à personne, ce qui me distinguerait des autres. Comme dit souvent mon père, j'ai la fierté mal placée. Tant que je peux continuer et que cela ne pèse pas sur la vie de l'enfant.

Je m'alourdis. Ce qui est bon signe. L'enfant donne des coups comme s'il était prêt à sortir. Ma mère a fait le calcul. Il reste deux mois avant la délivrance. Il doit aller jusqu'au bout pour être assez fort. Je deviens plus raisonnable. Mon travail se réduit chaque jour. Je m'occupe de notre cabane et de celle de mes parents. J'aide au linge. L'odeur du poisson est depuis longtemps insupportable, mais je n'ai plus les vomissements des premiers mois, qui m'obligeaient à me cacher pour obéir à mes tripes.

J'attends. Le printemps arrive.

Juin. Les capelans[72] sont venus rouler dans les brumes ces derniers jours. Ça grouille partout sur le plain et les hommes les ramassent avec de petits filets, sans aucun effort. Nous les avons alignés à sécher sur des planches de bois, un clou dans l'œil.

Il y a des moments très douloureux. De plus en plus souvent. Ça me réveille parfois la nuit. Ma mère est près de moi, elle compte et recompte sur ses doigts... l'enfant est prêt, il peut venir.

L'enfant est né au solstice d'été de l'année 1711 : c'est un garçon. Ma mère et deux voisines sont venues me prêter assistance. Il a pleuré tout de suite. Aucun homme n'a été autorisé avant que je sois présentable. Hector est entré le premier et a vu son fils. Sa fierté ne laisse pas de doute. Je ne pense pas qu'il en aurait été différemment si ç'avait été une fille. Mais un garçon, quand même ! Comme il dit souvent.

— Il s'appellera Jean !

Il m'a rappelé l'histoire du mousse mort dans le naufrage de son bateau. C'est aussi un de ceux qui ont écrit les évangiles. Et cela suffit. Il a pris l'enfant dans ses bras et l'a embrassé. Puis les autres hommes sont entrés dans la cabane pour féliciter Hector. Un tonneau de cidre, prévu pour l'occasion, a été mis en perce au pied de mon

---

68 - Nom donné aux morues séchées, sans doute à cause de la forme.
69 - Couches
70 - Préparer
71 - Mettre en pile
72 - Petits poissons destinés à servir d'appâts pour la pêche.

lit. Hector m'a embrassé, Jean bougeait doucement contre moi. J'ai oublié très vite la douleur du travail.

La vie n'est pas plus simple tout de suite. Je ne doute pas un seul instant de la générosité du Seigneur. Après m'avoir accordé la grâce de l'homme que j'aime, il m'a donné cet enfant vigoureux. Dès que j'ai pu me lever, je l'ai porté à la grotte pour le présenter à la Vierge.

L'enfant est d'une solide constitution. L'été est la meilleure période pour lui pour profiter, s'alimenter. Il s'en met dans la falle[73] à m'en rendre les seins douloureux. Cet hiver, il devra rester au chaud. Nous devrons économiser le bois et calfeutrer la cabane.

Jean a eu une courte fièvre. C'est ma mère qui l'a soigné. Elle m'a expliqué les remèdes hérités de son père. Elle m'a montré une grande boîte avec plusieurs sachets de plantes. La plupart viennent du caillou ou de Miclon et on ne les trouve pas forcément sur l'île. Il y a l'herbe jaune, on la cueille tout au bout de Saint-Pierre. Le thé du Labrador ou thé jam[74] est infusé contre les fluxions. Je connaissais déjà le thé rouge, efficace contre beaucoup de douleurs. J'essaie de me souvenir, mais dans tous les cas, ma mère sera là pour m'aider. Elle a aussi une recette très efficace pour éviter les douleurs quand Jean fera ses dents : une infusion d'herbe à dindon. Les racines de framboisiers en décoction servent contre les diarrhées. Lorsque nous retournerons sur le caillou, elle me montrera les niches où trouver toutes ces herbes. Je n'imaginais pas que nous avions autant de ressources et de connaissances, ici. Mais c'est bien peu face à toutes les maladies qui peuvent nous attraper. Heureusement, l'air est sain et nos pires ennemis sont le vent, le scorbut et les Anglais. Pour le vent, il faut savoir se protéger. Contre le scorbut, nous troquons un maximum de fruits. L'herbe jaune[75] est très efficace et je commencerai à en donner à Jean dès que ses premières dents auront poussé. Contre les Anglais, il n'y a malheureusement pas à faire beaucoup plus que baisser la tête quand ils croisent dans la rade et qu'ils nous observent à la longue-vue. Les femmes de l'île ne doivent montrer aucun signe de jeunesse ou de beauté, sous peine de réveiller le désir des corsaires. À nous voir ainsi de loin, ils imaginent une île peuplée de vieilles femmes et de jeunes hommes vigoureux qui pêchent. Je prends toujours beaucoup de précautions quand je sors avec Jean. Personne ne doit savoir.

Septembre 1711. Nous avons assisté à une bataille aujourd'hui : deux bateaux basques venus pêcher au large, sans autorisation probablement. Un bateau anglais beaucoup plus gros les a pris en chasse. Le premier a coulé, le deuxième a été arraisonné. Hector a attendu longtemps, le soir, avec une lanterne, sur le plain face à Terre-Neuve. Il espérait peut-être sauver un rescapé de la même façon qu'il a lui-même été secouru. Il montre là son souci du prochain.

Aucun rescapé n'a été retrouvé. Deux cadavres de marins se sont échoués sur les côtes de l'île et nous leur avons donné une sépulture chrétienne.

---

73 - Avale goulûment
74 - Actuellement dénommé Thé de James *Ledum groenlandicum*
75 - *Coptis groenlandica*

Jean va bien. C'est un bébé qui ne pigne[76] pas. L'hiver approche et nous devons faire provision de toutes les denrées possibles, pour ne pas avoir à dépendre des aléas du troc et du bon vouloir des habitants de Saint-Pierre. En revenant de troc, mon père nous apprend qu'il n'y a plus guère de Français là-bas. Les Anglais les pourchassent et obligent ceux qui veulent rester à jurer fidélité au roi d'Angleterre.

Hier, nous avons vu brûler des maisons sur Saint-Pierre. Probablement celles de ceux qui ont refusé de trahir. Les feux ont brûlé tard dans la nuit. D'autres resteront trop pauvres pour refaire le voyage ou repartir de rien, à Plaisance ou à Fortune. Tant que nous tenons, nous restons ici. On dirait qu'ils nous ont oubliés. Fasse le ciel que cela dure encore ! Les soldats du roi viendront un jour nous délivrer de la tyrannie anglaise. Quel monde pour notre bébé !

Jean va avoir un an. Je me rends compte que je n'ai rien écrit dans mon cahier depuis des mois. Il a pris des forces très rapidement. J'ai pu lui fournir tout le lait nécessaire. Je suis choyée, Hector arrive à troquer tout ce dont j'ai besoin et les autres habitants de l'île m'offrent parfois aussi, se privant eux-mêmes, certains aliments précieux et rares dont j'ignore la provenance. Je suis une des seules sur l'île à pouvoir manger des fruits de temps en temps. Après l'hiver, le printemps a tardé, mais la pêche continue. J'ai repris le travail des poissons, triant, vidant, enoctant les morues avant le saloir. On est toujours aussi marchand[77] de notre production et c'est peut-être à cela que nous devons le fait exceptionnel de pouvoir rester ici. On n'a plus vu de soldats depuis longtemps. Ils sont partis à Terre-Neuve. Et au moins, ils ne viennent plus nous harceler et nous ordonner de quitter notre terre.

Les Indiens viennent parfois jusqu'à l'île pour troquer. Ils arrivent à la nuit par le grand Colombier, souvent à deux pirogues. Seuls les hommes traitent avec eux, car ils sont capables d'une grande férocité et d'une grande cruauté. Autrefois, ils avaient montré leur barbarie, tuant femmes et enfants anglais, et prenant le reste des habitants comme esclaves. Le gouverneur avait dû racheter les prisonniers pour les rendre à leur pays. Ils échangent leurs produits contre notre morue, mais il faut rester méfiant avec eux.

Jean vient de faire ses premiers pas sur le chemin de terre entre les graves. Ma mère lui a cousu un petit habit de pêcheur à sa taille. Il ne lui manque plus qu'un bateau et une ligne. Hector est très fier. La vie suit son cours. Le bonheur laisse quelques traces malgré notre pauvre condition. La vie de cet enfant recherchant[78] est une raison suffisante pour se réjouir.

Juillet 1713. Des soldats anglais sont venus nous inspecter hier. Ils sont venus avec des boucauts[79] vides qu'ils ont remplis de morue à ras. Tant qu'il restait des barriques, ils ont continué à voler le poisson. Nous les avons laissé faire, chacun sait qu'il n'y a

---

76 - Ne se lamente pas
77 - Amateur
78 - Affectueux
79 - Tonnelets destinés à stocker la morue

pas d'autre solution. Jean était caché. Quand les Anglais sont là, les femmes baissent les yeux. Nous prenons des mines tristes et fatiguées. Lorsque nous avons le temps de les voir arriver, il n'est pas inutile de souiller nos visages de terre et de charbon pour s'enlaidir. J'ai même caché mon cahier, on ne sait jamais. Ils sont repartis au milieu de la journée. Heureusement, nos hommes avaient caché une partie de notre pêche. Inutile de pigner, c'est comme ça. Mais, mieux valent encore les Anglais. Quand ce sont les corsaires pourris de crasse, c'est une autre histoire.

Janvier 1714. Cet hiver, ma mère a été malade. C'est elle qui a ordonné les médecines. En dessaquant[80] un poisson, elle s'est blessé la main. Elle n'a pas voulu se soigner tout de suite. Elle a continué à travailler toute la journée. Le soir, sa main était gonflée, et presque violette. Elle avait au creux une méchante plaie où le sang peinait à sécher. Mon père et son frère ont dû se rendre dans les montagnes de Saint-Pierre pour y cueillir de la crapoutine. C'est une sorte de mousse qui pousse sur certains arbres. Mon père l'a mélangée à un blanc d'œuf cru pour faire un emplâtre sur la blessure. Elle est restée longtemps sans pouvoir se servir de ses doigts. Mon père lui a interdit le travail. Jean est resté tout le temps de la maladie près de sa grand-mère. Il a tenu à lui apporter ses bouillons et ses tisanes.

Printemps 1714. Nous avons vu les Anglais démanteler le fort de la pointe à la chapelle[81], commencé par les armées françaises avant la dernière invasion. Lorsque les Anglais avaient chassé les derniers colons de Saint-Pierre, ils avaient abaissé et brûlé le drapeau du roi de France, mais n'avaient pas touché aux fortifications. Depuis quelques jours, nous les voyons au bout de la pointe, jeter à l'eau tous nos efforts, faisant rouler les blocs dans la mer. Ils sont assez prétentieux pour penser qu'ils n'auront jamais besoin de ces défenses. Mon père dit qu'un jour, le gouverneur de Plaisance reviendra avec les soldats du roi et que nous reprendrons Saint-Pierre. Cette guerre ne finira jamais. Nous continuons notre vie d'exilés sur cette petite île, où nous resterons aussi longtemps que possible.

Juin 1714. Jean a trois ans. Il ne subit plus les malices de l'hiver. Ma mère a retrouvé l'usage de sa main et se consacre beaucoup à son petit fils, lui confectionnant habits, jouets faits de rien. Elle ne rate pas une occasion de lui faire boire telle ou telle mixture qui le protègera du froid, qui tuera ses vers, ou l'empêchera d'avoir mal aux dents. L'enfant s'amuse avec elle, un peu tracassier[82], mais de bonne nature au fond. Il regarde partir les hommes à la pêche, manifestant grand intérêt pour les vagues et demandant déjà à grimper dans la barque. On lui permet le jour de ses trois ans. C'est une journée pleine de boucaille[83], mais Hector n'a pas eu le cœur de lui refuser. Il avait promis. D'ailleurs, même s'ils ne naviguent pas loin, le brouillard est tellement dense que personne ne pourra voir depuis Saint-Pierre, qu'une embarcation a pris la mer

---

80 - En enlevant un hameçon
81 - Actuelle pointe aux canons
82 - Farceur
83 - Brume

avec un petit bonhomme à bord. La promenade ne dure que quelques minutes, mais Jean est ravi. Mon père lui a sculpté une petite barque dans du bois flotté. Le modèle ressemble beaucoup à notre bateau. Malgré la brume masquée[84], c'est une belle journée et on en oublierait presque que Saint-Pierre est toujours occupée.

Les pêcheurs ont pour habitude de couper la langue des morues qu'ils ont pêchées et de les enfiler sur un petit bout de bois. Cela leur permet de compter leur pêche à la fin de la journée. Ce matin, j'ai trouvé Jean en train de manger les langues de morues, à même le bâton. Depuis, il me demande chaque jour de pêche de lui cuisiner cette broche pour son repas.

Printemps 1715. Un nouvel hiver est passé, particulièrement rude. Tellement rude que plusieurs chats-huants se sont installés dans les rochers du bout de l'île. La mer a été si calme et les glaces si précoces qu'il était presque possible de passer à pied de notre île à Saint-Pierre. Le port a été presque entièrement clavé[85]. Les plus gros navires n'ont pu entrer dans la rade. Hector a pu aller faire du troc sur l'îslet du Havre, à pied. Il a confectionné une sorte de traîneau sur lequel il charrie les morues et les provisions qu'il rapporte en échange. Les chargements venus de France ou des Antilles nous arrivent seulement maintenant. Le sel commençait à manquer. À l'approche de la saison de pêche, c'est inquiétant. Sans sel, impossible de préparer les morues. Il y a encore de la glace, alors que nous sommes en avril. Jean s'aventure régulièrement sur la grève pour casser la glace, malgré mes interdictions, et faire des galettes[86] de glaçons sur la banquise. Il rit aux éclats en écoutant les vibrations de la glace. Les jours de vents, nous restons dans la maison. Les hommes s'occupent à réparer les lignes, à calfeutrer les cabanes en attendant de retourner pêcher. Le bois qu'on sauve n'est pas d'une grande qualité, ni pour le chauffage ni pour la construction. L'eau de la fontaine gèle encore et il faut casser la croûte de glace chaque matin. Le plus simple est encore de faire fondre de la neige. Au moins avec ce temps, les Anglais ne viennent pas nous piller.

1715 fut une année morne. L'hiver a été difficile, une fois encore. Nos maigres réserves sont presque épuisées. Le printemps a mis du temps à venir. Les morues ne sont pas aussi belles ni aussi abondantes, sans doute à cause des courants et l'absence des petits poissons qui font leur délice. Cet été, Hector en a pourtant pêché une plus grande que notre petit Jean, qui pourtant pousse bien. Les pétuches[87] de vent et les brumes continuelles ne nous ont pas permis de sortir souvent. Les Anglais restent à Saint-Pierre, nous laissant croire qu'ils nous ont oubliés. Jean grandit. L'après-midi, il échappe à notre surveillance et s'en va courir de l'autre côté de l'île. Il part dans les herbes, se dissimulant dans les roches et s'inventant toute sorte d'ennemis, en entendant le bruit des vagues ou celui du vent. Il commence à reconnaître certaines des

---

84 - Brouillard très épais
85 - Bloqué
86 - Ricochets
87 - Rafales

herbes que lui a montrées sa grand-mère. Parfois, il ramasse des vignettes[88] et nous les rapporte fièrement.

Ce nouvel hiver a été encore plus brutal que le précédent. C'est comme si le froid voulait nous engourdir, pour finir par nous décourager et nous obliger à partir. Nous avons peu de nouvelles de Saint-Pierre et de la France, seulement lorsque Hector part faire du troc. Il ramène parfois quelques informations, déformées par la distance et le temps. Notre bon roi de France est mort depuis plusieurs mois. Ma mère m'a toujours dit qu'il n'était jamais bon de changer de roi. Celui qui vient de mourir était grand et avait fait de belles choses pour nous. C'est ce que dit ma mère. Moi, je me dis quand même que ce sont ses soldats qui n'ont pas pu empêcher l'invasion des Anglais. Et c'est aussi le gouverneur de Plaisance qui a donné l'ordre de quitter Saint-Pierre. Hier soir, Hector nous a raconté les funérailles du roi. Je me sens si loin de ce pays que je ne comprends pas ce qui me rattache à ce personnage, dont la grandeur justifie de telles cérémonies. Il paraît qu'on a laissé son cercueil plus d'un mois en exposition avant de le mettre en terre. Ces rites me semblent démesurés. Tout cet argent employé, pour un corps en train de pourrir, n'aurait-il pas mieux servi pour la rente de soldats payés à nous défendre ? Mon père dit que je suis naïve. Mais pour n'être pas né à Saint-Pierre, il est peut-être plus facile pour lui de reconnaître son appartenance à ce royaume. Moi, je suis née ici. Je suis une fille de la nouvelle France, même si je dépends de la vieille, celle qui nous a abandonnés. Un autre roi remplacera l'ancien, mais pour nous, quels changements ? Les évolutions ne viennent pas, hélas, des rois qui se succèdent, mais bien de nos misérables existences, cette année le prouve encore.

Juin 1716. Jean vient d'avoir cinq ans. C'est un beau garçon, comme son père. Son intelligence est vive et il ne cesse de nous surprendre par ses remarques et son désir d'apprendre. Je prends parfois le temps de lui montrer l'alphabet, le soir à la veillée. Mais comme nous manquons de tout, impossible de gavagner[89] la moindre minute de chandelle. Les hommes ont fabriqué des petites lampes qui fonctionnent avec l'huile des poissons. Voilà bien la seule denrée qui ne manque pas. Encore faut-il trouver des mèches. Encore faut-il pouvoir supporter l'odeur et la fumée terrible qui envahit la cabane chaque fois que nous les allumons. Et puis le papier n'est pas facile à garder. L'encre gèle plus vite que nous avons le temps d'écrire. Pour apprendre à Jean, il est plus facile de former des lettres sur le sable de la grève avec un bout de bois. Il sait déjà ses prières, et je l'emmène régulièrement à la grotte. Il s'interroge sur toutes choses, car ayant vu sa grand-mère malade, il envisage déjà qu'elle pourrait un jour ne plus être avec nous. Mais où ? Demande-t-il.

Juillet 1716. Deux événements sont arrivés le même jour, aussi terribles l'un que l'autre, aussi graves. Des corsaires anglais sont venus sur l'île hier après-midi. Ils n'avaient pas l'air belliqueux, ils ont grappillé quelques morues sur le chafaud. Puis, ils ont rassemblé tous les habitants au milieu de l'île. C'était la première fois qu'ils

---

88 - Petits coquillages de roche comestibles
89 - Gaspiller

faisaient ça. Jean était caché dans un racoin[90] *de la cabane. Il se dissimule chaque fois sous notre lit et attend sagement. Ce n'était pas des soldats réguliers, c'est bien ça le plus inquiétant. À ce moment, une frayeur m'a prise et j'ai imaginé que s'il leur avait pris l'idée de nous emmener tout de suite, mon petit Jean se serait retrouvé en mauvaise posture. Le plus vieux des Anglais, un homme barbu, très sale, que j'ai déjà vu plusieurs fois, est grimpé sur un rocher. Un vrai choléra ! Il nous a tous regardés, prenant bien la mesure de notre inquiétude, comme s'il en faisait son repas. Puis il a commencé à parler, nous expliquant que, ce qu'il avait à nous dire, il le faisait par la voix de notre propre gouvernement. C'est la France qui parle par la bouche de nos ennemis. Le gouverneur français ordonne une dernière fois aux réfractaires qui n'ont pas obéi aux ordres d'émigration de 1713 de se plier à sa recommandation. Un bateau nous emportera pour un nouvel exil dans quelques semaines. Il est en route depuis la France. Où nous conduira-t-il ? Rien n'est moins certain. Ce qui est sûr, c'est que nous devrons quitter ce continent. Pour le retour en France, il ne faut pas trop y compter. Les ministres ont décidé, paraît-il, de peupler certaines colonies du sud. Au mieux, ce sera les Antilles, sinon la Guyane. Je n'imagine même pas où ces pays se trouvent.*

Voilà ce qu'il y avait à entendre. Les soldats anglais souriaient en nous expliquant qu'ils pourraient user à leur gré de toute personne désobéissante. Celui qui refuserait de partir, ne serait plus considéré comme sujet du roi Louis le quinzième. Comme quoi je me trompais, les rois jouent tout de même de leur aveugle influence jusqu'à nous.

Depuis quelques mois, je n'étais pas bien. Ces nouvelles désolantes ont précipité mon état. Je n'ai pas eu le temps de sentir mes jambes s'amollir comme cire sous la flamme. Le ciel est devenu tout noir. Je ne me souviens plus de rien. Et je me suis réveillée dans ma chambre. J'étais seule avec ma mère. Jean jouait dans la pièce. Elle m'a rassuré, les Anglais sont partis. Il n'y a pas à douter, ces sensations, je les reconnais. Je suis remplie[91] *pour la deuxième fois. Je porte un nouvel enfant. Je l'attends déjà depuis plusieurs mois. Cette nouvelle était trop grave pour que j'ose même l'écrire ici, de peur que quelqu'un le découvre. Maintenant, ma mère sait. Me voilà soulagée du secret, mais le poids de l'enfant à venir prend maintenant toute sa place.*

Ma mère me donnera ce soir de quoi faire passer l'enfant. Dans notre position, il est impensable de donner une vie de plus en pâture à la misère, au risque de la perdre et d'accroître notre chagrin. Bientôt, le navire de l'exil viendra nous chercher. Inutile d'attendre. Je ne souffrirai pas. C'est ma mère qui le dit. Mon corps peut-être pas, mais mon cœur certainement. Je regarde Jean qui joue près de moi avec la petite barque en bois fabriquée par son grand-père. Dedans, il a placé une poupée de chiffon comme un marin. Il reproduit la scène du sauvetage que lui a racontée son père, lorsqu'il s'est échoué sur notre île. Je ne dis rien.

Ma mère est venue hier soir me donner la potion. Je me suis contentée de serrer sa

90 - Recoin
91 - Enceinte

main. Elle ne pleurait pas. Lorsqu'elle est partie, je me suis habillée et malgré le vent, je suis partie avec Jean jusqu'à la grotte. Nous n'avons pas eu le temps de replacer la Vierge dans sa niche après le départ des Anglais. Jean a lâché ma main pour courir la chercher. Je l'ai vu ressortir de derrière les cailloux. Il portait la statue dans ses bras. Elle lui cachait la moitié du visage. Je ne voyais qu'un bout de son sourire et son petit nez rougi par le froid. Je l'ai porté dans mes bras pour qu'il dépose lui-même la statue dans son emplacement. Il était très fier. Il s'est agenouillé ensuite à côté de moi et il a joint ses petites mains l'une contre l'autre. Malgré le froid, il s'appliquait à aligner ses doigts bien parallèles, comme si de la justesse de leur position dépendait la ferveur de sa prière. Il a ensuite décollé ses mains pour faire son signe de croix et a dû recommencer son petit manège pour aligner de nouveau ses deux paumes. Je le regardais avec émotion, pensant à cette autre vie que je m'apprêtais à sacrifier. Jean serait-il malheureux de savoir qu'une vie moins dure existe ailleurs ? Jusqu'à présent, nous avons tout fait pour qu'il mange à sa faim, qu'il ne souffre pas de la guerre et qu'il reçoive tout l'amour possible. Ne serais-je donc pas capable d'offrir tout cela à un autre enfant ? Même si je devais moi-même me priver un peu plus, même sous le soleil de la Guyane ? Mes pensées s'embrouillaient et les larmes sont venues juste derrière. Jean ne les a pas vues. Le front baissé, les yeux plissés malgré le vent, il récitait sa prière avec tout son cœur. Lorsqu'il a eu fini, il a levé les yeux vers la statue de Sainte Anne et de la Vierge et sans se retourner vers moi, il a demandé :

— Pourquoi elle a un seul enfant, la dame ?

Je suis restée plusieurs jours sans pouvoir décider. La seule chose dont je suis certaine, c'est que je dois assumer ce choix seule. En parler aux autres m'empêchera de choisir. Ce matin, j'ai jeté le breuvage dans les herbes derrière la maison, puis j'ai reposé le flacon, près de l'endroit où ma mère l'a posé il y a quelques jours. Tantôt, je l'ai vue rassurée de le trouver vide quand elle est venue me voir. Elle ne doute pas de ma sagesse, contre mon instinct et de ma fierté. Mais au fond, elle a raison, je n'ai pas douté, je n'ai pas hésité. Depuis la prière à la Vierge, j'ai pris ma décision.

Plusieurs semaines ont passé depuis la visite des Anglais. Les bruits courent pourtant, le navire français qui doit nous amener à Kourou est retenu. Ce nom ne me dit rien, et ce mystère n'est pas pour nous rassurer. Certains sont persuadés qu'il s'agit bien de la Guyane. On en raconte les pires horreurs. Un bout de terre où, sous le prétexte d'évangélisation, quelques missionnaires exploitent des immigrés. Voilà à quoi on nous destine peut-être. Je préfère ne pas y penser. Mes enfants méritent-ils cet esclavage ? Quelques semaines, c'est assez pour nous organiser. Ce soir, les hommes se rassembleront pour prendre une décision.

Hector, mon père et mon oncle sont rentrés abattus de l'assemblée. La majorité est contre nous, la reddition et l'exil semblent la plus sage des solutions. Une seule autre famille partage notre choix. Il n'est plus question d'honneur, mais de confiance. Après nous avoir abandonnés aux mains des Anglais, après nous avoir forcés à quitter le pays, la France confirme notre ruine. Il y a bien une autre solution, dit mon père. *Quitter l'île aux chiens avant qu'il soit trop tard et rejoindre l'île de l'Anglois par la mer. Là-bas, les terres sont plus vastes, les bois permettront de nous cacher. Quelques âmes de plus perdues dans ces terres devraient passer inaperçues. Nous pourrons continuer à pêcher et nous trouverons le moyen de troquer avec les Indiens, si besoin. Mon père et Hector sont rassurants, mais nous mettons au vote cette décision. L'unanimité familiale confirme notre choix. Dès demain, les hommes partiront poser les premiers jalons de notre exil. L'autre famille viendra si elle le veut, cela n'a aucune influence sur notre décision.*

Ce désaccord au sein de la communauté a changé l'atmosphère. On nous reproche de mettre les autres en danger. On craint que les Anglais remarquent que certains ont fui. Mais ils ne nous ont jamais recensés. Le doute persiste et la crainte de représailles rend les langues mauvaises. Nous sentons chaque jour l'éloignement de chacun, d'autant que la seconde famille a préféré se ranger à l'avis des plus nombreux. Nous sommes seuls face à notre choix. Seuls contre tous, contre nos compatriotes.

Le temps est compté. Dès qu'ils le peuvent, les trois hommes embarquent avant le jour avec leur barque chargée de réserves de nourriture, de bois, de chevilles, toutes les choses sauvées sur les ruines de l'île pour nous construire un abri là-bas. Chaque voyage prend trois jours : deux pour le trajet et un sur place pour travailler. Ils partent la nuit, naviguant en plusieurs étapes, car ils doivent contourner Saint-Pierre, ce qui rend le trajet plus long et plus dangereux. Ils rentrent épuisés, prenant le temps de pêcher sur le retour, pour assurer notre subsistance.

Les semaines passent. Aucune nouvelle du bateau. Nous sommes déjà en octobre et l'eau est de plus en plus froide, les hommes rentrent avec les pieds rouges de froid, signe que la saison de la pêche devra bientôt s'arrêter. Pour eux, ce n'est pourtant pas le temps de faiblir. Tant que la mer est praticable, il faut continuer avant les glaces. Après, ça ne changera plus rien, le navire français devra attendre. Mais les hommes n'auront plus d'occasion de retourner sur l'île de l'Anglois. Impossible de traverser par Saint-Pierre avec les Anglais. Au printemps, la course reprendra là où nous l'aurons laissée.

Nous risquons de manquer de réserves pour l'hiver, et il sera difficile de compter sur la solidarité de notre communauté, dont nous sommes maintenant complètement exclus. On n'a plus de nouvelles du navire français, mais il peut arriver d'un jour à l'autre. Les Anglais ne nous préviendront pas.

Hector n'a rien remarqué de mon état. Mais ma mère s'est assurée à plusieurs reprises que j'avais bien pris sa potion. Elle m'en a proposé une seconde, puis une troisième, comprenant que mon état ne s'améliore pas. Elle ne doute pas que j'ai bu ses breuvages. Mais bientôt, elle se résoudra à admettre que si l'enfant continue à rester, c'est que c'est son destin de vivre. Je n'ai donc plus à me cacher, d'elle au moins.

Depuis quelques jours, Hector me regarde différemment. Il a vu lui aussi, et il a compris à mon regard qu'il était trop tard pour discuter avec moi. S'il y avait besoin, cela encourage les hommes à redoubler d'efforts pour assurer notre survie de l'autre côté de l'île. Je ne suis jamais allée sur l'Anglois. Mais lorsque j'étais petite, il arrivait parfois à mon père d'aller pêcher là-bas. Je me souviens être allée une fois en promenade à la pointe aux cornets[92]. Nous avions grimpé la montagne, pendant un temps qui avait paru très long. Après une sorte de col, un petit chemin descendait à travers les brousses. C'était difficile de passer, il y avait des étangs d'une eau claire et pure, mais très froide. Puis nous avons vu au loin une île toute plate. Sur une moitié de l'horizon, c'était l'île de l'Anglois, toute recouverte de végétation, ses côtes pleines de dangereux rochers. Nous avions mangé quelques tartines que ma mère avait amenées. C'est le seul souvenir que je garde : une terre sauvage d'aspect, mais vue à cette distance avec mes yeux de petite fille, je n'imagine pas trop ce que ça donne en réalité. Je ne suis pas pressée de me rendre compte.

Décembre 1716. Le temps devient vraiment mauvais. Le voyage en barque jusqu'à l'Anglois est de plus en plus difficile. À partir de demain, les hommes feront des voyages de deux journées, partant le matin pour revenir à la nuit le deuxième jour. On voit dans leur empressement une inquiétude que nous ressentons également. Ma mère et moi restons avec Jean, occupées à la préparation de vêtements chauds et de couvertures que nous raccommodons du mieux possible. Il y a aussi le travail du poisson que les hommes rapportent. Nous avons plusieurs semaines de nourriture d'avance, mais je sais qu'avec l'arrivée du bébé, ce sera plus difficile.

Les autres familles sont prêtes à partir. Et si leurs hommes semblent reprocher aux nôtres leur choix, les femmes se sont montrées précieuses. Elles nous ont offert quelques objets de nécessité, qu'elles ne pourront pas emporter avec elle. Des denrées nous ont aussi été confiées en cachette. Nos paquets ne seront pas bien lourds, il faut que tout puisse tenir dans la barque en deux voyages. J'ai calculé que l'enfant naîtra en janvier. En plein hiver. Ce n'est pas une bonne saison pour lui. Il n'y a pas le choix. Il ne reste qu'à prier, ce que nous faisons Jean et moi aussi souvent qu'il est possible. Il me demande pourquoi j'ai l'air si triste et je fais mon possible pour ne pas lui montrer ma peur. J'ai le pressentiment que quelque chose de terrible va se produire et mes choix risquent de peser bien lourd.

La rade est clavée par les glaces. Les Anglais, que nous observons de l'autre côté, se préparent eux aussi pour l'hiver. L'enfant bouge beaucoup. Ma mère m'impose le repos. Je ne veux pas prendre le risque d'accoucher avant l'heure. Hier, les hommes ont discuté longuement pour essayer d'imaginer une stratégie si, malgré l'hiver, le bateau français arrivait jusqu'ici. Nous n'avons pas pu participer à la discussion. Nous saurons demain ce qu'ils ont décidé.

Ce matin, ils nous ont annoncé qu'ils ne pourraient plus se rendre à l'Anglois par bateau, mais que le refuge était presque terminé. Ils prévoient de faire un dernier voyage sur la glace jusqu'à l'île du Colombier. Ils transporteront des vivres dans la barque qu'ils feront glisser sur la banquise. De là, ils prendront la mer pour gagner l'Anglois et terminer les préparatifs. Ils agissent comme s'ils étaient persuadés que

---

92 - Actuelle anse à Pierre

le bateau français va arriver d'un jour à l'autre, malgré tout ce qui se dit. Je loue leur prévoyance, mais toute cette agitation n'est pas pour me rassurer. Bien sûr, ils effectueront ce périple pendant la nuit. Dans trois jours, la lune sera pleine et c'est à sa lumière qu'ils partiront. En attendant, nous les aidons à préparer. Ils espèrent pouvoir faire le trajet en deux jours. Comme à chaque fois, nous serons seules pendant ce temps-là. Il n'y a pas d'autre choix.

Ils sont partis ce soir. La lune s'est levée derrière le Colombier. Ils ont tiré la barque sur la glace. Elle était tellement chargée que, malgré leurs efforts, il était impossible de la faire avancer. Ils ont dû décharger quelques caisses avant de pouvoir partir. Jean était près de moi et je sentais bien son envie de les aider. Nous sommes restées longtemps, avec ma mère, à regarder leur étrange équipage s'éloigner en raclant la glace, dans l'axe de la lune. Nous avons suivi leur progression jusqu'à l'horizon. La peur de les voir partir en concentre plusieurs : ce petit point noir est étrangement visible au milieu de la glace et un observateur anglais un peu vigilant risque de les repérer. Jusqu'à ce qu'ils dépassent le Colombier, ils restent très repérables. La glace friable du début de décembre craquait sous leur pas, faisant résonner longtemps jusqu'à nous les gémissements de la banquise. À ma crainte de les voir traverser, ils ont ri. De toute façon, si la glace venait à craquer, ils pourraient toujours grimper dans la barque. Et puis, il y a la peur de nous retrouver seules, mais cette peur ne vient qu'après. Nous avons beaucoup plus à craindre pour eux que pour nous, finalement. Pendant ce temps, Jean et moi retournons vivre avec ma mère.

Ils sont partis depuis hier. Il n'y a eu aucun mouvement du côté anglais. La lune s'est montrée plutôt accommodante, leur laissant une visibilité très large. La journée s'est passée calmement en préparatifs divers. Ce soir, nous sommes allées à la pointe la plus à l'est de l'île, en espérant voir quelque chose. Après tout, on pourrait espérer qu'ils reviennent plus tôt que prévu. Mais rien ne bouge sur la glace. La soirée était brumeuse. Je sens l'enfant qui s'impatiente dans mon ventre. Il doit encore attendre un mois.

Cela fait deux jours qu'ils sont partis et malgré le vent, nous sommes allées ce soir sur la pointe, au bout du petit promontoire. La brume est montée et l'on ne pouvait pas voir grand-chose. La lune donnait une maigre lueur à travers sa couche épaisse. J'ai ressenti quelques contractions et ma mère m'a obligée à rentrer. Jean dort tranquillement. J'écoute les bruits, en espérant bientôt entendre les voix des hommes.

Nous sommes toujours seules avec Jean. Hector, mon père et mon oncle devaient rentrer hier. Dehors la brume est partout, tellement dense qu'on ne voit plus l'île d'un bout à l'autre et je suis obligé de rappeler plusieurs fois Jean. Il aime se cacher. Il n'a pas conscience de nos inquiétudes. La brume est suffisante pour expliquer leur retard. Par chez nous, c'est hélas une habitude de dépendre de la volonté du temps, bonne ou mauvaise. Ce délai ne porte pas en soi à s'inquiéter plus que de raison, mais la brume signe un redoux. Et l'on voit bien ce matin sur les grèves le mouvement des *plaques de glace, lorsque la mer perd[93]. Pourtant, lorsqu'ils sont partis, tout semblait définitivement figé pour l'hiver. Ce matin, les contractions sont plus fortes, elles sont revenues dans la nuit. Je ne me suis pas inquiétée tout de suite, peut-être à tort.*

Quatrième jour depuis leur départ. Cet après-midi, le vent s'est levé et nous restons à l'intérieur avec Jean. Il demande après son père et son grand-père. Ils devraient être là. Dans son esprit d'enfant, il n'y a pas à s'inquiéter tant qu'il comprend pourquoi. Je lui explique la brume et le retard. Il admet les choses, mais exige une date fixe à laquelle se raccrocher. Je lui explique qu'ils seront rentrés dès que la brume se lèvera. Cela ne lui suffit pas. C'est trop imprécis et il a du mal à imaginer ce que cela représente.

J'ai passé la matinée couchée. Ma mère a remarqué mon visage et je lis mon malaise dans le sien. Il ne faut pas que l'enfant vienne maintenant. Il serait trop faible. Et seules, il nous faudrait dépendre de l'aide des autres. Chacun est aux préparatifs de l'hiver, ce serait payer trop cher notre opposition. L'écriture me distrait un peu. Ma mère s'occupe de Jean.

J'ai fini la journée sans me lever. Maman m'a préparé une décoction dont elle m'a raconté la composition. Je n'ai pas pris la peine de l'écouter et j'ai bu la tisane d'un coup, en espérant que cela pourra stopper ce qui semble s'annoncer, malheureusement.

Ce soir, je n'ai même pas eu la force de sortir pour aller les attendre dehors. Le vent est si fort qu'on ne voit pas à vingt pas, m'a dit ma mère. Ils ne tenteront pas de rentrer avec ce temps. Ce serait de la folie. J'ai passé la nuit à écouter le bruit du vent et de la banquise qui craque, pour ne pas entendre les coups portés depuis l'intérieur de mon ventre. De plus en plus forts, de plus en plus fréquents. Les tisanes ont peu d'effet. Maman me reproche de passer trop de temps à écrire, mais j'oublie un peu ma peur. Je sens bien qu'avec les angoisses, les contractions reprennent le dessus. Jean reste près de moi et ne tente plus de sortir. Le blizzard est trop fort. C'est un bon garde-malade. Heureusement, il ne comprend pas ce qui se passe... Les contractions s'espacent et la tempête recule. Une journée terrible de plus qui se termine...

Ce matin, ma mère est sortie. Elle m'a annoncé que la brume s'est un peu levée. Mais la tempête a fini de disloquer la glace. Tout a été pulvérisé. Jean me raconte ce qu'il a vu : un champ de bataille où les glaçons se battent entre eux, essayant par endroits de reconstituer leur armée. Même si je vais mieux, je reste au lit. Par la fenêtre de la maison, je peux voir le ciel qui avait disparu depuis plusieurs jours. Ce soir, ils vont rentrer. J'ai peur qu'ils se perdent dans le brouillard ou que leur embarcation vienne se briser sur une plaque de glace dérivante.

Je suis allée tout à l'heure sur la grève, quelques minutes seulement. Je ne peux laisser personne d'autre que moi veiller sur le sort d'Hector. Il va arriver. Le ciel du couchant devenait rouge comme un incendie. On apercevait très nettement le Colombier. La nuit arrive. Elle va m'apporter mon homme.

Cette sortie m'a terriblement fatiguée. Les contractions que j'avais oubliées sont

---

93 - Lorsque la marée descend.

en train de reprendre. La douleur commence à broyer mon ventre, comme si une force terrible voulait m'ouvrir pour abréger mes souffrances. Il fait nuit maintenant. Jean est endormi. Ma mère est dehors, espérant m'annoncer leur retour. Je suis allongée et je mâchonne une racine qu'elle m'a donnée.

J'écris... Difficile... C'est le seul moyen de penser à autre chose. Hector va-t-il rentrer ?

Je somnolais, mais la douleur m'a réveillée, alors je reprends l'écriture... J'entends ma mère qui crie dehors. Oui ! Ce sont eux ! Ils arrivent. Je ne peux pas me lever. Le mal est terrible, régulier.

Trop tard... J'entends le beugloux. D'autres cris dehors annoncent les voiles d'un gros navire. Le bateau français certainement !

J'ai trop mal... L'enfant vient...

Enora reposa le cahier qui se terminait là. L'écriture était déformée par la souffrance depuis plusieurs lignes. Les derniers mots étaient à peine dessinés, comme si après, rien ne devait plus jamais être pareil. La dernière page était tordue par l'humidité, des larmes peut-être. Difficile de savoir. La première fois qu'elle l'avait lu, elle avait feuilleté le cahier plus loin, dans l'espoir d'une suite. En vain.

Enora referma le cahier, dont elle pressa contre elle la couverture rugueuse. Ce témoignage n'était pas arrivé entre ses mains par hasard. Il y avait dans ce destin les prémices de la vie de Jean et il lui semblait déjà avoir pénétré suffisamment l'intimité de sa famille pour exiger davantage du sort, quitte à le forcer. Elle éteignit la chandelle et resta dans l'obscurité, cherchant au loin le bruit du ressac contre les rochers. Près de dix années avaient passé et le récit gardait toute sa vigueur intacte. Comme si les événements s'étaient déroulés la veille. Mais tout était calme et le silence envahit complètement la cellule, pour accompagner une nouvelle insomnie.

X

MALO AUGUSTE DE COËTQUEN

On imagine ma terreur lorsque j'entendis les chocs contre la porte. J'étais incapable de réagir, après tout, je n'étais pas chez moi. Les coups ne semblaient pas vouloir s'arrêter. Pomardini apparut, et pour la première fois, il n'avait pas pris le temps de voiler sa pudeur, bousculant sa traditionnelle coquetterie : en chemise, un vieux bonnet en peau de lapin qui avait dû connaître des jours plus fastes et un collant troué, qui laissait entrevoir certains de ses orteils. Il s'éclairait d'une bougie. Il vint se placer devant la porte et hurla pour couvrir le vent et s'assurer qu'on l'entende distinctement de l'autre côté.

— Qui vient à cette heure déranger le grand Pomardini?

Les coups redoublèrent.

— Ouvrez, de grâce! C'est le marquis de Coëtquen qui le demande, il est au plus mal.

Mario n'hésita pas un instant, ouvrit en grand et laissa entrer le mystérieux visiteur, qui s'engouffra dans l'auberge. Il claqua la porte derrière lui. J'avais imaginé que c'était le marquis lui-même qui venait nous solliciter, mais la méprise ne fut que passagère. Ce n'était qu'un domestique, que Mario avait fait entrer. Il était trempé, malgré un long manteau de toile qui lui tombait sur les bottes. On l'aurait cru sauvé d'un naufrage. Il ne se formalisa pas de la tenue de mon maître. Il semblait épuisé et s'assit sur un banc avant de commencer à parler. L'eau gouttait partout sur le sol. Dehors, le vent s'impatientait, furieux d'avoir échappé sa proie.

— Il faut venir, le marquis vous fait mander.

— Et, quoi, en pleine nuit? A-t-il du mal à trouver le sommeil?

— Non, ce n'est pas ça. Il se tord de douleur sur son lit, c'est la pisse-goutte.

L'air préoccupé de Pomardini devint franchement soucieux.

— Depuis longtemps?

— Cela fait près d'une semaine qu'il souffre. Mais tout s'est précipité depuis la nuit dernière. Il ne tient plus en place.

— La pierre est revenue.

Pomardini considéra l'autre avec circonspection.

— Il souffre beaucoup, tu dis?

— Comme un diable à qui on brûlerait les tripes!

169

— Le diable n'est pas toujours à la porte d'un pauvre homme, crois-moi. Il a mal certes. Mais quels autres signes?

— Avant-hier, toute la journée, il a pissé du sang. Il avait grande peine et grande douleur à cela. Et depuis hier, plus une goutte. Rien, comme si la fontaine s'était tarie d'un coup. Il faut venir, ou il ne passera pas la nuit.

Tandis que le cocher racontait cela, je vis tout de suite la gravité dans les yeux de Pomardini. C'était un homme de décision, et l'heure de la nuit importait peu. Il se tourna vers moi.

— Jean, habille-toi! Vite! On a besoin de nous.

Puis il quitta la pièce. Je m'habillai rapidement dans la pénombre. Le domestique ne me regardait pas et fixait le sol, comme réellement affecté par la souffrance de son maître. Un marquis pour lequel son valet s'inquiète, c'était forcément un homme bien, et donc quelqu'un qui méritait le secours de Pomardini. Celui-ci revint quelques minutes plus tard, habillé sans faste. Il ne partait pas en tournée. S'adressant au cocher, il demanda:

— Il n'a pas fait appeler un médecin? Inutile que j'aille là-bas me chamailler avec des ignares.

Le cocher sourit:

— Il n'a confiance qu'en vous. Et puis, à cette heure, trouvez-en un qui accepte de se déplacer. De toutes les façons, le marquis pense qu'ils n'y connaissent rien. C'est un chirurgien qui lui a sauvé la vie, pas un médecin.

— Je ne suis ni chirurgien ni médecin.

— Seulement l'homme qu'il demande. Il m'a dit: « ramène-le ou ne reviens pas.»

— Je suis presque prêt.

J'avais déjà mis mon manteau, prêt à affronter le froid, la nuit et le vent. Pomardini ouvrit la porte. Devant la maison se trouvait une calèche, dont l'ombre un peu effrayante avait de la peine à se distinguer de la nuit et des éléments furieux.

— Grimpe là-dedans, je reviens.

Pomardini courut à la remise sous la tempête. J'imaginai un instant que le cocher allait m'emporter seul pour une cavalcade vers l'enfer. Mais, la pluie était trop dense pour que je reste une seconde de plus dessous. L'intérieur du véhicule était éclairé par deux petites bougies, qui malgré leurs protections, avaient du mal à garder leur flamme. Elles menaçaient de s'éteindre à chaque instant. L'habitacle était tendu de noir, sans aucune fantaisie. Ça sentait le cuir moisi. Je m'assis sur la banquette. La pluie résonnait sur le toit, assourdissante. Pomardini grimpa enfin. Il portait une sacoche de cuir assez volumineuse et qui paraissait très lourde. Il s'assit en face de moi, claqua la portière et la voiture démarra. Mario était déjà en train de fouiller dans son sac pour s'assurer qu'il n'avait rien oublié d'essentiel pour notre visite. Rassuré, il la posa à côté de lui et regarda dans le vide. J'avais mille questions à poser. Mais je savais qu'il était concentré et qu'à cet instant, c'était inutile de le déranger. Je ne savais pas ce qu'était la pierre et c'était là ma toute première interrogation. J'aurais aimé ensuite savoir quel personnage méritait ainsi que sur la seule valeur de son nom, Pomardini accepte de partir en pleine nuit à son secours. Mon maître me connaissait comme je le connaissais. J'avais respecté son silence, et il savait mes questions. Il parla en criant, car c'était le seul moyen de se faire entendre.

— Je ne vais pas avoir le temps de tout t'expliquer, car là où nous allons, nous y serons rapidement. Je ne peux pas te détailler la maladie de la pierre, mais dis-toi bien que si c'est aussi grave que je le crains, il va falloir pratiquer la taille. La pierre est un simple caillou qui bloque la vessie. Le patient ne peut plus pisser et la pression provoque une douleur atroce. Le seul moyen de guérir cela, c'est de l'enlever.

J'avais dû paraître surpris, car Pomardini parlait comme s'il allait lui-même pratiquer cette intervention. Je connaissais son talent pour les dents, ses connaissances en pharmacopée, mais je n'imaginais pas qu'il connaisse ce genre de chirurgie, réputée très difficile et très dangereuse pour le patient. Il continuait de m'expliquer.

— Malo de Coëtquen est un soldat d'une grande bravoure, il a perdu une jambe à la bataille de Malplaquet[94]. C'était contre les Autrichiens et les Hollandais. On dit que les forces françaises, quoique très inférieures en nombre, ont infligé des pertes quatre fois supérieures à nos ennemis. Et nos armées ont ainsi évité une fois de plus l'invasion de la France par le nord. Tu verras, c'est une force de la nature, et un caractère aussi, ne te laisse pas impressionner. Au fond, il est très bon et aimé de ses gens. J'ai été amené plusieurs fois à le visiter dans son château. C'est une vieille demeure presque en ruine. Il est marquis, mais se proclame lui-même comte de Combourg.

Puis il se tut quelques instants, les bras croisés sur sa poitrine.

— Maintenant, repose-toi un peu, tu en auras besoin. Je pense que la nuit va être longue.

Il rabattit son chapeau devant ses yeux. Les explications étaient terminées, il n'était pas question d'en demander davantage. Je ne sais pas s'il allait réussir à s'endormir malgré le bruit de la pluie et les cahots de la route. Mais je savais que c'était inutile de perdre mon temps à essayer. Mon esprit errait. Lorsque je me trouvais ainsi dans ces périodes de flottement, dans l'attente d'une situation particulière, je laissais mon esprit vagabonder. Il revenait tout seul et de lui-même sur deux sujets récurrents, dès que j'avais le dos tourné, comme des obsessions trop longtemps refoulées. Je repensais à ma famille, ce qui revenait à contempler le miroir de ma solitude. Le chagrin s'était estompé au fil du temps et s'était progressivement transformé en une sorte de mélancolie. Sans doute la résignation était-elle à l'origine de ce changement progressif. La vie continuait pour moi, et si celle que je vivais à ces moments-là ne correspondait pas à ce que j'aurais pu imaginer, je ressentais bien que c'était déjà une chance. J'avais un toit, je vivais dans cette deuxième famille qui m'avait hébergé, me faisant oublier doucement les différences.

Et puis il y avait Balbine, que mon esprit s'apprêtait à reléguer au rang des

94 - 1709

souvenirs. Si je ne l'avais pas revue l'été précédent, j'aurais pu l'oublier. En tous les cas, j'aurais fini par me persuader qu'il n'y avait rien à espérer d'autre. Et pourtant, il y avait eu cette circonstance aveugle qui nous avait permis de nous croiser une seconde fois et de nous reconnaître. Nous étions à deux pas de nous toucher et le destin nous séparait encore, pour mieux bander l'arc de la détermination. Il y avait quelque chose dans ses yeux qu'elle ne pourrait nier et que je voulais recevoir. Nous étions pourtant à un âge où rien ne se décide, mais nos solitudes avaient armé ce piège de la plus sûre des façons. Malgré la noirceur de la nuit, le visage de Balbine éclairait mes espoirs. Ses lèvres rouges faisaient ressortir sa peau si pâle, dans le cadre strict de sa tenue de novice. Si j'avais été fortuné, aventurier et plus courageux, je serais déjà retourné à Saint-Malo l'arracher à cette destinée qui ne lui ressemblait pas. Mais comme je n'avais ni les moyens ni même l'idée de mon entreprise, elle resterait à l'état de projet, jusqu'à ce que son élaboration la rende moins hasardeuse. Curieusement, mon âge ne me semblait pas un obstacle, mais bien un avantage. En attendant, je rêvais, persuadé qu'elle faisait de même de son côté.

J'aurais été incapable de dire combien de temps avait duré le voyage. Il y eut un dernier cahot et la voiture s'arrêta. Pomardini n'attendit pas que le cocher vienne nous ouvrir : il fit bâiller la portière pour évaluer la situation. La nuit était toujours aussi épaisse, doublée du rideau opaque de la pluie. Une lueur tentait de survivre à hauteur d'homme : une fenêtre sans doute.

— Tu es prêt ?

Je fis signe de la tête, mais il avait déjà bondi dehors, faisant basculer le carrosse comme un navire à l'amarre. J'avais failli perdre l'équilibre et me retins au dernier moment au montant de la portière. Puis, je sautai et courus à sa suite, sans savoir vraiment où j'allais. Il était parti dans la direction de la lumière. Le sol montait en pente douce. Je grimpai en courant et arrivai devant une porte massive, dont l'un des battants était ouvert. On avait pris soin de faire brûler deux torchères pour nous guider. Car en dehors de ces signaux, il n'y avait que la nuit tout autour. J'entrai à la suite de Mario. Nous étions dans une sorte de vestibule : une pièce étroite dont les plafonds très hauts se voûtaient en arches gothiques. À gauche, une petite porte était entrouverte sur une pièce où je ne pus rien distinguer. Pomardini posa son sac sur le sol et ôta son chapeau. Je fis de même. La pluie goûtait à nos pieds sur le dallage de pierre. Mario semblait familier avec les lieux. Il ne disait rien, ne bougeait pas, attendant qu'on vienne nous accueillir. Une longue plainte résonna, sans qu'il soit véritablement possible de savoir d'où provenait l'agonie. Difficile aussi de reconnaître dans ce cri le gosier humain qui l'avait exprimé. Un domestique en livrée se présenta enfin, armé d'un énorme chandelier où brûlaient cinq bougies très hautes. Son habit était mouillé aux épaules et sa perruque avait un aspect misérable. Sans s'embarrasser de politesses, Pomardini lui demanda :

— Où est le comte ?

— Dans sa chambre, de l'autre côté.

— Allons-y.

Le valet semblait hésiter en me regardant. Pomardini s'impatientait.
— Et, quoi ? Il n'y a pas de temps à perdre.
— Croyez-vous que ce soit la place d'un garçon ?
— C'est mon assistant, il vient avec moi.
— Très bien.

Et l'autre tourna les talons sans commentaire. Pomardini ramassa son sac et nous suivîmes notre guide jusqu'à un petit escalier très étroit, qui s'enroulait sur lui-même. Les marches très serrées imposaient une attention toute particulière. La pluie avait rendu le sol glissant. La lumière du chandelier suffisait à peine pour m'éclairer. J'étais le dernier et je sentais les ténèbres se refermer derrière moi. Un nouveau cri retentit plus haut. Sous la voûte de l'escalier, le hurlement était encore plus saisissant et j'accélérai instinctivement comme ceux qui me précédaient. Nos pas résonnaient d'autant, une fois que le cri avait épuisé son écho.

À la fin de l'escalier, une petite porte ouvrait sur l'extérieur. L'obscurité et la pluie toujours très dense empêchaient de distinguer le moindre détail. Le domestique posa le chandelier sur une petite console et nous conseilla de nous couvrir. Puis il partit devant dans le noir sans rien dire. Pomardini s'enfonça dans la nuit à sa suite. Je ne tardai pas derrière eux. Juste devant moi, je distinguai leurs silhouettes et quelques coudées plus loin, une vague lueur. Nous pénétrâmes dans une autre pièce minuscule où nous attendait un autre chandelier laissé allumé. Avec cette pluie, c'était une précaution élémentaire. Cela faisait à peine quelques instants que j'étais entré dans ce château et j'étais déjà perdu. Dans le noir, il m'était impossible de me repérer et de comprendre où je me trouvais.

Nous descendîmes ensuite quelques marches d'un autre petit escalier encore plus étroit. Puis ce fut une nouvelle porte sur la nuit. Une nouvelle course à l'aveugle. Nous étions trempés, finalement. Un autre chandelier attendait dans une sorte d'antichambre. Une nouvelle volée de quelques marches, et une seconde porte en haut. La lumière timide des chandelles éclairait à peine jusque-là, mais suffisamment pour montrer qu'il n'y avait pas d'autre voie. Nous étions à destination. Et je me rendis compte que cela ne me rassurait qu'à moitié.

— Va-t-il venir à la fin ? L'avez-vous trouvé ?

Une voix terrible, comme le rugissement d'un lion sortit de derrière la porte. Le valet me tendit le chandelier, signifiant qu'il n'irait pas plus loin, comme si nous nous trouvions à l'entrée des enfers. Pomardini s'approcha et me fit signe avant d'écarter la tenture.

— Viens m'éclairer, Jean.

Je m'approchai et Mario me poussa devant lui. Je montai les marches et m'arrêtai devant la porte.

— Ouvre ! M'ordonna Mario.

Il était maintenant juste derrière moi, je n'avais d'autre solution que lui obéir. J'entrai donc le premier.

Ce qu'il y avait de plus impressionnant, c'était la taille de la chambre : une petite pièce carrée, au plafond très bas. Ce qui me marqua d'abord, c'était une odeur terrible, celle que j'avais connue autrefois dans la cale de certains navires. La sensation qu'il n'y avait pas eut la moindre aération depuis plusieurs jours. Ici, les humeurs les plus terribles que peut produire le corps humain se conjuguaient, imprégnant les tissus et assaillant le visiteur avec une agressivité effroyable. Comme une colle qui vient sur vous de partout, qui envahit vos poumons encore neufs de l'air de l'extérieur. Pire qu'une simple odeur, une emprise qui vous saisit pour vous étouffer. J'en vins à regretter la pluie et la tempête. Dehors au moins, c'était respirable. Si j'avais connu le terme à l'époque, j'aurais qualifié l'endroit de cloaque. Il y avait pourtant quelques ouvertures sur les murailles de pierre brute, mais elles étaient occultées par de lourds rideaux noirs.

Dans un coin, un simple lit. La créature rugissante se trouvait sous un tas de couvertures. Une vieille perruque gisait près du chevet comme une bête morte. Au pied du lit, deux pots en faïence blanche. Un grand chandelier sur un pied de fer forgé supportait une dizaine de chandelles. Seulement deux ou trois brûlaient, diffusant une lumière si misérable qu'il était difficile de distinguer d'autres détails. De l'autre côté, une cheminée étroite abritait un feu qui mourrait doucement. Aucun ornement sur les murs, pas même un simple crucifix. Je m'étais arrêté à l'entrée, et n'eus qu'un bref instant pour observer toute la scène. Pomardini me poussa et me prit le chandelier des mains.

— Ne reste pas planté là, nous avons de l'ouvrage.

Et il s'avança vers le lit.

— C'est toi, Pomardini ? J'ai entendu le carrosse.

Je me demandai bien comment il avait fait pour nous entendre arriver, car avec l'épaisseur des murs, on ne percevait que très faiblement le bruit de la pluie, alors celui du carrosse... Il n'y avait que les sifflements lugubres du vent qui se glissait partout. Pomardini était au chevet du malade. Il souleva sans ménagement l'amas d'édredons. L'homme était assis plus qu'allongé. Une armée de coussins dans son dos supportait une carcasse très maigre. Il était en chemise. La partie inférieure de son corps était entortillée dans un drap gris.

— Tu en as mis du temps à venir !

— Je suis venu tout de suite, monsieur le comte.

Son visage était marqué par les souffrances, mais son regard bleu et vif gardait une acuité saisissante, malgré la fièvre. Ses joues n'avaient pas été rasées depuis plusieurs semaines et cela contrastait nettement avec son crâne qui avait perdu tous ses cheveux. Il me regarda et je me sentis comme dénudé d'un coup par ces yeux d'une intensité troublante. Certes pour briller autant, ils exprimaient la maladie. Mais il y avait autre chose.

— Qui c'est, celui-là ?

— C'est Jean, mon apprenti.

— Tu as des apprentis, maintenant ?

La douleur lui arracha un nouveau cri terrible. Il se prit le bas-ventre à deux mains et se plia en deux comme s'il venait de recevoir le pire des coups qu'un homme puisse craindre.

— Je souffre la mort, Mario. Fais quelque chose, vite! Toi seul peux me sauver!

— Il faut d'abord que je regarde.

— Regarde ce que tu veux, mais dépêche-toi, sinon dans quelques heures, si tu tardes encore, c'est mon cadavre dont tu auras à t'occuper. Et ton art ne va pas jusque-là.

Pomardini se pencha sur les deux pots de chambre au pied du lit. J'étais derrière lui, et malgré ma répugnance j'observai comme mon maître. Cela m'évitait en outre de penser aux yeux du comte toujours fixés sur moi. Dans le premier pot, quelques excréments ridicules finissaient de sécher : le crottin d'un lapin ou d'une chèvre. Dans l'autre se trouvait un liquide vraiment nauséabond, de couleur orangée avec une espèce de dépôt noirâtre au fond et sur les bords. Pomardini le fit tourner comme s'il espérait y lire l'avenir de son malade. L'urine moussa un peu, et me confirma ce dont il s'agissait.

— J'ai tout conservé, comme tu m'avais dit, si le mal devait revenir. Tu veux en faire collection?

— Non, mais je peux juger de l'ancienneté et de l'étendue du mal.

— Ça, tu n'as qu'à me demander! Je peux te dire.

— Je vais vous palper, maintenant.

— C'est bien nécessaire? Le moindre mouvement ou le moindre contact est atroce.

— Vous avez connu pire.

— Non, je ne pense pas. Ma jambe, ce n'était rien à côté.

Pomardini s'était redressé, il regagna le bord du lit et tira le drap pour découvrir le malade. Comme il m'avait prévenu, une jambe manquait. Je ne sais pas ce qui était le plus difficile à regarder. Du pied encore à sa place, violacé, les ongles recourbés et sales. De mauvaises veines couraient tout le long de la jambe, comme prêtes à éclater. De l'autre côté, il y avait le moignon, guère plus engageant. La chair avait été coupée à mi-cuisse, et la cicatrisation n'avait dû se faire que par miracle et dans le plus complet désordre, car la peau était boursouflée, irrégulière, toute en creux et bosses.

— Et quoi, l'assistant? Ne me regarde pas comme ça et aide ton maître! Sinon je te fais jeter au cachot!

Et il éclata de rire en voyant ma mine terrifiée. Mais son rire se transforma en râle, quand Pomardini appuya sur le bas de son ventre avec ses deux mains à plat. L'autre cria, se tenant aux draps, dressé comme s'il avait été blessé encore plus durement.

— Espèce d'avaleur de pois gris[95] ! Je te ferai donner le bâton pour oser me faire aussi mal!

Mario palpa encore, les yeux fermés. Comme s'il n'avait rien entendu, il laissa passer la colère du malade et bien d'autres insultes encore. Il cherchait quelque chose, tandis que l'autre souffrait.

— Elle est descendue. Mais je pense qu'il faudra la chercher.

95 - Surnom parfois donné au charlatan

175

— Qu'est-ce que tu veux dire ?

— Le caillou est descendu dans la vessie, ce qui n'est déjà pas si mal. Mais il est très gros. Je vais essayer les médecines et si ça ne va pas mieux demain, il faudra pratiquer la taille.

— Fais ce que tu dois, mais ne traîne pas.

Pomardini fouilla dans le sac et en sortit plusieurs fioles. Il avisa, sur une petite table à côté du lit, un verre vide qu'il prit et dans lequel il fit son mélange, tout en m'expliquant :

— De la belladone pour la douleur, de l'essence de citron pour l'acidité, ce qui va aider à dissoudre la pierre, de l'extrait de tilleul pour la même raison. Esprit de nitre et de vin pour finir. J'ajoute quelques gouttes d'une certaine panacée dont je te donnerai le secret plus tard.

Il mélangea le tout en faisant tourner le verre sur lui-même. Pendant ce temps, le comte continuait de se plaindre.

— Tu n'es pas à enseigner sur les bancs. Mon château n'est pas la faculté, dépêche-toi, charlatan ! Dépêche-toi de me soulager et ne perds pas de temps en vaines explications !

Pomardini restait imperturbable.

— Va lui donner, il faut bien que tu serves à quelque chose.

J'apportai le verre au chevet du malade. Il me regarda bien en face.

— Ce n'est pas un poison que tu me débites là ?

— Non, monsieur.

— *Non, monsieur* ! Ah, ah ! Tu fais un drôle d'assistant, toi. Et dis-moi, Mario, il faudra que tu lui apprennes les manières à ton garçon. Ce n'est pas comme ça qu'il va arriver dans la vie. À ta santé Pomardini et j'espère pour toi que ça va faire son effet promptement. Sinon, j'appelle un vrai médecin pour qu'il me saigne et me purge !

Il avala le breuvage, grimaça et se laissa aller en arrière avec un soupir de soulagement, comme si l'idée même qu'il venait de recevoir le traitement faisait déjà son effet. Il ferma les yeux. Puis il tendit le verre vide dans ma direction.

— Reste pour me veiller, Mario, le petit peut aller dormir dans une chambre des tours.

— Je préfère rester.

Malgré l'atmosphère terrible qui régnait là-dedans, il n'était pas question que je me retrouve seul à écouter siffler le vent au-dessus des cris du bonhomme. Pomardini eut pitié de moi.

— Le garçon reste, je peux avoir besoin de lui. Maintenant, il me faut de l'eau chaude.

— Tu trouveras ça en bas dans les cuisines. Jules !

Dès qu'il appela, le valet qui nous avait accompagnés tout à l'heure apparut dans la chambre comme un spectre.

— Donne tes ordres, Mario.

Pomardini fouilla dans son sac et en sortit un paquet qui semblait assez lourd et qui fit un bruit métallique lorsqu'il le posa sur le sol. Il défit le linge blanc dans lequel se trouvaient des instruments de chirurgie. Mais à les voir ainsi, ils auraient aussi bien pu servir à un jardinier ou à un boucher. Il en choisit cinq, qu'il tendit au domestique. Celui-ci eut un léger mouvement de recul en les voyant : à son tour d'avoir peur.

— Ne crains rien. Tu vas me mettre à bouillir ces instruments, puis tu les poseras dans un linge bien sec et tu les tiendras prêts pour quand je te dirai. Prends-en grand soin. Tu m'as bien compris ?

— Oui.

L'autre n'usait d'aucune formule avec Pomardini, le considérant de domestique à domestique, sans aucun respect pour l'art de mon maître. Ce dernier ne s'en offusqua nullement, estimant que l'heure n'était pas aux chamailleries, du moment que le valet faisait ce qu'on lui demandait. Jules prit les ferrailles sous son bras et sortit. Pomardini se tourna vers moi, et désigna un coin de la pièce où se trouvait un grand fauteuil.

— Va te reposer. J'aurai besoin de toi tout à l'heure.

Il n'y avait pas à discuter. Même si je ne ressentais ni la fatigue ni l'envie de relâcher ma vigilance une seule seconde, même si j'aurais aimé en savoir plus sur cette maladie capable de provoquer de telles souffrances, je m'installai à l'endroit qu'il m'avait désigné. Je trouvai sur le fauteuil une pièce de bois étrange que je posai par terre. Ce n'est qu'au moment où je l'eus dans les mains que je compris qu'il s'agissait de la jambe de bois du comte. Cette découverte complétait l'atmosphère de cauchemar. Je me calai du mieux possible sur le fauteuil et tentai de somnoler. Le frémissement d'un courant d'air perfide contre ma joue, les frissons qui me secouaient et les gémissements d'agonie du malade qui revenaient régulièrement ne me permirent pas de trouver un vrai sommeil. Je fermai les yeux et tentai de ne plus penser à rien. Même le souvenir de Balbine ne me fut d'aucun secours. Et mêler son souvenir à cette ambiance nauséabonde me parut odieux. Il fallait que ça passe... Et la nuit passa, avec la lenteur de ces heures d'insomnie où l'angoisse semble retenir chaque minute au chevet de nos craintes.

J'entendais parfois Pomardini qui s'affairait près du comte. J'écoutais le bruit des petites fioles qui tintaient, tandis qu'il épuisait son art pour soulager le malheureux. Le domestique revint au milieu de la nuit, pour lui dire qu'il avait fait selon ses instructions, et il lui remit un linge immaculé, lourd des précieux instruments. Impossible d'imaginer quelle heure il pouvait être. Toute notion du temps échappait. Deux jours auraient pu passer que je ne m'en serais pas aperçu. Jules nous donna à chacun une couverture avec un air compatissant. Finalement, il n'était pas si mauvais bougre que j'avais voulu le penser au départ. Il changea quelques-unes des bougies qui commençaient à s'éteindre, jeta une bûche dans le feu, le sauvant in extremis de l'extinction et il sortit.

Le calme revenu, le malade finit par s'apaiser. Et je pus somnoler doucement, bercé entre deux cauchemars qui se combattaient farouchement : celui de la réalité et celui de mes rêves, qui ne valait guère mieux. Je me réveillais parfois en sursaut, me croyant aux *Deux Perdrix*, mais il n'en était rien.

Le malade, apaisé après tant d'agonie, pouvait laisser craindre qu'il était passé de vie à trépas. J'exerçais mon regard dans la pénombre, jusqu'à obtenir la certitude qu'il respirait encore. Puis je me rendormais. Pomardini ronflait puissamment près de son patient, ne semblant pas affecté par l'inconfort de son installation. Un simple coussin, à même le sol de pierre, près du lit. Je ne sais pas combien de temps tout cela dura, mais je finis par m'endormir définitivement d'un sommeil alourdi de tant de fatigue, que rien ne semblait plus pouvoir perturber.

Je fus éveillé par une lumière vive, inespérée. Non par celle ondoyante des bougies ni par celle du feu misérable qui n'en finissait pas de mourir, tout simplement par celle du jour. Ce n'était pas encore un grand soleil, mais une telle lueur, dans cette caverne infecte, avait valeur d'émerveillement. Pomardini était debout, devant une des fenêtres, dont il avait écarté la tenture. Il avait ouvert le battant d'une lucarne minuscule, laissant entrer un air, certes vif, mais salvateur. Pour la première fois, je pus me rendre compte un peu mieux de l'endroit où nous nous trouvions. La profondeur de l'embrasure révélait l'épaisseur impressionnante des murs qui nous entouraient. Il n'y avait en réalité que deux fenêtres dans cette pièce, mais je n'avais pas imaginé avant ce matin-là, le bonheur simple de l'inspiration d'un air limpide et franc. Le malade était invisible sous les couvertures, aucun bruit ne permettait de préciser son état. Pomardini se rapprocha de moi et me parla à voix basse.

— Il dort, mes potions ont pu le calmer un peu, mais il va falloir opérer. Viens, je vais t'expliquer ton rôle.

Je pris ma couverture avec moi et nous nous installâmes devant la fenêtre ouverte. Dehors, la pluie s'était calmée, le ciel roulait de gros nuages méchants, mais la seule lumière du monde des vivants suffisait à me réconforter. Nous dominions le sommet des arbres. Au-delà des futaies, on devinait les reflets d'un plan d'eau.

Pomardini tenait dans sa main un épais volume, et je crois bien que c'était celui que j'avais aperçu plusieurs fois dans la remise. Il s'assit sur le sol et posa le livre devant nous. Il fit glisser les pages ; elles étaient annotées de toute part, au moindre endroit laissé libre par l'imprimeur. Une main impatiente, à l'écriture fébrile, celle de Mario assurément. Il me montra une première image où étaient dessinées des sortes de pierres, mais il était difficile de se rendre compte de la taille.

— Tu vois, ce sont des cailloux qui se forment aux dépens de l'urine. Empêchant le malade de pisser normalement, ils provoquent des douleurs terribles et parfois entraînent la mort par la pression qui remonte sur les reins.

Je ne comprenais pas tout ce qu'il me disait, car à cette époque, si mon entendement de la structure du crâne avait beaucoup progressé, je ne connaissais pas grand-chose du reste de l'anatomie, en dehors de mes dix doigts. Je regardai longuement ces deux gravures où deux concrétions boursouflées occupaient toute la page.

— Vois-tu ? Celles-là ont provoqué la mort du pape Innocent[96]. On lui a retiré ces pierres directement dans ses reins… Après sa mort.

J'avais beaucoup de mal à imaginer. Pomardini me laissa méditer quelques instants sur la gravité de la situation, devant cette illustration étonnante. Puis il s'arrêta ensuite sur une autre page de gravures, où l'on pouvait distinguer toutes sortes d'instruments alignés.

— Je pense que la taille du petit appareil suffira. Sinon ça risque d'être beaucoup plus compliqué.

— Qu'est-ce que c'est ?

— On est obligé de passer la grande sonde, que tu vois là, jusqu'à la vessie et ensuite, avec la lancette dessinée ici, on taille sur toute la longueur avec cette lame. Après, c'est très facile de trouver la pierre et de l'ôter. Mais, c'est beaucoup plus douloureux pour le malade, et après, il y a beaucoup de complications.

Je n'avais aucun doute, sur l'endroit où il fallait enfoncer la sonde que je voyais sur le dessin, et l'organe qu'il fallait ainsi tailler. Ma surprise devint encore plus grande, lorsqu'il entrouvrit le linge pour me montrer les instruments. Ils correspondaient parfaitement aux images du livre, mais leur taille, trois à quatre fois plus grande, en faisait des accessoires de torture. Il y avait aussi deux grandes pinces destinées à prendre la pierre pour la sortir. J'imaginais en frissonnant ces instruments d'acier brut fouiller mes chairs. Même pour me soulager du plus terrible des maux, c'était au-delà de mon imagination. Pomardini suivait mes pensées.

— Si tu doutes à ce point de la nécessité d'agir, c'est bien que tu ne peux pas imaginer ce qu'endure le pauvre homme depuis plusieurs jours. Crois-moi, il est maintenant prêt à tout pour qu'on le soulage. Peu lui importe la manière. Nous n'avons que peu de solutions. Comme il ne peut plus pisser depuis plusieurs jours, je pense que le col de la vessie est inflammatoire et qu'on ne pourra pas la vider par un simple sondage. Comme c'est la troisième fois que ça lui arrive depuis que je le soigne, il faut enlever la pierre. Elle ne doit pas être loin, au vu du sable qu'on trouve dans ses dernières urines. Inutile de ponctionner la vessie, il faut y aller directement.

Je restai muet, essayant de retenir toutes ces informations et de calmer mon envie de me sauver. Pomardini ne prêtait aucune attention à mes hésitations.

— Maintenant, laisse-moi relire quelques notes, je ne dois pas me tromper.

Quelques minutes plus tard, le domestique entra dans la chambre religieusement, comme si le repos de son maître était la principale de ses préoccupations. Il posa sur la table, à côté de son lit, un plateau très chargé. Puis, il remit une bûche dans le feu, jeta un œil vers la fenêtre entrouverte, montrant clairement qu'il désapprouvait la manœuvre. Mais, il respecta le choix de Pomardini, qui le regardait faire depuis que le domestique était entré. Lorsqu'il fut parti, je m'approchai du plateau. La faim commençait à se faire sentir, et c'était un signe de ma bonne santé que cet appétit-là.

Il y avait sur le plateau un curieux mélange : de nourriture d'une part,

---

96 - Innocent XI

pour nous donner les forces nécessaires à notre entreprise. D'autre part, des bandages et des morceaux de linge coupés en morceaux, dont je n'imaginais pas l'usage. À côté de deux bols de soupe épaisse, deux larges tartines de pain noir frottées de saindoux et une petite assiette de beurre. Un couteau, deux cuillères, une grande bouteille de vin et un verre et deux gobelets en étain complétaient l'ensemble. Pomardini s'était installé dans le grand fauteuil, qu'il avait tiré devant le feu. Et il continuait à lire. Il jeta un œil rapide sur ce que le domestique avait apporté, puis il me dit :

— Apporte-moi mon déjeuner, mais réserve le beurre. Et verse du vin dans le verre du comte.

Sans comprendre pour le beurre, je servis le comte. J'apportai ensuite les deux bols, les tartines sur le plateau. Je laissai au chevet du lit les bandages, les pansements et l'assiette de beurre.

— Tu n'as pas touché au beurre, comme je t'ai dit ?

— Non.

— Maintenant, mange, et ne bois pas trop de vin pour garder ton déjeuner en sûreté pendant l'opération.

Il commença à manger, trempant les tartines dans la soupe. Il faisait grand bruit, plus préoccupé par ses révisions que par les bienséances. Il me parlait en même temps. Je l'écoutais en mangeant ma tartine.

— Tu ne devras pas te formaliser de ses cris, tu as le rôle le plus important. Le valet se placera aux épaules. Toi, tu tiendras les jambes et maintiendras les bourses bien relevées pour que je ne risque pas de les blesser. Tu dois imaginer que tu tiens un taureau entre tes bras, comme ça tu ne seras pas surpris quand il va se débattre. Tu ne dois pas avoir peur, et il ne doit pas bouger. Tu placeras exactement tes doigts comme je te dirai, pour que je ne risque pas de te couper. Tu comprends ?

Je n'avais jamais vu de taureau ailleurs que dans les livres, mais je n'avais aucun doute sur la puissance de l'animal. Je hochais la tête à chaque recommandation, sentant dans l'imminence de notre action, une grande part de peur, mais aussi une sorte d'excitation. Je me dépêchai de finir ma tartine, car mon appétit, pourtant affirmé au réveil, s'en trouvait maintenant quelque peu retourné. Le malade se mit à gémir.

— Qu'est-ce que c'est que cette lumière ?

Pomardini posa le bol qu'il venait de finir, ferma son livre et le posa précautionneusement sur le fauteuil, avant de se porter au chevet du malade. Sans hésiter, il écarta les couvertures. Le résultat ne manqua pas et les insultes fusèrent.

— Ferme-moi ces rideaux ! Cette clarté m'insupporte !

— J'ai besoin de lumière pour opérer. Vous n'avez pas envie que je vous coupe les bourses ?

— N'importe quoi pour me soulager.

— Ça ne sera pas nécessaire. Vous avez envie d'uriner ?

— Je n'ai envie que de ça depuis deux jours, rien que l'idée me fait un mal de chien.

— Alors, on va essayer une dernière fois. Je vais vous aider.

Le malade commença à se tourner dans le lit, mit son pied en dehors et, s'appuyant au bras de Pomardini, il se dressa péniblement. Mario tenait le vase de porcelaine à l'endroit adéquat, sous la chemise. Cela dura plusieurs secondes, l'autre grimaçait. Le silence fut interrompu par la pluie qui se remit tranquillement à tomber avec ironie. Le comte se laissa aller en arrière sur le lit, poussa un juron de désespoir. Pomardini posa le pot vide. Puis, il sortit d'une de ses poches une fiole dont il versa quelques gouttes dans le verre de vin, avant de le tendre au malade.

— Qu'est-ce que c'est?

— Un narcotique, ça vous aidera à surmonter la douleur.

L'autre avala le verre d'un trait et le tendit à l'opérateur.

— Un autre.

Le deuxième verre vidé, il sembla un peu soulagé. Pomardini appela le valet et lui ordonna de partir avec moi, pour chercher la table qu'il avait dû lui demander de préparer. Le seigneur avait compris, il se releva sur un coude et dit :

— Si je dois mourir, je ne veux pas que ce soit sur une vulgaire table de cuisine. Un comte de Combourg peut mourir dans son lit, s'il ne meurt pas au champ de bataille. Ça n'est pas bien grave, mais pas là où on découpe le cochon.

— Comme vous voudrez.

Le domestique attendait les consignes, prêt à obéir à son véritable maître, celui qui le payait. L'autre ne bougea pas et le comte eut pour la première fois l'air anxieux.

— C'est maintenant?

Pomardini hocha la tête sans rien dire et fit signe au valet. Celui-ci alla fermer la fenêtre, écarta les rideaux de l'autre pour laisser entrer plus de lumière. Il chargea le feu avec deux grosses bûches. Puis, il sortit et ramena une gamelle qui fumait, il la posa par terre près du lit.

— Donne-moi un dernier verre.

Pomardini versa et l'autre but. Sa main ne tremblait pas, mais sa voix légèrement.

— Je vais vivre?

— Vous survivrez à Marlborough[97].

— Fasse le ciel que tu dises vrai. Comment dois-je me placer?

— Vous allez vous coucher sur le côté, mais vous devez mettre votre pied à la tête du lit et la tête au pied. Ainsi, je serai bien placé pour l'opération.

Je m'approchai. Le pauvre homme se tortilla pour se placer comme Mario lui avait ordonné. Ainsi, il nous tournait le dos. Ce serait sans doute moins difficile pour nous de ne pas voir les signes de souffrance sur son visage. Le cocher venait de faire son apparition, il était terrorisé à l'idée de participer à

---

97 - Cette boutade de Mario Pomardini fait référence à une anecdote de la bataille de Malplaquet. Croyant le duc de Marlborough mort durant la bataille, les soldats français composèrent à cette occasion la chanson *Marlborough s'en va en guerre*. En réalité, celui-ci n'avait même pas été blessé.

cette entreprise, mais le choix ne lui en avait pas été laissé. Chacun ici jouait sa place, Pomardini sa réputation, et le malade, sa vie peut-être.

— Jean, tu me passeras les instruments.

Je déployai le drap et alignai les instruments qu'il m'avait décrits juste avant. Je n'étais pas sûr de tout bien reconnaître, même si la ressemblance avec les gravures du livre était très nette.

— Tu te souviens de tout ?

— Oui, je crois.

— Ça va aller très vite, je n'aurai pas le temps de vérifier. Ne te trompe pas.

Je me rendis compte à ce moment qu'il ne m'avait expliqué que les grandes lignes. J'essayai de me remémorer le schéma et les différentes étapes, mais c'était trop tard. Pomardini manipula le comte de manière à faire saillir ses fesses hors du lit. Il avait remonté la chemise jusqu'à la moitié du torse. L'homme était maigre et sa peau était couverte de cicatrices. Mario fit signe au valet.

— Tu prends les épaules, et tu n'as pas intérêt à ce qu'il bouge. Monsieur le comte, croisez les bras !

Le comte avait les jambes pliées sur le lit. Pomardini fit signe au cocher

— Tu te places à califourchon sur les cuisses et tu les tiens serrées. Toi, Jean, tu te places derrière lui sur le lit. Avec ta main gauche, tu soulèves les bourses comme ça.

Pomardini guida ma main. Je dois dire que le contact fut surprenant.

— Et maintenant plus personne ne bouge !

Mario se passa les mains dans l'eau chaude qu'on avait apportée et les sécha dans un des linges propres. Puis, il passa son index gauche dans le beurre et l'enduisit sur toutes ses faces. Il nous regarda chacun à notre tour, perchés sur le lit, prêts pour la chevauchée barbare.

— Prêts ?

Je me contentai de hocher la tête. Les autres ne dirent rien.

— Prêt, monsieur le comte ?

L'autre grogna. Puis effectivement, tout alla très vite.

— Jean, prépare la lancette.

Je tendais déjà l'instrument tranchant au-dessus des fesses de l'homme. Mario introduisit son doigt gauche dans l'anus et poussa très vite. L'autre se mit à crier et à gesticuler dans tous les sens.

— Tenez-le mieux que ça, bon sang ! La lancette !

Il m'arracha l'instrument des doigts. À l'endroit où la peau bombait, pro-bablement pas très loin de son propre doigt et pas très loin des miens qui tenaient les bourses, il trancha la peau d'un coup franc. Je vis la lame entrer aussi facilement que dans le beurre lui-même. Le malheureux hurla, épuisant ses dernières forces, mais montrant qu'il était encore possible de crier davantage qu'il le faisait depuis la veille. Le sang coula, extrêmement fluide. Bientôt, une rosée abondante se répandit en bouillonnant comme un torrent sur le parquet de la chambre. L'odeur était forte : de la pisse de cheval. Nous tenions le comte fermement, et malgré ses tentatives désespérées pour se cabrer, il arrivait juste à faire trembler le lit. Par la plaie entrouverte, on distingua bientôt une masse grisâtre qui faisait saillie, coincée entre les berges. Le bonhomme se remit à hurler. Pomardini cria plus fort.

— La pince, vite !

Je lui passai. Il prit l'instrument sans rien dire et avec une dextérité impressionnante, il saisit la pierre. Ensuite, il la manipula délicatement dans un sens, puis dans l'autre, guidant le mouvement par son autre doigt resté à l'intérieur. Je regardai de tous mes yeux, car il était indispensable que je puisse réagir dès l'instant où mon maître me donnerait un ordre. Les deux domestiques en revanche lorgnaient chacun une fenêtre, comme pour humer l'air et savoir si le printemps allait être doux. Leurs pensées étaient ailleurs, et c'était aussi bien. Il y eut encore un cri, quand Mario tira la pince d'un coup sec, puis, un nouveau flot bruyant de sang et d'urine éclaboussa les draps et le pantalon de Pomardini. Sa préoccupation était autre. Il considéra sa prise avec attention pour vérifier qu'elle ne s'était pas brisée. Le comte s'était un peu apaisé. Quelques tremblements attestaient qu'il était encore en vie.

— En voilà une qui ne viendra plus vous embêter !

Mario jeta le caillou dans le pot en faïence, où finissaient de pourrir les vieilles urines.

— Passe-moi la sonde, Jean !

Avec la sonde, il fouilla délicatement pour vérifier qu'il n'y avait pas une pierre jumelle à l'intérieur. À la fin de l'inspection, il parut satisfait. Je lui donnai une canule en métal sur son ordre et il la glissa délicatement le long de la sonde avant d'enlever cette dernière. Le comte ne bougeait plus.

— C'est bien. Les compresses et les bandes maintenant.

Sans que je comprenne vraiment comment, il confectionna un bandage pour maintenir la canule en place. Puis il plaça un paquet de linge au-dessus et refit un deuxième bandage de manière à confectionner une sorte de grosse culotte, comme on emmaillote un nouveau-né.

— Ça va toujours, monsieur le comte ?

L'autre ne répondait pas. Devant la cruauté du traitement, il avait perdu connaissance, à force de douleur et de fatigue. Pomardini passa la main sous les narines de son malade pour s'assurer qu'il respirait encore. Rassuré, il nous fit signe de relâcher notre étreinte. Le lit ressemblait à un champ de bataille et l'on pouvait croire que, si le seigneur de Combourg avait péri pendant l'opération, c'est bien au combat et avec les honneurs que la chose était arrivée.

Jean-Baptiste Seigneuric

XI

COMBOURG

Après cet épisode particulièrement sauvage, après cette nuit sans sommeil, froide et angoissante, j'en étais revenu d'un coup à des besoins plus naturels. Pomardini était au chevet de son malade et guettait son retour à l'éveil, comme une mère près de son enfant. Je demandai au domestique où se trouvaient les latrines. Il me dit simplement de descendre l'escalier que nous avions emprunté la veille en arrivant. Elles se trouvaient en bas, près des communs. Dans mon souvenir, nous avions monté un escalier puis traversé un passage à ciel ouvert avant d'autres marches et un nouveau passage sous la pluie. En sortant de la chambre, je descendis le petit escalier et me trouvai dans un vestibule avec deux portes, ne me souvenant plus exactement par laquelle nous étions arrivés. J'en empruntai une au hasard, me fiant à un sens de l'orientation tout approximatif. Je me trouvai alors sur un chemin de ronde, entre deux tours. Les créneaux très larges permettaient d'apercevoir les bois alentour. Les tours rondes étaient garnies de tous les attributs d'un bastion du Moyen-Âge, surmontées d'un toit pointu. Par endroits, les ardoises manquaient et découvraient l'ossature malade de la charpente, comme une vieille carcasse. Tourelles, flèches, cheminées et girouettes se disputaient un ciel encore bien chargé.

La pluie avait cessé et je pus sortir sur le chemin de ronde sans me mouiller. Le sol de pierre était glissant et j'avançai prudemment. La direction que j'avais choisie me mena dans une autre tour, puis de là, dans une galerie couverte avec créneaux et mâchicoulis. Par les ouvertures, j'avais une vision globale de l'avant du château ; là où nous étions arrivés la veille. Une cour boueuse bordée d'écuries, un chemin se perdait rapidement dans les bois très proches. Arrivé dans une nouvelle tour, je reconnus enfin l'endroit. Je comprenais enfin la structure de la forteresse : quatre tours reliées par des courtines, communiquant simplement par le chemin de ronde que je venais d'emprunter. Je retrouvai finalement l'escalier principal et le descendit rapidement, mon besoin se faisant plus pressant. Plus je descendais, plus il faisait sombre, et plus le silence des pierres renvoyait l'écho importun de mes pas. Arrivé dans le vestibule, je tombai nez à nez avec une femme un peu forte qui me regarda sans s'étonner et m'indiqua les lieux sans hésiter, à voir mon empressement. C'était la cuisinière.

Je trouvai finalement l'endroit et fit mon affaire tranquillement, essayant de gagner le plus de temps possible, jusqu'à retrouver un peu de calme. Lorsque je sortis, je me demandai combien de temps nous allions rester dans ce château. Quels allaient être nos émoluments pour avoir œuvré dans l'urgence, avec une science aussi experte que celle de Pomardini ? Il avait agi avec dextérité, n'hésitant pas une seconde à trancher un seigneur dans le vif, dans un endroit et dans des circonstances où plus d'un aurait reculé. Cette opération lui avait redonné toute sa superbe et cette assurance que j'avais vues sombrer doucement depuis plusieurs mois. Malgré la nuit éprouvante, j'en retrouvai un courage et une fierté presque légitimes, puisque j'avais moi aussi ma part dans ce triomphe de la chirurgie. À mon avis, la difficulté résidant dans l'intervention elle-même, il n'y avait plus rien à craindre pour la santé du malade : tout était dit. Mort à la pierre ! Malgré son austérité, la majesté de l'endroit témoignait de la noblesse de notre malade. La récompense que nous étions en droit d'attendre serait forcément à la mesure de tout cet équipage.

En sortant, je me trouvai dans la cour du château. Je respirais l'air du matin pour en faire provision, avant de retourner dans la chambre du seigneur, lorsque j'entendis un ferraillement irrégulier. Je n'en reconnus pas tout de suite l'origine. Ma curiosité piquée malgré la fatigue, je me rapprochai de l'endroit d'où provenait le bruit. C'était bien le signe d'un esprit jeune qui, abandonnant son devoir, se détournait de son chemin par simple indiscrétion, comme le marin à l'appel d'une sirène que je ne soupçonnais pas. C'est là ma seule excuse. Cela venait d'une pièce dont la porte à doubles battants était entr'ouverte. J'avançai.

Je ne sus pas d'emblée ce qui était le plus surprenant dans cette scène : son étrangeté, la démesure de la salle ou simplement le personnage lui-même. Avec le recul, je n'ai plus besoin de réfléchir à cette interrogation. J'allais avoir seize ans, j'étais en pleine force de l'âge, et les pensées brûlantes que je nourrissais pour Balbine avaient déjà échauffé mes sens plus d'une fois. Alors, il en aurait fallu beaucoup moins ce jour-là pour exciter mes humeurs.

Au milieu d'une vaste salle éclairée de quelques chandelles et d'un feu de cheminée, Gersende de Coëtquen bataillait contre une armure. La cuirasse passablement rouillée se tenait au milieu de la pièce, une lance pourvue d'une oriflamme comme seule défense. En face, maniant avec une dextérité certaine une épée d'une main et un petit poignard de l'autre, la jeune femme finissait de lacérer la malheureuse bannière. La scène, quoique singulière, concentrait tout l'intérêt sur la combattante.

Je ne la voyais que de trois quarts. Elle était habillée comme un homme. Ce fut du moins ma première impression. Mais après tout, que savais-je des usages des gens de la noblesse ? En revanche, il était certain que la décence interdisait de révéler au premier inconnu un tel degré d'intimité. Et mon excitation confirma rapidement son extravagance. Elle portait un pantalon qui s'arrêtait à mi-mollet, découvrant ses chevilles. Ses pieds nus glissaient sur la pierre sèche, dans un chuintement subtil. Une chemise blanche très large, aux manches souples, volait dans tous les sens selon ses mouvements. Ses mains fines ne portaient aucun bijou, ce qui aurait été gênant pour le combat. Le plus surprenant était sa chevelure, complètement libre. Je n'avais jamais vu cela avant. Ma mère avait toujours porté une sorte de bandeau qui revenait sur l'arrière du crâne, protégeant ses cheveux du vent et du sel. Toutes les femmes de l'île aux chiens portaient ce genre de bavolet[98]. Je ne parle pas des sœurs de Saint-Malo, dont le voile ne laissait même pas deviner la couleur des cheveux. Aliette avait des cheveux très noirs, je l'avais remarqué. Elle laissait toujours échapper quelques mèches de son bonnet, mais je n'en avais jamais vu davantage.

Et là, cette jeune femme continuait de ferrailler, sa chevelure claire roulant sur les épaules à chaque attaque qu'elle infligeait à l'armure impassible. Car il fallait bien être de cet acier-là pour rester insensible à la créature et aux assauts qu'elle ponctuait de petits cris. Elle respirait comme on n'imagine pas qu'une femme ose le faire. Cela ressemblait au souffle des phoques qui venaient parfois nous narguer sur le plain de l'île. Ce détail me fit sourire, car l'image ne correspondait pas du tout avec la silhouette gracile qui évoluait devant moi.

Fasciné par le spectacle, je ne notai pas tout de suite les détails du décor. La salle des gardes était une grande pièce tout en longueur, sans doute la plus grande du château. Quatre fenêtres seulement : deux, face à moi sur la longueur, et une autre sur chacun des petits côtés. L'embrasure toujours aussi impressionnante avait même permis qu'on installât de petits bancs de granit dans leurs sombres alcôves. Les volets étaient clos. Les murs boisés gris-blanc supportaient d'immenses portraits : chevaliers et seigneurs imposants y rivalisaient de morgue. Des gueules à faire peur. Dans un coin, le feu de cheminée éclairait mal l'œil mauvais d'autant de spectres, anciens propriétaires de l'endroit. De ce que j'avais vu du château jusqu'alors, cette pièce n'était pourtant pas la plus terrifiante, probablement parce qu'elle était occupée.

Sur une cathèdre dans un coin, deux collants blancs et une sorte de pourpoint, jetés en désordre, confirmaient que mon intrusion dépassait les limites de la bienséance. Au vu du rang de la jeune fille et de mon statut imprécis dans l'échelle de la domesticité, je risquais déjà quelques coups de bâton pour mon indiscrétion. Sans me rendre compte, j'avais fait quelques pas dans la pièce. Peut-être pour mieux voir, mais cette imprudence risquait de me coûter cher. Ma curiosité ne dura que quelques instants. Je décidai de quitter la pièce. Je reculai doucement. Le plancher craqua. Une seconde plus tard, elle était en face de moi, la pointe de son épée piquait dangereusement la peau de mon cou.

— Qui es-tu ?

Je restai muet comme un imbécile, immobilisé par le danger et par la vision inconvenante. En effet, sa chemise bâillait sur le haut de son cou, quelques gouttes de sueur glissaient sur les reliefs d'un torse pâle, constellé de rousseurs. Mon regard, malgré moi, avait été attiré par ces détails indécents.

— Qu'est-ce que tu regardes comme ça ?

— Rien…

— Réponds ! Qui es-tu ?

Ses yeux marquaient d'abord : grands, très sombres, presque noirs, pleins de

---

98 - Coiffure de jeune paysanne : linge plié et empesé qui présente une longue queue sur les épaules.

curiosité. L'intention de ce regard n'était pas encore avouée, mais son intensité laissait tout craindre. J'y retrouvai la perspicacité du comte, imaginant facilement qu'elle était sa fille. Elle plissait les paupières d'une façon particulière, qui lui donnait une originalité propre, la pénétration d'un chat. Ses lèvres pleines étaient d'un rouge très sombre, comme si le sang qui y coulait était plus chargé que celui d'une autre. Un nez délié au milieu de ce visage-là, ne lui enlevait rien en noblesse et lui prêtait même un rien de modestie. Elle s'impatientait.

— Réponds ou j'appelle!

— Je m'appelle Jean. Jean Passadieu… Crus-je bon d'ajouter.

— Jean suffira, pour ce que j'ai à faire de toi!

Elle sourit légèrement et je sentis la pointe de l'épée se détendre sur ma peau.

— Alors, qu'est-ce que tu fais là?

Elle resta un instant à me dévisager. J'avais moi-même baissé les yeux pour préserver ma vie, regrettant de ne pouvoir poursuivre l'inventaire de la belle escrimeuse. Surtout, je gardais le silence, persuadé que ces questions formelles n'appelaient aucune réponse en réalité. Elle continua.

— On ne t'a jamais dit que ce n'est pas honnête de regarder les jeunes femmes en cachette?

— Je ne savais pas, je suis désolé.

— Ça ne sert à rien d'être désolé! Quand on se fait prendre la main dans le sac, on assume. Qu'est-ce que tu fais ici? Qu'est-ce que tu veux?

Elle enchaîna très vite.

— Tu es un de ces pouilleux du village. Tu espérais quoi, voler un bout de pain? Ou la fille du châtelain?

— Non, je…

Elle s'amusait visiblement de mon embarras, mais je repris courage, me rendant compte de sa méprise.

— Je suis là pour monsieur le comte.

— Rien que ça? En voilà une bonne nouvelle! Qu'est-ce que tu lui veux à mon père? Lui soutirer de l'argent?

— Non! Je suis l'assistant de l'opérateur qui est venu cette nuit. Je me suis égaré en cherchant les latrines.

— Comme c'est chevaleresque! Ne compte pas sur moi pour t'indiquer la route. Tu n'as rien à faire ici et tu le sais.

La pointe de l'épée se fit à nouveau pressante, m'invitant à relever la tête. Elle me dévisagea encore. Elle ne paraissait pas délibérément hostile malgré ses paroles. Elle réfléchit un temps. Le bras qui portait l'épée revint doucement le long de son corps et je remarquai au passage que le pantalon qu'elle portait faisait ressortir ses formes de manière troublante, comme s'il découpait très précisément les contours de sa nudité.

— Arrête de me regarder comme ça. Tu n'as jamais vu une femme de ta vie?

Je baissai les yeux de nouveau, les fermai même, m'apprêtant à recevoir au mieux un soufflet, ou plus vraisemblablement ce coup d'épée que j'avais déjà amplement mérité. La jeune fille éclata de rire. Un son lumineux qui résonna dans la pièce, bien plus agréable que les cris que son père poussait lorsqu'on lui avait incisé le bas-ventre.

— Tu es avec le charlatan ? Vous avez fait du beau travail. Mon père n'a jamais autant hurlé que ce matin. Mais maintenant, je ne l'entends plus. Il n'est pas mort au moins ?

Elle n'avait pas l'air inquiet.

— Nous l'avons opéré, c'est pour cela qu'il a tant crié ce matin. Maintenant, il se repose.

— C'est bien. Et toi, que fais-tu à te promener dans le château comme un voleur ?

— Rien, j'allais remonter dans sa chambre pour veiller votre père.

— Et bien, file ! Pars ! Je ne veux plus te voir ici, Jean, puisque c'est comme cela qu'on t'appelle.

Je repris le chemin du donjon, mais j'imaginai au silence dans mon dos que la jeune femme me suivait du regard. Trop heureux d'avoir échappé à un châtiment, j'espérais surtout que cet épisode allait rester secret entre elle et moi. Pas question de supporter les réprimandes du comte ou les moqueries de mon maître. Lorsque j'arrivai dans la chambre, le maître du château était assis sur son lit, légèrement allongé sur le côté, au milieu d'un tas de coussins. Son teint n'était guère plus rassurant que la veille : Lazare au tombeau, tout au mieux. Pomardini me jeta un regard noir.

— Que faisais-tu ? Tu crois que je t'ai amené ici pour musarder ?

— Je…

Le comte paraissait épuisé. De grosses gouttes de sueur trempaient ses cheveux et son visage. Il me regarda intensément et sentit tout de suite ma gêne. Il sourit péniblement.

— Tu as croisé un fantôme, ou bien ? Un peu plus, si ton maître avait été moins habile, tu aurais pu croiser le mien. Il s'en est fallu de si peu. Alors ?

— Je n'ai pas croisé de fantôme, monsieur le comte.

— Alors pourquoi me sers-tu cette tête-là ?

J'étais incapable de répondre. Avouer une faute avant de connaître les accusations ?

— Tu as dû croiser Gersende. Elle était en bas en train de ferrailler, c'est ça ?

Je répondis timidement.

— Oui, monsieur le comte.

— Ne fais pas attention à elle. Je suppose que dans la tenue où elle se trouvait, il ne restait plus grand-chose avant de ressembler à Vénus ? C'est pour ça que tu as cette tête de meurtrier ?

Je n'étais pas sûr d'avoir saisi l'allusion, et surtout, je ne me sentais pas capable d'avouer au seigneur, que sa fille se trouvait presque nue, alors que je traînais dans ses parages. Même si c'était exclusivement de son fait, c'est moi qui allais en supporter les conséquences. Je ne répondis pas. Le bonhomme dans son lit me regarda amusé, me prenant sans doute un peu en pitié.

— Méfie-toi d'elle. C'est le conseil d'un père. Cette fille est un peu folle, mais c'est la seule qui me reste près de moi. Mon fils est mort il y a quelques semaines à peine, bien trop tôt…

À cette évocation, il sembla véritablement affecté et s'enfonça un peu plus dans ses coussins, comme si la douleur venait de reprendre. Pomardini posa le plat de sa main sur le front du malade.

— La douleur revient?

— Non. Tu n'imagines pas le soulagement par rapport à hier. Il y a la douleur de la plaie, mais ça n'a rien à voir. Je vais dormir un peu, maintenant.

— Bien, monsieur le comte.

Pomardini se rapprocha de moi. Il parla à voix basse pour ne pas troubler le repos du vieil homme.

— Nous allons rester ici quelques jours. Nous ne sommes pas là pour la gaudriole. Considère que tu es ici mon domestique, rien de plus. Tu resteras dans cette chambre avec moi, tu prendras tes repas ici et tu m'assisteras dans tous les soins qu'exige notre malade, jusqu'à sa complète guérison. Tu m'as bien compris?

— Oui.

— Et devant les gens de cette maison, tu m'appelleras maître.

— Bien, maître.

Puis il retourna contrôler l'état de son malade, avant de tirer le grand fauteuil près de lui. Ensuite, il ne fit plus attention à moi, m'abandonnant au désœuvrement, et surtout à l'ennui.

Je repensai à cette rencontre qui m'avait bouleversé, n'arrivant pas à analyser ce qui se détachait du désir brut, et ce qui revenait au souvenir de Balbine. Sincèrement, ma première pensée, en voyant la jeune femme à l'épée, avait été pour la jeune novice. Cela peut paraître paradoxal, mais je n'avais à l'époque qu'une seule référence de la féminité en dehors des femmes de ma famille : c'était Balbine. Gersende n'avait rien à voir avec elle, car elle avait des yeux beaucoup plus vifs, une bouche plus charnue et des formes tangibles. Balbine excitait les états de l'âme, la fille du comte appelait directement des pulsions bien moins élevées. Et pourtant, en y regardant bien, quelque chose les rapprochait toutes les deux. Et cette notion que je ne connaissais pas encore avait un nom : le charme. Et d'une femme à l'autre, il était semblable, puisqu'il me touchait profondément, quoique d'une manière plus ou moins subtile. Je retrouvais dans l'une ce qui manquait à l'autre. Et même si Gersende évoquait des désirs de conquête et de revanche, dès l'instant où je m'étais retrouvé sous sa domination, elle ne stimulait en fait chez moi que la concentration des sentiments accumulés pour Balbine. C'était extrêmement complexe, troublant et lorsque Pomardini m'avait annoncé que nous allions rester au château, je frémis d'excitation et de crainte en même temps. L'espoir de croiser Gersende à nouveau anima, à cet instant, toute mon énergie.

La journée fut morose. Je restai enfermé au donjon avec mon maître, au chevet du malade. Cela ne valait au fond guère mieux qu'une oubliette malsaine.

Le comte prit quelque bouillon. L'urine ne venait pas, mais comme me l'avait expliqué Pomardini, l'excédent s'écoulait actuellement par la canule, permettant à la vessie de se mettre en repos. Le bandage se souillait de sang de manière inquiétante et il allait falloir le changer plus tôt que prévu. Le valet, qui nous avait aidés pour l'opération, était venu informer le malade du souhait de sa fille de lui rendre visite. Il répondit que ce n'était pas la place d'une femme et qu'elle ferait mieux de s'occuper de ses œuvres. L'ironie ne m'avait pas échappé, car pour l'avoir vue en action, j'avais une idée très précise de ce dont elle était capable en matière de charité.

Dans la soirée, Pomardini m'envoya chercher de l'eau aux cuisines. La nuit finissait de tomber. J'étais satisfait d'avoir la permission de sortir de la chambre, où malgré l'aération sommaire du matin, l'atmosphère redevenait aussi lourde qu'un soir d'orage. Quand on baignait dedans, on finissait par l'oublier. Mais lorsqu'il fallait y retourner, même après un court passage dehors, ça me prenait à la gorge. Je commençais à reconnaître le parcours : la topographie du château était simple. Je pouvais emprunter le chemin de ronde, dans l'un ou l'autre sens, sans risque de me perdre. Je descendis l'escalier avec un chandelier dans une main et le récipient que Pomardini m'avait donné dans l'autre. Je devais le remplir d'une eau aussi claire que possible, comme il me l'avait spécifié lui-même. Si là-haut la chambre ressemblait à un champ de bataille, les parties inférieures étaient sombres, comme laissées à l'abandon lorsque personne ne s'y trouvait. À chaque pas, je pouvais m'attendre à croiser un fantôme.

J'avais dû rater une porte et je commençai à regretter de n'avoir pas été plus attentif. J'étais en train de me perdre. Une vague lueur m'attira et je reconnus la grande salle où j'avais rencontré Gersende. Je m'approchai sans bruit et glissai un œil par la porte entr'ouverte. La jeune femme était assise à une table que je n'avais pas remarquée le matin. Mais avais-je été capable alors d'aviser autre chose que l'étonnante créature ? Elle était concentrée sur un livre tandis qu'elle mangeait. Un grand candélabre éclairait son souper solitaire. Elle ne pouvait me voir. Je ne distinguais qu'un long manteau de velours cramoisi qui pendait de part et d'autre du fauteuil, comme la robe d'un monarque, ou au moins d'une princesse. Elle avait dû m'entendre ou sentir ma présence, car elle tendit un bras nu jusqu'au coude au-dessus d'un des accoudoirs : seule tâche claire dans la pénombre que sa peau vaporeuse. Sa main tenait négligemment un verre vide.

— Sers-moi à boire !

Je n'étais pas vraiment sûr qu'elle s'adressait à moi ni qu'elle ne m'avait pas confondu avec le domestique. Il n'y avait pourtant personne d'autre dans la salle. Elle insista :

— Sers-moi, j'ai soif !

Je poussai davantage la porte et entrai.

— Et ferme la porte derrière toi, ne laisse pas perdre la chaleur.

J'obéis et m'approchai. Ayant repéré une aiguière, j'allai la prendre avec l'intention de la servir. Lorsqu'elle me vit, elle ne parut pas surprise, comme si elle m'attendait. Je ne pense pas qu'elle escomptait autre chose de ma présence qu'une distraction ou un simple amusement. Mais j'étais prêt à jouer le bouffon, oubliant bien vite la mission qu'on m'avait confiée. Le feu crépitait dans la cheminée, le corps de Gersende disparaissait sous l'épais manteau qui débordait ses épaules. Sans doute celui de son père. Elle me regarda curieusement.

— Qu'est-ce que tu fais avec ce vase ? Tu vides les latrines ? C'est là tout le talent qu'on souhaite d'un assistant ?

— Je dois aller chercher de l'eau, d'ailleurs…

— Plus tard ! J'ai soif, ne me fais pas attendre.

Je posai mon récipient toujours vide et la servis de vin, m'arrêtant à mi-verre, jugeant la dose correcte pour une jeune femme.

— Verse, on n'est pas à la messe et tu n'es pas un enfant de chœur !

Je finis de remplir le verre.

— Merci.

Elle but d'un trait la moitié. Je reposai la carafe et m'apprêtai à repartir.

— Non, reste !

— Je ne peux pas, je dois aller trouver de l'eau. C'est pour votre père.

— Mon père attendra. Il a des domestiques pour ça. Moi, je m'ennuie à mourir ici. Tu as soif ?

Jusque-là, je ne m'étais pas posé la question, mais un verre de vin ne m'aurait pas déplu pour me réchauffer. Comme je ne répondais pas, elle m'ordonna de me servir. Il y avait un autre verre, qui se trouvait là comme exprès. En revanche, il n'y avait qu'une seule assiette : elle ne m'inviterait probablement pas à partager son souper aussi facilement. Je me servis et je bus. Elle me regardait, la tête penchée sur le côté, essayant de me deviner. J'en étais d'autant moins capable de dissimuler mon trouble.

— Tu es bien jeune, tu as quel âge ?

— J'ai bientôt dix-neuf ans.

Le mensonge était crédible et ne coûtait pas grand-chose.

— C'est bien tôt pour suivre un charlatan. C'est ton père ?

— Mon père est mort.

Son œil s'arrondit légèrement. Mais, comme je ne l'imaginais pas encline à l'apitoiement, je craignis un instant l'ironie. Elle préféra ignorer mon destin tragique, essayant de se racheter par une autre question.

— Et ta mère ?

— Elle est morte, il y a plus longtemps encore.

Elle réfléchit encore et se résolut à ne pas fouiller plus loin dans cette voie.

— Tu as une amie ?

La question était brutale. Personne n'avait jamais osé la formuler, pas même moi, à cette époque.

— Eh bien, ne sois pas sot ! Bois encore un peu avant de répondre, si tu n'oses pas. Ta réponse en sera d'autant plus intéressante.

— Je n'ai pas d'amie.

— Tu n'as pas une fille à laquelle tu penses, comme si elle était ton amie ?

Elle semblait me discerner, car sa question m'avait fait aussitôt penser à

Balbine. Je n'avais aucune raison d'avouer mes aspirations à une inconnue, mais le rapport social qu'il y avait entre nous m'interdisait le mensonge. Il serait ressenti comme un affront. Le fossé entre Gersende et moi donnait à cette conversation intime la dangerosité d'un chemin où l'on risquait de s'égarer en oubliant la distance entre nos deux mondes.

— Eh bien, parle.

— Il y a une jeune femme.

Visiblement elle était déçue. Son emprise sur moi perdait de son évidence, puisqu'une autre femme occupait déjà mes pensées. Non pas que Gersende y souhaitât une place pour elle, mais son arrogance lui donnait la certitude que personne d'autre qu'elle ne l'occupait. Cela transparut quelques instants sur son visage, mais la curiosité prit le dessus, sur un ton peut-être légèrement moins chaleureux.

— Elle est belle ?

— Oui.

La grimace qui s'ensuivit ne laissa aucun doute sur son agacement. Je devais modérer mes réponses et ménager mon hôtesse.

— Tu dirais qu'elle est plus belle que moi ?

— Je ne sais pas.

Je savais que je ne pourrais pas m'en tirer aussi facilement. Je savais parfaitement ce qu'elle attendait. Elle s'ennuyait, et elle espérait que je lui tende le miroir où faire chatoyer sa grâce. Sa beauté charnelle et sanguine avait de quoi déchaîner les passions, celle du corps en particulier, je l'avais éprouvé. Mais au fond, je me sentais plus soucieux d'une beauté moins tapageuse. La conversation prenait un tour périlleux, plutôt un interrogatoire, dont chaque réponse mal pesée pourrait coûter cher.

— Tu dois bien avoir ton idée, non ? Elle est comment ta belle ? Raconte-moi.

J'eus un frisson, simplement parce que j'avais froid. J'étais debout dans cette vaste salle, pas suffisamment vêtu pour rester ainsi aussi loin de la cheminée.

— Tu as froid ? Tu n'as qu'à m'aider à tirer cette chaise au coin du feu.

La situation risquait de se prolonger si je lui obéissais, et je ne perdais pas de vue que Pomardini m'attendait. D'un autre côté, je savais qu'il était inutile de la contrarier. Elle me terrorisait, et elle le savait. Et je crois bien que je commençais à aimer ça. Sa proximité me plaisait et la perspective des réprimandes de Pomardini pesait bien peu face au sourire de Gersende. Je résistais tout de même, pour ne pas montrer une soumission trop évidente.

— Je ne peux pas rester.

Elle eut un mouvement d'agacement très brusque. Sa bouche de petite fille capricieuse se tordit et elle hurla simplement, les yeux tournés vers le plafond de la pièce, comme si elle parlait au ciel.

— De l'eau pour la chambre de mon père !

Quelques secondes plus tard, le valet se présenta. Je lui tendis le récipient que j'aurais dû remplir moi-même. Gersende triomphait. L'autre me regarda

193

avec mépris, comme si j'avais trahi ma caste. Il prit le vaisseau[99] et disparut en fermant la porte sur lui. Nous étions de nouveau seuls. Gersende souriait, de ce sourire gourmand qui stimulait tous les appétits.

— Tu vois, quand on veut, on peut tout.

C'était une chose très facile à dire depuis sa place.

— Aide-moi.

Nous traînâmes le grand fauteuil de bois près du feu. Gersende prit sa part à la manœuvre, découvrant au passage une épaule nue. Mes derniers doutes s'envolèrent : il n'y avait assurément rien d'autre sous le manteau que sa peau souple et pâle. C'était dans son caractère et dans la droite ligne de mes fantasmes. Je remis une bûche dans l'âtre pour cacher mon trouble. Sur son ordre, je m'assis ensuite, presque à ses pieds, sur un gros tapis de laine. Nous avions emporté les verres et le vin avec nous. Le feu se réveilla complètement et rehaussa la noblesse de son visage. Moi, je n'avais pas besoin de ça, mes sens déjà portés au maximum de leur capacité. J'espérais que ce délogement[100] nous permettrait de reprendre la conversation à un moment moins épineux. La pensée de Balbine était doublement gênante : elle entravait ma pudeur, et elle était en complète contradiction avec les émotions charnelles que Gersende soulevait. Mais la jeune femme ne voulait rien rater de mon trouble et, reprenant la conversation à l'endroit même où nous l'avions laissée, elle me demanda de décrire la dame de mes espoirs. Lorsque je racontai les circonstances de notre rencontre, elle fronça les sourcils. L'évocation d'une amourette dans un couvent était enfin une chose capable de la surprendre. Elle demanda sèchement :

— Comment s'appelle-t-elle ?

— Balbine.

Elle eut l'air presque rassuré et surtout amusé, ne comprenant pas plus le nom que moi lorsque je l'avais entendu pour la première fois. Et je dois dire que j'y avais trouvé tout d'abord une consonance simple et ridicule. Mais lorsqu'on plaçait un visage dessus, il n'y avait plus grand-chose à faire, juste s'émouvoir et se taire.

— Et pourquoi pourrais-tu être davantage séduit par une fille comme elle que par une femme comme moi ?

La question était complexe, et je n'étais pas certain cette fois encore de m'en tirer sans la vexer davantage. Ma réponse me surprit moi-même, mais sembla la flatter :

— Parce que je ne vous avais pas vue avant elle.

Elle saisit le compliment malgré la maladresse. Elle sourit plus largement, tendit son verre.

— Ressers-nous, la nuit risque d'être longue.

Au moment où le vin coulait et l'insouciance avec, on hurla dans les étages. Et ce n'était pas le hurlement de douleur du maître des lieux, mais bien la colère et l'impatience du mien. Pomardini m'appelait du haut du chemin de ronde, me

---

99 - Vase (ancien)

100 - Déménagement (ancien)

menaçant de toutes les punitions si je n'accourais pas aussitôt. Gersende gardait le bras tendu. Je me sentis soudain ridicule. Elle était capable, en quelques sourires, de me faire oublier en même temps ma mission et mes sentiments pour Balbine. Il y eut quelques secondes de flottement. Mais je savais que mon devoir me liait au charlatan et qu'il était inutile d'aller contre ce devoir. À y réfléchir, il me sauvait peut-être d'un grand péril. La jeune femme redescendit lentement son bras, ne montrant pas sa déception, mais plutôt cette ironie qu'elle maniait presque aussi bien que l'épée :

— Je crois qu'effectivement tu feras un bon esclave, mais je pense que pour l'heure, tu te trompes de maître. Va renifler là-haut comme un bon chien.

La discussion s'arrêta là. Pomardini hurlait encore et venait de lancer un dernier appel : si je ne répondais pas tout de suite, après ce serait l'enfer.

— Je…

— Ne cherche pas d'excuses, mais ne reviens pas traîner ici lorsque tu en auras assez de lécher le bout de ses bottes.

— Je n'ai pas le choix.

— Que tu crois ! File !

J'évitai ses yeux, persuadé d'y lire davantage ma déception que sa colère. Je montai les marches quatre à quatre, tout en rassurant Mario de mon arrivée imminente. Il était déjà retourné dans la chambre lorsque j'y arrivai. Sur le lit, c'était un autre spectacle qui m'attendait. Un champ de bataille infernal où le sang souillait le moindre espace. Le comte se tordait dans tous les sens, tandis que Pomardini finissait de dérouler le bandage. Le sang coula encore un peu plus, dilué dans l'urine mousseuse. Le valet qui avait apporté l'eau restait dans un coin immobile, pétrifié, lisant déjà la mort de son maître dans les débordements de ses humeurs. Mario m'avait entendu entrer. Il n'était plus temps des remontrances, mais je savais qu'elles viendraient à leur heure.

— Viens ici ! Prépare un nouveau pansement et peut-être un cautère. Toi, là-bas, apporte encore de l'eau.

Le valet s'était approché timidement et tendait à bout de bras le récipient, mais trop loin pour que mon maître puisse l'attraper.

— Plus près, imbécile !

J'étais déjà dans l'action. Je posai l'eau près de Pomardini et me mis à déchirer de nouvelles bandes d'une toile blanche qui se trouvait là. De son côté, Mario aspergeait d'eau froide la zone que nous avions opérée. Le sang coulait comme d'une fontaine et il était impossible de voir d'où cela provenait. Mon maître ôta la canule et s'arma d'une sorte de gros cylindre en étain, dont je savais l'usage habituel. Il m'avait déjà montré auparavant le clystère, en se moquant des docteurs et de leur adoration pour les lavements. Il cria :

— Prépare le cautère !

Dans la panique, je répondis aussitôt.

— Qu'est-ce que c'est ?

Pomardini était furieux, tandis qu'il envoyait de l'eau dans la vessie par la plaie, il m'expliqua nerveusement.

— Ramasse n'importe quel instrument de métal, lancette, ferraille, n'importe quoi et tu mets la pointe dans le feu.

J'hésitais.

— Tout de suite ! Tu veux nous le tuer, après tout le mal qu'il nous a donné ?

Le pauvre agonisant n'était pas d'humeur à se plaindre et semblait prêt à tout supporter ; l'irrespect ne pouvait pas l'atteindre pourvu qu'on lui sauve la vie. Je ramassai un tison dans un coin de la cheminée et plaçai aussitôt sa pointe sous les braises, au plus vif du foyer.

— Attise le feu, vite !

Le domestique m'aida, cette fois. Nous plaçâmes une bûche au centre du foyer, puis nous disposâmes des branches et du menu bois qui devait servir en temps normal pour l'allumage. Pomardini continuait de laver et de recueillir le fruit de son lavement. Il semblait que la fuite se faisait moins sombre, car moins chargée de sang. Peut-être que le bonhomme avait fini de se vider. Il n'agonisait plus ni ne bougeait. Son postérieur, qui convulsait tout à l'heure, s'apaisa d'un coup, pour paraître presque inerte et froid sous les soins experts de Pomardini.

— Ça vient ? Tu me l'apportes dès que la pointe est blanche.

Je n'avais pas d'autre moyen pour vérifier le niveau de la préparation que de tirer la pointe du feu. Même si elle n'y était pas depuis longtemps, et malgré ma prise à distance, le fer me brûla. Je criai à mon tour et lâchai le tison qui rebondit sur le sol.

— Bougre de crétin, tu le fais exprès ou quoi ? Prends un linge et protège-toi les mains. Tu en auras besoin, si tu prétends toujours faire mon métier !

À ce moment-là, mon interrogation était bien moins sur mon avenir que sur la brûlure qui cuisait l'intérieur de ma paume. Je repoussai la pointe de l'instrument dans le feu. Le malade se tortilla encore un peu et une nouvelle cascade de sang sortit du trou. Pomardini paraissait très préoccupé. Pour la première fois, je le découvrais perplexe, en proie au doute, hésitant. S'il ne trouvait pas quelque chose à faire, l'issue était certaine, et très proche. Même si j'étais plein de compassion pour le blessé, je savais aussi qu'en cas d'échec de Pomardini, je serais le premier responsable par mon retard et ma démission. J'étais prêt à en porter une part de responsabilité, oubliant mes états d'âme de jeune homme dont le désir bouillonnait quelques minutes plus tôt et quelques étages plus bas. Pomardini fit signe au valet :

— Viens le tenir comme ce matin : prends les épaules. Jean, apporte le tison. Et protège tes mains, sacredieu !

Même avec un linge, je manquai de me brûler. Je prévins Pomardini, qui m'arracha l'instrument des doigts en grommelant, il inspecta la pointe qui était bien rouge sur les bords et presque blanche au centre.

— Jean, tiens les jambes, et soulève ses bourses comme tu l'as fait ce matin. Elles m'empêchent de voir.

Je n'ai pas eu le courage de tout regarder. J'ai placé mes mains, bloqué les jambes du malade du mieux possible. Il a hurlé, terriblement, et j'ai eu l'impression que c'était le hurlement qui avait provoqué cette odeur de chair brûlée.

La même que celle que j'avais sentie autrefois, à Saint-Pierre, quand mon père grillait la peau des oiseaux de mer après les avoir plumés. C'était une odeur terrible, forte, qui prenait la gorge et soulevait l'estomac. J'ai fermé les yeux. Le cri a duré aussi longtemps que le bruit de grésillement ; comme celui du lard au fond de la poêle. Il y a eu de la fumée aussi, le spectacle était complet. C'était peut-être encore plus impressionnant que notre opération du matin. J'entendis tinter le tison que Pomardini avait jeté au sol.

— Dieu que c'est chaud !

On entendit la voix du comte, sans souffle et perdue sous les couvertures et les draps dans lesquels nous l'avions maintenu emprisonné.

— Maudit charlatan, tu veux ma mort ?

Le malade réagissait, il n'était donc pas mort. Tout s'apaisa soudain. Je relâchai mon étreinte. Pomardini gardait l'œil rivé au trou. Le sang ne coulait plus que par intermittence, comme une source tarie. En revanche, la plaie que nous avions laissée belle et régulière n'était plus qu'un morceau de chair carbonisée, recroquevillée comme une couenne sous les bourses du malheureux.

— Encore un peu de courage, Monsieur le Comte.

Mario reprit la canule et la présenta devant les chairs calcinées, hésitant un peu sur l'endroit où se trouvait tout à l'heure l'orifice. Il tâtonna, un peu comme on évalue l'épaisseur de la glace avant de se hasarder dessus. Au bout de quelques pressions délicates, la sonde retrouva son chemin et s'enfonça d'un coup, arrachant un cri et une dernière ruade. Pomardini se releva et me regarda, prêt à me sermonner. Il avait l'air épuisé. Il hocha la tête, ne souhaitant pas gaspiller ce qui lui restait d'énergie pour étriller ma mauvaise conscience. Il chercha peut-être un adage bien senti, adapté à la situation. Il ne le trouva pas et lâcha sans me regarder davantage :

— Pour ta punition, je te donne à refaire le pansement.

Je m'empressai, imaginant presque que cette corvée soldait mon compte de réprimandes. Le malade se laissa faire, geignant seulement par moment pour me signaler si le pansement était trop serré. À la fin, Pomardini le contrôla, me jeta une dernière œillade terrible.

— C'est bien, tu l'as serré comme il faut. Maintenant, je vais me reposer et veiller le comte. Je pense que nous allons être un peu tranquilles, l'hémorragie est jugulée. Retourne à tes activités si tu veux, mais rapplique tout de suite si je t'appelle.

Il n'était dupe en rien, mais ne jugeait pas non plus. La colère était passée dans l'action. Il alla s'asseoir dans le grand fauteuil et il ordonna au domestique de remettre un peu d'ordre dans le lit. L'autre hésitait.

— Tu ne m'as pas été bien utile tout à l'heure. Tu as raison, chacun sa tâche. Alors, retape-moi ce lit, maintenant, et installe ton maître correctement.

Il rabattit son chapeau. À cet instant, il redevenait inaccessible. J'hésitai et me résolus finalement à retourner dans la grande salle. Le feu brillait encore à plein, mais la pièce était déserte. Il y avait du verre brisé sur le sol. Pas difficile d'imaginer la réaction de la belle quand je l'avais quittée. Je remontai dans la chambre du comte et trouvai un coin où dormir et prendre des forces. Malgré mes craintes, le sommeil vint d'un coup et m'assomma comme un brigand.

La nuit passa vite, beaucoup plus calme que la précédente. Je me réveillai quelques fois. Le comte était apaisé, pratiquement assis sur une pile de coussins qui le maintenait. Les draps avaient été changés. Il portait un bonnet de nuit descendu jusqu'aux sourcils. Il somnolait, râlant parfois, mais doucement.

Au petit matin, nous fîmes ouvrir les fenêtres afin d'évacuer les airs viciés. Mario contrôla le pansement qui ne saignait pas. Le comte produisit quelques gouttes d'urine par les voies naturelles, ce qui nous parut du meilleur augure. Le valet nous porta un plateau avec trois bols et des tartines. Pour le comte, c'était une tasse d'un breuvage de couleur brune, très épais, au parfum engageant. Pour nous, c'était du bouillon gras : l'ordinaire des domestiques. Ses tartines de pain blanc étaient beurrées, les nôtres de seigle, toujours graissées au saindoux. Notre condition n'avait aucune raison de changer, même si nous avions peut-être sauvé la vie du maître des lieux. Le comte se redressa devant le festin qu'on lui amenait.

— Ah, mon chocolat ! Sais-tu mon brave Mario, que le grand *de Blégny*[101] lui-même a vanté ses vertus ?

Pomardini sembla plus irrité par la remarque, que par la différence de régime qui nous séparait.

— Que ne lui avez-vous demandé de venir vous sauver céans ? Peut-être qu'avec son thé, son café ou son chocolat si avantageux, il aurait pu vous faire passer la pierre, à force de la dissoudre dans ses boissons inutiles. Et s'il était aussi habile que cela, sans doute serait-il encore vivant !

— Inutiles peut-être, mais tellement voluptueuses. Je me sens si bien ce matin.

— Tant mieux.

Pomardini gardait un ton rogue, comme s'il s'en voulait d'avoir été assez faible pour accourir en pleine nuit au chevet d'un égrotant, devenu ingrat dès les premiers signes de convalescence.

— Je te remercie, Jean-Marie.

C'était toute la reconnaissance qu'il y avait à attendre de ce noble patient, mais le fait même qu'il appelât mon maître par son vrai prénom, et non par son nom de scène, témoignait d'une certaine forme de respect envers son art, replaçant le praticien dans son état civil et non dans celui d'un saltimbanque. Jean-Marie Pommard en apprécia toute la subtile nuance et sembla satisfait, sirotant son bouillon comme l'autre sa tasse de chocolat, les mimiques gourmandes en moins.

— Combien de temps devrais-je garder cette ferraille qui encombre mon séant ?

---

101 - Nicolas de Blégny (1642-1722) : clerc à l'ordre des chirurgiens de Saint Côme, il épousa une sage-femme et prétendit être reçu barbier chirurgien, sans que l'histoire confirme sa légitimité. Auteur de nombreux ouvrages, il publia notamment un ouvrage vantant les vertus du thé, du café et du chocolat.

— Dieu merci, il n'encombre pas comme vous croyez. Cette sonde que vous appelez ferraille, et qui est en argent, est un de mes instruments le plus précieux. Elle permet de contrôler la bonne évolution de la maladie. Tant qu'il n'y a pas eu de retour complet, des urines en particulier, elle sert à évacuer les derniers débris pierreux qui pourraient encore rester dans la vessie. Il faudra prendre une décoction de vinaigre et de citron si vous en avez, afin que les principes acides finissent de dissoudre le sable qui sédimente au fond de l'organe. Ainsi, la pierre ne se reconstruira pas aussi vite. Et vous aurez encore quelque temps en paix.

— Tu es un bon, docteur Pommard.

— Je ne suis pas docteur, pas même expert. Mais comme vous m'avez fait mander, j'ai fait du mieux que j'ai pu.

Il y eut encore quelques secondes de silence, puis le comte leva les yeux dans ma direction, semblant me remarquer pour la première fois ce matin-là.

— Tu as de la chance, tu as un maître talentueux. Ne perds rien de son enseignement. Approche.

Je m'approchai du lit. Le parfum du chocolat devenait terrible.

— Je crois qu'il t'a arraché hier soir à une compagnie que tu semblais apprécier.

— Je…

— Non, je ne t'en veux pas. Je connais ma fille, elle aime jouer avec les jeunes gens de ta condition. Tu as déjà vu un chat avec une souris ? Méfie-toi de cette fille-là, je te dis. Elle est mauvaise. Comme si faire du mal pour son propre plaisir était l'essentiel de ses occupations. Il n'y a rien de bon qui puisse venir d'elle, comme toute relation entre deux personnes de conditions si différentes, de toute façon.

C'était dit sans ménagement, mais sans méchanceté, non plus. C'était l'ordre des choses. Même si proportionnellement il devait être aussi pauvre que moi dans son grand château délabré, entouré de deux domestiques à mine de contrebandiers et d'une pauvre cuisinière, le comte faisait briller l'or de sa particule au misérable insecte qu'il daignait héberger sous son toit. Ses conseils valaient assurément plus pour défendre Gersende que pour me protéger. La seule chose qu'il y avait à craindre, c'était une relation contre nature dont elle risquerait de recevoir le fruit. Le mal qu'elle pouvait bien me faire n'avait aucune importance, pas pour eux en tous les cas. Je n'avais peut-être pas saisi toute la finesse de ses recommandations, mais j'avais reçu la mise en garde comme une incitation supplémentaire vers cette beauté. La curiosité était la plus forte, et le regret de cet échange interrompu, une véritable obsession.

Je n'eus de cesse, ce matin-là, de trouver un prétexte pour retourner sur les lieux de mon forfait de la veille. J'étais persuadé que ces perspectives avortées ne demandaient pas grand-chose pour reprendre là où j'avais dû les abandonner. On me laissa aller finalement. Pomardini discutait avec le comte. Il fallait bien que je puisse satisfaire mes besoins naturels, c'était la meilleure et la plus crédible des excuses. D'autant que, depuis trois jours, je n'avais pris le temps d'aucun soin corporel et j'avais l'impression d'emporter partout avec moi l'atmosphère funeste de la chambre du comte. La grande salle était déserte, je ne croisai que le valet qui rangeait la salle des gardes. J'en profitai pour m'aventurer un peu plus dans la cour, mais son regard, qui ne me quittait pas, m'empêcha de pousser davantage mes investigations. La jalousie entre domestiques pouvait être à l'origine de bien des désagréments. Et même si nous étions tous les deux au plus bas échelon, il conservait un indéniable avantage sur moi : il était chez lui, je n'étais qu'un intrus. Je décidai donc de profiter de ces instants de liberté pour sortir du château. Même si le temps restait couvert, il ne pleuvait plus. Je pus me rendre compte de l'endroit. J'étais arrivé en pleine nuit et je n'en connaissais au fond que quelques pièces mal éclairées.

Un tertre boueux permettait de descendre au niveau d'une sorte d'esplanade. Je sortis. Personne ne me voyait. Devant moi s'étendait un vaste parc boisé d'arbres immenses : une forêt impénétrable.

Aucun oiseau ne chantait. Le terre-plein était tout juste bastant pour faire tourner un attelage. Juste en face, quelques chevaux attendaient dans une écurie, nez au vent. L'entretien de l'ensemble semblait sommaire, car il y avait de nombreuses herbes folles. Les arbres les plus proches auraient dû être taillés, mais leur feuillage était exubérant, comme si la main de l'homme n'y avait pas imposé sa volonté depuis longtemps. Pour redonner un peu de faste à tout cela, il y aurait eu du travail pour un jardinier pendant plusieurs semaines au moins. Je marchai jusqu'au bout de l'esplanade, là où démarrait une allée. Le chemin se perdait rapidement sous les frondaisons. Je décidai qu'il était temps de me retourner : j'étais à présent assez loin pour me rendre compte d'un regard du bâtiment.

C'était une bâtisse massive, faite pour résister aussi bien au temps qu'aux hommes, mais qui malheureusement avait dû échapper à l'un pour avoir été négligée par les autres. Dans ces vestiges, que peu de choses distinguaient encore de la ruine, on pouvait encore imaginer une majesté et une force maintenant révolues. Deux tours massives, à peine plus hautes que les murailles, flanquaient l'édifice comme deux sœurs jalouses. De méchants créneaux moyenâgeux souriaient sur le ciel comme nos édentés. On ne voyait pas la tour où séjournait le comte, car elle donnait sur l'autre versant. Par endroits, le toit s'ouvrait sur la charpente dans une effroyable nudité. Une des tours, en particulier, était dans un état misérable : une partie de la muraille, ridée de crevasses, semblait prête à cracher une cargaison de pierres, au risque d'entraîner l'effondrement complet d'une partie du bâtiment. Il y avait là des années de négligence et d'appauvrissement. Les nuages se roulaient en boule comme des chats coléreux au-dessus des toits, tout luisants de pluie, percés de mille imperfections, comme autant d'yeux à l'affût. Même si l'intérieur le laissait peu paraître, ce grand corps de bâtiment se résignait sous l'assaut vigoureux de mauvais lierres, sortis de terre pour l'y faire retourner.

— Tu te prends pour qui ? On ne t'a pas appris qu'il y avait des passages réservés aux domestiques ?

Je ne l'avais pas entendue approcher. Je sursautai, criai presque, peut-être. La pudeur des souvenirs a préféré gommer ce détail. Gersende était derrière moi, en veste et redingote, chaussée de bottes de cuir. Elle avait laissé sa chevelure en désordre sur ses épaules, seul détail qui aurait pu de loin distinguer sa silhouette de celle d'un homme. La coupe ajustée de sa veste bâillait cependant sur le relief de ses seins, comme pour mieux signaler le contraste et échauffer mon esprit. Il n'en avait pas besoin. La distinction si nette entre sa beauté sauvage, vigoureuse, et le château en ruines avait déclenché un nouveau tremblement de mes muscles. Ou bien était-ce la fraîcheur du matin? Elle sourit.

— Décidément! Tu sais faire autre chose que trembler devant moi? C'est de peur ou de froid?

— Je ne sais pas. Je ne vous ai pas entendue.

— À moins que tu te sentes coupable pour hier soir?

— Je…

— Ne t'en fais pas, cela n'a aucune importance, c'est peut-être mieux ainsi. Qui sait ce qui aurait pu arriver, autrement?

Ce qui n'avait pas été fait, à peine imaginé, venait d'être dit. Je repensai aux mises en garde de son père. Que ce soit pour elle ou pour moi, il était en effet très clair que le minimum qu'exigeaient la politesse et la hiérarchie sociale ne devait en aucun cas être dépassé, sous peine de graves remontrances. Les conséquences seraient bien au-delà : inimaginables. Mais, la femme tigresse qui m'avait écorché la veille, s'était d'un coup transformée, ce matin-là, en une créature beaucoup plus douce. Plus douce et aussi moins nerveuse. Elle avança, me dépassa de plusieurs pas, juste pour me laisser admirer sa silhouette de dos, de toute sa hauteur et dans chacune de ses proportions.

— Toi aussi, elle t'impressionne, cette vieille ruine? Tu imagines que je vis seule là-dedans avec mon père, deux domestiques fielleux et une cuisinière? Ce sont deux anciens compagnons de régiment qu'il a connus durant ses campagnes. Plutôt des coupe-jarrets, d'ailleurs. Ils sont aussi peu faits pour servir que moi. Notre cuisinière est attachée aux pierres du château, mieux que la plus profonde des fondations. Plus notable pour sa fidélité, que pour ses réels talents aux fourneaux.

— Il n'y a personne d'autre?

— Mon dernier frère est mort au début de cette année, ça a été un choc terrible pour mon père. Mes autres sœurs ont été mariées ou placées. Moi, j'ai préféré rester.

Je n'osais lui demander pour sa mère. Elle parlait comme si elle n'existait pas. De ma position, je ne pouvais prendre le risque des mêmes maladresses qu'elle.

— C'est ainsi que je survis, entre ces murs humides où l'on entend parfois mêlée au bruit du vent, la plainte lugubre d'un chat que personne n'a jamais vu. Certains prétendent qu'on peut l'apercevoir certaines nuits de pleine lune, dans un des escaliers des tours. Ce ne sont que des légendes pour petites filles, de celles que me racontait ma mère alors que j'étais enfant.

Je me taisais.

— Ma mère… Elle est partie pour la cour de Versailles, rien que cela ! Sous le prétexte de redorer l'honneur terni de notre famille. Pour la fortune de mon père et de sa maison, elle nous a tous abandonnés. Elle n'a pu le faire qu'au titre de dame de compagnie de je ne sais quelle princesse. Minuscule parmi les grands, tel est le cadre qu'elle s'est choisi elle-même. Elle m'a proposé de la rejoindre. J'ai refusé. Elle m'écrit souvent. Sa charge et ses intrigues de seconde courtisane la passionnent, elle aimerait qu'il en soit de même pour moi. Et que je finisse par aller la retrouver. Ce ne sont que futilités. J'aime Combourg et ses fantômes, et j'entends bien y rester tant que mon père le voudra bien.

Malgré la dureté de son ton, j'avais senti en elle l'émotion d'une jeune fille qui dévoile devant l'étranger le gouffre de son isolement. Elle rejoignait de cette façon un peu le mien, mais je n'étais pas prêt à partager mon intimité aussi facilement avec elle. En s'ouvrant à moi, elle m'offrait un petit avantage que je ne souhaitais pas perdre.

— Et toi, et ta mère ? Ta famille ?

— Les souvenirs sont trop douloureux et encore trop présents pour que je prenne le risque de les réveiller.

Gersende me regarda avec un air sévère comme si m'opposer ainsi à sa curiosité pouvait être outrecuidant. J'enchaînai sur un registre différent.

— Je n'ai ni château ni biens. Mes parents ne pouvant m'offrir des études, ils m'ont confié à maître Pomardini pour mon apprentissage.

Elle rit.

— *Maître* Pomardini ! Quel maître est-ce là ? Un pourfendeur de tripes et amuseur de foire, voilà quel est ce maître. Est-ce là ta seule ambition ?

— Je ne sais pas si j'en mérite de plus haute, mais c'est ma condition qui veut ça, et puis…

— Et puis, il y a cette jeune fille dont tu me parlais. Comment s'appelle-t-elle déjà ? Balbine ? Ce nom vraiment, je n'en reviens pas. Cela me fait un peu penser à la babine du chien, tu ne trouves pas ?

— Je n'y avais pas pensé.

— Tu devrais.

Sa jalousie prenait des accents tout à fait déplaisants, malgré le ton léger. J'aurais pu la contredire, mais la bienséance encore m'obligeait à subir cette conversation ou à quitter sa présence, ce à quoi je n'étais pas prêt. Comme je n'avais pas réagi à son attaque, elle renonça à chercher davantage mon irritation et s'accroisa[102] juste après.

— Bien sûr, tu ne peux pas la voir autrement que comme un ange. Surtout ainsi parée des voiles de la sainteté. Mais comment comptes-tu t'y prendre si tu veux la revoir ? C'est une simple novice, mais une fois qu'elle aura prononcé ses vœux, d'impossible votre amour deviendra interdit.

— Je m'étais imaginé que je pourrais aller la chercher.

— Au couvent ? Voilà un esprit très chevaleresque et qui me plaît. Moi qui

---

102 - Synonyme : s'adoucit (ancien)

ne suis qu'une simple comtesse esseulée dans mon château et qui n'ai qu'un petit apprenti opérateur pour me sauver de l'ennui. Mieux vaut encore pour cela le fantôme d'un vulgaire chat.

— Le chat, je peux en faire mon affaire.

— C'est gentil. Mais vois-tu, je crois que ce que tu devrais peut-être faire pour ta Balbine…

— Oui ?

— Tu devrais lui écrire.

— Lui écrire ?

— Oui, rien de plus facile. Préviens-la que tu vas venir la chercher, qu'elle ne commette pas l'irréparable. C'est un duel entre Dieu et toi, le premier qui l'emporte l'arrache à l'autre. Mais celui qui gagne, c'est pour toujours.

Elle semblait sincère dans ses conseils, et j'entrevis soudain dans ses paroles une solution pour gagner un temps précieux et préserver Balbine. Gersende continuait, emportée par cette histoire dont elle s'emparait, voulant presque y prendre une part personnelle. Une aventure qu'elle ne vivrait jamais autrement qu'à travers la nôtre.

— Écrivons-lui, je te conseillerai ! Nous écrirons ce qu'une jeune fille aimerait lire. Et je suis bien placée pour savoir ça. Ensuite, je n'aurai aucun mal à faire passer ta lettre : il n'y a pas une semaine sans qu'un de nos gens se rende à Saint-Malo, pour quelque exigence de mon père. Faisons ça, veux-tu ? Ce sera follement amusant.

Elle était devenue une petite fille, qui se réjouissait simplement d'une surprise qu'elle préparait. Je n'avais aucune raison de douter de sa sincérité ni du bien-fondé de l'entreprise. Pas plus que je n'étais capable d'imaginer les barrières infranchissables que rencontrerait ma lettre à La *Maison de la Providence*. Avec le recul, je reconnais qu'il était impossible qu'un tel courrier échappât à la censure de la supérieure. Adressé sans précautions, il ne pourrait parvenir à destination. Mais l'entrain de Gersende et sa conviction étaient si puissants à cet instant ; j'étais incapable d'imaginer des obstacles à un tel enthousiasme.

Mon séjour à Combourg se poursuivit encore deux jours. Mon activité alterna entre les soins auprès du vieillard, qui contre toute attente semblait se remettre du traitement sauvage que nous lui avions infligé, et les étranges tête-à-tête avec Gersende, où je ne savais ce qui du plaisir ou de la frustration l'emportait davantage. Pour elle comme pour moi. Il est clair que sa fréquentation, que ce soit dans la salle des gardes, dans le parc ou ailleurs, était de toute façon beaucoup plus agréable que l'atmosphère lugubre de la chambre du comte. Mais il y avait toujours cette défiance entre nous, qui allait bien au-delà du décalage entre un homme du peuple et une jeune noble, même pauvre. Elle maniait le chaud et le froid comme l'épée, me gratifiant parfois d'un sourire à me faire oublier Balbine, ou d'un frôlement imperceptible que je ne pouvais imaginer involontaire. Puis c'était un caprice, un ordre sec ou une méchante réprimande pour une vétille. Elle dirigeait tout dans notre relation, et elle se rebellait chaque fois que je faisais mine de résister à son pouvoir.

Je ne m'étais jamais demandé quel âge elle pouvait avoir, ne doutant pas un instant qu'elle était mon aînée, sans doute parce qu'elle gardait toujours un ascendant sur moi. Mais j'avais une tête de plus, et le double de sa force. Il n'empêche, une petite particule de rien du tout : un mot, deux lettres changeaient tout à notre relation, et surtout, m'empêchaient de lui demander son âge ou n'importe quoi d'autre d'un registre aussi intime.

L'idée de la lettre venait d'elle et je n'avais pas imaginé un instant que c'était simplement l'œuvre de sa jalousie. Celle d'une jeune femme envers une autre qu'elle ne connaissait pas et qu'elle posait en rivale de manière arbitraire, simplement parce que son image se trouvait entre elle et moi. Elle l'avait entièrement dictée elle-même, et je dois admettre en la copiant que je n'aurais imaginé de mots plus appropriés et plus convaincants pour emporter le cœur de Balbine. Puisque j'avais Dieu lui-même comme adversaire, il fallait au moins la fougue d'une Gersende pour manœuvrer les instruments de ma perte, avec mon assentiment complet, et ma naïveté aussi. Elle m'avait proposé de la relire et d'y apporter moi-même les ultimes corrections, mais il n'y avait pas un mot qu'elle ne m'ait soufflé, pas une idée qu'elle n'ait suggérée plus ou moins subtilement.

Ces jeux que je croyais innocents, cette bienveillance que je pensais fraternelle, faisaient briller toutes les facettes de mon désir. Pour la première fois depuis longtemps, une femme se préoccupait de moi, prenait le temps de m'écouter, de me parler et c'était la meilleure façon de me désarmer. La tendresse n'était pas loin, du moins l'imaginais-je. Mais, en réalité, Gersende ne semait que pour elle-même, tentant de récupérer à son compte les aspirations placées sur le visage et le souvenir d'une autre. Bientôt, la lettre fut écrite, corrigée, scellée et confiée à la jeune femme pour être transmise au plus tôt à sa destinatrice. Je ne doutais pas qu'elle allait le faire, que cette lettre arriverait entre les mains chéries, et que le coup porterait. Et surtout pas de quelle manière! Si j'avais vraiment pesé les conséquences d'une telle missive, j'aurais rougi moi-même en imaginant que quelqu'un d'autre puisse la lire, comme Balbine rougirait immanquablement en la découvrant.

La maladie du comte évoluait favorablement. Il serait bientôt capable de se débrouiller sans notre aide. Mario me laissait de plus en plus libre dans le château, tant que je ne manquais pas de l'assister pour les pansements et autres tâches directement liées à notre art. Gersende se montrait toujours impatiente de ma présence, venant me réclamer parfois jusqu'à l'entrée de la chambre, prétextant une visite à son père. Ces deux-là s'évitaient comme deux chats. Privé très tôt de la présence de mes parents, je ne pouvais imaginer que l'on puisse ainsi se détester au sein d'une même famille. À mon air étonné de cet état, la jeune fille voulut m'expliquer. Depuis la mort de son frère, le comte était devenu inconsolable et il la négligeait de plus en plus, lui faisant payer le fait de n'être pas un garçon. Elle regrettait parfois de n'avoir pas quitté la maison comme ses sœurs, alors qu'il en était encore temps, mais elle gardait au cœur un certain sens du devoir. Maintenant que sa mère était partie et que le vieil homme commençait à décliner, quelqu'un devait veiller sur lui. Son père conservait pour elle l'image d'un héros et c'est pour cela qu'elle lui gardait une grande considération. Son obéissance allait avec, même si l'impatience semblait parfois l'embraser. Balbine était pour elle l'image de la rébellion et de cette liberté auxquelles elle aspirait. Tout cela me semblait terriblement compliqué, mais les charmes de la jeune femme gommaient doucement le souvenir de la novice. *Il souvient toujours à Robin de ses flûtes*[103], m'avait dit Pomardini en voyant mon empressement auprès de Gersende. Je ne savais si cela avait davantage valeur d'avertissement que de réprimande. Mais comme il avait ri juste après, je n'en avais guère tenu compte sur le moment. Il ne me fit plus aucune remarque après celle-là, comme si le comte lui-même lui avait ordonné de me laisser aller à cette liberté, tant que je ne manquais pas à l'entretien du malade et que je ne dépassais pas les limites qu'on m'avait fixées.

Je ne pouvais qu'admirer Gersende. Je la regardais s'exercer à l'escrime avec fascination, davantage charmé par l'évolution gracieuse et tonique de son corps, que par les prouesses techniques que je n'étais pas en mesure d'évaluer. Je la jugeais bien au-dessus des meilleures personnes que j'avais pu rencontrer jusque-là. Je ne doutais pas un seul instant que si je n'avais pas croisé le chemin de Balbine avant, je me serais épris plus complètement de la fille du comte, sans être capable d'imaginer comment une telle liaison aurait pu se justifier ni s'épanouir. Au regard de la complexité et de l'impossibilité d'une relation avec Gersende, celle espérée avec Balbine devenait presque envisageable.

Elle m'imposait parfois le rôle d'adversaire dans ses joutes : je devais parer ses coups avec un bâton ou parfois même une épée. Je pouvais alors profiter de ses charmes en face, des lèvres si rouges qui se retroussaient sur un sourire de victoire, de l'ajustement toujours négligé de ses tenues bâillant sur une peau brûlante, indécente et moite. Il y avait toujours une excitation terrible dans ses affrontements factices. De son côté, elle ne laissait rien paraître en dehors d'une concentration totale.

Au fil des jours et des rencontres, Gersende avait paru moins dure, comme si j'avais percé, à moi seul, les portes de sa solitude pour entrer dans son intimité. Avec le recul, j'imagine plutôt un labyrinthe, dont elle ouvrait elle-même les passages à son gré pour m'amener où elle le souhaitait. Elle me donnait à penser précisément ce qu'elle avait décidé, me montrait exactement ce que je croyais entrapercevoir de son corps souple. Chaque image que je croyais voler était en réalité pleinement calculée. Elle me surprenait souvent, arrivant derrière moi, toujours par hasard, comme si elle n'avait jamais rien cherché d'autre que notre rencontre. Nous passâmes des heures dans le parc autour du château, oubliant le reste de nos existences, comme si nous étions seuls et que le reste du monde n'avait plus aucune consistance. Nous passâmes une nuit entière, blottis dans la même couverture, au bas d'une des tours à guetter le fantôme du chat. Nous ne le vîmes guère plus que nous l'entendîmes. Le rusé spectre échappa à notre perspicacité, gardant pour lui sa légendaire aura.

Mais cette parenthèse devait prendre fin, puisque l'art de mon maître se

103 - Chacun pense toujours à ce qui le touche le plus.

confirmait de jour en jour par la guérison de notre malade. À la fin de notre séjour, je me retrouvai à côté de Pomardini, dans cette même chambre puant toujours la mort. Le comte était assis dans le grand fauteuil. Il avait tenu à être habillé pour notre départ, mais n'avait pas osé quitter la pièce. L'épaisseur du bandage et des pansements faisait un peu bâiller le pantalon de son costume. Mais il fallait un œil exercé pour se rendre compte d'un tel détail. Il fallait en outre savoir sa situation, pour reconnaître cette façon qu'il avait de s'asseoir, légèrement de biais, afin d'éviter à la plaie la pression de son corps. La jambe de bois était calée contre un pied du fauteuil, lui assurant tant bien que mal une certaine stature. Nous nous tenions devant lui, comme deux vassaux prêts à être adoubés, ou au moins à être chaudement récompensés pour notre action. Le comte s'exprima rapidement, de manière laconique, comme si cette affaire étant définitivement réglée pour lui, il était impatient de s'en aller à une autre.

— Mon ami, puisque vous jugez que ma santé est meilleure que lorsque je vous ai fait mander, voici venu le temps de nous quitter. Je pense en effet que votre action est pour cause que je me porte bien mieux aujourd'hui. L'appétit a recouvré les forces de mes vingt ans, et mes humeurs ont repris le cours naturel de leur évacuation. N'est-ce pas là le meilleur signe de mon rétablissement?

— Pour sûr, monsieur le comte.

Il était surprenant de voir Pomardini, le dos courbé devant celui à qui il avait fait une si basse incision quelques jours plus tôt. Le châtelain semblait n'en garder aucune mémoire, ou plutôt nous faisait savoir par cette petite démonstration humiliante que nous ne devrions jamais révéler nulle part l'état pitoyable et honteux dans lequel nous l'avions vu à plusieurs reprises. Au fond, il nous en voulait forcément, puisqu'à cause de la maladie, le rapport normal des choses et des êtres avait été inversé.

— Vous êtes accouru à mon secours quand je vous l'ai demandé et vous en garderez mon éternelle reconnaissance. Mais, comme vous le savez, mon château n'a plus les fastes d'autrefois. Je vous ai hébergé et nourri ainsi que votre assistant sans frais supplémentaires. Je vous ferai raccompagner à votre logis dès ce matin. Mais ce ne sera là que la moindre de vos récompenses, car je ferai savoir dans les meilleurs endroits votre talent et votre science.

— Je vous remercie.

L'autre continua.

— Bien évidemment, au vu de l'exercice illégal de la chirurgie que vous avez expérimenté sur ma personne, je ne pourrai faire état de votre mérite d'opérateur. Et je ne pourrai donc louer que vos médecines, onguents, cérats et autres pommades qui ont aidé à mon rétablissement. Pour le reste…

Il eut un vague geste de la main. Puis il se tut, et sembla s'affaisser un peu, comme si la fatigue était venue lui reprocher son ingratitude. Pomardini avait déjà emballé ses instruments et tenait sa grande sacoche à ses pieds. Le comte fit un dernier signe pour nous donner congé. Nous nous inclinâmes avant de quitter la pièce, presque à reculons. Pomardini ne prononça pas un mot. Et comme d'habitude, je savais à son silence que je n'avais droit à aucune question.

J'avais imaginé que Gersende m'aurait témoigné son souvenir d'une façon ou d'une autre au moment du départ. Lorsque nous passâmes au rez-de-chaussée, j'entendis simplement le cliquetis de l'épée qu'on maniait avec une rage redoublée. Quelques cris, que je reconnus pour siens, ponctuaient le bruit de l'acier. On nous invita à emprunter un des escaliers de service qui se trouvait sur les côtés du château, au lieu de la rampe principale : la volonté d'abaissement était manifeste. Nous regagnions notre rang sagement, dans l'ordre des choses.

Dehors, un puissant soleil déchiquetait l'ombre des toitures en ruine qui courait sur l'esplanade. C'est ainsi que nous quittions Combourg, y abandonnant les souvenirs, comme autant de futurs fantômes, pour moi au moins. Le même cocher nous attendait impatient dans la même voiture. Il nous ignora, oubliant le rôle qu'il avait joué avec nous dans la guérison de son maître. Comme au spectacle, il n'y avait plus aucune certitude sur la réalité de ce qui s'était passé ici. Les roues crissèrent sur le gravier de la cour.

Je regardai longtemps derrière nous par la fenêtre du carrosse, jusqu'à ce que la masse de pierre se perde dans les feuillages, espérant jusqu'au dernier moment, entrapercevoir une mèche flamboyante à l'une des fenêtres. En vain. Un dernier tournant de la route et nous étions en pleine forêt, les tours à présent invisibles.

— Tu as fini, enfin ? Il se dit Comte, mais il n'a bien que des manières de marquis, ce qui est son vrai titre d'ailleurs.

Tout était dit. Je m'assis sagement à ma place, mes mains calées entre mes genoux et ne dis plus rien.

— Le chagrin ne paye point de dettes, mon garçon.

Je ne sus pas, à cet instant, si le proverbe s'adressait davantage à moi qu'à lui. Nous restâmes silencieux jusqu'à notre retour *Aux Deux Perdrix*. Et on ne reparla plus de cet épisode.

Jean-Baptiste Seigneuric

XII

La mort de Molière

— J'ai toujours voulu mourir comme Molière.

C'était l'été de la même année, un jour de juillet. À cette époque, nos courses sur les routes ne me laissaient pas le temps de me souvenir du mois ni du jour de la semaine. 1727 me réservait définitivement toutes ses surprises, et les meilleures étaient derrière moi. Nous étions sur les tréteaux et je tenais Pomardini dans mes bras, comme j'aurais pu tenir mon père à l'agonie. Il venait de recevoir la morsure d'une vipère qu'il brandissait devant la foule, quelques instants plus tôt. L'animal l'avait mordu au cou alors qu'il parlait. Mario avait hurlé bien plus fort qu'il ne le faisait habituellement. L'animal avait filé entre les planches et les badauds terrorisés avaient fui, nous laissant seuls tous les deux sur l'estrade. L'homme vigoureux avait tenté un instant de garder son sang-froid et son équilibre, mais ses genoux avaient fini par ployer sous son poids et sous l'effet du poison. Je n'avais pu le retenir que de justesse, lui évitant de se fracasser le crâne sur les planches. Il s'était relevé sur un coude. Je sentais contre moi son immense carcasse qui se mettait à trembler, malgré tous ses efforts pour garder la maîtrise de son corps.

— Vous n'allez pas mourir.

— Et qu'est-ce que tu en sais ? Que sais-tu de ton heure, de la mienne ? Pas plus que moi, il y a moins d'une minute. Mais maintenant je sais, avec la mort entre les dents.

— Il doit bien y avoir un moyen. Je vais vous saigner pour extraire le poison.

— Ne te fatigue pas, mon cœur l'a déjà pompé plusieurs fois pour l'envoyer partout en sinistre messager. Lorsque le courrier est parti, personne ne peut l'arrêter.

— Non. Ce n'est pas possible !

Le sort me rattrapait, pour me rendre une nouvelle fois orphelin. C'était injuste, impensable.

— Et si, vois-tu. Il n'y a pas à pleurer ni rien à regretter. Ne me fais pas cet affront. Je suis mort sur scène, je n'aurais pas pu espérer mieux.

Le soleil brillait sur nos têtes, répandant sa chaleur et écrasant les ombres de midi. Je défis les boutons de sa chemise pour faciliter son souffle. J'aurais voulu courir à la caisse aux remèdes pour lui dispenser son art, tenter quelque chose, mais d'une main ferme, il me retenait contre lui, comme un naufragé agrippé à sa barque, de peur de couler seul.

— Quand tout sera fini, tu retourneras *Aux Deux Perdrix*.

— Nous rentrerons ensemble ou je ne rentrerai pas.

— Ne dis pas de bêtises.

Une vieille, apitoyée par notre misérable tableau, avait apporté une écuelle d'eau claire, qu'elle me tendit pour le blessé. Je fis boire Pomardini, sous l'œil curieux de l'âme généreuse. Il but tant bien que mal.

— Merci, la vieille. Tu vois, c'est toi qui soignes le docteur.

— Tu n'es pas docteur. Et moi, je ne te soigne pas. Mais, même un charlatan n'a pas le droit de mourir sans un peu de compassion. C'est la mienne qui te sauvera là-haut.

Et elle resta devant nous, comme si elle attendait la fin d'un spectacle qui ne devait pas tarder. Pomardini tremblait et transpirait à grosses gouttes. Puis il se mit à tousser, comme si l'eau qu'il venait de boire passait directement dans ses poumons.

— Je suis en train de me noyer. Tu vois, tu ne peux rien faire. Le poison a dilué mon sang.

Une légère écume rosée vint flotter à la commissure de ses lèvres. Il avala cette salive qui l'accusait, pour garder jusqu'au bout une figure respectable.

— Lorsque tu seras rentré, tu diras à Aliette que je ne reviendrai pas. Puis tu iras voir sa mère…

J'essayais de taire mes questions pour ne pas ralentir ses mots. Ils sortaient avec de plus en plus de peine, de moins en moins intelligible.

— Elle saura quoi faire. J'ai tout prévu… je lui ai tout expliqué. Tu les embrasseras toutes les deux pour moi. Qu'elles ne soient pas tristes… Et surtout, tu leur diras que je n'ai pas souffert.

À ce même instant, il fit une grimace terrible et ne put réprimer un violent crachat. Du sang. La vieille se signa, et comme si elle avait attendu cet indice irréfutable, elle partit sans prendre la peine de récupérer son écuelle. Pomardini sourit en la voyant partir.

— Tu vois, le diable ne veut pas de moi, je n'ai rien à craindre.

— Ne dites pas n'importe quoi.

— Toi-même! Laisse-moi parler! Dieu me laisse encore quelques mots et ce sera trop peu. Si tu trouves une terre un tout petit peu sainte pour accueillir ma carcasse, on ne sait jamais. J'avais encore tellement de choses à t'apprendre. Tu étais un bon élève, Jean, montre-toi assidu et tu finiras mieux que moi.

— …

— Prends mon livre de chirurgie, il m'a été donné par Dionis lui-même, lorsque j'étais à Paris. J'y ai noté toutes les choses que tu dois savoir. Et si un jour, tu dois te rendre là-bas, va à la foire Saint-Germain, je dois encore y avoir certains amis qui pourraient t'aider.

Je ne disais plus rien. On sentait le bouillonnement du sang dans sa poitrine, dont la vibration se répercutait contre moi. J'étais incapable de bouger, bloqué sous la masse de mon maître agonisant, alors persuadé qu'il n'y avait plus rien à faire. Et le chagrin vint, aussi irrépressible que la marée de sang. Le poison avait été donné à un endroit stratégique, comme si le serpent lui-même avait su parfaitement où frapper. Pourquoi ses crochets n'avaient-ils pas été arrachés ? Je n'avais pas l'esprit à m'en préoccuper et je gardais l'homme contre moi : un enfant qui se laissait glisser doucement vers l'insouciance originelle.

— Tu vois comme le ciel est clair, Jean.

Je ne pouvais retenir mes larmes.

— Garde tes pleurs, car il t'en viendra d'autres, crois-moi.

— Ceux-là sont pour vous.

— Et à quoi peuvent-ils bien servir ? Je ne suis pas triste, moi.

— Vous n'avez pas peur ?

— J'ai froid.

Quelques secondes, je crus qu'il était mort, mais un souffle léger passait encore entre ses lèvres en train de s'assombrir. Je serrai un peu plus fort contre moi ce père que je perdais une seconde fois.

— Laisse-moi respirer encore un peu.

Je relâchai mon étreinte. Et il devint étonnement lourd, inerte, comme si son poids venait de doubler, d'un coup. Ses muscles relâchaient leurs derniers efforts. Son corps l'abandonnait complètement.

— Je vais enfin savoir.

— Quoi ?

— Pourquoi la vie est si détestable…

— …

— Et si c'était pour mieux nous faire accepter la mort ?

Puis, il ne dit plus rien. Son poids finit de m'écraser lorsqu'il rendit son dernier souffle. Je regardais son visage entre mes larmes. Ses yeux restaient fixés sur le ciel blanc où pas un oiseau ne passait. Il eut un petit tremblement et une dernière bulle de sang s'échappa de ses lèvres violettes. Aucune crispation sur son visage, mais l'aspect de la mort que j'avais vu passer, voilant les yeux, éteignant le souffle, me fit un effet terrible, qui me laissa interdit de longues minutes, incapable du moindre mouvement ni du moindre raisonnement. Sa peau avait pris d'un coup un teint gris et mat.

Mario Pomardini venait de mourir comme il l'avait souhaité : sur scène, face à son public. Il avait exercé son art avec honnêteté jusqu'à sa mort. Il avait eu le temps de transmettre une partie de son savoir. Il était allé jusqu'au bout de son rôle. Mort au champ d'honneur, en digne combattant...

***

Depuis qu'elle avait reçu la lettre, la supérieure de La *Maison de la Providence* n'avait eu de cesse de sceller les murs de la religion autour de Balbine. Comme le moindre esprit un peu rationnel aurait pu le prévoir, la lettre de Jean était d'abord arrivée entre les mains de la sœur portière. C'était la cuisinière de Combourg qui avait finalement déposé le fameux pli. La portière s'était étonnée d'une telle missive et n'avait pas hésité à la porter à la supérieure. Celle-ci l'avait vaguement inspectée, y trouvant une écriture très probablement masculine, qui en lettres malhabiles avait écrit le nom de noviciat d'une des pensionnaires. Si cette lettre avait été envoyée par sa famille, on aurait utilisé son nom de baptême et son nom de famille. Dans ses déductions, la supérieure n'avait pas manqué de pertinence : elle avait relégué cette énigme sur un coin de son bureau. Les aspirations des hommes devaient s'effacer avec respect devant l'intemporalité divine. Elle se réservait pour plus tard cette friandise à livrer à sa curiosité, et à soumettre à l'autorité plénière qu'elle exerçait sur la maison.

Quelques jours plus tard, elle décacheta la lettre, sans la moindre hésitation alors. C'était un soir après les vêpres, elle était seule dans son bureau. Elle soupesa l'enveloppe, s'étonnant de la richesse et de l'épaisseur du papier qui n'allait pas du tout avec l'écriture bien trop rustique : celle d'une personne qui ne maîtrisait pas encore parfaitement la calligraphie, ne faisant qu'un usage parcimonieux de l'art épistolaire. Probablement l'œuvre de quelque misérable paysan. Mais au fond d'elle-même, elle en pressentait l'origine : elle connaissait la main qui avait tracé ces lettres et elle imaginait déjà l'odieux dessein qui l'animait. Elle eut un sourire mauvais en cassant le cachet de cire, dont elle n'avait pas pris la peine d'analyser les armes. Ce n'était pas une aussi prétentieuse barrière qui l'empêcherait d'assurer son autorité : c'était son devoir de protéger la jeune novice. Pas un instant, elle n'imagina qu'elle informerait Balbine de ce qu'il y avait à l'intérieur.

La lettre de Jean vibrait de chaque mot qu'il adressait à la jeune femme, dans une déclaration si sincère, qu'elle aurait pu toucher n'importe quelle autre sensibilité que celle de la supérieure. Et quoi ? Que se permettait-il de parler d'amour à une personne dont la vocation était entière à son Créateur, inconditionnelle et définitive ? Que venait-il proposer, en lui suggérant de quitter son noviciat ? Courir les routes en misérables ? Ses mots, d'une naïveté qu'excusait seule la bonne foi, avaient eu l'effet imaginé par Gersende. La supérieure n'acheva la lecture, que pour s'assurer qu'elle n'y trouverait aucune information utile pour contrecarrer les plans de Jean. Rien ne semblait être vraiment prévu pour cette évasion. Il n'était là question que d'utopiques perspectives d'un bonheur païen et donc charnel, d'un amour inspiré par un gueux de basse souche. Le jeune homme implorait Balbine de retenir ses vœux aussi longtemps qu'elle le pourrait. Il viendrait la délivrer avant l'été, de ce qu'il avait l'audace de rebaptiser *La Maison de la Pénitence*.

Le printemps débutait à peine et la supérieure avait donc tout le temps nécessaire pour prendre quelques mesures et empêcher un tel projet. D'abord, elle recevrait la novice, lui enjoindrait de préparer ses vœux, afin de la cloîtrer le plus rapidement possible. C'était simple. Le salut qu'elle imaginait pour Balbine voilait à ses propres yeux toute méchanceté. Car, seule la jalousie avait pu stimuler cette action parfaitement légitime, mais disproportionnée. Elle attendit quelques jours encore, relut la lettre pour assurer sa détermination. Il était fondamental pour elle de retrouver cette réparation qu'elle puisait dans la souffrance des autres. La torture n'était pas une fin pour elle. Mais, elle imaginait que ceux qui avaient autorisé des actes aussi barbares que l'inquisition, par exemple, avaient trouvé une satisfaction dans l'exécution des commandements de Dieu. Tout était donc parfaitement fondé.

La jeunesse et la fraîcheur de la novice rendaient le châtiment d'autant plus exemplaire. Sa frêle silhouette à la porte du bureau invitait à la violence. Et puisque celle des gestes n'était pas permise, il y avait la ressource des mots, celle des sentiments qu'on réprime, des aspirations qu'on brise, des émotions qu'on retourne.

— Entre, mon enfant.

Balbine s'avança timidement, le front baissé, comme elle savait que la supérieure voulait qu'on se présente devant elle. Aucun respect sincère dans ce geste, mais la simple volonté d'éviter une réprimande. Parmi ses lectures de jeunesse, elle se souvenait d'une fable en particulier, de Monsieur de la Fontaine, où il était question d'un roseau qui ploie plutôt qu'il ne rompt. Et la liberté de Balbine était de s'imaginer dans ces situations humiliantes, comme cette herbe fluide qui ondoyait doucement, résistant à la grossièreté brute de la vieille nonne. Elle recherchait le motif de cette convocation. Peut-être avait-elle commis un oubli, s'était-elle trompée dans les comptes ? Il n'y avait qu'une chose véritable à redouter : c'est que quelqu'un ait découvert les carnets secrets de Marguerite Phelippeaux. Qu'on lui reproche la manière dont elle se les était appropriés. Qu'on finisse par lui confisquer.

— Vous m'avez fait demander, ma mère ?

— Oui.

Elle marqua un temps d'arrêt.

— Regarde-moi, Balbine.

La jeune fille leva les yeux. L'autre la fixait avec une acuité mauvaise. Ses petits yeux noirs auscultant dans l'espoir d'un aveu spontané.

— Cela fait un certain temps que tu es avec nous. Tu te plais ici ?

Soudain déstabilisée par la question et par le ton faussement bienveillant, Balbine ne répondit pas tout de suite, se trahissant par le manque de spontanéité de sa réponse.

— Bien sûr, je…

— Je ne te demande pas une réponse toute faite, mais bien la parole de ton cœur. Comment te sens-tu parmi nous ?

— Aussi bien que je peux l'être.

— As-tu progressé dans l'enseignement de la parole divine ?

Balbine venait de comprendre où l'entretien devait mener. Et cet instant qu'elle redoutait depuis toujours arrivait d'un coup, sans prévenir. Même si en face, l'autre avait déjà pris sa décision, il n'était pas question de lui donner les arguments pour la cloîtrer aussi vite.

— La parole de Dieu est infinie, il n'y a jamais trop de temps pour l'étudier. Et sa complexité est telle qu'une vie n'y suffirait pas. Je viens à peine de terminer la lecture du livre de la Genèse et je ne suis pas encore certaine d'en avoir compris toute la symbolique…

— Quelle symbolique ? On ne te demande pas d'interpréter, mais bien d'assimiler les Écritures.

Devant le ton peu amène, Balbine avait baissé les yeux, non seulement pour échapper au regard de la supérieure, mais surtout pour retrouver une concentration qui lui échappait. Il n'était pas question de donner à son adversaire le moindre argument, quel qu'il soit. Mais face à l'hypocrisie, elle était perdue de toute façon. Elle préféra anticiper, prenant à contre-pied une conversation qui tournait à son désavantage :

— Vous voyez, ma mère, que je suis loin d'être prête.

— Tu as eu tout le temps jusqu'à présent, si tu ne l'es pas maintenant, tu ne le seras jamais.

— Peut-être n'est-ce pas là ma vraie vocation ?

— Que veux-tu dire ?

Le ton était de plus en plus sec. La question n'appelait pas de réponse, mais plutôt le silence. La supérieure enchaîna.

— De toute façon, j'ai décidé. Tu prononceras tes vœux cet été, au premier samedi de juillet. En attendant, tu resteras définitivement entre nos murs pour te présenter à Dieu dans toute Sa confiance.

Balbine s'inquiéta moins de la date que de sa proximité. Saisie d'une panique comme elle n'en avait jamais connu auparavant, elle tenta une dernière position pour échapper à ce qu'elle recevait comme une sanction.

— Mais qui se chargera de l'intendance ?

— Ne t'occupe pas de cela et réjouis-toi plutôt du temps qui t'est offert pour entrer dans la joie de Dieu. D'ici l'été, je te trouverai une place dans un couvent prestigieux, peut-être à Dinan, ou plus loin.

C'était une double condamnation, celle d'un avenir qui se fermait d'un coup et la claustration sans appel qui bouchait toute perspective de fuite. Il n'y avait rien à répondre. La jeune fille sentit ses jambes fléchir, comme si la terre qui jusqu'à ce jour lui avait donné force et soutien se dérobait pour la trahir. Mais, elle était trop fière pour laisser à son adversaire la satisfaction de la voir en difficulté. Après tout, la noblesse de son sang valait plus que la sournoiserie d'une vieille nonne ; Enora reprenait ses droits. Elle s'imagina un instant orgueilleuse, et crut y voir là l'origine de son châtiment. Mais, ses réflexions la détournèrent du malaise qui sembla temporairement s'apaiser.

— Tu peux disposer, ma fille, nous reparlerons de tout ça en temps et heure. Et à partir d'aujourd'hui, tu n'auras plus besoin de sortir pour te préoccuper de choses bien trop matérielles pour l'avenir qui t'attend.

Il y avait à entendre, là, une interdiction formelle. Balbine s'apprêtait à sortir et tournait le dos à la supérieure, lorsqu'elle entendit cette ultime question, complètement imprévue. L'autre avait attendu le dernier moment pour jouer de la surprise et recueillir peut-être l'information capitale.

— Tu n'as pas eu de nouvelles de Jean Passadieu ?

Le temps d'arrêt, même très bref de la jeune novice, n'échappa pas à la supérieure. La réponse était superflue, elle tiendrait du mensonge. C'est le silence qui l'avait précédée et cette crispation de la jeune fille qui avaient toute la valeur.
— Qui ?
Balbine aurait tremblé de voir le sourire de la vieille femme, tout en cruauté. Mais elle resta dos tourné, espérant dissimuler ses émotions. Le silence se prolongea encore quelques instants insupportables.
— Ça n'a aucune importance, je me suis trompée. Va en paix, mon enfant.
L'audience était terminée. Balbine regagna sa cellule, imaginant que la sœur portière était déjà informée des nouvelles dispositions la concernant. La supérieure avait en outre informé la portière de la possible venue de Jean. Si jamais il se présentait à la porte, elle devrait lui présenter le jeune homme sans tarder. Il n'y avait aucune raison tangible pour que cela arrive, mais c'est bien justement pour cela que la supérieure prit cette précaution supplémentaire. Balbine savait qu'il n'y avait rien à tenter de toute façon. De retour dans sa cellule, elle s'assura que les carnets de Marguerite étaient à leur place. Rien n'avait bougé. Mais, la dernière question de la supérieure soulevait un doute sur la connaissance qu'elle pouvait en avoir. Elle prit alors la décision de garder sur elle les deux carnets, afin que nul ne les découvre ni ne les lui confisque. Quoiqu'il arrive, elle devrait pouvoir les rendre un jour à Jean. Tel était le destin qu'elle s'était imaginé pour eux.
Elle compta sur ses doigts plusieurs fois. Le premier samedi de juillet était le cinq. Il y avait plusieurs mois d'ici là, beaucoup de temps en perspective. Mais la jeune fille n'imaginait pas qu'il pourrait lui servir à autre chose qu'à attendre servilement. Pour elle, le secours ne pouvait venir que de l'extérieur.

***

Le deuxième jour de juillet, on vint réveiller Gersende dans sa chambre, au matin. C'était exceptionnel, car nul n'osait jamais provoquer son réveil. C'était un mercredi, on frappait contre la porte à la diable. Seul son père aurait pu avoir une telle audace. C'était pourtant la voix de la cuisinière, qui s'exerçait déjà depuis un certain temps derrière.
— Mademoiselle ! Mademoiselle Gersende !
Lorsqu'elle fut complètement réveillée, elle n'imagina pas répondre à la domestique. Son idée première fut de la congédier. Puis elle se ravisa, sachant que seul son père avait autorité en la matière et que la seule valetaille qu'il avait les moyens de garder était payée misérablement. Jusque-là, leur fidélité à la famille avait justifié la sécheresse de leurs émoluments. La cuisinière était une femme dévouée, qui avait toujours servi à Combourg, sa cuisine était médiocre, mais économique et cette vertu était essentielle. Gersende ne descendait que très rarement aux communs. Elle aurait été bien incapable de survivre, s'il avait fallu qu'elle confectionnât elle-même ses repas. Quant au cocher et à l'homme à tout faire, c'étaient d'anciens soldats qui avaient servi sous les ordres du

215

comte et l'avaient suivi jusque dans sa retraite, sans autre attente que le gîte, le couvert, et une pension misérable que le roi leur octroyait pour leur bravoure passée. Aux heures difficiles de la France, même pour d'anciens héros, il était difficile de survivre. Les deux larrons avaient jugé que l'honneur de la maison qu'ils continuaient à servir, malgré tout, leur assurerait un minimum, ce qu'ils n'auraient pu tenir pour acquis dans aucune autre situation.

On tapait toujours. Les cris s'étaient transformés en supplications. La cuisinière pleurait, implorait. Mais, comme elle savait la porte de la chambre de Gersende verrouillée, par principe et par habitude, son audace ne se hasardait pas plus loin dans ses tentatives. Il y eut une pause et la jeune femme imagina qu'elle allait se rendormir, remettant la perspective de représailles légitimes. Quelques minutes plus tard, ce fut le majordome qui se présenta devant sa porte, plus timide dans ses appels, mais plus convaincant dans ses arguments, sans être complètement explicite.

— Un grand malheur, mademoiselle, venez vite!

Gersende était maintenant parfaitement réveillée. Le terme de malheur avait ceci de frappant, c'est qu'il laissait suspecter le pire. Même une âme aussi rebelle et de méchante humeur que la sienne ne saurait y résister. Elle se glissa hors du lit et alla ouvrir, simplement vêtue d'une chemise d'homme à dentelles, ne couvrant que l'essentiel, sans épargner l'impudeur. Elle fit claquer le verrou méchamment et ouvrit la porte. La lumière du couloir l'aveugla.

— Qu'est-ce qu'il y a?

Les trois domestiques attendaient devant la porte. Les deux hommes, pourtant habitués aux tenues extravagantes de la jeune femme, quoiqu'anciens soldats rompus à toutes les situations, reculèrent de quelques pas. Ils semblaient regretter d'un coup l'audace qui les avait menés là, honteux de ce qui leur était donné à voir, malgré eux. Gersende ne prit pas la peine de rectifier sa tenue et leur jeta un œil mauvais. Plus téméraire, la cuisinière bafouilla :

— Monsieur le comte… un grand malheur… cette nuit.

— Il est encore malade? Vous n'êtes pas allés chercher son charlatan?

Gersende comprit rapidement, devant leur mine lugubre, qu'elle n'avait pas encore pris toute la mesure du drame.

— Montrez-moi!

Elle les suivit jusqu'à la chambre, les domestiques courant devant comme les chiens à la chasse, pressés de partager leur découverte et de ne plus en assumer seuls le terrible poids. En passant sur les remparts, Gersende sentit sur sa peau nue la caresse du soleil déjà vif. Un oiseau chantait dans le parc. En temps normal, elle n'aurait pas prêté attention à ces détails. Habituellement, l'environnement dans lequel elle évoluait lui importait peu. Sa vie était une lutte contre l'ennui, et elle ignorait systématiquement les grâces que la Nature lui dispensait pour rien. Ce jour-là, dans l'urgence et la prémonition d'une catastrophe, à voir les autres détaler devant elle sur le chemin de ronde, elle captait tous les détails d'une scène qu'elle craignait inoubliable.

La chambre avait été laissée telle quelle, les rideaux tirés. Il y avait à peine assez de lumière pour ne pas douter de la réalité des choses. L'air y était plus épais que jamais, chargé des miasmes de toute une existence qui venait de prendre fin. La porte ouverte laissait un trait de lumière accusatrice, qui filait droit sur la silhouette du comte de Combourg. Il était assis par terre, adossé au lit, les cuisses écartées. Cette position permettait au cadavre de rester droit malgré tout, faisant face aux arrivants. Le moignon de sa jambe était nu, le postiche se trouvait devant lui, presque à portée. L'homme s'était arrêté de vivre dans cette position, les deux bras tendus vers la jambe de bois, comme s'il avait tenté de la replacer au moment ultime, pour apparaître *entier* devant son créateur. Il n'en avait eu ni le temps ni la force, et sa boiterie lui resterait pour l'éternité. Plus qu'un détail : une légende. Il portait une longue chemise qui avait été blanche, mais qui témoignait des affres de la nuit et des causes de la mort. Une large flaque verdâtre souillait son col. Le visage reposait sur la poitrine et l'on ne voyait que le sommet du crâne où quelques cheveux sales disputaient l'espace à de vilaines croûtes blanchâtres.

Les domestiques s'étaient écartés devant la porte, laissant tout le champ à leur maîtresse pour apprécier la scène. Gersende n'avait jamais été confrontée directement à la mort. Ce n'était pour elle qu'une abstraction : une idée qu'on brandissait pour faire peur aux enfants. Et c'est peut-être ce qu'elle ressentit en pénétrant dans la chambre, désemparée devant le corps déshabité. Cette situation la plaçait d'un coup devant des responsabilités auxquelles elle n'était pas préparée. Elle n'était prête ni pour le chagrin ni pour la peur, encore moins pour le cortège de sentiments complexes qu'elle ne pouvait analyser et qui tombaient sur elle comme les rayons du soleil : implacables. Sa nature farouche et hautaine s'apprêtait pour sa première défaite. Les autres attendaient sa réaction, avec une crainte qu'avivait le chagrin d'avoir perdu leur maître.

Elle aurait pu crier, mais sa gorge était devenue d'un coup aussi sèche que le parchemin de la peau de son père. Crier aurait été salutaire, mais rien ne venait. Les larmes alors prirent le pas, réveillant sur ses joues des émotions d'enfance qu'elle avait crues jusque-là définitivement interdites. Elle appuya une main contre le chambranle de pierre de la porte, puis une épaule. Elle reporta enfin contre le granit tout le poids de son corps qu'elle sentait glisser. Ses jambes ne répondaient plus. L'image de cette chambre où rien ne bougeait, où rien ne respirait plus lui paraissait incompréhensible. Mais, elle avait la perception subtile d'en faire partie, seul élément vivant du tableau. La réalité des choses s'affaissait doucement, comme si l'immobilisme s'apprêtait à la gagner elle aussi. Ses oreilles bourdonnaient, le champ de sa vision se rétrécissait sur le point blanc du corps sans vie.

On bougea près d'elle, et c'est ce mouvement contigu qui raviva brutalement sa conscience au moment où elle allait l'abandonner : les domestiques se portèrent à son secours en la voyant défaillir.

— Laissez-moi !

C'était plus qu'un ordre... la bouffée d'air qui sauve le noyé.

— Laissez-moi !

Impossible de se montrer faible devant ces trois-là. La mort de son père la plaçait châtelaine de Combourg et ce rang devait se mériter, dès cet instant. Comme son père lui avait toujours dit en lui inculquant les bases de la noblesse et de la monarchie : *le roi est mort, vive le roi !* Elle prenait sa place. Un coup de fouet ! Elle se redressa avant que les domestiques aient le temps de se porter à son secours. Ils stoppèrent, mais en restant prêts. Elle demanda :

— Il est mort ?

— Oui, mademoiselle.

La cuisinière osa répondre. Sans doute parce qu'elle avait connu Gersende enfant, qu'elle l'avait nourrie, elle eut plus de courage que les deux autres, figés et silencieux. Ce n'était pas ce genre d'ennemi qu'ils se sentaient capables de combattre, pas sur ce terrain, pas maintenant. Ils restaient en retrait, prêts à intervenir quand on le leur demanderait. Aux ordres, en bons soldats. Gersende ne pouvait détacher son regard du cadavre, comme si par la seule force de sa volonté, elle aurait pu le voir bouger, même imperceptiblement, même le temps d'une respiration, fut-elle la dernière. Mais tout confirmait le trépas.

— Que s'est-il passé ?

Sa voix était sèche, comme si l'apitoiement qu'elle retenait lui interdisait des intonations trop subtiles ou des phrases trop longues. Sa gorge bloquait les sons qui ne sortaient que par saccades. C'était déjà montrer trop d'émotion. La cuisinière se rapprocha d'elle et lui parla à voix basse, peut-être par égard pour le défunt, ou simplement pour ménager Gersende.

— C'est arrivé en milieu de nuit. Il a appelé, il avait mal.

— Où cela ?

Celui qui faisait office de cocher enchaîna. C'est lui qui avait porté secours le premier au comte.

— Il se plaignait du ventre. Il disait qu'il n'était pas allé au bassin depuis plusieurs jours. Il avait vomi une fois en fin de soirée, mais cela ne semblait pas porter à conséquence. D'après ce qu'il m'a dit…

— Ensuite ?

— Ensuite il s'est remis à vomir, c'était très violent. Il a demandé qu'on envoie chercher le charlatan.

— Et après ?

— Je suis parti le chercher aussitôt. Normalement, il n'y a pas long. Mais l'opérateur n'était pas chez lui.

— Quoi ?

— Non, il n'y avait personne. J'ai réveillé une petite fille, qui m'a dit qu'il était en tournée pour plusieurs jours.

— Tu l'as cherché, tu as fouillé chez lui ?

— Je n'avais pas de raison de ne pas croire l'enfant, puisqu'il est venu volontiers toutes les fois que je suis allé le quérir.

— Et son élève ?

— Parti avec lui.

— Qu'as-tu fait alors ?

— Dame ! Je suis rentré.

— Et pendant ce temps-là ?

Le troisième domestique, qui jusqu'à présent s'était tu, gardait pour la fin le plus sombre du récit. Il parla d'une voix éteinte.

— Je suis resté avec le comte. Il a voulu absorber tout un tas de médications qu'il gardait dans son chevet. Des potions, des gouttes, de l'esprit-de-vin. Mais il ne pouvait rien garder. Il souffrait beaucoup. Comme j'avais été en campagne avec lui, j'avais assisté à des opérations de chirurgie sur le champ de bataille. Je lui ai proposé une saignée.

— Et ?

— Entre deux râles, il a réussi à rire, en me disant que si je voulais accélérer sa mort, je pouvais faire ça. Ensuite, il a semblé s'apaiser un peu, comme si la douleur passait ou que le peu d'extraits de belladone qu'il avait gardé le soulageait enfin. Il s'est allongé sur le lit, mais je voyais bien à ses grimaces que ça n'allait pas fort.

Gersende ne disait rien, plissait les yeux pour bloquer des larmes impatientes. Elle ne l'interrompit plus jusqu'à la fin du récit.

— Quelques instants après, il s'est réveillé en grandes sueurs. Il avait froid, puis il avait chaud. Les vomissements ont repris. Il m'a finalement demandé la saignée pour en finir plus vite. Dans ce but-là, je n'ai pas eu le courage de le faire. Alors, il a demandé après vous. *Va chercher ma petite Gersende*, m'a-t-il dit.

Elle n'avait pas été appelée comme ça par son père depuis de trop longues années. C'était le coup fatal à son chagrin. Mais il fallait le convertir, prendre sa force pour la transformer en autre chose. Elle ne bougea pas.

— Je suis parti aussi vite que j'ai pu. Lorsque je l'ai quitté, il était allongé dans son lit. Le jour commençait à se lever. Je n'ai pas osé aller vous réveiller, alors j'ai demandé à Marie de le faire pour moi. Comme ça, pendant que vous arriviez, je pouvais retourner veiller sur lui.

Il y eut un dernier silence. Il reprenait son souffle, soulagé d'être arrivé là. Marie, dont la condition ne lui imposait pas de retenir son chagrin, se mouchait bruyamment dans un pan de sa robe.

— Lorsque je suis revenu dans la chambre, je l'ai trouvé comme ça.

— Il est mort seul ?

Le silence accablait les trois domestiques, les rendant coupables de leur inefficacité, tant dans les soins au malade, que dans leur célérité à venir chercher sa fille. Maintenant, c'était trop tard. Trop tard pour les adieux, trop tard pour rattraper un temps qu'elle ne retrouverait plus. Restait à savoir comment surmonter ce sentiment effroyable de solitude. Cette énergie qui voulait la terrasser d'un coup, elle si fière, si froide d'habitude…

Alors pour détourner ce torrent nouveau qui balayait tout sur son passage, il n'y avait qu'un barrage possible. La mort n'était plus un problème, les conditions non plus. Non. Ce qui comptait alors, c'était de savoir par la faute de qui son père était mort dans des conditions aussi pitoyables. L'amalgame était facile et s'agglutinait tout seul comme une pelote de haine que la douleur tricotait entre ses pattes. Gersende ne pensait plus qu'à une chose, la vengeance, pour se détourner du chagrin. Et à ce moment-là, c'était essentiel, salutaire : vital. Inutile d'accabler les domestiques, qui au fond avaient fait leur devoir au mieux de leurs capacités, et dont elle avait besoin pour aller au bout de son idée.

— Vous avez des nouvelles des saltimbanques ?

— Qui ?

— Le charlatan et son élève. Ceux dont l'absence a causé la mort de mon père ?

— Ils ne devaient pas rentrer avant plusieurs jours.

— Ce n'est pas grave, vous allez me montrer où on peut les trouver. Je m'occupe du reste.

Ils hésitaient. Mais, ils ne voulaient pas contrarier la jeune femme dans sa volonté et sa froideur impavide. Le malheur qui la touchait prenait un tour peut-être plus à craindre encore que ce qu'ils avaient imaginé. Marie hasarda tout de même.

— Mais... Et Monsieur le Comte ?

— Et quoi ? Il est mort maintenant. Il n'ira pas plus loin. Vous deux, vous allez seller trois chevaux, nous partons dès que possible. Dès notre retour, vous descendrez le corps de mon père dans la chapelle. Et ne le laissez pas comme ça en attendant. C'est compris ? Et aérez ce cloaque, nom de Dieu !

Personne ne se permit le moindre commentaire et les deux hommes se mirent en devoir de replacer le comte sur le lit. Gersende avait déjà quitté la chambre, occultant volontairement cette partie du processus pour pouvoir se concentrer sur sa haine. Cette rancune contre Pomardini, et Jean surtout, y amalgamait la vindicte, et une part incontournable d'un désir frustré qu'elle se refusait d'admettre.

XIII

LES HÉRITIERS

Lorsque Pomardini rendit son dernier souffle, je me sentis plus seul que jamais. Mais ce sentiment n'était rien en regard de la réalité matérielle de mon isolement. Je me retrouvai seul, dans un village que je ne connaissais pas, certes peu éloigné de Saint-Léonard, mais avec cette lourde carcasse à gérer, en plus de notre matériel. Le prévôt des maréchaux, intrigué par cette estrade qui restait en place publique plus longtemps que prévu, me fit aider par un de ses sergents pour descendre le corps. Il n'était pas question de l'enterrer sur place. Les morts encombraient les cimetières, et la bataille pour le moindre arpent de terre sainte était coutumière. Je devais l'emporter et le faire enterrer chez lui, dans les conditions que je jugerais les plus opportunes. On me pria donc de démonter, de charger ma charrette, puis on m'aida une dernière fois à déplacer le corps pour le placer sur la carriole. Je le recouvris d'une des toiles qui servait à nous abriter de la pluie lorsque nous dormions dehors. Puis, l'âne se mit en route sans faire d'histoire, comme s'il s'était senti, cette fois-là, investi d'une mission enfin à la hauteur de ses ambitions. Nous étions partis jusqu'à Dinan, pour une longue tournée, afin de profiter des soirées d'été pour éclairer notre route. Le ciel resterait clair jusque très tard et il fallait avancer.

Pomardini savait très bien, comme il me l'avait expliqué, que les crochets des vipères finissent par repousser. Et une des premières règles qu'il m'avait enseignée, et qu'il avait oublié de respecter cette fois, ne pas faire le numéro du serpent en fin de tournée. C'était prendre le risque de se faire mordre par une bestiole qui aurait récupéré toutes ses facultés venimeuses. C'est ce qui avait dû se produire. Mais la cause véritable de cette négligence apparaissait moins clairement et je n'osais conclure. Mario avait-il délibérément provoqué le destin, comme on jouerait sa vie ? Ou était-ce la lassitude qui l'avait simplement joué ? Il était mort, et c'était bien la plus sinistre des réalités. Son corps pesait et je me retrouvais à haler la charrette, bien plus lourde malgré l'aide de l'animal, que lorsque je l'avais tiré la première fois avec Pomardini en quittant Saint-Malo. Le temps avait passé. Je réalisais que je ne m'étais jamais préparé à l'éventualité de le quitter et encore moins à celle de sa mort. Je me rendais compte aussi que, depuis le printemps où j'avais projeté une action héroïque pour arracher Balbine à son destin religieux, je n'avais pas encore eu le temps d'imaginer le

221

moindre stratagème. La vie filait, comme les roues de ma charrette, écrasant chaque minute gaspillée sans parcimonie.

Et je me retrouvais seul, avec une formation incomplète : des idées, des recettes, pour un métier qui n'avait rien d'officiel. Les charlatans étaient à peine tolérés dans certaines villes, au bon gré des autorités. Il n'y avait guère d'avenir pour quelqu'un comme moi dans ma position, n'ayant ni talent particulier pour les arts de la scène ni la moindre renommée qui aurait pu m'aider. Je n'étais qu'un élève de Mario Pomardini, avorté avant d'avoir fini son apprentissage. Inutile et sans avenir, et fort jeune de surcroît. L'impertinence de mes mensonges sur mon âge me revenait en pleine figure : je n'étais qu'un gamin. Que proposer à Balbine ? Que dire à Aliette lorsque j'arriverais *Aux Deux Perdrix* ? Je ne pouvais concevoir de lui apporter ce chagrin qu'elle ne méritait pas. J'avais imaginé, tant de fois, que cet homme dont je tirais péniblement le cadavre était son père, que j'en avais déjà acquis la certitude. C'était un fait, et la peine que je redoutais de lui donner n'en était que plus grande. Ma seule consolation était de savoir que la route n'était pas longue pour rentrer, et que je serais à Saint-Léonard le lendemain, en fin de journée, ce qui aurait au moins le mérite de limiter la corruption du corps. Elle ne tarderait pas, sous ce soleil goguenard, qui continuait de nous accabler.

Je passai la nuit seul dans un bois. Un garde champêtre voulut m'interdire la forêt dont il avait la garde, mais constatant mon triste chargement et ma mine déconfite, il renonça à me chasser plus loin, voyant bien que je n'étais pas le genre de braconnier qu'il pouvait mettre à l'amende. La nuit était douce. Il y eut bien quelques bruits, comme si le corps de Mario finissait de rendre son âme. Mais, je préférai imaginer que c'étaient ceux de la forêt, qui vivait son heure nocturne, plus active que jamais. Le lendemain, je me remis en route dès le lever du soleil. Je n'avais pris aucun repas depuis la veille. J'avais simplement bu aux fontaines des villages, donnant à boire à l'âne, seul compagnon pour tromper la tristesse. Plus j'avançais, moins j'appréhendais l'instant terrible. J'imaginais Aliette, guettant nos silhouettes sur le pas de la porte, comme elle le faisait souvent, au coucher du soleil.

J'arrivai finalement à la nuit. La route s'était allongée devant mes pas, m'offrant encore un sursis, me donnant à repasser tout ce que j'aurais à dire, et ce qu'il y aurait à faire. Je n'étais pas préparé à tout cela. Ma vie avait été assez tourmentée jusqu'à présent, pour que je ne m'étonne pas lorsqu'elle m'accablait encore, à chaque fois que je croyais avoir retrouvé une certaine stabilité. Je repensais à la dernière phrase de Mario, imaginant qu'au fond il avait plus d'une fois raison. Son existence aussi avait dû être beaucoup plus tumultueuse que je ne le saurais jamais.

En arrivant, la porte était close, les volets tirés et on ne devinait aucune lumière derrière. Je n'avais pas suivi les annonces des clochers et n'avais aucune idée de l'heure. Je frappai trois coups vifs, comme Mario avait l'habitude de le faire et je regrettai aussitôt ce simulacre involontaire. Il n'y eut pas de réponse tout de suite. Je frappai une seconde fois, mais cette fois-ci, je me contentai de deux coups, abandonnant la signature de celui qui n'était plus. Aucun bruit à l'intérieur, mais à travers un espace entre les volets que je connaissais bien, je pus deviner un léger mouvement de lumière à l'intérieur : très probablement une chandelle qu'on promenait discrètement. Je frappai encore. Deux coups.

— Qui est là ?

C'était la voix d'Aliette.

— C'est moi, Jean.

— Tu es seul ?

Je n'avais pas compris le pourquoi de la question.

— Oui.

Il y eut le bruit du verrou, puis de la serrure et la porte s'ouvrit enfin. La petite était en chemise de nuit, le visage très pâle, me regardant avec inquiétude. J'avais presque cru à cet instant qu'elle était déjà au courant de la nouvelle.

— Entre vite. Où est Mario ?

C'était l'instant fatidique. Mais, en croisant mon regard, qui devait être aussi lugubre que le sien, elle comprit tout de suite. La lune était descendante, mais encore suffisamment pleine et Aliette put distinguer facilement derrière moi la masse inerte qui encombrait la charrette. Elle eut un petit cri d'animal, et mit la main devant sa bouche. Son visage prit l'expression de celle qui comprend qu'elle a toujours vécu dans la crainte d'une catastrophe, le jour précis où celle-ci se réalise. J'entendis un bruit derrière elle, dans la maison.

— Aliette ! Aliette !

La fillette s'était retournée vers l'intérieur, essuyant un début de larmes. La porte s'ouvrit plus grand et je vis, apparition spectrale, une femme. En chemise, elle aussi, se traînant péniblement vers moi, à la lueur d'une seconde chandelle. La modestie de l'éclairage ne permettait pas de lui prêter un âge. Elle s'aidait d'une canne de bois brut, de ces morceaux qu'on ramasse dans la forêt sans autre perspective qu'un usage immédiat. Une partie de son corps semblait morte. Un bras pendait longuement contre sa cuisse. Elle la ramenait derrière elle à chaque pas, son pied nu fauchant les pierres froides du sol. Je crus d'abord que son visage était défiguré par le chagrin. Il l'était immanquablement, mais il y avait dans son expression une part indéniable de maladie : les rides de toute une moitié du visage, du côté opposé aux membres qui ne fonctionnaient plus. La bouche pendait de côté comme si elle avait abandonné depuis longtemps toute idée de sourire. L'œil tombait ainsi que la paupière, donnant à la douleur de cette pauvre femme une tonalité encore plus terrible. Elle ne sembla ni surprise ni curieuse de me voir pour la première fois. Elle ne me voyait pas. Elle cherchait à distinguer, derrière moi, la silhouette de son malheur, pour rassasier son chagrin d'une vision qu'elle ne pouvait éviter. Aliette l'aida à se rapprocher. Elle me regarda enfin, avec de grands yeux bleus et froids.

— Montre-le-moi.

Je ne savais pas quoi faire, découvrir le corps sur la charrette ? Ou tenter de le descendre pour le présenter dans une position moins pitoyable ? Mais la pauvre femme était déjà dehors et tirait la toile de sa main valide pour contempler la dépouille. Elle s'appuya d'une épaule contre le montant de la carriole pour ne pas perdre l'équilibre. Puis, la lune éclaira le visage de Jean-Marie Pommard. Inutile d'espérer que la coloration terrible de sa peau provînt de la luminosité particulière du ciel. Je savais que le poison avait fait toute son œuvre, précipitant la corruption, accélérant la décrépitude. La femme plaqua la tête d'Aliette contre elle, jugeant que le spectacle n'était pas de l'âge de l'enfant. Sans se retourner, elle demanda :

— Le serpent ?

— Oui.

— Qu'a-t-il dit avant de passer ?

— Il m'a parlé de vous et d'Aliette.

— Qu'a-t-il dit exactement ?

— Il m'a dit de vous embrasser de sa part et de vous dire qu'il n'avait pas souffert.

— C'est vrai ?

— La mort a été très rapide.

Et puis, il y eut le silence que je n'osai rompre. Nous restions tous les trois au milieu de la nuit, spectacle immobile de la détresse aux quatre vents. Aliette ne bougeait pas, ne cherchant pas à voir ce qui lui était interdit. Ses épaules se secouaient par saccades de sanglots. Et la femme restait aussi droite que son vieux corps le lui permettait, contemplant sa solitude toute neuve par delà la silhouette immobile de Mario. La charrette et son chargement se dessinaient nettement sur le bleu sombre de la nuit. Plus loin, sur fond d'horizon, quelques croix émergeaient derrière le mur du cimetière. L'oraison muette dura encore de longues minutes, jusqu'à ce que le cri d'une chouette nous tire de cette léthargie qui aurait pu nous prendre sans résistance.

— Nous allons le rentrer vite. Il n'y a plus de temps à perdre.

Ce ne fut pas une mince affaire de débarrasser la charrette de son fardeau. Et nous n'étions pas le meilleur équipage pour ce genre de transport. Une fillette, un jeune adolescent et une infirme sans âge. L'âne fut attaché dans la cour et l'on fit basculer la carriole afin de faire glisser le corps sur une couverture. Nous tirâmes celle-ci à l'intérieur et nous installâmes le mort sur une des tables de l'auberge, débarrassée du fatras qui s'agglutinait là depuis des années. Une fois la manœuvre terminée, je rangeai la charrette dans la cour et revins à la maison. Aliette tira le verrou derrière moi, avec plus de précipitation que d'habitude. L'état du corps, tolérable au grand air, sonna vite l'urgence de l'inhumation. Aliette disposa quatre bougies aux coins de la table. Car alors, il n'y avait plus rien qui puisse l'effrayer ni la surprendre. Puis elle se mit à prier. La femme, fatiguée par l'effort et le réveil nocturne, s'assit sur un banc, examinant la silhouette. Sans la quitter des yeux, elle me dit :

— Tu dois te demander qui je suis.

Je ne répondis pas, car je pensais que si elle avait jugé de l'opportunité du moment, il n'y avait rien à ajouter.

— Je m'appelle Magdeleine et Aliette est ma fille.

Les mots venaient doucement. Aliette s'arrêta dans ses trafics avec le Bon Dieu pour donner la main à sa mère, lui prêtant la force nécessaire à un récit qu'elle savait difficile. La femme continua.

— Aliette n'a plus de père, il est mort en campagne, dans l'est. Lorsque l'enfant est venu, la présentation était mauvaise. Jean-Marie était de passage dans le bourg. Il n'y avait ni ventrière ni barbier disponible, on fit appel à lui. Des voisins étaient allés le chercher. L'enfant se présentait par le siège. Il fallut le forcer pour qu'il intervienne. Il se disait incompétent dans l'art d'accoucher les femmes. Mais ma vie et celle de l'enfant dépendaient de son aide.

La femme fit bâiller un pan de sa chemise et je pus observer sur son ventre une large cicatrice, comme si une main maladroite avait hésité à tracer une ligne sur la peau. Je repensai au pauvre homme qui avait supplié après nous aux abords de Rennes, comprenant alors le refus de Pomardini.

— Il a sorti l'enfant par le ventre. L'enfant a vécu. J'ai vécu. Mais à un prix terrible que Jean-Marie ne s'est jamais pardonné. Il y a eu hémorragie, puis je suis entrée en convulsion. Inconsciente, plusieurs jours avec la fièvre, et je me suis réveillée amputée de moitié, un membre ne fonctionnant pas et l'autre moitié de visage morte, comme du carton. Mais cela n'avait pas d'importance, l'enfant se portait bien et j'étais vivante, c'était plus que ce qu'on pouvait espérer au départ. À mon réveil, j'ai vu pleurer cet homme que je ne connaissais pas. Il pleurait du malheur qu'il avait porté dans notre maison par son intervention. Car, s'il n'avait pas été là, il n'aurait pas été l'acteur d'une vie gâchée telle que la mienne. Son remords dépassait de loin l'idée des vies qu'il avait préservées. Et pour lui, il n'y avait qu'un seul prix pour réparer ce qu'il retenait comme sa faute. Il devait prendre en charge la mère et l'enfant. Assumer toute la responsabilité de la situation qu'il avait créée malgré lui.

— Je ne voulus pas accepter ce que j'avais pris tout d'abord pour de la pure bonté ou de l'apitoiement. Il n'y avait sans doute que cela, mais pour me convaincre, il usa d'autres arguments. Pour lui, cet échec était la pire des hontes pour sa profession et nul ne devrait jamais savoir ce qui s'était passé. Il avait usé illégalement de la chirurgie et il encourait pour cela des peines graves si cela venait à se savoir. Je l'ai assuré qu'il n'aurait jamais à craindre quoi que ce soit de moi. Mais il redoutait les commérages, les dénonciations, dans ce pays où les jalousies sont souvent mères des pires trahisons. Il est alors resté ici, *Aux Deux Perdrix*, y établissant du coup son foyer. Il nous prit en charge toutes les deux, comme il l'avait souhaité. L'activité de l'auberge était arrêtée depuis le départ du père d'Aliette. Par égard pour sa réputation, il m'avait demandé de ne jamais me montrer à qui que ce soit. Il avait peine qu'on puisse me voir dans cet état de déchéance ; il assurait ainsi toute l'intendance et toutes les transactions avec l'extérieur.

— Au bout de quelques mois, j'ai compris véritablement et je restais cachée de moi-même dès que quelqu'un se présentait ici. Depuis quelques années, Aliette m'aide dans les tâches domestiques. Voilà quelle a été ma vie. C'est moi, finalement, qui n'ai jamais voulu te voir depuis que tu es ici. Je sais que ça l'aurait obligé à raconter l'histoire. Et cela aurait été honteux pour lui. Sans lui, je serais morte, Aliette n'aurait pas vécu. Il s'est toujours montré d'une grande gentillesse envers nous et nous n'avons manqué de rien. S'il n'était pas resté à la naissance de la petite, elle aurait été livrée à l'assistance publique et dans le meilleur des cas, j'aurais fini mon agonie seule dans un hospice. C'était un grand homme et c'est pourquoi j'avais accepté de disparaître, n'existant finalement que pour lui et ma fille. Mais après tout, pour les autres, je n'avais pas besoin d'une existence. Je crois même qu'à la fin, certains qui m'ont connue avant ont fini par me croire morte. Au fond, même si c'était vrai, c'est aujourd'hui que je meurs vraiment.

Elle s'arrêta, arrivée au terme de son récit, me laissant à mes réflexions. J'imaginais que j'avais peut-être quelque chose à dire à ce moment-là. Parler de la grandeur de l'homme qui nous avait quittés ? Je crois que tout ce que j'aurais trouvé à dire aurait paru ridicule. La seule question qui restait sans réponse était ce que nous allions faire sans lui. Pomardini mort, je n'avais aucune raison de rester ici, mais je n'imaginais pas abandonner ces deux âmes à leur misérable sort. Leur proposer mon aide était prétentieux et surtout ridicule. La femme continua.

— Ne t'inquiète pas pour nous, Jean. Aliette est grande et nous pourrons nous débrouiller. Maintenant qu'il est parti, je n'ai plus besoin de me cacher et je vais reprendre une vie aussi normale que je le peux. Nous avons l'auberge, et il nous a laissé de quoi assurer notre pitance pendant plusieurs années. Au besoin, je prendrai un commis.

— Mais…

— Tu es en danger, Jean, tu ne peux pas rester ici.

Il y eut comme une secousse. Je n'en avais pas fini de ma tristesse et n'étais pas prêt à affronter d'autres réalités.

— Des gens sont venus cet après-midi. Deux hommes et une femme, ils venaient de Combourg. L'un d'eux était déjà venu la nuit d'avant vous chercher pour porter secours au maître du château. J'ai dit simplement que vous étiez en tournée. Apparemment, le châtelain est passé et c'est sa fille qui est venue elle-même, vous reprochant sa mort par votre absence.

— C'est absurde !

— Ils ont fouillé. Ils ont essayé d'intimider la petite, pour que je leur dise où vous étiez exactement et quand vous rentriez. Mais Jean-Marie ne me disait jamais ses itinéraires. Ils m'ont dit qu'ils reviendraient. Je ne sais pas quand, mais il n'y a pas à douter que ce sera bientôt. Cette fille, c'est le diable ! Elle a menacé Aliette avec son épée, pour que je parle !

— Mais, si le comte est mort, nous n'y sommes pour rien. Nous l'avons soigné, il y a quelques mois, et il se portait plutôt bien lorsque nous l'avons quitté.

— Cela lui importe peu, elle est persuadée qu'il est mort à cause de vous. Elle veut vous livrer à la justice pour avoir exercé la chirurgie sans charge.

— Mais… maintenant que Mario est mort ?

La femme hocha la tête tristement.

— Ce qui est curieux, c'est qu'elle semblait t'en vouloir autant qu'à lui. Sinon plus. Elle n'a pas arrêté de demander après toi. Il faut t'enfuir, ils vont revenir. S'ils te trouvent ici, tu es perdu. Et nous aussi. Nous ne valons pas plus pour eux que le bétail de leurs fermiers.

Je revis la silhouette de Gersende, autrefois pleine de bienveillance, excitant mes appétits novices. Et ces intuitions qu'elle avait éveillées en moi se transformaient d'un coup en une terreur glacée. La femme dangereuse se révélait et j'entendais maintenant les mises en garde de son père, les comprenant. Bien évidemment, j'étais moins responsable que n'importe qui de la mort du comte, et cet acharnement dont elle semblait faire preuve avait tout pour me surprendre et surtout m'inquiéter. Mon esprit ne trouvait plus d'arête où fixer ses décisions. Je venais à peine de ramener le corps de mon maître et je n'avais pas encore imaginé ce que nous allions faire de sa dépouille. Je découvrais tout juste le secret des *deux perdrix,* sans imaginer où commençait et où devait s'y arrêter mon rôle. Et il fallait que je prenne la fuite comme un criminel, sous prétexte d'avoir prêté la main à une opération, il y avait de cela plusieurs mois ?

Je n'avais, à l'époque, aucune notion de jurisprudence ni de prescription, mais cela me donnait une sérieuse leçon sur le poids de la responsabilité de nos actes. J'avais été un témoin, et d'aide, j'étais devenu complice. Si la mauvaise foi de la jeune fille ne faisait aucun doute, la justice n'aurait aucun mal à trancher sur ma culpabilité : l'exercice illégal de l'art médical appellerait un châtiment exemplaire. Pomardini me l'avait suffisamment expliqué. Dès que l'on pouvait stigmatiser l'un de ceux de sa caste, il y avait toujours un juge, et derrière un bourreau. Je repensai à Gasnier. Ne restait que la fuite... Reprendre une route qui se trouvait d'un coup obscure et sans perspective. Une nouvelle fois. Même à seize ans, ce n'était pas chose facile.

— Tu dois fuir, Jean. Et nous allons t'aider. Au lever du soleil, tu dois être parti.

***

Dans la matinée du vendredi, Balbine reçut un étrange présent dans sa cellule. Elle contempla, sans un mot, la robe trouvée sur sa paillasse au retour des laudes. Une robe de religieuse d'un blanc parfait. Le voile du même blanc. Une parure de mariée, d'un genre qu'elle n'avait pourtant jamais souhaité. La supérieure, qui avait attendu ce moment, entra juste derrière elle dans la cellule.

— Tu feras une parfaite mariée dans cette robe.

Balbine s'était un instant méprise, mais corrigea d'elle-même son interprétation. Simple ironie ou méchanceté ? Il n'y avait pas à hésiter.

— Dieu t'attend demain. Je t'ai trouvé l'un des plus prestigieux endroits pour t'offrir à ton Seigneur. J'ai réussi, grâce à mes connaissances, à te faire admettre au couvent des Carmélites de Ploërmel. Tu sais à quel point il est difficile d'entrer là-bas.

— *Et d'en sortir*, pensa Balbine pour elle-même.

— Surtout pour quelqu'un de ta condition. Ce ne sont ni les titres de gloire de ta famille ni une particule passablement élimée qui auraient suffi. Grâce à moi, ce sera chose faite demain. Après la cérémonie à la cathédrale Saint-Vincent, tu partiras à Ploërmel pour entrer dans Sa gloire.

Balbine baissa les yeux et contempla cette robe qui la consacrerait le lendemain, lui fermant définitivement toutes les autres portes de sa vie de femme. Elle ne pensait pas à la maternité, encore moins aux plaisirs charnels, simplement à Jean, qu'elle ne serrerait jamais dans ses bras. Elle observait chaque détail des parements de dentelle qu'on avait quand même voulu coudre aux emmanchures et au col, comme si ces artifices pouvaient donner la moindre gaîté à ce qui pour elle ressemblait à un vêtement de deuil. La supérieure continuait.

— Il a fallu des dizaines d'heures pour broder cette robe. Te rends-tu compte?

Balbine se rendait compte que quelques heures réussissaient à enchaîner une vie définitivement. Que valait-il mieux finalement? De la mort, de l'oubli ou de la réclusion à perpétuité? Depuis les longues semaines de claustration, elle avait peu à peu perdu le moindre espoir d'un secours quelconque. Elle n'avait pu entrer en communication avec l'extérieur d'aucune façon et elle n'avait reçu aucun signe de Jean. Le ciel lui-même était resté fermé à ses prières, les voix intérieures ne résonnaient plus que sur le ton de la tristesse et de la résignation.

— Tu pourrais au moins te montrer reconnaissante.

Sachant qu'il n'y avait rien d'autre à faire que montrer sa soumission, Balbine s'agenouilla, sans doute aussi par une faiblesse qui venait l'accabler sournoisement. Elle réussit enfin à prononcer quelques mots.

— Je le suis, ma mère, vous n'imaginez pas à quel point. Mais, trop d'émotion retient ma joie.

L'autre parut enfin satisfaite et savoura son triomphe quelques instants, regardant la jeune fille prostrée et imaginant ses larmes. Puis, elle quitta la pièce. La porte claqua, laissant Balbine seule.

***

Il faisait beau à Combourg, trop beau pour que le chagrin soit supportable et que Gersende finisse par admettre que personne n'était responsable de la mort de son père. S'il y avait encore la moindre chance de retrouver Jean, il ne fallait pas perdre de temps. Elle avait décidé d'aller à cheval et avait choisi une tenue pratique, mais non dénuée d'une certaine forme d'excentricité. Seule dans sa chambre, elle mit un soin particulier à choisir l'ensemble et à l'ajuster. Elle admira d'abord son corps nu dans un petit miroir, qu'elle promena partout pour fixer chaque détail, à ce moment précis de sa vie, persuadée qu'un changement était en train de se produire et que les événements en cours le précipitaient. Puis, elle se parfuma abondamment. Le froid des onguents sur sa peau la raidissait à chaque passage, tout comme sa haine qui se tressait plus fort contre Jean. Plus le temps passait, plus les chances de le retrouver s'éloignaient.

Elle commença par enfiler des bas blancs et cette seule parure finit de la contenter dans l'aspect de sa silhouette. Le noir s'imposait pour le deuil, mais il n'était pas question de céder aussi facilement à des coutumes sans importance. Par-dessus une culotte de drap blanc, elle passa une grande chemise de son père à large col et emmanchures de dentelle fine. L'étoffe flottait sur elle comme un nuage et la sensation charnelle de confort lui rendit le contact de la réalité. Puis, elle passa une redingote droite qu'elle avait taillée elle-même dans un vieil uniforme, volé à son père. Rouge vif. La taille était serrée et tenue par des boutons. Un pantalon assorti, également ajusté, complétait cette tenue, idéale pour monter. Elle enfila ensuite de longues bottes de cuir souple, montant au-dessus des genoux. Puis, elle boucla une ceinture pour y glisser son épée. Ainsi parée, elle se regarda encore, frémit de satisfaction à son aspect. C'était une parfaite adéquation entre son image et ce qu'elle en avait imaginé.

Elle monta dans la chambre de son père où l'on avait remis les choses en ordre, autant que possible. L'homme avait retrouvé sa dignité, à un détail près. On ne sait ce qui s'était passé entre le matin de sa mort et le moment de sa toilette, mais personne n'avait été capable de retrouver la jambe postiche, qu'il n'avait pas eu lui-même le temps de remettre en place. On n'avait pas osé placer autre chose à la place du pilon manquant. L'homme avait tout dans la distinction : de la perruque, parfaitement poudrée, calée sur la tête, du visage maquillé dont on avait ravivé les pommettes, des mains dont on avait soigneusement lavé et taillé les ongles, avant de les croiser sur un crucifix de bronze, de l'uniforme croisé des rubans de ses innombrables décorations. Jusqu'à ses jambes, enfin… la jambe, au mollet gainé d'un bas de soie blanche et du pied chaussé d'un soulier à boucle, d'une mode un peu ancienne, mais tout à fait acceptable, car parfaitement ciré. N'était donc le membre manquant, tout, dans le détail, reflétait la sérénité du personnage pour son dernier voyage.

La cuisinière veillait consciencieusement, reniflant toujours comme un veau son maître disparu, comme si c'était son fils. Un tel dévouement, au-delà du trépas, relevait d'une fidélité de chien : c'est ce que pensa Gersende en la voyant. Elle ordonna que l'on transfère le corps dans la chapelle, tant que c'était encore possible, puis elle retourna sur les remparts, se rassasier d'air frais et purificateur.

Le voisinage n'était pas encore prévenu, et il y aurait bien quelques visites pour un dernier hommage. Mais ce n'était plus le problème de la jeune femme. Son affaire, c'était de rallier Saint-Malo, en passant d'abord par *Aux Deux Perdrix*, il n'y avait rien à perdre de ce côté. Si elle n'obtenait pas là-bas de meilleure piste, elle se rendrait à *La Maison de la Providence* et demanderait après cette Balbine, pour retrouver la trace de Jean. Ce qui agaçait le plus Gersende, c'était d'admettre cette jalousie qu'elle sentait poindre, malgré la répugnance véritable qu'elle éprouvait pour les gens de basse condition. Il fallait prendre la route au plus vite, le trajet lui laisserait au moins le temps de la réflexion, à défaut de l'apaisement. Lorsqu'elle aurait Jean en face d'elle, elle saurait forcément quoi faire. L'excitation mauvaise qui l'animait ne pouvait faire la part du désir ou de la rancœur, habillés de cette tristesse nouvelle qu'elle ne pouvait maîtriser. Son Ancien Monde s'effondrait autour d'elle, mais Gersende devait garder la main sur la suite.

***

Lorsque je me mis en chemin, un coq chantait quelque part. J'avais le cœur plus gros que jamais. Il supportait ces nouveaux chagrins, chaque fois un peu plus difficiles, donnant presque raison à Mario, lorsqu'il avait dit, mourant, que la vie n'était pas aimable. Ce jour-là, alors que je quittais seul *Aux Deux Perdrix*, elle l'était vraiment peu. Je venais d'abandonner Aliette et sa mère, sans espoir de les revoir. Magdeleine avait insisté pour que je prenne l'âne dont elle n'aurait pas l'usage. J'irais ainsi plus vite et je pourrais emporter davantage de bagages. Aliette m'avait donné un vêtement, préparé pour moi en secret, sur l'ordre de Pomardini. Un habit de toile rouge particulièrement lourd : au vu des parements d'or qui l'ornaient, on avait dû définitivement dépouiller tous les saints de l'église de Saint-Léonard. Je l'avais mis au fond d'un grand sac de toile, muni de deux solides poignées.

Magdeleine m'avait ensuite donné une lourde bourse où tintaient des pièces en quantité. Je ne pouvais accepter. Elle avait insisté, m'assurant qu'elles avaient largement de quoi vivre et peut-être de reprendre le commerce de l'auberge. Pomardini, plus prévoyant que jamais, avait donné ses ordres s'il lui arrivait malheur et tel était le legs qu'il avait prévu pour moi. C'était pour une grande part des livres d'argent et de ma vie, je n'en avais jamais vu autant en une seule fois. Magdeleine m'avait expliqué qu'elle avait cousu, dans les doublures de mon costume, deux Louis d'or. Avec la bourse, cet habit était donc ce que j'avais de plus précieux. Enfin, elle me conseilla de prendre, avant mon départ, tout ce dont j'imaginais avoir besoin dans la réserve : pommades, onguents, herbes et autres préparations. Tout ce que je ne prendrais pas serait ensuite détruit, pour oublier à jamais cette page de l'histoire. Le sort d'un charlatan était difficilement défendable, mais si on trouvait une femme avec toutes ces préparations chez elle, elle serait facilement convaincue de sorcellerie.

Je m'étais donc rendu dans la cabane, comme on descend dans un sanctuaire. Pomardini n'avait jamais rien amené de ce qui était du ressort de son art à l'intérieur même des *Deux Perdrix*. Tout était là, à la même place que lors de notre départ pour cette funeste tournée. J'avais fait mon choix dans l'urgence, sachant que mon bagage était limité. Dans le sac, j'avais déposé le livre de chirurgie que Mario m'avait légué, deux ou trois autres livres de cuir râpé, mon carnet où je notais les recettes et les secrets. J'avais pris ensuite un petit coffret de bois poli qui contenait quelques instruments. Il n'était pas question de m'encombrer avec les lourds outils que nous avions utilisés à Combourg. Pomardini m'avait un jour expliqué que ce coffret renfermait la quintessence de l'art du charlatan : une lancette, un scalpel, une pince pour arracher les dents et une sorte de longue aiguille courbe, dont il n'avait pas eu le temps de m'expliquer l'usage. J'avais pris aussi quelques petites cassolettes d'une pommade fraîchement confectionnée et l'enveloppe de papier renfermant le magister. Avec regret, j'avais abandonné le crâne sur lequel j'avais appris mes dents, n'y voyant plus le spectre de la dépouille, mais un compagnon de longues et riches soirées d'études.

Avisant la caisse des serpents, je n'avais pu résister à un désir de vengeance. La vipère qui avait tué mon maître avait fui, mais les autres paieraient pour elle. Je les ai frappées avec un bâton dans leur caisse alors qu'elles sommeillaient encore. Ça sifflait de partout. Elles avaient dû se reproduire dans leur prison, car plus je frappais, plus il y en avait qui bougeaient, des petites, des grandes, leurs pupilles mauvaises me fixaient, rageuses. Certaines avaient essayé de passer leur tête sur le rebord de la caisse, et je les avais décapitées d'un coup en sentant leurs os se broyer sous le poids de mon gourdin. J'avais pleuré, libérant toute ma tristesse et découvrant en même temps la noirceur d'un cœur que je croyais innocent. L'ivresse du chagrin avait débordé. J'avais fini de pulvériser les restes des reptiles, exprimant une haine que je destinais à Gersende et dont la nature était difficile à définir. M'aurait-elle confié une de ses épées comme autrefois à Combourg, aurait-elle éprouvé mes réels talents de bretteur.

Puis, j'étais revenu dans l'auberge. J'avais rassemblé le peu d'effets qui m'appartenaient : des vêtements, les quelques herbes de Saint-Pierre qui avaient survécu au fond de leur boîte, et l'ambre qui était à peu près le seul héritage de ma famille. J'avais tassé le tout dans mon sac, sans ordre précis.

Au moment du départ, alors que je fixai mon sac sur le dos du baudet, seule Aliette vint me saluer. Magdeleine avait disparu. La fillette me donna le grand chapeau de Pomardini. Et elle me dit en souriant tristement :

— Il ne rentrera pas dans le cercueil, et Dieu l'acceptera mieux sans ça.

Elle le plaça elle-même sur ma tête, comme si elle me couronnait, m'investissant des pouvoirs de celui qu'elle avait toujours considéré comme son père. Puis elle m'embrassa sur la joue, dressée sur la pointe des pieds. Je n'arrivais pas à imaginer dans ce départ ce qu'il y avait de définitif. Je ne pouvais croire que je n'aurais plus jamais de nouvelles de celle qui avait été comme une sœur, ces quelques mois durant. Une sœur retrouvée, que je perdais une nouvelle fois.

— Va, Jean ! Je t'aime bien, tu sais. Prends soin de toi.

— Adieu, Aliette.

Elle sourit timidement. Je voulus entrer une dernière fois dans l'auberge pour saluer mon maître, mais elle me poussa doucement.

— Ça ne sert plus à rien maintenant, ne perd pas de temps.

Je grimpai sur l'âne. Et de mon perchoir, j'adressai un dernier regard à la petite silhouette qui se retenait de grelotter dans le froid du matin.

— Ne te retourne pas, Jean. Ils vont revenir.

Et c'est ainsi que je quittai pour toujours *Aux Deux Perdrix*. Je n'imaginais pas que Gersende aurait l'idée de me chercher à Saint-Malo. Aliette et

Magdeleine avaient exigé de moi que je ne les informe pas de ma destination. Aucun courrier, c'était inutile et dangereux, pour chacun d'entre nous. Les représailles étaient à craindre et la torture ne semblait pas exclue, d'après ce qu'elles m'avaient décrit de leurs visiteurs. En réalité, je n'étais pas persuadé que Gersende était prête à me pourchasser. Le chagrin et les impératifs domestiques de son récent deuil devaient la garder quelque temps à Combourg, ce qui me laissait le temps de gagner Saint-Malo. L'idée de rejoindre la petite ville portuaire fit renaître l'espoir d'arracher Balbine à *La Maison de la Providence*. À aucun instant, je n'imaginais qu'elle pourrait résister à ma vaillance et à ce projet insensé. Cette trame dramatique, dont je devais au fond l'idée première à Gersende elle-même, retrouvait toute sa force. Et même si elle n'avait pour l'heure aucune dimension concrète, une sorte de certitude s'était installée au fond de moi. Prête à se concrétiser, je m'en rendais compte.

À mesure que les pas de l'âne me conduisaient sur cette route, le souvenir de Pomardini revenait. Je regrettais de ne pouvoir l'accompagner une dernière fois, même si je savais qu'entre les mains des femmes de sa vie, il aurait droit à tous les égards et à toutes les prières possibles. Ce petit bout de terre sainte qu'il avait réclamée au dernier moment, c'était comme ses Noëls où il se rendait toujours, se prémunissant d'une sorte d'assurance pour l'éternité. On ne savait jamais. Sans doute aurait-il trouvé le proverbe approprié pour qualifier cela. Mais au fond, il était d'une telle pudeur pour ce qui touchait à l'intime, qu'il n'avait jamais voulu ni osé me parler de tout cela. Sa vie n'était pas un modèle, mais à force de brimades et de renoncements, il avait fini par armer sa carapace. Et pour être sûr de ne laisser entrevoir de faille à quiconque, il s'était même interdit toute forme d'épanchement, avec qui que ce soit. Il m'avait accueilli comme un fils, mais ne l'avait jamais montré. Sans doute m'avait-il aimé au fond, du même amour que celui qu'il portait à Aliette, puisqu'elle était sa dette. Et qu'il l'avait honorée jusqu'au bout, dans la plus grande modestie.

Mes idées se concentrèrent pendant la route : avoir revu Balbine, lors de notre dernier passage à Saint-Malo, ne m'avait pas laissé le moindre doute sur la réciprocité de nos sentiments. Le temps n'avait rien atténué, et lorsque le moment arriverait, tout s'enclencherait simplement. Il y avait eu la mort de Mario, le départ précipité. Il n'en fallait pas plus pour me pousser, sur mon fier destrier, vers la citadelle côtière, pour arracher celle dont je ne savais rien des mains de Dieu lui-même. Comment allais-je procéder ? Je n'en savais rien. Il y avait dans ma ferveur toute la naïveté nécessaire pour que je ne m'embarrasse d'aucun doute. Ce que je devrais faire sur place, Dieu me le montrerait. J'avais de l'argent, suffisamment pour envisager ce genre d'enlèvement. J'avais la jeunesse, c'était un vecteur autrement plus puissant, mais qui ne pouvait se passer du précédent. Ma destination était simple : *La Maison de la Providence*. Et j'accélérai le pas du baudet, impatient de la revanche que j'allais prendre contre les sœurs.

J'y arrivai peu après midi. Le soleil écrasait la route, lorsque j'aperçus les premiers reliefs des fortifications. Bientôt, les contours du château commencèrent à se dessiner et l'air s'étoffa de senteurs marines inoubliables. Elles me jetaient contre mes souvenirs, comme le ressac sur les rochers. J'aurais pu imaginer que mon père m'attendait là-bas. Que j'allais lui présenter la douce Balbine dans quelques heures, dans quelques minutes peut-être! Le vent marin ragaillardissait ma monture qui, sentant proche notre destination, excitait ses sabots sur la route en accélérant sensiblement son pas. J'avais enlevé mon chapeau, signe un peu trop distinctif sinon de mon état, au moins de mes accointances avec la profession. Je ne reniais rien, et ce n'est pas sans une certaine honte que je rangeai le couvre-chef dans mon baluchon. Mais, il était inutile de risquer un nouvel affrontement avec la populace. Après tout, on pouvait très bien me reconnaître et il n'était pas question qu'un quelconque obstacle vienne rompre l'élan pris sur mon âne.

Aux portes de la cité, je passai sous les voûtes des remparts sans être contrôlé et trouvai rapidement le chemin de *La Maison de la Providence*. Je frappai. Cela prit un certain temps, mais je finis par percevoir du bruit derrière la porte. Descendu de ma monture héroïque, j'attendais plein de détermination. Ce n'est que lorsque j'entendis le guichet coulisser, et que je reconnus la voix de la sœur portière, que j'eus un doute. Après tout, je ne savais pas comment réussir à entrer dans le bastion. Je vis un œil connu me scruter de l'intérieur. Puis, la question qui me remit d'un coup en face des réalités.

— Qu'est-ce que c'est?

***

Lorsqu'ils étaient arrivés à proximité de la petite masure en fin de matinée, Gersende et les deux domestiques avaient tout de suite remarqué la carriole dans la cour. Elle n'était pas là la veille. Ils quittèrent leurs montures en retrait afin de s'approcher le plus discrètement possible. Puis, ils entrèrent d'un coup dans la maison, sans frapper, comptant sur l'effet de surprise. Le spectacle qu'ils découvrirent les laissa sans voix quelques instants. Mais, alors que la vue du cadavre de Pomardini aurait pu théoriquement apaiser l'ire de la jeune comtesse, par l'équilibre des pertes, cela n'eut paradoxalement qu'un effet contraire. Aliette et sa mère se trouvaient toutes les deux au chevet du corps, déposé sans apprêt à même le bois d'une des tables. Des bougies brûlaient aux quatre coins. On avait revêtu le charlatan de ses habits les plus beaux, ceux avec les parements dorés et la grande chemise blanche, dont il aimait toujours laisser un ou deux boutons du col ouvert. Ses mains étaient croisées sur son ventre, retenant une petite croix de bois noir. C'était son dernier vœu, sa dernière pensée pour un ciel chrétien, dont il avait toujours obscurément espéré l'existence.

Gersende jeta un œil sévère au cadavre, puis s'adressa aux deux femmes qui gardaient la tête courbée. Le corps devait être enterré dans la matinée dans le cimetière, juste de l'autre côté de la route. Gersende s'adressa d'abord à la petite.

— C'est ton père?

— Non, madame, mais tout comme.

Sa voix était timide et pleine de déférence, comme l'exigeait la situation. Inutile de provoquer les humeurs de la jeune femme.

— Où est Jean?

Magdeleine releva doucement la tête, exprimant du mieux qu'elle le pouvait, une sorte de rage. Mais une rage bien modeste, celle des gens de sa condition. Espérant mettre de son côté Gersende, en alignant, quoique modestement, ses sentiments avec ceux de la jeune fille.

— Si seulement nous pouvions le savoir.

— Qu'est-il arrivé?

— Ils étaient en tournée comme nous vous l'avons dit hier. Cette nuit nous avons entendu du bruit. La charrette de Mario était devant la porte avec son fardeau. On l'avait abandonné là.

— Comme ça? En pleine nuit?

— Oui. Nous avons pensé que c'était Jean qui l'avait ramené. Il est parti comme un voleur.

— Qu'est-ce que vous racontez? Vous essayez de le cacher?

La femme s'était levée tremblante, de faiblesse et de peur surtout, mais mimant la fureur avec beaucoup d'effet.

— Le cacher? Mais croyez bien que s'il était ici, ce sans-cœur, il serait entre vos mains depuis bien longtemps. Fouillez! Allez-y, fouillez si vous ne me croyez pas! Vous verrez dans la cour, il a pillé les réserves de médecines. Non content de nous ramener un homme mort, il a précipité notre chute en nous dépouillant du peu de biens que le malheureux nous a laissé!

Gersende restait muette, impressionnée malgré tout par la silhouette qui se dressait devant elle. Le visage déjà malmené par la maladie se tordait de colère. L'œil malade s'échappait à chaque instant pour regarder si le ciel n'était pas ailleurs. Il y avait quelque chose de crédible, dans cette voix qui criait vengeance. Mais ce n'était pas assez pour la satisfaire.

— Vous avez bien une idée de l'endroit où il a pu aller?

Mais en même temps, Gersende venait de réaliser qu'elle avait la réponse à sa question. Elle n'avait pas besoin de se donner la peine de fouiller. Une dernière petite méchanceté avant de partir, pour régler définitivement son compte à celui-là avant de pouvoir s'occuper de l'autre. Elle dégaina l'épée qu'elle portait au côté, puis elle avança la lame vers les mains du défunt. Aliette eut un petit mouvement de recul en voyant l'acier de la lame briller à la lueur des chandelles.

— Dis-moi petite. Si cet homme est comme ton père, tu me jures sur son salut que tout cela est bien vrai?

Elle glissa la pointe de l'épée sous le crucifix coincé entre les mains du mort, prête à le faire sauter si l'autre ne répondait pas correctement. Aliette hésita.

— Eh bien?

— Bien sûr, madame, que c'est vrai, je le jure sur la tête de ce pauvre homme qui est mort. Mort d'avoir placé sa confiance dans le mauvais garçon. Moi aussi, il m'a trompée.

Gersende acheva son geste, le crucifix était plus lourd que prévu et coincé par la rigidité des doigts du cadavre. La croix de bois finit par sauter d'un coup, vola en l'air pour finir sur le sol aux pieds des deux femmes, brisée à la croisée.

— N'y vois aucun présage, fillette. Mais dis-toi bien que si tu as menti, je reviendrai pour toi, car je n'aurai plus rien à perdre.

Puis, elle quitta la maison et reprit la route de Saint-Malo. Pas besoin de grands calculs pour comprendre que Jean avait ramené la dépouille de Pomardini, et qu'il était reparti aussitôt. Il y avait en effet un détail qui ne trompait pas : la charrette, dont on avait laissé tout le harnachement en place, mais l'absence de l'âne. Jean pouvait déjà être loin. Que les femmes aient menti ou non ne changeait rien, c'était une affaire d'heures, et il n'y en avait aucune à perdre.

***

Me retrouver devant la supérieure aussi facilement, ne m'avait paru suspect en aucune façon. Lorsque je m'étais présenté à la portière, elle avait semblé réfléchir quelques instants, puis m'avait simplement dit :

— On vous attend.

Elle s'était effacée devant moi, me laissant rentrer avec mon âne dans la cour. Je l'attachai à un anneau avant de la suivre. Dans mon enthousiasme, je pensai tout d'abord que c'était Balbine elle-même qui m'attendait. Fort de mes certitudes, j'en omettais les longs mois de silence qui nous avaient séparés, l'absence de confirmation des sentiments de la jeune fille à mon égard, et bien d'autres choses encore qui restaient à préciser. Je suivis la portière jusqu'au bureau de la supérieure. Et après tout, puisque tout passait par elle, cela ne m'inquiéta pas et n'eut aucun effet modérateur sur ma confiance.

La porte claqua derrière moi. Rien n'avait changé depuis mon passage. La vieille s'était un peu plus ridée, davantage tassée, comme si la méchanceté avait creusé plus profond les stigmates de ses vertus. Le soc de l'âge ne devait pas suffire pour labourer l'odieux visage. Mais, mon sentiment était bien différent que lorsque j'avais été mis à la porte de *La Maison de la Providence*. J'entrais ici en conquérant, pour enlever celle qui n'attendait que moi. J'étais même prêt à négocier au meilleur prix sa liberté, imaginant que cet argument serait au-dessus de toutes les considérations de la supérieure. Elle prit un air affable en m'accueillant. Cet air que je connaissais bien et que je retrouvai d'un coup, cette mine qu'elle prenait avant d'asséner un mauvais coup. Une bassesse dont elle avait le secret.

— Entre, Jean. Comment vas-tu ?

— Bien.

La sécheresse de ma réponse me surprit moi-même. Je ne faisais plus partie de cette maison et à ce titre, je ne devais plus le respect qu'on m'avait inculqué autrefois. La bienséance aurait toutefois voulu que je satisfasse aux appellations de sa charge. Mais, ce titre qu'elle s'était octroyé arbitrairement, pour moi, elle ne le méritait pas. Être mère, elle en aurait été incapable, et surtout indigne. Elle

235

plissa ses yeux un peu plus froidement, tel un chasseur à l'affût qui ajuste son tir sur sa cible. Elle avait compris que l'hypocrisie n'était pas une armure pour le combat à venir.

— Pourquoi es-tu revenu, Jean?

— Pour Balbine.

Elle ne parut pas surprise et c'est là que ma méfiance aurait dû s'éveiller. J'étais aveuglé et ma crédulité m'exposait aux plus grands mensonges : j'allais absorber ses ignominies comme des vérités irréfutables.

— Mon pauvre Jean.

Il y avait dans sa voix juste assez pour me faire trembler, me laissant presque croire un instant que Balbine était morte. L'œil brillait sous la coiffe sombre de la supérieure. Elle guettait la moindre de mes réactions, alors que je ne prenais plus garde de les dissimuler. Elle continua.

— C'est bien toi qui as écrit cette lettre, il y a plusieurs mois?

— Oui. Comment savez-vous?

— C'est elle qui m'en a parlé. Elle ne m'a pas dit qui en était l'auteur, mais maintenant que je te vois ici, prêt à frapper comme le malheur, je sais que c'est toi. Mon pauvre Jean.

Et elle se tut, croisa ses mains sur son bureau, comme si la petite prière à la va-vite, qu'elle mimait sur ce bord de table, devait me soutenir dans l'épreuve qui se préparait. En réalité, il n'y avait là qu'un sens aigu de la cruauté, qui ménageait entre nous cette attente terrible.

— Tu n'aurais pas dû écrire une telle lettre. Un esprit aussi jeune et fragile que celui de Balbine n'était pas prêt à lire les horreurs que tu as écrites.

Pour en parler de la sorte, elle avait forcément lu la lettre.

— Mais cet esprit, justement que tu espérais corrompre, avait en son sein l'amour divin. C'est ce qui lui a permis d'échapper à ta mauvaise influence. Elle a prié de longs jours, ne mangeant plus, incapable de comprendre ce qui avait pu provoquer ton acharnement contre elle.

— Contre elle?

— Oui, tu voulais la détourner de la voie à laquelle elle était destinée. Tu voulais empester son âme pour la livrer à tes basses pulsions. Tu t'es comporté en suborneur. Toi, à qui nous avons tenté d'inculquer l'amour chrétien.

— C'était bien de l'amour.

— L'amour dont tu parles n'a pas cours ici. Le vœu de chasteté nous épargne ces manifestations répugnantes.

— Où est-elle? Je veux la voir.

— Tu n'as rien à exiger ici, Jean, pas dans la maison de Dieu! Quand bien même elle serait dans sa cellule, à quelques pas, elle ne voudrait te voir ni t'entendre.

— Demandez-lui!

Elle hocha la tête avec un sourire mauvais. C'était son heure, l'heure d'une vengeance contre les êtres comme moi, ceux de chair et de sang. Une revanche sur toutes les frustrations qu'elle avait depuis si longtemps muselées dans son vieux corps sec.

— C'est trop tard, Jean. Balbine se sentait trop faible pour s'opposer à toi et aux tentations que tu représentais. Alors, elle a pris la meilleure des décisions qu'elle pouvait prendre…

Nouveau silence, dernière torture avant le coup fatal.

— Elle a décidé de quitter la France pour les colonies. Elle est partie pour les Antilles, avec toute une congrégation, pour évangéliser les Amériques. Aujourd'hui, elle est sans doute déjà arrivée, et partie pour des territoires inaccessibles.

— Inaccessibles…

— Eh oui, mon pauvre Jean. Et c'est toi-même qui as malheureusement provoqué ce départ. Il a été salutaire pour elle. Mais je comprends que tu sois déçu…

Il y a cela de terrible dans la certitude, c'est qu'elle n'est pas capable d'envisager la contradiction. Elle tisse un piège par son assurance où il est impossible de voir clair lorsque le voile tombe. Je m'imaginais repartir avec Balbine quelques minutes plus tôt et je me retrouvais d'un coup veuf, amputé du moindre espoir. Le contrecoup était si puissant qu'il ne laissait aucune place pour le doute. Tout était brouillé. Impossible de réfléchir. J'étais incapable de poser la moindre réflexion, et encore moins d'envisager qu'on me mentait. Quelle mystification capable de venir à bout de ma détermination aussi simplement! Un fétu de paille.

— Quel bateau a-t-elle pris?

— Je ne te le dirai pas. Elle m'a demandé de ne pas te donner d'informations sur son départ. D'ailleurs, je t'ai dit les Antilles, mais il s'agit peut-être d'une autre colonie, la Guyane, l'Afrique. Elle m'a demandé de te dire de ne pas la chercher, de l'oublier.

— Mais…

— Et puis de ne pas lui en vouloir. Elle ne t'en veut pas non plus. Elle priera pour toi. C'est tout ce qu'elle m'a dit.

Que restait-il comme espoir, alors? Le temps, la concentration de sentiments sur des fondations approximatives et mon inconséquence avaient construit ce gouffre où la supérieure n'avait eu qu'à me pousser simplement. Je baissai la tête, comme je l'avais déjà fait une première fois, lorsqu'elle m'avait annoncé la mort de mon père. Elle excellait finalement dans ce rôle de funeste messager, marquant chaque tournant de ma vie d'une pierre particulièrement dure et blessante. Une oppression terrible prenait mon ventre et ma poitrine. Avec la mort récente de Pomardini, mon départ des *Deux Perdrix*, il y avait une accumulation nocive, au-delà de ce que j'étais capable de supporter. Même si la vie m'avait déjà éprouvé de diverses façons pour aiguiser mes capacités de survie.

— Assieds-toi, si tu ne te sens pas bien.

J'aurais dû faire ça, mais je ne voulais ni montrer ma faiblesse ni donner à mon adversaire la satisfaction supplémentaire d'une fausse bonne action.

— Il n'y a rien à faire, alors ?

— Rien. Nous prierons pour toi, Jean. Dis-toi seulement que ta lettre l'a sauvé finalement d'autres périls. Je n'imagine pas ce qui aurait pu se produire aujourd'hui, si Balbine avait encore été ici.

C'était l'estocade finale. J'étais incapable de trouver quelque chose à dire. Je me retournai et quittai la pièce, restant aussi digne que possible, m'appliquant à décomposer chacun de mes mouvements alors que je n'avais qu'une seule envie : fuir en courant. Je parcourus les couloirs de plus en plus vite, sentant monter de nouvelles larmes, de tristesse bien sûr, mais de frustration également. J'arrivai dans la cour où je récupérai ma monture et quittai pour la dernière fois cette annexe terrestre de l'enfer, installée sur ma route pour mon unique malheur.

En voyant cette robe blanche, disposée avec arrogance sur la misérable couverture du lit de sa cellule, Balbine sentit une fois de plus faiblir sa détermination. Elle quitta la pièce et descendit prier à la chapelle. En passant dans un couloir, elle regarda distraitement par la fenêtre et vit un âne qui patientait dans la cour. C'était une chose assez inhabituelle pour qu'elle le remarquât : un âne qui lui fit immanquablement penser à celui du charlatan et de Jean. Elle avait eu le temps de le voir, lorsqu'ils avaient été chassés de la ville, l'année précédente. Mais c'était un âne comme des dizaines d'autres. Et, la peine de Balbine l'aveugla de la même façon que Jean : elle ne vit pas plus loin que la similitude, n'imaginant pas que ce puisse être le même. Car il n'y avait aucune raison particulière à présumer cela, sinon l'espoir, peut-être. Mais, il l'avait définitivement quitté pour faire place à la résignation. Balbine entra dans la chapelle, oubliant l'âne, mais toujours hantée par le souvenir de Jean, car c'est tout ce qui devrait lui rester.

Les trois cavaliers étaient arrivés en vue de Saint-Malo, dans la fin de l'après-midi. Il avait fallu plusieurs haltes pour abreuver les montures et les deux hommes avaient dû tempérer l'ardeur de leur jeune maîtresse, sous peine de venir à bout des chevaux avant d'avoir atteint leur destination. Le ciel brûlait, observant tout un petit monde grouillant de ses propres vanités, un peu délibérément tout de même. Jean avait quitté *La Maison de la Providence*, plus seul que jamais. Une sensation plus terrible encore le balayait, l'impression qu'il ne pourrait se relever, cette fois-là. Comme une vague monstrueuse, la nouvelle du départ de Balbine avait emporté tout espoir, laissant sur le sable la marque de la solitude, gravée dans sa chair d'un feu douloureux et insurmontable.

Alors tout naturellement, il s'était rapproché de la mer pour y trouver, sinon une perspective, au moins une vision capable de l'apaiser. Il passa les portes de la ville et s'éloigna doucement vers le Sillon, où la marée finissante achevait son passage. Le soleil de fin d'après-midi n'avait rien perdu de sa force. L'âne traînait au bout de sa longe derrière Jean. Le jeune homme se posta sur la grève, à l'endroit précis où ils s'étaient arrêtés avec Pomardini, lors de leur premier départ de Saint-Malo. La dent cassée était toujours à sa place, et ce n'était qu'un souvenir. Le seul tangible du maître, qui le rappelait à l'ordre de temps à autre. Jean était décidé à la laisser à sa place aussi longtemps qu'il le pourrait. Et chaque fois que sa langue viendrait glisser sur l'arête vive des racines, il se souviendrait de cette blessure et de tout ce qu'elle avait entraîné.

La mer et le ciel étaient d'un même gris, qui se noyait dans l'horizon imprécis : un éclat de métal, que le soleil finissait de chauffer. Seul le relief ventru de quelques nuages donnait les signes distinctifs de l'un ou de l'autre des éléments. Les taches sombres des îles flottaient au milieu de tout cela, pas vraiment sûres de trouver leur place, inaccessibles à cette heure de la marée. Quelques mouettes hésitaient à plonger, attendant patiemment les restes du ressac, pour compenser une maigre journée. Il n'y avait personne. Au loin, quelques bateaux allaient ou revenaient de mille destinations inconnues. J'en connaissais cependant une qui pourrait me servir de refuge, même si je n'étais plus tellement au courant de la situation là-bas. Saint-Pierre était ma patrie. J'étais né là-bas, certes, d'un père aventurier, arrivé par hasard dans ces territoires rudes pour me porter à la vie. Mais, ma mère pouvait s'enorgueillir d'une hérédité plus ancienne, me conférant une légitimité irréfutable, si l'envie venait à me prendre de retourner là-bas.

Le bruit régulier des vagues ne m'évoquait rien d'autre que la plainte des éléments dépossédés de leur essence. C'était ce sentiment précis qui m'emportait à ce moment-là : plus rien ne m'appartenait en propre, et même si ma bourse était pleine, plus pleine qu'elle n'avait jamais été, je me sentais aussi vide que les coquillages brisés, dans les flaques mousseuses, entre les rochers. Vide et brisé. Vide et brisé… En détournant mon regard, je pouvais détailler les navires au mouillage, dans le bassin derrière moi. Trois bateaux respectables plantaient leurs mâts dans le ciel, en attente de destination. Il y avait là des promesses d'aventures et de liberté, et l'opportunité surtout d'un nouveau départ. Encore un autre… Mais, je ne me sentais pas la force pour une telle entreprise.

Après tout, mon père l'avait fait dans des conditions bien plus difficiles et hasardeuses. Moi, j'avais de l'argent pour payer mon voyage comme simple passager, pas comme corsaire ni matelot. Les Amériques s'offraient à moi, ou peut-être les Indes, mais je n'en avais à cette heure-là pas la moindre curiosité. Une seule idée semblait encore acceptable, retourner à Saint-Pierre. Mais pour y trouver quoi ? Pour y affronter d'autres fantômes, au moins aussi cruels que celui de Balbine ? Un territoire asservi par les barbares anglais, abusant de notre sol et de ses richesses pour tyranniser un peuple humble et travailleur, le déportant sans cesse avec acharnement ? Il n'y avait rien à attendre de lumineux là-bas, sinon un sentiment légitime de patriotisme. En cette saison, il y avait probablement des départs pour le Nouveau Monde. Et de là, il serait sans doute facile de rejoindre Terre-Neuve et Saint-Pierre plus tard. Je pris donc le chemin des bassins à pied, suivi de mon âne, dont je voulais ménager les efforts.

Le soleil amorça son déclin et le ciel se voila doucement d'une teinte orangée. Je ne prêtai pas tout de suite attention aux cavaliers en face de moi. Ils étaient encore loin : trois petits points qui avançaient dans ma direction. Je regardais les navires à ce moment-là, imaginant lequel d'entre eux porterait ma destinée.

Mon esprit était bien trop préoccupé pour envisager un revers de la part de Gersende. Et si je m'y étais préparé, peut-être n'y aurais-je trouvé finalement qu'un moyen d'échapper à ma tristesse, en me jetant en travers de ses pas. J'étais prêt pour le sacrifice. Ce n'est qu'à la dernière minute que je remarquai le reflet de la chevelure d'un des cavaliers. Je plissai les yeux pour mieux la détailler. Avec certitude, je reconnus une femme sur le cheval du milieu et j'eus bientôt la conviction qu'il ne pouvait s'agir que de Gersende. À cette distance, ils ne pouvaient m'avoir reconnu.

Je poussai mon âne derrière un bosquet, près d'un moulin. Mon instinct ne m'avait pas trompé, et cette étoile qui m'avait écarté de leur route, à l'ultime instant, me redonna l'étincelle d'espoir que je cherchais vainement. Il n'y avait pas de hasard si je leur avais échappé. Je me dissimulai pour mieux détailler ces trois cavaliers infernaux. Non pas ceux de l'apocalypse, car il en manquait un, mais on n'en était pas loin. L'ombre du comte les poussait, mue par la haine et le désir de vengeance. Sur un cheval fin et racé, Gersende avait fière allure. L'éclat sombre du pelage renvoyait les dernières lueurs du soleil. L'écume de son mufle lui donnait un aspect encore plus impressionnant. Si elle avait été animée d'autres intentions, Gersende aurait réveillé cette fascination sensuelle qu'elle seule avait suscitée jusque-là. Ses deux sbires ne semblaient pas animés de meilleures intentions. Ils passèrent devant moi, laissant claquer encore longtemps leurs sabots derrière eux.

Lorsqu'ils furent passés, j'eus à considérer ma situation avec une acuité nouvelle. Quelques minutes plus tôt, j'étais prêt à m'enrôler sur n'importe quel navire, et d'avoir ainsi frôlé le danger, me remit d'un coup les idées dans un ordre que je n'aurais jamais dû oublier. Si j'avais pu les voir avant eux, il n'était pas question d'ignorer ce sursaut du destin. Après tout, c'était un maigre, mais juste retour des choses. Un rapide état de ma position se résumait assez rapidement à quelques évidences. J'avais tout intérêt à ne pas tomber entre leurs mains. D'après ce que m'en avaient dit Aliette et sa mère, et à voir leur acharnement après moi, il n'y avait pas à douter de la nature de leurs intentions. Comme la jeune comtesse connaissait l'existence de *La Maison de la Providence* et de Balbine, sa présence aujourd'hui à Saint-Malo précisait sa destination. Dans quelques minutes, elle serait là-bas et recevrait la confirmation de mon passage récent. Elle repartirait aussitôt à ma recherche. Ils étaient trois, avec des montures rapides, déterminées et aguerries. Prendre la route était la plus mauvaise solution : il y avait trois chemins pour quitter la ville, s'ils décidaient d'en prendre chacun un, ils ne tarderaient pas à me rattraper. Gagner les bassins pour tenter de m'engager sur un navire était aussi hasardeux, ils me chercheraient aussi de ce côté-là. Paradoxalement, le moins risqué était encore de retourner intra-muros et d'y trouver un moyen de me dissimuler.

Lorsque leurs silhouettes eurent disparu derrière les murailles, je sortis de ma cachette et me hâtai derrière eux, sans idée plus précise qu'accélérer le pas indolent de mon âne.

Gersende frappa à la porte. La portière ouvrit et lui demanda ce qu'elle désirait.

— Nous cherchons un certain Jean Passadieu. Il a été pensionnaire ici.

La sœur portière ne s'étonna pas de la question, puisqu'elle avait accueilli Jean, quelques heures plus tôt. Elle raconta qu'il était effectivement venu, qu'il avait été reçu par la supérieure et qu'il était reparti. En vigile accoutumé à noter le moindre détail des personnes qui se présentaient à la porte, elle donna un signalement complet du garçon. Gersende frémissait de cette description, ne faisant pas la part entre la rage et le désir.

— Voulez-vous parler à la mère supérieure ?

Gersende hésita. Elle n'avait aucune raison de ne pas croire la nonne. Son instinct de chasseur la confirmait dans l'intuition de cette piste toute fraîche. Pas question de la laisser tiédir. La supérieure ne lui apprendrait rien de plus. Gersende demanda tout de même :

— Y a-t-il ici une jeune novice du nom de Balbine ?

La portière ne répondit pas tout de suite, mais au fond elle imagina qu'il n'y avait là aucun secret, d'autant que la novice s'apprêtait à quitter *La Maison de la Providence* pour prononcer ses vœux.

— Oui, elle va prononcer ses vœux très prochainement et entrer chez les carmélites de Ploërmel. Vous souhaitez la rencontrer ?

Gersende hésita. Sa rivale était à quelques mètres d'elle. Mais, il serait toujours temps plus tard de mettre un visage sur cette frustration, si elle le souhaitait vraiment. Au fond, elle n'en était pas vraiment certaine. Elle remercia, demanda à tout hasard la direction dans laquelle Jean était parti. Et la portière répondit avec certitude.

— Je pense qu'il est allé vers le château et le Sillon, Jean a toujours aimé la mer. Il avait l'air bien affligé, le pauvre.

On ne lui en demandait pas tant. Les trois cavaliers reprirent leur monture et dévalèrent à cheval les rues pavées dans la direction qu'on leur avait indiquée.

Saint-Malo était une bien trop petite cité pour que je puisse espérer m'y dissimuler très longtemps. J'essayai de me mettre à la place de mes poursuivants et d'imaginer où ils iraient me chercher en partant de *La Maison de la Providence*. Après avoir exploré les routes et les bassins, ils reviendraient arpenter les rues au hasard, visitant tavernes et maisons d'hôtes. Gersende était intuitive, impulsive et prompte. Se sachant toute proche de moi, elle ne manquerait pas de réagir rapidement, mais à priori pas de manière délibérée. Je devais donc tenter la chance au maximum.

Lorsque je fus aux pieds des remparts, devant la porte, je restai à l'extérieur, bien en retrait, au plus proche des murailles. S'ils décidaient de quitter la ville, ils ne tarderaient pas à le faire par là. Au rythme où ils chevauchaient, ils passeraient devant moi sans me voir. Je descendis de ma monture pour offrir une silhouette moins visible et surtout moins reconnaissable. Je me postai ainsi, dissimulé dans l'ombre des fortifications. Je n'eus pas longtemps à attendre. Dès qu'ils furent passés, je m'empressai de passer la porte pour entrer dans la ville. Mais me trouvai bloqué par un énorme carrosse. Le cocher avait du mal à manœuvrer. Il prenait toute la largeur de la poterne, empêchant quiconque d'entrer ou de sortir, tant qu'il n'aurait pas lui-même réussi à se dégager. Les chevaux étaient épuisés et poussiéreux. Par les fenêtres de la voiture, je pus distinguer quelques visages tendus et usés par le manque de sommeil et l'inconfort du voyage. Le courrier de Paris venait d'arriver.

XIV

LES SERMENTS

Dix heures sonnaient au clocher de la cathédrale Saint-Vincent. Une assemblée plutôt modeste s'était groupée dans les rues, pour voir passer la procession. Les élues n'étaient pas nombreuses, à peine une douzaine de jeunes filles. Non que les vocations fassent défaut, mais en cette période de l'année, il y avait peu de dates pour organiser de telles cérémonies au milieu des fêtes votives, des foires et autres activités qui mêlaient le religieux au profane, l'un profitant à l'autre sans vergogne. Le soleil frappait avec la même application que la veille. La clarté du ciel épargnait aux jeunes filles le crachin breton, avec le risque d'une mauvaise pneumonie et d'un paradis plus rapide que promis.

Balbine avait revêtu la robe immaculée, dernier don du monde libre. Plutôt un sacrifice dans son cœur. Car elle n'avait trouvé aucune force dans la prière pour accepter ce sort, se bornant à la résignation. Un fatalisme sourd l'empêchait de résister à toutes ces forces qui la submergeaient. De toutes les façons, la supérieure avait fait en sorte de ne pas lui laisser plus de liberté physique que morale. Depuis l'arrivée de la lettre de Jean, Balbine n'avait pu profiter de l'air extérieur que dans la cour. En dehors des pensionnaires et des résidents, il ne lui avait pas été permis de parler à quiconque. Elle n'avait pas eu le droit d'envoyer le moindre courrier, même à sa famille. Privée de ses droits, mêmes les plus légitimes, Balbine se considérait captive. Il n'y avait pour elle aucun espoir de secours, ni même de réconfort. Cette abdication lui barrait la voie spirituelle, ne lui autorisant ni conseil ni appui. Même Dieu ne lui répondait plus. Elle avait perdu avec Lui le dernier allié, le seul qui aurait pu justifier son avenir.

Elle était la seule de *La Maison de la Providence* à avoir la chance de prononcer ses vœux ce jour-là. La procession devait passer devant l'établissement et elle intégrerait la théorie, pour ne jamais revenir sur ses pas. Avant de passer la robe, elle avait fixé contre sa poitrine les deux carnets, hérités du père de Jean, à même la peau. Elle abandonnait le roman qu'elle avait apporté en fraude et qu'elle connaissait maintenant par cœur. Finalement, il n'avait fait que la bercer dans des illusions fluides, lui laissant croire que la Fortune offre parfois davantage à ceux qui la provoquent. N'avait-elle pas été assez méritante ? Il fallait le croire. Mais, elle voulait garder avec elle ces carnets, ces éléments tangibles d'histoires vécues. L'histoire de Marguerite, dont elle ne connaîtrait jamais la fin, était une sorte de chant de vie qui résonnait avec une foi bien plus sincère, car éprouvée,

243

que toutes les oraisons qu'elle avait pu entendre jusqu'à présent. Elle avait serré contre ses seins les deux cahiers souples et les avait ensuite noués d'un morceau de drap patiemment déchiré dans la nuit. Elle se confectionna ainsi un corset, qu'elle serra suffisamment pour que les documents ne puissent pas glisser. C'était presque douloureux, mais comme un cilice improvisé, ce simple carcan la soutiendrait au long de la journée, lui épargnant des faiblesses dont elle se savait indigne, mais qu'elle redoutait.

Des âmes bienveillantes devaient le craindre pour elle, car le déjeuner du matin avait été largement plus copieux que d'ordinaire. La ration de Balbine représentait le double de celle de ses voisines de table. Le repas du condamné en quelque sorte, pas meilleur cependant, mais juste assez roboratif pour permettre de supporter la chaleur de la procession puis le froid sépulcral de la cathédrale, pendant les deux heures de cérémonie. Depuis plusieurs jours, il n'avait été question que d'honneur, de joie et de félicité, mais il semblait pourtant que seules la supérieure et ses acolytes aient été véritablement inspirées par ce registre de sentiments.

De la fenêtre de son bureau, Agnès guettait l'arrivée de la procession. Elle se souvenait. Agnès était son prénom de baptême, avant qu'elle ne soit forcée dans la voie de la religion, pour avoir refusé d'épouser le mari que lui avait choisi son père. Dans sa jeunesse, elle avait elle aussi connu cet élan et cette ferveur qu'elle croyait propres à déplacer ces mêmes montagnes, que Dieu était incapable de maintenir en place. Presque quarante ans plus tôt, elle avait osé s'élever contre l'autorité. Et elle avait reçu cette récompense en retour. Maintenant, elle était une simple nonne sans couvent, sans fonction et sans véritable reconnaissance de l'Église. Elle était la supérieure de *La Maison de la Providence* depuis presque dix ans, y assurant l'autorité que pas même un homme n'aurait osé exercer, avec une telle fortitude.

Mais ce matin, elle revoyait en Balbine la jeune Agnès, qui était morte lorsqu'elle était entrée au carmel. Cela simplement parce qu'elle avait refusé d'épouser un homme laid et vieux. Sa seconde mort, peut-être, était survenue lorsqu'elle avait ensuite été chassée de son couvent pour une attitude peu conforme aux rigueurs monacales. Cette éviction l'avait probablement sortie d'un ennui, dont la contemplation religieuse n'était pas capable de la distraire. Elle n'avait dû, finalement, la charge de cette maison, qu'à l'intervention de son père. En payant une dernière fois pour ne plus entendre parler d'elle, il s'était fait mécène de cette cause obscure, plaçant sa fille à la tête de *La Maison de la Providence* pour être enfin tranquille. Sa douce et naïve personnalité, noyée dans ces courants contraires, la sensibilité malmenée d'Agnès avait fini par se perdre. Sa défense avait pris des allures d'attaque. Car, en s'imaginant épargner aux autres les chagrins qu'elle avait elle-même subis, elle intervenait avec une rigueur glacée sur tout événement pouvant interférer avec la voie qui menait au Seigneur. C'était sa façon à elle de protéger les autres, et son fanatisme n'était excusable que par sa sincérité. Car, au fil des ans, elle avait perdu toute lucidité sur les valeurs d'un monde qui continuait à évoluer au-dehors. Sur le modèle militaire, elle avait bâti sa tyrannie comme un rempart contre tout sentiment autre que religieux. Elle avait oublié jusqu'à son prénom, qui lui revenait, alors qu'elle perdait de vue la frêle silhouette de Balbine, autre jeunesse sacrifiée.

Agnès avait fait ce qu'elle imaginait devoir, souhaitant épargner les mêmes tourments à sa jeune sœur. À en croire son cœur, il ne fallait y lire ni méchanceté ni esprit de revanche. La démarche de Jean n'avait pas éveillé en elle la moindre compassion, à la différence de Balbine. Jean était un homme et son sexe était l'origine même du mal. Les hommes ! Leur désir, leur assurance, leur autorité et leur imagination sans limites, qui les poussaient à croire qu'ils étaient sur Terre tout ce qui peut décider, avec un droit de vie et de mort sur la moindre des créatures ! Mais, elle se confesserait, un jour prochain, d'une certaine forme de plaisir qu'elle avait prise à voir souffrir le jeune garçon : cette dureté qu'elle avait ruminée toute sa vie contre les hommes de sa famille, à commencer par son propre père. Elle avait au moins l'excuse de le reconnaître. Devant son Dieu, seulement.

Dans la rue, ce n'était que liesse au passage des jeunes filles. On avait couronné leurs têtes de fleurs diverses, de celles qu'on avait pu trouver à cette époque de l'année. Et c'était bien la seule touche de couleur sur ces pâles silhouettes, qui souriaient timidement, sous le voile immaculé. Amis, passants, familles chantaient à l'unisson les chœurs repris par les jeunes vierges, tandis que des enfants lançaient sur leur passage des pétales ramassés à la va-vite parmi les herbes folles des remparts. Le chemin jusqu'à la cathédrale n'était pas long, mais il gagnait en symbole, tout ce qu'il n'exigeait pas en efforts. La chaleur écrasait le chant falot. La ferveur finit par s'échouer au portail de la nef, absorbée dans le ventre du sanctuaire.

Balbine s'imagina baisser la tête, lorsqu'elle passa sous les voûtes de pierre. À l'intérieur, ce n'étaient plus les cantiques, mais l'orgue qui martelait furieusement une marche nuptiale pour les sacrifiées. L'encens prenait à la gorge, dispensant partout l'insidieuse impression que l'Esprit était là, perçant le secret de chacune jusque dans ses plus intimes convictions, au plus secret de sa chair. Il n'y avait aucune foi tangible, pas d'amour : que le jugement. Rien d'autre que l'amertume d'un châtiment injuste. Elle commençait à regretter d'avoir tant serré les cahiers contre sa poitrine, car les vapeurs lourdes des fumigations qu'on balançait à la volée l'empêchaient presque de respirer. Son esprit cherchait dans les notes grinçantes des registres de l'orgue une distraction à son malaise. Tout au fond, en habit d'apparat, l'évêque attendait. À cette distance, seules la crosse et la mitre surnageaient au-dessus des vapeurs, que quatre enfants de chœur entretenaient furieusement. Comme s'il fallait que la mascarade soit enrubannée de suffisamment d'artifices pour paraître moins pénible. La silhouette du maître de cérémonie se dressait comme une idole rigide exigeant le sacrifice.

Le rituel avait été préparé et maintes fois répété. On les fit d'abord asseoir au premier rang d'une des chapelles latérales, face au chœur. Dans la nef centrale, les seigneurs et châtelains de la région occupaient les premiers rangs, attestant par leur présence la légitimité de la cérémonie. Balbine espéra la silhouette austère de son père ou celle de sa mère. De par leur rang, ils y avaient leur place. Et probablement, l'une de celles laissées libres leur était réservée. Ils n'avaient pas même daigné venir jusqu'ici. L'évêque monta en chaire. Il parla de joie et encore de félicité, des bonheurs d'offrir sa vie à Dieu. Tous complices ! Et seul le mot de sacrifice prit dans sa bouche sa réelle dimension.

Il évoqua le martyre de la sainte du jour. Sainte Zoé ! Malheureuse, qui avait donné sa vie de la plus étrange des façons, pendue par les cheveux au-dessus d'un brasier, étouffée par les fumées. C'était au troisième siècle, à Rome. Bien des siècles plus tard, on continuait d'enfumer les vierges dans les sanctuaires pour livrer son comptant de victimes à la Divinité insatiable. Balbine ne savait plus de la religion ou des religieux qui était au fond son bourreau véritable. Cela n'avait plus guère d'importance. La machine fonctionnait toute seule, écrasant sur son erre les meilleures et les plus pures volontés.

Et lorsqu'elle s'allongea, le visage contre le sol dur et froid de la cathédrale, les bras en croix devant l'autel, elle ne pensait déjà plus à ces considérations bassement matérielles. La volonté qui l'avait menée là n'avait visiblement aucune pitié pour sa misérable vie. Elle aurait sans doute préféré périr ici, au milieu de cette foule qui n'avait qu'un seul mot à la bouche : un amour tout cousu des ors de la papauté et des écus de la noblesse. Elle perdait cela aussi, définitivement. Car son titre qu'elle avait laissé à la porte de *La Maison de la Providence* ne lui servirait que dans le courage retrouvé à la mémoire de ses ancêtres. Balbine s'échappait doucement, imaginant que dorénavant plus rien ne pourrait l'atteindre. Tandis que ses larmes coulaient sur la pierre poussiéreuse, elle décida d'oublier définitivement qui elle était. Il n'y a de désespoir que lorsque l'espoir persiste un peu, contre toute logique. Alors, le tuer, tuer le souvenir de Jean et les espérances qu'il avait fait naître, c'était l'unique moyen de garder la raison. Après, il faudrait continuer à vivre. Finalement, tant d'autres semblaient y être arrivées avant elle. Elle était forte et elle finirait par trouver quelque part l'énergie de son salut. Elle baisa la pantoufle de l'évêque, reconnaissant définitivement sa soumission, bien mieux qu'en prononçant ses vœux d'une voix éteinte. Balbine laissait la place à sœur Balbine, un autre double, plus fort et plus résigné, qui finirait par gagner ce que la première avait perdu ce jour-là. Enora était morte une ultime fois.

***

On n'avait pas eu le temps de confectionner de cercueil pour Jean-Marie Pommard. Sa stature était telle qu'il aurait fallu des planches bien plus larges et plus solides pour habiller sa charpente. On n'avait pas eu le temps ni les moyens de creuser une tombe non plus. Était-ce le venin du serpent, conjugué à la chaleur de l'été, qui bousculait ainsi la corruption des chairs ? Le prêtre n'avait pas été facile à convaincre. Un charlatan, c'était de la chair à excommunication, rien d'autre. Qui niait les vertus de la médecine officielle, bravait Dieu d'une certaine façon. Et puis, il supportait depuis trop longtemps les réflexions iconoclastes de Pomardini, lorsqu'il venait paresser au soleil contre le mur du cimetière. Ce qui l'avait sauvé au final, c'était le fait qu'il n'ait jamais manqué une messe de Noël depuis qu'il s'était installé à Saint-Léonard. Ce que Mario n'avait jamais dit non plus, dans sa grande modestie, c'est qu'il offrait chaque année au prêtre une somme conséquente *pour ses pauvres*. Ce n'était ni par calcul qu'il avait pris cette habitude ni pour contracter une assurance tacite avec Dieu et son employé. C'était simplement sa bonté qui l'avait fait comme cela. Et comme il était droit et juste, il n'avait aucune raison de contrarier sa nature. Le curé s'était donc laissé fléchir, pour accorder à l'homme mystérieux un trou en terre sainte, le plus modeste que l'on puisse offrir à un chrétien, mais à la mesure du personnage. Au fond, de son vivant, il n'aurait sans doute pas demandé davantage. C'est dans la fosse commune qu'il accepta de l'enterrer.

On emballa le corps dans un drap blanc, qu'Aliette et sa mère cousirent tout du long d'un fil noir, avec des petits points très serrés. Deux hommes vinrent chercher le corps, il n'y eut ni procession ni office, comme cela avait été convenu. L'étrange équipage traversa la rue : les deux hommes portant le sac lourd et difforme, grimaçant à cause du poids, mais aussi de l'odeur atroce. Aliette suivait et sa mère clopinait péniblement derrière, étirant en longueur l'éphémère procession. En entrant dans le cimetière, on suivit un petit chemin de terre entre les sépultures. À mesure qu'on avançait vers le fond, là où attendait patiemment le curé, l'indigence des tombes se faisait sentir progressivement. À la fin, ce n'étaient plus que quelques trous comblés à la va-vite. L'ouvrage anarchique de taupes géantes. Deux planches en croix supportaient en même temps le dernier symbole de la chrétienté, un nom et deux dates. Et c'était tout.

Tout au bout, à l'ombre bien mince d'un vieux chêne tordu, se trouvait la fosse. Tout juste un peu plus large que les autres trous, mais très profonde. Aliette voulut aller jusqu'au bord pour distinguer le fond, plusieurs coudées en dessous, où flottait un amas étrange de tissus d'origines diverses, recouvert d'une couche blanche. Comme s'il venait de neiger. En plein été, c'était impossible. Mais une odeur telle que celle qui se dégageait de la fosse était, elle, malheureusement parfaitement de saison. Les porteurs ne tardèrent pas à libérer leurs efforts et leurs narines. Ils jetèrent sans ménagement leur fardeau au fond du trou, comme ils auraient pu le faire avec un sac de grain, ou avec la carcasse d'un animal mort. La fine couche immaculée se souleva légèrement. Sans davantage de sollicitude, les deux hommes qu'on avait payés pour leur besogne portèrent chacun la main droite à leur tête nue, comme s'ils avaient voulu tirer leur chapeau en direction de la veuve, comme simple signe de condoléances, plus par superstition que par véritable empathie. Le prêtre attendit qu'ils soient partis pour commencer une prière, qu'il marmonna entre ses dents, comme si son acte n'intéressait que lui et Dieu, peut-être, pour peu qu'il ait l'ouïe très fine. Aliette s'avança et fit le tour du trou, sans que son regard ne quitte le fond. La poussière blanche et opaque finissait de se redéposer. Arrivée devant le prêtre, elle lui tendit un petit morceau de papier.

— Il l'avait écrit et me l'avait donné, s'il venait à mourir…

Le prêtre le prit des mains d'Aliette avec un air important, pensant qu'il était le seul à pouvoir déchiffrer les caractères. Il exerça longuement ses yeux pour déchiffrer le message. La fillette resta près du prêtre, car de cet emplacement, elle pouvait mieux détailler la forme inerte sous la toile, fascinée par cette dernière vision, dont elle fixait le souvenir pour toujours. Le prêtre lut sans emphase les quelques mots qui serviraient d'oraison funèbre.

— Un bon lièvre vient toujours mourir au gîte. Si vous entendez ces mots, c'est que je ne serai plus là pour vous protéger. C'est aussi parce que l'heure sera venue où vous n'aurez plus besoin de mon secours. J'espère n'avoir pas trop déçu, durant une vie que j'ai souhaitée remplie comme le panier du cueilleur. Ne soyez pas tristes et considérez-moi comme celui de passage, qui vous a apporté un peu de soutien à l'instant où vous en aviez besoin. Ni Dieu ni le destin n'y sont pour grand-chose. Finalement, je n'ai rien réussi, sinon qu'à moitié. Que la Faculté me pardonne si j'ai déçu ses attentes, et que Molière ne me fasse pas de reproches en m'accueillant là-haut. Et pour finir, ses propres paroles : « *La mort est un remède à trouver quand on veut, et l'on doit s'en servir le plus tard que l'on peut* ».[104]

Le prêtre referma le papier avec une grimace. Juste après le charlatan, un autre de ses plus chers ennemis était l'homme de théâtre, dévoyé et parjure. Il ne méritait pas plus de considération. Une raison supplémentaire s'ajoutait à sa défiance, même si le trou des indigents n'était pas en soi un grand honneur qu'on puisse faire au moindre des hommes, et encore moins à celui qui s'efforça d'être honnête toute sa vie. En signe d'agacement, il jeta le papier dans le trou. Aliette aurait bien aimé le garder, mais après tout, ce geste montrait le chemin du détachement : par là se feraient le deuil et la guérison du chagrin. Mais le départ de Jean était une cause supplémentaire à la tristesse de cette journée.

De l'autre côté du trou, la mère ne disait rien, ne pleurait pas. Elle regardait simplement l'arbre surplombant le prêtre, imaginant peut-être y distinguer l'âme de celui qui l'avait sauvée. Il l'abandonnait maintenant et la rendait à une vie plus dure, plus âpre, où il faudrait de nouveau lutter pour gagner chaque minute. Le prêtre fit le signe de la croix au-dessus de la fosse, scellant définitivement la cérémonie. Puis, il ramassa derrière lui une lourde pelle chargée de la même substance blanche, qu'il jeta au-dessus du trou. La chaux s'étendit d'abord comme une brume pour finir par retomber doucement. Chaque seconde pesait davantage. On aurait voulu que ça ne finisse pas. Le prêtre posa sa main sur la tête d'Aliette, sans rien dire, adressa un signe à la veuve qui ne le regardait pas. Puis, il laissa les deux femmes au bord de ce gouffre qui s'ouvrait sur leur nouvelle vie, dont elles allaient devoir composer chaque nouvelle journée, gérant l'absence avec ce qu'elle avait de cruelle pour le cœur et de hasardeux pour le quotidien.

***

Gersende avait rejoint Combourg le jour suivant, en fin d'après-midi. Son

---

104 - Le dépit amoureux.

humeur n'avait rien perdu de sa virulence et la figure de Jean restait une cible définitive et inaccessible. La fin de la journée avait été passée à chercher le garçon, d'abord sur les routes qui quittaient Saint-Malo, puis sur le port, auprès des contremaîtres des navires. Enfin, elle et ses compagnons n'avaient eu d'autres ressources que d'interroger passants et commerçants afin de recueillir de maigres indices, tous discordants. Aucun ne menait quelque part. Si l'on écoutait certains, il était parti vers Saint-Servan. D'autres avaient remarqué un garçon sur un âne parti le long du Sillon, sans plus de précisions. Mais toutes ces voies avaient déjà été explorées. Gersende ne voulait pas abandonner cette poursuite aussi simplement. Elle sentait sa présence toute proche, sa perspicacité finirait par payer. Finalement, après avoir exploré les tavernes à la tombée de la nuit, Gersende avait dormi dans l'auberge du relais de poste, à l'entrée de la ville, tandis que ses deux acolytes avaient veillé pour contrôler les portes de la ville.

Ce n'est que le lendemain matin, qu'elle remarqua l'âne dans l'écurie de l'auberge, juste à côté de son propre cheval, laissé là pour la nuit. Elle ne fit pas attention à l'animal, tout d'abord. Puis, l'idée vint qu'il pouvait s'agir de celui de Jean. Le hasard finissait par la servir. Elle s'enquit rapidement de l'origine de la bête auprès du tenancier. Elle appartenait en effet à un jeune garçon, qui l'avait vendue la veille. Il partait par le courrier du soir pour Paris et ne connaissait personne à Saint-Malo pour prendre soin d'elle. Il l'avait donc cédée à vil prix. L'aubergiste audacieux proposa à la jeune femme d'en faire l'acquisition. Furieuse, Gersende ne répondit pas, et demanda simplement à quelle heure la voiture du courrier était partie. Cela faisait presque une demi-journée. Jean était déjà loin, en route vers Paris, à moins qu'il ait choisi de s'arrêter avant. Ce pouvait être n'importe où : à Rennes, à Vitré... Peut-être était-il déjà à Laval ? Dans tous les cas, il serait impossible de le retrouver dans d'aussi grandes villes. Déciderait-il de poursuivre jusqu'à Paris qu'il serait complètement impossible de le dénicher là-bas, même en usant des plus performants espions. D'espions, elle n'en avait en outre aucun à son service. Elle fit inspecter la bestiole, mais ne découvrit pas d'indice supplémentaire. C'était une vieille rosse comme une autre, d'une médiocrité qui seyait parfaitement à son ancien propriétaire. Il n'y avait rien à espérer de ce côté-là. Il n'y avait plus rien à faire à Saint-Malo, inutile aussi de retourner *Aux Deux Perdrix*, il n'y avait qu'à rentrer à Combourg.

La surprise qui l'attendait au retour n'était pas des plus agréables, mais Gersende s'en voulut de ne pas l'avoir anticipée. Un pli d'un oncle voisin, prévenu du décès du comte, l'informait de la venue imminente de sa mère : on l'avait fait prévenir. Il était, à l'évidence, impossible de procéder à l'inhumation du seigneur de Combourg sans elle. Gersende n'y avait pas pensé et son irritation s'en trouva renforcée. La cuisinière toujours effondrée et semblait-il inconsolable l'attendait dans l'entrée, devant la chapelle, le pli à la main. Ce contretemps supplémentaire s'agglutinait au reste. Mais il en faudrait davantage pour contraindre la jeune femme à la résignation. Elle jeta la lettre après l'avoir lue. Puis elle ouvrit la porte de la chapelle.

L'atmosphère y était déjà infernale. On avait pris soin de placer un rideau devant l'unique fenêtre, pour préserver au maximum l'endroit de la chaleur. L'initiative était bien intentionnée, mais elle empêchait la moindre aération, concentrant les effluves terribles que produisait le corps. Malgré tous les efforts, les onguents dont on avait pu l'enduire, les parfums jetés dans la pièce régulièrement, rien ne pouvait surpasser en horreur cette corruption de l'air que l'on sentait depuis l'extérieur du château. Comme si on avait conservé à l'intérieur de la pièce, non pas un, mais plusieurs dizaines de cadavres, au moins autant de corps que de portraits d'ancêtres depuis Rivallon[105]. On avait fait venir à grands frais un embaumeur de Rennes, mais il avait rapidement renoncé, estimant le décès trop ancien pour que son art puisse encore être d'une quelconque utilité, ni pour le défunt ni pour ceux qui devraient le supporter. Gersende entra, masquée d'un mouchoir préalablement parfumé.

On avait dressé le catafalque dans l'axe de la petite pièce, dont il occupait tout l'espace. Quatre cierges brûlaient à chaque coin, mais l'odeur de la cire ne parvenait à surmonter celle de la pourriture. Le corps était posé à même un drap, qu'on avait rabattu sur les jambes. Seuls le torse, la tête et les mains dépassaient. La silhouette paraissait encore plus petite, dérisoire, racornie sur le linge blanc. Par pudeur, et surtout pour ménager les susceptibilités d'éventuels visiteurs, un mouchoir de dentelle fine avait été posé sur le visage, laissant imaginer en dessous le pire du travail implacable de la mort. Gersende resta quelques minutes à contempler la dépouille depuis l'entrée de la chapelle, espérant une intuition. Mais rien ne vint. Et elle finit par reculer, se promettant que c'était la dernière fois qu'elle le voyait.

Revenue dans la grande salle du château, elle ordonna qu'on aille chercher un cercueil pour y placer le corps. On fermerait ensuite le couvercle sans le sceller afin de limiter les émanations. Puis, la jeune fille demanda qu'on lui apporte du vin. Elle se sentait plus seule que jamais, mais maintenant responsable, et d'une certaine façon, un peu plus maîtresse de son destin. Ce que dirait sa mère n'avait aucune importance, elle le savait. C'était une femme frivole, qui n'avait eu sa vie durant d'autre perspective que de se libérer de la charge de ses enfants pour se rapprocher de Versailles. Toucher les fastes de la royauté, au risque de se brûler à leur éclat, était sa vocation. Pour elle, aucune compromission n'était assez forte pour lui permettre d'avancer dans cette hiérarchie où elle stagnait pourtant. Elle se sentait bien plus respectable en simple dame de compagnie d'une comtesse à Paris, que châtelaine sur ses terres. De guerre lasse, le marquis l'avait laissée partir vivre ses ambitions, dédaignant pour sa part les honneurs factices. Il avait connu ceux du feu, payés au prix fort, celui d'une jambe. Il reviendrait probablement à Gersende la gestion du château, sachant que sa mère se conformerait à ses initiatives, tant que cela ne l'empêcherait pas de rester à Paris. La jeune fille savait tout cela. Et c'est dans ce sens précis qu'elle devait organiser sa stratégie. Il y avait à faire avant son arrivée. Préparer les funérailles, rendre ses fastes à la demeure, tendre les ornements de deuils aux

---

105 - Premier seigneur de Combourg, qui fit bâtir la première tour au Xième siècle.

armes familiales, convoquer la noblesse environnante. Elle se mit au travail aussitôt.

Elle s'installa à la table de son père et commença à rédiger les courriers déjà prévus. Tout s'organisait parfaitement. Comme si l'heure était enfin venue de prendre le commandement, non pas de la destinée familiale, mais bien de la sienne propre. Son frère mort, ses sœurs placées, il n'y avait aucune inquiétude à attendre de ce côté. Le souvenir de Jean s'estompait par instants, et c'était œuvre de sagesse. Car, à moins d'un effort particulier du destin, il n'y avait aucune raison pour qu'elle le croise à nouveau. Et au fond d'elle-même, elle savait parfaitement qu'il n'était en rien responsable de la mort de son père. Celui qui aurait pu avoir une implication dans cette affaire était mort. Pour l'heure, cela ne changeait en rien la destinée des deux hommes. Tout était définitivement scellé.

L'après-midi passa comme un oiseau dans un ciel sans voile. Gersende ordonnançait, rappelant l'un ou l'autre de ses domestiques pour l'envoyer porter tel pli à un voisin ou à un proche relais de courrier. La cuisinière lui apporta un plateau en début de soirée et alluma quelques chandeliers. Lorsque la nuit vint, Gersende sortit seule dans le parc. Elle n'était pas d'une nature particulièrement bucolique d'habitude, mais elle avait ressenti le besoin de cet instant. La nécessité de respirer un air pur, de plonger dans cet univers qui avait toujours été le sien depuis tant d'années et qu'elle s'apprêtait à abandonner. Elle s'enfonça sous les arbres du parc.

La lune éclaira son retour, prolongeant encore sa réflexion jusqu'à une certaine forme d'apaisement. Elle avait au moins la certitude, pour la première fois, de réaliser sans aucune contrainte ce que ses choix lui dictaient. Cette liberté nouvelle levait le voile d'une frustration, qui avait freiné sa jeunesse. Gersende respirait. Et l'air nouveau, dont elle nourrissait doucement ses poumons, lui donnait force et courage, et avec, la certitude de faire ce qu'il fallait. Sur le perron, en haut des marches, la cuisinière prévoyante, bien mieux que ne l'avait jamais été sa mère, avait laissé un chandelier allumé. Les flammes timides donnaient à la promeneuse le cap du retour, comme un phare. Et même s'il était superflu à la lueur de la lune, il témoignait de la sollicitude de la domestique qui, fait curieux, émut Gersende aux larmes. L'enfance finissait de mourir, laissant la promesse d'une orgueilleuse maturité.

***

La brume épaisse de juillet pesait de tout son poids sur l'île. Désertée depuis de longues années, elle vivait à son rythme, insouciante des saisons et de la main des hommes. La nature avait repris ses droits. Timidement d'abord, les herbes avaient poussé à l'intérieur des ruines, que la main anglaise avait détruites sans pitié. Quelques buissons accrochés entre les fondations de pierre trouvaient la prise nécessaire pour résister aux vents. Les barques éventrées avaient depuis longtemps rendu leurs planches aux marées indifférentes. Les constructions dépouillées de leurs contours anguleux courbaient le dos sous le poids de la neige. Les bruyères bousculaient les cailloux des graves, débordant les limites géométriques que l'homme avait autrefois patiemment tracées. Le temps gommait le passage des hommes, lissant leur empreinte jusqu'à l'oubli. Cela pouvait faire dix ans, cent ans que l'île était déserte, un visiteur sans mémoire n'y aurait pas vu de différence notable. Peut-être à l'ancienneté de la rouille sur les pièces d'acier qui se dressaient encore, comme autant de fantômes effilochant la brume qui s'éparpillait doucement en s'écorchant sur elles.

Les seuls habitants qui venaient parfois briser le calme de ce sanctuaire, c'étaient les phoques. Chassés pour leur chair et leur graisse, ils se réfugiaient ici, paressant sur le plain, en face de Terre-Neuve, attendant de l'horizon une destinée nouvelle. Même les Anglais ne se hasardaient plus jusqu'ici. Les spectres du passé hantaient jusqu'aux bourreaux qui y avaient sévi. On racontait parfois l'histoire, et personne ne l'évoquait sans une grande tristesse, le regret au cœur d'actes contre nature que les raisons d'État avaient suggéré, au mépris de la plus simple humanité. Cette île, devenue symbole d'une guerre atroce, était un mausolée, une terre sacrée qu'aucun Britannique ne souhaiterait plus jamais aborder. C'était un respect bien tardif aux hommes, aux femmes et aux enfants qui avaient vécu ici malgré les éléments, mais qui n'avaient pu résister aux conquêtes ennemies. Les phoques en étaient donc les gardiens, comme si l'âme des malheureux exterminés était revenue ici. Sur l'île aux chiens, ils profitaient de cette superstitieuse immunité. Parfois leur aboiement lugubre rappelait dans la nuit les heures sombres de l'archipel. Près de la petite grotte, dans une faille de la pierre, se trouvait toujours la statue de bois de Sainte-Anne à la Vierge. On l'avait cachée là, à l'ultime moment, sans croire vraiment qu'un jour elle reprendrait sa place.

***

— Tu vas à Paris pour affaires ?

Le gros jeune homme assis en face de moi mangeait un énorme morceau de pain et coupait des parts d'un fromage particulièrement odorant. Son embonpoint le faisait paraître beaucoup plus âgé qu'il ne devait l'être en réalité. Les quatre autres passagers, deux prêtres et un couple de bourgeois dormaient. À l'intérieur de la voiture, le parfum était extrêmement violent, mais pas suffisamment pour dégoûter mes intestins révoltés. Malgré les cahots de la route et l'impression d'être enfermé dans la soute d'un navire sur une mer démontée, j'avais surmonté les nausées jusque-là. Mais, avec l'estomac vide, cela risquait de devenir plus difficile. Nous roulions depuis la veille et nous avions déjà changé de chevaux. Dans ma précipitation, je n'avais pas pensé aux provisions pour le voyage. Tout s'était fait tellement rapidement.

Lorsque j'avais vu le courrier arriver dans la ville, j'avais compris que mon salut se trouvait là. Je m'étais débarrassé de l'âne contre une ristourne sur le prix du voyage jusqu'à Paris. Dans tous les cas, j'aurais toujours le loisir de m'arrêter avant, si la providence me guidait d'une autre façon. Mais, une sorte de fascination s'éclairait soudain : l'attrait de la Capitale. Pomardini n'en avait jamais parlé qu'en mal, mais tellement souvent… jusqu'au jour de sa mort. Dans une telle ville, il n'y avait pas à douter que je trouverais moyen de faire usage des talents qu'il m'avait enseignés. Il y avait cette foire Saint-Germain! Peut-être, pourrais-je là-bas me recommander de lui ?

À la vue de l'équipage, un seul désir s'était alors exprimé, impérieux, incontrôlable. Cette perspective se combinait parfaitement avec ma fuite. Il n'y avait pas à hésiter. J'avais pu payer sans difficulté le prix de mon voyage. Je regrettais à peine le manque de préparation, mais après une nuit et une demi-journée supportée dans l'habitacle étroit, je commençais à souffrir cruellement de la faim. J'aurais pu proposer au boutetoutcuire[106] en face de moi de me vendre une part de ses victuailles, mais cela aurait été mettre en évidence ma fortune et tenter peut-être certains esprits malhonnêtes. Pomardini m'avait appris la méfiance, puisque c'est par un terrible défaut de celle-ci, que j'étais arrivé sur ses tréteaux. Il me faudrait attendre jusqu'au prochain relais.

L'autre me regardait goguenard, piaffant à son aise.

— Et bien, tu as perdu ta langue ?

Au fond, je ne savais pas vraiment pourquoi j'allais à Paris. J'étais plutôt convenablement habillé et mon air jeune, pour entreprendre seul un tel voyage, pouvait en effet donner l'impression d'un voyageur d'affaires, chargé de quelque mission extraordinaire. Il voyait bien que je lorgnais son déjeuner, mais feignait de ne pas l'avoir remarqué.

— Je vais retrouver des collègues. Je suis opérateur.

Mon interlocuteur faillit s'étouffer, de rire d'abord. Puis voyant mon air sérieux, la curiosité s'éveilla en lui.

— Opérateur à ton âge? Et quelles opérations pratiques-tu ?

— La pierre et les dents, entre autres, mais je connais aussi de nombreux secrets et remèdes. Mon maître était Mario Pomardini.

Il ouvrit un œil rond et sa bouche sur les restes de fromage qu'il faisait rouler sur sa langue.

— Je le connais. Il a sauvé une de mes cousines de Dol d'une phtisie, il y a plusieurs années, ou alors c'était de la goutte ? Qu'importe! Un brave homme, plein de talents. Comment se porte-t-il ?

— Il est mort il y a quelques jours.

L'autre referma sa bouche.

— Le pauvre, et toute sa médecine n'a rien su faire contre ça ?

— C'était un accident.

— J'aime mieux ça. C'est vrai, comment faire confiance à un charlatan s'il est incapable de se soigner lui-même ?

Il semblait sincèrement chagrin de cette nouvelle qui contrariait ses principes. Il me tendit son pain et le reste de son fromage.

---

106 - Goulu

— Tiens, tu dois sans doute avoir faim.

Je le remerciai et attaquai à pleines dents le festin qu'il m'offrait.

— Merci.

— Et tu vas seul à Paris ? Tu as quel âge ?

— Vingt ans.

Il n'était plus question de le décevoir. L'autre ne sourcilla pas. Il eut l'air satisfait de ma réponse. Je répondis à certaines de ses questions, me plaisant à élaborer les réponses qu'il aimerait entendre. Je me forgeai petit à petit une histoire et une carrière auxquelles je finis presque par croire moi-même. Je lui parlais de la foire Saint-Germain, du Pont-neuf et du grand Thomas. Il en avait aussi entendu parler. Je le laissai parler à son tour, il était musicien et se rendait à Paris, espérant intégrer un orchestre ou une troupe. Le jeune homme, que j'avais jugé un peu rapidement au départ, s'avéra en fait de bonne compagnie, et son ambition teintée de naïveté me rappela la mienne.

À mesure des étapes, sa distraction me permit d'estomper les souvenirs et leurs ombres à mesure que je m'éloignais de cette terre de l'ouest. Et, même si ce n'était que temporaire et superficiel, c'était un baume suffisant sur ma tristesse. La perspective d'arriver dans la capitale redonnait à mon courage une vigueur que je n'espérais plus. J'avais menti sur mon âge, sans que personne dans la cabine de la voiture n'en paraisse surpris. Il était tellement facile d'être quelqu'un d'autre. Paris m'offrirait certainement des opportunités que je n'imaginais pas. Dans quelques jours, j'y entrerais. Et j'étais persuadé que ce tournant allait être décisif. Pas besoin de serment, j'avais simplement la conviction de ma fortune là-bas, cette bouffée de liberté que je n'avais jamais retrouvée depuis que ma famille avait quitté l'île aux chiens.

Un orage terrible ne permettait pas de distinguer les faubourgs, lorsque nous arrivâmes à Paris. La pluie était si dense qu'on ne voyait rien. La voiture dut s'arrêter plusieurs fois pour s'assurer du chemin. On passa enfin l'octroi. Mon excitation était aussi vive que les éclairs qui illuminaient fugacement la cabine. Le bruit de la pluie couvrait le roulement du tonnerre. La voiture s'arrêta enfin complètement. La porte s'ouvrit et le postillon cria :

— Paris, rue pavée !

Paris... enfin !

Deuxième période

Paris

1727 - 1740

I

CASTOR ET POLLUX

Jean Grégoire était comme il vivait : tout en rondeurs et en gentillesses. Depuis dix ans, depuis notre première rencontre dans le courrier de Paris, notre amitié n'avait fait que s'affirmer et je dois dire, dès maintenant, tout ce que je lui devais. Si j'avais réussi à survivre lors de mon arrivée dans la capitale, c'était bien grâce à lui et à sa nature délibérément bonne, un peu trop naïve, peut-être. Mais il savait qu'en me gardant près de lui, je serais ce garde-fou qui empêcherait quelques malhonnêtes esprits d'abuser de lui. Son nom m'avait toujours évoqué cette rondeur, celle des galets qui roulent au fond des torrents, celle de ceux que j'avais appris à trier sur les graves de l'île aux chiens. Nous avions fait connaissance dans la diligence de Saint-Malo à Paris. Lorsqu'il m'avait proposé de partager son repas, j'y avais vu la forme de cette bonté naturelle qu'il promenait toujours avec lui, de manière un peu trop voyante. Lorsqu'il avait su que nous portions le même prénom et que nos destinées se rejoignaient à la capitale, il y avait vu un signe d'une grande clarté. Celui de l'amitié, qui devait nous porter ensemble sur le chemin de la vie. C'est en tous les cas comme tel qu'il s'était comporté dès le début du voyage, me racontant tout de sa vie, de son enfance et de ses projets à Paris. Arrivés à destination, nous étions devenus deux frères, à l'entendre. Cette idée m'avait rassuré, d'autant que je commençais à nourrir des sentiments similaires à son endroit.

Il était né à Saint-Malo, il avait vingt ans le jour de notre rencontre et il n'avait pratiquement rien connu d'autre que cette région de la Bretagne. Son savoir se bornait aux histoires des marins qui s'arrêtaient dans la taverne de son père. La plupart du temps, il restait jusque tard caché dans un coin de la salle commune, s'émerveillant des récits tumultueux et sans doute inventés des vantards avinés. C'est alors qu'il s'imaginait un destin de corsaire, une vie d'aventures, des filles rondes et bronzées, belles comme les soleils, sans doute plus chatoyants de l'autre côté du globe que sur les côtes armoricaines. Il avait grandi tant bien que mal, voyant sa constitution naturelle l'éloigner d'année en année des exigences physiques d'un bon marin. Ses jambes avaient eu du mal à s'allonger, alors que le tour de son ventre s'était arrondi spontanément et que sa silhouette s'était épaissie, pas forcément aux endroits stratégiques. Cette physionomie avait progressé, tendant par reconnaissance vers celle de son père, et par ironie vers celle d'un tonneau plutôt que vers celle d'un gaillard prompt à grimper dans les haubans des navires. Plus il grandissait, moins il fut question de la compagnie des Indes ou de la Royale.

Le jeune Jean Grégoire avait eu la sagesse de la raison, voyant que ses rêves resteraient inaccessibles, car de moins en moins réalistes. Mais, il n'était pas question pour lui de reprendre le métier de son père. Son frère aîné était prévu pour cela. Étant le cadet, il devrait se trouver lui-même une occupation et un gagne-pain. De sa passion pour la mer et l'aventure avait découlé une autre, par un lien ténu. La musique. Car il avait toujours été bercé par le chant des marins. Depuis la matrice de sa mère qui portait le cidre aux voix rocailleuses, il avait pu goûter aux mélodies viriles et entraînantes. Plus tard, il avait écouté, retenu, appris les paroles, sans heureusement toujours en comprendre les allusions grivoises. Il avait ainsi exercé son don pour la mélodie et le rythme. C'est à la cathédrale qu'il avait pu compléter cet intérêt, appréciant le plain-chant et les turbulences de l'orgue, dont il aimait moins la violence, mais qui variait les registres. Cet intérêt seul n'aurait sans doute pas suffi pour le pousser dans cette voie, si un oncle de la capitale n'avait pas été flûtiste dans les foires. Il y avait de la fibre musicienne dans la famille. Et c'est ainsi que Jean avait appris ses notes et quelques rudiments de solfège.

C'est ce même oncle, qu'il allait tenter de retrouver à Paris, pour y apprendre à manier la viole et le violoncelle. Je ne savais rien à cette époque de ces choses, mais il me détailla avec délice et force, les différences entre les deux instruments : la viole étant alors, d'après son discours, en passe d'être supplantée par le violoncelle, instrument plus moderne, sorte de gros violon plein d'avenir. Gambiste ou violoncelliste, tel était l'avenir qu'il se promettait. Intégrer une des grandes formations de la capitale, telle était l'aventure qu'il avait choisie pour sa vie. Et même si j'en avais déjà vécu plus d'une depuis ma naissance à Saint-Pierre, celle-là valait bien la mienne : fuir au hasard avec pour seul bagage, la science rudimentaire et pleine de lacunes d'un charlatan victime d'un de ses tours.

Porté par son enthousiasme, il m'avait demandé si j'aimais moi aussi la musique. Je n'avais aucune raison de le décevoir, même si mon oreille n'avait pas encore goûté autant de riches mélodies que la sienne. Il m'avait demandé si je savais jouer d'un instrument. Et je n'avais pas osé lui avouer qu'en temps qu'assistant de Pomardini, j'avais eu maintes fois à taper sur un tambour. Mais, la férocité de mon jeu n'avait sans doute rien à voir avec ce dont il me parlait. Il parlait de la musique comme j'aurais pu parler de Balbine. Mais je m'étais refusé à cette comparaison, soucieux de ne pas aggraver mes tourments en repassant encore une fois sur la déception éprouvée à *La Maison de la Providence*. Il fallait effacer le passé, et ce nouveau renoncement promettait encore de se payer très cher au prix du chagrin. À mesure des étapes, des relais, des repas, des conversations que nous avions eues avec Jean Grégoire, à mesure des jours qui nous avaient rapprochés de notre but, je m'étais éloigné de mon passé, imaginant une fois encore que j'allais pouvoir démarrer une nouvelle existence : comme on commençait une nouvelle journée chaque matin, comme si c'était la première.

Le jeune homme avait un appétit féroce, qui allait avec sa physionomie. Ses provisions avaient été épuisées dès notre passage à Rennes. Mais nous avions pu en acheter grâce à l'héritage de Pomardini et aux économies de Jean. Sans pour autant faire bourse commune, nous décidâmes de faire panier commun pour plus de commodités, la gestion des victuailles revenant naturellement à mon compagnon, qui s'était révélé rapidement un bon économe, en digne fils de commerçant.

Je ne sais comment l'idée nous était venue durant le trajet ni si elle avait été de mon fait ou du sien. Si la similitude de nos prénoms nous avait tout d'abord rapprochés, il y avait quelque chose de gênant dans les confusions qu'elle risquait d'engendrer. Peut-être même n'avions-nous pas évoqué ce problème. Qu'importait! Lorsque nous étions arrivés, je l'appelais par son nom de famille, sans que cela ait semblé choquer l'un ou l'autre. J'étais resté Jean, il était devenu Grégoire. Et cette fraternité de prénom bientôt oubliée, elle n'en était sans doute devenue que plus forte. Grégoire m'avait parlé des musiciens qu'il admirait, des œuvres qu'il connaissait. Il m'avait ensuite demandé quels étaient mes modèles. De modèle, je n'avais guère que Pomardini, même s'il m'avait parlé à une certaine époque de Jean Thomas.

— Un autre Jean! s'était exclamé Jean Grégoire avec emphase. Décidément, le ciel devait forcément nous être bienveillant, à nous envoyer comme ça des signes. Pomardini m'avait expliqué que Jean Thomas était un rude gaillard qui n'avait pas son pareil comme opérateur pour les dents et qu'il exerçait sur le Pont-neuf. Grégoire avait bu mes paroles, admiratif, comparant sans doute cette image de charlatan à un de ses compositeurs préférés. Arrivés à Paris, nous étions devenus les meilleurs amis du monde. Et en sus d'un ami, j'avais gagné un toit pour les premiers jours. Car Grégoire n'ayant pas tardé à me demander où je comptais loger en arrivant, et ayant compris que je ne savais pas où aller, m'avait naturellement proposé de m'accueillir chez un de ses oncles. Je n'avais pas résisté à cette invitation. Je n'ose pas imaginer comment j'aurais pu survivre sans lui lors de mon arrivée à Paris sous la tempête, sans abri, sans endroit où aller.

C'était il y a dix ans. Bien des événements étaient arrivés depuis. Nous nous étions éloignés par la force des événements. Et puis, il y avait eu cette invitation qu'il m'avait portée lui-même, pour avoir le plaisir de m'entendre accepter. Si je n'avais guère progressé en musique durant ces dix années, il avait lui-même parcouru la plus grande partie du chemin pour arriver au pied de sa fortune. Il avait intégré l'orchestre de l'Académie royale de musique. On donnait ce soir-là la première représentation d'un opéra de Jean-Philippe Rameau : Castor et Pollux. Jean Grégoire serait dans l'orchestre. Et sur son invitation, je serais dans la salle. Un 24 octobre 1737. Jeudi. J'avais 26 ans.

Jean Grégoire avait tout prévu. Il m'avait prêté une tenue pour assister au spectacle. Car, même si le billet de faveur offert ne me plaçait ni dans les meilleurs rangs, et encore moins dans une loge, il me fallait pouvoir accéder au théâtre et aux jardins, puisque la représentation devait se poursuivre par des agapes mémorables. Car il ne faisait nul doute, que la représentation serait un triomphe. Mais j'avais compris que l'invitation, quoique sincère, prétexte à nos retrouvailles, avait tout de même quelque chose d'intéressé. La musique n'avait pas pris plus de place dans ma vie qu'elle en avait lorsque nous nous étions rencontrés dans le courrier de Paris. Je n'avais jamais franchi les portes du moindre théâtre officiel, depuis. En ce qui concernait les autres, l'estrade de Pomardini avait été le premier et je crois que j'aurais mérité plus d'une fois l'excommunication par les métiers dérivés que j'avais pu exercer depuis.

Jean-Philippe Rameau était un homme aux jambes interminables. Pas forcément très grand, car ne l'ayant vu qu'assis ou à moitié caché au milieu de l'orchestre pour le diriger, je n'avais pu vraiment comparer sa taille à la mienne. Ce qu'il y avait à dire de son aspect, c'est que c'était celui de ces oiseaux qu'on voit au bord des rivières, de ceux qui piquent les poissons avec effronterie et assurance. C'était là, en somme, ce que j'avais retenu du personnage, ou du moins l'impression qu'il m'avait donnée tout de suite. Des jambes maigres, serrées dans des bas jusqu'aux genoux, donnaient l'impression qu'elles doublaient en longueur celle des cuisses. C'était la plus grande particularité de sa physionomie. Il marchait d'un pas pressé, courbé légèrement vers l'avant, comme si l'envie lui prenait toujours d'être quelque part avant d'y être complètement arrivé. Son nez pointait comme le bec du héron. Lorsqu'il parlait à ses musiciens (j'avais assisté à la répétition d'une de ses comédies donnée à la foire), il le faisait avec une voix énorme qu'on n'imaginait pas pour un homme de sa corpulence. Une voix caverneuse, de celle de certains de ses chanteurs qui donnent l'impression de chanter depuis le fond des enfers.

Ses idées et ses directives étaient toujours claires, nettes et surtout tranchées : il avait l'assurance de ses certitudes. Mais son élocution toujours le trahissait, comme si sa propre langue avait voulu le mettre au défi et lui enlever un peu de son autorité, pour rétablir un équilibre avec le reste de l'humanité, qui semblait défavorisée en face de lui. C'était un homme que l'on remarquait. Je ne l'avais vu que deux fois, une dizaine d'années plus tôt. Et je me souvenais pourtant du moindre des détails. Il était toujours bien habillé, sans élégance particulière ni ostentation : il gardait toujours une mise irréprochable, sans pour autant satisfaire aux exigences des hommes et de leurs modes.

Jean Grégoire ne jurait que par lui. Il faisait partie d'une troupe de fanatiques qui défendaient leur mentor, car il était en même temps leur employeur et donc leur gagne-pain. Il m'avait expliqué une lutte fratricide qui régnait sur l'Académie[107] depuis la mort d'un certain Lully, quarante ans plus tôt. J'avais du mal à comprendre qu'on souhaitât ainsi se battre ou s'emporter pour de la musique. Mais devant l'enthousiasme de mon ami, je fus bien obligé de l'écouter et de me rendre à son avis, sans en comprendre toutes les évidences. La musique moderne devait prendre le pas sur l'ancienne. Lully, musicien de renom qui avait régné en maître sur la musique française au siècle précédent, s'était défendu des novateurs et de leur musique trop riche, détournant l'attention par

---

107 - Académie royale de musique

une orchestration trop sophistiquée et souvent trop présente, au détriment des voix et parfois de l'action. En héritage, il avait laissé les lullistes, ses défenseurs : barbares arriérés qui ne connaissaient, semblait-il, rien à rien, fermés à toute idée de progrès musical. Jean Grégoire faisait partie des ramoneurs[108] : les défenseurs à tout prix de l'œuvre moderne de Rameau. Et il entendait bien me rallier à leur cause, pour défendre, ce soir-là, un ouvrage décisif pour ouvrir la porte au progrès, en ouvrant le cœur et les oreilles d'un public à convertir.

Mais ce soir-là, on attendait Monsieur Rameau. Quelqu'un avait annoncé, était-ce le directeur ou quelque maître de cérémonie, que le maître assisterait à la représentation. Et comme ni le roi ni la reine, ni quelque autre membre important de la famille royale n'avait prévenu de sa présence, le compositeur devenait donc le personnage le plus important de la soirée : on ne commencerait rien sans lui. La représentation devait commencer à cinq heures quinze. Grégoire m'avait bien prévenu et demandé d'être là à temps, c'est-à-dire une heure avant, au moins. Car faute de me présenter dans ces délais, la salle serait pleine, mon billet de faveur n'aurait plus aucune valeur et je serais chassé sans plus de justification. Mon laissez-passer, c'était une simple feuille pliée en quatre, signée et datée de l'intendant des théâtres royaux, sans doute le document le plus important que j'avais eu dans ma poche jusqu'à ce jour. Juste avant d'entrer, j'ajustai ma mise, redressai ma perruque dont je n'avais pas l'habitude. Il se disait aussi, car je m'étais renseigné auparavant, que si certains spectateurs ne présentaient pas une tenue correcte, pouvant en particulier se confondre avec la livrée d'un domestique, ceux-ci se voyaient refuser l'entrée. Même pour des places de moindre qualité. Je me présentai, on regarda mon billet sans défiance ni admiration, on me jaugea à mon air et on me laissa entrer, ce fut aussi simple que cela.

Il était quatre heures à peine passées. Le public avait déjà pris place dans la salle, qui, comme pour chaque jour de première, était comble bien avant le début. Les notables et probablement quelques ministres de la Cour occupaient les meilleures loges, sur les côtés. Au parterre, le public était debout, position que je m'imaginai tout d'abord incommode pour rester plusieurs heures, les jarrets et le cou tendus vers la scène au-dessus d'eux, pour apercevoir le spectacle par delà les archets des musiciens. Il faisait relativement sombre dans la salle, malgré plusieurs grands lustres à chandelier qui pendaient du plafond, secondés par quelques appliques le long des murs entre les loges. Du côté de la scène, je n'y voyais guère depuis ma place, au fond et de côté du dernier balcon. Mais pour moi, la représentation était déjà commencée.

Quelques instruments s'exerçaient, on discutait comme aux halles et je voyais de mon poste les perruques se balancer doucement d'un côté et de l'autre, au gré des conversations : une sorte de roulis social qui rassurait tout le monde. Aucun membre de la famille royale n'était présent, même s'ils n'avaient que la cour et les jardins du Palais à traverser. Il y avait tant à voir et à découvrir : tant d'ors, de robes, de particules, de princes, de marquis, de bijoux, de sourires,

---

108 - Plus souvent appelés ramistes.

confinés dans cette atmosphère moite aux relents de moisissure. Dans la salle qu'on ne pouvait pas aérer, se confinaient religieusement les fragrances de tous ces illustres personnages qui s'y succédaient chaque soir. Surnageait au-dessus, le remugle mitigé de mille parfums : comme pour l'eau des mille fleurs ou l'eau de rose, qui ne masquait jamais parfaitement le parfum de la corruption.

C'était une masse grouillante, gesticulante, de pantins flagorneurs, qui se saluaient sans cesse, allant, venant, se reconnaissant, s'ignorant, se retrouvant avec force commentaires sonores et indiscrets. On y maniait le titre et la particule avec, sans doute, autant de virtuosité que les musiciens qui attendaient patiemment de l'autre côté de la barrière sociale. Car il y avait bien entre la salle et la scène, ce fossé double entre les artistes et leur public, entre la noblesse et une caste d'amuseurs, que l'on payait pour le plaisir du roi, d'abord, et de sa cour, ensuite. Le public semblait si différent que celui que l'on pouvait rencontrer à la foire. Mais en réalité, c'était sans doute le même, même si ceux de la noblesse adoptaient une attitude différente dans l'une ou l'autre de ces occasions. Alors qu'à l'Académie, chacun faisait étalage de sa toilette ou de ses décorations, on se montrait plus discret devant les loges de la foire en y passant le dimanche, arborant un train moins faste et s'excusant presque du hasard de se trouver là, lorsqu'on croisait une connaissance. À la foire, ils étaient suivis de leur laquais, sans doute pour assurer leur sécurité. Ici, les domestiques n'étaient pas admis, et entre gens du monde, nul besoin de se protéger, des tire-laines en tous les cas. Pour ce qui était de la calomnie, de l'ironie ou du vice, chacun était bien assez grand pour s'en débrouiller seul.

De ma place, j'avais une idée assez précise de l'acoustique de la salle, car Grégoire m'en avait parlé. Pour l'avoir écoutée en Bretagne dans maintes églises, pour avoir expérimenté les réverbérations de Notre-Dame depuis qu'il était à Paris, le jeune homme se scandalisait que l'on s'obstinât encore à créer de tels ouvrages dans ces salles carrées et bruyantes. Le son s'y perdait sans souplesse dès le premier obstacle, quand il n'était pas couvert d'emblée par les bruits de la salle. Le bois craquait à chaque pas, chaque bruit parasite était multiplié au centuple. Mais comme la musique n'avait pas encore commencé, je m'imaginais que cela s'améliorerait lorsque le public se serait assagi.

Rameau était arrivé, mais je n'en sus pas grand-chose. Il y eut quelques applaudissements épars, des sifflets depuis mon balcon. Le maître s'installa dans une loge du même côté de la salle que moi, car tous les visages convergèrent de mon côté et, si ce n'était ma position en hauteur, j'aurais pu imaginer que j'étais devenu d'un coup le centre d'intérêt de toute la salle. Je n'avais pas idée de l'heure qu'il pouvait être, mais je pense que le retard pris était conséquent, car on s'impatientait à l'orchestre. Le chef d'orchestre attendit que les derniers témoignages bruyants veuillent bien prendre fin. Les visages se retournèrent enfin vers l'autre côté de la salle, sans plus de préambule et même, dirais-je, sans prévenir.

Une musique, vive, nette qui finalement ramena toutes les attentions vers elle, du moins le temps de la pièce d'ouverture. Tant que le chant n'était pas commencé, m'avait dit Grégoire, il y avait peu de risque d'esclandre, c'est sur les airs et les récitatifs que les divergences risquaient de susciter des remous. Car je n'oubliais pas que j'avais mon rôle à jouer, comme sans doute beaucoup d'autres ici, que je ne connaissais pas, partisans ou détracteurs commissionnés là pour défendre aveuglément tel ou tel parti. De tous ces agitateurs que nous étions, j'avais du mal à imaginer que les autres bénéficient d'une culture musicale plus étendue que la mienne, bien incapables de juger cette œuvre par rapport à une autre. Toutes ces histoires, au fond, étaient l'affaire des véritables connaisseurs.

Lorsque la première pièce fut terminée, le rideau s'ouvrit sur un décor assez impressionnant. Une sorte de palais où évoluaient des personnages fardés, habillés de lourdes cuirasses, sans doute de carton à voir l'aisance de leur évolution sur les planches. Il y avait toujours autant de bruit dans la salle, et l'orchestre qui avait baissé d'un ton dans le rythme et le volume sembla se perdre quelques instants sous les murmures des spectateurs. On recommençait à se dissiper au parterre, on changeait de place, certains ayant à peine attendu la fin de l'ouverture pour se remettre en mouvement. Le parquet craquait. Dans les loges, des fauteuils gémissaient sous le poids de comtesses gourmandes et instables. Lorsque les chanteurs commencèrent, je crus percevoir çà et là quelques rires à moitié étouffés, à peine audibles de la salle, pour ne pas dépasser les premiers rangs de l'orchestre.

Les chanteurs roulaient de la voix, un peu comme Pomardini quand il exagérait. Mais en revanche, il y aurait eu beaucoup à dire sur leur diction, car je ne comprenais pas grand-chose à ce qu'ils racontaient. À se demander même s'ils s'exprimaient en France ou dans quelque autre langage. Certains personnages évoquaient des créatures de la mythologie. Je sus d'emblée que ce genre de spectacle n'était pas pour moi. Sachant que je devais rester jusqu'au bout pour remplir mon rôle et ne pas décevoir mon ami, j'en étais rapidement venu à espérer qu'il se passât quelque chose. En attendant, je me détachai de la musique pour me concentrer sur les visages des spectatrices qui agitaient leurs éventails avec frénésie, comme si la moindre faiblesse de leur poignet allait d'un instant à l'autre éteindre leur souffle fragile. Pendant ce temps, les archers de l'orchestre s'agitaient au rythme d'un orage, qu'une machine faisait gronder dans les coulisses.

Grégoire était au bout de l'un de ceux-là, vivant son art avec la frénésie des sons qui remplissaient la pièce et revenaient couvrir le chahut des précieuses et de leurs galants. C'était une lutte incessante, le ressac des vagues contre les rochers : la musique contre les bavardages, les applaudissements et les murmures aussi, plus ou moins appuyés selon l'appréciation de chacun. Sans son souverain, la basse-cour s'époumonait d'aise, au mépris des artistes et du compositeur que je regrettai de ne pouvoir observer dans sa loge. Certaines loges en face de moi étaient fermées. On ouvrait les rideaux de temps à autre, puis on les fermait mystérieusement sur des sourires entendus. On y mangeait, c'est certain, et certaines épaules moites, luisant à la lueur des chandelles, m'assurèrent qu'on y faisait bien d'autres choses, dans la plus complète indifférence du voisinage et des acteurs qui se démenaient sur scène.

Le chant me tourmentait, car je ne comprenais pas que l'on puisse désirer dire en musique ce qu'il était si simple de déclamer, comme j'avais appris à le faire sur les tréteaux. En revanche, lorsque la musique revenait en force, il y avait quelque chose d'émouvant ou de joyeux, tour à tour, qui ne me laissait pas insensible. L'orage revenait. Sans doute un forçat s'exerçait-il derrière à marteler quelque ferraille pour rendre le son de la nature en colère. Cet orage-là, maladroit et irréel, me rappela un court instant les éclats du tonnerre, lorsque le courrier de Saint-Malo était arrivé à Paris, dix ans plutôt.

Le cocher avait annoncé l'arrivée. Je ne m'inquiétais pas outre mesure, car l'intimité créée avec Grégoire avait permis d'écarter au moins le souci de la première nuit. *Et des suivantes si besoin*, avait-il rajouté aussitôt, lorsqu'il m'avait proposé de venir chez son oncle, qui m'hébergerait sans difficulté. Tout heureux de cette nouvelle amitié, le généreux Grégoire n'avait pas hésité à offrir l'hospitalité d'un autre comme la sienne. À l'écouter, il n'y avait pas à douter de la bienveillance de son hôte. J'avais tout d'abord refusé, mais à choisir entre chercher une auberge qui veuille bien de moi sous la tempête, dans une ville que je ne connaissais pas, et se présenter, même à l'improviste, chez quelqu'un de connaissance comme un lointain cousin, il n'y avait pas à hésiter. Grégoire s'était montré convaincant et sans doute l'avait-il fait en toute bonne foi, mais certainement un peu inconsidérément aussi. Car, il avait toujours tendance à ne pas concevoir que ses contemporains ne soient pas aussi généreux et altruistes que lui.

À commencer par notre cocher, qui ne s'embarrassa d'aucune précaution pour jeter les bagages depuis la plate-forme de la calèche. Il pleuvait des halle-bardes, la pointe en bas, comme le disait souvent Mario. Après l'annonce du cocher qui avait passé sa tête par la petite fenêtre de communication avec l'extérieur, nous sentîmes le roulis du véhicule lorsqu'il descendit brutalement de son perchoir. Puis, il ouvrit la portière tout grand : il était aussi mouillé que s'il revenait d'une sortie en mer. Son chapeau rabattu sur son visage ne laissait plus voir que ses yeux, le col de son manteau était remonté au-dessus de sa bouche. L'éclairage de la rue laissait à peine entrevoir une expression, à mi-chemin entre le désespoir et l'agacement, comme si la seule chose qui le motivait encore était de se débarrasser de nous, avant de mettre son équipage et sa carcasse au sec.

J'avais imaginé Paris comme une sorte de foire permanente, lumineuse et gaie à toute heure du jour et de la nuit. Mais ce Paris-là, dont au fond je ne voyais rien, ne m'inspirait que crainte et peur, comme si cet accueil devait être prémonitoire de ma future vie. J'avais agi, certes avec précipitation, mais il fallait échapper à Gersende et à ses sbires. La Bretagne n'était plus pour moi qu'un nid de souvenirs funestes et, si j'étais parti, j'y laissais sans doute des regrets, mais j'arrivais à Paris sans remords. La première impression était tout de même assez mitigée. Presque chassés hors de l'habitacle, les infortunés voyageurs se retrouvèrent sous la pluie, à la même enseigne que le cocher, mais sans vêtement adapté. Il ne restait plus qu'à récupérer à la va-vite colis et bagages.

Je n'y cherchais aucun bagage, puisque mon seul sac avait pu rester avec moi dans la cabine, car de taille modeste. En revanche, Grégoire possédait une lourde malle de carton bouilli, qui manqua de s'éventrer lors du transfert. Le poids des partitions qu'il y avait entassées avait failli en faire craquer le fond. Nous la traînâmes sur un des côtés de la rue, de peur de la soulever et d'en répandre définitivement le contenu. Mais ce n'était pas là l'objet qui excitait le plus la crainte de mon nouvel ami. À la lueur d'un éclair, je vis le cocher manipuler un objet gigantesque, dont l'ombre avait à peu près les proportions d'un être humain. C'était le violoncelle de Grégoire, qui tendait les bras vers l'instrument, comme on le ferait au secours d'un noyé. Tout se passa très vite, mais j'ai encore en mémoire l'étreinte presque convulsive avec laquelle il se saisit de l'instrument, ajustant la toile qui l'enrobait, comme une mère protège son enfant contre les rigueurs du temps. Il m'avait expliqué ensuite : l'humidité était fatale pour ce genre d'engin. Lorsqu'il eut récupéré le naufragé à cordes, nous abandonnâmes sans cérémonie le petit attroupement autour du courrier. Les chevaux piaffaient sous la pluie, le tonnerre grondait encore. Grégoire courut abriter l'objet de toutes ses attentions, sous la première porte-cochère qui se trouvait près de nous. Puis, nous tirâmes sa malle à côté, mon sac enfin, et nous nous abritâmes tant bien que mal.

Lorsque le cocher eut fini sa distribution, il remonta sur la calèche et repartit sans un regard. Le reste des passagers s'égailla dans la nuit, pour disparaître en un instant. Ce n'est qu'à cet instant que je me rendis vraiment compte de l'endroit où nous nous trouvions. La rue n'était plus qu'un tunnel avec la pluie pour voûte, simplement éclairée, à chacune de ses extrémités, par une lumière tremblotante placée en hauteur, sans doute pour augmenter la portée de son pâle halo. Bien qu'en retrait, nous étions atteints par la pluie qui finit de tremper et de glacer le moindre carré de notre peau. Une rivière coulait au milieu de la rue, entre les pavés, charriant dans son courant tout un tas d'objets et débris dont je n'arrivais pas à distinguer les origines. Grégoire partit faire une courte reconnaissance. Mais, comme à cette époque, on n'avait pas encore eu l'idée d'apposer des plaques avec leur nom aux rues, il ne put se repérer et revint vers moi rapidement, haussa les épaules et tenta de protéger un peu mieux son instrument. Nous grelottions et nos carcasses ne valaient guère mieux que celle de la contrebasse en train de se corrompre définitivement. Nous serrant l'un contre l'autre, nous attendîmes, sinon la fin de la pluie, au moins la fin de la nuit, dans l'espoir d'y voir un peu plus clair à la lumière du jour.

Dix ans plus tard, à l'Académie royale de musique, le chœur *Que tout gémisse* résonnait d'un écho particulier. Ces voix naissaient peu à peu comme du néant, comme Grégoire et moi lorsque la pluie commença à faiblir aux premières lueurs de l'aube, presque surpris d'avoir survécu. La musique venait s'échouer aux pieds du chœur avec une tonalité sourde et triste, mais avec cette notion d'espoir que la vie s'accorde toujours tant qu'un fil de raison la retient. Et sur cet air-là, j'aimai Rameau davantage : sa musique soutenait parfaitement cette évocation.

La pluie cessa doucement, se faisant oublier face au jour. Par chance, c'était l'été et les premiers rayons du soleil qui glissaient entre les maisons nous réchauffèrent un peu, nous rendant également l'espoir. Au fond, notre situation ne pouvait guère s'aggraver. Nous formions, Grégoire et moi, un triste tableau. Mais malgré nos mines défaites, restaient notre jeunesse et nos carrures, qui contribuaient à nous prêter un air tel, qu'il faudrait y réfléchir sérieusement avant de venir nous chercher querelle. À la lumière du soleil, tout sembla d'un coup moins compliqué. Et, ce qu'on avait jugé insurmontable en pleine nuit devenait d'un coup envisageable, bien en face, les idées remises à une place qu'elles n'auraient jamais dû quitter, sous prétexte de l'obscurité et d'un peu d'eau.

Le soleil nous trouva comme ces deux frères, tels Castor et Pollux libérés des enfers. Point d'amour pour nous cependant et pour seule évocation de la musique : la silhouette encombrante du violoncelle, que Grégoire regardait toujours avec l'empathie qu'on accorde au supplicié. La rue s'anima doucement. Même s'il était encore tôt, quelques coursiers passèrent sans nous porter la moindre attention. Trempés, crottés et grelottant encore, nous tenions tant bien que mal sur la malle qui finissait de se répandre en partitions et effets, comme l'abdomen éventré d'un guerrier. Tout autour, la boue s'était répandue en nappes puantes. C'était une odeur terrible, que la pluie nous avait épargnée jusqu'alors, et qui venait rapidement prendre le relais de nos misères.

Grégoire se leva, il avait dû réfléchir une partie de la nuit à ce qu'il convenait de faire. Il n'était pas possible de transporter plus loin sa malle. Elle aurait forcément succombé au moindre déplacement. Pas question de l'abandonner, encore moins de renoncer à son contenu. Je ne savais pas où habitait son oncle. Il connaissait l'adresse, mais n'avait aucune idée de la manière de s'y rendre, en partant d'un point qu'il ne connaissait pas par ailleurs. Il décida de partir le trouver, pendant que je resterais garder les bagages. Il emporterait son violoncelle avec lui. Mais, il semblait tenir à un point tel au contenu de sa malle, que je ne craignis pas un seul instant qu'il m'abandonnât. Je ne le connaissais pas encore suffisamment, mais ç'aurait été lui faire insulte, que de douter d'une sincérité inaltérable en tout temps. La pluie avait complètement cessé lorsqu'il partit sans se retourner, au petit bonheur. Je vis sa silhouette se perdre à un carrefour où il hésita longuement, avant de disparaître et me laisser seul.

J'avais entendu le cocher la veille prononcer le nom de *rue pavée*. Au moins, je savais où j'étais. C'est lorsque je ne vis plus Grégoire accroché à son instrument, aussi ventru et plus grand que lui, que je regrettai de ne pas lui avoir demandé l'adresse de son oncle. Je ne sais pas si l'information aurait servi à autre chose qu'à me rassurer. Mais cet oubli me fit douter quelques instants. Une laitière passa, criant à qui voulait l'entendre qu'elle vendait le meilleur lait aux nourrices, et qu'elle le vendait tôt. Je n'avais aucune idée de l'heure, mais, la forte femme qui portait une immense jarre de terre sembla inaugurer un chœur dont je pris vite l'habitude, au fil des années, et que je n'entendis jamais ailleurs que dans la capitale. Vendeurs de pierre, de semelle, de mort aux rats, de vin ou d'eau rivalisaient de voix avec les rémouleurs, vinaigriers ou menuisiers qui passaient par là, pour offrir leur talent. Bien mieux qu'à la foire, je vis défiler tout ce beau monde devant moi et j'aurais pu acheter sans bouger le moindre orteil : cerises, groseilles, pêches, escargots, raisins, chandeliers et chandelles, martinets et babioles, avec même un sac pour emporter tout ça. Grands, jeunes, ingambes ou invalides, je vis toutes les physionomies se presser dans la rue tortueuse, n'ayant pour seul point commun que le souci de vendre leur camelote et à cette fin d'en vanter bien haut l'exceptionnelle qualité. On cria juste à côté de moi :

— A ma brioche, chaland ! Quatre pains pour un tournoi, je gagne peu de monnaie et je vais toujours parlant !

Un garçon qui ne devait pas avoir plus de douze ans, à la roseur de ses joues, me regardait d'un air effronté. Il me narguait derrière un panier où il avait aligné des petits pains : ce qu'il appelait bravement brioche. J'avais quelques pièces au fond de ma poche et je négociai le prix de mon repas avec le garçon. Celui-ci se comporta en véritable usurier. L'âge n'y faisait rien puisqu'il était en affaires, il n'était pas question qu'il se laissât rouler à sa bonne mine. Tout en marchandant, il me faisait l'article, sachant à mon regard que ma faim était plus forte et que ni le prix ni la qualité médiocre de sa marchandise n'empêcheraient la transaction. Il s'en fut avec un sou en poche et je croquai une croûte dure, ce qui était bien paradoxal avec toute l'humidité environnante. Je mangeai quand même, car l'appétit primait. Je savourai le mets rudimentaire, observant le spectacle de la rue, en attendant mon ami.

Lorsqu'il revint, le soleil était déjà haut. Mes vêtements étaient presque secs et, à cette précision, je mesurai le temps passé à attendre. La boue séchée collait sur mes vêtements et son odeur avec, mais il était là : mon sauveur ! Il était accompagné d'une sorte de colosse, qui tirait une courte charrette à bras qui cahotait sur les pavés. Ils arrivèrent devant moi. Grégoire souriait toujours, comme si nous en avions fini de la moindre de nos contrariétés. L'oncle en question ne me regarda pas. Il haussa les épaules en voyant la malle éventrée.

— Quelle pitié !

Derrière lui, Grégoire sautillait, souriant, pour me rassurer devant l'attitude peu engageante de son oncle. L'autre s'employa en grognant à finir d'éventrer la malle pour en extraire les trésors, dont il entreprit ensuite de charger sa charrette. Grégoire l'aida et moi aussi, sans rien dire. Il ne fallut pas longtemps avant que tout soit chargé. La malle n'était plus qu'une vieille ossature, que le géant poussa d'un coup de pied au milieu de la rue, venant nourrir la boue insatiable.

— La pluie lavera tout ça.

Puis, il souleva la charrette à lui seul et se mit en marche. Grégoire et moi le suivîmes sans rien dire.

— Ne t'inquiète pas, c'est arrangé pour toi. Me glissa Grégoire à l'oreille.

Son affirmation ne me rassura qu'à moitié. Mais je n'avais à cet instant, pas d'autres perspectives que les suivre dans cette ville gigantesque où la foule se pressait maintenant. Plusieurs bâtisses montraient leurs entrées imposantes dans la rue où nous avions passé la nuit. Un carrosse bondit juste devant nous d'une sorte de palais. L'immeuble était en pierres blanches et d'immenses sculptures dorées ornaient le sommet du porche. Les chevaux étaient propres et paraissaient bien nourris. Un attelage double. Je n'en avais jamais vu de tel. Le cocher tourna devant nous, jurant parce qu'il estimait que nous lui bouchions le passage et il fit tourner son véhicule pour s'engouffrer dans la rue. Le fer des roues heurtait le pavé dans un bruit métallique, soutenu par celui des chevaux. Je m'arrêtai devant l'immense bâtisse, imaginant, à sa magnificence, le palais d'un prince.

— Quel prince habite là ? Demandai-je à mon ami.

Celui-ci sourit avec indulgence devant mon ignorance. Il est vrai qu'il m'avait raconté pendant le voyage être allé quelques fois à Rennes. La plus grande ville que je connaissais et dont, au fond, je ne savais pas grand-chose, c'était Saint-Malo. Mon voyage à Rennes pour rencontrer le bourreau Gasnier s'était effectué de nuit et je n'avais rien vu de la ville. Et de maisons et d'équipages semblables, je n'en avais jamais vu nulle part encore. Grégoire me répondit.

— Il n'y a pas plus de palais que de prince, là-dedans. L'hôtel particulier d'un marquis, tout au plus. Tu verras, ici tout est bien plus grand que partout ailleurs.

J'avais connu un comte à Combourg, mais ce n'est pas à son équipage misérable ni à son château laissé à l'abandon que j'avais pu me faire une réelle idée des fastes de la noblesse. Ici tout semblait effectivement aller à un autre train.

Par-dessus les toits, on apercevait à chaque point de l'horizon et à chaque croisement la flèche d'une église ou d'une chapelle, comme si la foi avait poussé partout et qu'on avait peur de manquer de sanctuaire, pour toute la dévotion qu'on nourrissait dans cette sainte ville. Car, au quota d'âmes qu'il y avait à sauver ici, on pouvait dénombrer des dizaines et des dizaines d'édifices, riches ou modestes, dont les porches béants abritaient invariablement mendiants et éclopés. Les cloches carillonnaient un peu partout et ce fut un véritable concert lorsque sonna midi.

Nous avions suivi un dédale de rues et je n'avais porté aucune attention au chemin emprunté, docile et confiant. Sans autre meilleur choix, par ailleurs. L'oncle de Grégoire ralentit sensiblement son pas et je sentis que nous approchions. La rue que nous suivions déboucha sur un pont[109]. Je ne le compris pas tout de suite, car celui-ci était occupé par nombre de marchands, colporteurs ambulants ou avec étal, dans une rue toujours bordée de maisons. Ce n'est qu'en arrivant au milieu de la rivière que je compris où je me trouvais. En me retournant, je réalisai que nous étions sur le pont depuis déjà plusieurs pas. Des maisons en bataille se pressaient sur les bords, prêtes à tomber dans le courant, comme suspendues au-dessus de l'eau. Certaines étaient en ruine et j'eus du mal à imaginer qu'on eût pu garder ainsi des habitations sans risque pour les occupants. Il y avait pourtant des personnes aux fenêtres, vaquant à des tâches domestiques aussi naturellement que si elles s'étaient trouvées sur la terre ferme.

109 - Pont Marie

Jean Passadieu - Charlatan de Saint-Pierre

Sous mes pieds, une rivière épaisse et sombre charriait nombre de bateaux de toutes tailles, allant de la barque au navire de transport, se pressant sur les berges herbeuses pour y déposer ou recevoir des marchandises de toutes sortes. Malgré ses proportions gigantesques, la rivière était aussi encombrée que la rue au-dessus d'elle. Un groupe de femmes lavait du linge plus loin, tandis que des enfants malingres et demi nus puisaient sans relâche des seaux, pour remplir une sorte de grande barrique placée sur une charrette. Ça criait, s'interpellait avec toute la vigueur d'un commerce impatient. Nous traversâmes le pont, non sans encombre, malgré la modestie de notre chargement. On nous proposa toutes sortes de friandises, des fruits que je ne connaissais pas, à boire, à manger encore. Notre taiseux guide fendait la foule, baissant la tête comme une bête de trait, qui fournit le dernier effort.

Je compris que notre pont menait à une petite île,[110] car, après une nouvelle portion de rue, un second pont continuait la route. Une église avait trouvé sa place sur l'île où la population toujours aussi dense et active gênait le passage, chacun n'hésitant pas à s'insulter ou à s'apostropher, dans le meilleur des cas. Notre guide continuait, et il me sembla au bout d'un moment que les gens s'écartaient naturellement, sans faire cas de sa présence, tout au moins en apparence.

Nous arrivâmes au deuxième pont[111], bien différent du premier. Sur celui-ci, aucun parasite n'avait imaginé y construire sa maison. Il faut dire que son tablier était accidenté. Il fallait monter une pente non négligeable jusqu'au sommet pour se trouver au milieu du bras de la rivière. C'était un solide ouvrage, avec de larges arches de pierre. Mais, le plus impressionnant n'était ni le pont ni la tour fortifiée qu'il y avait en face de nous. En me tournant vers la droite, je pus admirer une énorme église qui me montrait son dos. Deux tours carrées monumentales se découpaient sur le fond d'un ciel bleu parfait. Entre ses deux masses, une flèche légère fendait le ciel, comme si toutes les arches qui soute-naient la lourde bâtisse ne tendaient que vers ce seul trait, vers Dieu. Il y avait sans doute là bien plus de génie que dans toutes les autres églises que j'avais pu voir dans ma vie, même si de loin la masse trapue révélait mal la subtilité de son architecture. Grégoire et moi restâmes au milieu du pont dans la contemplation de Notre-Dame. Puis, il nous fallut courir entre badauds et marchands pour rattraper notre porteur infatigable qui atteignait le bout du pont.

Arrivé sur le quai, il passa au pied de la tour et tourna juste après dans une petite ruelle en forme d'impasse. Mais elle était si étroite, que les hautes maisons la cachaient presque complètement du soleil. Malgré l'été, il y régnait une sorte de fraîcheur, mais hélas aussi, un air d'eau croupie, qu'un souffle mauvais collait directement aux narines. L'homme alla jusqu'au bout, laissa tomber la charrette et rentra dans la dernière maison en baissant la tête, tant la porte était basse. Il vivait seul ici, m'avait expliqué Grégoire. Sa femme était morte des suites d'une mauvaise pneumonie. Difficile de savoir de quoi il vivait, mais il ne me sembla

110 - Île Saint-Louis
111 - Pont de la Tournelle

pas opportun à ce moment de poser la question. La première chose à faire était de transférer les affaires de Grégoire à l'intérieur. L'homme avait disparu dans la maison et nous dûmes nous en charger avec Grégoire, ce qui au fond était parfaitement normal.

L'intérieur de la maison était très sombre. Une seule fenêtre, occultée par deux planches clouées l'une au-dessus de l'autre, laissait filtrer deux rais bien nets où papillonnait la poussière. Au fond, je distinguai un âtre au niveau du sol, quelques bûches en réserve sur le côté et une échelle de meunier qui menait à l'étage supérieur. Une table, deux chaises et une sorte de huche formaient le reste du mobilier. Le sol de pierre était poudré de sciure. Lorsque tout fut rentré et rangé dans un coin, nous laissâmes la charrette dehors sans surveillance. Grégoire laissa la porte ouverte pour permettre à la lumière de rentrer, mais aussi pour ventiler la pièce. Mes yeux s'accoutumèrent progressivement et je pus distinguer dans un coin la silhouette du violoncelle que Grégoire avait débarrassé de son enveloppe. C'était une masse de bois ventrue, comme son propriétaire, haute comme moi, brillante et tendue de longues cordes comme les bateaux. J'en étais là de mes découvertes lorsque Grégoire dit, ayant suivi mon regard.

— Je n'ai pas osé le toucher. Le bois est trempé, je vais le laisser sécher lentement, c'est le seul moyen de ne pas trop l'abîmer. On ne saura que plus tard.

Il s'assit sur une des chaises, me laissant l'autre pour moi.

— Tu dois avoir faim ? Il est midi passé.

Je ne savais plus distinguer ma faim de ma curiosité. Car, après avoir traversé la ville aux mille spectacles, je me retrouvai dans cette petite maison sale et sombre. Le contraste était abrupt et mon esprit jeune avait du mal à assimiler toutes ces nouveautés. Faim ? Sans doute. Mais si c'était pour goûter encore un infâme croûton, je n'étais pas sûr de vouloir m'y risquer tout de suite. Grégoire se leva et ouvrit la huche. Il en sortit un panier recouvert d'un torchon qu'il posa sur la table. Mon air craintif le fit sourire. Il étala le torchon sur la table.

— Ne t'inquiète pas, mon oncle a l'air un peu rustre, mais c'est un brave homme, pas habitué à la compagnie. Il m'a dit de faire comme chez moi et de faire pour toi comme pour moi.

Tout en parlant, Grégoire sortit successivement du panier un morceau de pain, d'une miche de pain qui avait dû être énorme, à voir les proportions de ce qu'il en restait, un quartier de jambon et un couteau. Puis, il s'appliqua à tailler une tranche de chaque, pour lui et moi.

— Le seul souci, c'est qu'il travaille la nuit. Là, il dort. Je l'ai surpris ce matin alors qu'il rentrait de son travail, sinon, tu penses bien que je n'aurais pas osé le réveiller.

— Mais qu'est-ce qu'il fait au juste ?

— Il n'a pas voulu me dire. Ou plutôt, quand je lui ai demandé, il m'a dit : *vaut mieux pas que tu saches, petit.*

Tout ce mystère avait franchement de quoi m'inquiéter. Grégoire enchaîna.

— Mais ne t'en fais pas, aujourd'hui c'est un peu délicat, car nous ne devons pas le déranger, mais ce soir la maison sera à nous. Et les jours suivants, nous aurons bien d'autres choses à faire que rester ici. En attendant, il suffit de ne pas le réveiller.

Je mangeai finalement de bon cœur et de meilleur appétit, assuré que j'étais d'un toit pour la prochaine nuit. Grégoire me fit ensuite les honneurs de la petite maison. Au-dessus, il y avait la chambre que nous partagerions le soir et que nous laisserions au matin à notre hôte. En sortant dans la rue, on pouvait se glisser au fond de l'impasse, dans une étroite venelle qui menait presque au bord de la rivière. Pour passer, Grégoire dû se mettre de profil, mais cette contrainte, qui révélait son embonpoint, ne le mit pas mal à l'aise et il sourit en disant.

— Heureusement que je n'ai pas besoin de mon instrument ici.

Au fond du passage, un petit tertre herbeux donnait directement sur la Seine. Mais l'atmosphère n'y avait rien de bucolique. L'odeur du vin y était plus que tenace. Grégoire m'expliqua que nous nous trouvions juste derrière les halles au vin, ce qui expliquait ces émanations caractéristiques, et peut-être aussi cette légère sensation d'étourdissement. De ce point de la rive, on pouvait voir une autre île[112], un peu plus loin sur la droite. C'était une sorte de petite colline au milieu de l'eau. Une grande partie en était recouverte par des monceaux de troncs d'arbres, des tas de bois taillé de toutes dimensions. Au milieu, deux ou trois toits de maisons dépassaient à peine. Des ouvriers torse-nus s'activaient à divers endroits. Certains récupéraient dans la rivière de gros troncs qui circulaient en liberté. Ils les attrapaient à l'aide de gaffes. Et, après les avoir solidement attachés avec des cordages ou des chaînes, ils les tiraient hors de l'eau avec l'aide de chevaux. D'autres sciaient, coupaient ou entassaient inlassablement. Grégoire m'expliqua :

— C'est l'île aux Javiaux. On y stocke le bois pour l'hiver. Et tu vois, juste devant, c'est l'estacade. On l'a construite pour empêcher les glaces dérivantes d'entrer dans la ville. C'est mon oncle qui m'a montré ça.

Entre notre berge et l'île, se trouvaient effectivement des constructions de bois : leurs piles ne laissaient qu'un petit espace aux bateaux. Les glaces dérivantes, je connaissais bien ça. Mais sur l'île aux chiens et aux abords de Saint-Pierre, il aurait fallu bien davantage que ces frêles pyramides pour arrêter la puissance de l'océan. Grégoire m'expliqua ensuite brièvement que ce petit terrain servait pour nous de lieux d'aisance et que je pourrais m'y livrer à toutes les exonérations et tous les soins du corps qu'exigerait ma physiologie. J'en pris bonne note, pissai au-delà du muret qui devait servir de latrines et retournai dans la maison, laissant Grégoire à des travaux plus conséquents. Dans la maison vide, on entendait le ronflement de l'oncle solitaire, dont l'activité nocturne ne cessait d'exciter une curiosité morbide : j'imaginai l'éventail des horreurs qu'on espère à mon âge, tout en les craignant. J'en étais là de mon voyage : échappé de

---

112 - Île Louviers : ancienne île aussi appelée île aux Javiaux rattachée à la rive droite au XIXe siècle.

Saint-Malo, rescapé des griffes de Gersende, orphelin plus d'une fois, le cœur vide du départ de Balbine. J'étais assis sur une mauvaise chaise de bois, dans cette maison sale, le seul havre sans doute digne de m'accueillir. Dans le coin, le violoncelle me regardait au milieu de sa flaque d'eau, semblant me dire qu'on peut survivre à tout et qu'il faut toujours croire qu'une suite est possible.

Heureusement, Grégoire revint vite, m'arrachant à l'idée de m'échapper. Échapper au destin qui semblait vouloir encore m'emprisonner dans une nouvelle impasse, cachant à peine les symboles de ma nouvelle destination. Échapper à quelque chose d'irrémédiable. J'avais déjoué mes poursuivants et très probablement que c'était mon destin, mais n'avais-je pas déjà forcé outre mesure la marge de liberté ? Je repensai à l'Ankou dans l'église de Saint-Léonard. La bête avait obtenu une nouvelle âme de mon entourage, et puisque Pomardini était mort, peut-être voulait-elle me laisser en paix. Ou seulement me distraire, pour mieux m'attaquer au moment où je l'attendrais le moins. Grégoire était devant moi, avec ce même sourire satisfait, que sa bonne nature stimulait en permanence. Il me parlait, mais je ne l'écoutais pas, derrière lui, l'ombre humide de son instrument détruit, désaccordé et très probablement hors d'usage donnait tort à son optimisme malsain…

***

On sifflait. De plusieurs endroits dans la salle, les sifflets fusaient. En quelques instants, je retrouvai toute ma lucidité, et, m'arrachant à mes souvenirs, je replongeai dans l'atmosphère de la salle où un chahut extraordinaire commençait. Les lullistes commençaient à n'en plus pouvoir de tant de sacrilèges. Malgré certains fidèles qui dansaient sur les mesures que l'orchestre peinait à tenir, beaucoup de spectateurs du parterre sifflaient en effet, d'autres plus audacieux lançaient ce qui leur passait à portée de la main : billet d'entrée roulé en boule, mouchoirs hors d'usage. Je vis même passer une chaussure, qui passa au-dessus de l'orchestre, pour claquer sur la scène, devant un des chanteurs. Certains détracteurs avaient même apporté d'autres munitions en prévision : feuilles de chou ou d'autres débris de légumes, dont ils s'apprêtaient à orner la scène.

Il n'en fallait pas plus pour justifier l'intervention des ramistes. Le maître était là et il fallait défendre son travail. Quoique peu partisan, j'avais accepté pour Grégoire d'être là, ce qui m'obligeait à une action en cas de conflit. Certains de mes complices arrivaient déjà au parterre, là où se trouvait le noyau dur de nos détracteurs. Je quittai mon perchoir pour descendre les rejoindre, sans idée de ce qui allait se passer, mais bien décidé à jouer mon rôle. Dans l'escalier qui menait au parterre, un homme en livrée, aux couleurs de l'Académie, m'aborda sans ménagement.

— Jean Passadieu ?

— Oui ?

Je fus bien sûr surpris, imaginant tout de suite qu'on avait pris des mesures contre les fauteurs de trouble de mon espèce. On venait m'intercepter avant même que j'aie pu tenter quoi que ce soit. Que cet homme m'ait reconnu était aussi invraisemblable qu'il sache pourquoi j'étais là. Au fond, il n'y avait rien d'inquiétant.

— Je vous cherche depuis tout à l'heure. Quelqu'un demande après vous. Suivez-moi.

Il avait un air tellement impatient, que je n'hésitai pas une seconde à le suivre vers l'extérieur du théâtre, abandonnant la querelle derrière moi. On n'entendait plus la musique, couverte par le martèlement des pieds sur le parquet de la salle. Deux cadences s'opposaient, comme si le combat allait se jouer sur ses rythmes idiots qui eurent pour effet d'interrompre la musique. On criait, on s'insultait, les chaises grinçaient sur le sol et je pus imaginer que, dans les airs aussi, les témoignages de satisfaction ou de colère devaient se croiser impunément. Ça se bousculait un peu partout. En suivant l'homme, j'eus tout de même le temps de lui demander comment il avait su que c'était moi. Il me répondit avec une certaine logique.

— On m'a dit, trouve un homme qui fait une tête de plus que tous les autres. Un homme comme cela, il ne peut y en avoir qu'un.

Et il est vrai qu'avec les années, j'avais eu un peu de mal à finir de grandir. La perruque qu'on m'avait prêtée me donnait encore de la hauteur. Des spectateurs partaient, d'autres couraient dans tous les sens. Il y avait même quelques musiciens, instrument à la main, qui détalaient comme s'il y avait eu le feu dans les coulisses. Je laissai la tempête derrière moi, en arrivant sous les arcades du jardin. Il y avait là Nestor qui m'attendait, le fils de Marie. Marie Courval était ma logeuse depuis quelques années. Je compris tout de suite que quelque chose n'allait pas. L'enfant n'avait pas six ans. Il était de constitution chétive, et son air affolé ne s'atténua qu'à moitié en me voyant. L'air du soir me saisit d'un coup. Je remis mon manteau que j'avais gardé avec moi dans la salle. S'étant assuré de la fin de sa mission, le contrôleur qui m'avait accompagné dehors rentra dans le théâtre et ferma sur lui les portes.

— Qu'est-ce que tu fais ici à cette heure, Nestor?
— Venez vite, maman a besoin de vous!
— Je ne comprends pas, qu'est-ce qui se passe?
— Sa pensionnaire, elle a commencé le travail.
— Très bien, mais ta mère n'a pas besoin de moi. On m'attend à l'intérieur et je...

L'enfant trépignait. Et j'aurais dû m'inquiéter plus vite de cette nervosité dont il n'avait pas coutume.

— Il faut venir, l'enfant est coincé.
— Qu'elle appelle un barbier, je ne connais rien à ça.
— Elle ne peut pas, vous savez bien qu'elle n'a pas son brevet. Si elle appelle un barbier, c'est sûr, il la dénoncera.
— Mais je ne peux pas.
— Vous savez qui est sa pensionnaire. Si elle ne survit pas...

Je ne comprenais pas ce que voulait me dire l'enfant. Ce n'était pas la première fois, depuis que j'habitais chez elle, qu'une pensionnaire arrivait au terme de ses couches. Et elle n'avait jamais fait appel à moi auparavant. L'enfant me tirait par la manche.

— Dépêchez-vous ! Venez avec moi ! Vite !

— Écoute Nestor, on compte sur moi ici…

— Je pars la prévenir, ne tardez pas !

L'enfant était déjà parti. Je ne sais pas ce qui me décida finalement, je ne sais pas si je pensai plus à la mère ou à l'enfant à ce moment. Je ne sais plus si l'image de Pomardini sauvant Aliette et sa mère emporta chez moi les derniers doutes. À moins que le souvenir, bien plus cruel, de l'homme qui avait imploré vainement notre secours, lors de notre voyage à Rennes, ne fût l'élément décisif. Le souvenir de ma mère était encore plus loin, mais viscéralement ancré en moi. Peut-être, au fond, était-ce l'image de Marie Courval elle-même qui emporta ma décision. Il fallait réagir, pas question d'arriver trop tard, cela aurait été pire que tout. Pas le temps de penser non plus à ce que je ferai une fois sur place. J'abandonnais Rameau, trahissais Grégoire et perdais la perspective d'un dîner au caveau. Mais après tout, ma vie n'était pas dédiée à la musique. Et c'est bien autrement que mon maître m'avait appris à aider mes semblables.

Je me mis à courir, ne réfléchissant pas à ce qui m'attendait là-bas, pensant à peine au trajet le plus court pour y arriver. Nestor était loin devant et sa silhouette disparaissait dans le crépuscule. Il se retourna pour s'assurer que je le suivais et se remit à courir en éclaireur. La nuit tombait, il faisait froid. J'arrivai à la hauteur du Pont-neuf.

II

LE PONT-NEUF

Ce n'est que le deuxième jour après notre arrivée à Paris que nous osâmes partir en exploration. Malgré tout l'optimisme de Grégoire, nous avions jugé préférable de nous reposer le premier jour, passablement émus par la nuit de notre arrivée et les premières impressions étourdissantes de la capitale. À la tombée du jour, l'oncle s'était levé et était parti sans rien nous dire de plus, comme s'il ne tenait pas compte de notre présence. Non par méchanceté, simplement par cette timidité fruste que les gens de simple condition développent devant des inconnus. Grégoire m'avait assuré qu'il en aurait été de même si je n'avais pas été là. Mon camarade faisait tout son possible pour laisser entendre que, contrairement aux apparences, j'étais bienvenu dans cette maison. Et au fond, l'étais-je peut-être vraiment.

Après le départ de l'oncle, Grégoire avait allumé quelques chandelles puis nous avions dîné sobrement, grignotant et buvant de l'eau. Nous étions montés dans la chambre qui venait d'être libérée. Une pièce très basse, sous les poutres du toit, où il fallait se baisser pour avancer, pas de fenêtre, quelques vêtements jetés en tas et une unique paillasse, mais suffisamment grande pour y dormir à deux, ce que nous avions fait. Pour la première fois, depuis mon départ de Saint-Malo, j'avais dormi sous un toit, en sécurité, sans avoir à me soucier de ma bourse ni de ma vie. J'étais à Paris et la fatigue avait eu raison de mes inquiétudes, soudain dérisoires. Et malgré les ronflements de mon généreux compagnon de lit, j'avais sombré rapidement, sans me préoccuper de rien d'autre au fond.

Le réveil avait été plutôt abrupt. J'avais senti une présence au-dessus de moi. Et comme c'était à prévoir, je ne me souvenais pas au réveil où je me trouvais. Une ombre gigantesque était penchée vers moi. Grégoire était encore endormi. Quelques rais de lumière filtraient entre les poutres du toit. C'était le matin, l'oncle était rentré de son travail nocturne et attendait patiemment, immobile, qu'on libère sa place pour lui permettre un repos mérité. Et même si la silhouette pouvait paraître menaçante au réveil, il ne montrait à sa physionomie aucune agressivité ni aucune impatience, plutôt une sorte de résignation dans l'attente. J'avais réveillé Grégoire, puis nous étions descendus au rez-de-chaussée. Pas un mot n'avait été échangé.

Sur la table, un panier avait été déposé avec de nouvelles provisions, dont Grégoire avait commencé l'inventaire gourmand, sans se demander une seconde si elles nous étaient destinées. Nous avions mangé, nous étions débarbouillés sommairement à l'eau de la Seine, derrière la maison. Puis, enfilant nos habits, ceux que nous avions de plus propres et de plus élégants, nous étions partis à l'aventure, espérant simplement que nous ne nous perdrions pas. J'avais laissé mon sac et tous mes trésors dans la maison, mais par prudence, nous avions déposé à l'étage nos biens les plus précieux au chevet de l'homme endormi. Il était roulé en boule sur sa paillasse, comme un petit enfant, fragile soudain. Mais la vigueur de ses ronflements aurait eu de quoi décourager d'éventuels visiteurs.

Lorsque nous sommes sortis, aussi frais que nous puissions l'être, nous avons marché jusqu'au bout de la rue. Puis, nous sommes restés quelques instants immobiles, hésitant sur la direction à prendre. Grégoire me demanda ce que j'aimerais voir et je lui dis tout simplement le Pont-neuf. Pomardini m'en avait parlé à plusieurs reprises, je savais que c'était un haut lieu de la vie parisienne et que j'y rencontrerais plus d'un charlatan. Mon souci n'était pas dans l'immédiat de trouver à me faire engager. Non, ce n'était que ma curiosité que je souhaitais satisfaire. Et Grégoire ne contredit pas celle-ci, acceptant bien volontiers de m'accompagner là-bas.

Un homme sans âge était assis au carrefour, juste devant notre rue, à même le pavé. Entre ses jambes, quelques herbes étaient à vendre, disposées sur une vieille feuille de gazette. J'en reconnus quelques-unes que Mario m'avait appris à reconnaître. Grégoire alla directement vers lui.

— Eh dis-moi mon brave, pour aller au Pont-neuf, on fait comment ?

L'autre le regarda, un peu déçu que nous ne nous intéressions pas davantage à sa marchandise.

— C'est pas compliqué, petit. Tu vas jusqu'à la rivière et tu la descends tout du long jusqu'à un pont où tu verras la statue de fer du roi Henri. C'est là, tu peux pas te tromper.

Grégoire et moi le remerciâmes, puis nous prîmes le chemin inverse de celui de notre arrivée la veille, jusqu'à la rivière, en passant sous la tour qui avait dû avoir des ambitions militaires autrefois, pour protéger l'entrée de Paris, à l'est. Mais je me demandai ce qu'on pouvait encore attendre de cette méchante construction, aussi rébarbative et inquiétante que Notre-Dame était belle au lever du soleil. L'activité de la rue était réduite compte tenu de l'heure. Grégoire regarda le sens de la rivière, réfléchit quelques secondes.

— C'est par là.

Il indiqua la direction du soleil et nous nous mîmes en route, guettant cette statue qui nous indiquerait l'endroit que nous cherchions. Des ponts, il s'en profilait quelques-uns devant nous, qui enjambaient la rivière avec plus ou moins d'aisance, avec plus ou moins de grâce également, certains encombrés par des habitations. Grégoire m'expliqua que nous étions sur ce qu'on appelait communément l'outre – petit-pont[113]. En traversant, on se trouvait sur l'outre

113 - Actuelle Rive gauche.

— grand-pont[114]. Je ne compris pas bien ses explications, mais je retenais que ces indications étaient un préliminaire indispensable pour s'orienter dans la capitale. Pour rentrer, je devais demander la direction du fort de la Tournelle ou les halles aux vins. Après je retrouverais sans problème.

— Prends garde à tes poches, me précisa aussi Grégoire. Ici, il y a beaucoup de promeneurs, de marchands. Plus nous allons avancer vers le centre, plus les tire-laines et les coupe-jarrets y seront nombreux.

Je n'avais emporté avec moi que quelques petites pièces, que je gardai serrées dans ma main, une grande partie de la journée. Ainsi, je ne risquais pas de me les faire voler. J'eus tout le temps d'apprécier les formes de la cathédrale pendant notre marche. À mesure que nous avancions, elle apparaissait de plus en plus impressionnante. Je voyais les tours se déployer et prendre des proportions que je n'aurais jamais imaginées pour une construction élevée de main d'homme. Là d'où je venais, ni le vent ni les Anglais ne permettaient presque jamais de dépasser la hauteur de quelques hommes, aussi bien pour la nature que pour les ouvrages bâtis. Ni la cathédrale de Dol ni celle de Saint-Malo n'auraient soutenu la comparaison. Les tours s'élevaient vers le ciel et des sortes d'arcs montaient à l'assaut de ses flancs, non pas pour la suborner, mais bien pour la soutenir, la poussant vers le ciel. J'espérais bien que nous arriverions à ses pieds pour nous rendre compte de la pleine mesure de ses dimensions. Mais, un gros bâtiment ventru, qui prenait ses aises depuis l'île où se trouvait la cathédrale jusqu'à notre rive, nous empêcha bientôt de profiter du spectacle. Il enjambait sans vergogne les eaux chargées d'embarcations de toutes tailles. Une large voûte supportant plusieurs étages passait au-dessus de la Seine, allant même jusqu'à bloquer le passage naturel le long du quai. De là où nous étions, impossible de voir la façade de la cathédrale. On ne percevait qu'une parcelle d'un vitrail, que j'imaginai immense.

Nous avions dépassé de loin les connaissances de Grégoire, mais il nous fallait savoir quel était ce sombre bâtiment aux allures de citadelle. Il demanda et l'on nous expliqua. C'était l'Hôtel-Dieu : l'un des plus grands hospices de Paris. En somme, il s'agissait là du repaire des plus redoutables ennemis des gens de mon espèce, en tous les cas si je me destinais à suivre la voie dans laquelle Pomardini m'avait conseillé d'aller. Je regardais ces longues rangées de fenêtres où pendaient par endroits linges et bandages et je compris avec certitude que c'était bien dans cette direction que je devais aller. J'aperçus une coiffe à une autre fenêtre qu'une religieuse était en train d'ouvrir. Et je ne sais quelle confusion se fit en moi, mêlant le souvenir de Balbine, la rancœur pour les sœurs de *La Maison de la Providence*, la mort de Pomardini et le mépris de personnages comme le comte de Coëtquen ou sa fille. Ce mélange provoqua une réaction si naturelle et spontanée. Comme si je n'avais vécu avant que dans l'attente de cette révélation.

J'étais de la même trempe que Pomardini, charlatan jusqu'au bout des ongles, et si je n'étais pas encore chevronné dans l'exercice de mon art, il n'appartien-

114 - Actuelle rive droite

drait qu'à moi de le perfectionner. Et il n'y avait sans doute pas meilleur endroit que Paris pour cela. Je sentis sur ma tête le poids du chapeau de Mario. Je ne le quittais guère que pour dormir, et l'avais gardé depuis qu'Aliette me l'avait donné. C'était là le signe le plus évident de cette vocation. J'en prenais toute la dimension à mesure que nous marchions le long des murs de l'Hôtel-Dieu, comme j'aurais fait le tour d'une forteresse ennemie avant le siège ou la prise d'assaut. J'accélérai mon pas, sentant que nous approchions de notre destination. Grégoire se mit à trottiner derrière moi pour me suivre.

Il y avait une nouvelle fortification, qui donnait sur un pont menant à l'île de la Cité elle-même. Mais, pris soudain par cette inspiration, je remis à plus tard le spectacle de la cathédrale, dédaignant mon ennemi hospitalier pour atteindre au plus vite le Pont-neuf. Nous passâmes un autre pont bâti de maisons, toutes arrogantes, bataillant en équilibre sur ses deux côtés, sur trois étages au moins. Fallait-il que la ville fût aussi pleine, pour que les gens soient venus s'entasser là ? Mais à cette époque, ni l'histoire de la capitale, que j'appris à connaître plus tard, ni les connaissances démographiques ne me permirent de répondre à cette subtile question.

Nous aperçûmes la statue, tout d'abord. Et, à la voir ainsi majestueuse, surplombant tout de sa royale prestance, j'eus la certitude que le bonhomme qui nous avait renseignés s'était trompé. Elle n'était pas faite d'une vulgaire ferraille, mais coulée dans un bronze solide, inusable et pourtant qui brillait par endroits de la main de dévots admirateurs qui passaient régulièrement leur main sur ce qui était accessible : un sabot, la queue, ou plus simplement le corps des quatre gigantesques esclaves de bronze à chaque coin du piédestal. Ça, ce devait être autrefois, puisqu'une petite barrière de fer forgé faisait désormais le tour du piédestal de marbre, pour en prévenir les attouchements intempestifs.

Nous étions arrivés dans la perspective du pont. Nous nous arrêtâmes quelques instants avant de nous y engager. D'abord pour goûter toute la frénésie qui y régnait, et peut-être justement par crainte aussi de se jeter dans un pareil manège. Dans le plus grand désordre, s'y mêlaient en effet voitures à bras, à cheval, chaises à porteurs, simples badauds, colporteurs, marchands de toute trempe, mendiants, espions de police et brigands, y prenant aussi leur part, certainement. Je n'avais jamais vu de chaise à porteurs et nous finîmes par comprendre de quoi il s'agissait, en voyant descendre un homme en habit de cette petite cabine, que deux costauds portaient à bout de bras, en courant presque. Un brouhaha montait, aussi sourd et continuel que le bourdonnement d'un insecte enfermé dans une bouteille. C'était le même effet de roulement de tambour où volaient des interpellations, les cris des marchands et le boniment des charlatans. Ceux-ci, montés sur des tréteaux, se détachaient parfaitement du reste des mortels par leur position plus élevée, ne manquant pas d'attirer vers eux, comme autant de mouches, simples spectateurs ou malades, réels ou imaginaires, en quête de spectacle, de folklore, d'exotisme ou parfois d'un remède inespéré.

Le pont s'élançait d'une traite, au-dessus de la rivière, dans une belle perspective. Au-delà, on pouvait admirer un vaste palais qui devait être le Louvre. C'est du moins ce que pensait Grégoire et je n'avais aucune raison de ne pas lui faire confiance. Le tablier du pont était aménagé de part et d'autre d'une grande allée centrale, suffisamment large pour permettre aux plus lourds attelages de passer sans difficulté, s'y presser malgré la boue et les ordures des équipages modestes et surtout des piétons qui passaient d'un côté à l'autre du pont, sans toujours faire attention aux dangers qui les guettaient. De chaque côté, se trouvait une autre voie, moins large et surélevée celle-là, sans doute pour protéger les personnes des éclaboussures et des autres incommodités qui pouvaient venir des véhicules. En regard de chaque pile du pont, et de chaque côté, se trouvait une sorte de renfoncement semi-circulaire, endroit privilégié où marchands, bonimenteurs ou parfois mêmes mendiants s'étaient installés comme dans une loge, visibles de tous et ne gênant pas le passage.

Si je m'étais ému la veille des cris des marchands de la rue pavée, cela n'avait rien de comparable avec l'ambiance tumultueuse qui régnait sur le pont. Au-dessus du bruit de roulage des carrosses et des sabots de leurs chevaux, s'élevait encore une clameur humaine : mille gosiers ensemble, dans le plus complet désordre. Il y avait quelque chose d'effrayant dans cette foule surexcitée, presque aussi inquiétante que la mer quand elle perd elle-même le contrôle de ses éléments, sous l'action de forces invisibles et presque surnaturelles.

L'onde de la foule allait sans but précis, certains flux se croisant, s'évitant : hommes, femmes, enfants, bourgeois, paysans, nobles, prêtres, Français, étrangers se bousculaient sans que le spectateur novice ait le temps de distinguer chacun. Des élégantes en robes lourdes et voyantes se frôlaient avec d'autres jeunes femmes qui auraient été tout aussi jolies, si elles n'avaient pas été là pour vendre aux hommes à vil prix, ce que les premières faisaient payer à prix d'or à d'autres : pour le même service au fond, la pauvreté donnant un air de vice là où la richesse excusait tout. Deux hommes ivres se tenaient l'un à l'autre dans un coin, suivis par deux autres à la mine maraude et dont il était impossible de juger les intentions : hommes du prévôt en surveillance ou brigands en quête d'une proie facile. Et tout le monde allait bon train, indifférent aux autres.

— C'est là, me dit Grégoire.

Mais cela, je l'avais déjà compris. Nous restâmes encore quelques longues minutes à regarder ce bain, dont nous n'osions prendre tout de suite la température. Et il eût peut-être été plus sage, finalement, de nous tenir ensemble pour cette première avancée. Mais nous avions un âge où la crainte n'a qu'un temps et où la méfiance, finalement, s'affranchit facilement des derniers garde-fous.

Nous plongeâmes donc après quelques instants d'observation, sans autre but précis que nous mêler à cette foule tourbillonnante. Vue de près, la statue du roi était encore plus impressionnante, et l'on comprenait mieux les grilles installées autour. Sans elles, les infirmes, mendiants et autres nécessiteux de tous poils auraient certainement campé contre le piédestal, offrant aux esclaves de bronze une bien piètre promiscuité. L'endroit était sale, couvert de palettes d'ordure et de déchets qui servaient de litière à tous ces miséreux. Ce tableau infect gâchait l'impression de majesté qui se dégageait du monument, pour peu qu'on s'en fût un peu éloigné. Les passants ne faisaient pas attention à cette portion du pont, connaissant parfaitement la situation. Les malheureux qui s'étaient installés à cet endroit semblaient figés dans des poses de tableaux, n'attendant rien d'autre de la vie que l'air fétide dont ils nourrissaient sobrement leurs poumons. Ils avaient cessé d'espérer quoi que ce soit, bougeant à peine et ne demandant même rien sur notre passage. Les plus courageux étaient adossés à la grille, quand d'autres se contentaient de gésir, comme morts, ou ivres, peut-être. Un vieillard à la mine affreuse restait debout, un peu plus digne. Il tendait, au bout d'un bras décharné, une petite coupe de bois, en scandant inlassablement :

— Au nom de Saint-Pierre, au nom de Saint-Joseph, au nom de la Vierge Marie et de son fils divin, au nom d'Henri IV, au nom de Saint-Pierre…

L'évocation de Saint-Pierre me rappela d'un coup ma patrie et j'eus pour le malheureux une empathie toute particulière, ne serait-ce que pour avoir prononcé le nom de mon pays. J'avançai vers lui avec détermination. Grégoire avait compris mon geste et m'arrêta rapidement.

— Ne lui donne rien et ne t'apitoie pas. Sinon, tu arriveras au bout du pont qu'il ne te restera peut-être même pas ta culotte.

J'avais beau venir de la Bretagne et bien avant d'un pays encore plus rude, je n'étais pas du genre à m'émouvoir de choses aussi banales. Des mendiants, j'en avais déjà vu des centaines et sans doute d'aussi misérables, et de beaucoup plus vilains. Je regardais Grégoire, qui me fixait intensément, avec l'air de me dire : *fais-moi confiance et ne va pas plus loin*. Et il avait sans doute raison. Car, emporté par mon élan altruiste, j'aurais sans doute déclenché malgré moi ce genre de cohue que peuvent engendrer quelques petites pièces, qui sont comme autant de trésors pour tous ceux-là. En gratifier un, même d'un sol symbolique, c'était s'en attacher deux ou trois venus de nulle part, qui nous auraient suivis des heures entières, persuadés qu'ils arriveraient eux aussi à nous soutirer quelque chose. Le vieillard n'avait pas vu l'ébauche de mon mouvement et je me détournai sans provoquer la moindre réaction.

De l'autre côté du pont, juste en face, des tréteaux étaient montés et des badauds commençaient déjà à s'amasser autour de la scène : un spectacle allait commencer. Ce qui avait attiré mon œil tout de suite, c'était l'enseigne au-dessus. Elle représentait une molaire gigantesque, aussi grosse peut-être qu'un agneau, surmontée d'une couronne. Elle était peinte en blanc et ses trois longues racines d'un rouge vif et saisissant, comme si on venait de l'arracher à un géant de la mythologie. Un dais était installé au-dessus de l'estrade. Je montrai à Grégoire la direction, lui signifiant clairement que c'était là que je voulais commencer notre visite. Il nous fallut plusieurs minutes pour réussir à traverser l'allée centrale, où le train des carrosses rendait la traversée dangereuse.

Arrivé de l'autre côté, je me rendis compte qu'il s'agissait d'une estrade roulante, sur laquelle plusieurs musiciens, joueurs de trompette et de tambour, menaient joyeuse fanfare pour attirer le chaland. Une petite balustrade en faisait le tour. Nous nous faufilâmes au plus près. Les badauds parlaient bas entre eux, un peu comme on aurait pu le faire avant un spectacle. Il était question d'un certain Thomas et j'espérai aussitôt qu'il s'agisse de Jean Thomas, l'ancien condisciple de Pomardini. Lorsqu'il l'avait vu pour la dernière fois, il le savait promu à un bel avenir. Quel était le bel avenir pour un charlatan ? Son succès se mesurait-il au nombre des badauds qui se pressaient autour de nous, rendant la foule plus compacte ? Dans ce cas, c'était assurément une belle garantie. Mais qu'en penser, dans cette ville où tout semblait définitivement plus grand que partout ailleurs ?

Les instrumentistes s'étaient arrêtés net. Et, à cet instant, un valet en livrée et perruque parut sur la scène. Les murmures du public cessèrent à leur tour. Il annonça en grande pompe, le Grand Thomas, qu'il qualifia de ses nombreux titres. J'y reconnus parmi d'autres, certains que Mario m'avait appris, faisant référence à des sultaneries ou de lointains états de la Prusse orientale. Mais, le plus remarquable dans cette longue énumération, fut tout de même le titre de chirurgien des hôpitaux du roi. S'il était réellement légitime, celui-là, que faisait donc ce personnage sur le Pont-neuf, alors qu'à entendre son panégyrique, il serait plus à sa place à la cour ou à la rigueur sur un champ de bataille ? Le valet concluait ainsi, affirmant que ledit sieur Thomas avait pratiqué, sous les yeux des docteurs régents de la faculté de médecine de Paris. Les spectateurs ne semblaient pas s'émouvoir de ces hautes compétences, car, pour la plupart, ils n'en étaient pas à leur première séance. Le valet acheva son dithyrambe en ces termes :

Grand Thomas avec son panache
Est la perle des charlatans.
Il vous guérit le mal des dents,
Quand il vous les arrache.

C'est alors que je vis apparaître, derrière la scène, quelques plumes qui ondoyaient majestueusement. Les roulements de tambour avaient repris et la trompette donnait un air pompeux au rythme du balancement des plumes. De grandes plumes bleues et vertes. J'appris plus tard le nom de l'animal qui donnait de si belles plumes : le paon. Le charlatan prenait son temps, le public restait immobile, dans une concentration religieuse. Je devinai ensuite un tricorne, comme je n'en avais jamais vu d'aussi large. D'autres plumes blanches en ourlaient les bords. Le visage apparut, celui d'un homme de caractère. Ce qui marquait tout de suite, c'était son regard, aiguisé comme une lame. Il parcourut l'assistance sans tourner la tête, les yeux d'une extrême mobilité analysant de quoi était faite son assemblée ce jour-là. Il continuait à monter depuis un escalier, sans doute situé derrière les tréteaux. Cette ascension interminable augmentait l'effet de grandeur du personnage. La silhouette s'allongea encore, jusqu'à ce qu'il pose le pied sur l'estrade elle-même.

L'apparition était soignée, soutenue par les musiciens. Le personnage ne souriait pas et gardait un air impassible. Sa haute stature suffisait déjà à imposer à tous le respect : la grandeur de Thomas étant en outre bien servie par la scène relativement haute. Lorsque ses yeux passèrent sur moi, je sentis comme une force, que la nature avait particulièrement choyée. Son habit était écarlate, d'un velours chatoyant et presque sans accroc. Car, mon œil, que j'estimais confraternel, s'attacha tout de suite aux détails, essayant de dépister chez lui les traces de l'artifice. Mais tout sentait la richesse et un luxe exubérant, accentué d'une touche orientale : des galons d'or, une large médaille du soleil sur la poitrine, un collier de dents, probablement humaines, et des pierreries qui brillaient un peu partout, en ornements ostensibles. Une lame d'au moins six pieds était passée à sa ceinture, sans doute pour évoquer une certaine noblesse. L'homme restait immobile, continuant de dévisager les membres de son public un à un, attendant sans doute une première réaction pour commencer.

Au premier rang, quelques jeunes gens particulièrement en verve commentaient le spectacle avec un certain sans-gêne, ce qui sembla d'emblée perturber l'histrion. Il arrêtait régulièrement son regard sur eux, blessé dans sa personnalité par ces évidents manques de respect. De notre place, nous nous trouvions quelque peu en arrière et il n'était pas aisé de suivre ce qui se passait réellement. L'homme se décida à parler, jugeant que le public avait goûté suffisamment longtemps au spectacle de sa physionomie pour commencer à le faire profiter de ses autres et innombrables talents. Sa voix portait au-dessus des têtes et je n'aurais pas été surpris que ce puissant rugissement, pourtant naturel, puisse être entendu par tous et sans difficulté aux deux extrémités du pont.

— Moi, Jean Thomas, grand empirique sans égal, je guéris d'une manière radicale et sans pareille les maladies secrètes les plus caractérisées, sans garder le lit ni la chambre ni passer par la salivation ou la friction.

— Et que penses-tu de la saignée ?

C'était un des jeunes gens qui se trouvaient juste devant l'estrade qui s'était permis d'interrompre la harangue, alors qu'elle venait à peine de commencer. Il y eut un murmure de réprobation dans l'assemblée et une grimace de surprise du géant écarlate.

— Eh quoi ?

— Je dis, que penses-tu de la saignée ?

— Et toi, qu'en penses-tu, puisque tu es si malin ?

Le charlatan n'avait aucune crainte à avoir du frêle échalas qui le défiait depuis le pavé. Je compris rapidement qu'il était redoutable à la répartie et que le provocateur risquait de se ridiculiser devant ses compagnons. Thomas le regarda avec un sourire de chat, comme s'il s'apprêtait à ne faire qu'une bouchée d'un si insignifiant adversaire.

— Qu'ai-je à faire de tes questions, mon garçon, et sais-tu déjà bien de quoi tu parles ?

À chaque échange, la foule ponctuait les répliques d'exclamations polies qui encourageaient la joute.

— Vous savez que vous parlez à un bachelier, monsieur ? Vous qui êtes tout paré des reliques de votre ignorance.

La foule préféra se taire devant l'attaque caractérisée. Thomas attendit quelques instants avant de répondre. Quelqu'un ricana, croyant Thomas dans l'embarras.

— Vous riez, pauvres gens ? Et toi ? Tu oses me défier ? Vous ne savez pas qu'il faut cinq minutes pour faire un imbécile comme ce freluquet qui se tient devant moi, et vingt ans pour faire un charlatan comme moi ?

L'autre finit par se taire. Thomas, qui s'était déplacé devant le bonhomme pour mieux le dominer, regagna le centre de la scène. Il épousseta ses manches, comme si l'altercation les avait souillées. On aurait pu imaginer que le bachelier échaudé eût quitté les lieux avec son entourage, mais il n'en fit rien, restant bien en vue pour espérer une revanche. Thomas décida de s'affranchir du reste de son boniment et, regardant la foule, il demanda :

— Combien de candidats, aujourd'hui ?

Il faut croire que l'échange qui venait d'avoir lieu avait quelque peu refroidi les esprits, car personne ne répondit. Grand Thomas tapa du pied sur les planches de l'estrade, ce qui fit trembler la dent au-dessus de sa tête.

— Et ne me faites pas croire, que parmi toutes ces têtes tout à l'heure joviales, il n'y en a pas une où il se trouve quelque dent gâtée ?

Le silence se prolongea et je vis quelques têtes se baisser.

— Eh bien ? Le grand Thomas aurait-il déplacé tout son talent et tout son équipage pour quelques insolents et beaucoup de pleutres ?

Finalement, une main s'éleva au-dessus de la foule. Une main noire, tachée d'encre vraisemblablement. Thomas enchaîna.

— Eh bien toi, serais-tu le seul courageux ici ?

— Ou bien es-tu à ce point désespéré pour offrir ta bouche à ce croque-mitaine ?

Le bachelier venait de reprendre l'offensive. Mais, cette fois-ci, personne n'osa rire. Thomas continua avec son client, sans prêter attention à son adversaire.

— Quel est ton problème, mon ami, n'est-ce pas l'encre de ta plume qui a fini par te ronger les dents ?

L'autre fut surpris par tant de perspicacité.

— Ma plume ? Mais comment savez-vous ?

— Je pense que tu es écrivain public. Tes mains sont noires de l'encre de ton talent et tes dents ont la couleur de tes mots. Je me trompe ?

— Non, c'est bien ça.

Il n'en avait pas fallu davantage, pour renverser l'opinion par ce petit talent de déduction. Le mépris affiché pour la dernière attaque du bachelier semblait mettre un point final à la querelle.

— Approche !

La foule s'écarta pour laisser passer l'homme qui devait avoir une trentaine d'années et qui portait en bandoulière son écritoire portative. Au fond, depuis son perchoir, il n'avait pas été difficile à Thomas de deviner l'emploi du drôle. Mais l'effet avait porté, il n'y avait pas à revenir là-dessus. Il monta sur scène, aidé par le valet et vint se placer devant Thomas, qui paraissait gigantesque à côté de lui. Le charlatan jaugea l'homme comme un commerçant soupèse le poids d'une marchandise.

— Et bien, tu es sans nul doute moins grand que ton talent pour les lettres !

Quelques-uns dans la foule commencèrent à sourire, le spectacle reprenait sur un ton qu'il n'aurait jamais dû quitter. L'écrivain sourit, il portait une courte barbe et ses cheveux grisonnants accusaient déjà une certaine expérience de la vie. Il ne paraissait ni impressionné par le géant qui le toisait ni par la suite prévisible et espérée. Autour de moi, les gens s'interrogeaient et je compris bien vite sur quel point. Il était en fait question de savoir si le sujet était malade d'une dent du haut ou d'une dent du bas. Je savais, pour avoir étudié longuement les dents sur le crâne donné par Gasnier, les particularités de chacune, mais n'avais pas imaginé quelle importance cela pouvait avoir. Sur les routes, Mario n'avait extrait que de pures dents gâtées, qui étaient venues sans difficulté majeure, hormis la douleur que le geste avait pu engendrer. Au fond, il n'y avait bien que ma propre dent qui lui avait posé souci, et pour preuve, elle était saine avant de croiser sa route.

— Ne me dis rien et laisse-moi voir.

Et Thomas ouvrit grand la bouche du bonhomme, sans plus de ménagement que pour une jument qu'on voudrait acheter. Il tâta avec ses doigts. L'autre resta calme. Tout à coup, il poussa un cri qui surprit tout le monde et arracha quelques exclamations de satisfaction. On arrivait au cœur du problème.

— C'est là ?

Bien sûr, c'était là. À n'en pas douter. Le malheureux se tenait la joue et marmonnait dans un gémissement.

— Trois jours et trois nuits qu'elle me torture, celle-là. Faites en sorte de me soulager céans, sans quoi je pourrais bien finir par me jeter dans la Seine.

Thomas le regarda avec un large sourire. Derrière lui, le valet avait déjà préparé, sur un petit coussin, une pince que je connaissais bien. J'avais apporté la même depuis la Bretagne.

— Ne t'inquiète pas plus avant. Les dents viennent expirer aux pieds du Grand Thomas. Débarrasse-toi donc pour être plus à l'aise.

Lors de mon apprentissage avec Pomardini, je l'avais secondé plus d'une fois sur les tréteaux, j'avais même joué le rôle du complice. Mais de revoir cette scène ainsi, à ma place de simple spectateur, je me remémorai d'un coup l'épisode qui m'avait coûté ma dent. Et celle-ci, par une sorte d'harmonie, se mit à me faire souffrir, si timidement d'abord, que je n'y prêtai pas attention. L'écrivain posa son écritoire sur la scène. Thomas lui fit signe de s'agenouiller à moitié et l'autre s'exécuta. Je suppose que cela voulait dire qu'il fallait mettre un genou sur l'estrade et garder l'autre jambe fléchie. Sa tête disparut complètement derrière celles des badauds devant moi.

C'était une dent du bas, et, à entendre les murmures de satisfaction de mes voisins, c'était bien là la version la plus savoureuse qui devait nous être offerte.

— Ouvre la bouche.

L'homme s'exécuta et Thomas plongea la pince. Je ne voyais que la tête du charlatan et une partie de son bras, mais je commençai à entendre très nettement les gémissements de l'impétrant. Thomas reprit sa prise et sembla s'arc-bouter. Campé comme pour haler une barque, j'imaginais facilement qu'il avait décalé ses pieds pour s'assurer une meilleure assise. Son visage devint très vite aussi rouge que son costume et son regard aussi terrible que s'il avait voulu subjuguer la dent pour l'obliger à sortir. À trois fois il s'y reprit, tirant comme un forcené sur la pince, jusqu'à amener le visage de l'homme dans mon champ de vision, au-dessus des têtes des autres spectateurs, me donnant l'impression qu'il le soulevait de terre par sa simple force et par la prise de la dent récalcitrante. À l'inverse, lorsque je le voyais passer, le visage de l'écrivain était de plus en plus pâle et le charlatan de plus en plus furieux. Les spectateurs poussaient des *oh!* d'encouragements, rythmant la cadence de la torture. Le malheureux ne pouvait rien faire pour arrêter l'autre, comme s'il avait déclenché une machine infernale, qui ne le laisserait en repos que lorsque l'objectif serait atteint.

C'est alors qu'il se passa une chose impensable. Et la conjonction des événements produisit un effet tel que Jean Thomas n'en avait encore jamais connu de toute sa carrière. Des fumées se mirent à monter des quatre coins de l'estrade, comme si on venait de mettre le feu juste dessous. Elles commencèrent à l'instant précis où la dent céda : lors de la dernière manœuvre d'élévation : il y eut un grand craquement et l'homme retomba à terre en poussant un simple cri, tandis que les fumées commençaient à s'élever. Je crus d'abord à une mise en scène particulièrement soignée et parfaitement rodée. Ce genre de spectacle dépassait en tout ce que j'avais pu imaginer jusqu'alors. C'est à ce moment-là, seulement, que je commençai à comprendre que tout cela n'était pas complètement prévu et que le spectacle prenait un tour dangereux. Je le vis d'abord à la surprise de Jean Thomas, qui regardait dans une certaine direction. Ce qu'il regardait, c'était le groupe de bacheliers dont on n'avait plus entendu parler depuis plusieurs minutes, et qui semblait clairement prendre la fuite, trahissant leur responsabilité dans ce qui était en train de se passer.

Ça se mit à siffler de partout, à pétarader, libérant des clameurs de surprise d'abord puis d'effroi, montant des premiers rangs directement au contact de ces feux. La fumée venait s'amasser sous le dais, au-dessus de l'estrade. Tandis que, de sous les planches, montaient des étincelles multicolores dans des sifflements toujours aussi méchants. Et au milieu de cela, le Grand Thomas, furieux de s'être laissé prendre par quelques étudiants malveillants. Ils avaient définitivement tourné son spectacle en ridicule. Le charlatan tenait pourtant au bout de sa pince une belle dent à deux racines, entière. La fumée s'épaississait et l'on ne distingua rapidement plus grand-chose. Les musiciens eurent la mauvaise idée de se remettre en branle, donnant à ce pandémonium un lustre musical dont chacun se serait volontiers passé. Le mouvement de la foule faisait trembler l'estrade et Thomas dut se retenir pour ne pas tomber.

— Viens, filons, les agents ne vont pas tarder. Me dit Grégoire.

Mais, je ne pouvais me détacher de ce spectacle, qui au fond rassemblait tout ce qu'il pouvait y avoir de fascinant : la magie du feu, les prouesses du charlatan et une certaine dose de magie qui rendait l'instant inoubliable. La foule s'étant dispersée, elle laissa Thomas avec ses fusées qui n'en finissaient pas de rugir sous l'estrade, comme si, à la fin, elles devaient l'emporter pour une destination inconnue dont il aurait gardé tout le mérite. Pour l'heure, il essayait de descendre maladroitement par la petite échelle de bois qu'il y avait de l'autre côté. Bientôt nous vîmes disparaître les dernières plumes de paon. La sortie était moins glorieuse que l'entrée, mais tout aussi spectaculaire.

Grégoire me tirait par la manche.

— Viens maintenant, il faut y aller. Voilà les hommes du prévôt.

Je quittai la scène des yeux à regret. Ce n'était plus que fumée, trompettes et tambours se noyant mutuellement dans une cacophonie moribonde. Le cercle des badauds s'était élargi par peur des fusées et restait à distance pour goûter le spectacle jusqu'au bout. Lorsque les agents de la force publique arrivèrent, l'essaim de curieux se dispersa dans la fumée qui commençait à envahir une partie du pont. On avait toujours peur de l'incendie et la maréchaussée n'avait pas pour habitude de plaisanter avec ce genre d'incident.

Nous nous éloignâmes donc pour continuer un peu plus loin notre exploration. Plus bas, sur la Seine, barques et bateaux tournaient autour des piles du pont et il se faisait un trafic continuel, depuis les berges et le tablier du pont, à l'aide de seaux encordés, qui permettaient de remonter les marchandises et les devises correspondantes. Plus loin, d'autres charlatans. Et l'on pouvait mesurer au nombre de spectateurs la renommée de tel ou telle, mais devant aucune des scènes on ne put voir un rassemblement aussi important que celui auquel nous nous étions mêlés devant l'estrade du Grand Thomas. Il y avait toujours autant de crieurs, dont le combat incessant finissait par lasser les oreilles : il n'y en avait que pour les épingles, les billets de la loterie, la faïence la plus belle, les pommes cuites au four, les vertus de tel ramoneur. Au milieu, un chanteur en habit de plumes s'égosillait pour couvrir le bruit des marchands. Grégoire s'arrêta pour essayer de comprendre son chant, mais renonça bien vite, assurant qu'il n'y avait là aucun talent digne de l'intéresser. N'ayant pas l'oreille musicale, je pus quand même constater l'approximation de sa mélodie, qui n'aurait pas suffi à faire vendre les billets gagnants de la loterie. Il y avait aussi une foule de gazetiers, écrivains et autres auteurs qui vendaient leurs ouvrages, faisant du Pont-neuf un des plus célèbres cabinets de lecture à ciel ouvert.

Plus loin, des sergents recruteurs avaient eux aussi installé leur estrade. Harnachés comme en campagne, ils arboraient fièrement leurs uniformes et vantaient la solde, le gîte et le couvert gratis. Gratis pour qui accepterait de mourir pour le roi dans les Flandres ou n'importe où ailleurs. Malgré les avantages mirobolants qu'ils mettaient en avant, peu de curieux s'arrêtaient et les hommes avaient plutôt tendance à accélérer le pas et baisser la tête quand les soldats les apostrophaient pour leur offrir un verre à boire. Et j'avoue que, moi-même, j'aurais pu être tenté, à cette heure d'été, où une bière n'aurait pas été de trop. Une fois encore Grégoire m'arrêta, m'expliqua. Il connaissait une foule de choses, et je ne pris pas le temps de lui demander comment il savait tout cela. Sans doute, à Rennes ou ailleurs, y avait-il également ce genre d'embrigadement sauvage, sur un coin de banc après quelques verres de piquette.

Nous poursuivîmes notre avancée, pour arriver en face d'un énorme bâtiment construit aux dépens du tablier du pont. Nous dûmes traverser, une nouvelle fois, la voie centrale dans l'autre sens pour nous rapprocher. Il s'agissait d'une pompe hydraulique : gigantesque machine qui puisait l'eau de la rivière pour alimenter une partie de Paris et en particulier le palais des Tuileries et celui du Louvre, à présent tout proche. La Samaritaine, puisque c'était comme cela que les Parisiens la nommaient, était une sorte de grosse bâtisse carrée, haute de deux niveaux, coiffée d'un clocheton au-dessus d'une gigantesque horloge, flanquée de personnages de bronze à échelle d'homme. Je ne me trompai pas sur l'origine de la scène, puisque ma seule culture d'alors, infligée par les sœurs de *La Maison de la Providence,* était essentiellement religieuse.

Jésus au puits, flanqué de la Samaritaine, ornait le fronton de cette maison posée en équilibre sur le bord du pont. Une pomme d'ébène se déplaçait lentement au-dessus de leurs têtes, figurant la course du Soleil. Lorsque l'on se penchait au-dessus du parapet, d'un côté ou de l'autre de la vaste construction, on pouvait la voir se prolonger sur un étage encore sous le niveau du pont. Elle reposait ensuite sur tout un assemblage de poutres agencées en pyramide qui s'enfonçaient tout droit dans les eaux sombres. En prenant le soin d'écouter, on pouvait percevoir nettement le bruit des gigantesques roues à aubes qui manœuvraient en grinçant pour tirer l'eau jusqu'au palais du roi. Dix heures sonnèrent et le carillon répandit un son joyeux sur tout le pont, s'élargissant d'une rive à l'autre. Cela commença par une mélodie jouée par des clochettes dissimulées à l'intérieur du bâtiment, puis vinrent les coups frappés de l'heure dite.

***

Sept heures du soir sonnaient à peine à la Samaritaine lorsque j'arrivai aux abords du Pont-neuf, il commençait à faire nuit et il n'était pas question de tarder. Cet endroit, passant et sans danger au jour, devenait à la nuit un vrai coupe-gorge, à qui s'y attardait plus que de raison. Ma course depuis la salle de concert m'avait un peu essoufflé, car je n'avais pas bien pris la mesure de l'effort pour aller chez ma logeuse, en m'épuisant ainsi d'une seule traite. J'avais passé mon manteau, car les nuits d'octobre commençaient à être fraîches. Je l'avais prévu, car je devais rentrer tard : Grégoire m'avait invité à dîner avec quelques privilégiés au Caveau. Jean-Philippe Rameau devait y être présent. C'était non seulement l'occasion de retrouvailles pour nous, mais aussi une opportunité de rencontrer quelques noms qui faisaient vibrer de leur talent le Paris des Lumières. Mais à cet instant, je ne pensais plus à cette invitation.

L'appartement que je louais était sur l'outre-petit-pont, à deux pas de la foire Saint-Germain, à côté de l'église Saint-Sulpice. C'était fort pratique pour moi, car je pouvais m'y transporter sans difficulté pour y exercer mon art. Bien qu'elle ne se déroulât que durant deux mois, j'y passais une grande partie de mon temps. Je courais toujours et Nestor était loin devant, peut-être déjà arrivé pour seconder sa mère. Malgré mon âge vigoureux, je n'étais plus aussi alerte que je l'imaginais. J'avais arraché ma perruque qui m'encombrait et l'avait glissée dans la poche de mon manteau. Et j'allais tête nue, mon chapeau à la main, comme le premier va-nu-pieds. Au moins, je ne risquais pas de passer pour un bourgeois et attirer la curiosité des tire-laines qui rôdaient sans doute dans le coin. Je croisai deux archers, qui faisaient leur ronde sur le pont. J'eus peur un instant qu'ils ne décidassent de m'arrêter. Ma course pouvait paraître suspecte. Car, pour courir aussi vite, il fallait que j'aie quelque chose de vraiment grave à me reprocher ! Ils se contentèrent de rire en me voyant passer.

La lune était couchée et, dans tous les cas, les lueurs du premier quartier n'auraient été d'aucune utilité pour guider mon chemin. Un feu brûlait dans un brasero devant la Samaritaine, il y avait aussi de vagues lueurs sous le ventre de la statue de bronze et des éclairages publics, place Dauphine. Plus loin encore, des feux éclairaient faiblement le fronton du collège des quatre nations : c'était bien suffisant pour tracer ma route. Je continuais ma course, n'imaginant pas un seul instant ce qui m'attendait au bout. Je devais venir en aide à Marie, tout simplement. Il n'y avait rien de plus légitime. Je devais surtout ne pas songer à quel spectacle je trouverais, ni surtout aux moyens en ma possession pour apporter le soutien qu'on attendait de moi. Une vie en dépendait peut-être. Je n'avais pas été confronté à la mort depuis longtemps et je ne souhaitais pas me retrouver dans une situation de ce genre, un soir comme celui-là. Mais, il semblait que le sort en avait décidé autrement.

Au bout du pont, je continuai la rue Dauphine, qui présentait au moins cet avantage d'être un peu plus éclairée. À cette heure, on croisait encore des carrosses qui sillonnaient la ville pour quelques banquets ou réunions de sociétés plus ou moins officielles, plus ou moins légaux. Le Paris de la nuit s'éveillait et moi, je m'apprêtais pour une veillée des plus terribles. Partout on s'apprêtait à la fête et pour une fois que j'aurais dû en être ! La rue Dauphine n'était finalement pas si longue avec l'élan que je m'étais donné. On commençait à percevoir au loin les deux tours de Saint-Sulpice qui se détachaient sur le bleu de la nuit. Le soir était clair et les étoiles couvraient ma tête en une toile bienveillante et sereine. Les grands immeubles aux hautes fenêtres me regardaient passer avec une certaine indolence, comme si leur passivité n'avait été là que pour me ralentir, pour freiner le destin. À l'angle de la rue de Buci, j'aperçus l'enseigne du Caveau où l'on devait finir les préparatifs de la soirée. Et je dois avouer qu'à cet instant, je n'avais aucun doute sur l'issue de la mienne : je ne retrouverais pas Grégoire ce soir-là.

À l'instant où Nestor était venu me chercher, j'avais compris l'urgence et la gravité de la situation. Marie avait l'expérience et le talent nécessaires pour remplir son rôle d'accoucheuse dans les meilleures conditions. Et c'est bien pour cela qu'on lui confiait la vie de jeunes filles des plus grandes familles, dont elle accompagnait les couches avec efficacité et discrétion. Pour qu'elle fasse appel à moi, c'est que les choses se passaient plus mal que d'habitude.

J'arrivai, rue du four. J'étais en eaux. Nestor m'attendait avec une lanterne devant le porche de l'immeuble. Lorsque je fus devant lui, il fila comme une souris dans l'immeuble.

— Vite !

J'étais trop essoufflé pour lui demander davantage d'explications et le suivis. J'habitais l'entresol et Marie occupait les deux étages au-dessus du mien. Nestor avait gravi les premières marches et je m'apprêtais à le suivre, lorsque j'entendis le cri. Un cri de femme, intense et prolongé, un déchirement, un cri que je reconnaissais pour l'avoir entendu plus d'une fois dans cet immeuble, et surtout pour l'avoir entendu la première fois, poussé par ma mère vingt ans plus tôt.

Et depuis ce jour, il n'y avait rien eu de plus effroyable pour moi que l'expression de cette douleur-là. J'accélérai encore, malgré un souffle que je croyais épuisé.

Jean-Baptiste Seigneuric

III

MARIE

Marie était une femme qui resterait pour moi éternellement jeune. Elle était plus âgée que moi : alors que je n'avais pas vingt-trois ans à notre rencontre, elle devait déjà en compter trente, au moins. Et trois années plus tard, telle que je la voyais, elle n'en paraissait guère plus. Comme si le temps n'avait eu sur elle qu'une action bénéfique, sans la vieillir, pas même en apparence, et me donnant de mon côté une certaine maturité et une vision différente sur elle.

De taille moyenne, elle me paraissait toujours plus petite quand je me trouvais près d'elle. Je n'avais découvert que très tard la couleur de ses cheveux, qu'elle tenait serrés dans un foulard blanc, toujours parfaitement propre. Ils étaient noirs et brillants, longs et souples. Ses yeux étaient comme son sourire, d'une vivacité généreuse, que rehaussaient le noir profond de ses prunelles et le rouge sombre de ses fines lèvres. C'était une belle femme, d'une beauté si peu commune qu'on ne pouvait pas l'oublier, même après un seul regard. Elle était si assidue dans son ouvrage, qu'elle ne laissait pas le temps aux autres de profiter d'un charme naturel, qu'elle taisait par modestie, sous la rigueur de son habit. De longues mains fines semblaient propres à la caresse, mais elles ne devaient pas avoir leurs pareilles pour extraire les marmots braillards du giron de leur mère.

Veuve de soldat, elle élevait seule son fils Nestor et passait le reste de son temps à s'occuper des enfants des autres. Je ne savais pas grand-chose d'autre de son histoire. Le petit immeuble qu'elle possédait rue du Four était un héritage de sa mère, accoucheuse elle aussi, qu'elle tenait elle-même d'un legs pour *services rendus*, comme elle disait. Son commerce était simple, et pas plus répréhensible que bien d'autres, donnant la vie, protégeant l'intimité, sauvegardant l'honneur et épargnant la honte. Finalement, il n'y avait rien au fond là-dedans de plus chevaleresque, presque un travail d'homme. Et pourtant, seule une femme pouvait l'accomplir. La société avait apporté d'elle-même les réponses aux problèmes qu'elle avait fait naître.

Quand il arrivait par malheur qu'une jeune fille de la bonne société se trouvât grosse, que ce soit par mégarde ou par accident, volontairement ou forcée, il y avait peu de solutions pour régler honorablement ce genre de problème. Faire passer l'enfant était une technique qui avait fait ses preuves. Elle était pratiquée par toutes les professions qui touchaient de près ou de loin à la santé :

charlatans, matrones, herboristes, limonadiers, barbiers, sans doute, et autres professionnels plus ou moins en règle avec leur conscience ou la Faculté. Il suffisait, le plus souvent, d'une drogue qu'on vendait sous le manteau aux bonnes adresses. Quand on s'y prenait tôt, c'était la meilleure chose à faire, et la plus simple aussi. Mais souvent, les jeunes filles innocentes, par la force des choses, ne se rendaient compte de leur état que lorsque celui-ci justement se manifestait d'une façon telle qu'il était impossible à cacher. Les poisons n'étaient plus suffisants et parfois trop violents pour ces faibles constitutions. Quant à la morale chrétienne, on s'en accommoderait tant bien que mal.

Lorsqu'il fallait passer entre les mains d'opérateurs, c'était plus compliqué, car ce genre de pratique était illégal et sévèrement puni. Marie m'avait raconté la seule fois où elle avait été contrainte de pratiquer un avortement. Elle avait été enlevée, devant son immeuble, par deux hommes en noir, qui l'avait bâillonnée et cagoulée avant de la jeter dans un carrosse qui attendait dans la rue. On l'avait emmenée dans une maison très riche, un hôtel particulier : sans doute une famille influente de la cour. Les ravisseurs avaient pris soin d'emporter avec eux certains instruments pris dans l'appartement de la ventrière[115]. On l'avait conduite au chevet d'une jeune fille qui n'avait pas quinze ans, surprise par les rondeurs de la grossesse, comme elle avait dû l'être par les assauts forcés qui l'avaient placée dans cet état-là.

Pour une accusation d'avortement, on ne s'embarrassait pas de subtilités dans le jugement et la peine de mort était le plus souvent ordonnée, par strangulation ou pendaison. Lorsqu'elle avait été enlevée, Marie savait les risques qu'on lui faisait prendre. Mais on ne lui avait pas laissé le choix. On lui donna à entendre, que du sort de la jeune fille dépendait la sécurité du royaume. L'argument n'était pas en soi un moyen pour espérer la convaincre. Même si elle refusait, elle serait de toute façon dénoncée. La parole d'un comte, ou peut-être même d'une princesse contre la sienne, n'influerait en rien la décision d'un tribunal. Elle avait donc dû obéir. Et j'avais bien vu, quand elle m'avait raconté cela, qu'elle considérait cet acte barbare et contre nature, ne voulant pas raconter davantage ce qui s'était déroulé dans cette maison. On l'avait rétribuée assez généreusement, puis on l'avait reconduite jusque chez elle. C'était la seule fois et elle craignait toujours que cela se reproduise. Elle avait usé de cet argent maudit pour améliorer les aménagements de l'appartement qu'elle louait à l'entresol.

Une autre alternative, beaucoup plus humaine, offrait en même temps confort, sécurité et discrétion. Lorsque la grossesse marquait des signes trop évidents pour qu'on puisse la cacher en société ou en famille, on plaçait la jeune fille chez une matrone. Celle-ci l'hébergeait jusqu'au terme. Pour la famille et l'entourage, la coupable était en voyage. La matrone s'occupait de tout, portait ses repas à la jeune fille, lui prodiguait les soins jusqu'à la délivrance. Puis, elle prenait l'enfant en charge, le faisait baptiser et le confiait à l'assistance publique, où il viendrait grossir les rangs des bâtards au sang bleu. Cette tâche n'était sans doute pas moins honorable qu'une autre, préservait la vie et conservait

---

115 - Matrone (ancienne appellation)

la dignité de chacun. Le service rendu était suffisamment appréciable pour permettre de vivre décemment. Marie avait aménagé un des appartements de l'immeuble pour y exercer ce commerce. Depuis qu'elle me louait l'entresol, sans être considérée comme une rentière, elle n'avait plus à se soucier de quoi serait fait son lendemain.

J'étais locataire chez elle depuis plusieurs années, pour une somme qu'elle avait elle-même qualifiée d'amicale. Le dernier étage était son domicile et le premier niveau était un petit appartement complet. Il ne restait jamais longtemps vacant, à croire que ce genre de situation était fréquent. J'avais pu le visiter une fois. Il y avait simplement une petite chambre, dont la seule fenêtre donnait sur la cour intérieure de l'immeuble, de manière à ne prendre aucun risque. Il aurait été désastreux d'user de tant de précautions, pour que le hasard trahisse la jeune coupable, simplement pour un regard depuis sa fenêtre. Sans reproduire le luxe des hôtels particuliers, la chambre reflétait un confort bourgeois. Le lit était large, agrémenté d'un épais matelas et non d'une paillasse. Une petite écritoire était disposée dans un coin. Il y avait en outre : quelques livres édifiants, de quoi écrire, et même deux fauteuils et une banquette, car on autorisait les visites. Le plus souvent, c'était simplement la mère qui, pour avoir parfois vécu une situation semblable dans sa jeunesse, ne pouvait sacrifier à la compassion quelques minutes de son précieux temps de courtisane. Un petit cabinet de toilette séparé tenait lieu de boudoir. On entrait et venait dans l'appartement indépendamment, par l'une ou l'autre des deux pièces. C'était bien commode, car la discrétion restait le maître élément de cette gestion délicate.

En réalité, Marie avait travaillé dans un premier temps à l'Hôtel-Dieu, là où elle avait appris son art. Depuis quelques mois, une famille mécontente de ses soins avait mis en doute l'authenticité de son brevet. Et elle se trouvait contrainte d'exercer dans la plus complète illégalité, tant qu'elle ne serait pas réhabilitée par le juge. Ainsi, dans sa position, elle n'avait pu faire appel à aucun des docteurs de l'Hôtel-Dieu ou d'un autre hôpital, sous peine d'être dénoncée. Étant la personne la plus proche, et suspecte de certaines compétences, compte tenu de mes activités à la foire, elle avait tout naturellement fait appel à moi, dans une urgence vitale pour sa patiente et pour l'enfant.

Nestor me laissa sur le palier. Derrière, on entendait des gémissements incessants et quelques cris timides. La voix douce de Marie tentait d'apaiser, mais je sentais bien à son timbre que ça n'allait pas. J'entrai.

— Referme la porte, vite ! Et viens m'aider !

Je lui obéis. La scène dans laquelle je pris place avait tout pour terrifier, mais je ne me posai pas de questions, cherchant dans l'action une distraction salutaire. Il régnait là une atmosphère infernale : une flambée haute de trois pieds au moins brûlait dans l'âtre, répandant une chaleur insupportable. Marie était en manche de chemise, ses joues étaient rouges et luisantes de transpiration. Mais c'est surtout son air paniqué qui me frappa.

— Je crois que l'enfant est mort, mais il est coincé. Si on ne fait rien, la malheureuse va passer aussi.

La jeune fille se tordait sur le lit dans tous les sens, au milieu d'un fatras de draps ensanglantés. Elle avait les pieds posés sur le bois du lit, les jambes écartées sur le spectacle impudique, ses jupons remontés en désordre cachaient son visage. Elle ne devait pas savoir qu'un homme venait d'entrer et l'observait dans une position aussi humiliante. Mais dans son état, ma présence n'était pas le genre de problème qu'elle était capable d'appréhender ni même de craindre. Marie était en train de tirer quelque chose qui résistait entre les cuisses de la jeune fille. Sa tête m'empêchait de voir et je dus me rapprocher pour comprendre ce qui se passait véritablement.

L'enfant s'était présenté par le siège. À la couleur grisâtre de ces deux petites jambes qui dépassaient de l'orifice sanglant, il était facile de comprendre qu'on avait sans doute dépassé le temps où il restait encore un espoir pour sa vie. Entre les jambes, le cordon, d'une teinte violacée et que je jugeai un peu rapidement anormal était lui aussi coincé, puisque c'est sur lui que Marie essayait de tirer. Elle le manœuvrait nerveusement dans un sens, puis dans l'autre, tandis que la jeune fille gémissait à chaque nouvelle manipulation. Elle se plaignait, criait qu'on la tuait et qu'elle préférerait encore mourir tout de suite plutôt que continuer davantage l'expérience.

— Jean, aide-moi, je t'en prie. Il faut faire quelque chose. N'importe quoi !

Malgré son désespoir et l'état critique de la situation, je n'avais aucune idée de ce qu'il fallait entreprendre. D'une manière ou d'une autre, il fallait extraire le bébé. À tout prix. Je me souvins tout à coup que j'avais lu quelque chose là-dessus dans un des ouvrages de chirurgie de Pomardini. Mais j'en avais oublié la substance, n'imaginant pas qu'un jour je pourrais être confronté à une situation semblable. Dans tous les cas, si les mains expertes de Marie étaient incapables de faire bouger le corps et de le dégager, il allait falloir passer à des méthodes plus chirurgicales et j'avais besoin de mes instruments. Les quérir me permettrait en outre de consulter le fameux livre où je trouverais peut-être quoi faire.

— Je reviens.

— Non, Jean, ne me laisse pas ! Jean ! Non !

J'étais déjà dans l'escalier, essayant de me souvenir du livre précis dans lequel j'avais lu cette description édifiante. En quelques enjambées, j'étais chez moi. Mon empressement me desservit, puisque je n'avais pas prévu de lumière. Sur le palier, un chandelier à deux bougies posé sur une tablette peinait à écarter l'obscurité. J'entrai chez moi, butai contre un pied de meuble, sans doute la chaise de mon bureau. Je trébuchai, me relevai et sortis prendre le chandelier. Au-dessus, j'entendais les cris mêlés de la jeune parturiente et de Marie qui m'appelait encore. Je trouvai rapidement le livre, ainsi que la petite trousse d'instruments que je n'avais pas ouverte plus de deux ou trois fois depuis mon arrivée à Paris. Je savais qu'il y avait à l'intérieur la lame aiguisée d'un scalpel et j'avais toujours craint le jour où j'en aurais l'usage. Pour le préserver de la rouille, j'avais pris soin de le graisser et de l'emballer dans un linge. Je me débarrassai de mon manteau et remontai chez Marie, escaladant les marches trois par trois.

Le bois gémissait, mais ce n'était rien en comparaison de ce qui se passait dans la chambre.

Au moment où j'entrai, Marie venait de donner une paire de claques à la jeune fille. Celle-ci était très pâle.

— Jean, qu'est-ce que tu fais, bon sang ? Elle va mourir ! Fais quelque chose !

— Laisse-moi juste le temps.

— Le temps ? Mais on n'a plus le temps !

Je feuilletai le livre à toute vitesse, pour essayer de reconnaître aux pages illustrées le passage que je cherchais. La lumière parcimonieuse de la pièce ne m'aidait pas. Marie criait toujours.

— Tu crois que c'est le temps de lire ?

— Juste une minute.

— Elle n'a pas cette minute !

J'y étais. Mon doigt courait sur les lignes, et je retrouvai d'un coup les mots qui m'avaient tant choqué de cruauté. *Il y a des signes qui font connaître que l'enfant est mort dans la matrice.* Et plus loin, *si un bras ou une jambe de l'enfant étant sorti on voit que l'épiderme s'en sépare facilement.* Plus loin encore, l'auteur proposait de se servir d'un genre de crochet ou d'une lame courbe, mais je n'avais pas à disposition cet ustensile très spécifique. L'enfant était mort, il fallait le dégager, et pour cela, il n'y avait qu'une solution. Elle était inscrite en toutes lettres dans les lignes suivantes : *quand il faut couper l'enfant par morceaux, soit que le passage ne puisse être assez dilaté, soit que les parties de l'enfant soient excessivement grosses.* C'était net, avec toute la froideur que l'on peut trouver dans ces livres où l'on s'applique à détailler des choses innommables, dont la simple évocation glace à l'idée que cela puisse vraiment exister. Et à cet instant, je compris que, ce qui était écrit là et que j'avais lu autrefois par distraction, j'allais devoir le faire. Il n'y avait plus à réfléchir. Je me vis en train d'ouvrir la boîte d'instrument et de dérouler le scalpel de son enveloppe de toile. Sur le lit, la malheureuse avait commencé à battre des jambes. Je crus y reconnaître des convulsions, non pas celles des aliénées, mais bien celles qui signent souvent les prémices d'une heure fatale. Pour pouvoir agir, il me fallait me placer entre les jambes de la malheureuse, au plus près. J'escaladai le bois du lit pour venir entre ses jambes. Marie me vit, la lame brillant à la lueur des flammes. Elle crut sans doute à mon air que j'avais pris une décision radicale : peut-être celle d'achever définitivement les souffrances de la jeune fille.

— Qu'est-ce que tu fais ? Jean ! Non, tu es fou !

— Je fais ce qu'il faut faire, occupe-toi d'elle ! Tant qu'elle respire, tout n'est pas perdu.

Puis, je me concentrai sur mon acte et sur la seule raison qui justifiait une telle barbarie : tenter de sauver une vie, puisqu'il n'y avait plus rien à faire pour l'autre. La jeune femme, dont l'instinct lui redonna quelque vitalité, tenta avec ses mains de saisir mes cheveux pour empêcher mon ouvrage.

— Tiens-lui les mains, Marie !

Marie prit les mains et les rabattit au-dessus des jupons. Je me retrouvai seul face à ma besogne. Manifestement, il n'y avait plus de grand discours à faire sur la vitalité de l'enfant. Le cordon congestionné était le principal obstacle. Je commençai par lui, mais il résista tout d'abord. Il était presque aussi dur qu'un cordage. Je craignais que mon action réveille la douleur, mais il n'en fut rien, les convulsions des jambes autour de moi continuaient, faisant vibrer le lit tandis que je cisaillai maladroitement la chair. Le cordon céda d'un coup et un flot de sang vint ajouter une note visqueuse et froide sur les draps. Du sang, j'en avais vu et senti plus d'une fois sur mes mains. Normalement il était chaud et avait une certaine consistance. Ce sang-là était froid et filait comme de l'eau. Pas un instant à perdre ! Je tirai sur les petites jambes sans m'attarder sur ce qu'il y avait au bout. Cela bougea, mais pas suffisamment. Il ne me restait plus qu'à suivre les indications du livre. Je glissai ma main gauche le long des membres, jusqu'à entrer dans la matrice de la jeune femme. Et bientôt, je repérai les endroits où je devais trancher. Ma main droite, armée du scalpel, agit sans s'arrêter un seul instant à ce qu'elle faisait véritablement. Le sang glacé continuait de couler. Il n'y eut pas un cri et j'eus peur un instant que la jeune fille ne fût déjà morte. Accroupi entre ses jambes, je ne pouvais voir Marie, qui continuait à lui parler.

— Mademoiselle ! Mademoiselle !

Car, même dans cette situation, il convenait de garder la distance avec les personnes dont elle avait la charge. Ma main droite continuait son travail, tandis que la gauche manipulait de l'intérieur le cadavre. Je sentis progressivement que je pouvais le mobiliser un peu plus et tirai plus doucement, quand il finit par glisser entre mes mains…

J'appelai Marie. J'avais fait mon ouvrage et je ne pouvais aller plus loin. Il fallait qu'elle vienne prendre ma place. Maintenant que j'avais rétabli, d'une certaine façon, l'ordre normal des choses, c'était naturellement à elle de prendre la suite. Mon estomac se souleva, car, même si j'avais essayé de m'épargner la vue de mon ouvrage, mes mains, comme celles d'un meurtrier, gardaient l'empreinte indélébile et rouge. Je me bloquai entre les jambes, les yeux fixes sur le crucifix du mur en face de moi.

Ce furent deux claques, fermement assénées par Marie, qui me réveillèrent. Et, je n'eus que le temps de sauter du lit, pour aller vomir dans une bassine qui se trouvait là. Je repris mes esprits à genoux, devant les restes de mon dîner. Le goût amer dans ma bouche était autant dû à l'acidité de mon estomac qu'à l'amertume du geste que je venais de pratiquer.

Sur le lit, Marie s'affairait entre les jambes de la jeune fille. Elle ne tremblait plus, soit elle était morte, soit son état s'était stabilisé. À deux mains, la ventrière fouillait maintenant à l'intérieur, tirait sur ce qui restait du cordon, jusqu'à ce qu'une grosse masse sanguinolente vienne glisser sur les draps : l'arrière-faix[116]. Elle poussa le tout sur le côté et me demanda.

— Passe-moi un drap et de l'eau chaude, Jean !

Il se trouvait une autre bassine pleine d'eau au coin de l'âtre et j'allai la chercher, en prenant soin de la saisir avec un linge pour ne pas me brûler. L'eau

---

116 - Placenta.

fumait doucement. Je l'apportai à Marie, qui m'ordonna aussitôt :

— Va voir comment elle va, moi, je dois nettoyer tout ça et vérifier qu'il n'y a point d'hémorragie.

Je la regardai, interdit. Car, je m'étais imaginé qu'à la mesure du geste terrible que je venais d'accomplir, mon ouvrage méritait de s'arrêter là. Marie me lança un regard terrible, de ses yeux que l'impatience rendait encore plus noirs.

— Vas-y. Maintenant. Je ne peux pas être partout !

Je vins au chevet de la jeune fille, pour découvrir un visage auquel les fièvres, la douleur et la peur avaient donné toutes les apparences de la mort. Ses paupières étaient closes. Une chandelle, posée sur le chevet, jetait sur elle des ombres qui creusaient ses orbites et assombrissaient ses lèvres. Les gouttelettes de sueur roulaient de son front pour se mêler aux larmes, dans un masque de tristesse définitive. Les cheveux collés autour du visage accentuaient l'image terrible, qui n'était pas sans rappeler certaines du Christ au tombeau. Car, dans ce dénuement total où le corps perd tout des artifices qu'il doit à son sexe et à sa jeunesse, le visage que j'observai aurait pu être aussi bien celui d'un homme que d'une femme. Je ne connaissais pas son nom, ne l'avais jamais rencontrée, puisqu'elle vivait cloîtrée chez Marie. La noblesse de son sang n'avait alors plus aucun poids. Ses narines semblaient frémir et je m'assurai de ce signe rapidement en glissant la paume de ma main devant son nez. Elle vivait. Y avait-il quelque chose de plus à faire dans l'instant ? Je lui aurais bien administré des sels, mais je n'en avais pas. J'imaginai que cet état végétatif pourrait bien se prolonger quelques minutes encore, pour laisser à Marie le temps de terminer son ouvrage. La malheureuse ne criait plus : soit elle ne souffrait plus, soit son corps était passé au-delà des barrières du supportable.

— Comment va-t-elle ? Me demanda Marie.

— Elle vit.

— C'est déjà ça.

Le son de ma voix eut pour effet de faire ouvrir les yeux à la jeune fille. J'étais penché au-dessus de son visage, à une distance beaucoup trop irrespectueuse malgré les circonstances. Mais, elle parut à peine surprise. Elle n'était pas en état de s'indigner, à peine d'avoir peur. Je n'étais pas l'objet de son inquiétude.

— Mon enfant ? Me demanda-t-elle dans un souffle. Il n'y avait qu'une vérité et aucun mensonge capable de la travestir. Mais, j'étais incapable de la lui livrer, car, de quelque manière que ce fût, j'estimai que l'annonce lui serait fatale. Ses yeux se portèrent sur mes mains, témoins odieux de ce qui venait de se passer plus bas entre ses jambes. Marie cria à cet instant.

— Viens, Jean ! Ça ne va pas !

J'abandonnai la jeune fille. Marie était à genoux dans une flaque de sang. Je remarquai près d'elle un paquet de linge, pas plus gros que le corps d'un petit chien et une grosse masse de chair rosâtre, sans doute le placenta. Le sang coulait toujours entre les jambes de la malheureuse, la matrone épongeait.

— Ce n'est pas normal, j'ai enlevé tout l'arrière-faix. Ça devrait s'arrêter.

Je n'avais qu'une idée imprécise des techniques d'accouchement. Mais j'avais toujours mon livre où je pourrais peut-être trouver les réponses. Le sang continuait de sortir comme d'une source. La jeune fille s'était remise à trembler. Un nouveau cri de douleur nous surprit tous, remettant nos sens dans l'esprit de l'urgence. À son tour, Marie semblait paralysée. Elle regardait le sang filer entre ses doigts. Elle avait perdu toute l'assurance que je lui connaissais, et il fallait y voir le signe définitif de l'impuissance de son savoir. Elle me regardait, implorant un secours que je ne savais où trouver.

— Laisse-moi voir.

Je la pris par les épaules et l'aidai à descendre du lit. Ses yeux restaient fixés sur la source intarissable où les derniers sursauts de vie étaient en train de se gâcher. Je pris sa place.

— Donne-moi un linge !

Elle me tendit un drap plié, la dernière chose, sans doute, à avoir gardé une certaine pureté dans la chambre. Même la coiffe de Marie était souillée de sang. Je dépliai le drap et entrepris d'en faire une sorte d'écouvillon, en tordant son extrémité sur elle-même. Je l'enfonçai doucement dans le ventre de la femme, et il se teinta aussitôt comme si je l'avais trempé dans la teinture. Dès que l'extrémité fut gorgée de sang, je la retirai et glissai aussitôt deux doigts par l'ouverture laissée béante par le passage du corps de l'enfant. Ma main passa tout entière sans déclencher chez la victime les hurlements que j'avais craints. Je ne savais pas bien ce que je cherchais. Le bout de mes doigts explorait le fond de la matrice où j'espérais peut-être trouver la brèche hémorragique. Je pensais à un cautère, mais j'avais du mal à imaginer comment je pourrais la faire entrer sans tout brûler au passage. Je fermai les yeux, pour concentrer mon attention sur la pulpe de mes doigts explorant les entrailles.

Ce n'était sans doute rien ou peut-être un vaisseau... cela battait au fond. Mais trop irrégulier. Ça bougeait, ça poussait contre mes doigts : une sorte de membrane tendue, et derrière une surface dure, très dure, mais trop régulière pour être une vertèbre ou un os du bassin. Et je ne pouvais pas être aussi loin : ma main était à peine à moitié engagée entre les lèvres. Quelque chose poussait contre mes doigts d'une force propre.

— Marie !

Elle était au chevet de la patiente pour contrôler qu'elle vivait encore et pour se soustraire aussi à la vision cauchemardesque du saignement. Elle leva sa tête au-dessus des jupons.

— Quoi ?

Je bougeai les doigts pour confirmer cette idée extravagante.

— Il n'y avait qu'un seul enfant ?

Elle me regarda bizarrement, ne comprenant pas tout de suite ce que j'essayais de lui faire comprendre.

— Bien sûr, je…

— Tu aurais pu te tromper ?

À cet instant, je sentis que quelque chose se rompait sous mes doigts et un liquide chaud se mit à couler. Je crus que c'était la fin et que les dernières

298

gouttes de sang venaient de se déverser d'un coup. Mais lorsque je regardai, je vis qu'il s'agissait en fait d'une sécrétion fluide et claire qui diluait le sang. Dans le ventre, je sentis distinctement une main contre la mienne. Une main minuscule, comme celle des petits singes de la foire.

— Marie, viens tout de suite! Il y en a un deuxième!

Réveillée par nos cris, la jeune femme se mit à hurler de nouveau. Je me dégageai pour permettre à Marie de venir faire son ouvrage et repassai au chevet de celle qui avait peut-être encore une chance d'être mère. Marie, reprenant sa fonction, retrouvait la force et le courage qui l'avaient abandonnée quelques instants plus tôt.

— Il est en train de se retourner. Ça ne va pas être facile!

Ce que j'avais eu le temps de voir avant de quitter mon poste, c'est que le sang avait presque arrêté de couler. L'enfant, en venant prendre sa place entre les jambes de sa mère, devait comprimer les chairs et stopper ainsi les pertes de sang. En luttant pour sa propre vie, il devait finalement sauver sa mère, attestant que la nature pouvait encore se racheter, après s'être montrée trop cruelle. Marie était à quatre pattes sur le lit pour reprendre l'ouvrage.

Je pris le temps de regarder la chambre autour de moi, les flammes portant sur les murs les ombres démesurées de la nuit. La chaleur nous enveloppait tous les trois, pour un combat que je croyais perdu complètement et dont il restait peut-être encore une bataille à gagner. Une pendulette donnait l'heure de cet ultime affrontement. Il était presque deux heures du matin. Et je me demandai pourquoi le temps passait si vite dans l'action, lorsque l'esprit n'avait plus de prise sur la conscience qu'on pouvait en avoir. Et pourquoi était-ce à la nuit que venaient si souvent ces épreuves terribles? En plein jour, les choses ne prenaient jamais de dimensions aussi insurmontables et ne sollicitaient pas notre force et notre énergie avec la vigueur des causes désespérées. Peut-être était-ce pour cela finalement, moins pour nous faire peur que pour exiger des ressources plus viscérales pour surmonter les obstacles. Sans cela, serions-nous perdus?

— Jean, viens m'aider!

Ce court instant d'absence passé, je retournai sur le champ de bataille, regrettant presque d'avoir fugacement libéré mon esprit avant de replonger dans l'enfer : les draps, le sang, cette odeur mêlée d'effluves et de souillures infectes. Au milieu de tout ça, Marie tenait un drap passé autour de petites jambes qui sortaient maintenant. Elle l'avait croisé pour tenir les jambes serrées. Elle tirait doucement dessus.

— Je ne peux pas lâcher ça! Il faut que tu glisses tes mains pour libérer les épaules et la tête.

Et c'était à moi de faire ça! Pour la troisième fois, je passais mes mains, mais cette fois le long d'une peau chaude et visqueuse qui se débattait doucement. Bientôt, je reconnus les bras, le cou et la tête.

— Fais-le tourner doucement et guide la tête pendant que je tire. Préviens-moi si ça résiste trop.

Elle se remit à tirer doucement et je sentis le petit corps se déplier sous mes doigts. C'était une sensation tellement différente de la précédente, extrêmement troublante : la vie de cette créature était si fragile qu'elle dépendait de ce que nous allions faire Marie et moi, et de tant d'autres choses après. Nous n'écoutions plus les cris de la mère, qui libérée de ses interrogations et mise au supplice par ce second passage, ne retenait plus rien de sa dignité, implorant le Père, le Fils et le Saint-Esprit de la laisser mourir en paix : qu'on fasse tout pour que ça s'arrête. Elle implorait successivement la pitié, le pardon, elle insultait Marie, son père, le père de l'enfant. Elle déplorait sa faiblesse, la nôtre, la noblesse, les bienséances, la chaleur de la pièce, le froid, ses frissons, gardant le meilleur pour la fin en invectivant l'enfant qui finissait de venir par un vibrant :

— Sortiras-tu, maudit bâtard !

Et il n'y avait sans doute rien de plus juste dans ces paroles ni de plus efficace, puisqu'à cet instant précis, la tête finit de se dégager et le corps tout chaud glissa entre mes mains. C'était un garçon. Marie s'empara de la boule de chair gluante et la posant à plat ventre sur sa main gauche, elle lui claqua les fesses vigoureusement.

— Toi, tu n'as pas le choix ! Faut que tu vives !

L'enfant ne se fit pas prier et poussa un cri, pas plus fort qu'un miaulement de chat. Marie avait retrouvé toute son efficacité et donnait ses ordres, comme si je n'avais été là que pour servir d'assistant.

— Donne-moi les liens !

J'avisai deux petits bouts de ficelle qu'elle me montrait du doigt. Elle noua le cordon de l'enfant en deux endroits.

— Vas-y, coupe !

Elle tendait le cordon entre ses deux mains. Elle me montra du menton mon scalpel, que j'avais imprudemment laissé à l'écart sur les draps. Il était encore gluant du sang du premier enfant. Je m'en saisis et coupai. Cette fois, et sans doute parce qu'il était encore gorgé d'un sang vivace, il céda facilement sous le mordant de la lame. Puis, Marie plaça l'enfant dans le linge dont je m'étais servi pour tamponner le fond saignard de la matrice, l'emballa dedans tant bien que mal et posa le paquet dans mes bras.

— Maintenant, va te mettre à côté du feu, qu'il ne prenne pas froid, surtout.

Et je me retrouvai avec la créature dans les bras et une frayeur nouvelle, comme si je prenais une part de responsabilité à la vie de ce petit bout d'homme. Il ouvrit les paupières et regarda droit devant lui avec deux yeux noirs inquisiteurs où se lisait la curiosité, surtout. Le premier regard sur la vie, sur la sienne, auquel il ne comprenait rien à cet instant.

Marie en avait fini avec les opérations et entreprit de refaire le lit. Elle avait placé ensemble les draps inutilisables et en avait fait un tas, les restes du jumeau dans un autre drap à part. Elle plia le tout ensemble, prit la bassine où j'avais vomi et s'apprêta à sortir. L'idée de rester seul avec la jeune fille et l'enfant me terrifia. La jeune femme était sans doute dans un état critique, mais je ne me souciais pas de ce qu'il faudrait faire si elle venait à se trouver mal. Car je savais très bien que, ce qui m'effrayait le plus, c'était la garde de l'enfant, même s'il n'avait aucune raison de mal se porter. Marie sourit à mon air inquiet :

— Ne t'inquiète pas, je redescends tout de suite. Tu as faim ?

Cette question était parfaitement incongrue. Mais nous étions en pleine nuit, je n'avais pas soupé et les émotions ne nous avaient pas laissé le temps de penser. J'écoutais mon estomac qui ne disait rien, encore contracté de son précédent égarement. Je hochai la tête et remerciai. Marie sourit et quitta la chambre, tirant la porte et me laissant seul. L'enfant continuait de me fixer, ses lèvres ne bougeaient pas, mais ces yeux exprimaient des choses insondables. J'étais bien loin d'avoir une idée de ce qu'était la paternité et pourtant j'avais arrêté sur ce compte une décision irrévocable. Je ne serais jamais père et j'appliquerais toute ma volonté et ma prudence à ne jamais transmettre la vie.

C'était pour moi une responsabilité impensable, sans équivoque. Et je savais aussi bien, et sans doute mieux que personne, ce que cela voulait dire. Car donner la vie était sans doute la pire des malédictions, une lutte perpétuelle et un souci constant pour subvenir, protéger, aimer, malgré le froid, la maladie, parfois contre la misère, pour donner à l'être qu'on avait jeté là tout ce qu'il était en droit d'attendre, puisqu'il n'avait rien demandé. Lui prodiguer le pain, la chaleur, toute l'attention, le protéger de tous et de chacun, des dangers prévisibles et de ceux insurmontables qui surviennent n'importe quand. Être prêt à se sacrifier, donner une main, un bras, sa vie même, contre cette vie qu'on avait donnée. *Œil pour œil*. Il n'a rien à demander, celui-là, en venant au monde, il sait qu'on lui doit tout, jusqu'au bout, tout le temps. Pas de maladie permise, pas d'absence, pas de jour de repos. Et toujours un œil ou une oreille disponible la nuit, avec la peur d'entendre pleurer, dans le lit à côté de soi ou à des milliers de lieues. Pas de répit, et en sus, le remords de n'avoir jamais fait aussi bien qu'on l'aurait voulu.

Et lorsque le sort échappe et qu'on ne peut rien faire face à tous ces tourments, justement, aux maux de notre époque... Une épidémie l'emporte, et même si nous savons qu'il n'y avait rien à faire et que le plus habile des médecins, s'il était venu plus tôt, n'aurait pas fait davantage pour le sauver. Nous sommes pourtant coupables, car pour l'avoir fait naître, nous l'avions condamné. Il a froid, il a faim, c'est encore notre faute. À cet égoïsme froid, au souci imbécile de la reproduction, à cette volonté bestiale de donner une vie pour combler le vide que laissera notre mort. Même pas ! C'est une autre mort que nous livrons au hasard du temps, tout n'est qu'affaire d'heures pour certains, d'années pour les plus chanceux, mais encore, lesquelles ?

Le mal qu'on partage de celui qu'il endure ou de celui qu'on lui inflige est plus âpre que le nôtre, et combien plus pénible ! C'est comme ça ! Pas de repos. Et, chaque instant de joie partagée est un nouveau sursis, au-delà duquel il faut craindre encore une nouvelle chute. Car la route est si longue, jamais droite, jamais lisse, toujours hérissée de dangers.

C'était irrémédiable, et je ne pouvais penser autrement, pour avoir vu ma mère, ma chère et tendre mère, regretter si fort d'avoir désobéi depuis le jour de la naissance d'Ambre. Depuis la fuite, depuis sa naissance jusqu'à ce jour terrible où nous devions la perdre, il n'y avait eu chez ma mère que le souci perpétuel d'un remords irrépressible, tenace ; la fatalité d'avoir donné elle-même la mort à son enfant. Elle n'avait pas osé le faire avec quelques gouttes d'un breuvage terrible, alors qu'elle la portait en elle et elle l'avait vu disparaître, impuissante. C'était suffisant pour moi. Il y avait eu ensuite la douleur de mon grand-père, lorsque ma propre mère était morte. Le chagrin de mon père, c'était une chose. Mais j'avais retrouvé, dans les yeux de mon grand-père, cette même lueur de remords tardif et stérile en perdant son enfant. La cause en revenait peut-être à l'époque, à la guerre, à tant d'autres choses, mais la responsabilité revenait toujours à l'originel coupable. J'ai vu mon père suer sang et eau, et donner sa vie finalement, lui aussi, sur les navires de la Compagnie pour payer ma pension chez les sœurs. Se sacrifier pour moi, se priver de repas, parfois. Alors, où était l'égoïsme ? Chez celui qui donnait une vie, sans savoir qu'il s'enchaînait à un débiteur permanent, ou chez celui qui refusait cette responsabilité ?

C'était là un vœu formé depuis mon plus jeune âge, lorsque je compris que jamais je ne serais capable d'endosser un tel fardeau, volontairement en tous les cas, pleinement conscient de la charge que cela représentait. Ç'aurait été faire aller ma maison sur un train, dont j'aurais été incapable d'assumer le coût. Et bien plus que pécuniaire, c'était ce coût moral qui me paraissait exorbitant. C'était sagesse que ne pas oser de dettes au-delà de ses moyens. Qu'importait au fond ce que l'on pourrait en penser, et l'ordre moral des choses n'en prendrait aucun ombrage. Sans doute moins que de cette femme qui s'apprêtait, inconsciente, à abandonner son enfant, moins par choix que par convenance. Dans son état, on ne lui laissait pas ce choix. L'aurait-elle eu que dans sa naïve jeunesse, elle aurait peut-être cédé à l'instinct de la maternité. Alors, elle n'était pas à blâmer elle non plus, sinon d'avoir fauté, d'avoir voulu connaître un plaisir nouveau et si facile. Mais je ne savais rien de son histoire et je n'avais pas à la juger. L'enfant avait fini par fermer les yeux et geignait doucement. Sa mère n'avait pas bougé et j'entendais le souffle paisible et régulier de sa respiration.

Marie revint avec un bol où flottait une sorte de bouillie noirâtre. Elle me tendit une pomme.

— Qu'est-ce que c'est ? Demandai-je.

— Un fortifiant : une soupe au vin avec du boudin. De quoi lui refaire du sang au plus vite.

Marie alla poser le bol au chevet de l'accouchée et revint vers moi. Ses yeux brillaient d'un feu étrange, riant presque de me voir ainsi empêché, avec l'enfant dans les bras, comme si je portais le Saint-Sacrement au-dessus d'un abîme. Et je remarquai alors, comme elle pouvait être belle, malgré son âge.

— Tu es drôle, Jean. Tu as l'air terrifié d'avoir cet enfant bien vivant dans les bras, alors que tout à l'heure, tu as agi avec courage et détermination, devant des choses qui en auraient effrayé plus d'un. Je ne te comprends pas.

— Il y aurait trop à dire pour expliquer.

— Tu es bien mystérieux.

Je compris trop tard que je n'aurais pas dû dire ça. Car j'eus aussitôt la certitude qu'elle chercherait à connaître les raisons profondes de mon trouble.

— Je vais d'abord m'occuper de la mère. Garde encore l'enfant, il a l'air tranquille avec toi.

Et elle retourna au chevet de sa pensionnaire qu'elle arrangea doucement sur ses oreillers. Elle parlementa quelques instants avec elle, avant de lui faire accepter le bouillon. Première cuillérée, première grimace. Mais sa conviction eut le dessus et la jeune femme finit par prendre la dose prévue. J'avais toujours dans la main la pomme qu'elle m'avait donnée, mais le fardeau de l'enfant qui sommeillait empêchait toute tentative de la croquer. Ses paupières s'étaient fermées et avec toute forme d'expression consciente. Il souriait mollement, se satisfaisant simplement de la chance de respirer, quand son frère ne l'avait pas eue.

D'avoir vécu cette expérience terrible auprès de la matrone, d'avoir tremblé pour la vie de la femme et pour celle de son enfant, tout cela me faisait doucement replonger dans le passé, dans celui de mon histoire. La question de Marie n'avait qu'une seule réponse, mais tellement complexe. La Fortune prenait le plus souvent des tournants imparables, qui ne pouvaient faire douter d'une Volonté suprême régnant sur ce désordre. Il fallait bien qu'il y ait autre chose, pour que les événements puissent prendre un tour aussi imprévisible, malgré la volonté et toute la science des hommes. Ce qui venait de se passer dans cette pièce, entre les deux femmes et moi, cette naissance qu'on aurait voulue heureuse et qui ne s'avérait qu'extrême et périlleuse : tout concourrait à l'abattement et au renoncement. La nature avait exigé un sacrifice, c'était sans doute peu au regard de deux autres vies qui venaient d'être sauvées, mais c'était trop de toute façon, au poids de l'offrande : une vie innocente. Et il y avait matière sans doute à pleurer.

C'est vrai, je n'avais pas tremblé au moment fatal. Je n'avais pas hésité non plus à venir en aide à la malheureuse. Je n'avais pas pensé à Pomardini et à ce qu'il avait dû affronter en délivrant Aliette. J'avais trouvé dans ses livres la solution au problème, et, dans l'urgence, j'avais agi comme je l'aurais fait pour mon propre enfant et pour ma femme. L'héroïsme ne se mesure pas au courage de l'instant, mais peut-être simplement à l'inconscience : c'est ce qui fait qu'on prend des décisions qu'on n'aurait pas osé saisir, si on avait eu le temps d'y réfléchir vraiment. C'était comme ça. Passée la bataille, venait un grand frisson de terreur en imaginant les complications possibles, si les choses n'étaient pas allées comme la Nature avait voulu. C'était après seulement que venaient les doutes. Mais ils n'eurent pas trop de place en réalité. Car cette vision-là, cette vision très précise de la délivrance, de la place où je l'avais vécue, m'avait projeté au milieu de souvenirs très anciens. Comme des images oubliées au fond de la mémoire. Elles étaient froides, terribles, implacables, et m'avaient glacé tout autant que la vision de cette jeune fille, lorsque j'étais entré dans sa chambre quelques heures plus tôt. Ces réminiscences avaient jailli d'un coup, à travers les yeux d'un enfant. Comme si je les avais complètement oubliées.

J'eus soudain envie de fuir, de pleurer, de donner l'enfant à Marie et de courir peut-être me jeter du haut d'un pont. Je ne savais plus à quelle prière accrocher mon désespoir pour le voir passer. Un étau serrait ma poitrine, de la même façon que le jour où la supérieure de *La Maison de la Providence* m'avait appris la mort de mon père. J'étais orphelin moi-même et l'enfant à qui j'avais donné la vie le serait bientôt lui aussi, dès le lendemain. Mais il était là, alourdissant ma volonté et m'empêchant de fuir.

Lorsque Marie eut fini d'installer la mère, elle revint vers moi et me prit l'enfant. Elle le regarda pour s'assurer qu'il allait bien. Puis elle alla le glisser entre les draps chauds, à côté de sa mère. Elle revint vers moi.

— Il va rester tranquille encore un moment avant de vouloir téter. À ce moment, nous verrons bien. Tu peux aller te coucher, maintenant. Je te remercie de ton aide. Sans toi, ils seraient morts tous les deux. Au fond, personne d'autre n'a besoin de savoir pour le premier.

Je restais dans le fauteuil, incapable de bouger, incapable de la moindre volonté. Comme si d'un coup, la fatigue, la peur et la faiblesse se conjuguaient contre moi.

— Tu devrais manger un peu, tu es aussi pâle qu'un cadavre. Tu fais peur à voir.

Je ne répondis pas et regardai la pomme sans envie.

— Je sais ce qu'il te faut.

Marie alla chercher dans une commode une bouteille, deux verres et nous servit du vin.

— J'en garde toujours ici. N'importe qui peut en avoir besoin un jour.

Je bus. Marie sourit puis trempa ses lèvres à son tour. J'avais goûté de pires cuvées sur les routes avec Pomardini, et le breuvage me redonna courage. À moins que ce ne fût la sollicitude et la reconnaissance de Marie.

— Ne reste pas là ou tu vas cuire.

Mes joues étaient brûlantes, la proximité du feu en était la cause. Il y avait dans un coin de la chambre une banquette, sans doute moins confortable que le grand fauteuil près de l'âtre, mais moins exposée aux risques de combustion.

— N'oublie pas de remettre une bûche avant de sortir. Je vais rester pour les veiller tous les deux.

Marie alla s'installer sur la banquette. Ce n'est qu'à cet instant que je remarquai qu'elle allait pieds nus. Je nourris le feu et m'apprêtai à sortir.

— Mais si tu préfères rester, tu me tiendras compagnie.

Elle s'était assise de manière à me ménager une place près d'elle, là où elle venait juste de poser sa main pour m'y inviter. Elle souriait simplement, sans équivoque, car elle savait parfaitement ce qu'elle voulait. Elle ajouta :

— Il n'y aura sans doute jamais de meilleur moment pour me raconter cette histoire que tu gardes pour toi.

Cette dernière flèche atteignit son but, quand les premières avaient déjà gagné ma confiance. Je m'approchai, sans savoir vraiment ce que je faisais. Je m'assis à l'endroit que sa main avait désigné. Nous étions seuls, tous les deux, seuls avec le poids de mon passé. Marie bougea imperceptiblement et je sentis la chaleur de son corps près du mien. Elle ne dit rien, ferma les yeux, son verre de vin contre elle, attendant. Il n'y avait plus dans la pièce que le craquement de la bûche nouvelle surprise par les flammes, le mouvement de la pendule, et les petits cris d'animal de l'enfant qui appelait par intermittence dans l'obscurité. Marie restait silencieuse pour m'encourager. Je fixais le chandelier que j'avais posé en arrivant tout à l'heure. Une des flammes donnait des signes de faiblesse et menaçait de s'éteindre au terme de la cire. Je ne savais pas par où commencer. Il y avait tant à dire. La flamme finit par mourir et je fermai les yeux moi aussi.

Je commençai à parler d'une voix rugueuse, ourlée par l'émotion.

Jean-Baptiste Seigneuric

IV

L'EXODE

Mes souvenirs d'enfance avaient cela de précis qu'ils s'étaient inscrits dans la tristesse et la souffrance. Et la dureté des événements avait imprimé dans mon cœur une trace indélébile. Mais mon esprit avait d'autant voulu fermer cette porte, masquant dans une brume salvatrice la douleur du passé. Ce soir-là, il avait relâché sa vigilance, et les vieilles images étaient revenues d'un coup, comme une bourrasque. Il y avait d'abord le vent, les cris, l'odeur terrible du bois des maisons qui brûlent. Les cris de ma mère. Et mon père encore trempé de sa course terrible, indécis sur le seuil de notre maison. Je résumai d'abord à Marie l'histoire de mon père, de son naufrage, celle de ma naissance, telle qu'on me l'avait rapportée, enchaînant sur les premiers souvenirs que je pouvais me remémorer avec précision.

C'était en 1716, à la fin de l'année. À mi-chemin entre ma cinquième et ma sixième année, j'étais encore un enfant. Et, c'était peut-être ce qui expliquait que ma mémoire ait bloqué ces épisodes aussi longtemps, pour me les rendre à ce jour, précis avec autant de pénétration. Jusqu'alors, cette époque était restée sombre et nimbée des vapeurs de la tristesse dans une densité occulte qui bloquait tout.

J'avais quelques souvenirs d'avant. Images d'enfance d'une période sinon belle, certainement plus calme que les événements qui suivirent. J'avais le souvenir d'une vie rude. Et ce n'était que bien plus tard que je compris combien les adultes avaient fait pour me rendre cet univers moins austère et moins âpre, protégeant mon enfance, pour hélas, l'exposer davantage ensuite. J'avais des souvenirs de pêche, des rares fois où j'avais été autorisé, pour quelques instants seulement, à monter dans la barque avec mon père. J'avais le souvenir incertain du balancement de la houle, qui me donnait conscience qu'une force nouvelle à l'intérieur de mes tripes pouvait être capable de vivre d'elle-même, et parfois malgré moi. J'avais le souvenir du vent, de la brume, du froid, celui de la glace qui venait sur le plain lécher les premières roches, rendant l'abord de l'île presque impossible certains jours. J'avais le souvenir des gros poissons qu'on déchargeait, luttant encore, sur le chafaud devant la maison et les piles de raquettes qu'on mettait à sécher. J'avais le souvenir du visage des miens, rougis par le vent, de celui des Anglais et de leur uniforme.

Il m'était arrivé, parfois, de les observer à travers les planches disjointes du saloir, alors qu'on me cachait pour dissimuler mon existence. Je ne comprenais rien à cette guerre-là. Et on me faisait croire à un jeu pour me ménager encore. J'avais souvenir d'une vieille statue de bois qu'on cachait dans la roche, et où, avec ma mère, j'avais appris à prier. C'était bien autre chose à *La Maison de la Providence*, où l'on m'avait appris un mauvais latin, au lieu de paroles sincères qui venaient du cœur. Je n'avais jamais compris pourquoi il fallait tant d'intermédiaires entre Dieu et ses hommes. Peut-être était-ce aussi pour cela qu'il ne semblait pas entendre. Il avait fallu les prêtres, et puis les sacrements, une langue dédiée, des rituels, de l'or et de l'encens tout autour pour que cela fonctionnât. Et pas mieux, semblait-il. J'avais souvenir du jour où ma mère m'apprit que je ne serais plus le seul enfant. J'avais vu son ventre s'arrondir comme la lune, mais moins vite. Et j'avais vu à ces heures, à mesure que sa marche et sa fatigue se modifiaient dans un sens contraire, j'avais vu le front des hommes s'assombrir. Ma mère traçait sur du papier les mots de ses secrets, de ceux qu'elle ne partageait qu'avec elle-même. Et je me demandais, en y repensant, ce qu'il pouvait bien y avoir de si énigmatique, pour ne les confier qu'à un vulgaire cahier. Je n'avais rien à savoir, alors, des doutes et des incertitudes des adultes, et c'était tant mieux.

Certes, c'était l'hiver et la fin de l'année. Certes, j'étais plus grand et je commençais à comprendre que je ne pourrais pas toujours profiter des mêmes attentions en avançant en âge. Mais, il y avait quelque chose de toujours soucieux dans leurs activités, plus fébriles encore que ce que je connaissais. Les Anglais étaient venus plusieurs fois, encourageant davantage mon père, mon grand-oncle et mon grand-père à veiller tard, pour mettre au point des stratégies derrière leurs fronts de conspirateurs. Ils partaient plus souvent, et plus longtemps aussi, emportant dans leur barque des réserves comme s'ils allaient nourrir des indigents à Saint-Pierre. C'était ce qu'on m'avait fait croire : sur l'île on ne manquait de rien, et c'était bien pour cela que nous y restions. À Saint-Pierre, le moindre quignon de pain semblait faire défaut, à les entendre. Et j'étais bien chanceux d'être de ce côté-là du havre. C'était la belle histoire qu'on m'avait racontée pour me préserver encore.

Marie bougea pour mieux s'installer. Elle remonta ses jambes pliées sous elle, ses pieds nus vinrent contre ma cuisse. Ce qui aurait pu sembler impudique ne le sembla pas. Et je me laissai porter par l'atmosphère enveloppante de cette complicité.

Les souvenirs roulaient sur moi comme les vagues de la tempête et me rappelèrent les prémices des événements. Quelques jours avant cette nuit terrible, mon père, mon grand-père et son frère étaient restés partis très longtemps. C'était jour de brume. La tiédeur du brouillard et des airs de tempête avaient brisé un début de banquise. En temps normal, tout cela n'aurait pas prêté à conséquence, mais j'avais remarqué dans l'inquiétude des adultes que quelque chose se préparait. Ce soir-là, tout s'enchaîna avec une étrange rapidité. Il ne fut pas question de fléchir un instant. Et ce fut Hector, mon père, qui prit les décisions essentielles, comme je venais de le faire ce soir avec la jeune accouchée.

Ma mère était restée une grande partie de la journée alitée et ma grand-mère avait demandé que je restasse près d'elle, pour la secourir en tout et lui éviter le moindre effort. Il restait encore plusieurs semaines avant la délivrance et il n'y avait aucune raison de s'inquiéter de ce côté. Ma grand-mère était partie peut-être pour la dixième fois de la journée du côté du Colombier, veiller[117] le retour des hommes. La brume semblait vouloir se lever en même temps que le jour finissait. On n'était pourtant qu'à quelques heures de l'après-midi, mais le ciel était tellement fermé et prêt à crever qu'on n'y voyait déjà plus grand-chose. Elle entra finalement dans la maison, souriant de sa bonne nouvelle. Les hommes étaient de retour, elle venait d'apercevoir leur barque près de la pointe à la croix. Ils n'allaient plus tarder.

Il y eut un premier coup de beugloux qui nous fit tous sursauter : un signal d'alerte ! Ma grand-mère ressortit aussitôt aux nouvelles. C'était à cet instant que j'avais compris ce qui était en train de se passer, simplement aux crispations du visage de ma mère. Les choses n'allaient pas si bien que ça. Il n'y avait jamais beaucoup de lumière dans nos habitations, car la chandelle était précieuse. Mais, j'avais pu voir tout de même, à la pâleur de son visage où la sueur coulait malgré le froid, qu'il y avait plus d'une urgence et que celle du beugloux n'était peut-être pas la plus grande. L'alarme, c'était pour le bateau des colonies qui venait chercher les derniers habitants de l'île. Il était dans la rade, tout près, il avait déjà mis des embarcations à l'eau pour venir nous chercher. Nous avions été prévenus. Lorsqu'ils arriveraient, il faudrait laisser nos maisons, emporter le minimum : ce que chacun pourrait porter. Et pour être sûrs qu'aucun Français ne revienne jamais coloniser cette terre maudite, les Anglais avaient décidé de mettre le feu aux maisons. C'était un départ sans retour. Impossible de regretter quoi que ce soit, puisqu'il ne devrait rien rester. Tous ces détails, mon père me les avait rapportés plus tard. À cette époque, je n'avais pas eu la connaissance de la nature des événements. Et voilà ce que je vis avec mes yeux d'enfants, depuis le pas de la porte, dans une brume rougeoyant au brasier des maisons qu'on incendiait déjà. La fumée du bois qui brûlait était étouffante.

Mon père entra enfin, suivi de mon grand-oncle et de ma grand-mère. Ma mère n'avait pas bougé de son lit, malgré les cris que déjà on entendait au-dehors. Ça aurait dû être un soulagement, mais je vis bien à leur visage que l'heure était grave, quand les hommes comprirent son état. Leurs airs s'aggravèrent encore. Hector parla le premier.

— Il faut partir !

Ma grand-mère était déjà en train de rassembler des vêtements en désordre. Le beugloux avait retenti une dernière fois. Et pour clore tout doute, il y eut un coup de feu. Des cris encore. Ma mère bougeait à peine dans son lit, alors que mon père et mon grand-oncle essayaient de l'aider à s'asseoir au bord.

— Je ne peux pas, c'est maintenant !

Elle tenait dans ses mains le petit cahier que je l'avais vu remplir certains soirs. La mine de charbon roula par terre.

---

117 - Guetter

— Essaie au moins de te lever ! Avait dit mon père.

— Les Anglais sont là. Ils sont arrivés par l'autre côté de l'île. On a encore le temps de passer !

— Je ne peux pas bouger, j'ai trop mal.

Ma grand-mère passa alors la main sous les draps du lit où était ma mère. Elle la retira rapidement et regarda mon père avec des yeux sombres. Il n'y avait rien à faire. L'infortunée ne pouvait ni ne devait se lever à ce moment du travail.

La suite se déroula sans une parole et s'enchaîna dans un cauchemar silencieux, seulement brisé par les cris des Anglais qui rassemblaient les victimes au-dehors, et par le crépitement des flammes. Mon père quitta la maison en courant, tandis que ma grand-mère continuait à sauver quelques affaires : des couvertures, un baquet, de la nourriture. Elle les entassait à la hâte à côté de la porte de la cabane. Mon grand-père apparut et sans rien dire, emporta les marchandises. Je me rapprochai de la porte. Une lueur de brume avait envahi le ciel au-dessus de l'île. Pas très loin sur la grève, je devinais mon grand-père et ma grand-mère qui chargeaient la barque. Hector arriva avec mon grand-oncle, ils portaient un boyart où ils installèrent ma mère avec beaucoup de précautions. Elle grimaça. Mais pour ne pas aggraver la situation ni entraver l'urgence, elle ne dit rien. Je voyais pourtant à la crispation de son visage une douleur nouvelle, quelque chose de terrible. Et fait plus cruel encore, il y avait du regret et de la tristesse dans ses yeux, mais j'étais bien incapable de savoir pourquoi, à ce moment.

Sur l'île, ça criait un peu moins, comme si les envahisseurs avaient eu leur compte et que, peut-être, un répit était à espérer. Chaque maison brûlait à grand feu à l'unisson des voisines. Celle de mon grand-père, toute proche, disparaissait sous les flammes. Elles s'échappaient par les fenêtres, comme de la gueule de démons. Le toit béant vomissait au ciel des injures incandescentes. On aurait pu trouver ça beau, cette multitude d'étincelles qui rivalisait avec les étoiles. On aurait pu trouver ça beau, si ça n'avait pas été aussi triste. Mais, il n'y avait même pas de temps pour la tristesse. Mes yeux d'enfants s'étaient arrêtés sur ce tableau, voyant partir le seul monde que j'avais connu. Celui qui m'avait vu naître, irrémédiablement. Notre propre cabane, située légèrement à l'écart, dans un creux du relief, semblait avoir échappé à l'action systématique des Anglais. Mais, à la lueur du feu des autres habitations, elle se trouverait bientôt trahie. J'entendis des voix anglaises s'élever et des silhouettes se rapprochèrent de nous. J'étais incapable de réagir, ne sachant différencier la beauté de ces volutes rouges de la barbarie qui les avait provoquées.

On m'attrapa sans ménagement pour me pousser jusqu'à la barque. Mon père me saisit dans ses grands bras forts et me posa sur le banc de nage. On avait installé ma mère aussi bien que possible, sur le dos, tout au fond de l'embarcation, sur un matelas improvisé de couvertures. Ma grand-mère avait une main posée sur le front de la malheureuse et l'autre sur sa propre bouche, comme si elle avait voulu elle aussi s'empêcher de crier. Les silhouettes des Anglais étaient apparues dans la lumière et j'avais reconnu parmi elles, le visage mauvais de leur chef : le même qui avait fait une incursion sur notre île quelques mois plus tôt. Ils criaient vers nous dans un langage incompréhensible, mais le ton ne laissait aucun doute. Mon grand-père avait grimpé à son tour dans le bateau. Avec une rame, il aidait mon père à dégager le bateau du plain. Mon grand-oncle était encore sur l'île. De la plage de cailloux, il poussait l'embarcation pour nous aider à partir plus vite. Je ne voyais pas l'expression de son visage, car le feu des maisons brillait derrière lui et il n'y avait aucune lumière sur notre barque. Les Anglais donnaient des ordres derrière, furieux de ne pas être obéis. Il y eut un coup de feu.

Une simple étincelle, parmi toutes ces flammes que je distinguai nettement. Le bateau finit de glisser dans l'eau. Un roulis caractéristique lui rendait sa liberté. Je vis la silhouette de mon grand-oncle s'affaisser avant de disparaître derrière le plat-bord. Il y eut un moment d'hésitation. Un cri de ma grand-mère qu'elle n'avait pu retenir. Une main puissante me poussa contre ma mère tout au fond du bateau. Elle pleurait. J'entendis un ou deux autres coups de mousquet tirés au-dessus de ma tête. Et le bruit des rames nerveuses dans l'eau. Ce n'est qu'à cet instant que je compris véritablement le péril et que je réalisai que je ne reverrais pas mon grand-oncle. Devant moi, mon grand-père ramait, les dents serrées, mais je distinguai l'humidité de ses paupières aux dernières lueurs des brasiers. Le craquement des baraques en feu s'atténua progressivement.

C'est alors que ma mère commença à gémir véritablement. Elle crispa sa main sur la mienne, me forçant à me rapprocher. Je sentis ses larmes sur ses joues. Je restai au fond du canot, allongé à côté d'elle, ma grand-mère de l'autre côté. Je pouvais voir les visages de mon père et de mon grand-père, assis face à moi sur le banc de nage, faiblement éclairés par les brasiers dont nous nous éloignions. Ils ramaient à cadence forcée, comme pour échapper au diable. Il n'y avait pas eu d'autres coups de feu. Un seul avait suffi pour arrêter le malheureux. Et je ne compris pas sur l'instant que l'urgence était telle, qu'on ne prît pas le temps de s'inquiéter de lui, de tenter quelque chose. Je ne savais pas que c'était peut-être son sacrifice qui nous avait permis de fuir à la toute dernière minute. Volontaire ou pas, c'était comme ça. Valait-il mieux qu'il ait péri ? Valait-il mieux qu'il n'ait été que blessé et envoyé aux Antilles avec les autres ? L'heure n'était aux questions pour personne, en particulier pas pour ma mère qui se tordait dans tous les sens, comme sur le point de rendre son dernier souffle, à chaque nouvel instant.

Ce fut interminable, terrifiant. J'aurais voulu dormir, oublier, et surtout ne pas être là sans rien pouvoir faire. L'obscurité avait fini par nous englober complètement, nous protégeant sans doute du risque d'être rattrapés et repris. Je n'avais même pas besoin de fermer les yeux. La nuit était parfaite, si noire que je ne percevais plus aucun détail. Je sentais la main de ma mère serrer en cadence la mienne. Il y avait le bruit des rames, le souffle rassurant des hommes à la tâche, le clapot des vagues. Et il y avait le froid. Dès que la peur du départ nous eut quittés, il revint insidieux, nous obligeant à nous serrer, à nous blottir. L'air glaçait, et le fond de la barque, dont l'humidité peinait à geler, prenait nos pieds, nos jambes ; impossible de trouver une position pour lui échapper. Et puis le roulis s'était fait plus net. Nous étions sortis de l'abri de l'île. Vers où naviguions-nous ? Je n'en avais aucune idée. Et à mon âge, je pense surtout que je n'aurais pu en avoir la moindre notion. Cela finit pourtant par prendre fin, je ne sais par quelle chance.

Il y eut un choc sourd. C'est alors que je me rendis compte que je m'étais assoupi, ou que, du moins, j'avais abandonné la part de conscience qui retenait ma peur. Il y eut plusieurs autres chocs. La nuit était toujours aussi profonde. Le froid était toujours là. Ma mère ne bougeait pas, on n'entendait que ses gémissements qui revenaient régulièrement, difficilement contenus, et dont chaque vague me serrait le cœur comme elle devait lui broyer le ventre. Je m'étais redressé légèrement et ma tête dépassait à peine du plat-bord. Mon grand-père était debout, une rame à la main et mon père était allongé à l'avant du bateau, tenant au bout de son bras une petite lanterne. La pâle lumière se reflétait pourtant sur l'eau d'une étrange façon. La glace ! Nous nous trouvions au milieu d'une sorte de boue glacée où quelques plaques dérivantes venaient buter contre notre embarcation. C'est ce bruit qui m'avait réveillé. Une clarté irréelle nous enveloppait. Mes yeux avaient dû s'habituer à la lumière, car je pus alors distinguer la mer du ciel. Une ligne d'horizon se dessinait. Notre embarcation se trouvait en réalité dans une sorte de chenal entre deux reliefs rocheux. À notre droite, c'était un bloc isolé, probablement une île. À gauche, on ne distinguait pas les contours de cette sorte de montagne qui nous surplombait. Les hommes tentaient d'éviter les chocs contre les grosses plaques de banquise, tout en essayant de nous rapprocher de l'île. Je crus quelques instants que nous étions déjà à l'Anglois. Comme je m'étais assoupi, je ne savais pas grand-chose de notre progression. Ma grand-mère m'expliqua ensuite qu'il s'agissait du Colombier, une île que nous pouvions apercevoir depuis l'île aux chiens. Cet endroit présentait deux avantages pour les fuyards que nous étions : nous serions rapidement cachés à la vue de nos éventuels poursuivants par les rochers de Saint-Pierre, d'une part. D'autre part, nous naviguions en eaux très peu profondes, ce qui limitait les risques qu'un navire de plus fort tonnage ose nous prendre en chasse. La nuit nous était aussi favorable, même si la banquise était une menace supplémentaire pour notre petit bateau.

On sentait la fatigue des hommes. Souvent, mon père regardait dans la direction de ma mère et du bout de sa lanterne, il évaluait sur son visage les marques de souffrance. Ma grand-mère lui faisait signe qu'il y avait encore un peu de temps avant que le travail se déclenche véritablement. Il y eut encore de longues minutes d'hésitation à travers la glace. La progression semblait de plus en plus difficile pour un seul bras. Les hommes changèrent de rôle et mon père redonna quelque vigueur à notre esquif, en reprenant la rame dont il se servait comme d'une gaffe. Nous arrivâmes finalement à accoster, arrachant à ma mère un nouveau cri, au moment où nous touchions le plain du Colombier, dans une sorte de petite anse. Mon grand-père alluma une seconde lanterne et la donna à ma grand-mère. Celle-ci sauta de l'embarcation sans précaution, avec une hâte donnant l'impression qu'elle abandonnait ma mère. Mon père me souleva une nouvelle fois sans difficulté pour me déposer sur les rochers, à pied sec. Puis, ce fut la main de ma grand-mère, pour grimper dans les rochers, jusqu'à une petite cabane. Sans doute un abri de pêcheur où faire halte en cas de tempête ou de trop forte brume.

Ce n'était sans doute pas l'abri qui avait été préparé à l'Anglois. J'en eus tout de suite la certitude. Rien n'était prévu pour nous accueillir, et bien moins encore pour installer une femme prête à accoucher. Les planches disjointes laissaient passer le vent, et l'humidité se glissait par le moindre des interstices. La seule fenêtre était occultée par deux mauvaises planches en croix. Voilà la première vision que j'eus de cet endroit, n'imaginant pas que nous pourrions y rester plus de quelques heures, mais bien certain qu'il était probablement plus sûr que l'île aux mains des envahisseurs, et certainement plus qu'une embarcation au milieu de la banquise. Nous entendions les hommes s'affairer sur le rivage, pour mettre l'embarcation au sec et la dissimuler. Il n'y avait pas à douter que, sachant qu'il y avait des fuyards, on nous prendrait en chasse de manière systématique dès le lever du soleil. Mon père et mon grand-père arrivèrent à leur tour dans la cabane, portant ma mère allongée dans une couverture, sorte de hamac de fortune, qui permit de l'amener jusqu'à la cabane où elle pourrait enfin se reposer, pensais-je. Car je me souvenais parfaitement qu'à cet instant, j'avais encore l'illusion que son malaise n'était que passager. Une fois à terre et plus confortablement installée, elle irait sans doute mieux et ne tarderait pas à se relever. J'attribuais la couleur presque grise de sa peau au mauvais éclairage de nos lanternes. La sueur sur son visage se comprenait moins bien, vu le froid qui régnait dans la cabane.

Les hommes refermèrent la porte. Puis, ils se hâtèrent de calfeutrer du mieux possible la fenêtre et compléter l'installation de ma mère. Il n'était sans doute pas question de faire un feu. J'imaginai que c'était par crainte de révéler notre présence. Nous avions pour toute fortune quelques provisions dans une caisse de bois, le baquet qu'on avait rempli de neige, et des couvertures en quantité. Ma mère poussa un cri, ce fut le dernier avant un autre bien plus angoissant, qui vint bien plus tard.

Elle recommença à gémir et ma grand-mère fit alors signe aux hommes. Manifestement, l'heure était venue. Je n'avais toujours pas compris ce qu'il y avait d'irrémédiable dans cette situation. Car pour moi, il n'était pas question de finir la nuit ici, dans une situation d'inconfort que je n'avais jamais connue jusqu'alors. Ce devait être une étape. On me donna des couvertures et un gros morceau de pain. Il me fallait bien avouer, avec le recul, que la gestion des événements tels qu'ils s'étaient présentés n'avait pas été chose facile. Le départ improvisé, la perte de mon grand-oncle, pour lequel nous n'avions eu ni le temps de nous inquiéter ni de nous attrister. L'heure était à la survie, et bien pire encore, j'allais finir par le comprendre.

On avait couché ma mère sur plusieurs couvertures, ma grand-mère était venue se placer entre ses jambes, je ne savais pas alors pourquoi. On m'avait installé près de la tête de ma mère, et elle me regarda pendant presque tout le temps de la naissance. Ses mains étaient crispées sur les couvertures, sa robe relevée. Ma grand-mère disparaissait derrière un fouillis de tissu. Mon père et mon grand-père de chaque côté de la paillasse tenaient une couverture, comme s'ils avaient voulu nous confectionner une tente. De cette manière pensaient-ils, ils pourraient préserver un maximum de chaleur aux éléments les plus faibles de notre groupe de naufragés. Je regardai le visage fermé de mon grand-père, imaginant qu'il n'avait pas même eu le temps d'un dernier adieu à son frère. Et que le tour de notre aventure et sa fierté ne lui laissaient même pas le temps de le pleurer.

Cela dura un temps interminable, sans doute bien plus que notre évasion en barque. Ma mère pleurait simplement, exprimant sa douleur de la manière la plus pudique possible, cherchant dans mon regard un courage qu'elle ne trouvait plus toute seule. Une unique lanterne avait été laissée allumée, placée là où ma grand-mère s'affairait, à quatre pattes, donnant de simples conseils d'une voix monocorde, comme si elle avait peur de réveiller quelqu'un dans une pièce voisine.

Recroquevillé contre ma mère, je quittais parfois l'abîme de son regard, bien trop désespéré pour pouvoir le soutenir sans discontinuer, et je regardais sur les murs nos ombres tremblantes, fluides et fragiles. Nous n'avions, à cette heure-là, sans doute pas plus de vigueur ni d'espoir que ces fantômes perdus. Seule leur taille démesurée projetée sur les planches donnait encore l'illusion de la vie, et gardait à mon cœur d'enfant le courage nécessaire. Cela dura encore. Tant et tellement que je finis par croire que la nuit finirait avant cette épreuve. Mais, il faisait nuit noire lorsque le cri retentit. C'était un petit cri malingre, timide, un souffle. Un animal qui déjà regrettait qu'on l'ait jeté là dans d'aussi mauvaises circonstances. Mon père descendit vers les jambes de ma mère, je vis briller la lame de son couteau. Puis il revint vers ma mère, l'embrassa sur le front et lui glissa à l'oreille ces simples mots. Les premiers peut-être échangés depuis notre départ de l'île :

— Une fille.

Ma mère ne sourit pas. Je crois que la libération et le choc de la souffrance avaient eu raison de ses dernières vitalités. Ses yeux étaient mi-clos. Je sentis ses muscles se détendre, comme après un long effort, trop long, inutile… Ma grand-mère s'affaira encore de longues minutes, aidée par les deux hommes. Je n'avais aperçu qu'une mèche de cheveux collés de cette nouvelle sœur que je n'attendais pas, comme sortie de la mer. Puis, je l'entraperçus enfin, emballée dans une couverture, les yeux mi-clos, une grimace soucieuse sur le visage, la peau grise du froid ou des efforts pour s'extraire du ventre maternel. Comme si elle avait déjà conscience de la précarité de sa situation. Ma grand-mère s'approcha de ma mère, elle écarta les couvertures. Elle défit le haut de sa robe et on démaillota rapidement l'enfant qui se mit à hurler, de froid assurément. Puis elle glissa le nouveau-né contre la peau de sa mère, avant de replacer les épaisseurs de couverture par-dessus. Je ne l'avais entrevue qu'un instant, sa peau était ridée et luisante, comme celle d'une morue, grise comme son écaille. J'avais dû moi aussi ressembler à ça un jour.

Ma grand-mère, devenue doyenne de notre groupe, semblait donner les ordres. En tous les cas, chacun semblait lui obéir instinctivement. De son expérience dépendait la survie de la meute.

Elle me coucha contre ma mère, à sa droite, et m'emballa dans une couverture supplémentaire. Tel que j'étais installé, je dois dire que je n'avais pas eu à trop souffrir du froid jusqu'alors. Elle vint elle-même s'allonger dans mon dos, me prenant dans ses bras et me serrant de telle manière que je me collasse au plus près contre ma mère. Je sentis le petit corps bouger à mon contact, sous les couvertures. Cette réalité-là, cette première rencontre, était autre chose que la vision. Mon père s'allongea de l'autre côté, contre ma mère, et mon grand-père contre ma grand-mère. On finit d'installer les dernières couvertures, puis l'étreinte familiale se resserra encore, pour ne rien perdre d'une chaleur vitale pour tous, portant en son sein la dernière née. Quelqu'un mécha la lanterne. Ce fut l'obscurité.

Et le bruit du vent reprit naturellement son rôle. Chaque chose qui était restée suspendue depuis notre départ reprit à son tour sa place. La peur d'abord. Et la tristesse ensuite. J'ai senti ma grand-mère qui reniflait contre moi. Son devoir accompli, elle pouvait enfin s'occuper de son chagrin à elle. Mon grand-oncle, il était devenu comme son frère au fil des années. Et elle venait de le perdre pour toujours. Ma mère ne bougeait pas, trop épuisée pour avoir encore la moindre énergie à gaspiller en état d'âme. Il n'y avait que les mouvements de ma sœur, tout contre moi, quelques petits gargouillements, des murmures de succion. Et puis le bruit du vent, encore, en guise de berceuse. Il n'y eut guère de nuit, car une vague lueur commença bientôt à se glisser entre les planches. Toute cette aventure avait duré le temps d'une nuitée entière. Personne ne bougea, d'abord. Moi aussi, je gardais les sens en éveil, impatient de la suite. Je n'avais pas encore froid, mais la faim, sans doute bien mieux que la lumière timide, avait fini de me réveiller. De ma place, je pouvais voir l'extérieur à travers la fenêtre. Mais le ciel était avare de clarté, attestant que la brume régnait encore sur le rocher.

Mon père et mon grand-père se levèrent doucement. Tandis que mon grand-père commençait à s'affairer, Hector sortit directement pour aller se rendre compte du temps et s'assurer que nos ennemis n'étaient pas en vue de notre refuge. Un coin avait été prévu dans la cabane pour le feu. Dans un angle, simplement quelques briques et un conduit de bois au-dessus pour évacuer la fumée. Après avoir occulté la fenêtre avec sa propre couverture, mon grand-père entreprit de nettoyer l'âtre sommaire pour y préparer un feu. Ma grand-mère se leva bientôt elle aussi. Je voulus l'imiter, mais elle me poussa contre ma mère et plaça sa couverture sur moi.

— Reste là pour le moment.

Un petit jet de buée sortit de sa bouche en même temps que ses mots. J'obéis, malgré ma faim. Pendant la nuit, ma mère avait dû bouger, car l'enfant était à présent enfoui sous les couvertures. On entendait le bruit d'une succion goulue. Je me demandai bien ce qu'on allait pouvoir lui donner à manger à celle-là, certainement pas de la morue. Mon père entra et dit :

— C'est de la brume pissouse[118]. Au moins, c'est signe de redoux. Et ils ne prendront certainement pas le risque de nous pourchasser jusqu'ici. Nous pouvons être tranquilles, au moins pour un temps. Comment vont Marguerite et Jean ?

C'est ma grand-mère qui répondit.

— Elle dort encore. Jean est réveillé, mais je préfère attendre le feu pour qu'il sorte des couvertures.

— Il y a les ruines d'une autre cabane plus petite à côté, je vais aller sauver du bois.

Et tout s'organisa en silence. Mon grand-père s'affairait devant l'âtre, ma grand-mère avec une gamelle qu'elle remplit de neige et dans laquelle elle émietta des biscuits. Les premiers crépitements commencèrent et bien vite je sentis l'odeur caractéristique du bois brûlé. Toujours roulé dans ma couverture, je m'assis. La gamelle était à chauffer, ma grand-mère émiettait dedans des feuilles de thé et la remuait régulièrement : la neige fondait rapidement. Mon grand-père calfeutra du mieux possible les plus gros interstices des murs de la cabane. L'espace était tout petit et c'est ce qui nous donna la chance de pouvoir réchauffer l'atmosphère rapidement. Ma mère s'était éveillée et le drap bougeait doucement contre sa poitrine. Mais, je ne pouvais toujours pas voir ma sœur. Le visage de ma mère reflétait une grande fatigue et, même si la lumière du feu lui prêtait quelques couleurs, le choc qu'elle venait de subir transparaissait toujours dans ses traits. Elle me sourit tout de même. Au fond, la situation n'était pas si désespérée : nous avions échappé aux Anglais et l'enfant était né dans des conditions acceptables, compte tenu de notre précaire condition.

Mon père eut vite fait d'entasser une belle pile de planches le long d'un des murs. Apparemment, le bois ne risquait pas de manquer. Mon grand-père rangea dans un coin l'essentiel de notre bagage : les réserves de nourriture, quelques vêtements. Il y avait aussi dans un coin, le petit cahier de ma mère et le coffre en bois qui appartenait à mon père. Ma mère réussit à se lever péniblement et, soutenue par ma grand-mère d'un côté et par moi de l'autre, elle réussit à venir au plus près du feu où elle s'assit. Nous nous assîmes tous pour prendre notre premier repas d'exilés, ma grand-mère nous servit une sorte de bouillie parfumée d'une consistance exceptionnellement dense. Nous partageâmes deux cuillers pour déguster le brouet. Le goût n'était pas franchement désagréable et, lorsque chacun eut fini son assiette, l'impression de satiété était immanquable. C'est alors que ma mère défit doucement la dernière couche de couverture qui emprisonnait le nouveau-né contre elle. Une petite tête étonnée sortit et regarda le feu, les yeux attirés par le mouvement des flammes, des yeux tout noirs. Je n'avais jamais vu d'être humain aussi petit avant elle, ni aussi vulnérable.

— Prions pour sa sauvegarde.

---

118 - Brume avec de la bruine.

Mon grand-père avait donné cet ordre.

— Et pour celle de ton frère ! Avait enchaîné ma grand-mère. Tous deux se regardèrent pendant que mon père et ma mère avaient baissé la tête, cherchant dans leur cœur les mots, qui de la reconnaissance ou de la supplication pour vouer cette nouvelle âme à la protection de Dieu. Mes grands-parents avaient eux aussi courbé leur front en signe de soumission. Moi seul, j'avais gardé la tête droite, fasciné par la vision de l'enfant qui me regardait elle aussi, sans doute sans me voir puisqu'elle ne manifesta aucune émotion.

— Il va falloir lui trouver un nom, dit ma grand-mère avec son sens pratique. Il y eut un silence, que seuls les parents allaient pouvoir rompre. Peut-être y avaient-ils pensé déjà, peut-être en avaient-ils parlé entre eux avant, au temps de la vie paisible sur l'île aux chiens. Ma mère regarda en direction du coffre de bois de mon père et le regarda ensuite dans les yeux. Il hocha la tête avec un air entendu et il prononça ses mots.

— Elle s'appellera Ambre.

Il n'y avait rien à dire. Ma grand-mère se leva, embrassa la petite, mon grand-père traça un signe de croix sur son front ridé, d'un pouce qui l'était tout autant, à l'autre extrême de la vie. Ma grand-mère prit ensuite l'enfant pour aller la changer, car je l'appris bien vite, cet être-là avait les mêmes besoins que nous. Les autres finirent de manger. Ma grand-mère revint et plaça l'enfant dans mes bras et me montra comment soutenir sa tête.

— Tiens, tu vas la garder un peu. Ta mère pourra se reposer, comme ça.

Je restai ainsi près du feu, Ambre endormie dans son cocon de couvertures...

***

Marie remua légèrement. Malgré la fatigue, elle n'avait pas sommeillé un seul instant. Abandonné dans mon récit, j'avais perdu tout contact avec notre réalité, comme si je me réveillais d'une longue nuit, celle que je venais de raconter. Nous avions dû bouger à un moment, car je me trouvai alors à moitié allongé, ma tête posée sur ses jambes. Une de ses mains était posée sur ma poitrine, et l'autre dans mes cheveux agitait ses doigts doucement comme pour me bercer. Comme j'arrêtai de parler, elle suspendit son mouvement. Cette position me parut tellement inconvenante, soudain, que je n'osai bouger de peur d'en révéler l'impudeur. Marie ouvrit les yeux et me sourit.

— Eh bien, il n'y a pas là de quoi avoir peur. C'était une rude épreuve, mais tu es là pour me la raconter.

— Mais de tous, je suis le seul à être encore vivant, aujourd'hui.

Marie ne parut pas surprise, seulement gênée et incapable d'exprimer l'empathie que ses yeux seuls me renvoyaient. Et, je savais que maintenant que j'avais raconté l'histoire, il me faudrait aller jusqu'au bout du drame dont elle connaissait à présent le prélude. Et, pour couper court à ses questions, surpris en flagrant délit d'intimité, je me redressai. Mon pied buta dans un verre de vin oublié par terre.

— Eh, là, tout doux! Tu n'as pas à t'en faire. Je ne te demande rien. Tu me raconteras cela une autre fois.

Je la regardai sans rien dire. Elle enchaîna :

— Quand tu voudras, je ne suis pas pressée.

Je restai debout devant elle, me sentant ridicule, tout autant que dans l'abandon dans lequel je me trouvais quelques instants plus tôt.

— Et, lui, qu'est-ce qu'il va devenir ?

— Je l'emmènerai à Saint-Sulpice pour le faire baptiser. Je connais un prêtre qui n'est pas trop regardant. Après tout, c'est la famille qui paye.

— Et après ?

— Je l'apporterai ensuite aux enfants trouvés, c'est ce qui a été prévu. Son grand-père est très influent. Pour lui, pas question de le garder. La mère ne retournera dans sa famille que dans quelques jours. Dans son état, je ne suis même pas sûre qu'elle soit capable de marcher.

Ainsi, c'était le sort qu'on réservait à ce bonhomme, abandonné sans jamais connaître sa mère. Je fus surpris que cette situation provoquât en moi un tel degré de compassion. Ce fait était si étrange : car je savais que je m'inquiétais de son sort, d'autant plus facilement, que cet enfant n'était pas le mien propre. Même si, d'une certaine façon, il me devait la vie. Je restai devant Marie immobile.

— Tu attends quelque chose ?

Surpris par la question, je reculai.

— Non, je retourne chez moi. On m'attend ce matin, je ne veux pas être en retard. Je ne sais même pas quelle heure il est.

La pendulette indiquait presque sept heures. Je ne ressentais pas encore la fatigue, mais je savais pourtant que la journée allait être difficile. Je me refusais pourtant à partir. Ce qui me souciait au fond, c'était l'avenir de cet enfant et Marie l'avait parfaitement compris.

— Ne t'inquiète pas pour lui. On prendra soin de lui, bien mieux que s'il était resté dans cette famille.

— Ils sont si puissants que cela ?

— Je n'ai pas le droit de te dire. Mais s'ils me demandent, je dirai que c'est toi qui m'as aidée à sauver leur fille. Je les connais, l'enfant, ils ne voudront pas en entendre parler.

— C'est inutile de leur parler de moi. Ce que j'ai fait ce soir est puni par la loi. Je ne veux pas risquer ma tête.

— Tu as sauvé deux vies, il n'y a rien de plus à dire, même si la plus jeune n'a aucun poids. Comment tu l'as fait n'a aucune importance. Crois-moi, si tu ne m'avais pas aidée et qu'elle était morte, tu aurais pu être inquiété toi aussi pour avoir manqué d'assistance. Va, Jean ! Et ne te retourne pas sur lui, c'est inutile. Demain, il ne sera plus là.

C'est cet instant que l'enfant choisit pour se réveiller, commençant par un vagissement impérieux. Marie se leva et me fit signe de partir.

— En attendant, il faut bien que je m'occupe de ces deux-là. Va !

Je me résolus à quitter la chambre, où le feu était en train de mourir. Je jetai une bûche avant de sortir, ramassai mon chandelier qui avait fini de brûler sa dernière bougie, le livre de chirurgie et la boîte d'instrument où je replaçai le scalpel. Sur la lame, le sang avait complètement séché. Je regardai Marie une dernière fois, penchée au-dessus de sa pensionnaire et de son enfant. Elle prit quand même la peine de relever la tête et de me sourire. Et il y avait là toujours la même émotion.

De retour dans ma chambre, je posai mes affaires, retrouvai le désordre que j'avais laissé en partant. Mon manteau sur le sol, la perruque à côté, comme une bête morte, comme ce qui était mort en moi cette nuit. Même si je ne le savais pas encore, une porte que j'avais voulu fermer dans mon cœur avait été abattue. Mais ce sentiment inattendu que j'avais éprouvé lorsqu'elle avait mis l'enfant dans mes bras, c'était bel et bien de la tendresse. Rien d'autre. Alors que je m'étais pourtant promis de ne jamais laisser ce genre de sentiment m'encombrer. Je n'avais pas eu besoin d'y penser et cet enfant était venu sans que je me sois préparé, comme exprès pour moi. Je me refusais à laisser cette pensée m'accaparer plus longtemps. Je remis de l'ordre dans ma chambre, rangeai les habits qu'on m'avait prêtés pour l'opéra. Puis, je sortis chercher de l'eau dans la cour de l'immeuble pour ma toilette. La nuit faiblissait doucement derrière le toit des maisons et les bruits de la ville montaient. J'entendis même les chants de buveurs attardés. Peut-être sortaient-ils du Caveau ? Mais je n'avais aucun regret. Grégoire m'en voudrait peut-être. Nous ne nous étions pas vus depuis si longtemps. Il me faudrait le rencontrer, lui expliquer. Et j'avais vu et entendu suffisamment de l'opéra de Jean-Philippe, pour lui vanter ses talents et les mérites de cette nouvelle œuvre, et surtout du plus fidèle de ses interprètes. Je m'habillai. Sur le palier, j'écoutai les bruits, essayant de percevoir un signe que me ferait l'enfant. Mais tout était calme au-dessus de moi. J'ajustai mon chapeau et sortis.

V

OLYMPE HARDY ET LA MONTRE

Je marchais dans la rue, cette rue que j'arpentais chaque matin depuis de nombreuses années, avec la certitude que ma vie était là, qu'il n'y aurait pas d'autres revers ni d'autres voyages, et que mon destin était venu se poser rue du Four Saint-Germain, trois ans plus tôt.

Cela ferait bientôt dix ans que je travaillais place Dauphine et j'en avais presque oublié les circonstances. À notre arrivée, au mois de juillet 1727, nous prîmes le temps, Grégoire et moi, de visiter un peu mieux cette ville qui semblait ne jamais s'essouffler, même à la nuit noire. C'est ce qui me surprit tout d'abord : le bruit incessant de son activité ronflait comme un soufflet de forge. Il me fallait trouver un gagne-pain. Ce n'était pas encore le temps de la foire et je ne pouvais me permettre de continuer à dépendre de la gentillesse de Grégoire et de l'hospitalité sans limites, quoique taciturne, de son oncle.

L'oncle de Grégoire dormait le jour et travaillait la nuit. Les premiers jours, nous ne nous occupions pas de ses activités, mais, poussés par la curiosité tout de même, il nous prit l'envie un soir de le suivre, pour connaître quel emploi pouvait justifier de si grands mystères. Nous avions bien sûr pensé à la halle aux vins où se faisaient, depuis très tôt le matin jusque tard dans la nuit, des négoces en tout genre. L'origine des marchandises était bien plus large et la simple appellation de vin regroupait toutes les variétés de boissons, alcoolisées ou non. Car en sus des alcools, il s'y vendait aussi du vinaigre, des spiritueux venus d'Italie ou de bien plus loin, jusqu'à d'autres substances inconnues que l'on négociait en cachette, avec des airs de conspirateurs. Malgré une activité grouillante, les halles s'éteignaient quand même quelques heures à la nuit, pour laisser le temps aux vapeurs de se poser un temps. Mais, l'oncle de Grégoire ne travaillait pas là.

Il travaillait comme surveillant de nuit au fort de la Tournelle. Cette ancienne citadelle, autrefois destinée à la sauvegarde de Paris, avait été reconvertie en prison. Et si elle restait bien moins célèbre que la Bastille, son destin n'en était à notre avis pas moins sinistre. Il s'agissait là d'une geôle d'attente, où l'on entassait les galériens avant de les envoyer purger leur peine. L'oncle, qui nous surprit l'espionnant au retour d'une de ses nuits de travail, consentit à nous expliquer sommairement l'organisation de l'endroit où il travaillait. Les galériens étaient parqués et enchaînés côte à côte sur des grands bancs de bois, un collier de métal autour du cou. On ne les emmenait à Marseille pour embarquer que deux fois l'an, au mieux. En attendant, ils vivaient dans des conditions affreuses, purgeant déjà à moitié leur peine par une si misérable condition. L'endroit était très mal aéré, peu éclairé et subissait souvent les crues de la rivière, obligeant à déplacer les malheureux. La paille servant de litière n'était changée que deux fois par mois, les fosses d'aisance n'étaient presque jamais curées. On y respirait un parfum de miasmes et d'humidité et certains condamnés, heureux ou malheureux, finissaient leurs jours sur ces bancs infâmes, avant même d'avoir vu la mer.

Il fallait sans doute une bonne mesure d'abnégation ou de détachement pour travailler là-dedans, au milieu de la pestilence et de la misère humaine. L'oncle de Grégoire nous avait affirmé qu'il y aurait du travail pour nous. Mais ce n'était ni le choix de Grégoire ni le mien et, même s'il nous fallait dans un premier temps gagner notre vie dans un autre métier que celui que nous avions choisi, nous le ferions au grand air, et non au voisinage de ces malheureux. Car, même s'il s'agissait pour la plupart de dangereux criminels, notre jeune âge ne voyait que les conditions de leur détention, ce qui nous semblait définitivement inhumain.

Nous sommes retournés plusieurs fois au Pont-neuf la première semaine, car nous n'étions jamais rassasiés des spectacles qu'on y donnait gratuitement. Après son échauffourée avec les bacheliers, Jean Thomas avait mis quelques jours avant de reparaître, préférant prodiguer son art à son domicile plutôt que risquer à nouveau de provoquer une émeute. Nous ne nous lassions pas des montreurs d'animaux, des chanteurs et chanteuses, des articles merveilleux que vendaient les camelots. Nous prîmes rapidement une certaine assurance, de jour comme de nuit, puisque nous nous étions rendu compte qu'il y avait presque autant d'activité nocturne. Il s'agissait simplement de bien choisir son quartier et son heure. Car, à certains endroits où se pressait une populace grossière sous le soleil éclatant, de belles encanaillées venaient à la nuit comme les biches se repaître en société des spectacles populaires. Les quartiers s'égayaient quand d'autres sommeillaient, veillant à tour de rôle pour ne pas relâcher un seul instant de cette industrie fébrile.

Nous visitâmes la place Dauphine où se pressaient les boutiques les unes contre les autres, revendiquant chacune une spécialité ou un art supérieur à la voisine. Joailliers, bijoutiers, marchands de thermomètres, de baromètres, affichaient des enseignes voyantes pour mieux attirer le chaland dans leurs échoppes. On entendait le jour, le cliquetis des marteaux des ouvriers maniant acier, or, pierreries, ressorts et engrenages avec acharnement. Il y avait sur cette place un air de fête permanente. On y passait du Pont-neuf comme on entre dans un autre pays à l'atmosphère différente, beaucoup plus prospère en fait. Et même si la plupart des badauds n'étaient là que pour voir, et rarement pour acheter, on oubliait d'un coup la rudesse populaire du Pont. Seuls le carillon de la Samaritaine et le boniment des charlatans rappelaient, de loin en loin, d'où l'on venait. On y rapportait toutes sortes de légendes : que Molière était passé par là, en particulier. Molière! Tout me ramenait à Mario et à mon passé. Et j'avais la certitude, en arpentant ces pavés nouveaux, que ma destinée trouverait dans cette ville foisonnante son épanouissement et sa finalité.

Elle faillit bien me coûter la vie, ou mes jambes, et au final seulement mon unique paire de chaussures. En passant devant le numéro vingt-et-un, nous restâmes avec Grégoire à regarder de belles montres, sous une enseigne gigantesque figurant un gousset, n'imaginant pas qu'un jour, nous pourrions nous en offrir une pareille. Ça criait à l'intérieur de la boutique, une voix forte de femme, terrible, qui dominait manifestement les criailleries d'un avorton à la voix d'homme. Nous nous trouvions aux meilleures places pour assister au dénouement de cette scène, dont nous ne connaissions pas les prémices. Et, il faut avouer que les choses allèrent si vite, que nous ne vîmes rien venir. Les voix se rapprochaient. La femme criait :

— Tu sais ce que ça va me coûter, ton incompétence ?

— Je ne l'ai pas fait exprès !

— Tu n'es qu'un bon à rien, ça fait trois fois déjà, ce mois-ci, que tu me gâches ma plus belle marchandise, que tu casses mes outils. Crois-tu que j'aie tant d'argent à jeter par les fenêtres, à cause d'un fainéant comme toi ? Et la commande qui n'est pas prête !

Tout s'enchaîna très rapidement, sans que ni moi ni Grégoire n'ayons le temps de réagir. Mais, j'étais le plus mal placé. La porte s'ouvrit tout grand en claquant sur une sorte de petit homme, sans doute ce qu'on a l'habitude d'appeler un nain. Je n'en avais jamais vu avant ce jour, mais j'en rencontrerais bientôt des bataillons dans les foires. En attendant, celui-ci sauta sur le perron comme un démon au sortir de son enfer. Derrière lui, ça continuait de crier.

— C'est ça, fiche-moi le camp, espèce d'incapable !

Le nain bondit, plus pressé de prendre son envol que de regarder devant lui, me bouscula et me jeta par terre comme un fétu de paille. Derrière lui apparut une femme, à l'air aussi teigneux qu'une vipère qu'on agace. Elle tenait entre ses mains une bassine de faïence, dont elle s'apprêtait à balancer le contenu dans la direction du fuyard.

— Tiens ! Voilà de quoi te payer tes gages !

La cible n'atteignit pas le but escompté, car le larron était déjà hors de portée. Mais, un liquide d'une belle transparence et qui fumait un peu vint se répandre juste devant moi, sur le pavé, inondant généreusement mes chaussures au passage. Cela ne me parut pas extravagant sur le moment, elles en avaient vu d'autres sortes, pensais-je. Il sembla rapidement, en réalité, que cette douche-là était sans doute la plus dangereuse que les malheureuses aient jamais eu à supporter. La femme se mit à crier.

— Malheureux, qu'est-ce que tu faisais là ?

Je n'eus pas le temps de répondre, prêt à balbutier des excuses. Mais elle était déjà sur moi. Elle portait des gants de cuir dans un état pitoyable, tachés, brûlés et troués. Elle s'accroupit et entreprit d'enlever mes chaussures, tout en continuant de maudire dans le vide le fugitif. Lui, il avait déjà disparu en direction du Pont-neuf.

— Regarde ce que tu m'as fait faire, imbécile! Pourvu qu'il ne soit pas blessé.

Tout s'était passé si rapidement, que je n'avais pas eu le temps de réagir. Grégoire était planté à côté de moi, comme une statue. Et la femme venait de m'arracher mes chaussures, découvrant d'un coup l'état misérable de mon unique paire de bas. Le raffut de l'altercation avait attiré d'autres badauds, esthètes itinérants toujours en quête d'un divertissement nouveau et gratis. C'était une nouvelle attraction, dont j'étais en quelque sorte le centre d'intérêt, hélas, bien malgré moi. La femme examina mes pieds, les tourna et les retourna, examinant chaque trou, chaque accroc avec un air entendu. Elle me demanda :

— Tu n'as pas mal?

Non, je n'avais pas mal. Il y avait juste cette odeur tenace et piquante pour le nez, que j'attribuai au liquide qu'elle avait jeté sur mes pieds. Cela forçait presque les larmes. Elle m'expliqua.

— C'est de l'eau-forte qu'on utilise pour graver le métal, de l'acide si tu préfères. Je n'avais que ça sous la main, cet idiot m'a mis dans une rage! Mais apparemment tu n'as rien, je suis désolée.

Ce qui était le plus désolant, c'était bien l'état de mes chaussures, dont le cuir déjà usé se recroquevillait en fumant, boursouflé de cloques. Une des semelles déjà bien fatiguées se décolla dans un petit claquement sec. Heureusement, ce spectacle en forme d'expérience chimique concentrait l'attention des badauds et les éloignait de ma misérable personne et de l'état lamentable de ce qui me servait de bas ce jour-là. La femme était toujours penchée au-dessus de moi, les mains sur les hanches, l'air vraiment en colère. Mais alors, elle l'était sans doute moins contre son apprenti qu'elle venait de congédier que contre elle-même. Car sa fureur venait de lui placer un nouveau problème entre les mains, à savoir ma personne, avec certains soucis de cordonnerie.

Grégoire m'avait aidé à me relever. La femme était moins grande qu'il n'y paraissait, et m'arrivait à peine à l'épaule. Elle était menue, fine comme une tige, la peau tendue sur le visage comme une urgence. On devinait à la maigreur de sa figure les reliefs du crâne humain que je connaissais par cœur. Elle avait des yeux très bleus, comme l'eau d'une fontaine. Ses mains n'avaient pas bougé de ses hanches et elle continuait de me toiser, même si je la dépassais en taille depuis que je m'étais redressé. Pour ma part, j'étais plus gêné de ce qu'il venait de se passer, qu'animé de véritables reproches. Choqué, certes, je n'avais pas plus de verve que ne devait en avoir un gamin de seize ans, fraîchement débarqué de Bretagne. C'est Grégoire qui parla le premier, lui aussi impressionné par la situation, mais pensant avant tout aux intérêts de son camarade. Il lui était inconcevable de me laisser rentrer ainsi, en ayant perdu ma seule paire de chaussures.

— Mais Jean, comment vas-tu faire sans chaussures? Me demanda-t-il, utilisant ainsi une forme indirecte pour ne pas attaquer de front, mais bien sensibiliser tout le monde, le public et l'horlogère, à la situation délicate dans laquelle je me trouvais.

Un bourgeois replet, qui pensait sans doute que sa propre aisance était le commun de tous, lui répondit :

— Hé, dame ! Elles ne valaient pas quatre sous tes chaussures, il n'y a pas grande perte. Tu t'en trouveras de bien meilleures qui t'attendent chez toi.

N'ayant pas de véritable chez-moi, il était encore plus difficile que quelque chose où quelqu'un m'y attendît, en vérité. Et, un tel investissement, même si mes fonds me le permettaient, n'était pas dans mes priorités, du moins tant que je n'aurais pas trouvé un emploi capable de me nourrir. On m'hébergeait, c'était déjà beaucoup. Grégoire enchaîna.

— C'est que c'était sa seule paire, monsieur !

Le bourgeois, ne voulant pas être en reste, crut bon d'ajouter :

— Et bien, qu'il en achète une nouvelle !

Et comme il n'était pas très sûr de la pertinence et de l'accueil de cet ultime conseil, il se dégagea du magma des badauds, diluant d'un coup la foule tout à l'heure avide, comme si l'idée qu'il faudrait peut-être me venir en aide effrayait la plupart. Et aussi vite que le spectacle l'avait attiré, ma gêne dispersa le public comme fétu au vent. Ne restait plus que la digne femme, avec qui régler notre affaire. En réalité, je n'avais pas imaginé espérer une compensation quelconque à ce malheur qui venait de frapper mes pieds. Je regardai un de mes orteils, qui me faisait de l'œil à travers mes bas. Puis, je regardai la dame qui n'avait pas bougé du pas de sa boutique. Elle finit par dire d'un ton irrité, comme si au fond, cette affaire était de ma responsabilité pour m'être trouvé là au mauvais moment.

— Et bien, entre donc ! Tu ne vas pas retourner chez toi nu-pieds, on va bien trouver une solution.

La femme entra dans la boutique, et nous l'y suivîmes. Je n'en ressortis véritablement que plusieurs années après. J'avais rencontré là une grande et noble personne qui, malgré un abord particulièrement sec, cachait mal une générosité sincère qu'elle ne dispensait pourtant qu'avec clairvoyance et une juste rigueur.

Marie-Olympe Hardy était veuve d'un chevalier. Elle gérait elle-même sa boutique avec fermeté, comme seul un homme pouvait le faire, du moins avais-je eu la naïveté de le penser avant de la rencontrer. Il aurait été difficile de lui donner un âge, elle n'en avait pas pour moi, elle aurait pu être tour à tour une mère ou une sœur. À l'époque où je la rencontrai, son commerce florissant se spécialisait dans la réparation des montres et la gravure personnalisée. Il n'était pas rare, en effet, que des clients souhaitent ajouter un nom, une sentence ou même un petit portrait avant d'offrir cette sorte de présent. Et c'est dans ses ateliers qu'on venait de tout Paris et d'au-delà pour réaliser ces commandes. L'acide, c'était pour attaquer avec précision le métal là où le graveur avait dessiné ou écrit.

À l'époque, elle employait trois ouvriers : un pour les réparations, et il avait déjà beaucoup d'ouvrage, un pour la gravure et un commis à tout faire qui s'occupait des commandes, des approvisionnements ou qui tenait parfois la boutique quand elle s'en trouvait absente, ce qui était assez rare. Quelle faute avait commise le graveur ? Nous ne l'avions jamais su et cela n'avait qu'une mince importance. Mais, le concours de situations avait fait que dans le même instant, la commerçante se trouvait dépourvue d'un employé. On débordait de travail dans la boutique : elle devait, en particulier, préparer une livraison importante pour un marquis dans l'après-midi. Sans graveur, il fallait qu'elle se mette elle-même à l'ouvrage. Son commis était souffrant et il y avait une commande indispensable à aller chercher au courrier de Lyon : des mouvements d'horlogerie en blanc, qu'on lui livrait directement de la province du Faucigny. S'il n'y avait personne pour réceptionner le colis, celui-ci repartirait aussitôt et ce serait une terrible perte pour son commerce.

Lorsque nous entrâmes dans la boutique, la femme maigre se mit à tourner en rond comme un chien sans son os. Elle nous avait déjà oubliés, préoccupée dans ses calculs, pour savoir comment elle pourrait finir la journée en ayant honoré toutes les commandes pour lesquelles elle s'était engagée. Puis, elle se retourna vers nous, surprise de nous trouver là.

— Et toi, tu ne pourrais pas y aller ?

Je regardai à nouveau le bout de mes pieds avec un air contrit. Ce rappel peu discret provoqua chez elle une nouvelle grimace.

— Oui, c'est vrai. Et toi, là, le replet, tu sais te servir de tes jambes ?

Grégoire étant un garçon avisé, avait déjà prévu sa réponse : il devait partir, avait une course urgente. Il ne laissait à la femme qu'une seule alternative. Elle sembla soudain furieuse, se retourna et partit dans l'arrière-boutique où on l'entendit appeler son ouvrier.

Grégoire me glissa quelques mots à l'oreille. Il m'attendrait dehors, pas loin sous la statue de bronze. Je n'eus que peu de temps pour apprécier l'atmosphère tranquille de la boutique, il y avait simplement une pendule sur le comptoir pour rappeler où on était. Ici on ne vendait que des montres. Et elles devaient être rangées dans tous les petits casiers qui couvraient le mur en face de moi. Marie-Olympe Hardy revint et jeta négligemment à mes pieds deux godillots, presque aussi usés que les miens, mais entiers.

— Tiens, enfile-les ! Tu vas aller me chercher ma commande sans tarder.

Il n'y avait pas à hésiter, et quand bien même, son ton ne permettait pas la moindre alternative.

— Bien Madame.

— Et ne m'appelle pas Madame. Ici on dit *maître Hardy* !

Et je partis avec l'adresse en poche. Une fois sorti, je me rendis compte que je ne connaissais pas Paris suffisamment, que je risquais de me perdre et de faire échouer ma mission. Je retrouvai Grégoire à l'ombre du cheval. Grâce à son aide et aux renseignements demandés aux passants, nous parvînmes à destination. Je pus rapporter la commande en un temps que Madame Hardy jugea correct, et c'est ainsi que je trouvai un nouveau maître.

De l'horlogerie, je n'appris pas grand-chose chez Olympe Hardy. Je dois dire que sa pire coquetterie était d'user de son deuxième prénom, sans le préfixe virginal, croyant sans doute davantage à la noblesse des divinités grecques qu'à la protection d'un Ciel confus. En réalité, on ne l'appelait jamais maître, on l'interpellait encore moins par son prénom. On l'appelait simplement mademoiselle Olympe, du moment qu'on avait la chance de faire partie de sa maison. Car ce jour-là, c'est ce qui venait de m'arriver. Cette femme impulsive, mais parfaite gestionnaire de son entreprise, avait eu besoin de moi et en même temps avait contracté une dette. Il n'était pas difficile de comprendre, en acceptant de courir pour une paire de chaussures trop grandes pour moi, que ma situation était précaire. M'offrir une place à ce moment-là, c'était pour elle s'adjoindre un employé dévoué et reconnaissant. Avait-elle jugé cela à ma bonne mine ? Sans doute. Avait-elle un instinct pour dépister les honnêtes gens ? Probablement. Mais, elle avait commencé par montrer quel exemple elle faisait de ceux qui avaient la mauvaise idée de ne pas la satisfaire.

La réorganisation de son commerce fut rapide. Comme je n'avais aucune prédisposition ni talent dans le domaine de l'horlogerie, je fus rapidement confirmé dans le rôle de coursier, ce qui en soi était déjà une grande responsabilité, car la plupart des marchandises que j'acheminais avait une valeur conséquente.

Au vu de ma grande carrure et malgré mon jeune âge, on risquait peu de me molester. J'allais toujours vite, presque courant. Car Mademoiselle Olympe m'avait appris comme première règle que, parce que nous travaillions au profit du temps, il n'était pas question d'en perdre la moindre miette. Cela permettait d'en offrir la meilleure part à ses clients. Et, c'est en partie grâce à cette gestion rigoureuse et quasi militaire que l'enseigne de *La Montre* était aussi florissante. L'alcool était interdit dans l'établissement, ainsi que la moindre visite extérieure pendant les heures de travail. Je ne discutai pas les émoluments qu'elle me proposa quand, au bout d'une semaine d'essai où elle avait pu juger de mon efficacité, Mademoiselle Olympe proposa officiellement de me garder à son service. C'était bien plus que ce que nous gagnions à la journée pendant nos meilleures tournées avec Mario. J'acceptai, bien sûr, même si je n'avais pas imaginé que ma fierté se satisferait aussi facilement de ce simple poste de garçon coursier. Il faudrait attendre pour les tréteaux et les représentations.

Au bout d'un mois, j'étais adopté et elle m'offrit la jouissance d'une petite mansarde. Cette générosité représentait pour elle une forme d'avantage. Car sur place, je pouvais continuer à effectuer le travail pour lequel elle me payait, de jour comme de nuit. Et, il m'arriva certaines nuits d'aller porter en secret une montre de prix, qu'un galant anonyme offrait à une maîtresse tout aussi discrète et pourtant très en vue. Nous étions dans une sorte de secret et je sentais un peu plus chaque jour, en côtoyant cette société, que Paris m'appartenait un peu à moi aussi. Mon silence était acquis, mais il n'était pas rare que l'on me gratifiât de pourboires généreux, lâchés sur ordre par des domestiques jaloux.

Je quittai donc Grégoire et son oncle, ne gardant les regrets que pour mon compagnon et préférant de loin un galetas place Dauphine au quartier bruyant des halles aux vins. Ainsi, je n'avais pas été tenu longtemps en tutelle, ce qui était pour moi une situation délicate. Mais, je ne rendrais jamais assez grâce à Grégoire d'avoir facilité en tout mon arrivée à Paris. Je le remerciai et nous nous promîmes de rester en contact, toujours ! Grégoire trouva rapidement un emploi de copiste, grâce à son autre oncle musicien. Il m'avait toujours dit que ce métier lui semblait le moyen le plus court et le plus discret pour approcher les musiciens officiels. C'est ainsi qu'il se fit remarquer rapidement par la troupe de l'Opéra Comique qu'il fréquentait assidûment, ne ratant jamais une foire ni une représentation, trouvant vite le chemin des loges, que ce soit par ses connaissances avec les musiciens eux-mêmes ou par son talent de séducteur auprès de leurs muses. Grégoire atteindrait son but, c'était certain. Nous nous croisions parfois aux foires, il passait à l'occasion à *La Montre*. Mais nos relations s'étaient peu à peu étirées dans leur fréquence, ne perdant rien de leur valeur, puisqu'il sut me retrouver, rue du four Saint-Germain, en 1737, pour m'inviter à la première de Castor et Pollux.

Mais, je ne peux pas passer ainsi dix années de ma vie sans quelques autres précisions indispensables. Mes responsabilités chez Olympe Hardy n'allèrent que croissant, au vu de la confiance qu'elle me témoigna rapidement. Bientôt, j'ouvris moi-même le magasin le matin, je commençai à donner mon avis sur les gravures, négociai les commandes et il ne fut pas long avant que certains clients ne prissent l'habitude de faire appel à moi directement, préférant le commerce d'un homme à celui de l'intransigeant cerbère, dont la rudesse en affaires faisait l'unanimité sur la place. Mais, Olympe avait su s'adjoindre deux des meilleurs ouvriers de Paris. Et comme garçon de confiance et homme à tout faire, je n'avais pas mon pareil moi non plus. Bien vite on m'appela *maître Jean*. Ma patronne sourcilla un peu au début, mais, comme c'était bon pour les affaires, elle ne dit rien, et finit même par m'augmenter, quand elle sentit que l'appel d'autres sirènes risquait de me faire quitter son équipage.

Car, malgré cette place plutôt avantageuse et même inespérée, je n'avais jamais perdu de vue l'héritage de Mario Pomardini, que je voulais mettre en application, améliorer et pourquoi pas transmettre. La proximité du Pont-neuf restait pour moi une aubaine, puisque je l'empruntais plusieurs fois par jour dans mes courses. Je pouvais donc profiter à chaque passage des costumes, des boniments, des tours des charlatans. Bientôt, je connus l'endroit privilégié où chacun exerçait, je savais les noms, les habitudes de chacun. Certains changeaient de costumes en fonction du jour de la semaine, d'autres ne paraissaient qu'exceptionnellement, avares de leur art, tandis que d'autres encore faisaient de la réclame pour qui voudrait venir se faire soigner directement au domicile de l'opérateur. Il y en avait pour toutes les spécialités : pour la pierre, des abaisseurs de cataracte, des experts pour la hernie, qui vous faisaient passer la grosseur indélicate en un tournemain.

Et puis, les arracheurs de dents, bien sûr : ils se disputaient les meilleures places, mais leurs spectacles n'arrivaient jamais à la cheville des fastes que déployait Jean Thomas lors de ces sorties, toujours remarquées et attendues.

J'étais toujours à la meilleure place pour les voir, jamais bien longtemps, car mes courses étaient souvent urgentes. Mais, ma place était pourtant la pire de toutes : car, pour avoir connu la fièvre de la scène, je regardais les parades avec autant de nostalgie que de frustration. Certains faisaient honnêtement pitié à charcuter sans vergogne dans le sang et les cris, donnant parfois à manger les fruits de leur chirurgie à un chien embusqué sous l'estrade. D'autres se contentaient de vendre pommades et onguents, et pour en avoir éprouvé les échantillons, je savais parfaitement que les préparations que je maîtrisais valaient cent fois celles qui s'arrachaient à prix d'or autour de la statue de bronze.

Tout cela ne faisait qu'exciter mon envie de reprendre ce métier, où je n'avais jusqu'alors pris qu'une part modeste et indirecte. Mon travail à *La Montre* m'occupait à toute heure du jour, et donc parfois de la nuit, et il me fallut attendre quelques semaines avant de pouvoir me rendre aux halles de la foire Saint-Germain. On était en octobre, et lorsque j'arrivai derrière Saint-Sulpice, je ne trouvai sous les deux immenses charpentes que de vastes allées de loges, parfois vides, parfois abritant chevaux ou attelages. Je demandai si c'était bien le lieu de la foire et l'on me rit au nez, m'affirmant que j'étais au bon endroit, mais que j'avais au choix quelques mois d'avance pour la prochaine et davantage de retard pour la dernière. Celle-ci ne débutait officiellement qu'au début du mois de février. J'appris en même temps que j'avais raté celle de Saint-Laurent, qui venait à peine de finir du côté de Saint-Lazare, où l'on pouvait, bon an mal an, y retrouver, sinon les mêmes spectacles, bien des artistes qui participaient aux deux manifestations. Beaucoup d'attractions voyageaient en effet de l'une à l'autre au gré de leur succès. Celle-ci commençait au début du mois d'août. Il me faudrait donc attendre l'année suivante pour espérer renouer des contacts imprécis, que Pomardini avait à peine évoqués.

Lorsque je découvris la foire Saint-Germain et que j'y fis mes débuts en 1729, je n'eus qu'une envie, c'était de quitter *La Montre*. Grégoire, que je voyais encore de loin en loin, au début de 1728, me conseilla sagement. Cette foire ne durait au mieux que deux mois dans l'année. Et la concurrence était rude. Il était donc extrêmement hasardeux de quitter une aussi bonne place que la mienne pour une vie, certes plus exaltante, mais ô combien plus risquée ! Car, en même temps que mon emploi, j'y perdais aussi mon logement. Grégoire était la voix de la sagesse, et une fois de plus, je l'écoutai. Et même si je n'y passais que quelques heures chaque jour, je sentais bien que mon destin se trouvait là. Olympe Hardy sentait cette attirance, et elle craignait que certains démons qu'elle avait appris à connaître chez moi ne finissent par l'emporter, au mépris du bon sens et de la logique. Aussi me laissait-elle, en ces périodes-là, une plus grande liberté, réduisant ma charge et mes horaires afin de me libérer pour la foire. Mais, je rapporterai plus loin les détails de cette époque.

Pendant mes années à *La Montre*, je ne perdis pas de vue le sieur Thomas, dont je m'étais fait un modèle, en tous les cas d'un point de vue du spectacle et de la mise en scène, excepté les variantes que donnaient parfois les étudiants à son numéro. En ce qui concernait sa technique, j'étais beaucoup plus circonspect, le trouvant souvent brusque dans ses mouvements. Pour l'avoir observé un certain nombre de fois, je savais qu'il se contentait le plus souvent de briser la dent et d'en extraire la partie superficielle, laissant les racines en place dans les mâchoires. Il y avait donc davantage à admirer dans l'artiste que dans l'opérateur. En 1729, il s'illustra d'une manière fort originale, tout à fait conforme à l'image qu'il donnait de lui, tout en extravagance.

Cette année devait être une grande année pour la France, puisqu'un dauphin était né au roi Louis XV. En l'honneur de cette naissance, Thomas décida de donner une fête. Il fit distribuer des invitations, assurant qu'il arracherait quinze jours durant les dents gratis, et qu'il tiendrait un jour entier table ouverte sur le Pont-neuf. Pour une raison inconnue, le Lieutenant de police envoya saisir le repas le jour de l'invitation, avec défense au Grand Thomas de se montrer. Les convives ne trouvant rien de ce qu'on leur avait promis allèrent au domicile de l'intéressé et une belle échauffourée s'ensuivit. On ne sut jamais vraiment ce qui se passa ce jour-là, mais on l'imagine à sa démesure, en proportion de l'altercation qu'il y avait eu le jour des fusées.

Lorsqu'il alla lui-même en grande cérémonie complimenter le roi et la reine, il s'y rendit sur un cheval orné d'une quantité prodigieuse de dents enfilées les unes après les autres. Pour l'occasion, il portait une sorte de casque en argent aux armes du Roi-Soleil. Un valet tenait le cheval par la bride. Et, l'étrange équipage était assorti d'un tambour, d'une trompette, d'un porte-drapeau, d'un tisanier et d'un pâtissier pour distribuer des pâtés à ceux qu'il voudrait bien honorer de ses faveurs. On se pressa sur son passage, par curiosité d'abord, mais davantage pour le railler. Pourtant, il ne sembla prêter aucune attention superflue aux moqueries, tant il était investi dans son rôle. On n'avait jamais su d'ailleurs s'il avait été ou non reçu à Versailles.

J'essayai moi-même plusieurs fois de l'accrocher. J'allai même jusqu'à lui acheter une potion pour essayer d'engager une conversation, mais il restait extrêmement méfiant, dressant une barrière entre son art et le commun des mortels, comme pour préserver la part magique qu'on lui attribuait sur le Pont. Il y avait chez lui cette démesure en tout, à commencer par le physique qui maintenait cette barrière, et laissait au mystère la part indispensable à sa renommée. Je finis par comprendre qu'il n'y aurait rien à attendre de lui. Car, même s'il avait connu Mario Pomardini et que je réussissais à lui en parler, il imaginerait toute une histoire pour m'éconduire. Il faut dire, pour rendre une certaine justice à sa prudence, que la Faculté recherchait toujours à le contrer, car on disait même que des médecins jaloux auraient été capables de tout pour faire tomber un de ses privilèges et l'empêcher d'exercer, tant son commerce nuisait à la crédibilité des gens de science.

Le peuple, n'ayant pas les moyens ni peut-être l'audace de s'adresser aux gens titrés, se tournait vers les charlatans beaucoup plus pragmatiques, qui savaient leur offrir, en supplément, cette part de distraction qui les rendait déjà moins malades et sans doute plus confiants dans les remèdes qu'on leur proposait. Le talent se mesurait moins à l'expérience qu'à l'art qu'on mettait à vendre les traitements. Plus les histoires qui s'y rapportaient étaient aventureuses et extravagantes, meilleures étaient les publicités que le bouche-à-oreille pouvait en faire. Et bien évidemment, les gens de la faculté faisaient tout pour confondre ces hommes qui avaient des sacs tout pleins de ruse, mais qui ne connaissaient même pas le latin, parmi les rares qui savaient lire ou écrire. Admirés par le peuple, mais détestés et haïs par les autorités, ils restaient donc méfiants, ne se confiant jamais, toujours à distance de leurs admirateurs.

Il n'y avait pas grand-chose à attendre de ce côté-là. Mon activité à *La Montre* prit rapidement de l'ampleur donc et finalement, je me mis moi-même à la porte, puisque l'activité florissante poussa Olympe Hardy à engager un deuxième graveur. Comme les stocks prenaient de plus en plus de place, il ne restait plus qu'un seul local à libérer dans la boutique pour ne pas freiner son expansion, et c'était ma chambre. J'avais pris l'habitude de ce local où j'avais transporté mes effets, et où je stockais mes nouvelles richesses : une pipe qu'il m'arrivait de fumer certains soirs d'été sur un des parapets du Pont, quelques vêtements, et surtout deux paires de chaussures et deux paires de bas, dont je gardais toujours une neuve. De ma mésaventure, qui finalement s'était avérée heureuse, je gardais tout de même un souvenir honteux, dont je ne voudrais plus jamais avoir à rougir. Sous mon lit, je gardais le coffret d'ambre, les instruments et les livres de chirurgie, mon cahier, quelques pommades prises chez Pomardini, et les herbes de Saint-Pierre. Il n'y avait qu'un lit assez mauvais, une table et une chaise, suffisamment pour mon confort et pour me permettre le soir, lorsque j'avais fini mon ouvrage, de me pencher sur les recueils précieux légués par mon malheureux maître. Rien d'autre dans ma chambre qui eut trait, de près ou de loin, à mon activité à la foire.

Cette période insouciante devait donc trouver une fin en 1734, lorsque Mademoiselle Olympe m'informa qu'elle voulait récupérer ma chambre pour y entreposer nos stocks. Bien sûr, elle ne me mettrait pas à la porte tout de suite. Mais, en me dotant d'une prime exceptionnelle et d'une légère augmentation, son incitation avait valeur de congé. Il n'y avait pas de préavis, c'était au mois de juin. Et, je n'avais pas encore suffisamment de relations ni de revenus pour m'installer seul. Mes amis de la foire pourraient certainement m'aider, mais même celle de Saint-Laurent était loin et il me fallait trouver une solution d'ici là. Grégoire, en fidèle ami, ne m'avait tenu aucune rigueur de l'éloignement inéluctable. Il logeait toujours chez son oncle, et m'avait assuré que je pouvais revenir avec eux autant de temps qu'il le faudrait. Bien sûr, il n'était aucunement question de fierté, mais je tenais trop à ma petite liberté, toute relative d'ailleurs, pour accepter de la réduire d'un cran. Ce geste aurait eu pour moi un ton de défaite. Et ma progression dans ce domaine était tellement ténue, les sacrifices faits sur mes ambitions tels qu'il n'était absolument pas question de discuter ce choix : ni avec le bon sens et la générosité de Grégoire, et encore moins avec moi-même. Et cet orgueil mal placé risquait, d'un coup, de me ramener au rang des malheureux qui campaient au pied du cheval de bronze, par tous les temps et par tous les vents. J'avais parcouru les annonces des *Affiches de Paris*[119], mais les biens proposés étaient pour la plupart beaucoup trop chers et s'adressaient à une partie de la société dont je ne faisais pas partie. Je compris rapidement que je n'avais rien à attendre de ce côté-là.

C'était un lundi, le lendemain du dimanche de Pentecôte, que je rencontrai pour la première fois Marie Courval. Je me souviens avec précision de la date, car nous avions gardé la boutique fermée la veille. C'était exactement comme cela que ça s'était passé.

Je rentrais d'une course et elle attendait sur la banquette destinée aux clients, à l'intérieur de la boutique. Olympe Hardy était absente. Le graveur avait reçu la cliente et lui avait demandé de m'attendre, puisque en l'absence de notre maîtresse, j'étais le seul interlocuteur avec lequel elle pouvait espérer traiter. Lorsque j'entrai, elle resta assise, ne sachant si j'étais celui qu'elle attendait, me trouvant peut-être trop jeune pour la responsabilité d'une telle maison. L'ouvrier chargé de la gravure sortit de l'arrière-boutique et me désigna la femme, qui ne m'accordait pas plus d'intérêt que si j'avais été un autre client.

— Il y a cette dame pour toi.

Elle se décida enfin à me regarder et je fus tout de suite frappé par ses yeux très sombres. Elle était mise strictement, un foulard blanc encadrait son visage et masquait complètement sa chevelure. On ne lui donnait pas d'âge, mais la profondeur de son regard et le grain de sa peau auréolée de rousseurs lui donnaient un charme qui se moquait des ans. L'emprise de certaines personnes fait parfois que les circonstances s'inscrivent d'emblée dans la mémoire. Sa mise était simple, mais propre. Le reste s'effaçait derrière, révélant une personnalité dans laquelle on avait immanquablement envie de plonger. J'avais l'avantage d'être chez moi, en quelque sorte, et son air inquiet me confirmait dans ma position.

— Madame.

Elle se leva. Elle n'était pas très grande et sa silhouette augmentait encore l'impression de fragilité que j'avais eue au premier coup d'œil.

— Non, non, je vous en prie, restez assise. Que puis-je pour vous ? Souhaitez-vous voir nos modèles de montres, est-ce pour une gravure ?

Je remarquai qu'elle serrait entre ses mains un mouchoir blanc, noyé dans les replis de sa robe de toile. Elle n'avait rien d'une cliente de la noblesse ni d'une bourgeoise non plus, et en tous les cas, rien ne permettait d'imaginer chez elle une quelconque aisance. J'avais tout de suite compris qu'elle n'était pas là pour acheter. Comme moi, elle faisait partie de cette caste dont le principal souci est la subsistance au jour le jour, et pour laquelle il n'est nul besoin d'accéder, même en rêve, aux objets d'un luxe inutile. La valeur des choses n'étant pas la même pour tout le monde, cela permet souvent à chacun de reconnaître ceux de son espèce. Elle parla d'une voix déterminée.

— Je ne suis pas là pour ça.

---

119 - Gazette qui relatait les avis divers, annonces de spectacles, petites annonces, avis de décès…

Elle regarda autour d'elle, comme si elle cherchait quelque chose avant d'ajouter :

— Vous n'avez pas un endroit plus tranquille où nous puissions discuter ?

— Si, bien sûr, si vous préférez. Suivez-moi.

Sa demande m'avait surprise. Mademoiselle Olympe avait aménagé dans son bureau une sorte de petit salon, où nous pouvions recevoir les clients de marque, leur assurant ainsi toute la discrétion nécessaire, tout en leur témoignant la déférence que leur rang exigeait. C'était une pièce relativement petite qui donnait sur la cour, juste à côté des ateliers. Pour tout mobilier, en dehors du bureau que maître Hardy n'occupait que rarement, se trouvaient deux cabriolets de toile et un petit meuble bas qui ressemblait grossièrement à un chevet. On l'avait tapissé de velours écarlate, frappé aux armes royales. C'est là que nous présentions nos produits à nos clients les plus fortunés. La visiteuse sembla satisfaite de cette intimité et me regarda avec insistance, jusqu'à ce que j'aie complètement fermé la porte du bureau derrière nous. Je pouvais tout imaginer, car à cette époque, on pouvait voir de riches comtesses déguisées en soubrettes pour nouer leurs intrigues, des marquis envoyaient leurs domestiques en avant-poste pour leur propre compte. Des espions de la police pouvaient aussi bien prendre toutes les apparences et user de cette ruse grossière pour débusquer d'éventuelles fraudes aux taxes. Et pourtant, je ne ressentais rien de tout cela : la sincérité émanait de sa personne, elle n'était là ni pour l'intrigue ni pour le scandale.

Je lui désignai un des deux sièges où elle s'assit sans se poser complètement et je m'assis à mon tour sur le siège en face, le petit meuble de présentation entre nous. Je lui souris simplement, pour tenter de rompre ce malaise qui semblait l'accaparer tout entière. Et comme elle ne se décidait pas à parler, je crus bon d'ajouter :

— Ici, nous ne serons pas dérangés. Je vous écoute, Madame.

Elle hésita encore un moment et commença.

— À vrai dire, je suis plutôt ici pour vous proposer quelque chose.

Puis, comme elle aurait jeté une pierre sortie du feu qui lui brûlait les mains, elle lâcha de son mouchoir une montre sur le velours rouge.

— Voilà.

Je jetai simplement un œil à l'objet, qui paraissait somme toute assez banal et lui parlai franchement.

— Je crois que vous vous méprenez, Madame, nous vendons des montres ici, nous n'en achetons pas.

— Je sais, mais prenez quand même la peine de l'examiner. Peut-être pourriez-vous me dire quelle est sa valeur ?

Je savais qu'il n'était pas question d'acheter cette montre et je préférais ne pas imaginer quelles conditions de nécessité extrême avaient poussé cette malheureuse à venir frapper à la porte de la boutique. Pour son projet, notre enseigne était sans doute la plus mauvaise possible. Ces yeux insistants étaient sur moi, jusqu'à faire baisser les miens. Elle avait annoncé ce qu'elle souhaitait et cela ne justifiait aucun argument supplémentaire. Elle imaginait développer une force de persuasion suffisante pour obtenir gain de cause. Mes yeux se dérobant, je cherchai une distraction dans la montre. Elle n'était pas de métal précieux, n'était pas gravée. Il n'y avait aucune pierre sur le remontoir. Je ne voulais pas toucher l'objet pour ne laisser aucun espoir, de peur de la décevoir, tout simplement. Et cette seule pensée risquait de me faire fléchir.

Olympe Hardy n'était pas philanthrope, et guère encline aux négociations d'usurier comme elle le disait elle-même. Une des règles essentielles de la maison, et dont j'étais le second garant, était de ne rien acheter à nul autre qu'à nos fournisseurs. Aucun client ne devait pouvoir s'imaginer nous vendre quelque camelote que ce soit : montre, accessoire, écrin, produit d'entretien, matériaux, pierreries ou même assurances ou certificats. En dehors des relations déjà établies et négociées par elle, il n'y avait aucun espoir d'entrer chez nous pour nous vendre quoi que ce soit, pas même une montre, qui serait sortie autrefois de nos ateliers, pas même une montre de chez Graham Georges ou de Huygens[120]. C'était en ces termes précis qu'elle nous avait donné ses ordres. Et il n'y avait rien à faire à essayer d'y déroger. L'instinct ne faisait jamais bon ménage avec les affaires, mais elle se réservait seule quelques petits écarts, parfaitement mesurés et toujours fructueux. Elle avait parfaitement raison, en outre, car je n'avais aucune compétence particulière dans le domaine et, même si j'avais beaucoup appris depuis mes débuts, j'étais tout juste capable de différencier une montre en état de marche d'une carcasse d'engrenages rouillés et poussiéreux.

Pour dire à cette femme quelle était la valeur de sa montre, j'étais incompétent. Mais, lui avouer que je ne pouvais rien pour elle, semblait un degré trop élevé dans l'ordre des choses qui me semblaient possibles.

— Pourquoi n'êtes-vous pas allée voir un prêteur ?

— Je les ai tous consultés, ils m'en offrent une misère. Elle appartenait à mon mari, il y tenait beaucoup.

— Peut-être devriez-vous aller voir nos autres collègues sur la place. Malheureusement, nous n'achetons pas aux particuliers.

C'était dit, mais ça n'avait pas l'air de la surprendre. Elle essaya tout d'abord la flatterie :

— On m'a dit le plus grand sérieux de votre maison. Je ne voudrais pas que l'objet finisse en de viles mains, vous comprenez, il y a l'aspect sentimental en plus.

— Je suis désolé.

Je n'avais pas touché la montre. À peine regardée. La femme ne semblait pas vouloir renoncer à son projet et en tous les cas n'était pas prête à la reprendre. Elle sentait sans doute mes hésitations, ce qui lui gardait un espoir imbécile, celui qui reste et s'accroche d'autant que l'on sait la cause perdue.

— S'il vous plaît.

— Je suis désolé, Madame, d'autant que je n'ai aucune compétence dans ce genre d'expertise. Maître Hardy pourrait sans doute en apprécier parfaitement la valeur marchande. Elle n'est pas à la boutique cet après-midi.

---

120 - Célèbres horlogers, respectivement anglais et hollandais.

Malgré moi, j'ouvrais une porte que j'aurais dû laisser fermée. Elle exploita cette faille sans hésiter, d'une façon si surprenante que je n'eus rien le temps de dire.

— Très bien. Je vais vous la laisser le temps qu'elle l'examine. Et je repasserai demain pour recevoir votre réponse.

Elle était déjà debout. Je me levai aussi. J'avais pris la montre que je lui tendis.

— Non, il n'y a rien à espérer. Vous perdez votre temps.

Elle était déjà près de la porte, la main sur la poignée. Elle souriait humblement.

— Je vous fais confiance, ce n'est qu'un tout petit service.

Je savais très bien que je ne montrerais pas la montre à Mademoiselle Olympe, et que je ne ferais aucune estimation, ce qui d'une certaine façon, encouragerait la malheureuse à poursuivre les négociations. Elle avait passé la porte et s'apprêtait à sortir du bureau. Elle continuait de sourire, comme pour sceller mon concours d'un cachet de charme.

— Je reviendrai demain.

— Ne partez pas ! Je ne sais même pas qui vous êtes, que je vous donne au moins un reçu.

Mais, même un dernier sursaut de professionnalisme ne put me sauver.

— Si l'on me cherche, demandez Marie Courval, rue du four Saint-Germain.

Elle ferma doucement la porte sur elle, me laissant debout et pétrifié au milieu du bureau, la montre à la main. Je ne voulais pas courir derrière elle, car je savais qu'au fond, depuis le début, si cette femme était venue solliciter une aide et qu'elle avait eu affaire à moi plutôt qu'à ma maîtresse, c'était sans doute pour une raison précise. Je regardai la montre bêtement. Elle fonctionnait, donnait l'heure, était façonnée d'un acier assez rude et comme je l'avais remarqué au premier abord, ne présentait aucune marque, aucune complication du mécanisme. C'était une montre pour donner l'heure, pas pour offrir. Elle n'avait pas plus de valeur que celles que certains camelots vendaient sur le Pont, quelques pas plus loin.

Je réfléchis longuement à ce qu'il convenait de faire. Cette femme dans le besoin avait retenu ma sympathie pour une raison que je ne comprenais pas. Il n'y avait rien de provocant chez elle, ni dans les gestes ni dans la tenue. Rien qui n'ait éveillé mes sens ni ma tendresse. C'était autre chose. Elle était plus âgée que moi, et à mon âge cela comptait beaucoup. Il n'était pas question que je présente la montre à Maître Hardy. Elle ne m'apprendrait rien de plus sur l'objet, se moquerait de moi, au mieux. Au pire, cela entamerait ma crédibilité auprès d'elle. En effet, lui montrer ainsi une certaine forme de faiblesse, c'était démériter. Les autres ouvriers me confirmèrent la médiocrité de la montre. L'un d'entre eux se demanda même si justement, elle ne venait pas tout juste d'être acquise à vil prix de l'autre côté du Pont. Je pensais la femme incapable d'un tel stratagème. Le lendemain, je devais être en course toute la journée et quand la femme reviendrait récupérer son bien, elle se retrouverait en face de

Mademoiselle Olympe. Et cela, je ne le voulais pas non plus. Finalement, il n'y avait qu'une seule décision à prendre.

À la fin de mon service, je partis montre en poche en quête de ladite Marie Courval, pour lui restituer son bien. Je connaissais très bien la rue du four Saint-Germain et cela m'avait sans doute engagé à prendre cette décision. J'achetai à un pâtissier un petit croissant garni et le mangeai en chemin, me demandant comment j'allais retrouver la femme, sans adresse plus précise. Arrivé rue du four, je demandais à une vieille femme que je croisais si elle la connaissait. Elle hocha la tête tout de suite, et m'indiqua un porche à quelques pas de là.

— Vous ne pouvez pas vous tromper, tout en haut de l'escalier.

Et elle continua son chemin.

Je passai le porche qu'on m'avait indiqué, je montai. Au deuxième niveau se trouvait une porte assez simple. Le palier s'arrêtait là. J'attendis quelques instants, à l'intérieur on entendait les vagissements d'un nourrisson. La soirée était déjà avancée et j'eus un doute l'espace d'un instant. L'urgence dans laquelle j'avais trouvé cette femme l'après-midi m'avait précipité à sa porte sans grande anticipation. Et je me rendais compte qu'il était sans doute une heure bien tardive pour aller déranger une femme chez elle, sous un prétexte aussi approximatif et peut-être exagéré. Les dernières lueurs du soleil de juin continuaient à combattre l'obscurité de l'escalier. Encore quelques minutes et il ferait trop sombre ici pour un honnête homme.

Je ne pouvais évidemment pas me résoudre à laisser la montre sur son palier, sans la lui avoir remise en mains propres, c'était indigne de sa confiance. Repartir avec était aussi idiot, d'autant que cela mettait complètement en défaut le projet que j'avais formé sans vraiment me l'avouer. J'avais emporté avec moi une petite bourse, que je prenais parfois pour mes dépenses, mais que j'avais garnie avec beaucoup trop de prévoyance, plus que ce qu'il m'arrivait de prendre sur moi. À vrai dire, j'y avais placé quelques économies, de la valeur approximative de la montre augmentée de quelques livres. *On ne sait jamais*, m'étais-je menti en préparant cette bourse.

Mon plan était complètement échafaudé, puisque j'avais montré la montre à mademoiselle Olympe, prétextant que c'était celle de mon père, pour en avoir une estimation. Elle l'avait examinée avec attention, car elle savait qu'elle ne l'achèterait pas. Mais, elle concéda pour moi à une expertise gratuite, ce qu'elle ne faisait jamais en temps normal.

— Elle n'a pas grande valeur, mais c'est un bon mouvement. Elle vient de Suisse, et elle est en bon état. Tu pourras en tirer 40 livres. 45 si tu te débrouilles bien. Mais où que tu la vendes, ne dis pas que tu travailles chez moi, ça me nuirait.

Et elle m'avait rendu l'objet. Pas question, donc, qu'elle l'achète, même à son fidèle commis. 40 livres, c'était une somme et même si je l'avais à disposition, c'était une méchante coupe dans mes économies. C'était pratiquement le prix d'un muid[121] de vin. Je savais que ma maîtresse m'avait annoncé la vraie valeur de l'objet. La femme avait dû la proposer à des prêteurs ou à d'autres marchands qui n'avaient guère dû lui proposer plus de 30. J'avais calculé généreusement que je lui en offrirais 45, en mon nom propre, dussé-je faire rougir ma modestie. Pas question de compromettre le nom de la maison qui m'employait. Je devais assumer seul cet altruisme imbécile, mais qui m'avait semblé indispensable. Il y avait sans doute une bonne raison pour me pousser à faire ça, en dehors de la bonté. Mais arrivé devant cette porte, imaginant toute une histoire, je ne pus me résoudre à frapper, mes sentiments contradictoires ayant fini de combattre et le bon sens et la timidité ayant gagné de haute lutte. Je fis sans doute du bruit en redescendant l'escalier, car je n'avais pas dépassé la troisième marche que j'entendis la porte s'ouvrir au-dessus de moi.

— Il y a quelqu'un ?

Je fus tenté d'accélérer, mais, jugeant que cela ajouterait le ridicule à ma couardise, je m'arrêtai et me retournai. Sur le palier, la femme était en chemise, son fichu toujours serré sur ses cheveux. D'une main, elle tenait une simple bougie et de l'autre un nourrisson avide, pendu à son sein à de bruyantes préoccupations nourricières. Elle devina ma gêne tout en me reconnaissant. Elle sourit.

— Vous êtes venu, Monsieur, comme c'est charitable.

Et ce mot même me gêna, me plaçant d'emblée dans un rôle que je ne souhaitais pas. Si j'étais là dans un but précis, c'était pour lui acheter sa montre comme elle le demandait, pas pour recueillir sa gratitude. Je restais immobile, une main sur la rampe, prêt à continuer.

— Ne restez pas là, montez.

— Il est tard, je n'aurais pas dû. Je reviendrai demain.

— Non, s'il vous plaît.

Elle restait à me regarder, pleine d'espoir, sans doute. Je remontai les dernières marches et passai devant elle, à son invitation pour entrer chez elle. Elle ferma la porte derrière nous. C'était une petite pièce fonctionnelle avec un simple lit, une table, deux chaises. Dans le fond, il y avait une porte entr'ouverte d'où montaient les braillements conjugués de plusieurs autres bébés. Sous le toit, il faisait extrêmement chaud, ce qui était très incommode et ajoutait à mon malaise. Une odeur terrible planait là-dessus, mélange de lait caillé et d'excréments. J'en déduisis que la femme, connue de tous, était sans doute une nourrice. Et je compris aussi pourquoi elle ne s'était pas formalisée de ce sein pâle et rond qu'elle laissait exposé sans honte. C'était comme si un ébéniste avait eu idée de cacher ses mains. La vision n'en était pas plus facile pour moi et je devais faire un effort constant pour ne pas laisser glisser mes yeux sur cette poitrine épanouie, parfaitement blanche et lisse. Mais, Marie Courval avait pris l'habitude de ne pas les cacher malgré le regard ambigu que les hommes pouvaient y porter. Elle ne m'en tint donc pas plus rigueur qu'à un autre.

— Asseyez-vous. S'il vous plaît.

---

121 - Unité de volume équivalent à 274 litres.

Elle me présenta sa meilleure chaise.

— Celui-ci a fini, je vais le recoucher. J'en ai pour un instant.

Elle posa la bougie sur la table près de moi. Heureusement, l'unique fenêtre était ouverte, mais je ne voulus pas me montrer grossier en allant m'y pencher pour m'extraire de cette ambiance infernale. Il n'y avait aucune décoration et les murs nus n'avaient pas été enduits depuis plus d'un siècle. Marie Courval revint bientôt, me donnant à voir son autre sein, et un autre bébé beaucoup plus jeune boudant la tétée. Elle le stimula un peu en lui parlant avec douceur. L'enfant remua les mains, agrippa le mamelon sombre et se mit en devoir d'extraire son souper. Elle s'assit en face de moi, souriante et confiante dans le verdict que je venais lui apporter. Malgré ma curiosité, il n'était pas de mon propos de lui demander ce qui justifiait le sacrifice de la montre. Mais, à voir son empressement, je craignis tout à coup que mon offre ne la satisfasse pas. Il n'était pas trop tard pour reculer : je pouvais me contenter de lui rendre sa montre. Mais, en face d'un désarroi qu'elle masquait si mal, je me sentais complètement démuni. J'hésitai encore, lorsque je commençai à parler :

— Comme je vous l'ai annoncé tantôt, notre maison ne peut se charger elle-même d'une telle négociation.

Elle était au bord des larmes, peut-être, mais ne montrait rien, se concentrant sur l'enfant qui mordillait sa peau avec agressivité. Je continuai.

— Mais je me suis chargé de votre demande auprès de confrères. C'est une montre de bonne facture, mais qui n'a rien d'un objet de luxe. Dans son état actuel, la meilleure proposition qui vous est faite est de 50 livres.

Marie Courval releva la tête. Une mèche de cheveux noirs glissa de son bonnet pour accrocher son front. Je vis dans ses yeux la déception, d'abord, puis un calcul rapide. Car il s'agissait là sans doute de la meilleure offre qu'elle pourrait avoir, puisque je l'avais moi-même largement surestimée. Il n'y avait au fond aucune surprise, car elle savait parfaitement la réalité des choses. C'était sans doute le sacrifice sentimental qu'elle en faisait, qui rendait la transaction plus difficile et la rétribution de toute façon dérisoire.

— Posez l'argent sur la table. Je vous remercie.

Je ne sais sincèrement pas pourquoi j'agis alors de cette façon, car au fond, elle ne me témoignait aucune reconnaissance pour ce que je faisais pour elle. Mais, j'étais en pleine contradiction en espérant des remerciements, alors que, quelques minutes plus tôt, je me vantais d'un altruisme de la plus grande pureté et du désintéressement le plus chevaleresque. N'était-ce pas au fond plus simplement l'effet de la vexation ? Je me levai alors, posai la bourse de 50 livres.

— Voilà, madame.

Puis, je posai juste à côté la montre et me pressai vers la sortie sans rien dire.

— Attendez !

Je me retournai. La femme était en pleurs, ce que je n'avais pas voulu, mais qui au fond était à craindre.

— Je suis injuste, pardonnez-moi.

— Ça ne fait rien, je vous laisse. Lui dis-je, ma main sur la porte, prêt à sortir.

— Restez ! Que je vous explique.

Et la curiosité me reconduisit à ma chaise, où je m'assis pour écouter son histoire. Elle me raconta.

Marie Courval était d'origine italienne, elle avait épousé en arrivant à Paris un jeune et fringant militaire. Elle en parlait sans émotion, peut-être pour se protéger. Il était mort à la guerre en 1733, au siège de Kehl. De savoir contre qui et au nom de quoi il se battait n'avait guère d'importance pour lui, et encore moins pour sa veuve, si ce n'était que, privée de sa pension, elle n'arrivait plus à tenir sa maison. Elle élevait seule son fils Nestor. Certes, elle était propriétaire de l'immeuble qu'elle occupait, mais elle arrivait à peine à payer les taxes. Son seul locataire, qui habitait l'entresol, avait préféré partir plutôt que supporter les cris des enfants et l'atmosphère difficile. Deux jours plus tôt, on lui avait demandé une certaine somme, qu'elle eut l'élégance de me taire pour payer son brevet de ventrière. Nourrice, n'était que son activité corollaire. Et même si elle exerçait de manière plus ou moins officielle, le brevet lui était indispensable. Elle ne m'en avait pas révélé davantage sur le fonds véritable de son commerce. Je ne le découvris que plus tard.

L'urgence de sa survie dépassait tout, et au fond, la perte de la montre n'aurait pas été un si grand chagrin, si elle avait permis d'améliorer sa situation financière. Ce qui manifestement ne serait pas le cas, malgré ma générosité.

Je l'écoutai et une idée toute simple nous mit d'accord avant la fin de la nuit. En acceptant de louer l'appartement laissé vacant, de lui verser l'acompte pour quelques loyers d'avance, je lui permettrais de régler plus rondement ses dettes. Je savais que je n'aurais aucun mal à convaincre Olympe Hardy de m'avancer la somme nécessaire, puisque cela lui épargnerait des scrupules en me mettant à la porte pour récupérer ma chambre à *La Montre*. J'avais un nouveau logis et en même temps, une nouvelle connaissance. Et je me rapprochai de la foire Saint-Germain, ce qui n'était pas pour me déplaire.

VI

LA FOIRE SAINT-GERMAIN

La foire Saint-Germain était une institution. Celle que je découvris datait du quinzième siècle et durait selon le bon vouloir du roi, une paire de mois. Elle commençait au début du mois de février. Quelqu'un là-bas avait-il encore souvenir de mon illustre maître ? Rien n'était moins sûr. J'avais raté la foire Saint-Laurent l'année précédente et je me présentai donc en février 1728, par grand froid, devant cette vaste ville dans la ville, où se déroulait une activité fébrile, excentrique et extraordinaire. Nous avions fait quelques foires bretonnes avec Pomardini, à Saint-Malo ou ailleurs, mais celle-là n'avait rien à voir. Comme les bâtiments, les rues et les personnes qu'on rencontrait à Paris étaient hors de proportion avec ceux de province, la foire Saint-Germain n'échappait pas à la règle, elle non plus. Mieux qu'un événement, plus qu'un monument, c'était une institution dont on devait l'initiative à Louis XI, m'avait-on dit.

Deux halles se côtoyaient. Leurs longueurs dépassant la centaine de pas et leurs largeurs, prises ensemble, tout autant, elles formaient une sorte d'immense carré. L'ensemble était complètement couvert et protégeait artistes et spectateurs des intempéries du début d'année. Neuf rues et vingt-deux travées partageaient le tout en vingt-quatre îlots, où l'on pouvait dénombrer un nombre de loges impressionnant, abritant chacune une attraction différente. Je connaissais les deux bâtiments, puisque je les avais visités une première fois, hors saison. Ils m'avaient alors paru comme une grande carcasse vide et silencieuse. Pour prévenir les risques d'incendie, on avait installé, çà et là, des puits et des citernes. Autour de la foire elle-même, un grand espace vide avait été laissé pour protéger les maisons environnantes d'un même risque. On y entrait par sept grandes portes qui drainaient toujours une foule dense et compacte, à toute heure du jour et de la nuit, qu'il neige ou qu'il vente. C'était une espèce de temple qui absorbait inlassablement ses fidèles, comme si ce flot ininterrompu ne se faisait que dans un sens, les fidèles disparaissant dans un mystérieux holocauste. La rue du four, dans laquelle j'allais habiter plus tard, donnait directement sur la foire.

La première fois que j'y entrais, la foire était commencée depuis quelques jours seulement, mais les affaires allaient déjà à un train prospère. Et, s'il avait fallu retenir une leçon de cette première journée à la foire Saint-Germain, elle n'aurait pas été excellente, car dans une même journée et dans un seul lieu, on s'était attaqué d'un même coup à ma bourse et à ma vertu. Peut-être qu'au fond, j'aurais dû y venir accompagné. J'aurais pu demander à Grégoire. Je n'avais guère que quelques sous dans ma bourse lorsque j'y pénétrai, mais l'histoire prouva que c'était encore trop… ou pas assez.

Les halles étaient agencées de manière assez rigoureuse, même si dès qu'on y entrait, on était saisi par une impression de grande confusion, comme si des colonies d'insectes de toutes sortes y fourmillaient sans souci des autres. En périphérie, se trouvaient les marchands en gros qui débitaient des tissus, du drap et autres marchandises de la sorte, et jamais nul n'en verrait sans doute de plus variées et dans de si grandes quantités. Les merciers rivalisaient entre eux pour présenter dentelles, étoffes et galanteries de toutes sortes, en flattant la coquetterie des visiteuses. À en croire les marchands qui vantaient leurs stocks, certaines venaient d'Inde, d'autres d'Asie ou de plus loin encore. On trouvait ensuite des marchands d'autres sortes, ouvriers, artistes, vendeurs de l'objet le plus raffiné à la camelote la plus banale : verrerie, porcelaine, vaisselle, couverts, mais aussi bijoux, sculptures, peintures. Dans les loges des artistes, les toiles s'entassaient les unes sur les autres et il n'y aurait pas eu assez du temps de toute une foire pour les regarder toutes. Les lustres brillaient au-dessus de l'ensemble et faisaient chatoyer à l'envie bracelets, pierreries vraies ou fausses, pour des princesses d'un jour, et pour quelques sous parfois.

Puis, il y avait les exhibitions de toutes sortes, de tous pays encore et de toujours plus loin. On me rapporta que quelques Indiens d'Amérique avaient été présentés, mais c'était quelques années avant que j'arrive à Paris. Il y avait les montreurs de curiosités : d'animaux sauvages, ou d'hommes d'autres contrées, de monstres, de géants, de nains, d'hommes et de femmes difformes, dont la seule vue suffisait à ôter le sommeil pour plusieurs jours. On y exposait parfois, dans certains bocaux à peine translucides, des formes cauchemardesques, pour peu qu'on imaginât leur parenté même lointaine avec la race humaine. Mais l'idée d'un enfant couvert de poils, dont la couleur changeait chaque saison, ou d'une jeune femme de dix-neuf ans qui conversait sans langue, n'était-elle pas mille fois plus inquiétante ? On m'avait même parlé d'un homme à deux têtes, dont la deuxième sortait au milieu de son ventre, et d'un homme sanglier, couvert de soies de six lignes[122] de longueur, plantées comme celle d'un hérisson et qui tombaient en automne, puis repoussaient ensuite.

Un mouton à deux têtes, une chèvre à cinq pattes rivalisaient parfois avec les animaux de contrées inconnues, comme autant d'autres monstres, aux noms extraordinaires. Un rhinocéros fut montré une année, une autre fois ce fut un éléphant de mer, qu'on apporta des mers du nord. D'autres bestioles étranges venues d'Afrique ou des Indes. Des lions, des tigres, comme ceux que Noé avait accueillis dans son arche. On en montrait la progéniture, et seulement âgés de quelques mois, de jeunes tigres dépassaient déjà en taille des veaux nouveau-nés. Le Levantin qui les présentait exhibait aussi, disait-on, la peau des parents qui dépassait les dix-sept pans de longueur.

---

122 - Ancienne unité de longueur équivalente à un douzième de pouce, soit 2,25 mm.

On aurait dit que toutes les richesses et les curiosités du monde entier s'étaient concentrées dans cet endroit. On y sentait tous les parfums, celui des épices, et ceux moins subtils des comtesses, dont elles se vaporisaient abondamment en guise d'hygiène. Mais, ce mélange avait raison de l'odeur de la boue et de la crasse de Paris, ce qui n'était pas chose facile. À moins que, l'esprit lui-même, distrait par tous ces équipages, n'ait oublié le temps de la visite, ce que son nez endurait quand il était dehors.

Et puis, il y avait les spectacles, et c'était encore autre chose d'imaginer que dans chacune des loges s'exerçaient, avec le plus grand art et un talent variable : les danseurs de corde, les dresseurs d'animaux, les chanteurs, les comédiens, ou encore les marionnettistes ou les mimes. On y voyait des dresseurs de rats qui dansaient sur un fil, des chiens sachant compter, des chats d'une grande habileté. Des singes aussi, et puis des marionnettes encore aux costumes plus chatoyants que ceux de leurs maîtres. Il y en avait pour tous les goûts. Et, au milieu de ce palais de féeries, circulaient en outre nombre de vendeurs ambulants, qui de limonade, qui de thés rares de Chine, de biscuits ou de chaussons, de pâtés ou de friandises.

Tout cela, on m'en avait parlé et j'avais imaginé cet amalgame bruyant d'après les témoignages de tous ceux que j'avais questionnés, avant le jour où je passai la porte de la foire pour la première fois. Malgré tout ce que je m'étais imaginé, malgré le bruit qui gonflait déjà lorsque l'on s'approchait, ma surprise fut aussi forte que je l'avais imaginée. On entrait sous ces halles presque en baissant la tête, tellement la construction était impressionnante et l'on se redressait dans un palais aux mille délices, où le murmure de la foule allait roulant sous les charpentes, au gré de musiciens qu'on ne voyait pas, dans une symphonie anarchique au souffle formidable.

Ce qu'il y avait d'impressionnant, également, c'était la chaleur qui régnait sous les hautes voûtes de bois. Dehors c'était l'hiver, dedans l'été. Dehors c'était Paris, dedans : les Indes, l'Orient, la Prusse ou l'Afrique. Dehors c'était l'odeur sauvage de la rue masquée par le froid, dedans le mélange des parfums, l'odeur rassurante du bois qu'on brûlait dans les braseros et de celle d'un gigantesque banquet où l'on aurait mélangé toutes les victuailles ensemble. Tout cela submergeait d'un coup le visiteur, qui ne pouvait manquer de se laisser emporter par le dépaysement, comme si d'un pas il avait pu franchir avec l'esprit et les sens, les milliers de kilomètres nécessaires pour rassembler toutes les richesses et les curiosités trouvées là.

J'entrai dans cette Babylone légale, puisqu'elle était gérée par l'abbé de Saint-Germain. Tout ce qui se passait dans cette caverne était donc béni par les saintes autorités. J'étais presque aussi timide que lorsque j'arrivai à Paris le premier jour. S'y ajoutait l'émotion d'imaginer que Pomardini y avait sans doute vécu quelques riches heures de sa vie de charlatan. J'arrivai dans le début de la matinée, et le temps me perdit dans les travées où je déambulai avec une certaine paresse, sans idée précise de ce que je cherchais. Malgré les quelques sols qui étaient au fond de ma bourse, je n'avais pas envisagé de dépense particulière.

Pas plus que je n'avais imaginé comment j'allais procéder pour retrouver la trace de mon défunt maître, après tant d'années. Je me laissai donc aller au plaisir facile de la contemplation, regardant plutôt de loin les attractions où l'on risquait de mettre mes économies à contribution. J'examinai, avec beaucoup de sérieux, des pièces de verreries dont on me vanta l'usage. Et je crus bien que le vendeur eut l'illusion que l'affaire était faite, tant je m'en étais laissé conter par l'habile marchand. Mais il n'était pas le plus habile des deux. Comme je l'abandonnais à ses désillusions, le croyais-je, il entreprit aussitôt un autre visiteur avec un nouvel entrain et le même boniment.

Je continuai mes explorations, restai peu de temps dans le secteur des drapiers où Molière avait peut-être traîné ses chausses enfant, entre les jambes de son père. Je n'étais pas un grand connaisseur dans le domaine de l'art et je ne m'attardai pas non plus chez les marchands de tableaux. Je m'intéressai davantage aux étals des épiciers et des herboristes, retrouvant les fragrances de certaines plantes que j'avais appris à reconnaître pendant mon apprentissage. J'en arrivai au quartier des spectacles et je sentis monter une sorte d'excitation, comme une bête à proximité de ses congénères. Comme si je n'avais vécu depuis mon arrivée à Paris que pour cet instant. Les représentations de Jean Thomas n'avaient fait, au fond, qu'exciter cet instant.

Je m'arrêtai quelques minutes encore pour admirer des automates. Je n'avais encore jamais vu de telles machineries. Celle qu'on exposait à l'extérieur de la loge était assez admirable, déjà. C'était une haute femme habillée en campagnarde. Sur sa tête se tenait la figure d'un pigeon. À un commandement, elle levait seule un verre qu'elle tenait en main pour le présenter devant le bec du pigeon. Il en sortait du vin blanc ou rouge, au gré des spectateurs. Le plus extraordinaire dans tout cela, c'est que la mécanique se mettait en mouvement sans la moindre intervention humaine ou animale. À l'intérieur de la loge, Archambault y présentait encore deux autres mécaniques beaucoup plus admirables, à en croire l'affiche. La première mettait en scène un épicier à son comptoir, capable de servir seul, à la demande des spectateurs : thé, café ou sucre. La seconde représentait un Maure qui se déplaçait seul et effectuait un petit concert avec un marteau qu'il frappait sur une cloche de bronze. Je ne pus assister à ces merveilles ce jour-là, car le spectacle n'était donné qu'en après-midi, après trois heures.

Dans une loge voisine se trouvaient des danseurs de corde. C'était une véritable troupe, de près de vingt personnes, qui occupaient l'espace à plusieurs pieds du sol, sautant et dansant sur un filin aussi aisément que s'ils s'étaient déplacés à mes côtés, sur le sol. Ils se disaient héritiers des frères Alard. La lignée était illustre, et même si depuis leurs heures de gloire, d'autres troupes avaient tenté de rivaliser avec eux, leur seul nom suffisait à attirer le monde bien mieux que n'importe quel autre argument. Pierre et Charles avaient été les premiers à fonder une troupe d'équilibristes et ce n'est qu'en 1721, lorsque Charles se tua au cours d'un numéro, que Pierre décida d'abandonner la corde pour se faire arracheur de dents. L'accident avait eu lieu à la foire Saint-Laurent et les Alard ne s'y produisaient plus, ni aucun membre direct de leur famille, d'ailleurs. Mais, le nom seul était gage de qualité, de prouesse et d'audace.

On entrait dans la loge sans rien payer. On distribuait à l'entrée une affichette énonçant un programme avec des numéros d'acrobates, d'équilibristes et d'autres choses encore plus merveilleuses, dans lesquelles on laissait tout le mystère pour mieux appâter le chaland. Je n'avais pas grand risque à courir, et, même si je savais que l'on me demanderait de verser mon obole à la sortie, j'aurais de toute façon le choix du montant de ma générosité. J'entrai donc sans hésiter, sachant la réputation de cette famille et l'existence d'un opérateur en son sein. Il y avait peut-être une piste à fouiller dans cette voie.

Une jeune fille en habit d'arlequin était en train d'évoluer à plusieurs pieds au-dessus du sol. La corde paraissait étonnamment fine entre ses pieds seulement chaussés de bas. Elle regardait droit devant elle, les bras tendus à l'équerre et par une impulsion imperceptible du bassin, elle imprimait à la corde un mouvement de balancier latéral, comme le roulis d'un bateau. Et le dangereux mouvement, menaçant à chaque fois son équilibre, allait en s'accentuant. La jeune fille souriait au-dessus des spectateurs, dont la confiance aveugle leur épargnait toute notion de danger à se trouver ainsi sous elle. Les admirateurs, pour la plupart masculins, s'étaient rassemblés et je me demandai s'ils étaient là pour admirer les prouesses de la créature ou ses propres formes. Son charme ondoyant y était en effet pour beaucoup. Et, il était autrement plus avantageux que celui de la femme obèse, qui proposait, dans la loge voisine, de révéler l'avenir à qui oserait venir noyer sa main dans la sienne.

Un comparse jeta d'abord à l'équilibriste deux flambeaux, avec lesquels elle jongla sans interrompre le balancement hypnotique de la corde. Puis, ce fut avec un troisième qu'elle poursuivit l'exploit. Au-dessous, on applaudissait chaleureusement à chaque nouvelle prouesse. Puis, elle jeta une par une ses torches à l'appariteur. Celui-ci s'empressa de les éteindre et lui envoya en retour une nouvelle corde avec laquelle elle entreprit de sauter, redevenue fillette et mutine. Elle avait ralenti quelque peu son mouvement de balancier pour pouvoir sauter : à pieds joints d'abord, et finalement d'un pied sur l'autre, dans une extraordinaire défiance à toutes les lois fondamentales de l'équilibre et du raisonnable. Les badauds comptaient les sauts en cadence, on alla jusqu'à plusieurs dizaines. Et il semblait que leur plaisir ne pourrait avoir de fin qu'après le décompte d'infinies centaines. Cela prit fin tout de même, et après avoir jeté la corde au sol et complètement arrêté son mouvement, la jeune athlète prit un appui imaginaire de ses bras dans l'air et s'envola dans une pirouette en arrière, pour retomber sur ses deux pieds, au milieu des spectateurs.

Il s'en fallut de quelques pouces pour qu'elle vienne écraser ses pieds sur les miens. Autour de moi, on applaudissait. Devant moi, un visage enfantin me souriait avec une effronterie que je n'aurais pas imaginé pour l'âge présumé. J'aurais presque pu croire qu'elle l'avait fait exprès : soit par provocation, soit pour affrioler davantage les spectateurs. Ses yeux brillaient de l'excitation et de la fièvre que donne le triomphe après la concentration. Ils étaient d'une si grande clarté qu'on y distinguait difficilement le bleu du gris. Sa peau ruisselait de la sueur de son exercice. Celle de ses mains était mate comme un cuir précieux, celle de son visage disparaissait sous le blanc, sa bouche se tordait dans une grimace qui se voulait amusante.

— Merci !

Ne me quittant pas du regard, elle tendit sa main dans laquelle l'assistant posa le chapeau qui manquait pour parfaire sa tenue d'arlequin. Mais, alors que je pensais qu'elle allait le mettre sur sa tête pour saluer et clore la représentation, elle me le tendit directement, ne doutant pas un seul instant que son seul sourire déjà suffirait à délier ma bourse. Et, comme il semblait que je ne m'exécutais pas assez rapidement, elle agita le couvre-chef sous mon nez. Je portai ma main au côté sans hésiter. J'étais sous le feu de tous les regards, et, puisque j'avais assisté au spectacle de la plus privilégiée des façons qui soit, il était impensable que l'artiste ne fût pas récompensée en premier, par celui qu'elle avait choisi pour cible. Seulement, là où j'aurais dû trouver ma bourse, il n'y avait plus rien. À cet instant de désarroi, je n'eus pas le temps de me demander à quel moment ni depuis combien de temps on m'avait ainsi soulagé. La fille avait vu mon geste, et en habituée de ce genre de prétexte, elle avait aussitôt anticipé.

— Et bien, ne me dis pas qu'un tire-laine est venu te soutirer mon pain ?

Il y avait dans sa voix, juste ce qu'il fallait de bonhomie, une pointe de doute pour attirer l'attention de tous sur mon indélicate et grossière pingrerie. Je grimaçais, n'imaginant pas qu'on puisse douter de ma bonne foi. Mais la jeune fille n'était pas prête à me croire, n'était-ce que pour les quelques sols qu'elle avait prévu de me soutirer. Ils étaient essentiels, puisque c'étaient les premiers pour attirer les suivants des poches des autres spectateurs. La situation devint vite extrêmement délicate. Je fis mine de chercher ailleurs ce que je savais que je ne trouverais pas. On m'avait volé ma bourse, peu importait où. J'avais acheté un petit macaron à un marchand ambulant, mais je ne savais plus quand. On m'avait bousculé de nombreuses fois et cela avait pu se produire lors de n'importe laquelle de ces occasions. La fréquentation de la foire était telle, pendant la première semaine, que les travées étaient toujours encombrées. Et comme il n'y régnait aucune réglementation spécifique, chacun y allait de son pas et à son gré, flânant simplement au milieu d'une foule toujours dense.

Mais, l'heure n'était pas à ce souci, mais bien à ses conséquences : j'avais beau prendre l'air le plus contrit possible, ce qui n'était guère difficile compte tenu de la réalité de ma situation, la jeune femme ne semblait vouloir n'accorder aucun crédit à mon avarice, prête à me faire honte devant tous les autres spectateurs, indignés par le stratagème dont ils étaient persuadés. Elle s'approcha de moi, gardant toujours dans le ton une nuance légère, ne cherchant pas à exciter l'opprobre, mais plutôt à jouer de ses capacités de séduction pour dénouer ma générosité. Si seulement j'avais pu ! Je me contentai de faire non de la tête. La jeune femme était presque contre moi, toujours souriante, et son assurance m'effraya doublement. Lorsqu'elle comprendrait qu'elle s'était trompée, elle ne manquerait pas de passer sur moi sa frustration d'une manière que je n'osais imaginer. Mais cette crainte resta au second plan, car je sentis son corps chaud et souple contre le mien. Et cette proximité alluma des ardeurs oubliées, sans que je n'aie rien à imaginer. Mon corps seul parlait, comme s'il avait voulu répondre de lui-même au sien.

— Vilain camoufleur! Je connais les garçons de ton espèce. Tu n'as pas l'air pourtant si misérable, j'y mettrais mon bonnet. Et puis, tu sembles trop honnête pour attendre que je te fouille pour trouver ton argent.

— Non, je…

Elle m'interrompit d'un doigt sur mes lèvres, geste imprévu de la part de cette femme, à ce moment-là. Cela eut certes pour effet de me faire taire, mais aussi de révéler une excitation presque incontrôlable. Ses mains couraient déjà sur moi sans aucune pudeur, remontant le long de mes bras, cherchant quelque poche secrète, secouant les replis de tissu dans l'espoir d'y faire tinter quelque pièce. Autour de moi, on se délectait de ce supplément imprévu. La jeune fille admit finalement mon indigence. Trouverait-elle une pirouette en digne acrobate pour que nous puissions sortir l'un et l'autre de cette situation? Pour elle, c'était plutôt facile, restait à savoir si elle daignerait me ménager ou chercherait une basse vengeance.

— Eh bien, on dirait que je me suis trompée! Parmi vous, messieurs, y aura-t-il quelqu'un d'assez généreux pour prêter à cet indigent quelques sols pour le prix de mon adresse?

Son sourire avait suffi, elle se détourna de moi d'un coup, comme si je n'existais plus, ajoutant au mépris la plus grande des frustrations. Son bonnet d'arlequin se remplit rapidement, puis les spectateurs sortirent de la loge pour d'autres distractions, pleinement satisfaits de celle qu'ils quittaient. J'allais partir moi aussi, quand un vieil homme habillé en Hercule, à la stature imposante, malgré sa calvitie et une barbe blanche et vénérable, entra.

— Alors, il paraît qu'il y a une hirondelle[123] dans ma loge?

L'homme vint se camper devant moi. Je dois avouer qu'on oubliait vite son âge en face d'un tel athlète.

— Qu'est-ce que tu cherches ici, mon bonhomme? Ne sais-tu pas qui je suis?

Et faut-il bien en effet que tu n'en aies pas la moindre idée pour venir ainsi manquer de respect à ma troupe, à mon nom et à *ma petite catin*[124]?

— Je vous assure, monsieur, que telle n'était pas mon intention. On m'a dérobé ma bourse ce matin.

— Et, quoi? Tu n'avais qu'à y faire attention et y prendre garde avant d'entrer ici.

Ma réponse était la plus mal inspirée que j'aie pu imaginer.

— Et qui sait si je ne l'avais pas en entrant?

L'autre rugit.

— Et en plus, tu as l'outrecuidance de laisser entendre que c'est dans ma

123 - Resquilleur (familier)
124 - Surnom authentique de Catherine Restier.

loge qu'on t'a dérobé ton bien ? Quelle mouche te pique donc à venir porter le scandale dans ma maison ?

Sa colère était terrifiante, et l'outrage apparemment extrême. Elle était telle que la jeune acrobate était même passée derrière moi, craignant elle aussi quelque retombée. Derrière le vieil homme se tenait l'appariteur, qui avait sans doute dû informer le chef de la troupe de ce qui s'était passé.

— Tu n'es pas chez Saint-Edme[125] ! Ici, on ne fait pas crédit. Tu n'avais pas à entrer si tu n'avais pas d'argent. Je suis Restier, premier du nom, chef de la plus grande troupe de danseurs de corde de toutes les foires. J'ai survécu aux attaques des Comédiens français et de bien d'autres. Et ma famille continuera longtemps à faire briller cet art, bien après ta mort, jeune impudent. Tu viens me narguer avec ta jeunesse, mais ça n'est pas suffisant ! Celle que tu viens d'offenser séant est la fille de Vieuxjot, mon gendre. Pas le moindre des artistes de ma troupe lui non plus.

Pendant sa harangue, j'avais senti une pression dans le bas de mon dos : une main qui cherchait quelque chose. Par réflexe, j'y glissai la mienne. Des doigts frais et poudrés glissèrent dans les miens une simple pièce de monnaie. Je savais que la danseuse se trouvait derrière moi. Ajoutant à ses talents d'équilibriste, celui d'escamoteuse, elle nous sauvait. Moi, du déshonneur au mieux, ou de quelques coups de bâtons, elle, de réprimandes injustes, mais probables.

— Que fais-tu pour gagner ta vie, jeune imbécile, toi qui sais te distraire aux dépens des autres ?

— Je suis commis chez un horloger.

— Rien que ça ?

Cela ne sembla pas l'impressionner et en tous les cas, ne le rassura pas sur ma respectabilité. J'avais maintenant ma pièce au creux de la main, ne restait plus qu'à trouver le meilleur moment pour lui donner ce qu'il exigeait. Resterait ensuite à justifier pourquoi j'avais fait tant de difficulté pour m'acquitter du prix de mon passage entre ses murs.

— Eh bien, imagine que je vienne dans ta boutique et que je te demande une réparation pour une montre. Ton ouvrier va passer du temps pour son ouvrage et tu devras le payer pour ça. Seulement, le jour où je viens chercher ma montre, je n'ai rien pour te payer.

— Je garderai la montre.

— C'est une idée, mais qui n'est ni juste ni équitable. Tu le comprends ?

Au fond, je n'avais pas envie de discuter avec lui, car je sentais que ses arguments tournés dans tous les sens finiraient par avoir raison du bon sens. Je lui tendis ma main droite grand ouverte, dans laquelle je découvris un liard de cuivre. La surprise le fit taire d'un coup. Il me regarda avec un sourcil suspicieux, craignant sans doute que je sois en train de le mystifier. Derrière moi, la jeune femme s'était très légèrement écartée pour ne pas risquer de révéler la supercherie. Je restai la main tendue, comme on tente d'apprivoiser un oiseau avec un morceau de pain. Mais en l'occurrence, il s'agissait bien plutôt d'une part

---

125 - Autre troupe célèbre de danseurs et de sauteurs de corde.

disproportionnée de brioche que je lui proposais en échange de son pardon. Et sa réaction, aussi imprévisible que celle d'un oiseau sauvage, me fit sursauter. Il piocha d'une main avide la pièce dans le creux de ma main, la regarda avec un air suspicieux, puis satisfait, il referma sa serre sur sa proie.

— Ne recommence jamais ça ! Et à l'avenir, fais un détour quand tu passeras devant ma loge. Cela t'évitera de piètres souvenirs.

Et il repartit comme il était venu, suivi du félon appariteur, me laissant seul avec la jeune femme.

— Merci.

— C'est de ma faute, il y a tous les jours des visiteurs comme toi qui ne veulent pas payer. Et pour eux, la meilleure excuse, c'est de faire croire qu'on leur a volé leur bourse. Il y a la loge à louer, les musiciens à payer. Et il ne reste pas tant que ça de la recette à la fin de la journée.

— Alors, pourquoi m'avoir aidé ?

Elle me regarda avec un sourire désolé.

— Ce qui est arrivé est un peu de ma faute. Si je n'avais pas insisté, si je t'avais fait confiance. Et puis, le vieux Restier est aussi proche de ses principes que de son argent.

— Je ne sais pas comment te remercier. Je reviendrai tantôt te rembourser.

— Tu ne l'as pas entendu, à ta place je ne reviendrais pas traîner par ici. Tu n'as qu'à plutôt m'aider. Suis-moi.

Sans attendre ma réponse, elle me tourna le dos et se glissa derrière une tenture qu'elle maintint entre-ouverte pour que je puisse la suivre. Après un étroit couloir, nous entrâmes dans une sorte de petit boudoir. En fait, une pièce carrée avec au centre une chaise et une table jonchée de fards, perruques et autres vêtements dans un grand désordre. Au mur, pendus à des clous, des costumes de toutes les couleurs et pour toutes les tailles apparemment. Il y en avait même pour les enfants. La pièce était borgne, éclairée par quelques chandelles seulement. Elle se retourna vers moi en souriant et répondit à mon air inquiet.

— Pas de souci, nous sommes seuls. Ils sont partis manger, à cette heure.

Je n'étais pas parfaitement certain d'être rassuré, soudain, voyant dans son sourire quel allait être finalement le prix à payer. La jeune femme avait retiré sa veste, qu'elle jeta sans précaution sur le dossier de sa chaise avant de s'asseoir. Elle prit sur la table un petit miroir qu'elle cala du mieux qu'elle put. Puis elle commença à défaire la couche de fard qui masquait son visage. En même temps, son regard capta tout de suite le mien dans le reflet. Je retrouvai d'un coup le désir qui m'avait surpris tout à l'heure. Il était peut-être encore temps de partir. Le chemin pour quitter la loge était court. La dette n'était qu'un maigre prétexte et j'aurais pu au fond m'en acquitter. Mais je sus à cet instant, lorsque le gris de ses yeux s'accrocha à mon regard comme un hameçon, que la cause était entendue. Je n'avais pas plus de volonté de fuir qu'elle de me laisser filer.

— Tu veux bien défaire mon corset ? Je m'appelle Catherine, d'où mon surnom. Tu t'appelles comment ?

— Jean.

Un immense entrelacs de lacets séparait toute la hauteur de son dos, retenant les deux pans de son uniforme. Je n'avais jamais été confronté à ce genre d'attirail. J'avais vu une fois Gersende se battre dans une tenue avoisinante : jupon et corset. Mais, il n'avait pas été question, alors, de me mettre à contribution pour défaire ce qu'une autre main avait dû serrer avec vigueur.

— Je ne sais pas comment on fait.

Catherine prit cet aveu de plusieurs façons.

— Qu'est-ce que tu crois ? Je connais les hommes ! Allez, tu n'as qu'à défaire le nœud qui est tout en haut et après tu tires les ficelles de chaque côté.

Je commençai à obéir, voyant aussitôt le corset se desserrer comme si je venais de déclencher une machine infernale dont j'allais perdre le contrôle. Mais je savais que c'était le cas depuis déjà longtemps.

— Mais ?

— Quoi ? C'est la pudeur qui t'étouffe ?

La moitié de son visage avait retrouvé sa couleur naturelle et l'on pouvait y voir la trace d'une mauvaise cicatrice qui barrait toute la joue d'un éclair violacé. Catherine se retourna et se leva. Le lacet m'avait échappé et le corset perdait toute contenance, libérant les formes de la jeune femme. Elle ne laissa aucune place à ma surprise, sans doute habituée au regard des hommes qui devait changer à la vue de cette disgrâce. Elle prit ma tête entre ses mains.

— Ne pense pas à ça.

Son corps était venu se coller au mien et il fut impossible de résister à la moindre de ses impulsions. Chaque geste, elle le commandait, le dirigeait d'une main ferme et décidée, ne laissant rien au hasard. Elle trouva sans difficulté les derniers remparts de ma virginité : mon pantalon se rendit sans résistance et ma volonté perdit toute illusion, effaçant même les détails les plus inconvenants de cette entreprise. Catherine était contre moi et faisait tout pour deux, me libérait, donnait de l'aisance à ses formes chaudes, soulevant son jupon d'une main et assurant sa prise de l'autre, comme un ferronnier empoigne la patte du cheval qu'il va ferrer. Il ne me vint pas de comparaison meilleure, lorsque dénué de toute expérience dans la chose, je laissai à l'acrobate l'initiative complète de ce nouveau numéro. Elle avait calé sa tête dans mon cou, ne cherchant pas un baiser, cherchant surtout à nous faire oublier sa cicatrice. C'était un acte désespéré, un rituel obscur de magie, un sortilège : en espérant qu'une fois l'acte consommé, l'éclair ingrat de sa joue aurait disparu.

Elle glissa une de mes mains entre ses cuisses et la chaleur se mêla à une sensation étrange, lorsque mes doigts glissèrent dans une toison aussi dense que le pelage d'un agneau. Je n'avais aucune idée de ce qu'il y avait de plus à faire dans cette exploration. Elle plongea ma main plus loin, m'assurant ainsi qu'il n'y avait pas de limites à l'indécence et qu'il fallait chercher plus profond les sensations qu'elle était en droit d'attendre. Mon autre main explorait ses fesses. Et cette nouvelle sensation me porta aux limites du désir. Catherine continuait à me serrer contre elle, me chuchotant :

— Tout doux, ne te précipite pas.

C'était elle qui décidait de tout. Cette autorité me surprit, mais stoppa en même temps le flux insurmontable qui semblait bouillir en moi. Puis, elle me repoussa d'un coup et je me retrouvai assis sur la chaise. Et sans que j'aie eu le temps d'essayer de conserver équilibre ou dignité, elle était sur moi, et j'étais en elle. Ses seins s'étaient libérés, mais, dans ce fouillis de sensation, je n'eus même pas le temps d'analyser s'ils étaient conformes à mon imagination. En un instant, j'avais imaginé mille choses lorsque j'avais compris ce qui allait se passer. Et en l'espace de quelques caresses, mille images contradictoires étaient venues se mélanger aux odeurs, à cette tension immense que je devais tenir, au souffle bestial de cette fille dans mon oreille, à ces mains indécentes qui prenaient, caressaient, manipulaient inlassablement, pétrissaient : les siennes comme les miennes. Instinctives, elles échappaient à tout contrôle, et même à celui du souvenir. Car à ce degré de sensations, il n'y avait plus rien à compter et rien à dire. La bestialité originelle prenait toute la place.

Et, comme tout à l'heure sur son fil, l'équilibriste amorça sur moi un autre mouvement. Il fut lent et doux quelques secondes avant de devenir une sorte de cavalcade. Catherine fermait les yeux, la tête en arrière, comme si elle sentait le vent de la chevauchée sur ses joues. Et puis, ce fut un débordement. Comme si, arrivé en haut d'une montagne, tout le chargement que j'y avais poussé patiemment m'échappait d'un coup, dévalait la pente de l'autre côté malgré moi. Cela dura quelques secondes : des saccades dont la volupté allait chercher ses racines au plus profond de mes tripes. La vague revint et repartit quelques fois, comme une brûlure, avant de mourir complètement et de s'abandonner dans une vague douleur paresseuse. L'écuyère ralentit doucement puisqu'elle avait dû sentir que j'étais arrivé au terme.

Cela avait été trop rapide à mon goût, et sans doute au sien. Elle me regarda quelques secondes dans les yeux. Elle souriait doucement, avec cette forme d'indulgence dont les femmes ont le secret, la perfidie en moins. À quoi pouvait-elle s'attendre d'autre de la part d'un garçon de dix-sept ans, dont c'était la première expérience, qui plus est, entrepris comme elle l'avait fait ? D'autre part, elle savait qu'avec plus de douceur, elle aurait pris le risque de ma fuite. Mais, aucun choix n'avait sans doute guidé son action. Elle posa une main sur ma joue, un peu comme on flatte un animal.

— Ne t'inquiète pas.

Je n'appris que plus tard que ce genre de phrase cachait l'amertume de la déception. Et qu'un homme honnête devrait toujours s'inquiéter, justement, quand une femme parlait de la sorte.

Elle se dégagea mollement. C'est alors que la scène reprit toutes les lumières de l'obscénité. Une fois la fièvre et la fougue passées, tout redevenait trivial, presque laid, nous montrant avec précision chaque épine de notre animalité. Je me sentis soudain sale, épuisé d'un effort dont j'attendais davantage. Et cette souillure que j'avais tolérée me prenait à la gorge, m'obligeant à me taire. Cette seconde en suspens prit toutes les couleurs de mon dégoût, accrochant au passage la cicatrice infâme, venue comme un blasphème éclairer ce visage que je détestai. Catherine vit ma grimace et préféra se retourner, plutôt qu'affronter le miroir de mon mépris. Mais elle était bien plutôt pour moi, cette moue dédaigneuse. Je voulais fuir, tout de suite. Mais à ma différence, Catherine ne découvrait pas cet instant, pas plus que le précédent. Elle n'y trouvait pas le malaise qui me prenait, mais le reconnaissant chez moi, elle s'efforça de l'écourter pour le rendre le moins pénible possible.

— Pars maintenant, et ne reviens jamais.

— Mais ce liard que je te dois ?

Et c'était sans doute, la pire chose à dire à cette femme qui venait d'échanger ma virginité contre son expérience. Je la rabaissai encore sans le vouloir, car après l'aversion pour ses difformités, j'y ajoutai un trait sur sa vertu, la plaçant au rang des plus basses.

— Tu ne me dois rien. Mais ne reviens jamais, je te dis. Va, maintenant, ils vont revenir. Et ils comprendront vite ce que tu fais là.

En femme d'habitudes, elle avait déjà ajusté ses bas, remonté son jupon et finissait de détacher seule le maudit corset. Je fis mine de l'aider, car il était entremêlé dans le dos.

— Laisse !

Et je vis couler des larmes, sillonnant le fard avec paresse. Je me rhabillai à mon tour, et la peur venant s'ajouter au reste, je partis en courant. Je cherchai la sortie de ce labyrinthe où je venais de m'égarer, bien mieux que le premier des débutants. J'hésitai plusieurs fois sur le chemin, me perdant dans la foule, ne sachant plus rien de l'heure ni de ma situation. N'ayant aucune pensée pour ma bourse volée, et encore moins pour mon altercation avec le digne Restier. Il n'y avait plus rien à attendre de cette journée que l'oubli, un oubli total, que ma mémoire irait ranger avec tant d'autres choses dans le grenier de ma désespérance. J'avais vécu bien des choses pires que celle-là, mais il y avait dans cette histoire tellement de gâchis qu'on aurait pu la recommencer cent fois, sans pouvoir y trouver, ni pour elle ni pour moi, une rédemption acceptable.

Je courus presque pour retourner à *La Montre*, et comme Olympe Hardy m'avait accordé ma journée, je gravis les marches jusqu'à ma chambre en hâte pour me retrouver seul. Seul avec moi-même, avec cette sorte de mépris qui colle à la peau, comme les humeurs que nous avions échangées. Je me déshabillai entièrement et me frottai partout avec une serviette de lin, jusqu'à ce que ma peau brûle et que je sois obligé de m'arrêter. Si j'avais pu imaginer que la Seine puisse me laver de cette chose indescriptible, de ce sentiment, de sa honte et de son ignominie, je l'aurais sans doute fait sans réfléchir au péril, puisque plus rien alors ne comptait que cet amalgame insupportable. Et j'étais moi-même l'objet de cette aversion, incapable donc de trouver un remède au mal dont j'étais devenu la cause. Après plusieurs heures passées nu entre mes draps, à regarder les poutres du toit au-dessus de ma tête, je partis en espérant trouver Grégoire, pour au moins confier à quelqu'un cette histoire lamentable, pour espérer en partager le poids et en diviser la douleur. Mais Grégoire n'était pas chez son oncle. Et pour finir dignement ce que j'avais commencé, c'est dans une gargote infâme de la rue de la Huchette que je terminai ce premier voyage à la foire Saint-Germain, avec un mauvais vin comme unique confident.

Jean-Baptiste Seigneuric

VII

LE DERNIER DES BRIOCHÉS

Je faillis bien ne pas retourner à la foire cette année-là. Ce n'est que quelques jours avant la fermeture que j'y parus, me hasardant avec une timidité légitime, évitant consciencieusement l'îlot où œuvraient les Restier. La cicatrice de Catherine resterait à jamais pour moi le stigmate de ma honte. J'allai du côté des marchands d'épices et de limonade, espérant glaner quelques renseignements. Mais nulle part, le nom de Pomardini n'éveilla un quelconque souvenir. On m'expliqua que d'une année sur l'autre, hommes, commerces, attractions et spectacles changeaient immanquablement, et qu'il était difficile de s'y retrouver, même géographiquement, car il était rare de pouvoir conserver les mêmes emplacements. L'idée même de charlatan ou d'opérateur n'évoquait que quelques réminiscences. On me conseilla d'aller du côté des marchands d'orviétan et je ne pus en voir qu'un seul, car les autres avaient déjà quitté la foire. La fin était proche et ces aventuriers couraient déjà d'autres provinces pour y dispenser leur art.

Celui que j'y trouvais avait pour lui l'expérience de l'âge. On le disait installé à Saint-Germain depuis fort longtemps et il n'y avait jamais manqué une saison. À entendre les différents témoignages, il était une mémoire de la foire, presque une légende.

En réalité le dénommé Gallabert avait sans doute dû connaître des heures plus fastes. Car, je me trouvai devant une loge misérable où un homme d'un âge certain prononçait seul des formules occultes, dans un jargon incompréhensible. Il manipulait avec force flacons, dont certains vides, pour donner aux naïfs l'illusion de son savoir. Il ne vendait qu'une seule pommade, mais qui avait l'avantage non négligeable de permettre la cure de tous les maux qu'on pouvait imaginer : blessures, poisons, fractures, maux de corps comme d'esprit, de ventre comme de bouche : rien n'échappait à sa brillante panacée. Il invoquait le mercure et ses propriétés mirifiques comme argument de vente, massant longuement le produit de ses recherches sur la peau de ses mains et de ses avant-bras, témoignant au moins devant tout le monde de la parfaite innocuité de sa marchandise. M'étant assuré qu'il s'agissait bien de l'homme qu'on m'avait recommandé, je m'approchai.

— Et voilà un jeune homme ma foi fort bien tourné et qui ne doit pas avoir besoin de mes remèdes pour se tenir aussi droit et aussi fier !

Je m'arrêtai, feignant un intérêt pour son étal, qui n'était en fait qu'un étroit comptoir où se battaient quelques cornues poussiéreuses contre des tas de cassolettes de pommade. Stimulé par mon arrivée, il avança ses arguments pour mieux ferrer mon attention.

— Mais, si tu n'as pas besoin des services de ma pommade, ce dont je ne doute pas, mon garçon, tu dois bien avoir une coquine qui pourra profiter de cette aubaine.

Je le regardai, l'œil interrogateur, pour l'inviter à m'en dire plus sur l'usage qu'il me proposait de sa pommade sur l'hypothétique élue de mon cœur. Il continua donc avec d'autant plus de courage et d'éloquence.

— A-t-elle le pied tordu, la voûte affaissée, la peau sèche ? A-t-elle des langueurs au sommeil, des fièvres intermittentes ou des humeurs indociles ? Cette pommade est pour elle, car elle saura remédier à tous ces petits défauts. Tu feras de ta princesse la reine de tes jours, avec cet onguent de qualité. Laisse-moi te montrer.

Et le vieil homme me présenta un avant-bras décharné, à la peau aussi sèche que les feuilles d'automne et dont les plis parcheminés pendaient avec mollesse. Se munissant d'une dose conséquente de la pommade, il entreprit de s'enduire le poignet avec. La pâte semblait épaisse, peinait à pénétrer et dégageait une odeur douteuse, comme si on n'avait pris ni soin de la parfumer ni de la conserver de manière appropriée. Et, de toute évidence, si la pommade en question avait été réellement du niveau de la qualité vantée par son inventeur, il n'aurait pas gâché ainsi l'équivalent d'une noix sur une peau toute luisante encore de la précédente démonstration. En matière d'onguents, je m'y connaissais un peu. Et pour en avoir testé quelques-uns avec Mario, je savais en reconnaître les propriétés cosmétiques, préalables essentielles pour qu'elles puissent concentrer d'abord et diffuser ensuite tous les principes qu'on souhaiterait lui incorporer. L'autre ne faisait presque pas attention à moi, continuant de frictionner sa peau brillante, jargonnant avec emphase, dans l'image quasi parfaite de la sénilité.

— Puis-je l'essayer moi-même ?

L'autre me regarda surpris, comme si cette demande, au fond tout à fait légitime, heurtait son bon sens.

— Doutes-tu, mon garçon ?

— Non pas. Mais, ma mie a la peau si sensible que je ne voudrais pas risquer de la flétrir par une substance trop acide.

— Acide, dis-tu ? Comment peux-tu juger ?

— Eh dame, pour juger il faudrait que je l'éprouve.

Une dame assez forte, apparemment intéressée par notre conversation, s'était arrêtée devant le comptoir du bonhomme, attestant par son imposante présence la légitimité de ma demande. Gallabert regarda la femme avec respect, sans doute par égard pour sa féminité, puis ses yeux revinrent sur moi.

— Qu'est-ce que tu me demandais, mon garçon ?

— J'aimerais essayer moi-même la pommade.

— C'est logique s'il veut l'acheter, non ?

La femme avait l'air déterminé et tellement sûre d'elle qu'elle aurait pu manger le bonimenteur avec un grain de sel[126]. Mais après tout, accéder à ma demande lui donnait deux chances de vendre sa camelote. Pourtant, il lui semblait manifestement plus logique de faire tester son produit à une femme qu'à un homme. Il tendit à la femme sa cassolette de pommade. Elle regarda l'intérieur et d'une mine dégoûtée, dit :

— C'est le garçon qui a demandé, pas moi. Fais-lui donc essayer.

Il s'y résolut finalement. Sa pommade était grasse, épaisse et surtout grumeleuse. J'en avais pris l'équivalent d'une noisette au bout de mon doigt, car j'avais bien vu à son regard qu'il n'était pas question qu'un simple passant gâchât ainsi sa précieuse marchandise. La consistance désagréable était due non seulement à une mauvaise préparation, mais également à l'âge. La pommade sentait le rance et collait à la peau sans vouloir y pénétrer.

— Alors ? Me demanda le bonhomme, sans avoir l'air de douter des vertus de son produit.

La femme attendait mon jugement pour se décider d'une façon ou d'une autre. Après tout, si j'avais l'intention d'engager la conversation avec lui pour obtenir, peut-être, quelques renseignements, je n'avais qu'une seule solution.

— Et vous dites qu'elle est efficace ?

— Contre tous les maux du corps et de l'esprit, c'est un grand maître d'orient qui m'a enseigné cette préparation. Il m'a livré son secret pour me remercier d'être resté quinze ans à son service.

Et il était parti pour un nouveau couplet de boniment, espérant attirer un peu plus de monde. Mais ici, chacun le connaissait et passait son chemin devant sa boutique. À se demander comment il arrivait à survivre et à s'acquitter du loyer de sa loge. Il fallait pourtant en passer par là : il ne voudrait pas se séparer de sa marchandise, même au prix de l'or qu'il en demandait, sans m'avoir vanté in extenso tous ses mérites. Finalement, au bout d'un moment, j'achetai une cassolette au prix d'une bouteille du meilleur vin et la commère réconfortée par mon achat fit le même sacrifice, mais pour son propre usage. Elle s'éloigna et je restai seul avec l'homme. Il n'imaginait pas que je puisse garder un intérêt pour lui et me regarda d'un œil curieux, presque irrité alors que je restai devant son étalage.

— Et, quoi, tu ne veux pas que je te donne la recette non plus ?

— Non. Mais je me demandais si vous aviez connu beaucoup d'autres secrets comme celui-là ?

— Qu'est ce que ça peut te faire ? Une seule pommade qui guérit tout, n'est-ce pas là la meilleure panacée ? Pas besoin d'une pharmacie et au diable tous les apothicaires et leurs tambouilles.

— Je vous l'accorde, mais pourquoi ne pas avoir déposé un tel brevet, de peur que quelqu'un le reproduise ?

— Parce que les ingrédients sont secrets, hé pardi, mon bonhomme.

— Mais pourquoi y avoir mis autant de cire ? Ça la rend grumeleuse.

---

126 - N'en faire qu'une bouchée.

L'autre me regarda quelques instants, stupéfait autant par mon audace que par mes connaissances. L'entrée en matière était osée : de la curiosité ou de la vexation ?

— Qu'est-ce qui te fait dire qu'il y a de la cire, là dedans ?

— Dame ! Pas de bonne pommade sans un peu de cire. Un peu, pas trop. Sinon en figeant elle rend la pommade chagrinée. C'est un des secrets de son onctuosité. Et il vaut mieux de la cire de bonne qualité, pas du bête cierge d'église.

— Qui t'a appris ça ?

— Mon maître.

— Comment s'appelle-t-il ? Je connais tout le monde ici.

— Mario Pomardini.

Le vieux réfléchit quelques instants, fixant la charpente des halles avec un air inspiré, imaginant qu'il trouverait dans l'ouvrage une cheville à sa mémoire.

— Je ne vois pas.

— Il s'appelait Jean-Marie Pommard.

— Pommard... Pommard ?

— Oui.

— Il y a bien longtemps qu'il n'est pas venu par ici. Je l'ai croisé autrefois... Pommard, dis-tu ?

— Oui, tout juste.

— C'est ce gredin qui se moquait toujours de ma préparation. Il disait que c'était la plus mauvaise des pommades qui puisse se vendre dans tous le royaume et au-delà des mers.

Il se mit à réfléchir quelques instants avant d'ajouter.

— Et au fond, je sais parfaitement qu'il avait raison. Mais je ne sais rien faire d'autre. En fait de mage oriental, c'est dans un vieux recueil que j'ai trouvé la recette. Je la vends en province, hors saison, mais je reviens toujours à la foire, c'est comme un pèlerinage. Tu vois, grâce à toi, j'aurais un peu mieux vendu cette année que les précédentes.

— Vous l'avez bien connu ?

— Qui, Pommard ? C'était un grand escogriffe avec son chapeau, toujours à attirer sur lui le chaland. Il avait du bagout, et je dois avouer que j'ai maintes fois essayé de reproduire sa pommade, sans jamais l'égaler. Qu'est-il devenu ?

— Il est mort l'an dernier en Bretagne.

— Tiens ? Curieuse idée d'aller mourir là-bas, ça fera un Dolmen de plus.

La plaisanterie n'était pas à mon goût et le vieil homme retint le rire qui avait commencé sur ses lèvres.

— Enfin, c'est bien triste pour lui. Tu es son élève ? Que cherches-tu ici ?

— Des personnes qui l'ont connu, qui pourraient me guider.

— Te guider pour quoi ? Tu sais faire une pommade... Et bien mieux que moi, semble-t-il. Alors, tu sais l'essentiel pour faire fortune.

— Mais je n'ai aucune expérience.

Le vieux continuait de réfléchir, puis il me regarda avec un air malicieux, tout content de la trouvaille dénichée dans un coin poussiéreux de sa mémoire.

— Va donc voir Datelin, s'il n'est pas mort. C'était un des meilleurs amis de Jean-Marie. Ils étaient tout le temps ensemble les jours de foire. Le reste du temps, je ne sais pas.

— Datelin ?

— Oui, Datelin. La dernière fois que j'ai entendu parler de lui, il tenait une boutique pas loin, rue du four. S'il est encore debout et qu'il a gardé sa tête, il pourra t'en dire des choses sur ton Pommard. Ils se tenaient par le cul[127] tous les deux. Va donc le voir et passe-lui le bonjour de Gallabert.

Je n'avais pas besoin d'en savoir davantage et partis, manquant d'oublier ma pommade sur son comptoir.

— Et débarrasse-moi de ça. Tu l'as payé, tu l'emportes ! Je n'aurais de cesse d'avoir vendu tout mon stock pour pouvoir raccrocher mon chapeau.

Je quittai la foire. Ainsi donc, rue du four Saint-Germain, j'allais peut-être trouver quelqu'un susceptible de me permettre de poursuivre la route que Pomardini m'avait révélée.

Qui connaît un peu l'histoire des charlatans à Paris, ne peut ignorer cette illustre famille, dont les origines remontent au début du dix-septième siècle, quand un pauvre opérateur parti du fond des Abruzzes avec ses marionnettes arriva à Paris. Il s'appelait peut-être Briocci ou Datelin, même ses descendants ne furent jamais certains de son nom, ni même de son prénom. Et qu'importait au fond qu'il s'appelât Giovanni ou Pierre, il fonda une des plus grandes dynasties de marionnettistes opérateurs qu'on ait connus jusqu'alors dans la capitale. Et, même s'il persistait des doutes sur leurs origines, cela faisait plus d'un siècle que l'on nommait cette illustre famille par son patronyme francisé : les Briochés. La tradition de leurs spectacles de marionnettes était sans doute aussi célèbre que le nom de leur singe, dont on en retrouva toute une lignée, laissant croire aux plus naïfs que la bête était immortelle. Fagotin, ainsi qu'on le nommait, était aussi connu et habile que ses maîtres dans des domaines tels que la danse, l'acrobatie ou la rouerie.

Louis Jean-François Brioché ne descendait pas en droite lignée du premier des Briocci qui avait traversé les Alpes, mais il en avait malgré tout l'arrogance et la dignité, comme le plus grand des monarques sur son trône. En réalité, je le découvris pour la première fois, assis dans un vieux fauteuil de serge râpé, dans un coin de la boutique de vannerie qu'il était censé tenir avec son épouse, Marie Sautereau, rue du Four Saint-Germain. Il avait presque cinquante ans à cette époque, d'après ses dires, mais il en semblait au moins vingt de plus. Figé sur sa chaise comme un automate, il regardait passer les clients de sa boutique, tandis que sa femme servait, présentait les articles et s'affairait en efficace commerçante. Il avait été, peu de temps auparavant, opérateur pour les dents, rue des Tournelles, mais il avait perdu toute habilité de ses mains qui tremblaient comme feuilles en automne. Car, du jour où la maladie l'avait attrapé, il avait dû

---

127 - Étaient de grande connivence.

abandonner marionnettes et excavateurs pour rejoindre la boutique familiale, où il ne cessait de courir vers sa fin avec une obstination suspecte. Un de ses lointains cousins, Jean-Baptiste Datelin était encore opérateur à Paris, ce qui ajoutait probablement à la rage de ne plus pouvoir commander qu'à sa tête.

Lorsque j'entrai pour la première fois dans la boutique de vannerie, je ne pus manquer de remarquer cet homme, encore en costume, sanglé dans son fauteuil comme s'il risquait de tomber au moindre courant d'air. Il regardait avec un œil vif tout ce qui se passait autour de lui, mais gardait un visage froid et terne, où nulle expression ne venait allumer un semblant d'intelligence. Il siégeait là comme Saint Antoine[128], ou plutôt comme une enseigne pour la maison, y attirant la curiosité des clients qui pouvaient y admirer gratis une des dernières figures de la lignée des Briochés. Et l'on devinait le regard par en dessous des vieilles venues là sous le prétexte d'acheter une ficelle[129], seulement intéressées par la célébrité et sa majestueuse décrépitude. Sa femme semblait plus jeune, mais contrastait surtout par son dynamisme. Et comme un capitaine qui manœuvre le bateau par gros temps, elle tenait la boutique et commandait à une jeune fille qui lui servait de commis : encore une enfant. Je m'étais renseigné avant de me rendre dans la boutique et je n'avais donc aucun doute sur le personnage que j'étais venu voir. Je n'avais pas même réfléchi à un prétexte, certain que le seul nom de Pomardini me servirait de laissez-passer.

La patronne de l'établissement vint aussitôt vers moi, quand j'entrai dans la boutique.

— Vous désirez, monsieur ?

L'appellation était obséquieuse et presque insultante pour mon âge. Mais au fond, à mon âge dans une boutique de vannerie, je ne pouvais être que quelque mauvais domestique sans livrée, mal habillé, et ne sachant vraisemblablement pas ce que je désirais ici.

— Je voudrais parler à maître Datelin.

— Tu ne manques pas d'air, toi ! Tu viens te planter ici, comme à la foire ? Il n'y a plus de représentations depuis longtemps. Tu devrais le savoir.

La femme avait l'air excédé, par habitude sans doute. Elle resta devant moi, les mains sur les hanches. Et même si je la dépassais en taille, je compris que si elle décidait de me mettre dehors tout de suite, elle y arriverait d'une façon ou d'une autre, d'autant plus facilement qu'elle n'aurait pas tort en le faisant. Je restai droit devant elle et lui dit calmement et à haute voix :

— Je suis un élève de Jean-Marie Pommard, c'est lui qui m'envoie.

Je savais ce qu'on racontait sur le dernier des Datelin : s'il avait perdu beaucoup de ses capacités physiques, il avait pourtant gardé une présence d'esprit et une clairvoyance exceptionnelles. Comme s'il avait concentré dans son crâne tout ce qui lui restait d'humanité, bien à l'abri, en hauteur, pour échapper à l'inondation de la décrépitude. On racontait même que certains de ses amis venaient vainement se faire battre aux échecs, cherchant à distraire l'infirme au

128 - Saint patron des vanniers.
129 - Corbeille à fromage

prétexte d'une revanche inespérée. À l'instant où je prononçai le nom de mon maître, le bonhomme s'anima sur sa chaise, un peu comme un automate l'aurait fait sur un ordre invisible.

— Répète ce que tu as dit ?

Sa voix était claire et ne trahissait aucune fatigue, sans rapport avec ce corps qui avouait, par tous ses tremblements, sa fatigue et son laisser-aller. Je me retournai vers lui. Ses yeux plongèrent dans les miens avec une vivacité stupéfiante. Mais, sa femme ne semblait pas prête à s'en laisser conter aussi facilement.

— Ne vous fatiguez pas, Louis. Vous voyez bien que ce garçon n'est qu'un intrigant.

L'autre secoua la tête péniblement.

— Tu as bien dit Jean-Marie Pommard ? C'est bien cela ?

— Oui monsieur, c'est celui qui m'a enseigné en Bretagne.

— Louis, je vous interdis de vous fatiguer pour ces bêtises.

Marie Sautereau avait les vertus d'une femme qui entend rester maître de son logis, même lorsque son mari y était présent. Et ce n'était pas cette moitié d'homme, semblait-il, qui allait l'empêcher de régner dans le magasin. Profitant toutefois de son impunité d'infirme, Datelin continua de me questionner.

— Comment va-t-il, ce cher Jean-Marie, il ne doit plus être tout jeune à présent ?

— Il est mort, Monsieur.

Je m'approchai de l'homme. Sa femme haussa les épaules en signe de désespoir, connaissant parfaitement les lubies de son mari. Lorsqu'il était question de son vrai métier, qu'il s'agît d'opérations, de marionnettes ou de patients, il n'y avait plus personne capable de le raisonner. Mais au fond, cela ne devait pas plus le fatiguer que servir les clientes tout au long de la journée.

— Oh, et puis, faites bien comme vous voulez ! Mais vous, jeune homme, n'espérez pas encombrer le magasin trop longtemps. Avec vos histoires d'anciens combattants, ne venez pas me faire fuir la clientèle.

— Bien sûr, non, Madame.

Elle haussa les épaules une fois encore et retourna derrière son comptoir, avant de disparaître dans l'arrière-boutique en hurlant après son employée. Il y avait dans l'œil de l'homme une expression de tristesse, comme si je venais de lui annoncer la mort d'un frère. Il prit ma main et la serra dans la sienne : une griffe glacée, mais d'une force impressionnante malgré ses tremblements.

— Raconte-moi. Ou plutôt, non.

Il appela avec une voix terrible, qui ne souffrait ni l'attente ni la discussion.

— Mariette ! Mariette !

La petite domestique arriva dans l'instant et se figea devant lui, muette, habituée aux exigences du maître.

— Mariette, tu vas m'aider avec ce garçon. Ramène-moi dans ma chambre.

Elle fit mine de s'opposer, mais Datelin ne lui laissa pas le temps de parler.

— Ne discute pas, tu vas sans doute me dire qu'il est trop tôt. Mais ça n'a pas d'importance. Si on me cherche ou si les curieuses s'étonnent de ne pas me voir, tu diras que je suis souffrant, cela attisera un peu la rumeur. Ça n'est jamais mauvais pour le commerce, Marie ne dira pas le contraire.

Il était déjà en appui sur une main pour s'extraire de son fauteuil, aussi délicatement qu'un flan de son moule.

— Toi aussi, mon garçon, aide-moi : mets-toi de l'autre côté et conduis-moi à ma chambre, que nous puissions discuter à l'aise.

La petite Mariette défit la sangle qui emprisonnait l'impotent. Il finit de se dresser sur deux jambes d'une maigreur surprenante. Je ne l'avais pas remarqué alors qu'il était assis, car il avait alors une couverture sur ses genoux. En tombant lorsqu'il s'était levé, elle avait révélé la sécheresse de son corps : une brindille que n'importe quelle faucheuse en maraude ne tarderait pas à emporter, et sans effort, encore. En s'appuyant sur nos jeunes épaules, il réussit néanmoins à bouger avec une agilité insoupçonnée. Loin d'être ingambe, il parvenait à se déplacer, ce que je n'avais pas cru tout d'abord, à son aspect misérable.

— Vite, dépêchez-vous ! Avant que Marie revienne.

Il nous hâtait, craignant une probable interdiction. Il nous indiqua une porte latérale que Mariette ouvrit. Il y eut ensuite un corridor étroit où la progression n'était pas facile pour un équipage tel que le nôtre. Nous avancions de biais. Mais comme nous n'étions plus en vue du magasin, le fuyard moins inquiet ralentit. Il était déjà essoufflé, alors que nous n'avions parcouru que quelques mètres. Mariette ouvrit une porte au bout du couloir et nous entrâmes dans une petite pièce carrée, éclairée par une grande fenêtre qui donnait sur une cour. La lumière donnait à plein à cette heure de la journée, me laissant profiter, d'un simple coup d'œil, de la décoration étrange des lieux.

Du plafond pendaient par endroits comme des suppliciés de nombreuses marionnettes. Poussiéreuses et ternes, elles accusaient elles aussi la fatigue de leur maître. Je reconnus Polichinelle au milieu de nombreuses autres figures : il y en avait plusieurs de diverses tailles, reconnaissables à la double bosse et au nez crochu. Le pourpoint bicolore et les rubans étaient passés depuis longtemps, mais le visage avait toujours gardé son expression moqueuse. Mais ce n'est pas ce gibet de fantômes qui m'impressionna le plus. Sur le mur en face de l'entrée, on avait placé une étagère de bois, longue de plusieurs pieds, sur laquelle on pouvait observer une bien macabre parade. Cinq singes me regardaient avec curiosité, se ressemblant tous comme des cousins. Mais leurs expressions figées, et l'absence de cris surtout, me firent comprendre très vite qu'ils avaient été nourris de paille depuis bien longtemps. Ils avaient tous sensiblement la même taille, la même expression qui mêlait terreur et curiosité, dans un mélange propre à faire naître le malaise chez celui qui osait affronter leur regard. Ils avaient tous le même costume, dont l'usure s'échelonnait de l'un à l'autre. Coiffés d'une vieille vigogne emplumée, ils arboraient une fraise à la Scaramouche et étaient habillés d'un pourpoint à aiguillette, une lame sans pointe passée dans un baudrier. Cette farandole sinistre glaçait les sens, et il n'y avait pas moyen de quitter des yeux les cinq petits monstres alignés avec une sagesse trompeuse. Louis Datelin remarqua ma curiosité.

— Hé hé, ne t'inquiète pas, il ne mord plus.

— Lequel ?

Datelin éclata de rire plus franchement.

— Il, eux, c'est lui. Il n'y a jamais eu qu'un seul Fagotin avec toutes ses doublures. Au fil des ans, il a bien fallu le remplacer. Ce genre d'espèce n'est pas facile à trouver. Les gens ont toujours cru que c'était le même qui nous avait suivis du Pont-neuf à Saint-Laurent, de Saint-Ovide à Saint-Germain. Il était de toutes les foires, de toutes les fêtes. Sa renommée était telle qu'un poète imagina même un combat entre Cyrano et lui. C'est Pierre, mon aïeul, qui a décidé qu'on les garderait tous empaillés, juste pour se rappeler qu'on n'a pas qu'une vie. Pour peu qu'on sache découvrir la clef de chacune d'elles.

Mariette l'aida à s'allonger sur une couche assez large, qui devait lui servir de banquette le jour et de lit la nuit. À côté, se trouvait un large fauteuil, le frère de celui qui se trouvait dans le magasin.

— Tiens, assieds-toi, là. Tu vas me raconter cette triste histoire. J'ai bien connu Jean-Marie, c'était un homme de talent, et d'une grande humanité. Il n'aurait jamais dû quitter Paris. Peut-être serait-il encore là sans ça. Qui le sait ? Pas moi, en tout cas.

Il prenait ainsi de grandes envolées, comme s'il profitait de l'agilité des mots à défaut de celle qu'avaient définitivement perdue ses membres.

— Mariette apporte-nous du vin. Tu sais lequel.

La jeune fille sortit.

— Difficile d'être correctement servi de nos jours. Mais qu'est-ce que tu veux, de mon temps, elle aurait déjà reçu un coup de bâton pour ne pas avoir pensé toute seule à aller le chercher. Mais, ne t'inquiète pas, elle fera vite. Installe-toi confortablement. Personne ne t'attend, j'espère, car sinon ce n'était pas très courtois de m'apporter des nouvelles de mon ami, même mauvaises, pour t'en repartir aussitôt après.

— J'ai pris mes dispositions.

— À la bonne heure, tu m'as l'air d'un garçon de bon sens. Mais au fond, Pommard n'aurait pas été s'encombrer d'un benêt. S'il t'a choisi, c'est que tu en valais la peine. Il me disait toujours, en parlant de ceux qu'il appréciait : *il n'a pas l'esprit aux talons, celui-là*[130] ! Tu dois être de cette race-là.

Mariette entra avec une cruche et deux gobelets en étain.

— Marie ne t'a pas vue ?

— Non.

— Bien, alors sers-nous et disparais.

Ce qu'elle fit, me laissant seul avec l'homme allongé qui ferma les yeux, goûtant le vin d'une lèvre malhabile. J'avais toujours du mal à ne pas regarder les singes qui me dévisageaient. Il devina ma pensée.

— Ne t'inquiète pas de lui, il a mordu tout son saoul de son vivant. Mais

---

130 - Il a oublié d'être bête.

là, il ne peut plus rien qu'essayer encore de te faire peur. Raconte-moi plutôt, comment tu as rencontré Jean-Marie, ce qu'il t'a appris, et comment il est mort. N'oublie rien, ne passe rien, n'imagine pas qu'un détail ou autre chose ne puisse m'intéresser. Bois quand ton gosier est sec et ne t'inquiète pas du reste, ni des singes ni de ma femme ni du vin dont nous ne manquerons pas.

Et je lui racontai tout. Il me demandait force détails au fur et à mesure, commentant par-ci par-là, se réjouissant de retrouver dans mon histoire des souvenirs de ce compagnon qui l'avait quitté un jour, sans lui dire pourquoi ni pour où. Lorsque je lui racontai la fin de mon maître, il ne dit plus rien, regardant d'un œil immobile les marionnettes suspendues au-dessus de lui, regrettant peut-être de n'avoir pas eu la chance de connaître une fin aussi nette. La sienne était depuis longtemps consommée, le jour où il avait dû abandonner son art, et il n'en finissait pas de mourir, vivant chaque jour dans l'espoir que ce serait le dernier. Lorsque j'eus fini, il conclut ainsi mon récit.

— Quelle chance pour lui !

C'était bien cela qui l'angoissait le plus et j'en eus alors la confirmation. De ne plus rien avoir à justifier à l'ultime instant, car sa mort n'aurait plus aucune signification, en dehors d'un arrêt définitif de son souffle. Et pour lui, c'était toute la vanité de continuer à vivre, sans autre but ni d'autres fonctions que décorer la boutique de sa femme, pour attirer les clients. Le temps avait passé et je n'avais plus aucune notion de l'heure. On était au printemps et le jour tardait à tomber. Nous entamions notre troisième cruche de vin. Mariette nous approvisionnait sans se faire prier et nous apporta un chandelier quand ce fut au tour de Datelin de me raconter son histoire. Il me parla de ses origines, du voyage de son aïeul d'Italie, des marionnettes, de son expertise dans l'art d'opérer les dents. Il avait connu les mêmes heures de gloire que ses ancêtres, jusqu'à ce que la maladie l'attrape par surprise, pour le priver de sa raison d'être. Il croyait encore qu'un jour, il pourrait reprendre son activité et c'est pour cela qu'il gardait chaque année sa loge à la foire Saint-Germain, dont il avait réservé la location pour dix années encore, au grand désespoir de sa femme, qui voyait partir ainsi en illusions un argent bien précieux. Il avait encore gardé tous ses instruments, espérant sans y croire un jour qui ne viendrait plus.

L'heure vint où finalement, chassé par sa femme et par la nuit, je dus le quitter sur une promesse : celle de revenir le voir le lendemain même, dès que je pourrais me libérer. Je revins donc comme il me l'avait demandé, après mon service à *La Montre*. À sa demande, je lui apportai tout ce qui me restait de Pomardini : son chapeau, ses instruments, ses livres, sans oublier mon cahier de recettes dont je lui avais parlé et dont il voulait impérativement connaître la substance. Il examina tous les objets, comme s'il venait de recevoir en ses mains sacrilèges les reliques du Christ elles-mêmes. Il les contempla en silence, les tourna et les retourna, hésitant presque à poser le chapeau sur sa tête, mais renonçant finalement à la profanation. Puis, il examina longuement mon cahier en silence, ses doigts tremblants passant chaque feuille avec une précaution infinie.

— Bien, bien, disait-il à chaque recette.

Son œil s'éclaira quand il découvrit la recette de la pommade. Il la relut plusieurs fois comme pour la mémoriser puis il ferma le cahier en disant.

— C'était donc là, son secret, pas bête après tout!

Puis, il me sourit, me regardant d'une étrange manière, un peu comme un rôtisseur qui se demande comment il va apprêter son oie pour un souper d'importance. Il me dit enfin, et c'était aussi une façon de me congédier :

— Reviens demain!

Le troisième jour, lorsque j'arrivai après ma journée de travail, une chaise à porteurs se trouvait devant la boutique et Datelin m'attendait dedans. Sa femme, les bras croisés sur la poitrine, m'adressa un regard réprobateur en nous regardant partir, son mari dans la chaise et moi, marchant à côté. Le chemin ne fut pas long jusqu'à la foire Saint-Germain, qui avait fini quelques jours plus tôt. On démontait. Il guida ses porteurs à travers les travées jusqu'à une petite loge, pas très loin de celle où j'avais rencontré Gallabert. Le spectre de Catherine Restier planait encore à chaque croisement. Lorsque nous arrivâmes à destination, Datelin ne sortit pas de la chaise, fit simplement ouvrir la porte et me désigna l'endroit.

— C'est là.

— Là ?

— Là que tu t'installeras à la prochaine foire.

— Mais…

— Ne discute pas, c'est décidé, tu es mon invité. Et ne crois pas que ce sera une partie de plaisir tous les jours.

C'est donc en 1729 que je fis officiellement mon entrée à la foire Saint-Germain. Datelin n'avait eu aucun mal à me convaincre. Ayant gardé l'esprit aussi fin que vif, il avait parfaitement senti mon envie de reprendre du métier. Et imaginant qu'il y avait autant à gagner pour lui que pour moi dans cette expérience, il n'avait pas hésité. Il louait cette loge depuis longtemps, et il avait sans doute compris le jour où j'étais entré dans sa boutique, quelle finalité occulte l'avait inspiré. Il eut quelque mal à convaincre sa femme, et pour ma part, il avait fallu que je compose avec Olympe Hardy. J'avais négocié davantage de liberté pour me préparer à l'événement, d'une part, et pour pouvoir tenir ma loge le plus souvent possible pendant la période de la foire.

Bien sûr, il n'était pas question que j'abandonne une aussi bonne place, car, comme Datelin me l'avait expliqué, il ne fallait pas espérer un revenu suffisant les premières années. Je n'avais ni expérience ni aucune renommée de quelque sorte que ce soit, dans aucune foire de Paris ou d'ailleurs. Le nom de Pomardini, s'il avait eu quelques succès, était maintenant oublié, et il ne servirait probablement qu'à faire rire, si j'avais la mauvaise idée de me réclamer de son école. Il était donc fondamental que je garde ma place et mon logement à *La Montre*.

Olympe Hardy ne m'avait pas concédé grand-chose les premières années. J'avais la permission de quitter mon travail à huit heures sonnées, que ce soit en période de foire ou en dehors. D'ordinaire, j'avais plutôt tendance à quitter plus tard, le temps de compléter les inventaires, et le plus souvent de fermer le magasin, responsabilité dont Olympe m'avait rapidement donné la charge. C'était sans doute une marque de confiance, mais également et surtout un asservissement de plus pour moi, et une plus grande liberté pour elle.

Nous décidâmes donc, avec Datelin, que je viendrais à la foire à la fin de mon emploi. Ce n'était pas en soi un problème, car, pendant les deux mois que durait la fête, il n'y avait pas une heure de la journée ou de la nuit où l'on voyait décroître la fréquentation. Je savais cela comme Datelin. Mais sa vision était beaucoup plus calculée que la mienne. Si le jour, on y voyait plutôt le petit peuple, le plus souvent démuni, et ne cherchant pas à dilapider quelques maigres sous, dès que la nuit tombait, c'était le Paris de la noblesse qui investissait les allées. Une clientèle certes plus fortunée, mais plus exigeante, surtout. C'était sans doute pourquoi Gallabert fermait son étal dès cinq heures l'après-midi. Il aurait fait veiller sa carcasse et vieillir sa pommade en pure perte, incapable d'intéresser les courtisanes et leurs galants avec un produit aussi médiocre. Car il ne prenait aucune précaution pour en améliorer la présentation. Je ne pourrais donc ouvrir ma loge qu'en soirée. Et comme il fallait tout de même que je conserve quelques heures pour mon repos, je fermerais boutique à minuit, au plus tard. C'était déjà beaucoup.

Mais je me rendis vite compte que l'heure de fermeture débordait. Et que le temps de ranger ma loge, de faire mes comptes et de rentrer place Dauphine, il était souvent deux heures passées, lorsque je me couchais enfin. Mais, ni la fatigue ni le manque de sommeil n'avaient jamais eu, pendant cette période, la moindre influence sur ma détermination et sur l'intérêt que je portais à ce nouveau métier, le second : celui qui me passionnait. Le premier me donnait à manger, et le second à rêver. Rêver qu'un jour ma renommée et mon talent iraient rejoindre dans les annales ceux d'un Brioché, d'un Thomas ou d'un Contugi[131]. Gallabert regarda mon installation avec un œil moins sévère que je l'imaginais, plutôt avec une sorte de résignation ou de fatalisme, car il fallait au moins rendre hommage à sa lucidité.

Toute une année nous occupa, Datelin et moi, pour préparer mon installation. Le vieil homme essaya bien de m'initier aux marionnettes, car il était inimaginable pour lui qu'un descendant des Briochés (car il me tenait effectivement au moins pour son héritier) ne fût pas en mesure de proposer quelques facéties de Polichinelle. Mais il dut bien vite renoncer, voyant à ma maladresse et à un manque évident de vocation que poursuivre dans cette voie nous conduirait à l'échec. Il était en outre incapable de me montrer la gestuelle, car ses mains aussi sèches que des bruyères arrivaient à peine à lui assurer son ordinaire. Je remarquai néanmoins, au cours de cette année d'apprentissage, que les stimulations, que notre expérience faisait naître en lui, avaient eu don, à défaut de le rajeunir, de le ragaillardir d'une certaine façon. Comme si l'humeur avait commandé au corps, qui allant de mieux en mieux, redonnait à ses membres une souplesse et

---

131 - Lignée italienne d'opérateurs rendue célèbre par la fabrication d'un remède particulier : l'orviétan. La composition et le droit de fabrication de celui-ci firent l'objet de nombreux procès.

une force depuis longtemps oubliées. Sa femme Marie avait d'abord accueilli sa décision avec une vive désapprobation, y voyant, d'une part, l'absence de la figure au magasin : c'était, pour elle, se priver d'enseigne. D'autre part, elle craignait pour la santé de Datelin : sachant sa constitution très affaiblie, de telles excitations ne manqueraient pas de finir par user ses dernières forces. C'est ce qu'elle avait pensé au début et c'était bien légitime.

Preuve qu'il n'en fut rien, les différentes étapes de son enseignement et de notre installation (puisqu'il la vivait avec la même intensité que moi) lui redonnèrent à l'équivalence force et vigueur. Son épouse finit donc par nous laisser œuvrer en paix, prouvant, s'il en était besoin, que la part d'affection qu'elle avait pour lui était restée plus forte que son sens du commerce.

De la fin de la foire de 1728 au début de février 1729, je me rendis donc tous les soirs chez Louis Jean-François pour établir les bases de mon commerce et toutes les modalités pratiques. Celles-ci s'avérèrent beaucoup plus nombreuses que je l'aurais pensé. Je n'avais ni brevet ni privilège et il n'était donc question ni de vendre de l'orviétan (ce qui était à la mode, très couru et vendu fort cher) ni de m'installer comme opérateur. Il ne fallait pas non plus faire concurrence aux apothicaires ni aux herboristes, encore moins aux limonadiers, aux vinaigriers et autres professionnels de tous poils qui, au nom de leur science, se targuaient chacun mieux que l'autre d'apporter au corps en souffrance les mille remèdes que la Terre prodigue cachait aux incultes.

Depuis 1724, les apothicaires avaient le droit de visiter seuls les malades en l'absence d'un médecin. Datelin avait haussé les épaules en me rapportant ça, se considérant lui-même si proche de la faculté, qu'il en méprisait d'autant plus facilement les officiels. Les vinaigriers distillateurs détournaient les propriétés agressives du condiment pour en proposer d'autres médicinales, près d'une centaine répertoriées à l'époque. Les herboristes avaient eux aussi leurs petites prétentions médicales, puisqu'ils étaient autorisés à préparer clystères et lavements, sous réserve d'avoir au préalable prêté serment à la Faculté. Les limonadiers quant à eux, distillaient force esprit de vin, qui pour être aussi agressif, ne pouvait manquer d'être un remède puissant. Et Datelin le soulignait aussi justement que mon maître l'avait fait autrefois :

— Vois-tu, tant que la Faculté ne se sera pas donnée les moyens nécessaires de son progrès, il faudra bien que d'autres fassent le travail à sa place. Et pas forcément plus mal ; note bien. Il faut que l'humanité se débrouille si elle veut survivre.

Fort de cette sentence à l'emporte-pièce, il légitimait donc ceux de notre caste, du simple mercier de campagne au charlatan du Pont-neuf.

— Mais on ne peut pas faire n'importe quoi. Tu n'es pas un Brioché.

— Dois-je changer mon nom ? Le rendre plus exotique ? Italien, oriental ?

— Et pourquoi cela ? Regarde chez nous, un Briocci est devenu un Brioché. Ton nom est une très bonne enseigne. Il y a dans cette intercession divine comme une bénédiction. Ce que tu vas leur vendre, avec ton nom, c'est comme si tu leur vendais du pain de messe. C'est le meilleur des noms, ne changeons rien.

— Je n'aimerais pas avoir de singe.

— Et tu n'en auras pas. Le singe, c'est comme les marionnettes, il faut l'apprivoiser, cela prend du temps. C'est juste pour le folklore et pour attirer les commères, on trouvera autre chose de moins encombrant et de moins risqué. Mais surtout, en dehors de la pommade, tu dois connaître d'autres préparations? J'ai vu dans ton cahier tout ce que tu as noté. Vous n'avez pas perdu votre temps avec Jean-Marie.

— C'était un bon maître.

— Il faut que tu prépares tout ça et en quantité, mais pas trop tôt ni trop tard. Et surtout sa pommade, c'était la plus onctueuse et la plus douce. Une simple pommade comme ça, parfumée à la rose, et toutes les marquises dans leurs hôtels seront tes meilleures clientes et peut-être tes ambassadrices. Dans d'autres, tu ajouteras du girofle et des plantes de ton choix : tu trouveras toutes les herbes nécessaires au premier coin de rue chez un herboriste ambulant. Mais assure-toi de leur qualité.

— Je sais les reconnaître.

— Bien.

— Nous ferons l'achat des récipients. Il te faudra un nouveau costume et puis des affiches aussi. Nous te trouverons une place ici pour ton laboratoire. Il y a un fourneau, dans la cour derrière, où tu pourras préparer tout ça.

— Et pour la graisse de chrétien?

Datelin me regarda pour la première fois avec un œil mauvais et franchement réprobateur :

— Oublie ça! Il y a des luxes et des libertés qu'on peut prendre en province, mais dont il vaut mieux ne pas parler ici. Sans quoi, c'est ta graisse qu'on pourrait vendre bientôt. Et comme il n'y en a guère sur ta peau, ce serait du gâchis. Tu feras aussi bien avec de l'axonge de porc ou de bœuf, ne t'inquiète pas.

Au cours de ces soirées de l'hiver et du printemps, nous choisîmes ainsi les recettes les plus appropriées, les spécifiques les plus aromatiques et souvent aussi les plus anodins, pour confectionner pommades et onguents aux vertus plutôt légères, pour ne pas attirer l'attention sur notre commerce débutant. Il n'était pas question de guérir la terre entière de la peste ou de la vérole, simplement d'attirer le chaland, et d'une foire sur l'autre étoffer notre catalogue et notre pharmacopée. Il n'était pas question de faire concurrence au Codex des apothicaires. Pour l'année 1729, nous proposâmes des produits aux vertus tempérantes, pour le corps et l'esprit. Il n'était question que d'apaiser les humeurs chagrines, et de rendre au sommeil sa quiétude ou leur fluidité aux idées. Il n'y avait rien de répréhensible là-dedans, ni par la Faculté ni par les confrères. Nous ne traitions au fond que de cosmétologie, nous adressant en priorité aux femmes, et puisque je commençais à être bel homme, comme l'avait dit Datelin, je serais *un excellent vendeur de mes très excellents produits*.

À l'automne, nous commençâmes nos préparatifs et nos stocks. Datelin avait réussi à obtenir un petit local où sa femme rangeait ses réserves pour que nous puissions entreposer nos préparations. Je répétais régulièrement mon boniment, énonçant les vertus de mes produits, leurs origines lointaines et mon talent, citant Brioché et Pomardini ensemble, comme mon nouveau maître l'avait exigé. Le travail à *La Montre* me donnait toujours beaucoup de charges et le soir, nous épargnions mes forces en prévision de la foire, même si celle-ci n'arrivait que plusieurs mois après. Au début de l'hiver, nous étions prêts, j'avais mon stock à disposition et Marie avait fini de préparer pour moi mon nouvel habit. Elle l'avait confectionné dans un ancien costume de Louis Jean-François, dans une toile à damier bicolore, vert pâle et blanc. J'avais refusé ce choix au départ, car il me rappelait trop les marionnettes au-dessus de son lit. Mais, il n'y avait pas à choisir, c'était comme ça : le costume lui avait autrefois appartenu, lui avait porté chance, et il en serait ainsi pour moi. Le pantalon et le pourpoint étaient assortis, le tout fourni en quantité d'aiguillettes de toutes les couleurs. Évidemment, je garderais le chapeau de Pomardini. On décida de n'ajouter aucun animal à l'équipement. Mon talent se suffirait à lui-même.

Quelques jours avant l'ouverture de la foire, on rendit les halles aux forains et nous pûmes nous installer et faire porter une première réserve de marchandises, sous forme de fioles, cassolettes, vaisseaux, pots en verre, en étain, en bois ; tout ce que nous avions pu rassembler à moindres frais. Datelin m'accompagna pour l'installation. On disposa un drap de motif identique à mon costume sur l'étal qui devait accueillir mes produits. Le reste de la loge était occupé d'une partie seulement de mes stocks, le reste viendrait au fur et à mesure des ventes. Datelin devait avoir des connaissances un peu partout, car il avait même réussi à faire paraître un minuscule entrefilet dans la gazette *Les Affiches de Paris*, à la rubrique des spectacles. Ce n'était sans doute pas grand-chose, mais de voir mon nom écrit en toutes lettres sur le papier et d'imaginer que chacun pourrait le lire était une grande satisfaction. Sous les programmes des comédiens français, des Italiens et de l'opéra comique, on pouvait lire en toutes lettres :

Le sieur Passadieu, élève de Louis Jean-François Datelin, héritier de la troupe de Pierre Brioché, de retour du Nouveau-Monde, fera démonstration et vente des crèmes et onguents en usage aux Amériques, tous les jours en soirée, à la foire Saint-Germain.

Et juste sous mon annonce, par une ironie manifeste, on trouvait celle-ci :

Le sieur Restier donnera sur son théâtre de la foire Saint-Germain, la foire brillante, pantomime nouvelle précédée de spectacle de danse de corde et de sauts.

Mais cela ne devait pas me troubler et n'augurait de rien. Il était bien normal qu'à la veille d'un si grand jour, les appréhensions aillent croissant. Nous avions décidé avec Datelin, de mettre en avant cette forme d'exotisme, puisque tous, Gallabert mis à part, avaient la prétention de se réclamer des Indes, il valait mieux se démarquer et attirer l'attention en se réclamant du Nouveau Monde. On n'avait pas encore exploité toutes les richesses et les opportunités de cette région. Une telle annonce ne manquerait pas d'attirer les curieux. Il n'y avait pas à douter de la qualité de mes produits, il suffisait de les faire reconnaître. Le bouche-à-oreille ferait le reste, si je me montrais assez convaincant.

Le grand soir arriva, j'enfilai mon costume et mon appréhension ne devait pas déparer aux yeux des acteurs du théâtre français. Je m'habillai chez Datelin et sa femme, elle-même ajusta mon costume, sous l'œil critique du maître. Puis, une chaise vint le chercher et je marchai à côté de lui jusqu'à la foire, à deux pas. Pour cette soirée exceptionnelle, nous avions installé son fauteuil dans ma loge afin que chacun puisse constater mes origines, sa renommée étant la plus évidente des publicités.

En réalité, c'est lui qui fit tout. Il parla, apostropha passantes et passants avec souvent beaucoup de discernement, car peu de ceux qu'il hélait ainsi depuis sa chaise ne s'arrêtaient pas. Il me présentait, me demandait de montrer ma pommade, de l'essayer sur ma peau, puis sur celle de ceux qui le voulaient. En réalité, je me rendis compte que je fus les premiers soirs comme une marionnette qu'il tenait du bout de la langue, exécutant avec précision les gestes que nous avions prévus. Après quelques jours, je pris de l'assurance, répondant à Datelin comme il me parlait, dans un dialogue échangé des plus classiques :

— Et donc mon garçon, parle-nous des vertus de ta douce pommade.

— Que voulez-vous savoir ?

— D'où t'en vient le secret ?

— Par delà les mers, seigneur Datelin, si loin que vos jambes ne pourraient vous porter jusque-là bas.

— Ne te moque pas et parle-nous de ton pays.

Et je parlais du vent, du froid, d'une nature hostile comme nul n'en connaissait dans le royaume, des Indiens qui venaient à la nuit en pirogue nous échanger le secret de leurs remèdes. Le souvenir de ces sauvages était sans doute pour moi l'un des plus cruels de cette époque, mais j'avais appris depuis longtemps à en dompter la douleur. Et cette magie du folklore excitait la curiosité des derniers réticents. Car, quand dames et demoiselles gardaient un œil envieux sur mes crèmes, le récit pittoresque de mes aventures retenait les galants les plus récalcitrants. Tout était fait pour plaire et pour charmer. Datelin avait organisé en maître ce boniment qui faisait mouche à tout coup.

Nos prix étaient raisonnables et la qualité de la pommade fit beaucoup dans notre succès. Sitôt que les belles en avaient éprouvé la texture, et pour en avoir essayé tant d'autres imparfaites auparavant, elles finissaient toutes par m'en acheter une petite quantité. Puis, elles revenaient le lendemain, seules ou entre relations, pour compléter leur approvisionnement. Et il se dit bien vite qu'il n'y avait pas meilleure pommade à la foire que celle du beau Passadieu. Ma jeunesse était l'atout ultime, Datelin apportait l'expérience et la renommée, et ma pommade la qualité. Pour 1729, notre foire se termina bien avant l'heure de la fermeture officielle. Nous avions tout vendu. Nos stocks s'étaient transformés en monnaie trébuchante. Voyant ce succès, nous tentâmes d'endiguer la rupture en en confectionnant d'autres. Mais le succès dépassa nos prévisions et à la fin février, nous dûmes fermer.

Cela faisait cinq jours que Datelin ne m'accompagnait plus et que j'assumais mon métier seul et en pleine responsabilité. Le chapeau de Pomardini sur la tête, j'abreuvais de compliments les belles de passages, qui ne manquaient pas de rendre un regard au mien. Y voyant la jeunesse, la robustesse et la santé, leur instinct les bloquait là. Je vendis le dernier pot de crème et c'est contraint que je fermai boutique, fier de notre triomphe, mais au fond déçu que l'aventure s'arrêtât en si bonne voie. Nous partageâmes la recette, comme Datelin l'avait prévu : une fois le loyer de la loge, le prix des fournitures déduits, il était prévu que nous partagions le reste à parts égales. Il ne dut rester que quelques dizaines de livres dans ma poche cette année-là. Mais, c'était moins le bénéfice que le succès qui m'importait.

Je lui proposais alors de me produire plus tôt, en nous inscrivant à la foire Saint-Laurent. Datelin s'y opposa et il avait au moins trois bonnes raisons pour cela. Il n'était plus question pour moi d'obtenir des facilités d'Olympe Hardy et si je voulais pouvoir retourner à la prochaine foire Saint-Germain, il valait mieux que je me montre plus assidu au travail. En deuxième argument, il m'opposa qu'il n'avait plus aucune notoriété là-bas et que ce facteur de poids risquait de jouer en notre défaveur. Le point crucial était beaucoup plus terre-à-terre. Nous n'avions pas de loge attitrée là-bas et le coût d'une location serait un trou énorme dans notre budget. Au moins, à la foire Saint-Germain, notre ancienneté nous favorisait et notre loyer était presque symbolique. Il n'y avait donc pas à hésiter. Mais, nous commençâmes plus tôt nos préparations l'année suivante, pour ne pas être à court de marchandise.

1730 fut riche pour nous, et nos réserves nous permirent presque de tenir toute une foire. On faisait parfois la queue devant ma loge. Nul besoin alors des services onéreux d'un agent publicitaire. Cette année-là, Datelin ne fit que le premier et le dernier jour, tant ma confiance s'était affirmée. Tout se passa avec une grande facilité et je me rendis compte des immenses débouchés que pouvait favoriser ma petite renommée. Je reconnus facilement plusieurs courtisanes venues l'année précédente. Je retrouvais dans leurs yeux cet éclair de malice, celui de celles qui ont trouvé un filon et qui ne le livreront jamais, ou au prix de mille coquetteries.

Les savants de la Faculté, alertés par les échos de mes préparations, se rendirent en grand habit à ma loge, pour me questionner sur mes préparations. Mais comme aucun spécifique particulier n'entrait dans mes compositions, que je ne vantais d'autres vertus que celles purement cosmétiques de mes crèmes, ils trouvèrent difficilement à redire. Je n'entrais pas dans les guerres de la thériaque ou de l'orviétan et n'empiétais nullement sur les prérogatives des uns ou les privilèges des autres. Je ne pratiquais officiellement aucune opération, même si les sollicitations étaient nombreuses. Mais, on me demandait parfois un avis sur une dent gâtée, on me donnait volontiers à tâter un furoncle, à examiner une fluxion. Jean Thomas se rendit lui-même dans ma loge et m'acheta la plus grosse cassolette d'une pommade parfumée à la violette. Il me demanda si je faisais d'autres commerces que celui-là. Bien sûr, à aucun moment il ne montra le moindre signe d'intelligence, niant ainsi ne m'avoir jamais vu, malgré les nombreuses visites que j'avais faites à son spectacle, malgré mes multiples tentatives pour lui parler. Dans l'échelle, il était le prince des charlatans et n'avait pas plus de considération pour un amateur comme moi, que le roi de France pour le dernier des paysans du Béarn.

En 1731, la foire était commencée depuis trois jours quand un vieillard se présenta, l'air aussi pâle qu'un mourant égrotant et fiévreux. Il demanda à voir mes pommades, tâta, goûta et essaya mes crèmes. Puis, me regardant dans les yeux, il me dit.

— N'as-tu donc rien contre la fluxion ?

Je restai muet, me demandant s'il ne s'agissait pas là de quelque piège tendu, peut-être par le grand Thomas lui-même. Une fois démasqué, il serait facile de me dénoncer à la Faculté ou aux prévôts afin d'éliminer ma concurrence. Je ne répondis pas, d'abord, comme si je n'entendais rien à ce qu'était une fluxion. Le vieillard enchaîna avec assurance.

— C'est Datelin lui-même qui m'a dit de venir te trouver. Il m'a toujours prodigué les meilleurs soins. Mais hélas, je crois bien qu'il est incapable de faire quoi que ce soit pour moi, maintenant.

— Je ne sais pas pourquoi il vous a envoyé. Je ne suis pas opérateur.

— Il m'a dit que ton maître, Pomardini, t'avait appris l'art d'extraire les dents…

L'homme, pour être bien renseigné, disait sans doute vrai, quand il affirmait avoir été envoyé par Datelin. Je ne savais que dire, méfiant par habitude, comme mes maîtres me l'avaient enseigné. Entre-temps, l'autre avait ouvert grand la bouche et me montrait avec ses doigts grêles, une pauvre dent qui branlait tout au fond. La gencive autour était ulcérée. En tous les cas, il était sincère sur son diagnostic. Je l'examinai, retrouvant mes réflexes lorsque j'étais assistant de Mario, sur les routes de Bretagne. Derrière lui, je vis deux belles qui, s'approchant de ma loge avec un air entendu et soudain surprises et dégoûtées par l'attitude désinvolte du vieillard, s'éloignèrent avec une grimace. On était en pleine heure d'affluence et il n'était pas question de gâcher ainsi ma clientèle avec ce spectacle. Le vieil homme était autant à sa place devant mon comptoir, que sa dent gâtée sur sa mâchoire édentée.

— Reviens demain, en fin de soirée. Juste après minuit, je verrai ce que je peux faire.

L'autre maugréa, déçu de repartir avec son chicot en bouche, m'assurant qu'il serait ponctuel et que j'avais intérêt à lui apporter céans la solution à son problème. Le lendemain, j'interrogeai Datelin, qui me confirma l'histoire du vieil homme. C'était un de ses habitués, et il était bien au regret de ne pouvoir lui-même finir son traitement en le soulageant d'une ultime dent. L'extraction serait facile, m'assura-t-il. Il me prêterait ses instruments. Le soir vint et je fis tourner ma boutique avec une certaine anxiété, attendant l'heure où viendrait mon patient. Onze heures étaient à peine passées quand je le remarquai, traînant dans ma rue, passant et repassant en me jetant des coups d'œil d'une discrétion discutable. Sa joue avait doublé de volume, occultant presque la paupière. La peau était aussi rouge que les lèvres des courtisanes, mais beaucoup moins engageante.

Lorsqu'il vit que je commençai à ranger, il fondit sur moi comme une buse sur un mulot.

— Tu as tout ce qu'il faut?

— Passe derrière, je finis de ranger.

Un rideau était tendu dans la loge, juste en arrière de mon comptoir, ce qui délimitait derrière un espace important, où je rangeais mes réserves, quelques accessoires et le fauteuil de Datelin. Ce soir-là, j'avais apporté deux pinces que mon maître m'avait confiées. Le vieil homme se glissa derrière la tenture. Lorsque j'eus fini de ranger, je le retrouvai assis sur le fauteuil de Datelin. Il avait déjà la bouche ouverte et les yeux fermés. Il n'y avait pour lui aucun préalable nécessaire avant de procéder. La cause était entendue. Sa bouche exhalait un parfum répugnant, mélange de l'odeur de la charogne et des vapeurs d'un mauvais vin. Le bougre avait dû s'en prémunir contre la douleur. Il était en effet complètement ivre, entre le sommeil et une espèce de torpeur proche de la mort. Le temps que je prépare la pince qui me semblait la plus adaptée, il ronflait déjà.

Je n'eus aucune peine à tirer la dent. La douleur n'éveilla pas le bonhomme, mais, le pus s'écoulant dans sa gorge provoqua une révulsion telle, qu'il se mit à tousser et cracha comme un diable en hurlant.

— Mais vas-tu me l'arracher enfin, cette maudite dent?

Lorsqu'il me vit, tenant la pince victorieuse, il enfonça un doigt dans sa bouche, pour s'assurer qu'il s'agissait bien de sa dent que je venais d'ôter. Il se mit à rire, toussa, cracha encore et vint vers moi pour me donner l'accolade. Je ne sais pas si Datelin lui avait dit que je n'avais jamais enlevé de dent de ma propre main auparavant, mais le résultat lui apparaissait si extraordinaire que sa joie dépassait toutes les autres questions. Il me sourit. La fluxion déformait tant son visage, que son témoignage de satisfaction ressemblait autant à une gargouille de Notre-Dame qu'à un sourire humain.

— Datelin m'avait dit que tu étais le garçon de la situation! Merci!

— Vous n'avez pas eu mal?

— Non, rien senti! Datelin m'avait toujours promis qu'il m'enlèverait ma dernière dent pour rien. Tu ne voudrais pas manquer à ta parole?

Et sans demander ni donner davantage, l'homme ravi se glissa derrière le rideau et quitta ma loge. J'en étais pour ma peine, mais ce n'était rien en regard de la réussite de mon opération. Il n'y avait peut-être pas grand mérite, mais je n'avais ni tremblé ni hésité. Et j'avais bien senti la prise du fer sur la dent, et les mouvements qu'elle me laissait faire dans l'os pour la tirer sans casser les racines. La sensation était étrange, et autrement plus exaltante que lorsque je le faisais sur le crâne du supplicié, lorsque je m'entraînais *Aux Deux Perdrix*. Cela ne faisait pas de moi un opérateur, mais venait alimenter mes espoirs, aussi certainement que l'eau à la roue du moulin.

Cette année-là, je pratiquai trois extractions et une incision d'abcès, geste particulièrement impressionnant, davantage pour l'opérateur que pour le patient. Celui-ci ressentit un soulagement quasi immédiat, mais lorsque je vis un flot continu sortir de l'épaisseur de la joue, j'eus presque la certitude d'avoir tranché quelque artère et que mon malade allait se vider de son sang dans ma loge. Il n'en fut rien, la fluxion se vida et la source tarie d'elle-même apporta le soulagement attendu.

Les années suivantes, on s'organisa mieux. On ajouta un petit reposoir pour que le malade puisse poser les pieds, on renforça le vieux fauteuil, car il lui arrivait parfois d'être soumis à de violentes tractions et pulsions successives dans les manœuvres d'ébranlement de la dent. Les opérations avaient lieu après l'heure officielle de fermeture de ma loge, qui avait été avancée d'une demi-heure, afin de me permettre de garder quelques heures de sommeil. Le recrutement se faisait essentiellement par le biais de Datelin et de ses anciens clients et il triait de manière rigoureuse tous les cas suspects pouvant porter à délation. Les affaires marchaient bien, ma dextérité s'aguerrissait un peu plus à chaque patient.

À l'été 1734, j'emménageai chez Marie Courval, ce qui m'offrit une plus grande liberté. Désormais, j'habitais à deux pas de Datelin, et je pouvais m'entretenir avec lui beaucoup plus facilement. La vente de nos produits apportait un certain bénéfice, mais le gros de mon activité se reportait doucement sur les opérations. Il était rare qu'il ne se trouvât pas un malade à soulager chaque jour. Nous maintenions des tarifs suffisamment bas pour nous assurer une clientèle fidèle et discrète. Datelin se chargeait de fixer les rendez-vous et de prévoir le matériel nécessaire en fonction du type d'intervention. Je restais cantonné aux dents, excisant parfois quelques abcès des membres ou de la graisse, mais ne prenant aucun risque sur les résultats espérés.

Après mon déménagement rue du four, mon logement avait gagné en espace. Je pus aménager un petit laboratoire avec un foyer et un creuset où je pus composer mes préparations en toute tranquillité, ce que je ne pouvais faire à *La Montre*, en raison certes de l'exiguïté de ma chambre, mais surtout à cause des émanations suspectes qui n'auraient pas manqué d'exciter certaines curiosités. Je diversifiais mon catalogue, y ajoutant l'essence de girofle, indispensable à la pharmacopée d'un dentateur. Pour chaque extraction, j'offrais gracieusement une fiole de l'élixir. Je regardais avec hésitation mes herbes de Saint-Pierre, bien conscient du pouvoir qu'il y avait dans leurs principes. Mais ne voulant pas gâcher le peu qu'il m'en restait en pure perte, je n'osais les incorporer à ma préparation. Je les avais montrées à un ami de Datelin, herboriste qui m'avait donné le conseil suivant.

— Fais les tremper une nuit dans de l'eau neutre pour les assouplir. Et le lendemain, presse-les bien à plat dans des livres, entre deux feuilles un peu épaisses. Tu les conserveras ainsi et nous les étudierons, pour voir si on trouve les mêmes ici.

J'avais fait comme il m'avait dit, et lui présentai les feuilles, une fois séchées. Il y en avait de plusieurs sortes apparemment, mais malgré toute la science dont il se targuait, il ne trouva pas de quelles espèces il s'agissait. Je les rangeai donc précieusement, dans un des livres de chirurgie de Pomardini, et les oubliai. Ma vie avait pris une tournure plutôt facile. J'avais deux métiers, une passion, de quoi vivre bien plus largement que Pomardini ne l'avait jamais osé. Ma notoriété sur la foire était ma fierté. Je n'avais pas d'amour et n'avais pas connu d'autre femme depuis Catherine Restier, j'étais bien trop occupé pour cela. Et peut-être qu'une autre femme occupait secrètement une partie de mes pensées, sans qu'elle ni moi n'en soyons même au courant.

Jean-Baptiste Seigneuric

VIII

LES CAPRICES DE LA FORTUNE

Tel était l'état de ma vie, en ce matin du 25 octobre 1737, alors que je quittai mon petit appartement de la rue du four, laissant plus haut Marie Courval avec ses protégés, et me rendant comme chaque matin à *La Montre*. Je n'avais pas idée que ce que j'avais réalisé durant la nuit précédente allait faire basculer une nouvelle fois ma vie. Il ne fallait pas y penser, car je cherchais sans doute à me protéger, présageant de toutes les complications qu'un apitoiement excessif et inconsidéré pourrait engendrer. Pourquoi avais-je eu la faiblesse d'accourir au secours de cette femme, moins par inquiétude pour la parturiente que pour le service que je pouvais rendre à la ventrière? Au fond, c'était une folie, car je n'avais aucune expérience. Tout en cheminant vers la place Dauphine, je m'interrogeai sur la nature véritable de cette relation qui m'avait poussé à une telle imprudence.

Jusqu'alors, je n'avais jamais osé affronter ce questionnement en face; non par peur, mais plutôt bridé par une méconnaissance totale de ce registre de sentiments. Trois ans après avoir rencontré la veuve pour la première fois, je me rendais compte que je la connaissais très peu. Et le peu que j'en avais imaginé était sans doute très éloigné de la réalité des choses. Avec Balbine d'un côté, Gersende et Catherine Restier de l'autre, j'avais approché deux types bien distincts de rapport à la femme et à la féminité. Quand le premier exaltait l'élévation des sentiments, dans un bouleversement quasi religieux, voire mystique, l'autre réveillait une brutalité instinctive, dont la seule finalité était sans doute, même si je n'avais osé me l'avouer tout de suite, un accouplement.

Mais, il y avait une différence manifeste entre Gersende et Catherine. La danseuse de corde n'avait qu'un seul but, l'assouvissement d'un acte bestial. Gersende développait des trésors d'astuces pour faire monter le désir et provoquer quelque chose de plus fort. Cette sensation engendrait ainsi une forme de sentiment, même si son mobile restait dominé par l'aspect charnel. Avec Catherine, il n'avait jamais été question de la moindre once de tendresse ni d'état d'âme. Et il n'y avait rien d'autre à attendre que consommer cette chair trop évidente, sans après. Gersende maniait le charme et les rebuffades à un rythme parfait pour faire monter une tension sensuelle, à laquelle il était impossible d'échapper. De son côté, Balbine n'avait rien à faire pour diffuser un charme modeste, que l'on avait envie de placer dans un écrin contemplatif, pour ne rien altérer de sa pureté. C'était là toute ma connaissance des subtilités des relations qu'on pouvait entretenir avec les femmes. D'une part, les sentiments dans une grande notion de pureté, de l'autre la souplesse d'une peau que je n'osais désirer.

Avec Marie, c'était encore autre chose. Il n'y avait aucune élévation spirituelle comme avec Balbine. Marie était une femme au charme particulier. Elle dégageait une santé et une robustesse qui inspiraient d'emblée confiance. Et dans son métier, c'était essentiel. Elle avait tous les atouts qu'on pouvait attendre d'une femme, et sa taille modeste lui donnait un côté vulnérable qui la rendait d'autant plus attachante. Mais, elle n'éveillait pas les pulsions d'une Gersende, pas chez moi en tous les cas. Peut-être avais-je manifesté une certaine curiosité, et c'était compréhensible, je pense : celle d'un homme qui regarde une femme qui ne lui déplaît pas. Mais, son deuil récent en avait fait tout de suite une femme inaccessible à un homme respectueux, ce que j'espérais rester. Et c'est sans doute pour cela que, jusqu'à ce jour, je n'avais pas poussé plus loin mes réflexions à son endroit.

Cette nuit si particulière avait ouvert des perspectives que je n'avais jamais imaginées, depuis plus de trois ans que nous vivions sous le même toit. Peut-être y avait-il une autre dimension entre mes sentiments pour Balbine et ceux pour Gersende. Marie et moi, nous étions retrouvés autour d'une cause commune, et l'urgence de la situation nous ayant dispensés de toute autre réflexion, elle nous avait laissés naturellement dans l'ornière de la complicité, jusqu'à une pudique intimité. Le secret de mon passé, que je lui avais révélé, était comme un pont entre nous, appelant peut-être d'autres de ces instants. Peut-être pas. J'y avais trouvé une sorte de réassurance, et le simple contact de nos corps avait noué ce lien, me donnant à sourire, rien qu'en évoquant son souvenir. Ce que j'imaginais de notre relation, je ne pouvais douter que Marie l'avait pensé aussi, au moins à ce moment-là. Et, il n'y avait rien à dire en dehors, comme si cette parenthèse refermée, nous étions redevenus de simples voisins : une logeuse et son locataire.

Je l'avais rencontrée par un hasard qui n'en était pas un. Je repensai à l'une des phrases que Pomardini aimait à assaisonner à toutes les sauces, quand il se sentait l'âme philosophe : *La vie ne tient qu'à un fil, qu'il s'agisse de bonheur, de santé, des rencontres ou de la vie elle-même. Rien d'autre que ce fil n'a la moindre importance.*

Et, c'est avec un visage apaisé et presque un peu rêveur que j'entrai à *La Montre*, oubliant la fatigue, la tension et le retard avec lequel je me présentai à mon poste. Olympe Hardy était absente et les ouvriers n'osèrent aucune remarque, pensant avec envie, sans doute, à la nuit que j'étais censé avoir passée au caveau. Je saluai la compagnie avec une certaine froideur, afin d'éviter les questions, et j'allai m'enfermer dans le bureau, sous le prétexte de comptes à vérifier. Je ne sortis pas à l'heure du déjeuner, préférant préserver quelques instants pour me reposer et dormir un peu.

Je somnolais lorsque j'entendis les premiers clients de l'après-midi entrer dans le magasin. Deux voix d'hommes, polies tout juste, demandant à me parler. Il était presque trois heures. Je n'avais aucune raison de m'inquiéter, rajustai ma tenue et entrai dans la boutique. Deux hommes en redingote sombre d'uniformes, épée au côté, ruban doré en travers de la poitrine et tricorne vissé sur la tête : des gardes de la ville. Ils n'avaient pas quitté leurs chapeaux en entrant et leur air ne laissait pas espérer qu'ils vinssent simplement me demander de leur présenter des montres. Je compris tout de suite pourquoi ils étaient là, et ce que j'avais évoqué, sans le craindre véritablement, était en train de se produire. Une calèche sombre attendait devant la porte, volant une partie de la lumière du soleil qui éclairait habituellement le magasin. Je fus tellement surpris que je restai sans rien dire à dévisager les deux hommes, attendant qu'on me passe les fers devant le reste des employés.

— Jean Passadieu, c'est toi ?

— Oui ?

— Alors, tu vas nous suivre.

— Mais, j'ai encore du travail, ici.

— Tu ne sais pas qui nous sommes ?

— Si.

— Alors, tu ferais mieux de ne pas discuter. Prends ton manteau et viens !

J'étais tellement terrifié que je n'osai montrer le moindre signe de résistance, me comportant avec la docilité d'un coupable avoué. Je les suivis, sous le regard inquiet des autres employés de la boutique. Je montai dans la calèche entre les deux hommes. Elle démarra aussitôt.

— Où va-t-on ?

Aucun d'eux ne daigna me répondre. Je savais que les endroits où ce genre d'hommes pouvaient me conduire étaient aussi nombreux que variés, mais avec la même finalité chacun, à quelques subtilités près. La seule question était : allait-on me juger, ou allait-on me jeter directement dans un cul-de-basse-fosse où je finirais sans que personne jamais ne s'inquiète de mon sort ? Le trajet ne fut pas long et la voiture s'arrêta devant le Châtelet. Mon sort était lié.

C'était une méchante bâtisse qui datait de plusieurs siècles, dont on avait remanié l'architecture de nombreuses fois. De grosses tours flanquaient la poterne, et de plus petites venaient en renforcer l'agressivité. Les clochetons se découpaient sur le ciel comme des mâchoires prêtes à broyer les vies emprisonnées dans la citadelle. L'abord en était sale, mais la présence des forces de police à l'intérieur avait au moins pour vertu d'éloigner de ses parages toute la lie de mendiants et de tire-laines qui préféraient investir des quartiers moins surveillés. Je n'eus que le temps d'entrevoir les célèbres tours et la calèche passa la poterne sans même ralentir. Elle s'arrêta dans la cour, l'homme à ma droite descendit aussitôt et me fit signe de le suivre, sans m'adresser la parole. Il n'y avait plus besoin de répondre à mes interrogations, puisque j'étais fixé, et que mes craintes les plus terribles étaient confirmées. On entrait ici bien plus facilement qu'on en sortait, et en tous les cas, peu de personnes pouvaient se vanter d'en rapporter des informations.

On me poussa vers un porche, puis dans un couloir. Un de mes gardiens devant, l'autre derrière. Je n'avais qu'à me laisser guider de passages en couloirs, jusqu'à un escalier imposant aux marches doubles. La seule chose qui me surprenait, c'est qu'on ne m'avait pas entravé ni menotté, ce qui était l'usage normalement lors d'une arrestation. Mais, c'était bien le seul point auquel raccrocher un maigre espoir, celui d'être jugé avant de disparaître. L'austérité du bâtiment était aussi froide à l'intérieur qu'à l'extérieur, comme si, depuis des siècles, on ne s'était soucié ni des rénovations ni même de l'entretien élémentaire. Ce dernier escalier semblait plus officiel que les coursives et les passages voûtés que nous avions empruntés. Tout en haut, se trouvait une immense verdure, passablement éliminée, qui donnait presque un air de fête dans ce vaste espace. Sur le palier, on me conduisit dans un couloir plus large, orné de portraits de magistrats à l'air sombre.

Tout au bout, une double porte de bois sombre aux ferrures de bronze. Juste à côté : un banc de bois. On me fit signe de m'asseoir. L'un des deux hommes frappa deux coups à la porte, et le bruit contre le bois résonna longtemps dans le couloir désert. Puis, nous attendîmes. Les deux agents ne me regardaient pas, ne parlaient pas, et ne faisaient rien qui puisse me laisser espérer une réponse si je les questionnais encore. De longues minutes passèrent.

Je savais parfaitement ce qu'on allait me reprocher, mais je ne me demandais même pas comment la police avait pu être informée aussi rapidement et me trouver. Je pensais à Marie, imaginant qu'elle risquait de subir le même sort que moi. En outre, pendant cette attente interminable, j'eus le temps d'imaginer les châtiments que j'allais devoir endurer. Ma faute étant avérée, il n'était même pas question d'y échapper. Ma défense n'avait aucun espoir d'être écoutée, à moins de compromettre Marie Courval, ce qui n'était pas envisageable. Le couloir était froid, le banc inconfortable et malgré mon manteau, je sentais l'humidité s'infiltrer jusqu'à ma peau. Je réprimai quelques tremblements. Lassé de tant d'attente, je m'apprêtai à parler, lorsqu'une voix masculine appela derrière la porte.

— Faites-le entrer !

Je me levai, regardant mes gardiens d'un air interrogateur.

— Vas-y ! Me dit l'un des deux, en me désignant la porte du menton. L'autre insista :

— Nous, on reste là, ne le fais pas attendre.

— Ne le regarde pas en face, écoute-le et s'il te questionne, appelle le Monseigneur.

— Va maintenant !

Et le plus grand me poussa vers la porte. Je tirai le lourd battant vers moi, pour me trouver dans un étroit vestibule, qui donnait sur une nouvelle porte plus petite, laissée entrouverte.

— Entre et dépêche-toi !

La voix était terrible et concentrait à elle seule toutes mes craintes. J'entrai. La pièce n'était pas très grande. Une large fenêtre donnait sur le gris du ciel. Dans une cheminée brûlait un feu qui avait le mérite de réchauffer l'atmosphère, m'évitant de trembler devant l'homme. Il était assis derrière un large bureau, penché sur une liasse de feuillets qu'il signait d'une main nerveuse. Derrière lui se trouvait une commode où l'on avait posé côte à côte, le buste du roi et une forme de bois où reposait une perruque imposante. À mon entrée, l'homme n'avait pas levé les yeux sur moi. Je ne savais pas qui se trouvait en face de moi, sans doute un capitaine, au moins.

— Ferme la porte derrière toi.

Je tirai le battant.

— Approche !

Je m'avançai.

— As-tu parlé à quelqu'un d'autre de ce qui s'est passé cette nuit ?

Si j'avais gardé le moindre doute sur la raison de ma présence dans la forteresse, il venait de disparaître tout à fait.

— Non, Monseigneur.

L'autre releva lentement son visage et me regarda bien en face. Je baissai aussitôt les yeux, mais j'avais eu le temps de capter toute son acuité. Il laissa passer encore de longs instants où il prit le temps de signer et d'annoter quelques documents. Il maîtrisait l'interrogatoire avec une efficacité désarmante. En quelques mots, il avait su me faire comprendre qu'il était inutile de mentir. Je craignais que ce ne fût là que la première étape de ma torture, car j'avais déjà dépassé les limites de mon angoisse.

— Assieds-toi !

Deux fauteuils profonds se trouvaient en face du bureau, trop luxueux à mon avis, pour un aussi pitoyable coupable. Je cherchai du regard un autre siège plus digne de mon postérieur. L'homme s'impatienta.

— Qu'est-ce que tu cherches ? Vas-tu t'asseoir à la fin ? Et regarde-moi bien en face, je n'aime pas la lâcheté.

Je m'assis sur un des deux fauteuils, et la proximité de l'homme ne fut pas pour me rassurer. Je relevai les yeux qui tombèrent directement dans les siens : ceux d'un rapace, qui mettait à nu d'un coup mon âme et ma conscience, m'ôtant toute idée de détourner la pure vérité. Il me considéra longuement et je dus, puisqu'il me l'avait ordonné, soutenir son regard pendant tout ce temps-là. Cela me permit de le détailler lui aussi. Ses cheveux sales et mal coiffés glissaient dans son cou avec négligence. Cela n'avait pas d'importance, car la perruque masquait tout ça devant les visiteurs qu'on voulait épargner. Il portait une robe haute et par-dessus, une sorte de serviette blanche lui enserrait le col, ornement probable de la magistrature. La peau de son visage portait les stigmates creusés d'une probable vérole, mais plutôt ancienne. Ses pupilles étaient très pâles. Malgré cela, il reflétait la santé et ses joues pleines et son menton alangui confirmaient une solide constitution. Son regard n'était pas franchement hostile, simplement aussi aiguisé qu'une lame espagnole. Son examen terminé, il s'adossa profondément dans son fauteuil et me considéra une nouvelle fois avec un regard changé, presque bienveillant. Toutes proportions gardées. Il parla enfin.

— Ne t'imagine pas que je ne suis pas au courant de tout ce qui s'est passé cette nuit. Je connais ta vie mieux que toi, peut-être. Tes origines, ton emploi à *la Montre*, tes activités à la foire Saint-Germain : les officielles comme celles que tu pratiques derrière ton rideau d'Arlequin.

C'était la fin, le montant des charges que l'on pouvait retenir contre moi me jetterait définitivement dans la plus sombre des prisons, au mieux, si par miracle j'arrivais à conserver la vie. L'homme continua.

— Je ne suis pas le chef de la police pour rien. J'ai des espions et des amis partout. Je peux savoir ce que je veux sur toi en quelques heures d'enquête, te dire quel jour tu as rencontré Marie Courval, ou quel est le loyer que tu lui verses rue du four.

Je me tortillai sur mon siège, craignant pour la matrone.

— Ne t'inquiète pas, elle ne sera pas tracassée. Il ne lui sera fait aucun mal.

Il laissa encore passer un temps et consulta certains documents devant lui. Il y avait peut-être là une lettre de cachet à mon nom, déjà signée.

— Sais-tu qui je suis ?

— Non, Monseigneur.

— Et sais-tu qui est la jeune fille que tu as sauvée cette nuit ?

— Non, Monseigneur.

— Je suis René Hérault, seigneur de Fontaine-l'Abbé et de Vaucresson. Je suis Lieutenant-général de police de la ville de Paris. Autrement dit, l'un des hommes les plus puissants de la ville et du royaume, représentant direct du roi.

Il n'y avait, je crois, rien à répondre à cela. Je baissai les yeux.

— Et arrête de baisser les yeux ainsi devant moi, comme le moindre de mes sergents. J'ai besoin de savoir qui est l'homme qui a sauvé ma fille. Besoin de savoir de quelle confiance je peux le créditer.

Les événements prenaient soudain un cours différent.

— Ma fille Louise Adélaïde s'est trouvée grosse dans des conditions que je préfère ne pas détailler. Pour m'épargner la honte de sa grossesse et de son rejeton, je l'ai placée chez Marie Courval, le temps qu'elle perde le fruit de son péché. Sans toi, elle n'aurait sans doute pas fêté ses seize ans. Je ne veux rien savoir de tes talents, mais je sais que pour cela tu t'es livré à certaines infractions qui pourraient te coûter excessivement cher.

— Je comprends, Monseigneur.

— Je pourrais te faire jeter dans une des geôles qui se trouvent sous nos pieds, si profondément que même Dieu ne t'y entendrait pas crier. Mais je ne vais pas faire cela, à moins que tu ne sois pas capable de tenir ta langue. Quand Louise Adélaïde sera remise, elle reviendra à la maison, officiellement d'un long voyage. Et tout rentrera dans l'ordre. Mais, tu comprends bien que personne ne doit savoir ce qui s'est réellement passé ?

— Oui, Monseigneur.

— Je peux compter sur toi, bien sûr ?

Était-ce vraiment la peine de me donner à choisir ?

— Évidemment, Monseigneur.

— Bien. Et comme je ne suis pas un ingrat et que je peux presque tout dans cette ville, demande-moi ce que tu veux. Tu travailles dans une boutique de montres, tu veux t'installer à ton compte ? Tu braconnes à la foire Saint-Germain, veux-tu une charge ? Un brevet ?

J'étais passé en quelques instants de la plus terrible des angoisses à un soulagement qui versait dans la félicité. Mon émotion entravait toute parole.

— Éh bien, dis-moi ! La montre ou la lancette ? À moins que tu ne souhaites rien. Ce que j'aurais du mal à comprendre et que je trouverais même suspect.

— Un brevet ou une charge me serait très précieux, Monseigneur.

— Voilà qui est bien. Je vais t'installer de la meilleure façon qui soit. Et, d'après ce qu'on m'a rapporté, nos concitoyens y gagneront, au fond, s'ils peuvent bénéficier de tes soins et de tes secrets de manière plus…. officielle.

Et il m'asséna une nouvelle fois son regard réprobateur, comme pour sceller notre accord : mon silence contre ma fortune, et l'absolution pour les forfaits passés. Il prit sa plume et une nouvelle feuille, vierge cette fois.

— Rappelle-moi ton nom.

— Jean Passadieu, Monseigneur.

— Et d'où viens-tu ?

— De Saint-Pierre du Nouveau Monde, Monseigneur.

L'homme inscrivit les informations sans curiosité.

— Je m'occupe de cela dans les meilleurs délais. Tu peux aller maintenant.

— Je suis libre ?

— Pardi, bien sûr. Laisse-moi, maintenant, j'ai du travail.

Je me levai. L'homme avait déjà repris ses travaux d'écriture, ne me portant plus aucune attention. Juste avant de sortir, je me retournai et lui demandai :

— Monseigneur ?

— Et quoi, que me veux-tu ? Tu ne crois pas avoir obtenu assez ?

— Si, Monseigneur, mais… et l'enfant ?

Il leva les yeux sur moi et leur lueur exprimait cette fois une cruauté implacable.

— Laisse ce fruit gâté retourner d'où il vient. Une institution le prendra en charge. Cela n'a aucune importance. Pars, maintenant, avant que je change d'avis sur ton sort !

Je sortis du bureau du Lieutenant-général et fus surpris de constater que mes gardiens n'avaient pas attendu la fin de l'entretien, sans doute informés d'emblée de l'issue de cette conversation. Je dus retrouver seul la sortie, me perdant plusieurs fois, passant devant la porte d'une morgue, dont l'odeur atroce ne laissait aucun doute. Puis, enfin, après m'être renseigné à plusieurs reprises, je retrouvai l'air libre. Soulagé d'un grand poids et soudain nourri d'un optimisme mitigé. Fallait-il croire vraiment ce qu'on m'avait promis ? Au fond, je ne m'en souciais guère. Une heure n'avait pas passé entièrement depuis que j'avais quitté *La Montre*, et je me retrouvais libre malgré mes craintes, ce qui au fond était inattendu et très appréciable.

Je retournai à pied place Dauphine, empruntant le quai de la mégisserie, qui, même s'il n'offrait pas la plus agréable des promenades de Paris, laissait la perspective sur le Pont-neuf et le clocher de la Samaritaine. Je délaissai donc le pont au change, qui n'était pas le chemin le plus direct. Je n'aimais pas ces ponts surchargés de maisons posées en équilibre sur plusieurs étages au-dessus de l'eau, car malgré la vigueur des arches, ma prudence craignait toujours une catastrophe et si ce n'était par le feu, comme celui qui avait tout détruit le siècle précédent, l'une ou l'autre des bâtisses audacieuses pourrait fort bien s'écrouler d'elle-même, simplement d'obsolescence ou par paresse.

Quai de la mégisserie, deux arches au bord de l'eau désignaient globalement deux zones d'activité. En face du grenier à sel, le port Popin[132] accueillait les sauniers : à y voir l'activité grouillante et les nombreux hommes de police, on pouvait facilement imaginer les trafics qui devaient s'y faire, simplement déjà pour déjouer l'impôt. On y déversait des tombereaux de sacs de blé, pour alimenter les nombreux moulins à eau installés le long de la rivière. Et s'il ne subsistait pratiquement plus de mégie[133], au moins officiellement, on en gardait pourtant l'appellation de quai des sauniers.

L'arche Marion abritait d'autres activités, et en particulier les blanchisseuses, installées sur un enchevêtrement de bateaux-lessive. L'air n'y était pas plus respirable, hélas. On n'était pas jour de marché aux fleurs, sis le mercredi et le samedi, ni celui aux oiseaux du dimanche. Néanmoins, des grainetiers et des quincailliers proposaient leur marchandise çà et là. Au milieu de ce désordre, des ferrailleurs sans boutiques vendaient leur camelote dans le plus grand désordre. Le Fort l'Évêque[134] dominait l'ensemble, y ajoutant une note sinistre et prenant sa part dans l'appellation à peine usurpée de vallée de la misère. En cet après-midi d'octobre, on ne se bousculait pas au café de la Samaritaine, un vent sournois gâchait la fin de la journée pourtant douce. Je hâtai mon pas en m'approchant du Pont-neuf.

Lorsque j'arrivai à *la Montre*, je sus, à la mine des autres employés, qu'Olympe Hardy était rentrée. Je la trouvai dans le bureau, en train de vérifier les comptes. Elle ne leva pas la tête. Je n'avais pas d'excuse toute prête, ne sachant pas qu'elle devait venir à la boutique dans l'après-midi.

— Je…

— Ne dis rien, je sais où tu étais. Et pourquoi ? Je ne veux pas savoir ce que tu trafiques quand tu n'es pas ici, ni ce que tu fais véritablement pendant les mois de foire. Tu auras seulement la gentillesse de me prévenir suffisamment tôt lorsque tu quitteras la boutique.

Je m'apprêtai à répondre, mais elle ne m'en laissa pas le temps.

— Et tu peux partir, je te donne ton après-midi. Tu te reposeras de tes exploits nocturnes.

Je n'avais pas enlevé mon manteau. Je connaissais suffisamment ma maîtresse pour savoir qu'il n'y avait pas à discuter. Je la remerciai et sortis. Je rentrai rue du four aussitôt, sans comprendre tout de suite mon empressement. Ma

---

132 - Ou Pépin.

133 - Art de tanner les peaux de mouton en blanc. Origine du nom de ce quai.

134 - Prison des comédiens

préoccupation n'était certes pas le repos. J'aurais pu retourner auprès de Marie, mais pas directement. J'espérais en réalité avoir peut-être le temps de revoir l'enfant. Arrivé à l'immeuble, je ne m'arrêtai pas à mon appartement et allai directement au-dessus, chez la jeune accouchée. Devant la porte, je tendis l'oreille dans l'espoir de reconnaître les vagissements naïfs du nouveau-né. Il y avait bien quelqu'un qui s'affairait à l'intérieur, mais point de signes de la présence du bébé. Je frappai doucement. Il y eut un silence. Puis, par l'entrebâillement de la porte, j'aperçus le visage de Marie. Son expression s'adoucit en me reconnaissant, mais elle ne semblait pas vouloir me laisser entrer.

— Qu'est-ce que tu veux ?

— L'enfant ?

— Et bien, quoi, l'enfant ? Il a été baptisé à Saint-Sulpice. Le prêtre a bien voulu se charger de lui trouver une place dans un orphelinat. C'est plus simple comme ça. Et ne fais pas cette tête, tu le savais, je te l'ai dit.

Et comme je restai immobile devant la porte, elle ajouta.

— J'ai du travail, Jean. Ma patiente n'est pas si bien et notre survie, à tous les deux, passe maintenant par la sienne, comme tu as pu le comprendre.

— Je peux peut-être t'aider ?

— Je suis en toilette, c'est une affaire de femmes, maintenant.

Car, il y avait des moments qui autorisaient toutes les indiscrétions, et ces moments passés, on en revenait à la pudeur originelle et aux bienséances.

— File maintenant, elle va prendre froid !

Et elle ferma la porte, m'abandonnant à ma déception. Je descendis à mon appartement, me déshabillai. Je n'avais pas le courage de préparer un feu. La cheminée abritait les restes d'une flambée passée qu'il aurait fallu nettoyer avant d'espérer une nouvelle flamme. Je me couchai en ajoutant quelques vêtements sur moi, la tête pleine des événements de la veille et de la journée : car, en vingt-quatre heures, j'avais vu, entendu et ressenti plus de choses qu'en dix ans, depuis que j'étais arrivé à Paris. Le sommeil ne vint que très tard, lorsque les bruits de la rue commencèrent à se fondre dans ma torpeur. Un sommeil de brute où combattaient toutes les idées ensemble, celle d'une paternité avortée, les espoirs de reconnaissance et de prospérité, et l'intimité de Marie Courval. Toutes ces frustrations ensemble avaient concocté le plus gluant des marasmes où mon âme en souffrance aurait pu se perdre si j'avais été éveillé.

Le matin me trouva transi et inconsolable. Le froid avait passé la porte de mon appartement, comme la désespérance celui de mon cœur. Je me décidai à allumer un feu, tendant l'oreille vers l'appartement où, juste au-dessus de ma tête, Marie Courval prodiguait soins et attentions à Louise Adélaïde. Je ne sais par quelle obsession je voulais connaître les conditions dans lesquelles l'enfant avait été abandonné : même baptisé, même confié aux mains les plus sûres, il n'en était pas moins orphelin à présent, non pas grâce à moi, mais bien par ma faute. Finalement, le sort misérable de son frère n'en était peut-être pas plus cruel. J'entendis les pas de Marie dans l'escalier qui remontait dans son appartement. Je reconnaissais son pas à celui de Nestor, car elle allait le plus souvent chaussée de sabots, quand son fils allait pieds nus. Je fus tenté un instant de sortir pour lui parler, mais je savais que cela risquait de m'attirer davantage de chagrin et de déception que de rester dans l'ignorance du sort du nourrisson. Et puis, la croiser pour n'obtenir d'elle que quelques mots était un chagrin que je refusais de m'infliger.

Le feu finit par prendre, mais sans me réchauffer vraiment. Je me préparai sans hâte, car il n'était pas question, après ce qui s'était passé la veille, de montrer quelque défaillance dans mon travail à *La Montre*. Quelles nouvelles surprises allait me révéler cette journée? Je craignais surtout de la trouver bien morne après les événements récents. Et puis, il y avait aussi cette question lancinante : le Lieutenant-général allait-il tenir les promesses qu'il m'avait faites? La menace d'un emprisonnement pouvait seule me faire garder le secret, et un seigneur, aussi noble fût-il, n'avait aucun besoin de témoigner sa reconnaissance. Mais, il y avait sans doute une chose qui aurait dû me faire davantage souci et dont par chance je n'avais pas pris la mesure : sa fille était encore partagée entre la vie et la mort. Et, c'était la réelle condition à ma récompense ou à mon châtiment. Cette alternative gardait mon avenir en suspens. Et si j'avais compris que mon sort était réellement lié au souffle de Louise Adélaïde, j'aurais certainement gravi les marches, pour exiger d'assister Marie Courval dans tous les soins qu'elle prodiguerait à la jeune fille, jusqu'à obtenir l'assurance de son complet rétablissement. Mais mon esprit perturbé avait tant de difficulté à voir les choses avec calme, que j'occultai tout cet aspect de mon destin.

M'étant sans doute endormi dans la fin de la nuit, je ne m'étais levé que fort tard et j'eus juste le temps pour me présenter à l'heure, place Dauphine. J'aurais aimé aller me confier à mon maître Datelin. Il aurait certainement été d'un conseil propre à me rassurer. Les marques de confiance que je lui donnais dans ce genre d'occasion le flattaient, car je voyais son œil briller et le tremblement de ses membres stoppait net, comme si son esprit occupé éloignait la maladie de l'ensemble de son corps. Lorsque je l'avais connu au bord de la décrépitude, je n'aurais pas parié un liard sur sa capacité à survivre à la nouvelle année, mais en réalité, notre association lui avait profité, le rajeunissant presque. Sa femme, plutôt réticente au début, avait fini par se montrer reconnaissante et me prodiguait toutes sortes d'attentions sans occasion particulière, comme pour un fils qu'ils n'avaient pas eu tous les deux. J'avais table ouverte chez eux, quand l'envie nous prenait de discuter un peu tard, mon maître et moi.

Je partis à *La Montre*, prenant juste le temps de m'arrêter à la boutique de Datelin, pour m'inviter à souper le soir même : on m'attendrait. Ainsi conforté dans la perspective de pouvoir me confier, je filai. J'aurais pu en parler à Grégoire, mais j'avais peur que celui-ci ne soit fâché de mon manquement à l'opéra. Au fond, peut-être imaginait-il que je n'étais même pas venu à l'Académie royale? Je préférais garder ces explications pour plus tard, ma vie se trouvant déjà assez compliquée à ce moment-là. La journée à *la Montre* fut d'une morosité exceptionnelle. Olympe Hardy ne me parla pas de ce qui s'était passé la veille, mais ne m'adressa pas non plus le moindre signe qui aurait pu souligner sa réprobation. Il y eut peu de clients. L'affluence aurait pu me distraire par le travail engendré, mais je restai désœuvré une grande partie de l'après-midi, à regarder par la devanture de la boutique, imaginant parmi les passants s'il n'y avait pas quelque espion à la solde du chef de la police. Car au fond, pour être aussi bien renseigné sur moi hier, il n'avait sans doute pas cessé sa surveillance, ne serait-ce que pour s'assurer de mon silence. Il était sans doute trop tôt pour espérer la récompense promise, mais ne la voyant pas venir, mes doutes s'étoffaient doucement. L'heure de la fermeture vint enfin, mettant un terme à l'attente. Je rentrai, rue du four. Dans l'immeuble, je croisai Marie dans l'escalier. Elle me sourit, mais ne sembla pas vouloir s'arrêter pour me parler. Elle portait un seau. Je proposai de l'aider.

— Non, je te remercie.

— Comment va-t-elle ?

— Bien mieux, je pense qu'elle pourra rentrer chez elle d'ici quelques jours.

— Tant mieux.

Je restai immobile devant elle, barrant presque le passage vers l'escalier, montrant avec trop d'insistance peut-être que j'attendais autre chose, sans savoir moi-même quoi.

— Qu'est-ce que tu veux, Jean ? Il faut que je remonte.

Son ton était sec, il n'y avait que mon prénom dans ses mots pour atténuer son détachement.

— Rien. Tu sais, si tu as besoin d'aide…

— Merci, je n'hésiterai pas.

Et elle se glissa entre le mur et moi pour gravir les marches sans un regard, me laissant seul. J'entendis la porte de l'appartement au-dessus s'ouvrir puis se fermer, avant de bouger de nouveau. Elle venait de se comporter avec la distance habituelle, une sorte de pudeur définitive au prétexte de son veuvage, effaçant le moment d'intimité que nous avions partagé. Comme s'il y avait deux Marie : celle qui me louait cet appartement, et la femme désespérée qui m'avait appelé à l'aide et m'avait offert un peu de chaleur et une oreille attentive, le temps d'une nuit. Et juste après, tout semblait oublié, comme si cela n'avait aucune raison d'avoir été. Il y avait entre nous toutes les barrières. Celle de l'âge, en particulier, me la montrait d'un œil différent de celui que j'avais d'habitude pour les autres femmes. Et comme je me refusais toujours à en regarder d'autres, et que mes sens me laissaient le plus souvent en paix, j'aurais pu naturellement reporter une sorte de sympathie vers elle. Mais, cette loi de la proximité ne semblait pas suffisante pour exiger le moindre lien durable en retour. Et pour moi, il n'était pas question de renier l'amour plus profond, le seul que j'avais connu et que j'avais laissé perdre. J'imaginais Balbine en train d'évangéliser de petits nègres, bien loin, trop loin. Et cette pensée ne fut pas pour me donner davantage d'espoir sur ma condition amoureuse.

Je partis chez Datelin, au moins il y avait là quelqu'un à m'attendre pour m'entendre. Il m'écouta et me prodigua des conseils de prudence. J'eus la confirmation que le Lieutenant de police était un homme extrêmement puissant.

Nommé par le Roi, il était en quelque sorte son espion privilégié et même si sa juridiction dépendait du parlement, il avait la lettre de cachet facile. Nul n'osait lui refuser quoi que ce soit dans la capitale. Ainsi, s'il lui avait pris l'envie de me nommer à la Faculté, il l'aurait sans doute pu. À côté de cela, la délivrance d'un brevet ne posait aucun problème pour un homme de cet entregent. La soirée passa. La cuisine généreuse de Marie Sautereau, deux bouteilles de vin de la vallée de la Loire et la conversation de Louis Jean-François finirent par avoir raison de mon humeur, la ramenant à une gaîté facile. Cela me permit une nuit sans angoisses et sans états d'âme.

Deux jours passèrent ainsi, sans que rien, ni dans ma situation ni dans mes humeurs, ne change véritablement. Je passais mes journées dans l'ennui à l'horlogerie et mes soirées à préparer seul quelques nouvelles recettes, écoutant le pas de Marie Courval au-dessus de ma tête, comme un ange gardien inaccessible. Le troisième jour, Jean Grégoire se présenta au magasin. J'avais quelque peu oublié mes remords à son égard et j'aurais dû m'excuser auprès de lui, plutôt que m'apitoyer sur mon sort. Grégoire entra dans la boutique et demanda après moi. Je sortis du bureau à sa rencontre et me rendis compte à son air que son amitié avait dépassé ma grossièreté, mais que le prix à payer pour son pardon serait la version intégrale des événements qui m'avaient arraché à sa musique. Car il était inconcevable pour lui qu'on quittât un théâtre en pleine première, comme il avait été impossible pour moi de refuser de porter secours à un proche, ou à n'importe quelle personne en souffrance. Je lui racontai donc dans le bureau la version intégrale de ma nuit chez Marie Courval.

— J'étais sûr que c'était pour une femme! M'avait-il dit, lorsque j'avais commencé mon récit par l'appel au secours de la veuve. Mais bien vite, son visage s'était assombri. Emporté par la narration, je ne lui épargnai aucun des détails de mon aventure nocturne. Quand j'arrivai au passage où l'enfant était sauf dans mes bras, je lui fis grâce de mes réflexions, tout comme je lui épargnai mon attendrissement pour Marie, lorsque je racontai mon exil à Saint-Pierre. Il finit par retrouver un sourire, certain qu'au fond, l'histoire allait finir de la manière qu'il avait imaginée au départ. Car il sembla déçu à la fin du récit.

— C'est tout?

— Non, ce n'est pas tout.

— Après tout, je comprends qu'après une telle bataille tu n'aies plus eu toute l'énergie nécessaire pour terminer la besogne.

Bien sûr, il n'avait jamais été question de cela pour moi et je lançai à Grégoire un regard à lui faire regretter ses pensées insultantes. J'arrêtai de lui parler de Marie et lui racontai ensuite ma convocation si particulière chez le Lieutenant-général. Je ne passai aucune nuance de mon angoisse et le vis blêmir comme je l'avais fait moi-même lorsqu'on était venu me chercher. Il parut satisfait de mon histoire et la plaça à hauteur de la soirée qu'il avait vécue à l'Académie royale d'abord, où le triomphe fut à la hauteur, puis au Caveau où se rendit Jean-Philippe et la presque totalité des musiciens et des chanteurs. S'y trouvèrent également Piron et bien d'autres.

Ce fut une soirée mémorable à tous les points de vue, et le soleil se leva le lendemain quand aucun d'entre eux n'avait encore eu la moindre idée de sommeil. Je l'écoutai patiemment me détailler l'ordre des festivités, les chansons que chacun avait dû produire. Il était au comble de l'excitation, lorsqu'il me raconta qu'à la fin de la nuit, les musiciens et les chanteurs, accompagnés par Jean-Philippe lui-même, reprirent à plusieurs reprises le refrain : *rentrez dans l'esclavage*. Emporté par l'élan, il se dressa sur sa chaise et me donna une version privée et *a capella* de l'air. Je dus tempérer ses ardeurs et eus le plus grand mal à y arriver sans le vexer. Le bureau de la boutique n'était certes pas le lieu privilégié pour tant d'enthousiasme. Grégoire ne se vexa pas, mais comprenant qu'il avait un peu surestimé ma ferveur, il finit de me raconter leur sortie dans la rue, lorsqu'on les mit à la porte du troquet. Il m'assura que je serais des leurs à la prochaine occasion. Je le rassurai là-dessus, puis il finit par partir.

D'autres jours suivirent dans une attente de moins en moins patiente. J'en vins à regretter la voix nasillarde de Grégoire. Car s'il avait un réel talent avec un archet, il n'aurait pas été question de lui confier le moindre rôle sur scène... même parlé, même à la Comédie Italienne !

Ce n'est qu'au milieu de la semaine suivante que je trouvai, en rentrant, un broc de soupe qu'une âme charitable avait posé sur la table de mon appartement. Je ne pouvais douter de son origine. Je montai chez l'accouchée et frappai. Aucun bruit à l'intérieur. Une porte s'ouvrit sur le palier au-dessus et j'entendis la voix de Marie.

— C'est toi, Jean ?

J'aperçus sa tête qui se penchait au-dessus dans l'escalier.

— Merci pour la soupe.

— Ce n'est rien. C'est moi qui te remercie. La jeune fille est rentrée chez elle aujourd'hui.

Cette nouvelle aurait dû me réjouir, mais je savais qu'elle fermait la porte à l'intimité de Marie Courval.

— Passe une bonne soirée.

— Merci.

Elle disparut et je l'entendis parler à Nestor, alors qu'elle refermait sa porte. Je rentrai chez moi, but la soupe maigre agrémentée d'un morceau de pain rassis qui restait dans mon garde-manger. Ma vie n'était au fond qu'une sorte de passage où je traînai sans savoir vraiment où était ma destinée. Et, seul devant un bol vide et sale, je me sentis envahi par ce sentiment terrible que j'avais essayé si souvent d'enrayer : il revenait, comme le ressac, confirmer mon isolement. Il n'y avait rien à faire et moins encore à imaginer pour lutter contre cela. Mon âme trop fragile et mon imagination s'étaient encore liées pour me faire croire à des chimères et me laisser seul à la fin, comme un noyé sur le rivage de ma solitude. Cette nouvelle nuit fut peut-être la plus pénible de toutes, puisqu'elle scellait l'éloignement définitif de Marie Courval. Les événements et ma timidité en étaient les seules causes et j'étais incapable d'admettre que la jeune veuve portât la moindre responsabilité de mon chagrin. Il ne me restait même pas un fond de bouteille pour diluer mes larmes, et je n'avais pas la force de sortir pour hanter certains lieux organisés pour l'oubli.

Un nouveau soleil parut et je retournai à *La Montre*, ayant presque oublié l'entrevue avec le Lieutenant-général. Sa fille était rentrée chez elle la veille et, puisqu'il ne s'était rien passé, il n'y avait sans doute plus rien à attendre. Me faisant l'économie de cette réflexion, mon esprit avait rangé ces événements dans un coin de mon placard aux souvenirs. On m'attendait cependant devant *La Montre*, à l'heure exacte de l'ouverture. Je reconnus de loin la calèche qui m'avait emporté au Châtelet. Juste devant, l'un des deux hommes qui m'y avaient conduit m'attendait. Il me laissa venir. Je n'avais pas d'inquiétude cette fois-ci, mais, comme son image était associée aux événements que l'on sait, je n'avais aucune raison d'attendre une nouvelle heureuse de ce mauvais messager. J'arrivai devant lui et il continua de me fixer. Son regard était indéchiffrable, comme seuls certains fonctionnaires savent le cultiver. Il portait sous le bras une serviette de cuir rouge aux armes du roi.

— Jean Passadieu?

— Vous savez bien qui je suis. Que me voulez-vous cette fois?

— Juste vous remettre ceci.

Il ouvrit sa sacoche et me tendit un épais document scellé. Je lui pris des mains. L'autre referma la serviette avec précaution et me jeta un œil curieux, dont je ne sus sur l'instant déterminer la nuance.

— Merci.

Il se retourna sans m'accorder plus d'attention et grimpa dans la voiture en donnant l'ordre au cocher de démarrer. Je me retrouvai seul avec la lettre dans les mains. L'échange n'avait pas duré une minute. J'ouvris la boutique, allumai quelques chandelles et le poêle, car il faisait encore nuit. Puis, j'allais m'installer dans le bureau. Les autres ouvriers n'arrivaient que plus tard. Je connaissais Olympe Hardy: lorsqu'elle n'était pas là à l'ouverture, elle ne paraissait jamais avant le milieu de la matinée. J'avais donc le temps d'ouvrir la lettre.

J'examinai le cachet: un bouton de cire rouge aux armes royales, encore. Il n'y avait pas à douter de l'influence de la personne qui m'envoyait ça. J'ouvris et lus. L'en-tête et la signature d'emblée m'arrachèrent un tremblement et je reposai la lettre, craignant le pire venant de l'autorité suprême.

Arrêt du grand conseil, qui ordonne l'exécution des lettres en forme de provision de l'état et le privilège d'opérateur du roi, accordé au Sieur Jean Passadieu, seigneur de Saint-Pierre.

Louis, par la grâce de Dieu, Roi de France et de Navarre, à tous ceux qui ces présentes lettres verront: Salut! Savoir faisons, comme par arrêt ce jourd'hui, rendu en Notre Grand Conseil sur la requête présentée par notre aimé Jean Passadieu de Saint-Pierre, opérateur rue du four Saint-Germain, tendante à ce qu'il plaise à notre dit Conseil, ordonner que nos Lettres en forme de Provision de l'état et privilège d'opérateur du roi et de nos Conseils, accordés au suppliant le premier novembre 1737. Sentence d'enregistrement d'icelles en notre Prévôté de l'hôtel et grande Prévôté de France du 22 du dit mois, ensemble la sentence de notre Lieutenant-général, portant permission de faire imprimer et afficher tant à Paris, cour et suites, qu'autres lieux et Villes du royaume, ses lettres de privilèges, l'indication de ses pommades curatives et autres remèdes dont il se sert, contenant la profession d'opérateur.

S'ensuivaient plusieurs listes de formules redondantes, dont je ne fus pas capable de saisir toutes les nuances, mais reprenant inlassablement le terme extravagant d'opérateur du roi. La lettre se terminait ainsi.

Donné en notre dit Conseil à Paris, le premier jour de novembre de l'an de grâce mil sept cent trente-sept et de notre règne, le quinzième. Scellé le premier novembre 1737. Collationné.

Autant de formules et de détours pour finir par un simple prénom, qui aurait pu paraître banal et presque mal écrit, si ce n'était celui du roi lui-même, et je ne pus douter un seul instant de son authenticité.

— Opérateur du roi! Rien que ça! Tout m'a l'air parfaitement en ordre, mon garçon.

Le soir même, j'avais montré le document à Datelin, qui le regarda avec circonspection d'abord, puis avec respect après avoir examiné dans tous les sens la signature, le sceau et le papier.

— Te voilà riche!

Il était difficile de croire ainsi à cette belle fortune qui venait me rendre au centuple la peine que je m'étais donnée. Datelin ne tarissait pas d'éloges, me considérant soudain avec un respect différent et la même fierté qu'un vrai père aurait eus pour moi.

— Et puis mon Dieu, quel nom! Passadieu de Saint-Pierre! Voilà une particule qui s'est perdue dans leur jeu d'écritures, mais qui fera de toi le prince de Paris.

Passadieu de Saint-Pierre! Cela ne sonnait pas si mal, au fond.

Jean-Baptiste Seigneuric

IX

LE COLLÈGE DES QUATRE NATIONS

La lettre de privilège signée du Roi me donnait les pleins pouvoirs pour exercer les opérations de mon choix et débiter toutes drogues que je jugerais bon de confectionner et de vendre. Dans l'enveloppe qu'on m'avait remise, se trouvait une convocation pour le lendemain. Le Lieutenant-général était donc bien cet homme omnipotent qui prouvait par ce brevet, signé de la main même de notre roi, que rien ne pouvait lui résister, et que tous maîtres droguistes et tous les chirurgiens de la couronne ne pourraient rien trouver à y revoir, quoi que je fasse. J'avais passé toutes les étapes avec aisance : ce prodige ne m'avait pas coûté un sol, j'avais franchi les barrières de la connaissance en un seul pas. Mais il n'était pas question pour moi d'abuser de la situation. J'imaginais pouvoir juste confirmer ma place à la foire Saint-Germain et y vendre d'autres préparations aux vertus thérapeutiques plus marquées. J'en avais discuté avec Datelin et il m'avait ouvert sur toutes les perspectives d'un simple morceau de papier tel que celui-ci. Mais, je n'avais alors pas imaginé l'ampleur de cette vague qui allait bouleverser ma vie et ma condition.

La convocation pour le collège des Quatre Nations était informelle et ne portait ni signature ni sceau. Il s'agissait d'un simple billet glissé avec la lettre de privilège. On m'y invitait d'une manière assez laconique : *Le sieur Passadieu de Saint-Pierre sera reçu demain, trois novembre de l'an de grâce mil sept cent trente-sept, au laboratoire royal du collège des Quatre Nations.* On n'avait précisé aucun horaire, ce qui m'avait fait douter de la réalité de la chose. Mais, sur les encouragements de Datelin, je demandai mon après-midi à Olympe Hardy, qui me l'accorda sans même discuter. J'avais l'impression que, depuis mon passage au grand Châtelet, j'étais auréolé d'une sorte d'immunité, simplement parce que j'étais ressorti de la citadelle alors que tant d'autres y croupissaient encore. Je n'avais pas de tenue exceptionnelle. Je m'habillai donc sans richesse, mais avec le maximum d'élégance que mon trousseau le permettait. Je ne portais pas de perruque, puisque j'avais rendu celle empruntée pour la soirée à l'opéra. J'avais craché sur mes chaussures les plus élégantes pour tenter d'en raviver le cuir. Muni de ma convocation et de ma lettre de brevet, je quittai *La Montre* et m'engageai sur le Pont-neuf.

Le collège des Quatre Nations était une bâtisse massive que l'on pouvait admirer facilement, lorsque l'on se trouvait aux pieds du cheval de bronze et que l'on regardait dans la direction du couchant. De là, on ne voyait cependant pas l'esplanade qui se trouvait enserrée entre les deux bras du bâtiment principal. Mais, ce qu'on voyait de partout, qui rayonnait au-dessus de cette partie de la ville comme un fleuron de la science, c'était la coupole. Le dôme était couvert d'ardoises taillées comme des écailles de poisson, assurées par des bandes de plomb doré. Tout autour, six importants ensembles sculptés de personnages gigantesques donnaient au bâtiment un caractère solennel et impressionnant. De part et d'autre de la chapelle se trouvaient donc deux pavillons en arc de cercle qui avançaient jusqu'à la rivière, comme pour la toucher. D'énormes vasques de pierre faisaient le tour du toit à intervalles réguliers, comme les créneaux d'un château fort. Je continuais sur le pont jusqu'au quai, ne voyant plus le bâtiment que de côté, mais le sommet du dôme se détachait toujours au-dessus des toits.

Après la prison, on m'invitait, de façon certes moins armée, mais guère plus courtoise, dans le temple des sciences, dont d'ailleurs je ne savais pas grand-chose à l'époque. Par où allais-je rentrer, je n'en savais rien. Qui allais-je demander? Allait-on m'y accueillir? Et comment? C'était autant de questions qui ralentissaient mon pas et me donnaient à réfléchir à chaque instant, à savoir si le salut au fond ne se trouvait pas dans la fuite. Fort à propos, Datelin et sa femme m'avaient exhorté à ne reculer devant aucune crainte et à n'écouter les voix d'aucun doute. Je longeai le quai, me rapprochant de l'immense bâtisse, qui était presque effrayante lorsqu'on se trouvait devant. Car, ne sachant ce qu'elle abritait, il eût été plus commode de continuer à la regarder à distance, depuis un bras de rivière, comme je l'avais fait tout à l'heure, plutôt que de continuer à marcher vers elle. La chapelle était maintenant en face de moi et je me trouvai dans une vaste cour : de part et d'autre les deux pavillons, celui des arts et celui de la bibliothèque.

J'avançais en direction de la chapelle. D'immenses colonnes corinthiennes soutenaient le fronton où l'on pouvait lire l'inscription : *D.O.M. sub invocationi Sancti Ludovici*, pour rappeler que le bâtiment avait été érigé en l'honneur du roi Saint-Louis. Un large escalier menait à la chapelle, et tout naturellement, comme je me trouvais face au bâtiment, j'avais imaginé que l'entrée se trouvait en son point médian : à l'entrée de la chapelle. Je gravis les marches une par une, les comptant pour ralentir mon pas, espérant encore qu'un semblant de sagesse me ferait renoncer à cette folie. Lorsque je fus en haut des marches, j'entendis une voix dans mon dos.

— Et toi, le drôlet, tu imagines aller présenter tes dévotions au Seigneur Mazarin? Comme tu y vas, toi!

Je me retournai en haut de l'escalier, dominant la place Conti. Du haut de ces quelques marches, je pouvais admirer la structure massive du Louvre, comme un lion endormi de l'autre côté de la rivière. Une sorte de gardien, en dessous de moi, ne s'amusait pas à me voir traîner sur l'escalier.

— Tu vas descendre ou je dois venir te chercher?

Il s'agissait sans doute d'un des êtres les plus mal attifés qu'il m'ait été donné de voir. Son habit était élimé, il tenait un respectable anneau d'acier où pendaient des clefs de grande taille. Il me regardait l'air mauvais, me menaçant de son trousseau comme d'une arme hostile. Ce devait être le concierge, fort certainement, et je regrettai de ne pas avoir eu l'intelligence de chercher une loge au lieu de filer tout droit vers la chapelle, attiré comme un papillon par la flamme dans la nuit. Je descendis vers lui, prenant l'air le plus contrit possible. Mais l'autre ne semblait pas vouloir décolérer, vexé sans doute d'avoir failli à son rôle de cerbère. Lorsque je fus devant lui, je m'aperçus que l'homme était de petite taille, qu'il était vraiment sale et dégageait une très forte odeur d'oignons : une pustule dans ce bâtiment illustre.

— Qu'est-ce que tu veux à la fin ?

J'eus à peine le courage de lui tendre mon billet où l'on me convoquait, gardant comme dernière arme, le privilège que je tenais serré dans une serviette de cuir que m'avait prêtée Datelin. L'autre ne savait vraisemblablement pas lire et regarda le morceau de papier d'un air méprisant avant de me lancer un nouveau regard.

— Et alors ?

On n'avançait pas. Et je compris, à ce moment, que la lettre de privilège ne servirait pas davantage, puisqu'il n'entendait rien aux mots et que j'aurais pu lui présenter un bréviaire en grégorien que ça n'aurait rien changé. Il commençait à s'impatienter, bougonnant pour lui seul, comme un chien grognant après une puce au bout de sa queue. Devant son évidente mauvaise volonté, je ne savais pas moi-même comment me tirer de ce pas. Et ma jeunesse m'empêchait le moindre raisonnement qui aurait pu faire évoluer la situation. Au bout d'un moment, et contre toute attente, ce fut le concierge qui s'anima d'une étincelle d'intelligence.

— Comment t'appelles-tu ?

— Jean Passadieu.

L'autre ne réagit pas tout de suite.

— Comment tu dis ?

— Passadieu de Saint-Pierre.

Ce nom à peine usurpé m'ouvrit les portes de l'Institut, car le gardien, sans pour autant me sourire ni m'accorder un quelconque signe de respect ou de déférence, me dit simplement :

— Ah ben, comme ça ! Veuillez me suivre, Monseigneur, on vous attend depuis ce matin.

Et il fit jouer son trousseau, choisit une des clefs et partit ouvrir une large porte vitrée à quelques pas. Il entra, attendit que je le suive et referma la porte derrière moi. Puis il remonta un long couloir. Nous nous trouvions dans le pavillon de gauche et nous avancions en direction de la rivière. Arrivé devant une lourde porte à deux battants, où l'on avait grossièrement peint un cinq en caractère arabe, il frappa deux coups. Puis, il poussa l'un des battants, m'invita à entrer et claqua la porte derrière moi, pour me laisser dans une grande pièce vide. Juste en face de moi, une large fenêtre offrait une vue sur la rivière et sur le côté droit : deux autres baies donnaient sur l'hôtel de Conti, qui se trouvait derrière le collège. Devant la fenêtre et face à la Seine se trouvait un large et haut fauteuil, si large que je ne pus savoir qu'il était occupé avant d'apercevoir deux souliers vernis sous le siège et une canne posée sur un des accoudoirs. Il n'y avait aucun bruit dans la pièce, pas même celui d'une respiration, me faisant soudain craindre que je fusse arrivé trop tard. Je ne sais pas pourquoi j'eus cette pensée à cet instant, mais l'atmosphère si particulière m'avait saisie.

Mon arrivée n'avait pu passer inaperçue. La canne se mit en mouvement, lentement, et je pus apercevoir une longue main aux doigts aussi secs que des brindilles, ornés de quelques bagues aux pierres brillantes. Attrapant les dernières lueurs du soleil de novembre, elles projetaient au plafond de petits éclats de couleurs, dansants comme les étincelles d'un bois trop vert.

— Nous t'attendions depuis ce matin.

La voix était sourde et nasillarde, comme si elle avait emprunté un chemin particulièrement tortueux pour sortir, comme si des obstacles limitaient son cheminement. Cela ne faisait qu'accroître le caractère impressionnant de cette rencontre. Je choisis de ne pas répondre.

— Mais tu es venu, c'est bien. Je crois qu'il n'y a pas de meilleur point de vue de la rivière et du palais, d'ici ? Tu ne crois pas ?

La main me fit signe d'approcher. J'avançai et quand je fus à proximité du fauteuil, elle me fit signe de m'arrêter. J'aurais pu toucher le dossier, mais de là où j'étais, je ne pouvais toujours pas voir le visage de l'homme. Je pouvais apercevoir ses genoux d'une maigreur impressionnante, sanglés dans des bas de soie parfaitement blancs. Je regardai la Seine en face de moi, où les bateaux se battaient le passage à cette heure de l'après-midi. Le soleil fatigué d'hiver avait déjà abandonné notre rive. Il éclairait encore le Louvre juste en face, comme pour rendre hommage à la demeure de son légitime représentant.

Je perçus le souffle de l'homme, difficile et âpre, comme si chaque bouffée d'oxygène était arrachée péniblement. Le soleil disparut finalement, comme si on avait soufflé le chandelier gigantesque qui éclairait la ville quelques instants plus tôt.

— Mon père avait parfaitement choisi l'endroit. As-tu entendu parler de Nicolas de Blégny ?

Pomardini m'en avait parlé à plusieurs reprises, Datelin également et d'autres aussi, à la foire Saint-Germain. Un savant homme, certainement, par le nombre de ses écrits et de ses connaissances. Il fut toujours critiqué et décrié par la faculté, car, même s'il se prétendait de la confrérie de Saint-Côme, il n'en avait jamais eu la légitimité.

— Oui.

— Il avait trouvé là le lieu parfait à son ambition. Cette boutique est la seule qui reste de ce qu'il avait appelé le *Laboratoire Royal*. Cinq boutiques, dépendances et caves le composaient à la fin du siècle précédent. Il occupait pratiquement la moitié de cet étage. On venait de partout pour le consulter, pour apprendre de lui. Le Roi et la Reine vinrent le solliciter plusieurs fois, au grand désespoir des bonnets carrés.

La voix avait fini dans un souffle. L'homme se tut, le souffle coupé après un aussi long discours. Il toussa à plusieurs reprises. J'attendis qu'il retrouve sa respiration.

— Je suis son fils, Marc-Antoine. Et cette boutique est le dernier vestige de la splendeur du *Laboratoire Royal*. Je devais une faveur au Lieutenant-général et je te cède ce bail pour ton installation.

Mon regard fit un nouveau tour de la pièce. Elle bénéficiait effectivement de tous les aménagements pour y exercer mon art. Un fourneau permettait de réaliser toutes les préparations. Dans un angle, une vaste trappe devait mener à une cave où il serait possible de réserver mes médecines et les matières premières nécessaires. Je n'avais jamais imaginé pouvoir disposer d'un tel confort, dans un lieu aussi prestigieux. Et je regardais s'ouvrir devant moi les portes de la chance : il n'y avait plus qu'à les pousser.

— Qu'en penses-tu?

Jusqu'à présent je n'avais rien dit, trop impressionné.

— C'est un très bel endroit, Monseigneur, tout propice à l'exercice…

— Et à quel exercice comptes-tu te livrer ici?

Il chercha à nouveau sa respiration.

— Es-tu comme tous ces charlatans de la foire ou du Pont qui prétendent exercer et se contentent d'amuser le public, pour mieux l'abuser ensuite? Es-tu de ces alchimistes qui continuent la guerre de l'Orviétan et qui ont causé tant de tort à mon père et à moi? Ma mère était une matrone brevetée et renommée sur la place. Malgré tout, cela n'a pas empêché de voir mon père enfermé et exilé ensuite, pour aller sécher en Avignon sous le soleil des papes.

Nouvelle toux, un peu plus prolongée. Nouvelle attente. Il n'y avait rien à dire. Je tentai cependant de m'approcher pour lui venir en aide, mais la main sur l'accoudoir du fauteuil me l'interdit, lorsque j'essayai d'avancer.

— Je n'ai pu que partiellement venger sa mémoire en devenant apothicaire de la garde-robe royale. Cela n'a pas empêché Louis-Anne Contugi de continuer contre moi la guerre qu'il avait commencée avec mon père.

Une clef était apparue dans la main.

— Tiens, voilà la clef de la boutique. Elle est à toi aussi longtemps que tu t'en montreras digne. On m'a dit beaucoup de bien de tes pommades, et je crois savoir que tu as quelque dextérité comme opérateur pour les dents. Dommage que je ne t'aie pas rencontré plus tôt.

Et il se leva péniblement. L'homme était très grand et aussi maigre qu'un saule. On imaginait mal comment ses jambes pouvaient le porter. Mais le reste de sa carcasse décharnée ne devait pas peser si lourd, ce qui, au fond, l'équilibrait. Il resta encore quelques instants face à la Seine. Puis, il se retourna vers moi. La lumière ne parvenait plus dans la pièce qu'avec parcimonie, occultant une partie de sa physionomie. Et le clair-obscur souligna l'obscénité de ce qu'il me donna à découvrir.

Je compris d'un coup les difficultés de son élocution, son souffle difficile et sa maigreur. Une tumeur violacée, grosse peut-être comme une pomme prenait la moitié de son visage, soufflant la peau de sa joue, tirant la paupière et la lèvre en une grimace atroce. L'œil du côté malade ne bougeait presque plus et regardait le plafond avec une fixité inquiétante. Une odeur de chair en putréfaction se précisa lorsqu'il fut complètement en face de moi. Il me laissa contempler le spectacle de sa misère sans aucune pudeur, comme prix à payer pour le bail de la boutique.

— Voyez qu'au fond, il ne fait pas si bon vieillir.

— N'y a-t-il plus rien à tenter pour vous venir en aide ?

— Rien dont tu sois capable, je le crains, ni toi ni aucun autre, malgré toute sa science. Ou bien, il faudrait m'achever d'une manière charitable avant que la maladie le fasse elle-même. Elle me ronge à l'intérieur, se délecte de mes os, de ma chair, se nourrit de ma souffrance et de mes insomnies. Je l'entends qui bourrelle, je la sens à toute heure. Et elle ne se taira qu'en même temps que moi.

L'horreur de ce visage restait moins forte que l'envie que j'avais de lui venir en aide, ou au moins de lui témoigner mon soutien. Je m'approchai.

— Non, ne viens pas plus près ! Qui sait si cette mauvaise bête ne risquerait pas de t'attraper rien que par le regard. Elle est tellement mauvaise. Au fond, le cancer n'est pas que le privilège des rois[135].

Toute la vivacité de l'homme était concentrée dans l'œil encore sain, qui me fixait avec une énergie et une vigueur alertes, comme s'il avait voulu me convaincre d'une chose dont je n'étais pas trop certain. Marc-Antoine termina ainsi.

— Vouloir le bien et la santé pour les autres n'a jamais protégé des pires miasmes. La lignée des *de Blégny* s'éteindra avec moi. Mon père a longtemps travaillé sur le remède secret et il a emporté avec lui l'essentiel de ses recherches. Ce que tu trouveras dans ses livres n'est qu'une parcelle des connaissances qu'il avait accumulées. Montre-toi simplement digne de notre héritage et ce sera pour moi une dernière satisfaction avant de mourir.

Il me tendit la clef qu'il tenait au creux de sa main. Je la pris et sursautai en constatant que le métal en était aussi froid que si je venais de la ramasser par terre. À moins que ce ne fût la main d'un spectre qui me l'eût remise.

— Adieu, Jean.

L'homme passa devant moi, arrachant à sa faiblesse les dernières forces pour garder un pas digne, presque majestueux, perché sur ses jambes interminables, comme un équilibriste à la dernière frontière de la vie. Il ouvrit la porte, la passa et la referma avec lui dans un même mouvement, me laissant seul. Seul un fantôme aurait pu développer autant de grâce et de légèreté : plus tout à fait un homme, c'était une âme qui venait de me léguer ce qui lui restait de vie. Il faisait presque nuit dans la boutique, et l'on n'avait rien laissé qui permît de commencer une exploration plus détaillée, aux dernières lueurs du jour. Le

135 - Louis XIV était atteint d'un cancer de la voûte du palais.

palais du Louvre s'enfonçait dans la nuit et les navires sur la rivière n'étaient plus que silhouettes sans contours. Je rentrai, rue du four.

Je revins le lendemain dans la matinée. Datelin voulut m'accompagner en chaise. Le concierge nous accueillit cette fois avec beaucoup de déférence, comme si la renommée de *de Blégny* glissait déjà sur moi. Dans la matinée, l'activité des boutiques voisines était beaucoup plus intense et nous pûmes dénombrer dans mon voisinage : un tailleur, un tapissier, un vitrier ou encore un limonadier. Celui-ci vint se présenter aussitôt, me demandant si j'étais le nouveau locataire, me proposant de me racheter mon bail à prix d'or au prétexte de la vue double sur la Seine et l'hôtel de Conti. Je lui répondis, que je n'avais aucune faculté pour le lui céder d'aucune manière, puisque je n'en étais pas le réel locataire, mais que je n'en avais que l'usufruit. Datelin se réjouit du potentiel de l'endroit et me proposa tout de suite d'explorer la trappe que j'avais remarquée la veille.

Sous la trappe, se trouvait un escalier de pierre qui s'enfonçait dans le sol. Équipés d'un chandelier que nous avions eu la précaution d'emporter avec nous, nous descendîmes les quelques volées de marche jusqu'à une pièce tout en longueur, qui semblait prolonger le bâtiment. Datelin eut quelque peine à descendre, mais il tenait absolument à voir de ses propres yeux ce qu'il imaginait comme un repaire abritant mille secrets. Des flambeaux avaient été disposés le long de la muraille, derrière lesquels on avait judicieusement disposé des miroirs, afin de répandre au mieux la lumière. Nous eûmes quelque difficulté à les allumer et à entretenir leur flamme. Mais, lorsqu'ils donnèrent au mieux de leur puissance, le truchement des miroirs permit d'obtenir à l'intérieur de la pièce une luminosité telle qu'on aurait pu se croire en plein jour, au meilleur de l'été. Le long d'un des murs, on avait disposé plusieurs rayonnages de livres. Un rapide regard nous permit de convenir qu'il s'agissait là de la meilleure collection qu'un honnête savant ne puisse jamais rassembler en un seul lieu. Les volumes comprenaient en outre plusieurs éditions de chacun des ouvrages du regretté Nicolas de Blégny, annotés pour la plupart de sa propre main. Sur le mur opposé, de nombreux récipients étiquetés avec soin contenaient toutes sortes de poudres, d'herbes séchées, de minéraux, autant d'ingrédients naturels dignes des plus grandes pharmacopées. Au milieu, une vaste table de travail complètement vide, prête à accueillir mon labeur. Dans un coin, un bric-à-brac de récipients, de vaisseaux, de matériels dont j'ignorais l'usage.

— Viens voir par là.

Dans un interstice de la pierre, Datelin avait découvert une anfractuosité où un homme de corpulence normale pouvait se glisser sans trop de difficulté en se présentant par le flanc. Mais, Louis Jean-François ne pouvait se hasarder dans ce passage, vu sa mobilité limitée.

— Va voir ce qu'il y a derrière.

Je pris le chandelier et le brandis à bout de bras. Ainsi équipé, le passage n'était guère commode. Je laissai le chandelier à Datelin qui m'éclaira depuis l'extérieur. Je progressai de quelques mètres et me rendis compte que le passage s'élargissait rapidement. Bientôt une vague luminosité me guida, ainsi que le bruit discret de l'eau contre la pierre. J'arrivai devant un ponton où était amarrée une petite barque, armée de ses rames, prête à partir dans l'instant. Un petit chenal menait à la Seine, que l'on distinguait tout au bout. Une lourde grille de fer bloquait l'entrée. Un cabestan semblable à ceux que j'avais connus à Saint-Pierre devait permettre de manœuvrer la grille depuis l'intérieur de notre cachette. Datelin s'impatientait de l'autre côté du passage.

— Eh bien? Tu as trouvé la pierre philosophale?

— Pas exactement.

Je revins et lui racontai ma découverte. Il en parut tout réjoui, satisfait plus que jamais de la seconde vie qui lui était donnée à partager avec moi.

Une semaine n'aurait pas suffi à recenser tous les livres et les réserves du laboratoire. Nous retournâmes dans la boutique et Datelin fit une rapide liste de ce qu'il me faudrait pour m'installer. Je commencerais par transporter le petit matériel que j'avais installé dans mon appartement. Il me faudrait ensuite de quoi ranger et présenter de la meilleure façon qui soit. Car, il s'agissait là d'une véritable boutique : un endroit où accueillir les clients. Et mes ambitions devaient se placer au plus haut : il fallait organiser les lieux en imaginant que le Roi lui-même pourrait venir un jour à l'improviste me consulter. Cela ne se ferait pas en un jour et les maigres réserves que mes prestations à la foire Saint-Germain m'avaient permises jusque-là n'y suffiraient certainement pas. Olympe Hardy me consentirait peut-être un crédit pour mon installation, mais je n'en étais pas certain. Tout cela viendrait sans doute petit à petit.

Quelques jours plus tard, ce fut au tour de Jean Grégoire de m'accompagner au laboratoire. Nous avions emprunté la charrette de son oncle, pour y déposer d'emblée tout le matériel possible. On me reconnut et mes industrieux voisins me proposèrent tout de suite leur aide, imaginant par leur dévouement satisfaire une curiosité que je jugeai déplacée. Je refusai poliment, à leur trop visible regret. Nous disposâmes tous les instruments près du fourneau. Une petite table et un tabouret, quelques pommades que je gardais en réserve pour la prochaine foire. Rien d'extraordinaire et surtout, peu de choses susceptibles de satisfaire au décorum qu'exigeait ma nouvelle situation. Jean Grégoire était enthousiaste, comme à son habitude, et promit que dès que je serais installé, il parlerait de moi partout autour de lui, pour attirer une clientèle dont il n'avait aucun doute.

Mais au fond, de quoi étais-je réellement capable? Après plusieurs années d'un exercice méticuleux, je dois avouer que je savais déjouer les pièges des dents gâtées mieux que beaucoup de mes turbulents confrères du Pont-neuf ou d'ailleurs. Il n'y avait pas à revenir sur la qualité unanime de ma pommade, encore fallait-il que je me décide, puisque j'en avais dorénavant le droit, à y incorporer des spécifiques pour en faire de véritables remèdes. Je n'avais aucune expérience dans l'art de distiller et il allait falloir, là aussi, que je me perfectionne, ce qui n'allait sans doute pas être du goût de mon voisin limonadier et des apothicaires, officiels ou pas, qui exerçaient à proximité. Mais aux dires de tous ceux à qui j'avais montré ma lettre de privilèges, celle-ci m'ouvrait un champ infini de possibilités et il fallait que je diversifie mes talents pour toucher le plus grand nombre et faire fructifier ce qui valait mieux que la plus rentable des charges.

Le lendemain de ce premier emménagement, on était le 13 du mois de novembre et j'appris par les gazettes la mort de Marc-Antoine de Blégny. Un simple entrefilet annonçait des funérailles discrètes le jour même, sans en préciser le lieu, ce qui m'empêcha d'y assister, à mon grand regret. L'annonce précisait qu'il était décédé le soir où je l'avais rencontré, comme s'il m'avait attendu avant de souffler la dernière chandelle. Le lendemain, un document me parvint. Au vu des dispositions testamentaires de l'ancien apothicaire, j'étais l'usufruitier de la boutique numéro cinq de l'aile de la bibliothèque du Collège des Quatre Nations à titre gracieux, pour une période reconductible de cinquante années. Il n'y avait pas à douter que la Fortune continuait de me sourire, avec la générosité de quelqu'un qui aurait eu quelque chose à se faire pardonner.

Contrairement à ce que j'avais imaginé au départ, il n'était pas question d'abandonner tout de suite la foire Saint-Germain. Je n'avais pas encore une renommée et des rémunérations suffisantes pour tout miser d'emblée sur cette évidente opportunité. Je devais continuer à y assurer mon office, en annonçant mon établissement à la boutique du quai de Conti. Par ailleurs, je devrais garder ma place à *La Montre* jusqu'à ce que je parvienne à dégager un bénéfice suffisant de mes nouvelles activités. Mon train de vie n'avait rien d'extravagant, mais j'avais un loyer à payer et je devais pourvoir, en sus de mon quotidien, aux approvisionnements en matières premières et en fourniture. J'eus une conversation paisible avec Olympe Hardy. Elle me fit toutes les facilités pour un prêt et se montra prête à accepter ma démission quand je le jugerai opportun, en exigeant simplement que je la prévienne un mois avant mon départ, ce qui était une clause exceptionnellement avantageuse dans mon cas.

L'installation de la boutique put donc commencer dès la fin de l'année. Sur les conseils de Datelin, je commandai un mobilier de seconde main, mais qui n'aurait pas déparé dans les salons d'une comtesse. Je me fournis en ustensiles, draperies, vaisselle, instruments de chirurgie à la dernière mode. J'équipai, non seulement la boutique, mais également le laboratoire secret où je passais une partie de mes soirées à lire les ouvrages de *de Blégny*, d'abord, et bien vite toute une littérature médicale, botanique, ésotérique, afin de plonger plus au cœur de mon sujet. Je rentrais très tard rue du four et parfois, il m'arrivait même de rester à dormir sur une paillasse que j'avais disposée dans la boutique, derrière un paravent. Il n'y avait certes pas toutes les commodités, mais je me débrouillais, préférant veiller un peu plus tard que rentrer à des heures impossibles.

Datelin me rendait parfois visite, souvent à l'improviste, m'amenant un panier de provisions et me conseillant, aussi bien sur l'élaboration de certaines recettes, que sur l'agencement de telle ou telle tenture dans ma boutique. Son goût n'était pas forcément sûr, mais certainement plus affirmé que le mien. Je lui faisais entièrement confiance, me réjouissant à chaque visite du précieux ami que j'avais trouvé en lui. Ce fut une période d'une fébrilité étrange, associée au souvenir d'une fin d'automne particulièrement froide. Mon travail à *La Montre* m'accaparait tout entier, lorsque j'étais présent place Dauphine. Et dès que je sortais, je courais quai de Conti ou chez quelque fournisseur.

J'en oubliai naturellement Marie Courval, car mon esprit meublait le moindre de mes loisirs par mon installation et mon instruction. À la fin du mois de novembre, je montai chez elle pour lui porter le loyer. Nous discutâmes un peu sur son palier, elle ne me fit pas entrer. Elle n'avait pas de nouvelle locataire et le déplorait, car l'argent ne rentrerait pas. Pourtant, d'avoir sauvé la fille du Lieutenant-général lui avait valu à elle aussi certaines rétributions, mais trop vite absorbées par les dettes. Lorsque je l'avais questionnée, elle n'avait pas voulu m'en dire davantage. Puis, à la fin, comme j'allais descendre pour retrouver mon appartement que je négligeais de plus en plus, elle me demanda ce que je faisais à la Noël. Bien sûr, je n'avais rien prévu, imaginant que, fort probablement, je serais invité à la table de Datelin.

— Tu le décommanderas. Viens souper avec Nestor et moi.

Je n'avais aucune envie de discuter cette invitation, remerciai et rentrai dans mon appartement avec une sensation enveloppante, comme si un peu de chaleur humaine avait suffi à compléter définitivement mon bonheur. J'attendis ce moment avec une excitation toute particulière.

Noël vint, et je me présentai chez elle avec un panier chargé d'une volaille encore fumante, sortie tout droit d'une des meilleures rôtisseries du quartier, d'une bouteille de vin de bourgogne et de quelques fruits pour le jeune Nestor. Je n'avais pas trouvé de grenade, même si c'était devenu pour moi une tradition familiale depuis mon premier Noël à Saint-Léonard. Je grimpai les marches avec un cœur léger, frappai. Marie m'ouvrit, presque surprise, comme si elle avait trouvé qu'il était trop tôt, ou qu'elle avait oublié son invitation. Cela dura le temps d'un battement de cil, puis elle me sourit et s'effaça pour me faire entrer. Elle avait choisi de m'accueillir non pas dans son appartement, mais dans celui de ses pensionnaires. Comme elle n'avait pas de locataire et que l'appartement qu'elle leur réservait était beaucoup plus confortable que le sien, elle avait choisi cet endroit pour nous réunir.

Je n'y étais pas revenu depuis la fameuse nuit où nous avions extrait l'orphelin. Car pour moi, son statut était définitif depuis l'instant où nous l'avions sorti du ventre de sa mère. La chambre était dans un parfait état de propreté et malgré les souvenirs, l'ambiance était tout autre. Mais, il fut difficile de ne pas me remémorer chaque détail de cette épopée, avec une précision presque douloureuse. Le crucifix sur le mur, la pendule, la banquette sur laquelle nous nous étions reposés après la bataille, le fauteuil au coin du feu où j'avais ressenti ces émotions si particulières, lorsque j'avais reçu l'enfant dans mes bras. Et puis, il y avait Nestor, qui jouait dans un coin de la pièce avec une sorte de toton[136], qu'il lançait avec une petite cordelette. Il était toujours très sage, d'une sagesse d'adulte, comme s'il avait toujours aidé sa mère à porter le fardeau de son veu-

136 - Toupie

vage, ne voulant pas ajouter à sa peine, le chagrin d'un enfant turbulent. Il en avait l'air presque triste. Je ne l'entendais jamais crier comme les autres enfants lorsqu'ils jouaient dans la rue devant chez moi. C'était aussi son statut d'enfant unique qui le rendait si sérieux : car je me retrouvais dans ce petit bonhomme sévère au même âge, portant déjà le poids d'une conscience trop avancée.

— Entre, tu veux bien t'occuper du feu ?

Le bois était déjà disposé dans l'âtre, prêt à flamber et je n'eus pas grand-chose à faire pour le démarrer. Marie s'affairait autour de la table : deux belles assiettes de porcelaine à motifs dorés, des couverts d'un argent, certes passé, mais d'une richesse dépassant mon quotidien ou celui de la table de Datelin.

— Tu veux une fourchette ?

Je connaissais cet instrument pour l'avoir eu en main dans une auberge où Jean Grégoire m'avait une fois convié. Je le regardais avec méfiance, craignant par une trop mauvaise maîtrise de me trouver en difficulté devant Marie. Je haussai les épaules d'un air dubitatif.

— Tu as raison. Je la laisse de côté, tu feras bien comme tu veux.

Je m'installai dans le fauteuil près du feu à son invitation, me sentant ainsi peut-être moins inutile. Elle disposa les mêmes verres que ceux dans lesquels nous avions bu. Cela faisait à peine quelques semaines, au fond. La densité des événements de l'époque et la richesse de ce qui m'était arrivé ensuite semblaient renvoyer mes souvenirs à une période beaucoup plus lointaine. Marie déposa la bouteille de vin que j'avais apportée et elle plaça la volaille dans une terrine, qu'elle posa au coin du feu pour la réserver au chaud. Je l'observai, prenant le temps de la regarder vraiment. Pour la première fois, elle avait libéré les vagues de ses cheveux noirs : ils prenaient une teinte de bronze en accrochant la lumière du feu. Ils étaient longs et descendaient jusqu'au milieu du dos, sans qu'aucune tresse ni aucun ruban n'entravent leur liberté. Elle avait dégagé un peu son col, et je remarquai un grain de beauté, perdu dans son cou, comme une île en plein océan. Je me perdis dans ce détail innocent, y cherchant les marques de l'intimité que nous pourrions partager. Elle, simplement concentrée sur son ouvrage, comme elle aurait pu l'être entre les jambes d'une parturiente, ne me prêtait aucune attention, comme s'il avait été tout naturel que je me trouvasse là, remplaçant ce soir un mari et un père absents. Et cette image idéale d'un bonheur familial, si simple au fond, ne manqua pas d'égratigner, au creux de ma poitrine, cette sensation de vide qui m'avait échappée depuis quelque temps. C'était bon et douloureux en même temps, car je savais cette sensation illusoire et fugace. Je me retrouverais seul le soir même, avec en sus, les nuances très précises de ce qui me manquait.

Lorsque ce fut prêt, elle m'invita à table. Nestor avait sans doute déjà dîné, car il vint simplement piocher au gré de ses envies dans nos assiettes, aussi indifféremment que si j'étais un habitué, un oncle ou quelque autre membre de sa propre famille. Marie souriait avec toujours cette pointe de modestie qui épiçait son sourire d'un apprêt si particulier. Et je lui rendais son sourire, sans trop montrer dans mes yeux la pointe d'attachement qu'elle y faisait naître. Je n'avais pas à me demander ce qui faisait notre proximité, ce soir-là, et ne voulais rien en savoir pour ne pas la ternir. Il y avait certainement plus que de l'amitié.

En entrée, elle avait disposé dans l'assiette de chacun trois huîtres, pensant me surprendre.

— Je ne sais pas si tu vas aimer cela.

Ne voulant pas la décevoir, je m'émus de cette surprise, l'interrogeai sur l'origine et la façon d'engloutir la bête. En réalité, il m'était arrivé une ou deux fois d'en manger en Bretagne avec Pomardini. Il en vantait toujours les qualités nutritives et médicinales, finissant son panégyrique sur une note graveleuse, ajoutant qu'elle redonnait aux vieillards la vigueur de leurs vingt ans. C'était un mets très à la mode, qu'on associait souvent à la richesse. Trois huîtres, chacun, c'était beaucoup. Le vin rouge ne se mariait pas forcément avec, mais il accompagna le poulet et les légumes que Marie avait cuisinés : navets, pommes, choux rouges et lard qui fondaient dans la bouche. Avant la fin du repas, Nestor, qui commençait à montrer des signes de fatigue, demanda la permission de s'allonger sur le lit, en toute innocence, sans imaginer ce qui avait pu s'y passer. Cela me fit un effet curieux.

Le début du dîner avait été un peu hésitant, comme si nous ne savions pas exactement comment aborder la conversation. Ou plus exactement, comme si nous n'osions plus nous souvenir à quel stade nous l'avions laissée. Marie ne parlait presque jamais de son mari, et cela aurait pu être un sujet de conversation, si je l'avais osé. Son veuvage était lointain, sans doute, et il n'y avait pas grand risque à aller dans cette direction. Marie me questionna sur la boutique, mes installations et sur mon métier de charlatan. Elle parlait très peu d'elle-même. Comme la conversation ne semblait pas trouver son chemin et que nous restions concentrés sur nos assiettes, Marie me dit.

— Tiens, je suis allée chez une voyante, aujourd'hui.

Je n'imaginais pas une femme comme elle se rendre chez une diseuse de bonne aventure. Mais, cela éveilla ma curiosité.

— Je voulais en savoir un peu plus sur mon avenir.

— Pourquoi ?

Elle ne parut pas choquée par ma question et répondit simplement.

— Le lendemain de l'accouchement, des hommes du Lieutenant-général sont venus s'enquérir de la santé de sa fille. À la différence de toi, on ne m'a pas convoquée. Lorsque sa pensionnaire est finalement rentrée chez elle en parfaite santé, quelques jours plus tard, les hommes qui sont venus la chercher m'ont remis une somme d'argent conséquente : le double de ce qui avait été convenu au départ.

Je ne voyais pas le rapport avec la voyante.

— Ils m'ont aussi donné une lettre du Lieutenant-général. Il ne me remerciait pas vraiment, mais m'assurait de sa reconnaissance. Si un jour je me trouvais à requérir une aide, il se ferait un devoir de me rendre le moindre service, pour peu que je lui en fasse la demande. C'était à peu près ce qui était écrit. Et riche de ce pouvoir, qu'il me prêtait d'une certaine façon, je me suis dit que si quelqu'un pouvait m'éclairer sur mon avenir, je pourrais mieux profiter de ce qu'on m'offrait.

— Je comprends.

— C'est une vieille femme qui habite derrière l'église Saint-Julien. On vient la consulter de très loin, car on dit ses visions très perspicaces. Des gens de la cour viennent parfois chez elle. Pourtant, elle ne prend aucun soin de ses clients. On y est reçu à une mauvaise table en bois. C'est une vieille marie-graillon sans dents, au sourire mauvais. Elle met autant de mauvaise grâce dans son accueil qu'elle en porte sur son visage... une sorcière. Une fois qu'on s'est acquitté de la somme prévue, elle sort un vieux paquet de cartes de tarot et crache dessus une bave noire du jus de sa chique.

— Et que t'a-t-elle révélé ?

— Hélas, pas grand-chose. Car après avoir longtemps essayé de faire parler les trois cartes qu'elle avait déposées devant moi, elle a fini par me dire d'une manière très mystérieuse, qu'elle ne voyait rien dans mon avenir qui allait changer, comme si ma vie future allait juste être la continuité de l'actuelle. J'étais déçue. Puis, elle a fini par me dire que je mourrais brûlée.

— Brûlée ?

— Oui.

Marie souriait.

— Comme elle ne semblait rien avoir vu dans ses cartes, je ne vois pas comment elle aurait pu voir davantage, et ce, jusqu'à ma mort. Je l'ai remerciée et je suis parti. Et, au dernier moment, elle m'a pris la main avec un air tragique et m'a dit d'une voix tremblante : *et méfiez-vous du feu !*

Son rire me rassura.

— Je ne suis pas superstitieuse, mais je ne suis pas plus avancée, maintenant. Et ça m'a coûté une livre.

Marie se leva et apporta quelques pâtisseries. Nous étions enfin détendus. Je la regardais en imaginant la nature subtile du lien qui pourrait se tisser entre nous. Il y avait en elle quelque chose d'aimable. Au fond, je ne savais pas si elle ressentait les choses de la même manière, mais je préférais le croire, et n'osais en parler, de peur de rompre l'enchantement qui semblait se renouveler ce soir-là. Nestor dormait au fond du lit, perdu au milieu d'une volumineuse couette. Nous étions seuls. Le vin était terminé. Je me levai pour remettre une bûche dans la cheminée.

Marie ne me regardait pas et semblait perdue dans ses pensées, le menton posé dans une main. Comme si elle s'était éloignée de moi alors que j'imaginais une tout autre proximité. Lorsque je m'assis en face d'elle, elle me demanda :

— Tu ne m'as pas raconté la fin de ton histoire. Celle de ta famille.

J'hésitai.

— Mais, peut-être que ce n'est pas approprié ce soir. Et il est sans doute tard.

Faute d'occupante, la pendulette n'avait pas été remontée dans l'appartement et nous avions perdu depuis longtemps toute notion du temps. Je ne savais pas trop si l'idée était bonne. Comme j'hésitai encore, Marie se leva et je crus un instant qu'elle voulait mettre un terme à cette soirée. Elle alla au petit buffet, en sortit une bouteille de liquide ambré.

— Ce n'est pas grave et au fond, je pense que tu as raison. Si un jour tu le souhaites, nous reparlerons de tout cela.

Elle me servit la liqueur sans en prendre elle-même.

— C'est un esprit de fruit que je garde pour les malaises les plus rudes. Généralement, les jeunes filles n'y résistent pas. Elles toussent, crachent et continuent à pousser d'autant plus fort.

Et elle rit. Je bus, toussai, crachai. Et Marie se remit à rire doucement, de peur de réveiller l'enfant. Je crois que je rougis à ce moment, mais la chaleur du feu et le peu de lumière n'en laissèrent sans doute rien voir.

— C'est fort !

— Oui, c'est pour cela que je le garde en réserve quand elles ont leurs vapeurs. Les sels, c'est pratique, mais sans effet revigorant.

Et il est vrai que, sur l'instant, je me sentis tout réchauffé de l'intérieur, bien mieux qu'après tout le vin déjà absorbé. Et c'est sans doute ce qui me poussa d'un coup à cette question aussi brutale que maladroite.

— Et l'enfant ? Qu'est-il devenu ?

— Quel enfant ?

— Celui auquel nous avons donné vie dans cette pièce ?

— Celui-là ?

Le visage de Marie s'était assombri d'un coup. La question lui avait déplu, je le regrettai, mais c'était trop tard pour reculer.

— Eh bien, tu le sais. Je l'ai donné au prêtre de Saint-Sulpice pour le faire baptiser et ensuite le remettre à quelque institution, pour qu'il soit élevé le mieux possible.

— Un orphelin…

— Oui, un orphelin. Un orphelin comme il y en a des dizaines, peut-être, chaque jour à Paris. Ceux qu'on trouve au matin devant les églises, ceux que l'on confie, les enfants perdus, trouvés et dans des endroits que tu n'oserais même pas imaginer ! Des bébés dans des fosses à purin, sous le prétexte, peut-être, de les garder au chaud un peu plus longtemps, en espérant que quelqu'un les trouve avant qu'ils ne meurent de froid ou de consumption. Sais-tu bien de quoi tu parles, toi qui as connu tes parents ?

Et, c'est bien, sans doute, parce qu'elle ne connaissait pas la fin de mon histoire, qu'elle me parlait aussi durement. Et à mesure, je vis les larmes couler sur son visage. Mais elle continuait.

— Tu n'imagines pas dans quel enfer ils vivent ! Au fond, peut-être aurait-il mieux valu qu'ils périssent sur place, plutôt que devoir survivre dans un enfer de solitude, sans amour, sans compassion, avec juste ce qu'il faut pour ne pas mourir de faim, une éducation misérable dispensée par pitié. Les dortoirs crasseux, les religieuses sadiques, méchantes, presque par devoir, le froid, la faim, les punitions. Sais-tu bien ce que c'est que cette vie-là ? Et puis se demander après, à l'âge où l'on comprend, quel parent indigne et si peu aimant a pu abandonner la chair de sa chair, au mieux à quelqu'un d'autre, ou au pire, au hasard de la bonne fortune. Si tu ne sais pas tout ça, alors mieux vaut ne pas y penser. Il faut faire ce qu'il y a à faire, sans réfléchir, et se dire que ce n'est pas la pire des choses, qu'au moins on aura sauvé leur vie. Moi, j'ai arrêté de penser à leur sort dès que je les ai remis en des mains sûres, car leur sort…

Elle s'arrêta un instant, regarda le fond de son assiette.

— Je le connais par cœur… Parce que ce fut le mien.

Il n'y avait plus rien à dire, et surtout, plus de questions à poser. Cet aveu, que j'avais provoqué, l'avait achevée. Elle sanglotait doucement, presque soulagée, comme si elle venait de vomir ses origines avec une nuance de culpabilité. J'aurais dû me lever, aller près d'elle. Mais mon âge et ma complète inexpérience des femmes, dans cette situation précise, me retenaient sur ma chaise. Elle releva ses yeux pleins de larmes.

— Je ne l'ai jamais dit à personne, vois-tu. Mon mari savait que j'étais orpheline, mais pas qu'on m'avait abandonnée. Tu ne peux pas savoir ce que cela fait au cœur un tel sentiment d'abandon. Pour me laisser ainsi, pourquoi m'avoir fait naître ? J'étais juste le résultat encombrant d'une amourette sous un porche. C'était pour ça qu'on m'avait délaissée ?

— Je suis désolé. Je n'aurais pas dû.

— Moi aussi, j'étais comme toi, au début.

Marie regarda dans la direction de Nestor qui dormait tranquillement.

— Il ne sait pas sa chance. S'il n'avait pas été là, j'en aurais peut-être sauvé un, peut-être deux. Et après, qu'est-ce que ça aurait changé, en face de tous les autres ? Je me serais donné bonne conscience en étant encore plus injuste avec les suivants.

— Ils vivront, c'est tout de même quelque chose.

— Oui. Mais ne revenons pas là-dessus… Onze, entends-tu ? J'en ai donné onze à l'assistance ! J'ai été complice de onze abandons et pourquoi ?

— Pour donner à Nestor la mère et la vie qu'il a.

— Oui, tu as raison. Mais si je ne l'avais pas fait pour lui, je ne l'aurais fait pour personne d'autre.

Mais je voulais savoir, car au fond, ma première question qui avait tout déclenché en précédait une autre. Et je voulais savoir.

— Mais le dernier. Crois-tu pouvoir le retrouver s'il le fallait ?

— Qu'est-ce que tu veux dire ?

— L'enfant de cette fille, que tu as porté à Saint-Sulpice. Le prêtre pourrait te dire à quelle institution il a été confié ?

— Qu'est-ce que ça peut te faire ?

— Rien, je veux juste savoir.

— Tu es bizarre, toi.

— Oui, mais réponds. C'est possible ?

— Tout est toujours possible, au moins dans ce domaine-là. Mais, ne va pas t'imaginer que…

— Je n'imagine rien du tout. Il y aurait un moyen de le retrouver, avec certitude?

— Sans doute. D'ailleurs, il avait les deux derniers orteils du pied droit soudés entre eux. Ça ne se trouve pas tous les jours, une telle particularité. Mais pourquoi veux-tu savoir cela?

— Pour rien, juste comme ça. Il serait donc plus facile à retrouver qu'une aiguille dans une charretée de foin.

Marie me regarda de travers, avec une nuance d'incompréhension. Puis, elle haussa les épaules en se levant et s'apprêta à ranger la table. Dans ses yeux, toujours si pleins d'une vitale expression, je ne sus distinguer, de la colère ou du défi, ce qu'ils exprimaient.

— Pour trouver une aiguille dans le foin, il suffit d'y mettre le feu, Jean. Tout dépend, du foin ou de l'aiguille, lequel a le plus de valeur pour toi.

C'était une question bien subtile, d'un coup, qui chassa les vapeurs de l'alcool. Je me levai, l'aidai à ranger. Puis, je portai Nestor dans mes bras à l'étage au-dessus, pour le poser dans le lit qu'il partageait avec sa mère. Nous finîmes ensuite de ranger en silence. Le charme était rompu et nul ne saurait jamais ce qu'il aurait pu produire si je ne l'avais pas malmené comme une brute. Marie m'embrassa sur la joue, une main serrée sur mon bras. Puis, elle me murmura à l'oreille.

— N'imagine pas une telle bêtise, Jean.

— Je…

— Joyeux Noël.

Elle ne m'avait pas laissé protester. Et, elle savait peut-être mieux que moi quelle était la folle idée qui germait dans ma tête. Car, le regard que cet enfant avait porté sur moi, cette nuit d'octobre, était alors le lien le plus fort qui me liait à un être humain. Et même si sa conscience n'était pas encore formée, il avait mis dans ce regard une intensité capable de nous unir à jamais. Et je l'avais compris. Nous nous quittâmes ainsi et je crois que je ne la croisai pas pendant plusieurs jours, un peu comme un fait exprès. Pour le Nouvel An, je ne pus refuser l'invitation de Datelin, dont j'avais décliné l'offre de souper pour la Noël.

Il régnait chez lui une ambiance particulière et Jean Grégoire était venu se joindre à la compagnie, apportant sa bonhomie et sa musique. Ce souper entre amis, que Marie Sautereau avait voulu historique, comme si chaque réveillon devait être le dernier de son mari, nous porta tour à tour dans la soirée à des prévisions de ce que serait pour chacun la nouvelle année. Plus tard dans la nuit, le vin et la chère nous transportèrent dans des délires héroïques, ragaillardis des plus mirobolantes perspectives pour chacun de nous.

Pour moi, la stratégie était simple pour la nouvelle année. C'était Louis Jean-François qui l'avait lui-même élaborée. Et, comme j'écoutais chacune de ses paroles comme l'expression d'une sagesse indiscutable, il n'y avait rien eu à dire à cela. Olympe Hardy, me sentant prêt à bientôt voler de mes propres ailes, me laissait en quelque sorte la bride sur le cou. Tant que je satisfaisais aux exigences de mon poste, elle ne me harcelait plus en heures supplémentaires ou en extras, dont elle m'avait affligé au début de mon emploi à *La Montre*. Voilà comment se profilait mon emploi du temps pour l'année à venir. Le début de l'hiver serait employé à préparer la nouvelle foire Saint-Germain. J'y exercerais sous les mêmes horaires que les années précédentes, avec toujours autant de modestie et de discrétion. En revanche, je commencerais à diffuser des affiches publicitaires pour la nouvelle boutique que nous finirions entre-temps d'installer. Sitôt la foire finie, j'ouvrirais la boutique. Si la publicité fonctionnait et si mes clients habituels me suivaient de quelques lieues jusqu'au quai de Conti, il n'y avait pas à douter que je trouverais à m'employer très vite pour la totalité de mes journées. Il conviendrait ensuite de laisser quelques mois mes comptes à l'étude, afin d'évaluer la balance des charges et des recettes. Ensuite, il ne resterait plus qu'à donner mon congé à Madame Hardy, ce qui me chagrinait tout de même un peu. Car au fond, c'était abandonner celle qui m'avait donné ma chance au début, tout cela pour une bassine d'acide et une vieille paire de chaussures.

— Oublie ces chaussures-là ! Tu auras bientôt le loisir de t'en offrir de plus belles.

Datelin me tendait son verre de vin pour trinquer à mon succès. Grégoire se joignit à nous. Nous avions passé la mi-nuit depuis longtemps sans y avoir pensé. Datelin ne souhaitait pas grand-chose, sinon la santé, pour pouvoir suivre et assister à mon triomphe à la boutique du Collège. Car il ne doutait pas que nos efforts conjugués nous mèneraient au succès et à la fortune. Son épouse, ayant terminé de nous présenter petits et grands plats, rôtis et potages, comme à un souper princier, prit place avec nous, heureuse de cette compagnie et du succès de son souper.

À Grégoire, nous souhaitâmes de rester à l'Académie royale, car il semblait pour lui, qu'il n'y avait aucune perspective plus grande, sinon peut-être d'y voir un jour créer l'un des ouvrages qu'il composait en secret. Il nous en donna quelques airs, et quoique l'inspiration de Rameau s'y ressentît vivement, il y avait là matière à une nouvelle notoriété pour lui.

Dehors, il gelait à pierre fendre. Et le vin qui coulait dans nos veines suffisait à nous réchauffer de la meilleure des façons. Nous reprîmes en chœur les refrains inédits de Jean Grégoire, jusqu'à ce que le soleil, finalement dérangé, se décide à montrer son visage rond, au premier matin de 1738.

X

Hasards ou destinées ?

Ma très chère fille,

Voilà bien plusieurs semaines que je n'ai pris la peine de vous entretenir ni de vous apporter des nouvelles de la capitale. Cela fait tout aussi longtemps que je n'ai eu le plaisir de lire des vôtres. Avez-vous reçu ma dernière lettre ?

La comtesse de G… ayant souhaité suivre la reine pour son séjour d'hiver au Palais Royal, nous avons donc quitté Versailles avec la Cour pour quelques semaines. Je ne sais combien de temps cela durera, mais il est vrai que les jardins de Versailles ne révèlent plus de secrets que dans les intrigues qui s'y trament. Et ce bâtiment terrible est impossible à chauffer correctement dans ses dépendances. Mais je sais trop que vous goûtez peu ce genre de nouvelles et ne vous importunerai pas davantage. Notre logement et notre confort s'en trouvent d'autant réduits, mais je dois avouer qu'à Paris, les distractions ne manquent pas. Je suis charmée de la richesse de cette ville, malgré la misère qui y règne par certains endroits, ce qui est au fond la fatalité de toute grande cité. Chaque quartier a ses attraits et, dans certains lieux, il est même permis de s'aventurer à la nuit pour goûter à certains spectacles qui n'y paraissent qu'à des heures tardives. Et même s'ils ne sont pas tous du meilleur goût ni de la meilleure façon, je dois avouer que nous y avons vite trouvé grande satisfaction. La Comtesse, sans doute moins aventureuse que nous, ne se hasarde guère dehors, à l'exception des théâtres officiels, mais elle nous laisse toute liberté pour nos soirées, sitôt l'étiquette et les mondanités épuisées. Nous délaissons donc jeux de cartes et de société, pour aller visiter à la nuit les endroits à la mode.

Je ne peux résister au plaisir de vous conter la visite que j'ai faite hier à une sorte de mage, établi dans sa boutique, quai de Conti. Il n'y a pas deux années qu'il y a amorcé son exercice, et il faut déjà prendre date avec lui presque deux mois à l'avance pour espérer être reçue. Sa médecine, quoique peu réglementaire, sur l'avis du premier chirurgien de notre bon roi, fait des miracles et ses préparations sont toutes excellentes et au meilleur prix, pour des produits d'une si grande qualité. On raconte que plusieurs monarques étrangers, de passage à Paris, se sont rendus chez lui et en ont exprimé la plus grande satisfaction.

La cour du Collège des Quatre Nations est tout à fait propice à l'arrivée d'une belle calèche, prêtée par la Comtesse. Un concierge, vilain et noir à faire peur même en plein jour, me mène avec cérémonie le long d'un corridor de pierre froide, sans tenture, comme on en trouve encore dans certains pavillons de chasse de Versailles. Il frappe à une lourde porte à double battant, ornée d'un chiffre cinq, gros comme la main, qui ne doit pas peser moins de trois livres d'or pur. Devant la porte, se trouve une étroite banquette, où l'on me demande d'attendre. Où donc cet homme va-t-il chercher son pouvoir, pour avoir ainsi la fatuité de me faire patienter au mépris de mon rang et de l'heure de la visite arrêtée de longue date? Mais j'avais été prévenue et cela ne fait aucune différence, puisqu'on m'a également assuré qu'une fois la porte passée, les enchantements du mage font oublier tous les désagréments qu'il a fallu surmonter pour parvenir jusqu'à lui. Ah, ma chère fille, il y a bien longtemps que je n'avais pas attendu ainsi avec une fébrilité grandissante, qui, à mon avis, participe d'autant dans la surprise qui me prend lorsque j'entre enfin dans sa boutique.

La porte s'ouvre et ne laisse sortir personne. Car j'aurais pu penser qu'il restait encore quelqu'un à consulter avant moi, pour que le charlatan me fasse ainsi attendre. Mais il n'en est rien. Et c'est sans doute pour mieux assurer l'expression de son occulte pouvoir, qu'il laisse ainsi le visiteur à raisonner sur son humble condition, pendant quelques minutes encore. C'est un nègre de petite taille, habillé à la mode orientale et portant une sorte de sabre en croissant de lune à la ceinture, qui ouvre la porte. Il effectue parfaitement une révérence et s'écarte pour me laisser entrer. Son visage ne laisse passer aucune expression, comme le plus parfait des domestiques. Lorsque je suis entrée, il disparaît en fermant la porte sur moi.

Il règne à l'intérieur du lieu une ambiance de sanctuaire. La fumée d'un encens rare, que l'on vient juste de brûler, finit de glisser sur le sol. De lourdes tentures, devant les fenêtres, ne laissent entrer que peu de soleil. Malgré l'heure, la lumière intérieure est surtout dispensée par d'imposants chandeliers, qui brûlent à plusieurs endroits de la pièce. Je cherche des yeux l'homme et ne le vois pas, tout d'abord. Un coin de la pièce est coupé par un large paravent, derrière lequel il est probablement en train de m'observer. Je regrette à cet instant l'idée que j'ai eue de ne pas me faire accompagner, mais l'on m'a assuré au préalable que le docteur souhaitait recevoir chaque visiteur seul.

J'attends. Ce qui me laisse le temps nécessaire pour détailler l'endroit. Au centre de la pièce, une grande table, où me regarde, du fond de son âme, le pauvre crâne desséché de ce qui fut autrefois un homme. Tout au fond, derrière, je devine un squelette complet, debout et immobile. Sa présence est inutile pour imposer sur l'endroit cette atmosphère saisissante, qui prend le visiteur dès son entrée. Derrière la grande table, un imposant fauteuil qui s'apparenterait plutôt à un trône par ses proportions. Son velours est frappé de signes d'or, aussi mystérieux qu'indéchiffrables. En face, on n'a réservé qu'une ridicule banquette sans dossier pour le visiteur. Inutile d'essayer de deviner ce qui se trouve derrière le paravent, il est parfaitement opaque. Et les motifs brodés des tapisseries qui l'habillent ne laissent rien à voir, ni aux yeux ni même à l'imagination, tant ils semblent saugrenus. Il s'agit de petites vignettes figuratives tendues entre les croisements de bois précieux. On y voit sur certaines, des plantes, comme dans les livres scientifiques, d'autres révèlent avec indécence des détails de notre anatomie, dans une crudité révoltante. Sur de très rares, enfin, un œil expert pourrait y déchiffrer les figures de certaines interventions de chirurgie, dont je rougis rien qu'en vous les évoquant, même si je ne savais vous en dire rien de plus précis. Il faut voir, dans ce paravent, une distraction et un magnétisme puissant, qui absorbent en même temps le regard et toute conscience.

J'ai dû y sombrer moi aussi, car une voix étonnement douce et juvénile m'interroge derrière le paravent. Impossible de ne pas sauter de surprise. Tous les effets sont étudiés avec une grande maîtrise, bien mieux que dans certaines mises en scène qu'on nous a donné à voir récemment, à l'opéra royal ou ailleurs. Pourquoi suis-je là ? Me demande-t-on. De quoi souffré-je ? Est-ce que je viens pour une opération ? Il me faut bien alors répondre, sinon montrer que ma visite n'a d'autre motif que ma seule curiosité. J'avoue être en quête d'une certaine eau, propre à guérir les tourments de l'âme. Quels sont donc ces tourments, me demande-t-on encore ? J'allègue alors la perte, quoiqu'ancienne, de mon mari, votre père. L'absence du comte me pèse terriblement depuis sa disparition, me privant du sommeil, de l'appétit et de bien d'autres joies que sa mort m'a ravies à jamais.

Il sort enfin de sa cachette, d'où il m'observait sans doute, et me donne à découvrir son personnage en pleine lumière. Il s'agit d'un homme très jeune, d'une grande beauté, grand, fort et dont le regard semble propice à percer tous les secrets de l'âme et du corps. À mon avis, il n'a pas trente ans, mais il dégage une telle aura, que pas un instant je n'imagine que son jeune âge pourrait être un défaut. Il me regarde au fond des yeux avec une impertinence désarmante, car je n'aurais toléré cela de personne, nulle part. Il est très bien mis. Il porte un habit d'intérieur rouge brodé d'or, ses bas sont immaculés et les boucles de ses souliers brillent de l'éclat du neuf. Il ne porte aucune barbe, comme certains faux prophètes, qui voudraient singer le savoir en paraissant plus doctes. Il porte autour du cou une large chaîne d'or, sans aucun pendentif. Le seul comble de son excentricité est de ne pas porter de perruque. Ses propres cheveux, d'une teinte assez sombre, sont noués à l'arrière de son crâne par une faveur du même velours que celui de son habit. Il ne porte ni canne ni épée ni autre signe de folklore qu'on aurait pu imaginer pour lui. Ses mains puissantes et cependant fines traduisent une noblesse particulière, que son regard a déjà suffi à imposer.

Ce n'est pas un homme, en effet, qui se présente devant moi, mais bien un de ces êtres dont il est impossible de ne pas penser qu'ils sont investis d'un pouvoir inaccessible à nos pauvres conditions. Il ne dit rien et continue de m'observer. Et son regard posé sur moi aurait presque pu m'imposer une révérence, s'il l'avait souhaité. Mais il est galant, puisqu'il ne l'a pas exigée. Il m'invite à m'asseoir et prend place sur son fauteuil. Il me questionne alors sur mes humeurs. J'invente, je brode, prenant pour modèle une marquise de mes amies, dont le mari vient de succomber à un accès

413

de petite vérole et dont elle pleure chaque jour la lente et déshonorante agonie. Je crois qu'au fond je suis assez crédible, car il m'écoute avec beaucoup d'attention, ponctuant mon histoire de petits marmonnements d'assentiment. Est-ce tout ? Me demande-t-il à la fin ? C'est déjà beaucoup. Peut-être aurais-je dû pleurer véritablement ? Mais je préfère en rester là, il me reste encore un peu de dignité. Finalement, il se lève, se rapproche de moi et me regarde encore une fois au fond des yeux. J'ai l'impression de me retrouver nue, et, devant un homme de sa trempe et de sa mise, vous avouerez qu'il y a là matière à beaucoup d'émotions inavouables.

Il retourne derrière son paravent et revient avec une petite fiole qu'il me tend, en me conseillant d'en prendre deux gouttes chaque matin et de revenir le voir dans un mois, si je ne trouvais pas d'amélioration à mes tourments. Au risque d'être impolie, je lui demande enfin ce qu'il y a derrière son paravent. Il ne paraît ni choqué ni surpris de cette demande, qui doit être coutumière chez nombre des visiteurs qui n'y sont pas d'emblée invités. Il me fait signe de la main avec un sourire et je me hasarde derrière. Sur le mur se trouvent toutes sortes de fioles, de boîtes et d'autres flacons, tous étiquetés avec précision, à la main. Mais, le plus impressionnant est sans doute ce grand fauteuil qui prend toute la place. Il a la particularité d'être entièrement de bois brut, car même son assise n'est ni tapissée ni matelassée. Le bois est noir et parfaitement poli. Le dossier est très reculé vers l'arrière, comme pour inviter son occupant à s'abandonner au sommeil. Et une sorte de petit berceau, au sommet du dossier, qui semble destiné à accueillir la tête, confirme cette impression. L'ingénieux inventeur de cette machinerie a même songé à y adjoindre une planchette pour y reposer les pieds. Seul détail, qui donne à frémir et ne laisse en réalité aucun doute sur la destination d'un tel siège, ce sont les sangles de cuir : quatre en tout pour chacun des membres. On m'en avait parlé et je voulais le voir. Le charlatan n'a pas eu besoin de m'expliquer son usage, que j'ai fort bien imaginé. Je cherche des yeux les instruments, mais un coffre de bois sur une paillasse de pierre blanche doit les protéger du regard d'impressionnables novices. Êtes-vous satisfaite ? Me demande-t-il. Je hoche simplement la tête. Il est déjà ailleurs et son esprit m'a quitté. Je demande après ce que je lui dois. Il me répond, sans délicatesse, que je gérerai cela en sortant avec son appariteur. Il sonne et me désigne la porte. Pourtant, malgré sa froideur, je ne peux en vouloir à un homme d'une aussi grande présence. Je sors, je paie ce qui était convenu au nègre minuscule et je rentre au Palais Royal.

Voilà ma très chère fille, quelle fut hier ma visite extraordinaire à Monsieur Passadieu de Saint-Pierre. Je dois dire que la si haute impression qu'il m'a faite vous vaut aujourd'hui ce récit, que je voulais au plus tôt partager avec vous. C'est un homme étrange, qui garde autour de lui la plus grande partie de son mystère : on n'en sait très peu sur lui-même, de source sûre, car tu n'es pas sans savoir qu'à la Cour, il n'est de source sûre que la sienne propre, même si elle n'est pas toujours aussi limpide que celle qui coule de la montagne. Ce qu'on en sait, donc, avec plus ou moins de certitude, c'est qu'il se prénomme Jean, qu'il vit avec un petit garçon qui n'a pas trois *ans, dont on ne connaît pas la mère. Malgré la grande richesse que doit lui procurer son succès, il habite un immeuble très modeste de la rue du four Saint-Germain, quartier bien populaire pour une aussi grande âme.*

Vous savez tout, ma fille. Que ne vous décidez-vous pas à venir avec moi, goûter de ces joies nouvelles, que nous donne à rêver ce siècle lumineux? C'est autre chose que les tours désertées de votre retraite bretonne. Donnez-moi des nouvelles de notre pays. Depuis le début de l'année, je n'ai reçu de vous, ma chère, aucune lettre et j'en suis fâchée.

Paris, Palais Royal, premier mars 1740.

Gersende avait terminé la lecture debout, tournant comme une panthère privée de liberté. Elle n'avait jamais goûté les aventures de courtisanes de sa mère, bien trop fière elle-même, pour s'abaisser à de telles futilités. Mais, les distractions à Combourg étaient tellement rares, qu'elle prenait tout de même cette gazette frivole comme un remède volatil à son ennui. Elle avait souri, mauvaise, en lisant les fausses plaintes d'une veuve qui n'avait jamais pleuré la mort de son mari. Car à la fin, pour avoir laissé consciencieusement pourrir sa dépouille dans la chapelle en attendant son arrivée, la comtesse avait fini par battre en retraite à Vitré. À quelques heures de l'arrivée, alléguant une faiblesse, elle avait surtout nié la peur de l'affronter une dernière fois, dans l'état que l'on sait. Et il avait fallu qu'elle invoquât, des années plus tard, le grotesque prétexte de son veuvage pour aller voir ce charlatan, alors qu'elle n'avait jamais mani-festé le moindre sentiment de tristesse pour la mort de son mari! Et l'avouer à Gersende, en outre! À celle qui avait assisté son père durant ses derniers mois de solitude au château : c'était encore plus odieux.

Mais, la jeune femme n'était pas à une surprise de ce genre près, venant de sa mère. En revanche, la fin de la lettre lui donna un goût beaucoup plus étrange, presque une amertume, quelque chose de piquant, de vif... un sursaut. Quelque chose qui venait de très loin. Un bouleversement terrible qu'elle n'attendait plus.

En lisant le nom de Jean, elle n'avait eu aucun doute, pas un instant, pas un éclair de temps... rien. C'était lui! Et ce n'était pas un hasard si la main même de sa mère le plaçait sur son chemin une nouvelle fois. Elle n'analysa pas les causes de cette piqûre qui l'atteignit au plus profond d'elle-même, incapable de voir les choses avec clarté. Elle fut incapable, même, de se demander ce que cette découverte pourrait avoir comme répercussion sur son avenir. Gersende relut quand même le nom, moins pour s'assurer de ce que ses yeux avaient lu, que pour ressentir une fois encore cette vibration viscérale que cette lecture provo-quait. Ce n'était pas son habitude de perdre ainsi le contrôle de sa personne et un nouveau haut-le-corps confirma qu'il se passait quelque chose. Comme le spectre du château, le fantôme de Jean revenait sans prévenir, la secouant des mêmes frissons que ceux qu'elle avait peut-être mal interprétés treize ans plus tôt. Et le poids du temps passé ne changeait rien à l'acuité de la perception.

Gersende ouvrit une des fenêtres de la salle des gardes. Dehors, il pleuvait :

de ce crachin pervers qui n'osait pas tourner en pluie, mais mouillait suffisamment pour lui faire parfois détester le climat de Bretagne. Qu'importait! Il fallait quelque chose d'aussi fort, et d'au moins aussi stupide, pour laver ces images et ces sensations indomptables.

Sans prendre la peine de se changer, Gersende sortit et courut à l'écurie, sella le dernier cheval qui restait au château et partit au grand galop, laissant à sa monture le choix d'une destination, pour peu que le feu de la cavalcade lui épargnât l'effort de la moindre pensée. La pluie collait, glaciale. Le cheval accéléra rapidement vers les hautes futaies devant le manoir, trop heureux d'une sortie imprévue. La jeune femme serrait entre ses jambes les flancs de l'animal pour lui commander d'aller plus vite encore, plus loin, au risque de l'épuisement. Au bout d'un moment, elle lâcha les rênes, laissant son corps à l'abandon, comme celui d'une poupée désarticulée. La tête penchée en arrière, elle contemplait le ciel, n'osant l'interroger, recevant les gouttes entre ses paupières mi-closes pour y noyer des larmes incompréhensibles. Toute sa concentration se nouait au centre de son corps, pour conserver l'équilibre et ne pas tomber de la bête furieuse, dont le rythme terrible imprimait à chaque saut une ruade qu'on eût pu craindre définitive. Gersende ne vit pas le lac, dont l'animal effectua le tour selon un parcours coutumier, avant de repartir dans la forêt. Et, ce n'est que grâce à l'habitude de la bête, empruntant des passages peu accidentés, que Gersende réussit à se maintenir en place. Lorsqu'enfin le rythme se ralentit, elle reconnut le crissement des graviers de la cour d'honneur du château.

Elle releva la tête doucement et ne vit rien, tout d'abord. Les cheveux collés sur son visage et devant ses yeux la privaient temporairement d'un sens dont elle aurait été prête à faire le sacrifice, à ce moment-là. Elle finit par desserrer l'étreinte du ventre de l'animal, qui s'ébroua, docile, et reprit le chemin de l'écurie pour s'abriter de la pluie qui résonnait dans les flaques.

Gersende sauta du cheval inconsidérément, car ses jambes bloquées par des crampes douloureuses la stoppèrent. Sans une force de caractère et une fierté toujours aux aguets, elle n'aurait sans doute pas manqué de tomber à genoux. Elle resta un instant figée, comme un arbre qui résiste au milieu de l'ouragan. Et ce ne fut qu'une fois recouvrée complètement la maîtrise de son corps qu'elle retourna à pas lents vers le château, chassant d'une main agacée les mèches collantes de pluie et de larmes ensemble. Dans le vestibule, la chaleur l'accueillit avec un nouveau frisson, et celui-là ne devait rien à ses émotions, seulement tiré par le choc des températures. Gersende grelottait, hoquetait. Elle n'était plus qu'une lente convulsion, elle ne se reconnaissait plus. Elle monta dans sa chambre pour changer de vêtements, car il n'y avait rien d'autre à faire. Et lorsqu'elle fut entièrement nue, elle passa avec méchanceté plusieurs serviettes sur sa peau, comme pour la cuire par la simple action du frottement.

Ce fut cette sorte de châtiment qui finalement lui rendit la maîtrise de son corps, ouvrant alors les portes insondables d'une réflexion qui l'occupa toute la nuit. La cuisinière, dernière domestique qui avait survécu à la ruine de Combourg dans un dévouement ultime, lui apporta à souper dans sa chambre. Elle ne l'interrogea pas, et ne fit aucune supposition sur ce qui, dans la lettre de la comtesse, avait pu mettre sa fille dans un transport pareil. C'était grâce à la vertu de cette fidélité de bête, que la servante pouvait s'épargner toute forme de réflexion, subissant les humeurs de Gersende sans jamais s'en plaindre, et sans se soucier de les comprendre. Parfois, Gersende elle-même enviait la vieille domestique, imaginant que, ce jour-là précisément, il aurait été plus confortable de se coucher sans aucune pensée, avec au cœur la paix des âmes simples. Gersende refusa le souper et réclama du vin, espérant que l'ivresse faciliterait l'oubli ou peut-être la réflexion. Elle enfila une simple chemise et se glissa ainsi entre les draps, prête à subir les pensées qui bouillonnaient à sa porte et qu'elle ne contenait plus que difficilement.

Elle se remémora d'abord la mort de son père et l'aveuglement d'une fille qui avait cherché des coupables à son chagrin. Elle n'avait alors pas voulu écouter le barbier qui était finalement venu préparer la dépouille pour les funérailles. Il lui avait affirmé qu'à son avis et, vu les conditions de sa mort, Auguste Malo de Coëtquen avait sans doute succombé à une obstruction de l'appareil digestif. En tous les cas, certainement pas des suites de l'opération pour la pierre dont il n'avait pas souffert depuis, et dont la plaie était parfaitement cicatrisée le jour de sa mort. Mais la douleur avait empêché ces informations d'atteindre le cœur de la jeune fille, tout occupée à chercher une échappatoire à sa tristesse dans son projet de vengeance. Une véritable rage, la frustration puisant ses racines sans le moindre discernement. Et, en y songeant de nouveau après tant d'années, Gersende ne savait sincèrement ce qu'il serait advenu si elle avait retrouvé Jean sur les routes de Saint-Malo. Mais par chance, il avait réussi à fuir. Rien qu'en imaginant cette confrontation, elle se remit à trembler. Car elle ne pouvait plus penser un instant que Jean fût mort, à cette heure où elle venait en quelque sorte de le retrouver. Et s'il avait péri de sa main, le trouble n'en aurait été que plus grand.

Tout le temps qu'elle avait ensuite mis pour nouer l'oubli autour de son chagrin venait d'éclater, comme un nectar trop longtemps retenu. Comme à travers une digue en rupture, elle sentait chaque goutte de ses résolutions fuir par les failles de sa volonté. Gersende n'était plus ce qu'elle était à la mort de son père, et moins encore celle qu'elle s'était efforcée de devenir depuis. Car après la frustration du départ de Jean, elle avait dû remettre de l'ordre dans ses sentiments, pour replacer sa fierté à un niveau raisonnable. Elle avait analysé les moments passés avec lui, y cherchant des excuses ou un prétexte à sa colère hypocrite. Il n'était sans doute pas plus beau qu'un autre, du moins à l'époque. Et il était sans doute le plus misérable des jeunes hommes qui lui avait été donnés de fréquenter à cette époque. Il n'était pour elle, au moment de leur rencontre, qu'un misérable coureur de routes, apprenti inexpérimenté et maladroit d'un charlatan sur le déclin. Il ne portait donc rien en lui susceptible de lui plaire plus qu'un autre, pas même au prétexte de la provocation où elle aurait voulu entraîner son père.

Mais, il y avait quelque chose de subtil dans ces instants partagés avec lui. Cette pointe de jalousie, qu'elle avait ressentie très nettement sans la comprendre, lorsqu'il avait osé lui parler ouvertement d'une autre femme, l'avait surprise. Cette autre femme qu'elle ne connaissait pas, et dont elle avait plusieurs fois imaginé aller faire la rencontre à Saint-Malo. Mais pourquoi ? S'était-elle demandée. Simplement pour savoir ce qu'elle avait pour lui plaire, qu'elle-même ne possédait pas ? Mais elle avait renoncé à cette curiosité de courtisane, frivolité à laquelle elle avait été habituée depuis fort longtemps par sa mère. Elle en avait même oublié jusqu'au prénom de sa rivale, pour mieux faire disparaître l'obstacle. Que fallait-il penser alors des sentiments qu'elle avait eus pour Jean ? Quelque chose de confus qu'elle n'avait pas réussi à analyser sur le moment, qu'elle avait muselé, caché, enfoui sous sa morgue. Et tout explosait d'un coup, comme si une fermentation infernale avait centuplé les germes de son exaltation.

Pendant tant d'années et pour avoir eu finalement tant de peine à oublier Jean, elle s'était efforcée de devenir une autre. Car au fond, ce qui lui était arrivé, cette surprise du cœur qu'elle n'aurait jamais imaginé, devait être le résultat de son attitude d'alors. Légère, parfois hautaine et méprisante, orgueilleuse de naissance, elle se trouvait d'un coup battue par un sentiment qu'elle avait jusqu'alors méprisé. Et pour ne pas y succomber une fois encore, devant n'importe quel autre homme, l'orgueil l'avait poussée à changer complètement de comportement. Elle s'était mise à fuir les hommes, redoutant presque leur compagnie, feignant une timidité nouvelle pour ne prendre aucun risque. Il y avait le dégoût feint pour Jean, d'abord, qu'elle avait reporté sur tous les autres êtres de son sexe. C'était facile, mais au fond, efficace. Et puis, les précautions devinrent habitudes et finalement naturelles. Ces années, qui auraient dû façonner sa féminité, n'avaient servi qu'à la cloîtrer dans un univers factice, en train de se morceler.

Gersende vivait en recluse au château, ne recevant personne, se consacrant toute entière à l'entretien de la propriété, avec la maigre rente et l'héritage laissés par son père. Quelques prétendants se hasardèrent les premières années : d'anciens soupirants, des nobliaux de province, des curieux, des fous, des jeunes souvent, puis, avec le temps, de moins jeunes vinrent tenter l'aventure, spontanément ou parfois secrètement adressés par sa mère. Mais aucun d'entre eux n'eut le privilège d'être reçu. Les plus chanceux pouvaient parfois l'apercevoir chevauchant dans les bois alentour.

Gersende vit arriver ses trente ans sans aucune crainte. Les années passaient, l'oubli s'installait. Elle était châtelaine de Combourg, vénérait en même temps la mémoire de son père et son vieux château, malgré une propension de plus en plus envahissante à accueillir, bon an mal an, sa cargaison de fantômes. Et parce que le plus turbulent d'entre eux boitait certaines nuits dans les escaliers, elle ne douta pas un seul instant que l'âme du comte veillât sur elle à sa façon. Et c'était bien le seul homme qu'elle tolérât encore entre ces murs, puisqu'il était chez lui. Ses propres domestiques avaient fui peu après sa mort. Et Gersende partageait la décrépitude de la propriété avec sa fidèle cuisinière, qui se chargeait de tout et veillait sur elle comme sa propre mère.

Gersende venait d'avoir trente-trois ans, avec la même quiétude que si elle était rentrée dans un ordre ; ni austère ni résignée, mais dans un état où l'agencement des objets et des êtres semblait figé. Rien ne devrait plus jamais se trouver hors de portée de sa volonté. Et sans pour autant sombrer dans une humilité qui ne lui ressemblait pas, Gersende avait gagné sa sérénité au prix de la sagesse. C'était, la veille encore, une certitude qui ronronnait tranquillement au quotidien. Et puis, il y avait eu cette lettre et ce nom écrit, ce visage et la chaleur qui revenait avec, comme la plus terrible des gifles. Il n'y avait plus de fuite possible. Et pour que, revenue d'aussi loin, la simple évocation de Jean la frappât avec autant de force, il fallait concéder à ces sentiments, quels qu'ils soient, une force surnaturelle. Il n'y eut aucun sommeil cette nuit-là pour la malheureuse. Et, ni le vin ni la fatigue ni les marches forcées sur les chemins de ronde du château n'altérèrent cette excitation sournoise et térébrante.

Et pour ne pas oser placer un nom sur ce sentiment, Gersende continua de souffrir encore, et perdit d'un coup tous les espoirs d'une paix qu'elle avait patiemment construite. Une simple brise avait soufflé la cendre et révélé la braise patiente.

***

Au printemps 1740, j'étais parvenu à un niveau de renommée tel, qu'il fallait patienter plus de deux mois pour pouvoir m'approcher. Comtes et marquis, ducs et princes se bousculaient, essayant d'user de leur influence pour accéder plus rapidement à ma boutique, non seulement pour y bénéficier de ma science, mais surtout pour satisfaire à une mode. Car je crois bien que cet été-là, mon laboratoire avait dû être le sujet de bien des commérages. Et c'est à dessein que je continuais à maintenir un mystère sur ce qui s'y passait, laissant aux visiteurs le soin de ma propre publicité.

Depuis l'ouverture de la boutique en 1738, j'avais reçu, en sus des visiteurs, un certain nombre d'inspections plus ou moins officielles, afin d'essayer de contrecarrer mon installation, de critiquer mon savoir ou de dénigrer l'excellence des préparations qu'on vantait partout. Ce fut, tout d'abord, un collège de l'Académie Royale de Médecine qui vint me trouver à l'improviste, dès les premières semaines. Ces messieurs étaient venus en tenue officielle, à grand renfort de manchettes et de bonnets carrés, prêts à me confondre sur l'honnêteté de mon travail. Ils inspectèrent d'abord ma lettre de privilège et je vis bien à leur regard, quoiqu'ils tentèrent de n'en rien montrer, qu'ils comprirent d'emblée qu'ils ne pourraient rien contre moi. Ils essayèrent en vain d'en critiquer l'authenticité, par un officier du roi qui les accompagnait. Il contrôla le sceau, la signature et affirma qu'il irait s'enquérir du dépôt de ladite lettre. Je n'entendis plus jamais parler de lui. Quant aux membres éminents, ils contrôlèrent mes préparations, s'assurant qu'il n'y avait aucun purgatif ni lavement, que je ne possédais pas d'autres instruments que ceux qui me servaient pour l'opération des dents. Je ne pratiquais pas la saignée en particulier, car, en digne élève de Pomardini, je savais qu'il n'était pas question de céder à cet acte barbare, inutile et coûteux en énergie vitale pour un organisme affaibli. Au fond, j'eus bien l'impression que c'était ce qui les inquiétait le plus. Rassurés sur ce point, ils tinrent une sorte de conseil improvisé dans mon vestibule et finirent par me dire qu'ils reviendraient me contrôler régulièrement. Ce qu'ils ne firent jamais, sans doute bien trop occupés par d'autres charlatans plus dangereux. J'avais tout de même pris le soin, en prévision de ce genre de visite, de conserver toutes les préparations véritablement thérapeutiques dans mon laboratoire souterrain, ce qui me servit également lorsque je reçus la visite de Anne Contugi[137].

Anne Contugi était une femme sans âge, plus animée par l'avidité que par de réelles prétentions médicinales. Elle ne se fit pas connaître, prit rendez-vous sous un faux nom et vint me trouver un après-midi, pensant que je ne savais rien d'elle. J'avais néanmoins été informé de sa véritable identité par Datelin, qui possédait encore ses espions qui venaient régulièrement l'informer, directement à la boutique de la rue du four. Elle paraissait vieille et de loin mon aînée. J'appris plus tard qu'elle était née la même année que moi, ce qui me porta à sourire : peut-être aurait-elle mieux fait de profiter du secret et des privilèges que sa famille conservait jalousement depuis des décennies, plutôt que tourner de procès en requêtes contre qui oserait contrefaire l'orviétan. Et c'est ce qu'elle me demanda directement en arrivant dans ma boutique, alléguant des faiblesses, des insomnies et tout un catalogue de maux qui appelaient impérativement cette sorte de panacée. N'aurais-je pas été informé au préalable de sa véritable identité que j'aurais tout de même suspecté quelque piège devant son insistance, prête à tout pour me convaincre et me forcer à avouer que je débitais une telle drogue. Elle repartit déçue, mais je dois dire que je vis passer régulièrement des visiteurs suspects, sans doute mandatés par la vieille femme, dans sa folie paranoïaque.

Ce fut ensuite le tour de la confrérie des apothicaires. Et en hommes forts de leurs bons droits, les représentants se firent annoncer bien avant le jour de leur visite, ce qui me permit de préparer leur accueil dans les meilleures conditions possible. Lorsqu'ils se présentèrent, je n'eus qu'à leur montrer les mêmes pommades qui avaient fait mon succès à la foire : d'honnêtes préparations, sans spécifiques susceptibles de nuire à leur commerce. Pour eux, je ne vendais que ce genre de produits : des encens, des boules musquées[138], des furgeoirs[139] et autres ustensiles pour l'hygiène buccale. Ils ne trouvèrent, eux non plus, rien à redire.

Les membres de l'ordre de Saint-Côme ne daignèrent même pas se dépla-

137 - Petite fille de Louis-Anne Contugi
138 - Sorte de boule que les élégantes plaçaient dans leur bouche pour gonfler les joues et corriger leur haleine.
139 - Assortiment d'instruments pour l'hygiène bucco-dentaire montés sur un anneau : cure-dent, gratte langue et cure-oreille

cer, sans doute mis au courant de la portée de mon privilège et ayant d'autres combats plus difficiles, contre les médecins de la Faculté, en particulier. Tout ce monde se succéda dans les premières semaines. Mais, Datelin m'avait prévenu et j'étais armé, prêt à répondre aux questions, comme devant l'inquisiteur lui-même. Mes vraies préparations étaient bien à l'abri dans ma cave. La trappe elle-même dissimulée sous un épais tapis d'Orient. Même Jean Grégoire, dont je connaissais la tendance volubile quand il s'agissait de garder un secret, n'était pas au courant. J'avais ouvert en avril à la fin de la foire de 1738 et ces visites plus ou moins courtoises s'espacèrent peu à peu pour me laisser en paix. Et il fallait croire à la puissance et au pouvoir du Lieutenant-général et de sa protection, car je ne fus pas plus longtemps inquiété.

Jean Thomas lui-même vint me rendre visite. Il se fit annoncer, exigea de ne pas payer sa consultation, prétextant même qu'il était de ceux qui m'avaient formé, sous prétexte qu'il avait une fois daigné m'adresser la parole en me rendant visite à la foire. Il ne se présenta pas en grand costume, mais simplement dans un riche habit, l'épée au côté et une longue perruque qui masquait partiellement une calvitie importante. Ce fut, pour moi, une grande satisfaction que de le faire patienter sur la banquette des visiteurs avant de le faire entrer. Je pris plaisir à l'écouter, venant me parler sinon comme à un égal, au moins comme à un confrère, me donnant un certain nombre de conseils dont je n'avais pas besoin. En réalité, il était venu uniquement pour observer ma chaise dont on parlait partout. Elle contribuait en grande partie à mon talent, puisque ceux qui l'avaient essayée sous ma main ne tarissaient pas de compliments sur ma dextérité, ma douceur et le confort de mon fauteuil. Même s'il restait persuadé d'être le plus habile opérateur pour les dents sur la place de Paris, Le Grand Thomas ne pouvait se vanter d'avoir un tel siège, puisque sur la charrette où il opérait, le plus chanceux de ses malades avait le droit à un modeste tabouret.

Lorsqu'il me demanda de lui montrer la chaise, j'hésitai un moment, profitant de cette supériorité que j'avais sur lui et inquiet de la perdre en lui révélant mes secrets. Mais après tout, derrière la forfanterie, n'y avait-il pas chez lui le souci d'améliorer sa prise en charge des malades ? Et il n'y avait dans cette chaise aucun secret, puisque nombre de ceux qui s'y étaient assis auraient pu la décrire avec assez de précision pour que le plus besogneux des menuisiers puisse la reproduire à l'identique. Il attendit ma réponse, le temps que je savoure quelques instants la satisfaction de la reconnaissance. Pomardini aurait sans doute été fier de moi, à ce moment-là, et je lui dédiai cet instant. Thomas examina donc le fauteuil avec beaucoup d'attention, critiquant la position, l'absence de confort, une inclinaison trop basse. Je lui proposai alors de s'y asseoir pour l'éprouver, mais l'homme parut soudain épouvanté, comme un enfant à qui on raconte une histoire terrible dont il n'envisage pas la fin. Puis, il partit sans me remercier.

Une autre visite encore me parut toute particulière, au début de l'hiver 1738. Un homme d'un certain âge vint me trouver pour une dent gâtée. En réalité une molaire de la mâchoire inférieure qui avait bien vécu et flottait alors au milieu d'une fluxion prête à percer. Il m'avoua avoir une soixantaine d'années et je voulus bien le croire à son air. Il n'appartenait sans doute pas à la noblesse, car il était venu à pied, en toute modestie. Il reflétait néanmoins une opulence certaine et sa façon de se comporter avec moi m'avait paru très curieuse. Manifestement, l'homme avait des connaissances dans mon domaine et je crus un instant qu'il s'agissait d'un nouvel espion. Il portait une lourde perruque et un habit brodé d'or. Sa mise était impeccable, mais il souriait avec une franche bonhomie, ce qui au fond était un acte de courage, au vu de ce qu'il était venu subir chez moi. Il regardait partout avec curiosité et, lorsque je lui demandai pour quel mal il était venu me consulter, il me dit simplement :

— C'est une vilaine dent de sagesse que j'ai gardée trop longtemps. La gencive ne tient plus au périoste, et je pense que vous n'aurez pas grand mal à m'en soulager.

Toute cette terminologie, dont j'usais parfois pour impressionner mes visiteurs, c'était cet homme à l'allure si réservée qui venait de l'employer, avec autant d'aisance qu'un médecin maniant le latin. Il remarqua mon air surpris et sourit doucement.

— N'en prenez pas ombrage, mais je lis beaucoup et toutes sortes de livres. Je me suis peut-être trompé.

Puis, il ouvrit la bouche et avec un doigt fin, il me montra la dent qui baignait dans un jus douteux et qui devait lui faire grand mal. Je le priai de passer derrière le paravent afin que je puisse mieux l'examiner. Il considéra mon fauteuil avec beaucoup d'intérêt et le détailla avec minutie avant de l'essayer, comme s'il allait s'en porter acquéreur le moment d'après. Il posa sa tête naturellement dans le logement prévu et ouvrit grand la bouche. C'était effectivement une molaire qui se trouvait tout au fond de la mâchoire inférieure, que la carie avait sournoisement gâtée. Je tâtai la dent du bout des doigts et constatai que sa mobilité allait en effet me faciliter la tâche. L'homme grimaça, mais ne montra pas d'autres signes, malgré la souffrance probable. Sur l'étagère, je pris derrière moi une petite fiole d'une préparation de ma composition dont j'expérimentais les modifications successives sur mes patients. Sa vertu première était de diminuer la douleur qu'on éprouvait lors de l'extraction de la dent. Lorsqu'il vit le petit flacon dans ma main, le vieillard s'agita.

— Qu'est-ce que c'est ?

— Une préparation de ma composition, pour atténuer les douleurs.

J'ouvris le flacon qui répandit une odeur caractéristique. L'autre se mit à me demander :

— Essence de girofle ? Poivre ? Cannelle ?

Il connaissait en effet beaucoup plus de choses qu'il y paraissait. Mais pour l'essence de girofle, son parfum envahissait la pièce dès l'ouverture du flacon et il n'était pas possible de nier. De la cannelle, il y en avait. Du poivre, je n'en avais pas eu l'idée.

— C'est à peu près cela.

— Quoi d'autre ?

— C'est mon secret.

Je lui souris, imbibai un petit mouchoir du produit et en massai doucement sa gencive pendant quelques instants. L'autre se laissa faire sans rien dire et au bout d'un moment, hocha doucement la tête. Je retirai mon doigt.

— C'est efficace en tout cas.

Je disposai sur un des accoudoirs du fauteuil une petite assiette creuse en étain.

— S'il vous prend l'envie de cracher les mauvaises humeurs, faites-le là dedans.

L'autre me fit signe qu'il avait compris, tout en gardant toujours la bouche grand ouverte. J'ouvris derrière moi la boîte aux instruments. Depuis mon installation, j'avais fait l'acquisition de matériel un peu plus perfectionné. J'avais acquis un assortiment de daviers, tant pour les molaires que pour les autres dents et tant pour les dents de la mâchoire supérieure, qu'inférieure. L'autre jeta tout de même un œil dans ma boîte comme un expert et eut l'air satisfait de mon choix. Il appuya de nouveau sa tête et ouvrit la bouche encore plus grande pour me faciliter le passage.

Il ne montra aucun signe de douleur lorsque je tournai la dent dans l'axe des racines, pour voir de quel bois elle se chauffait. La dent semblait ne plus tenir à l'homme que par la fluxion. Je tournai un peu plus fort, et je vis du coin de l'œil les mains de l'homme se crisper sur les accoudoirs. Je tirai et la dent vint. Je laissai passer le flot de pus, que l'homme cracha sans effusion dans le récipient que j'avais préparé. Il se massa la joue lentement. Je lui tendis un verre d'eau dans lequel je fis tomber quelques gouttes d'essence de belladone.

— Rincez-vous la bouche avec ce produit.

Il m'obéit sans rien dire et se gargarisa avec ma préparation, comme s'il était en dégustation à la halle au vin. Puis il cracha dans l'assiette.

— Belladone ?

Je ne répondis pas et regardai l'homme avec curiosité. J'étais à cet instant persuadé d'avoir en face de moi un espion à la solde des barbiers, au moins, ou des apothicaires, ou d'une autre corporation. Car, ce que je venais d'avouer sur mes préparations risquait d'entraîner des procédures judiciaires dont j'aurais sans doute du mal à me tirer. Je n'avais plus rien à perdre et lui demandai :

— Qui êtes-vous, monsieur ?

Il répondit avec modestie.

— Mon nom ne vous dirait rien. Je ne suis qu'un simple visiteur, que vous venez de soulager avec une grande adresse.

Il se leva, s'approcha de la paillasse où je venais de déposer la dent à côté de la pince qui m'avait servi à la tirer. L'homme la prit entre ses mains et en considéra la racine avec satisfaction.

— C'est en effet un travail bien exécuté. Certains bouchers se contentent de casser la dent ou laissent parfois le bout d'une racine, ce qui bloque la cicatrisation de l'alvéole. Mais à vous voir travailler, je pense que vous savez cela.

Je ne disais rien. Il continua.

— Mais ne craignez rien de moi. Vous m'avez rendu un grand service, ce serait mal vous récompenser en allant colporter quelques faussetés sur votre compte.

Il me regarda en souriant, presque avec bienveillance. Puis il enchaîna :

— Et si vous le permettez, afin de répondre d'un coup à toutes les questions que vous pourriez vous poser sur ma personne, et d'où me vient tout ce savoir. Je vous confie ceci :

Il sortit d'une des poches de son costume un livre de petite taille, mais fort épais.

— Voici l'ouvrage, écrit par un de mes amis, qui m'a apporté toute cette science. Et même si, quand je vous vois exercer, je me dis que vous n'avez peut-être pas grand-chose à en apprendre, il sera bien plus utile dans vos mains que dans les miennes.

Il posa le livre sur la paillasse, à côté de la dent, avec un sourire malin. Bien trop malin pour quelqu'un qui venait de se faire extraire une dent. Et je ne compris pas, ce jour-là, de quelle mystification j'avais été le jouet.

— Je vous dois quelque chose ? Me demanda-t-il enfin.

Je pris le livre sur la table et l'ouvris. C'était un livre en français. Beaucoup d'ouvrages de la bibliothèque de *de Blégny* étaient en latin et je dois dire que, malgré l'entraînement, j'étais resté bien médiocre à le déchiffrer. Je fus rassuré et lut le titre : *Le chirurgien dentiste ou Traité des dents par Pierre Fauchard, chirurgien dentiste à Paris*[140]. Je n'avais pas encore entendu ce nom à l'époque.

— Ce livre paiera très largement votre consultation, je vous remercie. Et si l'auteur est de vos amis, vous le remercierez également pour moi.

L'autre sourit encore une fois, tout en ramassant canne et chapeau pour s'apprêter avant de sortir.

— Je n'y manquerai pas, Monsieur de Saint-Pierre.

Puis il sortit après une légère courbette, que je qualifiai d'ironique sur le moment.

Voilà les quelques visites remarquables que je reçus durant ces premières années d'exercice. Ma renommée grandissant, on me fit beaucoup d'invitations, de propositions. Certains princes ne tardèrent pas à vouloir m'attacher à leur maison, me proposant rentes, logis et même domesticité pour s'approprier mon talent. Mais je refusai. On me proposa d'acheter certaines demeures qui conviendraient mieux à mon rang et ma fortune. Mais j'avais décidé de rester rue du four avec Marie Courval et Nestor. Augustin était venu en 1738 égayer l'immeuble. Cette vie me convenait parfaitement, et il n'était pas question d'en changer pour le moment, ne souhaitant pas renier mes origines. Et puis, il y eut les invitations à souper, à dîner, à chasser. Refuser une chasse, c'était bien le plus facile. Pour ce qui était des repas, je me contentai de refuser uniformément à tous, de manière à ne vexer personne. Tant que je me tenais à cette règle, je ne risquais aucun incident diplomatique. Et puis, il y eut cette invitation que je redoutais un peu, car je savais qu'il me serait impossible de la refuser.

J'acceptai donc. C'était le onze du mois de mai 1740. Un mercredi de pleine

---

140 - Pierre Fauchard (1678-1761) : considéré comme le père de la dentisterie moderne.

lune. Et, il y avait sans doute bien plus à craindre là où je m'apprêtais à me rendre, que ce que j'imaginais.

Jean-Baptiste Seigneuric

X

LE SOUPER

C'était le Lieutenant-général, René Hérault, seigneur de Vaucresson, qui m'avait fait porter cette invitation un matin à la boutique. Je n'étais pas très au fait de la politique et ne savais pas qu'il n'avait plus cette charge. Mais un homme aussi puissant un jour, ne pouvait manquer de le rester pour le reste de son existence. Il était devenu conseiller d'État et intendant de la généralité de Paris. Et il avait sans doute dû garder toutes les connexions de l'époque où il régnait sur le grand Châtelet. On m'assurait dans l'invitation que c'était un dîner intime, puisqu'il n'y serait servi que six couverts. Cela n'était pas vraiment pour me rassurer. Je décidai de m'y rendre à pied. Ce n'était certainement pas dans les traditions, mais j'étais certain que l'on mettrait cela sur le compte de mon extravagance. Car, à un charlatan comme moi, on pouvait bien tout pardonner. Et là où j'allais, c'était l'un des rares endroits de Paris où l'on savait la faiblesse de ma particule.

De retour de la boutique, j'avais juste eu le temps d'embrasser Augustin. L'enfant me regarda de ses grands yeux et comme à chaque fois depuis le premier jour, la même émotion se dilua entre nous. Je changeai de souliers et, ne m'embarrassant d'aucun apprêt particulier, je me mis en chemin, ce qui me laissa le temps de réfléchir sur les raisons de cette invitation. Marie Courval était, elle aussi, inquiète de savoir que notre protecteur demandait ainsi à me voir après plusieurs années. Il y avait peu de chance qu'il souhaitât juste m'avoir à sa table pour parader devant ses invités. Si cela avait été le cas, ce n'était pas à un souper à six, mais à douze ou vingt-quatre couverts qu'il m'aurait convié, pour faire profiter au maximum de la chance de m'avoir sous son toit. Je n'étais pas un animal de foire, mais je dois dire que mes refus systématiques avaient augmenté la côte des paris sur qui réussirait à me faire accepter la moindre invitation mondaine. Datelin m'avait parlé de ce pari qu'on faisait sur ma présence, et j'avais même fini par craindre que le Roi lui-même y prît une part de jeu, ce qui n'aurait pas manqué de me mettre dans l'embarras. On pouvait refuser à un prince, si l'on n'acceptait rien d'un autre. Mais son monarque… Par chance, ni lui ni la Reine n'avaient semblé jusqu'alors s'intéresser à moi.

Héraut m'avait convié pour une raison précise. Peut-être d'ordre médical pour lui ou un membre de sa famille, ce qui expliquait le caractère intime de ce souper. Ou bien, il souhaitait confirmer ma fidélité et s'assurer que je ne risquais pas de le trahir. Car, je ne doutais pas un instant qu'il était au courant de tout ce qui s'était passé depuis qu'il m'avait offert ma lettre de privilège. J'allais donc à ce souper, d'un pas que la tranquillité n'était pas en mesure d'assurer. On soupait à partir de dix-neuf heures. Et malgré le caractère prétendument intime de l'invitation, je doutais que l'on mangeât de la sorte tous les soirs à la table de l'ancien Lieutenant-général. Un majordome m'accueillit avec une bienveillance accoutumée, neutre et servile. On me fit patienter quelques instants dans un salon où, malgré la tiédeur de ce soir de printemps, on avait allumé un feu, par souci du confort des invités. Je n'avais pas imaginé quels hôtes se joindraient à nous, et cela aurait été complètement impossible. Les portes à doubles battants s'ouvrirent sous la pression de mains invisibles et René Hérault pénétra dans le salon, suivi de trois femmes.

Le magistrat avait vieilli depuis notre rencontre au Châtelet. Il marquait un âge qui n'était pas le sien, comme si son corps avait anticipé une destinée qui s'accélérait dangereusement. Étaient-ce les rhumatismes, la goutte, ou le poids des charges, qui avaient en quelques années, transformé cet homme robuste en vieillard au teint cireux, vissé sur sa canne comme un navire en cale sèche ? Son sourire était le même qu'autrefois : celui du pouvoir, mais avec cette fois une nuance bienveillante qui me parut de bon augure. Il avait l'air sincèrement heureux de me voir et serra longuement ma main dans les deux siennes, glacées comme celles d'un mort. Il avait finalement suffi de si peu, entre l'instant où j'entrais tremblant dans son bureau de Lieutenant-général et l'instant où il m'accueillait dans sa demeure, presque comme un parent de province.

Mais je n'étais certes pas au bout de mes surprises ce soir-là. Il me présenta son épouse : Madame Hélène Moreau de Séchelles. C'était une femme jeune, qui devait être entre sa vingtième et sa trentième année, mais dont le poids des titres alourdissait la beauté, affadissait le teint sous les fards et une perruque extravagante. Elle me souriait en biais, comme un tableau de mauvais peintre, qui n'aurait été là que pour la décoration. Mon hôte me présenta ensuite, et j'en fus frappé au moment où il m'en fit l'annonce, ses deux filles. J'aurais dû reconnaître l'une des deux, même si les conditions de notre rencontre ne s'étaient certes pas prêtées à des mondanités. Que cherchait-on enfin à vouloir me confondre ? Je fus aussitôt rassuré en constatant que Louise Adélaïde ne m'avait pas reconnu. Elle me serra la main avec juste assez de politesse pour ne pas déplaire à son père, qui redoublait de joie en vantant mes mérites qu'il ne connaissait pas, mais dont il était en quelque sorte le mécène. Jeanne Charlotte était la seconde fille, qui me salua comme son aînée. Et c'était un drôle de tableau que cette famille-là, où les filles, guère plus jeunes ni plus souriantes que la belle mère, encadraient un barbon de cinquante années révolues. Mais, si l'on avait pris la peine ce même soir, de se pencher sur ma propre famille, on aurait sans doute trouvé beaucoup de matière à discussion, tant dans sa composition que dans son organisation.

Le maître de céans, particulièrement en verve, tenait la conversation en habitué du perchoir. On attendait un sixième convive, dont il souhaitait me faire la surprise. Dans ces conditions, je n'envisageais pas la notion de surprise avec une grande bienveillance. Mais, le vieil homme semblait sincèrement heureux que je me laissasse porter par son enthousiasme et éteignit une à une mes dernières inquiétudes. Au fond, s'il avait voulu me nuire ou se venger de ma personne, pourquoi aurait-il été s'embarrasser à me faire entrer dans son intimité et imposer ce dîner à sa maison ? Les femmes ne parlaient pas ou très peu, répondant au mari ou au père lorsqu'il les questionnait directement. Un valet entra et lui tendit un billet sur une petite coupelle en argent. Il le lut et une ride de contrariété glissa sur son front, pour disparaître aussitôt. Lorsqu'il releva les yeux, son regard tomba directement dans les miens, mais n'exprima rien.

— Nous allons pouvoir passer à côté.

Deux autres portes s'ouvrirent sur une riche salle à manger, comme j'en avais imaginé plusieurs fois. Mais comme j'avais refusé toutes les invitations privées à souper, je ne connaissais, en dehors de ma propre table, que celle de Datelin, et celles des endroits aussi disparates que pittoresques où Grégoire réussissait parfois à m'entraîner. Je n'avais jamais fréquenté un tel lieu, tout disposé pour les plaisirs du palais. Une table ronde au centre avec six couverts, chargée déjà d'assiettes qui recouvraient presque toute la surface, en dehors de deux lourds chandeliers d'argent ouvragé. Au-dessus de la table, un vaste lustre supportait un nombre incalculable de bougies, sans doute autant qu'il y a de jours dans une saison. Des miroirs sur les murs reflétaient toute cette lumière, répandant dans la pièce une clarté exemplaire, où plus aucun détail de la physionomie des hôtes ou de la richesse de la table ne pouvait échapper. La femme du Lieutenant-général paraissait encore plus raide et son mari plus chenu. Les murs étaient tendus de velours cramoisi, frappé de fleurs de lys. Au fond, une grande fenêtre donnait sur les toits de Paris. De chaque côté, de vastes dessertes, surchargées de mets, de bouteilles et de couverts de service. Et à chaque angle de la pièce, un valet en perruque, aussi immobile qu'une statue.

On tira une chaise devant moi. Je n'eus donc pas à me soucier de l'emplacement qui m'était désigné. La maîtresse de maison prit place à ma gauche, Louise Adélaïde à ma droite. René Hérault était en face de sa femme. La deuxième fille à la gauche de sa mère. Ce qui laissait la sixième place, celle qui était libre, juste en face de moi. Datelin, qui avait quelques manières, m'avait rapidement expliqué certains usages et je m'étais finalement entraîné à l'utilisation de la fourchette, bien certain que j'aurais à me confronter à cet instrument aussi diabolique qu'inutile. Puisque Dieu nous avait pourvus de doigts, pourquoi ne pas nous servir de nos propres instruments ? La seule aisance que je m'étais accordée, était de n'avoir fait aucune concession à ma tenue, ne m'encombrant pas d'une sale perruque, au risque de la voir tomber dans la première assiette de potage qu'on me servirait... ce fut un potage de pigeonneaux. C'est en tout cas ce qu'annonça la maîtresse de maison, par la voix du maître d'hôtel : un petit bonhomme chauve à la voix suraiguë, qui énuméra les plats les uns après les autres, avec autant d'exaltation que s'il en avait été l'artisan.

On dégusta le potage dans le plus grand recueillement. Le tintement des cuillers sur les assiettes de porcelaine se faisait si discret, qu'on entendit bientôt le rythme d'une pendule, qui égrenait quelque part des minutes qui promettaient d'être interminables. Puis ce fut le tour des entrées. Une seule m'aurait suffi, mais après les filets de lapereau à la Berry, on me présenta une tête de veau dans une sauce avec ses yeux, ses oreilles et sa langue dont tous semblèrent se délecter. Avec les entrées, on commença à servir le vin et je me forçai à ne pas trop goûter aux nectars proposés, car il se trouvait toujours un valet derrière moi pour remettre à niveau mon verre après chaque gorgée.

Ce n'est qu'à la fin du premier service, que René Hérault reprit la conversation là où il l'avait laissée, avant le début du souper.

— Vous devez être bien installé, quai de Conti?

Les mondanités achevées, on en venait à une discussion plus sérieuse, où aucune hypocrisie mal dissimulée ne serait tolérée. J'allais bientôt connaître la raison de ma présence ici. Louise Adélaïde ne portait aucune attention à moi, et il n'y avait à priori rien à craindre comme attaque de ce côté de la table.

— L'emplacement est idéal, de par sa situation et son agencement. Le sieur *de Blégny*…

— Paix à son âme. Vous parlez d'Antoine, je suppose?

Il ne me laissa pas le temps de répondre.

— Laissons de côté la mémoire de son forban de père. Savez-vous qu'il a séjourné quelque temps à Fort-L'évêque?

Je n'en savais rien, mais cette remarque rappela chez qui on était.

— Non, je ne sais pas. On dit qu'il exerça en Avignon, à la fin de sa vie?

— Exercer est un grand mot pour l'art qu'il pratiquait. Mais Avignon, oui… Ce doit être là qu'il a fini, d'ailleurs.

Il laissa passer un instant, le temps que les valets apportent quelques entremets sur la table où les femmes piochèrent avec une avidité de rapaces. Pour Hérault et moi, il s'agissait maintenant d'autre chose.

— Il est vrai que le quai de Conti offre toute opportunité à votre commerce. Celui-ci fleurit généreusement, à ce qu'on me dit.

— Au risque de ne pas paraître assez modeste, je dois dire que l'on se presse effectivement chez moi.

— Alors, éclairez-moi, voulez-vous, Monsieur de Saint-Pierre? Avec tous vos bénéfices, pourquoi ne pas vous dégager de ce méchant immeuble que vous occupez, rue du four Saint-Germain?

— C'est que j'y ai mes habitudes, et que la proximité de la foire Saint-Germain…

— Ne me parlez pas de foire, vous n'y avez guère mis les pieds depuis deux saisons. Et puis les foires, ce n'est plus digne de vous.

— C'est vrai.

Mais au fond, qu'est-ce qui faisait que j'étais capable de répondre cela sans sourciller, juste pour satisfaire mon hôte?

— Voyez ! Alors, expliquez-moi pourquoi vous vous obstinez à rester là, en vulgaire locataire d'une veuve, qui vit seule avec son enfant ?

Il y eut un silence gêné par le ton du maître de céans, qui n'en restait pas moins courtois, mais devenait nettement plus sec. Il reprit avec plus de douceur, comme pour me charmer et anéantir chez moi toute réserve.

— Vous pourriez prétendre à un bel hôtel particulier, à un peu plus de confort, à des domestiques. Je sais combien, vous, les hommes de sciences, êtes excentriques. Mais, alors pourquoi des consultations payantes si ce n'est pas pour profiter de vos revenus ? Et puis, je vais être honnête, le véritable fond de mon interrogation n'est pas sur votre logement. Vous pourriez habiter sous le Pont-neuf, vous n'en seriez pas moins riche. Mais songez à votre réputation, vous vivez sous le même toit que cette femme seule, ce qui n'est pas très moral au fond.

Que pouvait-il savoir de la moralité de mes relations avec Marie Courval ? Je le laissai continuer, et c'est bien ainsi qu'il entendait poursuivre cet interrogatoire.

— On dit, en outre, que vous hébergez un enfant ? Est-ce le vôtre ? Pourquoi avoir été chercher cet orphelin à travers tous les hospices de la capitale pour le donner à élever à cette femme ? Après tout, que n'élevez-vous votre propre enfant, vous êtes en âge et en devoir de le faire, n'est-ce pas ?

C'est à ce moment que le maître d'hôtel annonça le deuxième service. On apporta un plat de rôts, dont il énuméra les origines et les modes de préparations, mais j'étais trop occupé à chercher ce que j'allais répondre pour écouter sa grêle litanie. On ajouta encore quelques entremets fumants au centre de la table. Je ne me souvenais déjà plus de ce que j'avais mangé au début du repas. Ce souper était une véritable embuscade, mais je ne savais pas quel en était l'enjeu. Devant mon trouble, il décida d'aborder les choses de manière moins brutale, peut-être pour me remettre en confiance.

— Mais, je suis certain que vous ne bouderez pas ma curiosité, en me racontant votre périple pour trouver ce garçon ? Quel âge a-t-il, au fait ?

— Il aura trois ans cette année.

Louise Adélaïde ne bougea pas. Son père insista.

— Quel jour est-il né, exactement ?

— Je ne sais pas, à vous dire vrai, puisque c'est un orphelin.

— Vous devez bien savoir un peu de son histoire. Trouvé ou abandonné ?

— Au fond, le résultat est bien le même.

— Pas forcément. Alors ?

Je compris ce qu'il voulait, sans savoir pourquoi. Il voulait que sa fille entende de ma bouche le récit de cet enfant sacrifié, afin qu'elle comprenne que c'était le sien. C'était absurde, mais dans ma position, il n'y avait pas à réfléchir, je devais me soumettre.

— Cet enfant est né dans la nuit du 24 octobre 1737. Il a été confié le lendemain à un prêtre de l'église Saint-Sulpice. Je le sais de la foi de cet homme-là. Il a été baptisé du prénom d'Augustin.

À côté de moi, Louise Adélaïde piaffait sur un morceau de poulet juteux. Et je n'aurais su dire si son détachement était feint ou si la leçon que son père voulait lui infliger par ma bouche était en train de l'atteindre. Hérault me regardait, visiblement satisfait du tour que prenait la conversation et ne prenant même pas le soin de vérifier si sa fille réagissait ou non.

— Continuez.

Et n'ayant pas d'autre solution que de passer par le détail cette sinistre histoire, je racontai tout, le temps du deuxième puis du troisième service. L'heure tournait, le vin coulait dans mon verre et l'alcool échauffait mon esprit. S'il m'avait au début prodigué le courage, à la fin, l'ivresse offrit même un certain lyrisme à ma narration. Mon hôte semblait satisfait de ma bonne volonté, et moi, je pensais naïvement en être quitte, au simple prix de ce récit. Il y eut juste quelques accommodations incontournables avec l'histoire et notamment en ce qui concernait ma motivation à aller chercher un enfant dans les bas-fonds de l'assistance publique. Mais, quelques menues variations me permirent d'arranger toute l'histoire de la plus crédible des façons.

— Mes recherches commencèrent au début de l'année 1738. Ma logeuse, comme vous le savez, était ventrière et se livrait à ce commerce paradoxal d'héberger chez elle de jeunes femmes, que leur situation oblige à quitter leur famille le temps de leur grossesse. Et comme vous me l'avez demandé tout à l'heure, je ne peux nier une certaine sympathie qui me lia progressivement à cette femme, au vu de son engagement et de sa gentillesse.

— Est-ce là tout ce qui engendre votre sympathie chez elle ?

Je répondis immédiatement, car j'avais eu le temps, finalement, de préparer ma réponse. Il valait mieux lui donner à moudre le grain qu'il voulait, plutôt que laisser le moulin tourner à vide.

— Et ma foi, je dois dire que c'est une femme charmante.

Cela voulait tout dire, et dans un cercle familial, chez des personnes de cette qualité, cette remarque voisine de la grossièreté suffisait à avouer l'inadmissible. Qu'importait le mensonge, il me fallait avancer dans mon récit, à moins de devoir passer la nuit à table.

— Et comme mon empathie pour elle se voulait généreuse, je me pris à écouter ses états d'âme. Cette femme, dont il n'y a rien à prouver de son dévouement, avait donc porté cet enfant, qu'elle avait accouché, aux prêtres de Saint-Sulpice, pour qu'il soit baptisé et confié ensuite à quelque œuvre charitable et correcte. Elle ne s'en préoccupa pas tout d'abord, mais avec le temps, lui vint une sorte de remords…

— Mais pourquoi celui-ci particulièrement ?

— Allez savoir ce qui se passe parfois dans la tête de certaines femmes.

Je dois avouer que mon ivresse naissante avait débordé ma pensée. J'en avalai de travers, mais mon hôte sourit doublement : de mon mot et de ma maladresse. Ses trois femmes autour de lui, en poules appliquées à picorer leur grain au fond de leur assiette, ne levèrent pas davantage la tête.

— Continuez, continuez.

— Or, donc, l'idée de cet enfant qu'elle avait fait naître, et d'un lien tout particulier qui s'était créé entre elle et lui, devint une obsession. Y voyant, non pas une fatalité, mais bien une marque particulière du destin, cette femme n'avait plus qu'une seule perspective : retrouver cet enfant et l'arracher à la misère pour qu'il soit élevé avec le sien.

— Après tout, pourquoi pas ? C'était une œuvre charitable.

En réalité, c'était bien moi et moi seul qui avais insisté pour récupérer cet enfant, que je considérais comme mien depuis sa naissance. Qu'importaient les angoisses que j'avais pu endurer et mes doutes sur la paternité, c'est avec lui que je devais compenser cette défaillance, en lui donnant un père et me trouvant un fils.

— Je partis donc chercher l'enfant, au début de février 1738. J'interrogeai tout d'abord les prêtres de Saint-Sulpice. Ceux-ci avaient pour habitude de confier les enfants, qu'ils soient trouvés ou abandonnés, à une institution toute proche, sise rue du vieux colombier : les orphelins de la mère de Dieu. C'est une vieille institution datant de 1648, dont les pères sont supérieurs depuis la fin du siècle dernier. La maison est tenue par des sœurs non astreintes à des vœux. Le premier obstacle qui se trouva sur ma route, c'était de faire admettre à ces braves curés que je souhaitais visiter leur établissement pour éventuellement adopter un de leurs pensionnaires. Il me fallut inventer un argument infaillible pour en appeler à leur bon cœur, car malgré leur foi, ils ne semblaient pas particulièrement à l'écoute de ma demande, pourtant particulièrement charitable. J'invoquais donc la douleur d'une mienne amie, qui venait de perdre en couche un enfant qui avait vécu quelques heures, et dont le chagrin était sur le point de tuer les dernières forces. L'histoire ne les émut que bien peu, et c'est surtout mon obstination, mon insistance, et un don substantiel à leur institution que l'on me remit un document me permettant de visiter l'établissement en question.

Mon auditoire était capté, car même les femmes semblaient s'intéresser à mon aventure. Je continuai.

— Je compris vite leurs réticences à laisser un étranger pénétrer dans ce purgatoire, véritable prélude à l'enfer qu'allait être la vie de ces enfants. Il y avait bien plus de filles que de garçons, ce qui facilita mes recherches. Les sœurs étaient sales et il n'y avait aucune raison pour qu'elles entretinssent des enfants inconnus mieux que leurs vilaines personnes. Tous les marmots étaient réunis dans une même et unique pièce. De tous âges, ils s'échelonnaient de celui du maillot jusqu'à une dizaine d'années. Il y avait en tout une quarantaine d'âmes qui se battaient là-dedans pour leur survie. Et pourtant, il n'y avait qu'une dizaine de lits, les plus jeunes dormaient dans des caisses en bois garnies de paille. Et c'était déjà l'humilité même de notre Seigneur à sa nativité qu'on inculquait à ces malheureux nouveau-nés. Il n'y avait que deux nourrissons mâles de l'âge de celui que je cherchais et il n'était pas de ces deux-là.

— Mais au fait, comment étiez-vous sûr de retrouver un nouveau-né que vous ne connaissiez pas ? Il portait un billet avec lui, quelque chose ?

Il y avait peu de chance pour que Louise Adélaïde se soit rendu compte de la particularité physique de son bébé dans l'état où elle était et durant le peu de temps qu'il était resté dans ses bras : en tout, une courte nuit.

— Ce garçon est né avec deux orteils soudés. C'est une malformation assez particulière pour pouvoir s'assurer de son origine. Comme il n'était pas parmi les deux nourrissons, j'interrogeais les sœurs, bien trop occupées à faire régner une discipline chaotique. Je ne voulais pas partir sans savoir. Était-il mort, avait-il était transféré ? Je répétai la date de son admission et sa particularité, espérant glaner quelques renseignements. Inutile d'espérer qu'on tienne un registre dans une maison pareille. On finit par me dire que s'il avait été souffrant, il était possible qu'il ait été transféré aux Enfants-Rouges, là où on envoyait les enfants gâtés[141].

— Quel drôle de nom que celui-là ! Déclara la plus jeune des filles, qui pour la première fois de la soirée semblait marquer un degré de curiosité au-delà de ce qu'avait jusqu'alors exigé la politesse.

— C'est un nom bien étrange, donné à ces enfants que l'on rassemble dans un hôtel de la rue de Bretagne, autrefois appelée hospice des Enfants-Dieu. Les plus grands portent un uniforme rouge, ce qui leur vaut leur nom actuel. L'institution est très ancienne, m'a-t-on dit. Et comme elle dépend directement de l'hôpital général, elle est mieux dotée, sans doute, que les autres. Des quêtes sont organisées à la faveur de ces malheureux. Je m'y rendis donc et ce qui me frappa cette fois, ce fut moins l'indigence et la pauvreté de l'organisation, mais surtout l'état dramatique de tous ces malheureux. Partout où le regard se posait, ce n'était que plaies, malformations, membres démis, manquants ou atrophiés, becs-de-lièvre et autres cicatrices troublantes qui accaparent la vue du novice, comme autant de misères insoutenables et dont pourtant il est impossible de détacher les yeux. Les teints étaient gris et pâles et l'on sentait bien, malgré le dévouement des femmes qui s'affairaient autour des enfants, que la vie de certains, pourtant très jeunes, était plus proche de son terme que jamais. La supérieure me reçut avec beaucoup de courtoisie, mais ne put m'offrir beaucoup de son temps, car celui-ci était compté, elle-même participant à la charge générale des soins et ne pouvant s'en détacher bien longtemps, tant il y avait à faire.

Le vin, sans doute, et le souvenir de cette vision déchirante avaient provoqué chez moi cette vibrante compassion, qui imprimait à ma description des accents de vérité. Et j'aurais pu pleurer moi-même à nouveau, si je ne l'avais pas fait suffisamment lorsque j'avais quitté l'endroit. On apportait le fromage, et mon hôte, qui pourtant ne perdait rien ni de mon récit ni des réactions de sa fille, crut bon de trancher ma narration par un aphorisme fort peu approprié.

— Ah, le fromage ! Savez-vous, mon cher, ce qu'on dit ? *Un repas sans fromage est comme une femme à qui il manquerait un œil* !

Puis il éclata de rire et devant ma mine déconcertée, il ajouta :

— Mais continuez, continuez votre charmante épopée. Je suis tellement impatient d'entendre la suite !

---

141 - Enfants atteints de maladie vénérienne.

J'eus quelque difficulté à reprendre le cours de mon histoire et surtout à retrouver une nuance qui aurait pu sensibiliser mon auditoire à la misère de ses contemporains. J'écourtai donc le passage aux Enfants-Rouges, n'y voyant finalement que matière à agacement pour eux et désolation pour moi.

— Le nourrisson ne se trouvait pas aux Enfants-Rouges. Il y était sans doute passé, personne n'en était sûr. Et pour en sortir, il ne pouvait l'avoir fait que de deux façons. Soit par le cimetière, soit, s'il avait par chance survécu à la maladie, on l'avait rendu à la maison de la Couche[142], puisqu'on ne connaissait pas le lieu d'où il était arrivé tout d'abord. Je me rendis donc à l'hospice des enfants trouvés. Je n'avais fort heureusement que le choix entre deux établissements : le premier était la maison des filles de la Charité en face de Notre-Dame et le second était situé au faubourg Saint-Antoine. Je commençai par l'hospice des sœurs de la Charité qui continue inlassablement l'œuvre de Vincent de Paul. Et, après les passages dans les deux hospices précédents, je pus me rendre compte de la différence qu'il y avait là, tant au niveau de la salubrité que des soins ou de l'alimentation que l'on offrait aux enfants. Une statue du saint homme, qui avait initié tout cela, était placée à l'entrée du bâtiment pour accueillir le visiteur.

— Oui, enfin, ce n'était rien d'autre qu'un curé. Après tout, il n'a fait dans cette bonne œuvre que son travail, de la même façon que je faisais le mien au Châtelet en rendant la justice. On n'y a pas mis ma statue pour autant.

Le vin et la chère continuaient leur œuvre de part et d'autre de la table, mais je préférai ne pas répondre, ni sur l'ironie ni sur cette fausse proclamation d'injustice, qui me parut complètement déplacée. J'enchaînai.

— Après les grilles, mon œil fut attiré par une sorte de guichet à droite de la porte. Une simple boîte en réalité, avec une ouverture par deux coulisses : l'une à l'intérieur et l'autre sur la rue. J'appris ensuite que c'est par là que les femmes adultères y déposaient parfois, à la nuit, le fruit de leur crime. Mais, on y trouvait plus souvent des enfants morts que vifs : pour maquiller un infanticide ou pour éviter des frais d'enterrement. Ainsi, une sœur restait devant le guichet toute la nuit, afin de recevoir immédiatement l'enfant. À l'intérieur, tout n'était que calme, propreté et les sœurs tout habillées d'un gris parfaitement reposant à l'œil s'activaient autour des enfants. Il y avait des fleurs par endroits. Les plus jeunes étaient rassemblés dans une sorte de crèche, qu'on avait ainsi nommée avec beaucoup d'à-propos. Des dames de haut rang étaient en train de visiter les enfants.

Ma dernière tentative pour apitoyer ou même intéresser les éléments féminins de mon auditoire s'arrêta là. Coupé en pleine description, le maître d'hôtel revenant pour son dernier passage, comme un chanteur au dernier acte, annonça d'une voix encore plus aigüe le troisième service. On apportait des compotes, des fruits, certains sans doute exotiques, dont je ne connaissais pas l'existence et que je n'aurais pas pris le risque de déguster, ne sachant par quel côté les attraper. Je goûtai une compote, qui devait être délicieuse, à voir comme les deux filles y trempaient avec gourmandise des morceaux de brioche

---

142 - Établissement dépendant de l'hôpital général où étaient accueillis les enfants trouvés.

aussi grosse que le plat d'une main. Je me rendis compte à cet instant que ce souper n'avait plus aucun sens, ou que celui-ci m'avait complètement échappé.

En face de moi, René Hérault me regardait, imperturbable. Et même si son œil brillait du feu d'un excès de vin, il y régnait encore une parfaite maîtrise et l'exigence que je continuasse jusqu'au bout mon récit. Était-ce pour son propre plaisir, ou ma propre torture ? En tous les cas, il semblait définitivement acquis que Louise Adélaïde n'avait rien saisi dans mon récit qui eût pu lui rappeler une maternité récente et douloureuse. Ou alors, cachait-elle parfaitement ses sentiments, car à aucun moment elle ne sembla troublée, ni même attristée par mon histoire. René Hérault ne disait rien, tenait son verre suspendu, attendant la suite avant de reprendre sa libation. Ayant sans doute, moi aussi, dépassé la ration raisonnable de boisson pour un seul homme, je me laissai aller à la description, délivrant tout l'enthousiasme qui m'avait réellement étreint quand j'avais retrouvé l'enfant comme s'il avait été le mien.

La supérieure me reçut très chaleureusement et consulta ses registres. Puis, sans rien dire avec un doux sourire, elle me conduisit devant un berceau.

— *Je crois que c'est lui*, me dit-elle.

L'enfant ne dormait pas, il regardait paisiblement ses mains avec lesquelles il était en train de jouer, comme un nourrisson repu qui n'a à se soucier ni de la maladie ni de son prochain repas, et pas davantage de l'amour qu'on pourrait lui donner. Mon enquête avait pris un certain temps et on était au début du mois de février lorsque je le retrouvai, il avait trois mois. Attiré par la voix douce de la supérieure qui me parlait, il tourna lentement la tête dans ma direction et me regarda tout de suite, comme s'il me reconnaissait.

— Pour cela, il aurait fallu qu'il vous ait vu !

Je me tus quelques secondes, me concentrant pour reprendre le cours normal de mon récit. Mais l'émotion de ces instants reprit le dessus rapidement. Après tout, malgré la présence des femmes, il ne s'agissait plus qu'un dialogue intime entre mon hôte et moi. Et lui savait que j'avais tenu l'enfant dans mes bras, et que c'était moi et moi seul qui avais souhaité le retrouver, malgré les mises en garde de Marie Courval.

— Il m'avait reconnu, sans doute comme son sauveur. Je ne peux pas dire qu'il me tendit les bras, car j'imagine qu'un enfant de cet âge-là n'a pas la conscience de ses propres gestes et trop peu de logique pour les élaborer. Je tremblai presque lorsque la supérieure défit le maillot de l'enfant pour me montrer ses pieds. Malgré cela, je n'avais aucun doute. Je l'avais reconnu et ce même regard que nous avions échangé à l'instant où il m'avait vu suffisait à ma conviction. Lorsqu'il fut officiellement reconnu, la supérieure ne fit aucune difficulté pour me confier l'enfant. Elle m'expliqua qu'il y avait tant de bouches à nourrir, que ma générosité libèrerait une place pour un autre nécessiteux. Elle inscrivit simplement mon nom, mon adresse et ma qualité sur le registre. Elle bénit l'enfant, me bénit et me laissa partir avec lui. L'enfant était de bonne constitution et je le confiai à Marie Courval, qui devint sa nourrice.

— N'a-t-elle pas d'autre occupation, cette brave femme qui se soucie tant des enfants des autres ?

— Son immeuble lui apporte une rente suffisante avec le loyer que je lui donne. Pour l'instant, elle a de quoi assurer son quotidien, celui de son fils et du petit Augustin.

En réalité, les choses ne s'étaient pas du tout passées de la sorte. Lorsque j'étais revenu rue du four avec l'enfant dans les bras, presque comme un voleur qui cache un trésor inestimable, Marie Courval n'était pas dans son appartement. Je dus l'attendre patiemment. Lorsqu'elle rentra, j'avais couché l'enfant dans mon lit et par chance, il dormait. J'étais assis dans l'escalier de manière à ne pas rater l'arrivée de Marie. Nestor l'accompagnait. À mon air grave, elle comprit que quelque chose n'était pas comme d'habitude. Mon attitude était celle d'un coupable, mais qui n'était pas prêt à renoncer à la légitimité de son acte.

— Rentre, Nestor ! Avait-elle dit à l'enfant, avant de se planter devant moi comme une mère devant son fils.

Mais, contrairement à ce que je pensais, car je ne lui avais jamais reparlé de mon projet depuis le soir de Noël, elle ne s'était pas doutée à cet instant de ce que je venais de faire. L'enfant s'était mis à crier dans mon appartement et le bruit de ses vagissements avait eu sur elle le même effet qu'une gifle. Elle m'avait regardé avec une lueur mauvaise, car elle venait de comprendre. J'avais eu toutes les peines du monde à lui expliquer. Elle avait tenté par tous les moyens de me décider à le rendre. Elle avait vu à ma détermination que je ne reviendrais jamais sur cette décision qui n'engageait que moi. Mais, il m'avait fallu plusieurs jours pour la convaincre d'être la nourrice du petit Augustin. J'avais à l'époque quelques économies et de belles espérances sur mon avenir, ce qui m'avait permis de lui proposer un marché. C'est ainsi qu'elle arrêta de prendre des pensionnaires pour se consacrer entièrement à Augustin, à l'éducation de Nestor et à l'entretien de l'immeuble. J'avais la capacité d'assurer le quotidien de nous quatre, ce qui s'était rapidement confirmé dès l'ouverture de la boutique, Quai de Conti.

C'est ainsi que nous étions devenus une famille, Marie s'était rapidement prise d'affection pour l'enfant et la force de son attachement n'était pas si loin de la mienne. Et pour autant, notre situation n'avait pas évolué. Nous prenions nos repas ensemble, avec les deux enfants. Marie vivait dans l'appartement des pensionnaires, plus confortable. Elle s'occupait du ménage de mon appartement que je n'occupais plus guère, car je passais beaucoup de mon temps à la boutique. Et pourtant, malgré cette relation et une organisation particulière, il n'y avait rien eu entre nous, pas un mot, aucun geste, ni peut-être même l'idée que nous aurions pu d'une manière ou d'une autre prolonger les étincelles d'intimités qu'il y avait eu autrefois.

Assis devant cet homme, qui avait indirectement permis de préserver son petit-fils de la charité publique, je compris soudain que tout pouvait basculer. L'amour que j'avais pour Augustin était inaliénable. Je ne savais pas, au fond, ce que René Hérault connaissait réellement de la suite de l'histoire, ni ce qu'il serait capable d'en penser. Je pensai d'un coup à Augustin, à mon destin qui ne dépendait que du pouvoir d'un seul homme, capable de me jeter à la Bastille ou ailleurs aussi simplement qu'il m'avait propulsé vers le succès. Je pensai à Marie, que je n'avais même pas pris le temps de considérer autrement que comme une amie. Le temps m'avait échappé, et je sentis à cet instant la pointe de vanité et d'orgueil qui m'avaient insidieusement empoisonné. Trop occupé par la boutique, mes recherches d'un remède secret, mes attentions pour Augustin, j'en avais négligé la seule femme qui comptait pour moi, à cet instant de ma vie. Et j'avais également dédaigné ce qu'elle pouvait éprouver pour moi.

Je ne sus pas s'il comprenait, à cet instant, toute la complexité de mes sentiments ou s'il s'imaginait juste avoir en face de lui un benêt qui aurait trop bu, mais le Lieutenant-général souriait paisiblement, totalement satisfait du spectacle qu'il venait de s'offrir. Marie Courval! Pourquoi le souvenir de brèves émotions passées m'avait-il ainsi aveuglé? Cela faisait plus de dix ans que j'avais fui Saint-Malo et j'étais resté figé devant des images qui ne représentaient plus rien, au fond. Et comme le vin donne parfois des éclairs de lucidité, qui ne sont hélas vérifiables qu'au lendemain de la griserie, il délivre aussi généreusement une charretée d'enthousiasme qui pousse parfois à des actions imprudentes. Je pris alors cette décision : dès le lendemain, j'irais trouver Marie Courval afin de sonder son âme et mon cœur en même temps, car il n'y avait aucune évidence qui ne méritât pas de vérification.

Le silence régnait dans la pièce. Les femmes poursuivaient courageusement leur orgie, mais avec moins de fièvre : toujours opiniâtres, mais plus méticuleuses. Dans ma réflexion, je fixais la fenêtre derrière mon hôte et remarquai dans le ciel le globe parfait et rond de la lune. Hérault se retourna sur sa chaise, pour voir ce que je contemplais avec autant de fascination. Il sourit encore et brisa le silence.

— Comme elle est belle ce soir, n'est-ce pas? Vous avez vu l'éclipse qu'il y a eu en janvier?

— Je n'ai pas eu cette chance.

— Vous auriez dû. Vous ne pouvez pas savoir comme c'est fascinant d'imaginer quel hasard a fait que l'alignement de planètes puisse ainsi provoquer un tel phénomène. Comme autant de petits hasards sur notre route, qui façonnent le destin des uns et des autres, les uns par rapport aux autres. Je cédai à la réflexion que suscitait un tel raisonnement, imaginant naïvement qu'au fond, ce souper aurait eu le mérite d'attirer mon attention sur Marie Courval.

Mes pensées furent interrompues par un valet qui entra dans la salle à manger et vint glisser un mot à l'oreille du maître des lieux. Celui-ci eut un sourire, bien différent de ceux qu'il m'avait réservés jusque-là. Il jeta un œil sur moi et son sourire s'épanouit davantage. Il dit simplement :

— Nous pouvons donc servir le café.

Le valet disparut. Mon état d'ivresse ne me permit pas de noter que le domestique n'avait pas fermé la porte en partant. J'entendis dans mon dos un pas énergique, qui martyrisait le parquet sous un talon altier. René Hérault se leva.

— Vous voilà donc, chère amie.

L'hôte mystérieux qu'on n'attendait plus venait de s'annoncer et s'était arrêté juste derrière moi. Son parfum m'intrigua sans m'alerter.

— Bonsoir. Je suis confuse d'avoir tant tardé.

C'était une voix de femme. Je ne l'aurais pas imaginé au pas martial que j'avais entendu. Une main ferme se posa sur mon épaule.

— Bonsoir, Jean !

L'étreinte se desserra et la femme fit le tour de la table. Juste en face de moi, à la place laissée libre pendant tout le souper, Gersende de Coëtquen allait s'asseoir.

XI

LE CARMEL DE PLOËRMEL

Depuis plus de treize ans qu'elle était entrée comme servante de Dieu au couvent de Ploërmel, Balbine avait eu le temps de passer par toutes les étapes de l'âme et du corps, avant d'embrasser la résignation comme philosophie, comme la plupart des religieuses qui vivaient là. On lui imposait l'inverse de ce que son esprit aurait souhaité comme liberté et comme indépendance. Ce que son corps aurait voulu découvrir, on le lui interdisait à tout jamais, sous peine d'excommunication ou de châtiments immatériels bien plus terribles encore. Car, c'était par le seul poids d'une religion draconienne qu'on réussissait à museler une vie au nom de ses dogmes obscurs.

Après la cérémonie des vœux, un voyage terrible avait emmené les religieuses à Ploërmel, comme autant de brebis vers l'abattoir. Telle était l'image qu'elle avait gardé de cet instant. Une pleine charrette de jeunes filles en pâture au Dieu exigeant. Depuis les prêtres de Baal, rien n'avait changé, au fond. Et durant le trajet, Balbine imagina qu'elle aurait préféré mourir plutôt que descendre dans cet enfer, dont il était impossible d'imaginer le sens. Aucune perspective dans ce qui lui arrivait. Et, ce qui l'avait encore plus terriblement bouleversée, c'est d'avoir cru jusqu'au bout qu'elle échapperait à ce destin scellé par ses parents, comme on forge les fers aux pieds des galériens.

Elle n'avait pas compté les heures de cette route cahoteuse, dans un carrosse hors d'usage loué par l'évêché. Il n'y eut qu'un arrêt pour assurer certaines fonctions vitales, au milieu de l'après-midi, et le cocher s'amusa à voir s'égayer les vierges éthérées dans la nature, comme autant d'insectes éphémères. Malgré le pouvoir suprême de la Foi, le voyage n'en perdit pas le tour pénible pour des conditions d'hommes. Et, les jeunes filles parfumées, qu'on avait apprêtées avec autant de soins que de jeunes mariées, arrivèrent dans l'état que l'on imagine. Elles descendirent donc, à la nuit, de ce qui était devenu un fourgon à bestiaux. On leur attribua leurs cellules où elles se couchèrent, pour la plupart, telles quelles. Le lendemain, la journée commença sans clémence pour la fatigue du voyage.

Balbine pleura comme les autres, la tête enfouie dans ses draps pour étouffer son chagrin. Elle psalmodia pendant de longues minutes encore les paroles de ses vœux, comme une sorcière le ferait pour une malédiction dont elle voudrait éprouver l'efficacité. Elle garda la chambre les premiers jours, refusant de sortir. On la sollicita mollement, car, en parfaite connaissance de cette réaction fréquente, les religieuses les plus anciennes laissaient aux esprits rebelles ou chagrins le temps d'une accoutumance plus progressive. Il restait tout de même un fond de charité pour apprivoiser les esprits récalcitrants, car chacune se souvenait de son arrivée ici.

C'est alors que commença le déclin. Pas un instant où Balbine ne tremblait en évoquant les mots funestes ânonnés devant l'évêque, convaincue que son serment était inaliénable. Elle pouvait sentir l'odeur de l'encens depuis sa cellule où elle restait enfermée. Et ce parfum la transportait dans une dépression terrible, où son âme partait chercher le repos dans un abandon complet. Très vite, son esprit trouva refuge dans une hébétude qui la privait de la réflexion, seul moyen de survivre. C'est alors qu'elle décida de ne plus quitter sa couche. Balbine puisait en elle des instincts primitifs qui l'arrachaient à l'intelligence, reniant les besoins les plus élémentaires du corps : se nourrir, se laver... C'était au risque de la folie. Mais, laquelle au fond est la plus terrible ? Celle que l'on reconnaît ou celle qui vous délie ? Il y avait dans l'oubli un confort paradoxal, le seul, peut-être, qu'elle était capable de trouver à ce moment-là. On respecta au début tous ses refus, la laissant seule dans sa cellule, lieu propice à la méditation et à l'acceptation définitive de son sort.

L'abstinence était un vœu que lui recommandait l'église et Balbine décida d'y exceller, au risque de sa propre existence. Et elle retrouva d'elle-même la clairvoyance que cette vertu cardinale lui offrait, en élevant son esprit au-dessus de son corps. Elle eut des visions que d'aucunes auraient pu juger mystiques, mais qu'elle ressentit comme autant de stigmates infligés par pulsions à son corps. Jean lui apparaissait et son visage se superposait à celui du Seigneur, la plongeant dans une culpabilité qui confinait au blasphème. La fièvre la prit et, lorsque l'inconscience vint la guider aux portes de la mort, ses sœurs, vigilantes, se relayèrent pour instiller dans le corps de la malheureuse de minuscules bouchées et quelques gouttes d'eau pure, qui la maintinrent en vie pendant de longues semaines.

Il n'était pas question de perdre une âme, jugée d'emblée supérieure, par autant de manifestations mystiques. Elle resta ainsi, sur un fil au-dessus des autres. Et parce qu'on la pressentait comme la prochaine sainte à honorer le couvent, on se disputait son chevet pour la nourrir et recueillir les miettes de sa béatitude. Elle parvint au faîte de son voyage, lorsque les convulsions se combinèrent aux fièvres. On hésita entre médecins et exorcisme, sachant que ni l'un ni l'autre ne serait de taille à combattre une telle puissance. On la laissa donc poursuivre son chemin. Et les sœurs, jeunes et anciennes, prirent leur tour auprès d'elle. Quand on ne forçait pas la nourriture entre ses lèvres, on lui lisait les écritures.

On ne la laissa pas une seconde seule, peut-être de peur que le malin ne finisse par voler cette âme qui, à la vérité, se trouvait d'autant plus vulnérable dans un corps affaibli. Balbine était un paradoxe, à cheval entre l'enfer et l'éternité, chevauchant seule vers un destin qu'elle ne maîtrisait plus elle-même, pour en avoir trop serré la bride. Lorsqu'elle essaya plus tard de retrouver les souvenirs de ces instants, elle ne recouvra presque rien, ne sachant s'il fallait regretter cette amnésie, qui l'avait peut-être sauvée d'une folie irréversible. Parfois, au moment où le sommeil la prenait, lui revenaient certaines sensations qu'elle avait dû éprouver alors : un mélange de chaleur et de froid, comme si son corps était tiraillé de tremblements dont elle était incapable de reconnaître l'origine. De longues vibrations la parcouraient, mi-voluptueuses, mi-douloureuses, qui auraient dû lui arracher des cris. Mais, aucun son jamais ne venait entrouvrir ses lèvres, si sèches, qu'on les ouvrait de force pour la nourrir, au risque de les faire saigner. Il n'y avait plus de véritables douleurs, mais un long influx vibratoire qui semblait parfois la détacher de sa couche, comme si chaque instant suivant devait être le dernier.

Mais, contre toute attente, Dieu ne vint jamais lui parler, comme il avait dû le faire au creux de la naïve oreille de son enfance. Balbine avait envie de sanglots, mais aucune larme ne trouvait la force de percer son chagrin. L'image de Jean passait encore comme un spectre, et elle eut alors la conviction qu'il était mort de chagrin et qu'il l'attendait déjà auprès du Seigneur. Un tel argument légitimait son abandon et la poussa encore plus loin dans les limites qu'elle imposait à son organisme. Mais lorsqu'elle imagina cela, elle avait dépassé depuis plusieurs semaines le stade où elle était encore capable du moindre raisonnement.

Finalement, un prêtre vint lui délivrer les derniers sacrements. On glissa entre ses lèvres l'hostie consacrée, que l'on humecta du sang du christ pour la décoller de sa langue, aussi sèche qu'un buvard. Elle hoqueta une dernière fois, signe qu'elle vivait encore et on attendit. Son état s'aggrava encore. Un médecin vint tout de même l'examiner. S'y perdant en formules incantatoires, il fut tout juste capable de retrouver le battement vital à son poignet, qu'il jugea extrêmement faible et proche de l'agonie. On décida enfin d'installer celle dont on jugeait la cause irréversible dans l'église. Sous le patronage de Notre-Dame-des-Sept-Douleurs, elle pourrait livrer son dernier souffle dans les meilleures conditions. On lava la robe dans laquelle elle avait prononcé ses vœux, puis on l'habilla, comme une défunte. Lorsqu'on la dévêtit, on trouva serrés contre elle deux cahiers que l'on mit à l'écart sans oser les ouvrir, la superstition restant plus forte que la curiosité.

On apposa les onguents mortuaires sur la peau de son visage et de ses mains, pour lui rendre l'apparence d'une vie que plus rien ne soutenait. On plaça une couronne de fleurs dans ses cheveux et on la coucha dans le maître-autel. On décida même de l'allonger directement dans un cercueil, pour éviter les désagréments d'un transfert. Les sœurs la veillèrent donc, à tour de rôle, comme on adore le Saint Sacrement, chacune espérant recueillir son ultime et saint souffle. Les semaines ne se comptaient plus depuis que Balbine était entrée dans cette transe mortelle.

Le prêtre revint et, sans le vouloir, déclencha le choc qui tira Balbine d'un coup vers la vie, alors qu'il ne lui restait plus assez de souffle pour une nouvelle journée. Ce fut l'encens qui, pénétrant dans son organisme jusqu'aux derniers bastions de lucidité, la sortit du néant. La mémoire de son corps pour cette odeur terrible et suffocante, pour cette fumée céleste dans laquelle elle avait baigné le jour de ses vœux, agita son corps comme celui d'une noyée qui reprend conscience à l'instant ultime. Alors que l'officiant psalmodiait au-dessus de sa tête, en vaporisant généreusement la fumée sacrificielle, elle eut un sursaut, celui d'une bête à l'abattoir. Elle se cabra dans un seul râle et l'on crut d'abord aux spasmes annonciateurs de la mort. Puis, elle hurla : un long cri, une seule plainte qui résonnèrent sous les voûtes, attirant les dernières religieuses qui ne participaient pas à la cérémonie. Les larmes coulèrent ensuite. Certaines espérèrent du sang, puisqu'elles croyaient au miracle. Mais c'en était déjà un en soi, de tirer autant d'énergie d'un corps si sec.

À la fin du cri, Balbine reprit enfin son souffle et on vit une main lâcher le crucifix qu'on lui avait confié comme sauf-conduit pour l'au-delà, et chercher au-dessus du rebord du cercueil un appui pour se relever. Son visage émergea. Et, la vision de cette face, où les larmes avaient dilué les onguents funéraires, avait de quoi faire plus peur encore, évoquant davantage une morte qu'une ressuscitée. Car au fond, on n'en savait rien. Et, certaines gardèrent d'ailleurs jusqu'à leur mort, la certitude que, comme Lazare, Balbine était revenue du seul endroit dont il n'est jamais permis de retourner.

— Jean !

Son deuxième cri fut ainsi dédié, et la communauté, pensant avec évidence qu'elle implorait l'évangéliste, lui donna les saintes Écritures à baiser. Elle se contenta de cracher quelques gouttes d'un sang noir sur les pages. Mais personne à cet instant n'y vit un signe du malin, ni même blasphématoire. Toute la congrégation était en plein délire mystique, prête à croire n'importe quoi qu'on pourrait colporter ensuite, pour étayer la force de l'église et la légitimité de l'ordre. Puis, enfin, retrouvant une lucidité perdue depuis presque un mois, Balbine se crut morte en voyant sa tenue, les fleurs qui lui bouchaient la vue et le cercueil dans lequel on l'avait couchée. Et cette vision, mieux qu'une autre, lui arracha le sursaut salvateur. Le prêtre terrorisé par le cri de la morte avait fui en premier et seules les femmes, plus courageuses, et aussi plus curieuses, avaient assisté à la scène complète.

On ramena la rescapée dans sa cellule dans son cercueil, car elle était encore trop faible pour marcher. Ses jambes étaient si maigres qu'on n'y devinait plus que quelques lambeaux de muscles, amaigris par une trop longue privation. On coucha Balbine, on la lava, puis l'on reprit la veille avec une nouvelle ferveur, d'autant ravivée par ces événements mémorables. Son corps finit par reprendre l'avantage et elle reprit conscience peu à peu, sans jamais parler ni questionner. Elle ouvrait parfois les yeux, ne semblait rien reconnaître après son long voyage et retournait avec ses secrets derrière ses paupières. Sa peau retrouva peu à peu les couleurs des vivants. Balbine s'épaississait aux bouillies qu'elle acceptait de plus en plus volontiers. Mais, elle ne parlait toujours pas, ne répondait pas aux questions. Toutes les paroles qu'on lui adressait lui parvenaient comme à travers une charpie épaisse et leur compréhension était parfois impossible. Et quand l'entendement revint, pas à pas, elle ne comprit pas tout de suite ce qu'on lui demandait.

— As-tu rencontré notre Seigneur?

— Qu'as-tu vu là-haut?

— Le ciel est-il aussi beau qu'on le dit?

La naïveté de celles qui la questionnaient dépassait en tout ce qu'elle aurait pu imaginer, si elle avait suivi leur voie. Et, à la tentation des insultes ou de la mystification, elle préféra le silence, dont la frustration dans laquelle il plongeait les jeunes filles apportait à Balbine une modeste satisfaction. Et cette récompense était un étage supplémentaire à son rétablissement, lui donnant à penser que tant qu'elle resterait ainsi dans le silence, elle garderait sa place marginale où finalement elle se sentait préservée. Il y avait une vie entière à tenir ainsi, mais mieux valait ne rien dire, laisser penser aux autres que son corps trop longtemps en souffrance la privait maintenant de la parole, ou peut-être pire encore, de l'entendement. Balbine comprit que son salut était dans ce bastion, d'où elle pouvait observer les autres sans être inquiétée.

Elle accepta finalement de manger seule, de se lever, de marcher, d'accompagner les autres, et même d'aider aux tâches quotidiennes. Son mutisme rendait sa rancœur au Créateur, puisqu'aucune prière, aucune litanie ne devaient plus franchir ses lèvres pour L'honorer. Balbine put ainsi visiter le couvent, qui ressemblait hélas à l'idée précise qu'elle s'en faisait. *La Maison de la Providence* était une pâle ébauche de ce que pouvait être une maison conventuelle. À Ploërmel, elle put découvrir un vaste cloître carré aux larges voûtes gothiques, des couloirs sans fin et une église qui était la fierté des pensionnaires, comme si chacune d'elle avait pu prétendre en avoir posé la première pierre. Et au milieu de cet enclos pour nonnes, des filles à la robe marron et au sourire modeste et forcé couraient d'un office à l'autre, bien certaines d'y grappiller chaque fois un petit bout de paradis.

Mais il n'y avait pas que le couvent lui-même. Et les carmélites envoyées depuis Vannes avaient fait prospérer la mission avec un sens de l'économie proche de l'usure. Fermes, prés, vergers, ruches, rien n'échappait à leur sagacité pour enrichir la communauté. Balbine participait à chaque activité, suivant simplement. Elle était persuadée que si elle n'y avait pas consenti, on l'aurait laissée en paix. Mais elle ne voulait pas alourdir le fardeau des autres religieuses simplement par paresse, encore moins par vengeance... et contre qui? Sœur Balbine devint cette curiosité dont seules les novices s'étonnaient parfois. Et comme on avait peut-être confondu surdité et mutisme, les religieuses commencèrent à venir se confesser auprès d'elle de leurs tourments quotidiens. Il leur semblait que c'était bien mieux qu'avec un prêtre, l'absolution en moins. Et c'est ainsi que Balbine vit s'ouvrir devant elle le gouffre de la vanité humaine.

Elle ne pouvait rien dire, heureusement, mais il était parfois difficile de ne pas trahir par une réaction, un haussement de sourcil, une grimace, des réactions trop évidentes aux états d'âme des unes ou aux errements des autres. Elle sut tous les secrets, tous les espoirs, connut toutes les alliances, car ce petit monde-là portait aussi son lot d'intrigues. Elle y observa tous les niveaux de la Foi : l'inaltérable, la vibrante, la militante, la fière, la prude, la noble, la sincère, la factice, la confiante et l'ostentatoire. Elle n'aurait su classer, dans des registres de toutes les couleurs, des croyances de celles qui se confiaient. Et, ne trouvant dans tout cet échantillon rien qui lui rappelât la sienne, Balbine se demanda le plus sérieusement du monde si son cœur, finalement, ne se trouvait pas au plus bas de l'échelle de la ferveur. Et c'était un vrai réconfort d'observer ces errances, avec leur cortège de culpabilité, qui secouaient les jeunes femmes. Balbine restait sereine, se contentant d'entendre les questionnements, recevant toujours pour sa patience une très grande gratitude ou de menus cadeaux, friandises en période de jeûne, confitures reçues secrètement de l'extérieur.

Ce n'était pas là les seules préoccupations de ces filles livrées à elles-mêmes, car elles ne deviendraient jamais femmes. À les entendre avouer leurs tendresses mutuelles, il fallait bien penser que quelque chose de fondamental leur manquait, même si elles se défendaient de la moindre notion charnelle. Mais sur ce chapitre, Balbine était au même niveau et elle perdait de vue la dimension d'une telle problématique. Les attendrissants sentiments des unes pour les autres, et leur désir élevé de témoigner leur attachement d'une manière concrète, relevaient d'une substance malsaine, que l'ombre divine adoucissait faussement. Tout était fait pour masquer ces travers, sous la coupe d'un dogme qui tolérait beaucoup, par omission, le plus souvent. Et, il fut souvent difficile à Balbine de recueillir le détail de ces intimités sans rougir. Elle prenait alors une pause très humble, le visage courbé vers le sol, dès qu'elle sentait venir ces confidences extrêmement délicates. Et lorsque Balbine baissait ainsi la tête, on prenait ce geste pour une sorte de pardon muet. Il n'y avait alors plus besoin d'aller en rendre compte à un homme, fut-il même prêtre. Balbine reconnaissait dans ce jeu la double perversion de ces filles, qui venaient avouer à demi-mot des attouchements secrets à une muette, pour la provoquer en essayant de la faire réagir.

Il n'y avait rien à garder de ce fatras d'une sexualité en éveil, qui se cherchait dans un endroit où elle était proscrite. Et par ses interdits et ses silences, l'Église provoquait sans doute bien plus de dépravation qu'elle n'en prévenait. De son côté, Balbine recueillait ce florilège, séparait la perversion de la curiosité, les âmes pures des dévergondées, les régulières des inverties. De tous les âges venaient toutes les tendances, de la même façon que toutes, sans exception, vinrent au moins un jour raconter à Balbine un péché de cet ordre, petit ou gros, inavouable ou simple.

Il y avait encore les péchés véniels, et quoique la gourmandise en fût un capital, on lui avoua des chaparderies, pour une cuillerée de miel ou pour un simple bonbon ! Puisqu'il n'y avait que la foi comme distraction officielle, il fallait bien que l'invention organisât quelques nouveaux tours pour agrémenter le quotidien. De toutes ces turpitudes, Balbine confirma une sorte de paganisme, car, pour tous ces modèles qui lui étaient donnés à étudier, pas un au fond ne méritait un coin de Paradis. Il faudrait bien tout de même qu'un jour on y envoyât quelqu'un. Mais ce n'était pas dans ce cœur névralgique de la sainteté, au couvent des carmélites, que les plus belles prétendantes se trouvaient. C'était sans parler de l'orgueil, car toutes se battaient pour la meilleure place, au premier rang de la communion. Les enseignements du Seigneur sur l'humilité ne semblaient pas entacher leur exaltation, qui montrait à toute heure sa plus vive application.

Balbine se retira donc un peu plus profondément, et n'écouta plus que de loin des ritournelles qu'elle devinait à l'avance, par la force de l'habitude, sachant à la physionomie de celle qui s'approchait ce qu'elle allait lui confesser. Sa langue finit de se dessécher dans sa bouche et cette nature devint sienne, comme si elle avait été muette depuis sa naissance. Balbine se portait bien, travaillait avec les autres, ne supportant aucune faveur ni aucun allègement de tâche, sous prétexte de son infirmité. Elle garda cette même conduite pendant des années. Et comme les vanités du monde finissaient par s'effacer progressivement devant elle, à force d'être rabâchées, elle finit également par oublier Jean, peu à peu, pour finir par croire que s'il n'était pas mort, comme elle l'avait cru dans son délire, peut-être que c'était tout simplement parce qu'il n'avait jamais vécu ailleurs que dans son propre esprit.

Jean n'ayant pas existé, il était d'autant plus facile de l'oublier. Et le chagrin avec. Il n'y avait là aucun stratagème, rien que de l'intuition, une sagesse étrange qui avait préservé Balbine d'une douleur mortelle, qui aurait fini par vaincre son esprit pur.

Cela faisait quatorze ans qu'elle n'attendait plus rien. Se réjouissant simplement d'un chant d'oiseau, d'un rayon de soleil ou d'une croûte de pain chaud. C'était peut-être, à la fin, la meilleure façon d'accéder à la sainteté.

XII

Gersende de Coëtquen

Je serais incapable de me souvenir comment elle était vêtue lors de ce souper. La fin du repas se termina comme une tempête, brisant toutes les idées, mélangeant l'angoisse à l'excitation, balayant les certitudes, foulant au pied les résolutions. Et je regrettai d'un coup tout le vin que j'avais bu. Je me sentais vulnérable, comprenant enfin le véritable motif de cette invitation. Au fond, l'interrogatoire qui avait précédé n'était qu'un hors-d'œuvre pour mon hôte. C'était le quatrième service que l'on venait d'annoncer ! Et je n'étais plus en état de l'affronter dans des conditions honorables. Je regrettai le choix de ma tenue négligée, l'absence de raffinement de ma mise. Je n'avais pas plus de volonté que ces fameuses planètes qui subissaient les impulsions de leur course, pour s'aligner en face de la lune. Le destin me rattrapait d'une drôle de façon et c'était extrêmement déplaisant. Car, le dernier souvenir qui me restait de Gersende était ce que m'en avait dit Aliette, quand elle était revenue *Aux Deux Perdrix*. Et, j'avais vu chevaucher au loin sa silhouette, lorsqu'elle avait manqué de me rattraper aux portes de Saint-Malo. En réalité, s'il n'y avait eu l'effet du vin pour obscurcir mon esprit et altérer mes réflexes, je crois que j'aurais fui tout de suite en la voyant.

Au lieu de cela, je pris mon verre de vin pour éviter à ma main de trembler et bus aussi calmement que possible. Mon corps n'avait pas besoin de davantage d'alcool, mais le choc de son arrivée m'avait dégrisé d'un coup, au moins en apparence. Je reposai mon verre après une gorgée symbolique puis relevai les yeux. Son regard brillait comme autrefois, lorsque nous veillions dans la salle des gardes à Combourg. Il irradiait d'un feu mystérieux, dont je ne connaissais pas l'origine, mais qui n'était que pour moi. Et, malgré ce que j'y craignais, j'eus du mal à y discerner la colère. C'était autre chose, une nuance que j'étais incapable de reconnaître. Et un sourire que je n'avais jamais vu auparavant sur son visage. Une chaleur dont je ne l'imaginais pas capable. Exactement comme elle l'avait fait lorsque je l'avais vue la première fois, elle prit le verre qui se trouvait devant elle et le leva à hauteur de son épaule, pour qu'on vienne le remplir. Puis, elle but lentement une longue gorgée. Et tout cela, sans quitter mes yeux, me noyant toujours de ce mystérieux sourire. René Hérault se délectait de la scène avec un air amusé, comme un renard à l'affût, guettant l'instant propice pour intervenir.

— Je crois que je n'ai pas besoin de faire les présentations?

Il y eut un silence. Le sourire de Gersende s'arrondit davantage. On ne savait si elle allait mordre ou parler. Elle parla.

— Je ne crois pas… Tu n'as pas changé, Jean.

Chaque fois qu'elle prononçait mon nom, une impulsion voulait m'arracher un tremblement, que je réprimai autant que possible. Était-ce de la peur? Rien n'était moins certain. Elle le sentait et en jouait, ne prononçant pas une phrase sans y mettre mon prénom, comme un coup de poignard un peu plus perfide à chaque fois.

— Mais, tu étais plus bavard autrefois, Jean.

La femme et les filles de notre hôte, goûtant moins les subtilités de cette entrevue que les desserts qu'elles avaient achevés, avaient pris congé sans que personne ne s'en offusquât. Nous nous retrouvâmes tous les trois dans un silence inquiétant. C'est le Lieutenant-général qui le brisa le premier.

— Eh bien, voyez, ma chère, je vous avais dit qu'il n'y avait rien de plus facile que de rencontrer le fameux Passadieu de Saint-Pierre! Vous savez que je ne peux rien refuser à votre maman.

Et le mot *maman*, dans sa bouche, avait les mêmes consonances que le mot *maîtresse*. Gersende remercia, donna sa main droite à baiser au vieux barbon, ce qu'il attendait avec une impatience gourmande. Le geste me dégoûta et je perçus sur le visage de Gersende, un frémissement de la lèvre… rien, une vibration, mais suffisante pour trahir le mépris. Finalement, elle se décida à parler.

— Tu es formidable, Jean. Je te laisse quelques années seul et d'apprenti charlatan, tu deviens l'un des hommes les plus à la mode de Paris. J'abandonne la poursuite d'un pleutre et je te retrouve à festoyer à la plus influente des tables. Finalement, nous sommes de la même trempe tous les deux.

Elle but encore. Je ne répondis rien.

— Mais, je n'aurais pas dû te laisser seul aussi longtemps. J'ai appris que tu étais papa? Tu vis en ménage. Tu as abandonné l'idée de cette sotte dans son couvent?

— Ce n'est pas vrai, je…

— Quoi? Tu n'as pas recueilli cet enfant? Celui qui vit chez toi? Augustin, je crois? Et cette femme qui l'élève, ce doit être au moins ta maîtresse, non?

— Non, c'est la nourrice de l'enfant.

— Tu partages sa table, son toit, tu serais bien idiot de ne pas partager son lit.

— Il n'est pas question de cela.

Et pourtant, j'y songeais sérieusement quelques minutes plus tôt, avant que tout bascule. Gersende était là, devant moi, plus sensuelle que dans mon souvenir, me balançant mes remords à l'accroche de son sourire impénétrable.

— Enfin après tout, ça n'est pas mon affaire.

Elle marqua un long silence avant de continuer.

— Tu as appris la mort de mon père, sans doute? J'ai compris depuis que tu n'y étais pour rien. Et puis, celui qui était ton maître ayant succombé lui aussi malgré ses grands talents, cela rétablissait l'équilibre. Comme j'étais de passage à Paris, je voulais te revoir. Tout simplement. Tu sembles terrifié? Ne t'inquiète pas, tout cela est du passé. Le comte avait bien vécu, et c'est sa gourmandise, sans doute, qui l'a achevé. Mais toi, après tout ce temps, n'as-tu donc rien à me dire?

J'étais incapable de parler. Il y avait en elle un tel calme que je la sentais imprévisible, comme un serpent prêt à mordre. Je me souvenais encore des mots de son propre père, me mettant en garde contre ses jeux. Il n'y avait rien de plus difficile, à cet instant et dans mon état, de reconnaître la part du vrai et du faux, du bien et du mal, dans ce sourire qu'elle m'adressait toujours. On apportait les cafés. Gersende se leva. Elle n'avait pas dû rester plus d'un quart d'heure en tout.

— Je vous remercie de votre accueil et m'excuse encore de n'avoir pu mieux profiter de votre compagnie.

Hérault, debout près d'elle, s'empressait de lui baiser encore la main, comme s'il s'était agi du plus précieux des mets servis à sa table ce soir-là.

— Voyons Comtesse, vous serez toujours la bienvenue. D'avoir fait votre connaissance a illuminé notre souper, n'est-ce pas?

Son œil brillait dans ma direction, ironique ou complice, je ne savais trop. Je me levai, ne sachant pas s'il fallait espérer qu'elle me tende sa main à moi aussi. Elle passa devant moi, toujours souriante, ne prononça plus un mot et sortit de la pièce dans mon dos, d'un pas plus lent, pour prolonger son départ. Son talon résonna encore quelques instants sur le parquet. Une porte claqua. On perçut dans la cour le bruit d'un unique cheval.

— Quelle femme incroyable, vous ne trouvez pas?

Hérault était assis, humant sa tasse de café. De sa main libre, il me fit signe de me rasseoir, car je n'avais pas bougé depuis le départ de Gersende.

— Mais j'abuse encore un peu de votre science. Racontez-moi les vertus de cette divine liqueur, telles que les a décrites ce bon *de Blégny*. Pour avoir repris son laboratoire, vous connaissez sans doute le moindre de ses secrets?

Il n'y avait pas à discuter, et je repris par le détail les descriptions du traité où Nicolas de Blégny détaillait les vertus, non seulement du café, mais aussi du thé et du chocolat[143]. Et les vertus de l'alcool, tout autres, me permirent d'oublier le trouble de cette rencontre et les bouleversements à craindre. Je rentrai très tard, rue du four, poussant la porte de l'immeuble dans des dispositions d'esprit complexes et contradictoires. À un moment de la soirée, pris d'une résolution évidente à l'endroit de Marie Courval, je m'étais même imaginé que j'irais directement frapper à sa porte, pour y recueillir ses sentiments face aux miens, que je croyais avoir jusqu'alors négligés. Mais quels étaient-ils véritablement, puisqu'un sourire, revenu en même temps de Bretagne et de mon passé, avait tout bouleversé. Il n'y avait plus là la moindre idée de logique.

L'alcool étant mauvais conseiller, je me couchai dès mon retour. J'avais plu-

---

143 - Le bon usage du thé, du café et du chocolat pour la préservation et pour la guérison des maladies par Nicolas de Blégny, 1687.

sieurs rendez-vous le lendemain et il n'était pas question de ne pas les honorer. Et puis au fond, tout cela n'était peut-être qu'un hasard, et il ne m'était pas possible, à cet instant, d'imaginer ce qu'il fallait y retenir de bon ou de mauvais. Le sommeil fut difficile à trouver et l'apaisement impossible. Car je trouvais partout le visage de Gersende, qui embrasait l'équilibre que j'avais construit, le bouleversant tout de bon.

Le matin, je fus réveillé par les bruits de l'appartement au-dessus de moi. Ce n'était pas mon habitude, car le plus souvent, j'étais réveillé avant Augustin et j'avais le temps de me préparer pour monter assister à son réveil. Mais la nuit que j'avais passée, une digestion difficile et une ivresse malsaine avaient fini par me surprendre sournoisement au matin. Ma tête battait comme tambour sur la place publique. J'entendais au-dessus de ma tête l'enfant qui courait et appelait gaiement Marie.

— Maman! Maman!

Et je compris ce que cette situation avait de délicat pour tous les membres de la maison. Lorsque j'arrivai dans l'appartement où nous avions décidé d'installer les deux garçons, Augustin courut vers moi et me sauta dans les bras.

— Papa! Papa!

Nestor, qui allait sur ses dix ans, aidait sa mère à la préparation du repas, coupant des tartines dans une grande miche, à la croûte noire et épaisse. Il avait profité de ses dernières années et s'apprêtait à devenir un brave gaillard. Mais il restait toujours sage, comme s'il avait décidé de supporter sa vie entière une partie du fardeau et de la tristesse de sa mère. Augustin sauta dans mes bras et sourit simplement, de ce sourire innocent que j'avais dû avoir il y a fort longtemps, en jouant sur le plain d'une petite île de la nouvelle France. Et derrière, donnant la vie et toute sa quiétude à ce tableau, Marie, déjà prête, habillée, le front ceint de son foulard blanc, signifiant qu'elle était à l'ouvrage et non occupée à une tâche purement familiale. Elle me sourit simplement, de ce sourire désarmant que je regardais ce matin-là avec des interrogations confuses, essayant d'y lire sans doute plus qu'il ne voulait dire.

J'eus la prétention et sans doute la bêtise de le comparer à un autre, de comparer cette simplicité-là à l'expression complexe d'une femme que je n'avais pas vue depuis plusieurs années, et qui, la dernière fois que je l'avais croisée, aurait pu me passer par le fer de son épée sans aucun état d'âme. Les questionnements du Lieutenant-général me frappèrent. Il était en effet plus que temps de préciser cette étrange situation. Elle portait à discussion, évidemment, à qui ne connaissait pas notre histoire. Dans le quartier, personne pourtant ne s'interrogeait. Datelin me taquinait bien de temps à autre sur celle qu'il appelait *la belle veuve*, me reprochant de ne pas lui offrir ce qu'elle attendait, si je me fiais à son expérience. Même sa femme était de son avis. Grégoire la trouvait trop âgée pour lui, et par conséquent pour moi. Et c'est peut-être cette différence d'âge, une différence bien stupide au fond, qui m'avait empêché jusque-là de me poser davantage de questions.

Comme les autres matins, je fis manger Augustin, trouvant le même plaisir dans ma complicité avec l'enfant. Il agissait avec moi comme avec un père. Mais, en prenant Marie Courval pour sa mère, ce qui était le cas, puisqu'elle avait été sa nourrice et qu'elle veillait à son entretien et à son éducation, il y avait pour l'enfant une nuance moins évidente. Un jour, il serait séparé d'elle et ne comprendrait pas pourquoi. Si j'avais choisi de mon côté de le prendre sous ma protection, Marie, elle, ne le faisait pas par choix, malgré la tendresse évidente et sincère qu'elle lui témoignait. Elle le faisait parce que je lui avais demandé, et que je la payais pour cela. Je la regardais faire avec l'enfant, ne faisant aucune différence avec le sien, leur témoignant à tous les deux les mêmes égards, leur distribuant les mêmes marques d'un amour naturel. Tout me semblait pourtant faussé, ce matin-là. Et par ma faute.

L'attention qu'elle me portait naturellement ne m'avait jamais choqué, et n'avait jusqu'alors soulevé aucun doute dans mon quotidien. Mais ce matin-là, précisément, alors que je finissais de digérer sous toutes ces formes le souper de la veille, sa compassion envers moi me parut excessive et disproportionnée par rapport à ce que je lui avais moi-même témoigné jusque-là. Malgré notre complicité qui venait et repartait au gré des événements et des situations, je n'avais jamais laissé poindre des sentiments des registres du cœur, tels que tendresse ou affection. Sans parler d'amour. En tous les cas, pas sous une dénomination qui aurait pu me laisser imaginer partager son lit ni sa vie.

— Le souper s'est bien passé? Tu es rentré tard et tu as fait beaucoup de bruit. Tu as failli réveiller les garçons.

Il n'y avait dans ses questions qu'un peu de curiosité, et un intérêt davantage porté sur ma santé que sur les véritables enjeux de cette invitation. Mais sa question augmenta mon malaise, pointant du doigt cette différence qu'il y avait entre nous et que je n'aurais pas dû laisser perdurer. Au fond, Marie n'était-elle que ma logeuse, devenue mon employée, avec qui j'avais certes partagé certains moments d'intimité, mais peut-être feints? Était-elle en droit d'attendre autre chose de moi dans cette relation, qui ce matin, pour la première fois, me paraissait incomplète? Cela faisait plus de deux ans que nous vivions ainsi. Mon activité m'avait pris trop de temps pour y penser même, et je ne voyais en elle que le moyen d'élever Augustin de la meilleure manière possible. Viendrait un jour où il faudrait avouer la vérité à l'enfant.

Comme je ne lui répondais pas, Marie me regarda avec insistance, mettant mon silence sur le compte de mes excès.

— Ça ne va pas?

— J'ai dû trop manger. Des choses dont je n'ai pas l'habitude.

— Et trop bu, sans doute aussi.

Cette remarque, qui pourtant ne se voulait pas acerbe, me parut déplacée. Marie n'était pas ma femme, encore moins ma mère. Et tout à coup, je me dis que je n'avais aucun compte à lui rendre. Je ne répondis pas et finis par lâcher.

— Je suis en retard, j'ai beaucoup de rendez-vous ce matin. Je vais finir de me préparer.

J'embrassai Augustin, caressai les cheveux de Nestor et sortis de l'appartement sans rien dire, sans un regard à Marie, craignant dans ses yeux la nuance de chagrin que j'étais sûr d'avoir provoquée. J'avais été méchant. Je me préparai, sans penser à rien, et partis à pied quai de Conti. Le travail m'occupa et j'oubliai le sourire de Gersende et les attentions de Marie.

En ce printemps, il y eut beaucoup de maladies contagieuses à la cour et l'on se bouscula chez moi. Les médecins incompétents ayant épuisé vainement l'art de saigner et de purger, les patients se tournèrent vite vers d'autres voies, sinon plus efficaces, largement moins nocives. Mes compositions, que j'avais améliorées des recettes de *de Blégny* et d'autres secrets tirés de mes lectures, me permirent quelques succès. Il faut avouer que certaines eaux que j'avais imaginées, à base de quinquina notamment, apportaient une réelle amélioration à certaines humeurs de la bile et du tube digestif, et à beaucoup de fièvres de diverses origines. Je n'abusai pas du mercure, le réservant à d'autres maladies que la honte poussait à cacher. Ma fortune grandissait doucement. Absorbé par mon travail, je rentrais tard rue du four et j'oubliai peu à peu les étonnantes réflexions que ce souper chez le Lieutenant-général m'avait inspirées. Les choses revinrent à leur point initial, car je n'avais pas osé, cette fois encore, affronter les véritables questions.

C'est en août de la même année que mon protecteur rendit son âme au ciel. Cela ne me surprit pas davantage, me souvenant de l'état dans lequel je l'avais vu au souper. Il m'avait paru le double de son âge, tellement son teint et son aspect inquiétaient en moi le thérapeute. Apprenant la nouvelle, j'imaginai que s'il était venu me consulter, il ne serait peut-être pas mort si jeune. René Hérault avait quarante-neuf ans en 1740, année de sa mort. Peut-être que les excès, dont j'avais été témoin, l'avaient épuisé en goutte et autres maladies, lui faisant rendre son mandat de manière précipitée. En fait, je me tenais très peu au courant des mondanités de la capitale et j'appris la nouvelle par un billet trouvé un matin sous la porte de ma boutique. La lettre était cachetée, mais sans sceau, l'écriture était fine et les formules n'avaient rien d'officiel. On m'informait de la mort de l'ancien Lieutenant-général et l'on me conviait à ses funérailles, quelques jours plus tard.

J'aurais pu me débarrasser de cette invitation si je n'y avais pas vu, si ce n'était une menace, au moins une incitation appuyée. Je ne savais pas quelle main avait ainsi voulu me convier. Mon succès et mon ascension sociale, je les devais à cet homme, et jusqu'à sa mort, je lui serais redevable, même si au fond, il me devait la vie d'un de ses petits-fils. La mort de René Hérault me déliait de mon serment. Je regardai à nouveau le billet et y décidai une écriture féminine. Peut-être était-ce tout simplement sa femme ou l'une de ses filles, qui, imaginant pour je ne savais quelle raison que nous étions intimes, avait pensé que je devrais honorer de ma présence son solennel départ. Peut-être était-ce Louise Adélaïde elle-même, qui avait voulu marquer le souvenir qui nous liait tous les deux. Sans me préoccuper du bien-fondé, je savais que je devais me rendre à ses funérailles. On m'y attendait, et comme à cet infernal souper, j'étais obligé de m'y rendre.

Mes rendez-vous furent annulés. Je me vêtis d'une tenue sobre, d'un costume noir à ornements dorés et m'astreignis à porter perruque, malgré la chaleur. La cérémonie avait lieu l'après-midi. Je fis venir un perruquier à la boutique le matin et me rendis à Notre-Dame en chaise. J'avais pris soin de garder sur moi le fameux billet, ne doutant pas qu'on risquait de me le demander à mon arrivée. Même si René Hérault avait rendu sa fonction depuis plusieurs années, tout ce qui se comptait dans Paris comme gens de police, ce jour-là, était rassemblé autour de la cathédrale et vraisemblablement à l'intérieur. On contrôlait toutes les entrées et j'eus soudain peur que cela ne soit un piège que l'on m'avait tendu. Mon protecteur était mort, j'étais peut-être devenu d'un coup vulnérable. Et je retrouvai cette appréhension que nous avions avec Pomardini, lorsqu'on vérifiait notre chargement à l'entrée de certaines villes. Au fond, je n'avais pour tout diplôme que les lettres du roi, et ma particule était usurpée. Il n'en aurait pas fallu davantage pour qu'on me jette à la merci de la Faculté, à bas du piédestal où un destin facétieux m'avait placé. Facétieux car imprévisible.

Je me présentai donc à un garde, qui me renvoya à une autre porte. Celle où je m'étais présenté et où il y avait moins d'affluence était réservée à la famille royale et aux proches. À une autre, le garde appela un officier auquel je donnai mon nom. Celui-ci en appela un autre qui partit à l'intérieur de la cathédrale. Il faisait chaud, mon habit collait et je me mis à douter de ma décision, craignant une manipulation grossière pour se jouer de moi.

Le second officier revint finalement, beaucoup plus souriant que lorsqu'il était parti se renseigner. Il me pria de le suivre et m'accompagna dans la cathédrale. J'y étais entré plusieurs fois avec Jean Grégoire, et je n'avais pas lieu d'y paraître surpris. La fraîcheur du sanctuaire néanmoins me redonna une vigueur que j'avais vu fondre sous le soleil, pendant mon attente. La lumière multicolore des vitraux troublait la vision comme à chaque fois qu'on entrait sous les voûtes. Mais, je pus vite me rendre compte, aux murmures de mille voix, que la ruche était aussi pleine de courtisans en habits que pour un couronnement. Je suivis l'officier, qui me conduisit d'un pas raide et sans se retourner jusqu'à une chaise de velours noir avec son prie-Dieu. Cette place m'était réservée. J'étais donc bien prévu dans les invités. Pas trop déconsidéré, puisque je me trouvais dans le chœur, ni trop en vue, puisque j'étais à plusieurs dizaines de rang du maître-autel.

Au centre et parfaitement surélevé pour que chacun puisse profiter du spectacle, on avait dressé le catafalque. Le cercueil était recouvert d'un drap de velours, sur lequel figuraient des armes que je ne connaissais pas. L'estrade était toute tendue de crêpe noire, et il y avait au moins cinq larges volées de marches. Des cierges gros comme des bras brûlaient aux quatre coins, et à chaque marche, donnant à l'ensemble une impression de bûcher. L'encens montait tout autour pour parfaire le tableau. Derrière moi, les orgues jouaient, sans se soucier d'un chœur d'enfants qui s'obstinait, au fond d'une chapelle, dans un combat perdu d'avance contre les souffleries déchaînées. Il y avait là autant de décorum, autant d'impatience et aussi peu de concentration que j'en avais noté à l'Académie royale de musique.

On s'était beaucoup retourné sur mon passage, car nombre des personnes qui m'avaient visité, et la plupart en secret, m'avaient reconnu. Mais, ils semblaient surpris par mon intrusion, jugeant que pour m'avoir confié leurs plus secrètes misères, ils s'étaient ainsi abaissés devant moi. Il était alors odieux de me voir convié dans l'intimité de leur noble cercle. Lorsque j'arrivai à ma place, les murmures se turent quelques instants et on se retourna encore. Je pouvais mettre une maladie sur la plupart des visages et l'identification s'arrêtait là, car mes visiteurs tenaient le plus souvent à garder l'anonymat. Je ne montrai aucun signe de reconnaissance ni de connivence pour ne blesser personne. Je m'assis à ma place, en bout de rang, juste à côté d'un énorme pilier. À ma droite, une femme était agenouillée. À la place suivante, une vieille comtesse agitait furieusement un éventail et me jetait des regards excités. Je la saluai simplement d'un hochement de tête, car je savais qu'elle était venue me consulter. C'était une courtisane frivole, venue par curiosité pour alimenter sa gazette. Et ce devait bien être dans toute cette foule, la seule qui osât me témoigner autre chose que du mépris ou de l'ignorance. La nervosité de son éventail était extrême, cachant la moitié d'un visage outrageusement fardé et grêlé de mouches assez nombreuses pour dépasser largement le stade du grotesque.

Les orgues s'étaient tus, ça chantait encore. Les évêques et les prêtres arrivaient derrière nous, un long cortège de vieillards, d'abord, que suivaient quelques moines blancs plus jeunes, suivis enfin par de jeunes garçons chargés de cierges, crucifix et autres ornements : autant d'accessoires nécessaires pour assurer à celui qu'on honorait un salut rapide et sans doute mérité. Au moins à en juger par les moyens employés.

Ma voisine se releva de son prie-Dieu et s'assit. Son visage rayonnait d'un sourire que j'aurais pu qualifier d'angélique, s'il avait été destiné au ciel et non directement à moi. Gersende souriait en regardant le cercueil, au sommet de la pyramide de flammes, et le bel arc que dessinaient ses lèvres n'était que l'expression du triomphe. De m'avoir ainsi amené là, de la plus simple des manières, la transportait. La lumière dorée des vitraux lui donnait un teint de vierge guerrière, à laquelle personne ne saurait résister. Elle ne me regardait pas, elle n'en avait nul besoin. Car elle semblait jouir de mon regard posé sur elle, aussi sûrement que les mouches qui agaçaient l'assemblée, effrayées par les fumées acides des encensoirs. Y fallait-il y voir l'expression sournoise du malin, qui, outrepassant les archanges du portique, avait réussi à infiltrer le lieu saint. Par quel fourbe stratagème me trouvais-je assis à côté de Gersende ? Il n'y avait pas à réfléchir, car elle n'avait pas l'air surprise et gardait une attitude sage, comme si elle avait voulu se faire pardonner ce petit caprice.

J'imaginais que ce genre d'office devait durer des heures. Je compris alors qu'il n'y avait personne d'autre que Gersende à savoir que j'étais là, puisque de toute évidence, c'était elle qui m'avait convié. Le bataillon de prêtres, de moines et d'enfants de chœur avait fini de s'installer. La perspective de rester tout ce temps assis près d'elle, parce qu'elle l'avait décidé, ne me convenait pas. Il ne s'agissait pas de crainte, certainement, mais bien d'agacement. Celui de me savoir manipulé comme un pion. Mais j'avais l'impression que Gersende avait perdu de son arrogance et cet adoucissement étrange excitait ma prudence. Je me levai avec la foule et partis. La chaleur me surprit en sortant de la cathédrale. Ma perruque collait au-dessus de mes cheveux, mais je la gardai. Je rentrai à pied à la boutique.

Toujours les mêmes réflexions m'accompagnèrent jusqu'au quai de Conti, où j'arrivai finalement, très en colère. Cette opération égoïste de la jeune comtesse n'avait servi à rien, sinon à satisfaire la frivolité de sa mère et à assurer le pouvoir qu'elle avait sur moi. J'avais perdu un après-midi complet de rendez-vous, ce qui n'était pas une lourde perte sur le plan économique. Mais il était toujours délicat de décommander, à la dernière minute, la race de clients qui se pressaient chez moi. J'avais tort de m'inquiéter, au fond, car, pour la plupart de ces notables, mon pouvoir était en quelque sorte supérieur au leur. Mes délais de consultation étaient tels que la plupart d'entre eux quémandaient souvent un aménagement et se trouvaient du coup mes débiteurs. Ce jeu de relations m'aidait et préservait ainsi une part du mystère sur ma personne et ma boutique. Les bruits les plus extravagants circulaient sur mes activités : on parlait d'alchimie, de liens avec des sociétés secrètes, de découvertes extraordinaires et de remèdes secrets. Au fond, les rumeurs ne se trompaient que sur le point de mes accointances : j'étais toujours resté solitaire et, ne désirant me lier avec personne, j'avais refusé toutes les invitations à rejoindre certaines congrégations en vogue.

Arrivé furieux à la boutique, je jetai ma perruque sur mon bureau. Car, la frustration d'avoir subi les caprices de Gersende avait pris le dessus de mes sentiments, et je m'en voulais surtout d'être à ce point vulnérable. Son sourire et son charme me poussaient tout doucement, avec une force mesurée, vers je ne savais quel but. J'aurais aimé pouvoir sonder cette âme, qu'au fond je ne connaissais que très peu. Nous avions passé quelques jours ensemble à Combourg, jouant comme des enfants. Je savais qu'elle s'était moquée de moi, alors, comme elle continuait à le faire. Et même si je sentais mes propres résolutions prêtes à s'effondrer, il n'y avait aucune raison pour que son arrogance se soit émoussée, rien que par l'action du temps.

Je décidai de profiter de mon après-midi pour m'enfermer dans le laboratoire secret, afin d'étudier de nouvelles recettes. Je formais l'idée, à cette époque, de mon propre remède secret : une pommade qui permettrait de supprimer complètement les douleurs avant l'extraction des dents. Loin de tous, dans le laboratoire, je comptais retrouver ma sérénité dans la concentration. Je prévoyais de m'excuser auprès de Marie, le soir même, et peut-être d'aller plus loin pour sonder son cœur. Je quittai ma veste pour en passer une plus confortable et plus propice à mes expériences.

Telles étaient mes dispositions lorsqu'on frappa à la porte. Je n'attendais personne, mon assistant avait son après-midi. On frappait sans doute au hasard ; si je ne répondais pas, on se lasserait rapidement. On frappa à nouveau, des coups nets, marqués, dont j'aurais dû tout de suite deviner l'origine.

— Jean, ouvre s'il te plaît ! Je sais que tu es là.

Gersende m'avait suivi. Puisque j'avais fui son rendez-vous macabre, elle me pourchassait jusque sur mon territoire, ce qui au fond ne me déplut qu'à moitié. J'étais chez moi, j'étais armé des meilleures résolutions, de ma rancœur, mais fragilisé de mes interrogations : il fallait en avoir le cœur net. Si Gersende avait décidé de jouer avec moi, mieux valait lui faire abattre son jeu. Elle frappa une troisième fois, très fort. J'imaginai un coup de botte.

— Jean, ça ne sert à rien de m'éviter.

En arrivant, je n'avais pas pris la peine de verrouiller la porte d'entrée. Mais Gersende, finalement plus modérée que ce que l'on aurait pu imaginer, n'avait pas essayé de l'ouvrir. J'enfilai l'habit de consultation et me coiffai d'un certain bonnet que je mettais parfois, pour me moquer des gens de la Faculté. Je rangeai perruque et costume derrière le paravent et m'assis derrière ma table avec l'air le plus docte et le plus aride, celui que je maîtrisais parfaitement pour impressionner ceux qui me visitaient pour la première fois. Pendant les quelques instants de ces préparatifs, Gersende continuait de s'énerver derrière la porte.

— Entrez !

La porte s'ouvrit. Dans la pénombre de la cathédrale, je n'avais pu la détailler. De plus, comme elle était assise à côté de moi, je n'avais pas voulu lui donner la satisfaction de ma curiosité en me tournant ostensiblement vers elle. Elle portait un costume étrange. Car, s'y mélangeaient quelques signes distinctifs, mais discrets du deuil, l'ambiguïté sexuelle, dans un ajustement parfait sur un corps en démonstration. C'était la forme d'un habit d'homme : une veste de soie noire aux parements d'un bleu profond, qui débordaient au col et aux emmanchures. Mais, pour satisfaire à la décence, on en avait allongé les pans jusqu'aux genoux. On ne voyait ainsi que quelques pouces de bas blancs, avant que ses jambes disparaissent dans de hautes bottes cavalières. Une sorte de petit col rigide enserrait le cou, pour offrir la pâleur de la peau en contraste au noir et au bleu de la fine dentelle. Gersende portait des gants du même bleu. Sa chevelure ramenée par un simple ruban noir cascadait sur une de ses épaules. Ses yeux brillaient comme la plus impénétrable des tourmalines. Elle tenait un tricorne d'homme à la main.

Elle entra, referma la porte derrière et détailla la pièce quelques instants. Puis, son regard revint sur moi. Elle ne souriait plus et se taisait. Je m'étonnai de cet élan de modestie et de sa feinte fragilité.

— Qu'est-ce que vous voulez à la fin ? Vous vouliez me revoir ? Ce n'était pas assez de me tendre ce piège grossier chez le Lieutenant-général ?

Je ne lui avais pas proposé de s'asseoir. Elle restait debout, à l'autre bout de la pièce, relativement loin de moi. Dans ce souci résolu de ne prendre aucun risque en la laissant approcher, je voulais la maintenir ainsi.

— Pourquoi es-tu parti, tout à l'heure ?

— Je n'avais aucune raison de rester, puisque c'est vous qui m'aviez fait venir.

— Je voulais te voir.

— Cela ne vous a pas suffi une fois ? Que ne retournez-vous dans votre château ?

— Je suis à Paris, à la demande de ma mère.

— Et quoi ? Vous avez donc changé d'opinion sur la cour et les courtisanes ! Lorsque je vous ai connue, vous ne vouliez pas entendre parler de toutes ces frivolités. Vous vous ennuyiez tant que cela dans votre forteresse ? Pas de jeune roturier à torturer avec vos charmes ?

Elle avança d'un pas vers moi, doucement, comme pour apprivoiser une bête sauvage.

— Jean, ne sois pas aussi dur. Je l'avoue, je…

— Oui ?

— Je voulais te revoir.

— Pourquoi ?

— Je t'avais oublié. Ma mère qui m'écrit souvent m'a raconté sa consultation chez toi. Et lorsque j'ai compris que c'était de toi dont elle parlait, j'ai ressenti une telle émotion.

— Tiens ! Vous ressentez des émotions ?

Elle avança d'encore un pas. Elle était proche des sièges que j'offrais habituellement à mes clients. Elle posa une main sur un des dossiers, y cherchant un soutien. Son ton était doux, et elle accusait chacune de mes attaques avec résignation, alors que son rang la plaçait théoriquement au-dessus de ma condition. J'étais et je resterais définitivement un vil roturier. Elle grimaça à ma dernière question, comme si je l'avais blessée mieux qu'avec la pointe d'une épée. Je poursuivis.

— La dernière fois que je vous ai vue, vous étiez à ma poursuite. Vous avez malmené les gens qui m'avaient accueilli, et je ne sais pas ce que vous auriez fait de moi si vous m'aviez attrapé, ce jour-là.

— Je ne sais pas non plus. C'était la tristesse, le chagrin. Dans ces moments-là, on ne pense pas comme d'habitude.

— Drôle de façon de vous justifier. La tristesse n'a jamais légitimé l'épée. Et puis, il y a quelque chose aussi que je vous reproche.

— Je me suis montrée trop hautaine ?

— Pas seulement. Vous vous souvenez sans doute de cette jeune novice qui avait suscité chez moi une certaine affection ?

Gersende grimaça. Et cette fois, je reconnus sur son visage des traits que je connaissais bien, proches de la haine. La même que celle d'autrefois, à Combourg. Je repensai à Balbine et à la lettre que Gersende m'avait conseillé d'écrire. Et pour y avoir songé plus d'une fois, depuis mon départ de Saint-Malo, je ne pouvais douter qu'elle savait, en me poussant à cette audace, qu'elle m'éloignerait de Balbine de la plus sûre des façons. La supérieure m'avait détaillé ses réactions et je savais que j'avais moi-même précipité sa fuite. Gersende était l'artisane de cet échec. Et c'était une raison bien suffisante pour ne rien lui pardonner, même après toutes ces années. Balbine devait sans doute être morte de fièvre, aujourd'hui. Une aussi faible constitution que la sienne n'avait pu y survivre. Et c'était moi, conseillé par Gersende, qui l'avait poussée là-bas, l'effrayant par des aveux vulgaires au lieu de l'aborder avec douceur.

Je retrouvai l'émotion de nos regards lorsque j'avais été chassé de *La Maison de la Providence*. Elle n'avait rien perdu de son acuité et ne laissait aucun doute sur la correspondance que Dieu avait mis entre nos deux personnes. J'avais toujours gardé la certitude que mes sentiments auraient trouvé une réponse chez Balbine. Et Gersende s'amusait, sans doute aujourd'hui encore, de cette ferveur, comme elle l'avait fait autrefois. Mais elle ne répondit pas. Mon coup avait porté : un premier accroc à cette nouvelle cuirasse, qu'elle avait mis tant de temps à me présenter.

— Vous vous souvenez de cette lettre que vous m'avez fait écrire ? Vous n'en avez peut-être pas su les conséquences ?

— Elle a suivi sa voie en entrant au Carmel. Rien ne prouve qu'elle l'ait fait à cause de cette lettre. Tu ne t'es jamais imaginé que si elle était là-bas, c'était pour suivre sa vocation ? Es-tu toujours aussi naïf, Jean ?

— Je ne savais pas qu'il y avait un couvent de carmélites en Guyane ?

Gersende ne parut pas étonnée de ma question et sourit simplement.

— Elle n'a pas eu besoin d'aller aussi loin. D'après mes souvenirs, c'est dans un couvent de Ploërmel qu'elle est allée.

Il n'en fallait pas plus. Après avoir excité ma colère, cette révélation involontaire venait de me mettre le feu sous le ventre. Là où, depuis tant d'années, je n'avais gardé aucun espoir, une étincelle venait de réveiller l'étoupe. Se pouvait-il que la supérieure m'ait menti, alors, juste pour m'écarter du chemin de Balbine ? Je ne me posai, à cet instant, pas davantage de questions. Que Balbine ait fini par prononcer ses vœux pour entrer au couvent était après tout dans la suite des choses. Je ne savais rien d'elle. L'avait-elle fait par vocation ? Parce qu'on l'y avait forcée ? Par dépit ? Par peur ? Cela m'importait peu. La barrière de l'océan se levait soudain et j'eus la certitude que Balbine était effectivement quelque part dans ce couvent du fond de la Bretagne. Et puisqu'elle était restée dans le royaume, c'était pour une unique raison : parce que je devais la retrouver. Malgré toutes ces années, les germes d'un sentiment qui ne demandait qu'à s'épanouir étaient restés intacts, prêts à fleurir dès qu'on leur en donnerait l'occasion. Et par la force terrible de cette évocation, je ne pus douter de cette destinée commune qui nous rattrapait, par l'entremise de Gersende. Je ne laissais pas à la jeune femme l'avantage de ma méprise.

— Bien sûr, Ploërmel…

— Tu ne peux pas juger, elle est à Dieu maintenant et nous voilà l'un et l'autre face à face.

— Mais que voulez-vous au fond, Mademoiselle de Coëtquen ?

— Ne sois pas si distant, Jean. Tu ne sais pas ce que je ressens.

— Et après tout, qu'en savez-vous ? Que savez-vous de plus que ce que vous n'avez pas cherché à savoir il y a treize ans ? À l'époque, je ne comptais sans doute pas plus qu'un valet. J'étais un jouet pour vous : quel souvenir avez-vous gardé de moi, pour avoir l'air si empressé, soudain ? Quel souvenir pensez-vous m'avoir laissé pour venir ainsi, après tant d'années, m'imposer votre présence ? Suis-je donc plus fréquentable de par ma réussite ? Est-ce là ce qui vous anime ? Êtes-vous comme votre mère, au fond, et n'est-ce que la frivolité qui vous meut ?

Gersende restait immobile.

— Peut-être me pardonnerez-vous un jour ?

Je n'avais qu'une idée en tête, à cet instant. Retrouver Balbine ! Dus-je faire fouiller tous les couvents de l'ouest et d'ailleurs. Envoyer des espions pour la retrouver, n'importe où, puis agir ensuite. J'en avais les moyens. Et pour réfléchir enfin, il me fallait donner congé à Gersende.

— À quoi bon ? Vous vouliez me confondre, ce fut fait chez le Lieutenant-général. Vous vouliez me revoir et c'est aujourd'hui chose faite. Aurais-je enfin satisfait à tous vos capricieux désirs ?

— Ce n'est ni par caprice, Jean, ni par orgueil. Si tu savais ! Un jour, tu me laisseras t'expliquer.

— Nous verrons cela.

J'avais enfin recouvré toute mon assurance devant cette femme que je craignais la veille encore.

— Je pourrais te revoir, te seconder dans tes travaux peut-être. T'aider, que sais-je ?

— Je verrai cela. Vous voudrez bien me laisser, maintenant. J'attends des visiteurs.

Trop troublée pour m'opposer quoi que ce soit, elle m'adressa un humble sourire et balaya l'air devant elle, de son chapeau, dans une sorte de révérence.

— Je reste ton serviteur.

— Merci Gersende.

— Peut-être un jour deviendrons-nous amis ?

— Je pensais que nous l'étions à Combourg, c'était alors. Maintenant, il est sans doute trop tard.

— Rien n'est écrit.

— Et c'est heureux, sans quoi, pourquoi vivrions-nous ?

— Tu as raison.

Gersende partit sans me tourner le dos, tentant d'imprimer définitivement dans mon souvenir l'éclat de son sourire que j'avais tant admiré autrefois et qui me paraissait soudain d'une vanité extrême. La porte fermée, je restai assis de longues minutes, essayant de rassembler mes idées, revenant à mes premiers émois. En quelques mois, ma tendresse avait volé d'une femme à une autre, pour finir par arriver sur celle que je n'aurais jamais dû quitter. La force du souvenir et l'obsession étaient telles, que malgré les ans, je ne gardais aucun doute sur ce qu'il me restait à faire. J'avais déjà oublié Gersende, ne me préoccupant en rien des motivations qui l'avaient conduite à me revoir. Je devais agir sans son aide, cette fois. Car, pour la mise en œuvre d'un plan dont je n'entrevoyais que l'ébauche, j'avais besoin de soutien, mais nullement de conseils. La stratégie était mienne, il me fallait des soldats.

XIII

ÉPISTOLAIRES

Je ne sais par où commencer cette lettre, qui peut-être vous importunera, mais ne manquera pas de vous surprendre.

Oubliez d'abord celle que vous reçûtes en l'année 1727, écrite sous de mauvaises influences, mâtinées d'une fougue irrespectueuse, que ma jeunesse d'alors aurait de la peine à excuser aujourd'hui. Si cette lettre vous trouve, c'est que le destin, la destinée, dans ce qu'elle a de plus inexplicable, a voulu qu'elle arrive jusqu'à vous, malgré le temps, la distance et d'autres circonstances que nous aurons, j'espère le loisir de détailler un jour ensemble. Mais, je parle déjà de manière présomptueuse et j'en reviens à un ton plus posé, vous exposant simplement ma position d'aujourd'hui. Je doute que vous ayez oublié un geste généreux que vous eûtes à mon égard un matin, lorsque je me trouvai chassé de La Maison de la Providence où nous étions tous les deux pensionnaires. Chassé par la mère supérieure et dans une situation terrible, car je venais d'apprendre la mort de mon père, vous avez voulu ce jour-là, bravant sans doute certaines interdictions, me témoigner simplement votre compassion en m'offrant un morceau de pain. Le saviez-vous alors ? C'était bien plus qu'une simple nourriture que vous me donniez là. Avec votre générosité et votre sourire, vous aviez simplement transmis l'amour divin, la seule expression que je n'avais jamais ressentis jusque-là, dans cette maison qui lui était pourtant dédiée.

Il n'y avait pas à se tromper, alors, sur ce que vos mains portaient vers moi, rayonnant du cœur du Christ avec une simplicité humble, comme l'enseignement de notre Seigneur. J'ai gardé longtemps votre présent, comme sa chaleur, au fond de mon cœur, épargnant jusqu'à la dernière miette de ce pain consacré, et gardant toujours l'assurance de ce partage et d'une générosité que je ne devais jamais oublier.

Je ne peux pas croire non plus, ne pas avoir reconnu votre regard, par-dessus celui de la foule déchaînée, lorsque quelques années plus tard, le destin nous remit en présence. C'était aux portes de Saint-Malo, j'étais un saltimbanque maquillé sur ses tréteaux et j'ai perçu dans vos yeux la marque indéniable d'une reconnaissance. Mais les événements, nous déjouant une nouvelle fois après nous avoir mis en présence, nous séparèrent encore, et bien plus définitivement. Et si j'avais eu auparavant le moindre doute d'une correspondance de nos cœurs, je n'eus plus à cet instant qu'une pensée : c'était d'en partager le fruit avec vous.

Oubliez, je vous prie, une lettre impulsive que vous avez dû recevoir comme on reçoit un coup, un coup auquel on n'est pas préparé, un coup si vil qu'on cherche parfois des solutions radicales, comme un pansement sur une plaie. Animé d'une audace imbécile, je me présentai alors aux portes de La Maison de la Providence, espérant vous y voir, vous parler, et, qui sait, vous convaincre. On m'informa alors que vous étiez partie, et j'en étais la cause. Une âme mauvaise, animée et maligne m'affirma alors que vous aviez choisi de partir par delà les mers, avec une mission d'évangélisation. Car pour oublier l'affront dont j'étais l'agent, vous aviez choisi la plus ardue et la plus pénible des carrières, affrontant la barbarie, la maladie, dans un voyage dont si peu reviennent, parmi les rares qui ont la chance d'aller jusqu'au bout.

En écrivant ces mots, je me sens coupable, aujourd'hui, de n'avoir pas alors fait fi d'aussi insignifiants obstacles. Et ce n'est que bien tard que je m'en rends compte. J'ai appris hier qu'il n'était rien de votre départ pour la Guyane. J'ai appris hier que vous étiez restée sur notre chère terre française, et qu'avec un peu plus d'opiniâtreté, j'aurais pu vous y chercher depuis déjà bien longtemps. Car vous aviez épousé une cause moins dangereuse.

Je ne sais rien de vous, vous ne savez rien de moi. Mais dans un simple échange de deux regards, j'ai eu la certitude de tout comprendre, de tout sentir, d'un coup, comme un éclair. La Foi ne peut pas être plus lumineuse. Et parce que toutes ces choses que j'ai ressenties alors étaient d'une nature presque surnaturelle, je ne pouvais manquer de vous les témoigner, puisque j'en ai aujourd'hui l'opportunité. Je n'ai pas d'autre prétention que d'imaginer que, si ces mots ont la grâce d'exprimer quelques sentiments qui répondent aux vôtres, vous les recevrez et ce sera là ma première satisfaction. Si par ma maladresse, je vous ai poussée dans certains retranchements, c'était bien involontairement et je ne voudrais pas aujourd'hui provoquer une nouvelle chute. Si je suis prétentieux et que votre départ pour le Carmel n'avait d'autre support que votre vocation, alors oubliez ces mots, je vous prie. Ils se passeront de réponse.

Et si par bonheur, vous trouviez quelque écho dans cette lettre, l'homme qui vous l'a apportée se chargera de me transmettre une éventuelle réponse. Le temps n'est plus une épreuve si je vous ai retrouvée, mais dites-moi si c'est une vérité. S'il n'en est rien, ne dites rien et priez simplement pour mon pardon.

Je reste, malgré les ans et par delà l'oubli, votre dévoué.
Jean Passadieu.
Paris, le vingtième jour de septembre, de l'an de grâce 1740.

Balbine replia la lettre lentement. Elle était seule, assise dans le jardin du cloître. Le vent balayait quelques feuilles et froissait le papier entre ses mains. Il aurait suffi de les ouvrir pour laisser une nouvelle fois le destin s'envoler, simplement. Car, ce qu'elle avait attendu si longtemps, et qui venait peut-être trop tard, se trouvait enfin à sa portée, sans qu'elle s'expliquât vraiment comment les choses avaient fini par se dénouer.

Un homme était venu la veille s'enquérir de sa présence au couvent. La supérieure l'avait reçu et n'avait trouvé aucun obstacle à transmettre un simple courrier, espérant que peut-être, après tant d'années, une voix de l'extérieur rendrait la sienne à sœur Balbine. L'homme avait assuré qu'il resterait dans une auberge toute proche, en attente d'une réponse, s'il y en avait une.

En recevant la lettre, elle avait tout d'abord imaginé qu'on l'informait de quelque nouvelle familiale. Mais sa mère, qui était restée la dernière à lui donner des nouvelles, ne lui avait plus écrit depuis plusieurs années, faute de réponses de la part de sa fille. Un événement particulier était sans doute à redouter, pour qu'on vienne la chercher si loin et après un si long silence : un décès certainement. Mais cette perspective ne l'avait pas alarmée, car enfermée depuis si longtemps dans une résignation qui confinait à la sagesse, Balbine ne se sentait plus aucune attache, ni pour les choses ni pour les hommes. Elle n'avait pas plus de convictions spirituelles, et, comme un arbre qu'on aurait planté seul au milieu d'un pré, elle s'était contentée, jusque-là, de vivre au son des vicissitudes de ses coreligionnaires, comme autant d'herbes folles.

Et comme cet arbre solitaire, elle ne captait d'autres sensations que celles du vent qui glissait entre ses branches, de la lumière d'un ciel à travers le feuillage, ou du bruissement d'une pluie chaude qui réveillait parfois des émotions oubliées. Seule la nature lui donnait encore quelques satisfactions par sa neutralité, sa bienveillance et les trésors qu'elle offrait gratuitement à qui la respectait et savait l'écouter. Hors le couvent, il n'y avait plus rien pour elle qui méritât la moindre attention. Et, même si cette lettre, qui la dérangeait plutôt, venait la surprendre, elle pensait avant de l'ouvrir qu'elle n'y trouverait rien d'autre qu'une simple information, incapable de percer l'armure pour lui arracher une émotion. Un proche était-il mort ? C'était une âme de moins à souffrir sur terre, qu'est-ce que ça pouvait lui faire ? Elle avait longuement regardé la lettre, hésitant et ne cherchant même pas la ressource de la curiosité.

L'écriture était ferme, nette, appliquée, comme si on avait voulu imprimer dans la forme même des mots toute la concentration de celui qui les avait écrits. Balbine avait lu quelques lignes, puis elle avait dû s'arrêter. Des larmes qu'elle n'avait pas senties depuis le fond d'une autre vie étaient venues encombrer le bord de ses paupières, l'empêchant de continuer. Mais, s'il n'y avait eu que cela. De la même façon qu'elle avait reçu le choc en apprenant qu'elle serait définitivement cloîtrée, elle recevait, des années plus tard, ce nouveau coup de plein fouet. Son corps trembla. Le tremblement montait du centre même de sa chair, comme si tout son corps avait voulu se rappeler à elle brutalement et lui montrer qu'il avait continué d'exister dans l'attente de ce moment-là. Balbine hoqueta et, craignant de perdre au moins connaissance, sinon la vie, elle s'adossa contre la pierre qui la soutint. Elle était seule, heureusement, car elle n'aurait supporté d'aide de personne, se devant d'assumer seule ce que le sort lui envoyait. Des sensations, des souvenirs, des odeurs et des espoirs aussi revenaient ensemble, déliés par une fatalité qui relâchait son emprise sans prévenir. C'était inattendu, dire que c'était inespéré serait faux, car Balbine n'attendait plus rien, ni de la vie ni du ciel et encore moins des hommes.

L'image de Jean revint pourtant, aussi précise, aussi vibrante que si elle l'avait vu le matin même, comme s'il avait passé la porte pour revenir lui sourire encore. Ce n'était qu'un garçon qu'elle avait vu partir de *La Maison de la Providence* alors qu'elle n'était encore qu'une jeune fille. Et de toutes ces sensations qui l'assaillaient, la pire était peut-être cette impression d'une existence qui avait filé sans elle, la laissant vieille fille, sans avoir été femme. La frustration l'emportait sur la tristesse. Comme il n'y avait personne à qui le reprocher, elle pleura encore de longues minutes dans le vide. Elle ne pensa même pas à la supérieure de *La Maison de la Providence*, qui était l'agent principal de son malheur. Elle ne pensa pas à ses parents ni à sa sœur, qui avait eu plus de chance, car on lui avait épargné le voile. Ce monde-là avait disparu et il n'était plus l'heure d'espérer une revanche sur des cendres.

Balbine se décida enfin à poursuivre la lettre, buvant chaque mot comme après une longue soif, en savourant la valeur de chaque goutte, de chaque mot. Elle lut lentement, ralentissant les mots pour apaiser son cœur qui frappait, prêt à sortir, à témoigner enfin qu'elle n'était pas morte. Au-dedans, l'hiver finissait, la glace craquait, révélant au monde des couleurs qu'elle ne lui connaissait plus. Au-dehors, l'automne se parait de chaleurs oubliées. Lorsqu'elle eut fini, Balbine laissa venir la nuit comme pour l'apprivoiser. Car, par ce nouveau pas qu'on lui proposait et cette main tendue d'outre-tombe, elle risquait peut-être de tomber encore plus bas. Un nouveau palier d'abandon serait sans doute fatal à sa raison, car il s'en était fallu de presque rien pour qu'elle sombrât définitivement, à son arrivée à Ploërmel. Cette force, qu'elle devait à son abandon, relevait davantage de l'inertie. Mais, ce nouvel ébranlement semblait avoir mis en route des mécanismes irrésistibles. Restait à savoir s'il était encore possible de garder une main sur le destin.

Elle repensa alors aux cahiers de Marguerite Phelippeaux. Elle n'avait jamais cru que cet héritage était arrivé entre ses mains par hasard. Elle avait oublié, avec le temps, les pages humides et le cuir étrange qui reliait ses mémoires. Balbine ne s'était jamais considérée autrement que comme un dépositaire, un exécuteur testamentaire, dont le rôle se dessinerait un jour. Toutes ces prémonitions s'éclairaient soudain, à la lecture de cette lettre. La fortune revenait la cueillir à la pointe de l'oubli, malgré des méandres qu'elle ne lui reprochait plus.

On vint chercher Balbine à la nuit, car ne la trouvant pas aux vêpres, on s'inquiéta naturellement. Elle sursauta quand la main d'une des sœurs vint se poser sur son bras, dans l'obscurité. Elle faillit crier, mais se raidit simplement. L'autre la trouva glacée, la pressa de rentrer et de gagner directement le réfectoire où elle pourrait se réchauffer. Une fois encore, sa supposée fragilité la plaçait dans un giron où on lui épargnait tout ce qui risquerait de l'affaiblir. Balbine résista, secouant la tête pour dire non, voulant se rendre aux vêpres comme les autres. Une des feuilles de la lettre s'échappa et les deux nonnes eurent grand mal à la retrouver dans l'obscurité. Après avoir volé au-dessus de leurs têtes avec nargue, elle finit par se plaquer contre une fenêtre, où Balbine la rattrapa d'une main avide. Elle ressentit là toute la force qu'elle mettait dans cette perspective nouvelle.

Elle se rendit à la chapelle et tenta de prier à côté des autres. L'habitude de la contemplation interminable lui avait appris à détailler chaque pierre des piliers, chaque détail des cadres des tableaux, chaque défaut des vitraux. Comme si, de la fidélité de ses souvenirs dépendait son sauf-conduit pour l'hypothétique paradis. Dieu était aussi muet qu'elle et elle n'avait donc aucune peine à se donner pour le solliciter, comme le faisaient bravement ses compagnes. Elle connaissait par cœur l'endroit et se forçait à réciter dans l'ordre les couleurs et les formes du vitrail de tel saint, pendant qu'on entonnait un énième pater. C'était son habitude, moins un jeu qu'une volonté d'absence. Mais ce soir-là, lorsqu'elle se retrouva seule, agenouillée sur son prie-Dieu, il en fut autrement.

Elle ne reconnaissait plus la chapelle que son regard patient avait pourtant détaillée pendant des heures, au cours de mois, de semaines et d'innombrables années. La lumière était différente, les ombres des candélabres portaient d'une tout autre façon les auréoles des saints endormis. Et, par un effet qui lui parut presque miraculeux, le Christ en croix qui planait au-dessus de l'autel ne regardait plus le sol, mais sa servante. Les cierges, qu'on allumait en alternance, par économie, n'avaient pourtant pas été déplacés. Il semblait simplement qu'un souffle nouveau avait redonné une autre dimension à l'endroit, ou que l'interprétation qu'en faisaient les yeux humides de Balbine avait changé. La jeune fille s'arrêta sur cette conclusion, persuadée que s'il n'y avait rien de véritablement altéré autour d'elle, c'était bien sa perception du monde qui était en train de s'entrouvrir doucement. L'air lui paraissait moins sec, les chants moins faux et la dévotion moins hypocrite. Une nouvelle naissance. Peut-être qu'en se laissant porter, elle parviendrait à trouver une forme d'apaisement, d'abord, et une idée de la réponse à donner à cette intrusion dans la forteresse qu'elle s'était bâtie.

Mon cher Jean,

Voilà plusieurs semaines que j'hésite à t'écrire. Mon cœur a changé, et tu ne devrais pas voir en moi celle que j'étais autrefois, mais celle que je suis devenue. Je crois au pouvoir des mots comme à celui de la parole donnée. Depuis que j'ai reçu de tes nouvelles, j'ai ressenti un tel bouleversement qu'il m'a été tout d'abord impossible de comprendre mes réactions. J'ai attendu patiemment que le calme revienne, que les troubles s'éclaircissent pour tenter d'organiser ma réflexion. Jamais je ne t'ai oublié, mais le temps est une chose si malicieuse, qu'il avait, malgré moi, masqué des sentiments que je ne voulais pas reconnaître, d'abord. Et puis, je t'ai perdu, je te savais loin, introuvable sans doute. Nous n'avions jamais rien échangé d'autre que des impressions, pas de sentiments. Tu étais trop jeune pour cela, et moi, sans doute pas assez sage. Lorsque j'ai quitté ta boutique l'autre jour…

Je froissai la feuille d'une main rageuse et la jetai dans le foyer de mon laboratoire. Ce n'était pas cette lettre-là que j'attendais. Gersende avait mis du temps à revenir et j'avais parfaitement compris dans quel état d'esprit. Il ne m'appartenait pas de juger si elle était sincère ou pas. Elle m'avait remis sur la trace de Balbine et c'était suffisant pour son malheur. Gersende n'avait plus pour moi qu'un intérêt très mesuré, d'autant qu'en se jouant de moi à deux reprises, elle avait excité mes ardeurs dans un sens qui ne lui était pas favorable. À la fin du mois de septembre, j'avais écrit une lettre à Balbine dont j'attendais tout. Si je n'avais pas écouté la dernière once qui me restait encore de raison, lorsque j'avais compris qu'elle était accessible, j'aurais sauté sur le premier cheval, que j'aurais éreinté jusqu'à Ploërmel. Mais, pour l'avoir déjà effrayée une fois, il n'était pas question de la perdre à nouveau.

Recevoir une lettre de Gersende, alors que j'en attendais une bien plus importante, excitait ma colère et ne trouvait à mes yeux aucun intérêt suffisant pour poursuivre sa lecture. C'était inutile ! Les sentiments que Gersende pouvait nourrir à mon endroit n'avaient qu'une valeur chimérique. Au mieux, elle m'avouait un amour indéfectible, ce qui serait surprenant de sa part. Ou plus raisonnablement, elle tendait à suggérer ce sentiment en m'amadouant avec d'autres frivolités plus faciles à accepter, telles que son amitié, au nom de la complicité que nous avions eue à Combourg. Je ne voulais rien croire de tout cela. Mon esprit était ailleurs. J'attendrais donc avec espoir et Gersende patienterait, sans savoir qu'il n'y en avait aucun pour elle.

Lorsque j'avais appris que Balbine n'avait jamais quitté le royaume, j'avais longtemps réfléchi, mais n'avais pu me résoudre à ignorer ce signe. Même si je devais subir *ad vitam* les malédictions du Ciel pour avoir tenté de détourner l'une de ses brebis, j'étais prêt à en assumer le risque. Car je n'étais pas capable de croire que l'on ait pu me remettre sur sa route, sans qu'il y ait derrière une quelconque volonté qui présidât à nos destins. C'était extrêmement prétentieux de ma part de penser cela. Mais pas davantage que lorsqu'à l'âge de seize ans, j'avais imaginé partir pour Saint-Malo l'enlever aux religieuses de *La Maison de la Providence*. Treize années plus tard, j'étais riche, j'avais une situation et pouvait me vanter d'une sorte d'influence par le biais des personnalités qui avaient recours à mes services. Après quelques nuits de réflexion, j'avais vu l'évidence : impossible de ne pas agir.

Pas question pour moi d'utiliser les services de La Poste royale, malgré mon impatience. Grégoire avait un cousin de confiance, à Vannes. Nous lui avions envoyé la lettre que j'avais écrite par messager privé. Il avait été chargé de retrouver la jeune religieuse et de lui remettre ensuite ma lettre. Il resterait ensuite à sa disposition, pour transmettre une éventuelle réponse dans les meilleurs délais. J'avais écrit fin septembre, et nous étions déjà début novembre. Il n'y avait pas à douter qu'à cette heure, ma lettre était arrivée à destination. Il était impossible ensuite d'évaluer les possibilités de réponse ni le délai que cela prendrait. J'imaginais le bouleversement pour cette âme pure, qui avait choisi de consacrer sa vie à Dieu, depuis maintenant plus de treize années. Une réponse me parvint enfin.

Monsieur,

Pardonnez le retard que j'ai pu prendre à vous répondre. Mais vous imaginez l'émotion d'une religieuse, qui n'a pas entendu d'autre voix que celle du Seigneur et de ses sœurs pendant si longtemps.

Oui, je me souviens, malgré les années. Et il aurait fallu au Ciel un peu plus de clémence pour m'épargner le chagrin qu'il me fait aujourd'hui, car en même temps que je vous retrouve, j'accuse la tristesse de toutes ces années perdues. Je crois que si j'avais su que ce temps ne se rattraperait jamais, je n'aurais pu survivre à une telle épreuve.

Puisque vous m'avez retrouvée, vous n'êtes pas sans savoir que j'appartiens à un Autre et qu'à moins de me damner pour toujours, je ne peux renier des vœux que j'ai prononcés avec sincérité. Vous me retrouvez, certes, en croyant m'avoir perdue. Vous retrouvez une femme qui a juré fidélité à un Autre et qui ne pourra jamais s'imaginer parjure. Et s'il est plus facile pour vous d'en faire le deuil, imaginez une veuve plutôt qu'une épouse, triste, sans éclat, dont la seule aspiration n'est plus de vivre, mais de rejoindre son Seigneur au plus tôt.

Il est bien trop tard pour espérer, trop tard pour croire encore que l'on peut imaginer ce qui est impossible, que l'on peut penser à ce qui est interdit. Vous ne m'avez jamais véritablement perdue. Il n'y a sans doute rien à regretter, puisque c'était écrit. Je prierai pour vous. Que votre âme et vos espoirs vous laissent en paix. La mienne sera sans doute si dure à retrouver. Mais je vous en aurais voulu de ne pas m'avoir donné cette lumière, même inaccessible, impensable.

Là où vous êtes, toutes les libertés sont permises, et la première sera de m'oublier. Puisque je vous écris de ma main qu'il n'y a plus rien à attendre de moi, je vous délie d'un espoir extravagant que vous avez ainsi porté au long de ces années.

N'en veuillez pas enfin à ma dureté. C'est la seule arme permise pour protéger ce qui me reste encore de volonté. Vivez! Que je ne sois pas près de vous n'a aucune importance, puisque vous en avez la dernière confirmation. Mon corps et mon esprit sont à Lui à tout jamais. Et rien ne pourra me délier de ce serment-là.

Ploërmel, le seizième jour d'octobre de l'an de grâce 1740.

Madame,

À une veuve, dites-vous? Vous sentez-vous plus veuve que femme, enfin? Si c'est le cas, vivez vous aussi! Seriez-vous morte que je vous écrirais encore pour vous convaincre d'un bonheur qui est à prendre ici bas. Écoutez votre cœur. Il m'a répondu. Et par cette réponse, déjà, il me donne un espoir. N'êtes-vous pas carmélite, et ce, depuis tant d'années? Ce courrier, cette réponse qu'enfin vous avez daigné m'envoyer, est déjà une trahison. Et si vous ne vous en êtes pas rendu compte en l'écrivant, c'est qu'il y avait là quelque chose de naturel, de plus fort que la raison, plus fort que des serments que vous avouez forcés.

Le parjure n'était-il pas de prononcer ces vœux pour répondre à des ordres ? Où était votre amour quand vous embrassiez Dieu, si vous l'avez fait sous la contrainte ? J'imagine un mauvais stratagème de la supérieure que nous avons connue tous les deux. Cette femme aride, qui n'avait d'autre luxe que la souffrance de ses ouailles. Non, je ne veux pas croire, si vous étiez toute à Dieu, toute entière, rien qu'à lui... Je ne veux pas croire, alors, que vous auriez pris votre plume, patiemment, pour trouver des prétextes à un refus qui vous répugne. Il suffisait d'un silence et tout était dit. Mais vous avez répondu. Un simple mot de vous et c'était une aubaine. Et même si le combat ne fait peut-être que commencer contre votre volonté et contre des idées, je vous armerai pour le gagner avec moi.

N'imaginez-vous pas pourquoi, après tant d'années de silence, d'absence et malgré une connaissance si faible de nos deux cœurs, une telle émotion nous submerge ? Car, je le sens dans vos mots et dans votre écriture, je sens vos mains qui tremblent en les écrivant, ces lignes censées nous éloigner, mais qui nous tiennent encore l'un à l'autre. Tant que vous répondrez, je répondrai aussi. Tant que nous écrirons, nous existerons. Je pourrais dénigrer un à un chacun de vos arguments, mais il n'est pas à moi de vous pousser au péché. Seul votre cœur sait où sa fidélité se place.

Avez-vous vraiment donné votre cœur ? Dieu vous parle-t-il dans son intimité, comme à chacune des autres religieuses de votre congrégation ? Si cela est, alors vous êtes à Lui. Mais alors, je ne peux imaginer, je le redis encore, que si cette complicité existait vraiment, si votre foi était si forte, inaltérable, vous m'auriez répondu. Peut-être même n'auriez-vous pas lu jusqu'au bout ma lettre, comme vous l'avez fait. Car je vous imagine, la retenant par cœur, la relisant encore, pour chercher entre les lignes les arguments définitifs qui pourraient vous sauver, vous déliant d'un faux serment qui n'engageait personne, dans les conditions où vous le prononçâtes. Mais je suis égoïste en parlant de la sorte, car la décision n'appartient qu'à vous. Et nous savons qu'au jour du Jugement, nos fautes nous seront comptées et il faudra chacun en assumer pleinement le poids. Je ne vous veux pas parjure, mais je peux vous promettre, si ce jour béni arrive, qu'il y aura alors d'autres serments qui n'appartiendront qu'à nous.

Vous étiez ma seule famille, et vous le saviez. Je n'ai pas pour mobile de vous apitoyer ni de forcer votre décision de quelque manière. Mais, d'une façon ou d'une autre, si vous concédiez à cette requête que je n'ose formuler, je déposerais à vos pieds mon amour et mes biens sans aucune distinction, en gage d'une fidélité que je n'ai jamais trahie au long de toutes ces années.

Vivez ! Car la vie honnête d'un homme ou d'une femme vaut sans doute toutes les vocations ratées. Il y a un bien plus long chemin devant nous que derrière. La douleur appartient au début de la route, le soleil nous éclaire.

Je suis à vous.

Jean

Le treizième jour de novembre 1740

Il y avait bien plus d'audace et d'extravagance dans cette lettre que dans celle que j'avais envoyée, autrefois, sous la dictée de Gersende, depuis le château de Combourg. Je la relus, sentant bien que c'était une folie. Un vocabulaire pour outrager, bousculer les hésitations. Mais c'était ce que mon cœur m'avait dicté. Il n'y avait rien à redire. Et je sentais vraiment que, parce qu'il y avait une réponse de sa part, il me fallait à mon tour développer une stratégie qui ne lui laissât que peu de liberté, un argumentaire pour la soulager des remords qui pourraient empêcher la moindre décision. Personne n'était au courant de cette seconde lettre, pas même Grégoire, qui m'avait quelque peu conseillé pour la première. Les délais du courrier, aggravés par l'hiver, qui n'améliorait pas l'état des routes et rendait les changements de chevaux difficiles aux relais, risquaient de me nuire. J'avais à nouveau hésité à me rendre moi-même sur place pour l'enlever. Mais je ne pouvais me résoudre à cette action chevaleresque, moins par peur de l'échec que par respect pour elle, lui laissant jusqu'au bout le choix de sa destinée.

Lorsque j'eus fini de lire la réponse de Balbine, j'écrivis ces mots comme mon cœur les dictait et rendis ma réponse au messager qui avait à peine pris le temps de se restaurer. Il ne restait plus qu'à attendre encore, et je savais que cette fois-là, Balbine répondrait tout de suite ou ne répondrait plus. J'étais seul ce jour-là dans la boutique, que je ne quittais presque plus, sinon pour voir Augustin, dont nous avions fêté le troisième anniversaire. Marie Courval ne disait rien, mais elle ressentait, par mon attitude, un éloignement qu'elle ne pouvait contrer. Et à mesure que montait en moi l'excitation ou l'impatience, ce qui se traduisait le plus souvent par des absences prolongées de l'appartement de la rue du four, je devinais un voile de tristesse sur son regard d'habitude si gai et lumineux. Un jour, elle avait dit : *seuls ceux qui m'aiment peuvent voir en moi.* Fallait-il que je l'aimasse, elle aussi, même un peu, même différemment ?

Cher Jean,
Votre audace est bien grande, pour décider à ma place. Je ne sais ce qui me pousse à vous répondre encore. J'aurais voulu ne pas le faire et vous libérer définitivement des pensées, même honorables, qui vous poussent vers moi. Votre âge porte sans doute votre audace vers des illusions bien compréhensibles. Et même si le mien n'est sans doute pas si éloigné du vôtre, j'ai vieilli d'un siècle en entrant au couvent. Une amère clairvoyance de la destinée humaine me guide aujourd'hui.

Il n'y a pas de destin qui puisse nous lier, même si j'aimerais vous dire l'inverse. Jamais ! Ce serait trop compliqué, et je ne pourrais vivre avec l'idée d'avoir trahi un vœu pour en prononcer un autre. Seule la mort pourra me libérer. Je vous répondrai toujours, car je sais que le silence est peut-être la plus grande des tortures, car on n'attend plus rien de la bouche des autres. Alors, je vous répondrai toujours, autant que vous m'écrirez, jusqu'à vous faire admettre tout le temps perdu, celui de votre jeunesse, bien plus précieuse que mon âge, qui n'a plus d'horizon.

Nos vies tendent vers un infini qui rend leur croisement impossible. Ou ce serait alors la pire des catastrophes. C'est un pressentiment sans doute, et pour n'en avoir jamais eu avant, que rarement, je ne peux douter que celui-ci ait un fondement.

Le vingt-sixième jour de novembre.

La santé de Balbine inquiétait la supérieure depuis plusieurs semaines, et elle avait clairement compris que cette altération correspondait au début de la correspondance, qu'elle avait tout d'abord cru bénéfique. Balbine ne s'alimentait pratiquement plus et se contentait de boire. On craignait une rechute. Elle était allée la voir dans sa cellule, lui avait parlé longuement, lui demandant si ces lettres échangées depuis le début de l'automne avaient une quelconque influence sur sa santé. Balbine écouta, hocha simplement la tête pour dire non. Il fallait prendre une décision, car à la voir échapper ainsi aux exigences de son organisme, le pire était à craindre et dans un délai très bref.

Elle décida donc que Balbine serait transférée dans un autre couvent, plus au sud, en bord de mer, face à l'océan, ce qui permettrait à son corps de reprendre le pas sur son esprit, à la faveur d'un air plus pur et plus lumineux. Elle en informa Balbine, alors que celle-ci venait de recevoir la troisième lettre de Jean. Celle-ci reprenait les mêmes thèmes, avec la même obstination et une abnégation qui ne laissait que peu d'espoir de le voir se résigner. Il restait humble et plaçait une confiance aveugle dans le dénouement de leur histoire. Balbine retourna prier. Depuis qu'elle avait reçu la première lettre de Jean, elle avait repris l'habitude de porter contre elle les cahiers de Marguerite, à même la peau de son ventre, noués par un morceau de drap.

Dieu ne lui parla pas davantage. Elle Le mit au défi de lui donner un signe de Son affection. Car depuis qu'elle était à Lui, il n'en avait jamais manifesté, comme on se doit de le faire à une jeune épousée. Au fond, commençait à penser Balbine, puisque ce mariage n'a pas été consommé d'une certaine façon, est-il caduc? De tous les signes qu'elle put attendre, Il ne lui en donna aucun, comme si toutes les conjonctions tendaient vers des conclusions, certes différentes, mais aux conséquences identiques. Dieu était-il muet, comme elle? Était-il sourd? Ne l'aimait-il pas? Était-il mort? Et Balbine Lui annonça finalement que s'il ne se passait rien de tangible dans ce qui lui restait de Foi, elle lui rendrait l'alliance qu'elle portait depuis ses vœux. Il ne se passa rien les jours suivants. Balbine prit alors une décision terrible. La convalescence que lui proposait la supérieure équivalait à un exil, qui risquerait de rompre le lien qui la reliait à Jean.

C'était tranché : Balbine quitterait Ploërmel entre Noël et la nouvelle année. Et puisqu'on décidait une nouvelle fois de son destin à sa place, elle trouva enfin le prétexte à sa liberté.

Mon cher Jean,

Il y a dans votre sollicitude des accents qui me touchent. Et il y a d'autres raisons qui me poussent à vous écouter, malgré tout ce que je vous ai écrit jusqu'à présent. Je n'ai malheureusement pas de perspectives sur ce qui nous reste à vivre, mais j'ai pris une décision. Je n'ai pas à vous en exposer ici les motifs. La suite me donnera peut-être tort, mais comme pour vous, ma détermination est arrêtée.

Je partirai à la fin de l'année, la nativité passée, pour venir jusqu'à Paris vous rencontrer. Je détiens l'un des biens les plus précieux sans doute que vous puissiez espérer. Il m'appartient de vous le rendre, pour l'avoir trop longtemps tenu secret. Je ne sais ce qui résultera de cette rencontre, mais j'aurai donc le plaisir de vous revoir.

Ayant perdu depuis longtemps la notion des choses des hommes, je vous laisse le soin d'organiser mon voyage jusqu'à vous. Je me rendrai libre après Noël et confierai ma vie au messager que vous voudrez bien m'envoyer. Mais veuillez m'accorder une simple requête. Ne venez pas vous-même. Ce voyage sera pour moi le temps d'une ultime réflexion avant de vous retrouver. Il est indispensable, je pense, comme une retraite qui éclairera les derniers doutes qui me restent.

Je ne partirai pas dans ma nouvelle retraite avant la nouvelle année, il vous reste donc le temps peut-être d'organiser ce voyage. Le plus humble transport satisfera une religieuse, qui a abandonné depuis longtemps les vanités que sont luxe et confort.

Sœur Balbine.

Je reçus cette lettre au dix du mois de décembre et il était tout juste temps d'organiser le voyage. En la lisant, je n'avais aucun doute sur ce que Balbine avait à m'offrir et qu'elle réservait depuis si longtemps. Je n'imaginais pas qu'il puisse s'agir d'un autre registre que spirituel ou sentimental. Mon esprit s'en trouva donc doublement exalté et je me concentrai sur l'organisation de ce retour d'exil. Voilà donc comment allaient s'organiser les choses.

Madame,

Je loue votre bonté de venir vous-même me porter le présent dont vous me parlez. Je l'accueillerai avec pleine humilité et toute reconnaissance. Je respecte au mot votre choix de voyage et vous propose ainsi de confier votre vie à l'homme qui, depuis quelques semaines, nous sert de messager. Il viendra vous chercher au soir de la Noël, à l'heure et à l'endroit que vous lui indiquerez. C'est un homme loyal de mes amis, il vous confiera au courrier de Nantes, qui vous conduira jusqu'à moi. Je pourvoirai à votre confort dans la capitale.

Le temps me sera long avant de vous voir, mais je me console en pensant à celui qui nous a tenus éloignés et que nous allons vaincre.

Et, dans ce moment de grand bonheur, où les espoirs éclosent comme fleurs au printemps, il me prit une idée que je voulais sincère.

Mademoiselle,

J'ai bien reçu les vœux que vous m'adressâtes le mois dernier. J'ai sans doute pu me montrer cruel, en négligeant votre contrition que je savais sincère. Je ne doute pas que nous puissions recevoir mutuellement des témoignages d'amitié. Et pour preuve, je veux par la présente vous demander un service, tout en vous témoignant la plus grande confiance possible.

Vous ne pourrez ainsi douter de mon amitié. Je vous recevrai à ma boutique, au Collège des Quatre Nations, pour vous y exposer l'objet de ma requête.

Vôtre.

Je scellai la lettre et la fis porter directement à l'hôtel particulier où résidait Gersende. J'avais en effet gardé celle qu'elle m'avait envoyée, ne pouvant me résoudre à négliger ce qu'elle avait à m'offrir : sous le prétexte de l'amitié, je sentais bien qu'elle attendait davantage, espérant ce que je réservais à une autre. Ce n'était pas par calcul que j'allais lui demander d'escorter Balbine, encore moins par perversion. Puisqu'elle me demandait son amitié, je lui offrais le moyen de me la rendre de la plus noble des façons, par une pure abnégation.

La réponse fut immédiate, conforme à celle que j'attendais. Il ne restait plus que le temps, quelques jours seulement, c'était bien peu pour enfin réaliser cette Fortune qui avait trop attendu.

XIV

LE RELAIS DE SAINT-SYMPHORIEN

Saint-Symphorien-le-Château avait été choisi pour la rencontre de Gersende et de Balbine. C'est là que ma mandataire devrait prendre en charge la religieuse pour l'accompagner jusqu'à moi. Il y avait un relais de poste où les courriers s'arrêtaient la dernière nuit avant d'arriver à Paris. Il ne restait plus alors au voyageur que dix-sept lieues à subir avant d'arriver dans la capitale, ce qui, selon le bon vouloir des chevaux, des postillons et du temps, permettait d'espérer franchir les octrois dans l'après-midi du lendemain.

Il y avait donc, en bordure de la route, cette imposante ferme dont les écuries étaient capables d'accueillir attelages et chevaux et qui prodiguait de la même façon soins et nourriture aux hommes comme aux bêtes. L'hôtellerie tenait elle-même dans une vieille bâtisse, qui avait dû garder le même aspect depuis le moyen-âge : une maison basse où le rez-de-chaussée servait à la restauration et où l'étage se distribuait en chambres étroites, au confort minimum, pour accroître les capacités de l'établissement. Il arrivait parfois que deux courriers se croisassent et il n'était pas question de perdre la moindre clientèle faute de place. Les colombages de bois noirs alternaient avec la brique et l'ensemble solide ne dépaysait pas trop les arrivants de la province, et donnait à ceux qui quittaient Paris une première touche rustique avant d'aller plus loin.

La salle commune était organisée autour d'un âtre, qui brûlait sans discontinuer de l'automne au printemps. De grandes tablées accueillaient domestiques et paysans. Quant aux bourgeois et aux autres, à mesure de leurs moyens, ils pouvaient partager des tables plus petites ou prendre seuls leur repas au fond de la salle. Mais, plus on gagnait en intimité, dans la pénombre des recoins de la grande pièce, moins il y faisait chaud, pour un prix pourtant largement plus élevé. On pouvait encore souper dans sa propre chambre, car l'aubergiste accommodant proposait de bonne grâce ce service supplémentaire, à qui en avait les moyens, et en exprimait le souhait en arrivant sous son toit.

La diligence, qui avait effectué le voyage depuis Nantes, ne prenait que quatre passagers, mais en cette période hivernale, il n'y avait pas eu de difficulté à trouver une place pour Balbine. Le cousin de Jean Grégoire s'en était préoccupé à Nantes, au préalable, afin d'éliminer tous les imprévus qui auraient pu retarder une rencontre si importante. Il fallait croire que ces vertus de générosité, d'efficacité et d'intelligence étaient d'inspiration familiale, car cet intermédiaire, qu'on avait dépêché là, avait pris sa mission autant à cœur que si la sécurité nationale en avait dépendu. Il n'avait jamais rencontré directement celle qu'il allait prendre en charge. Jusqu'alors, il s'était contenté de porter messages et réponses avec la plus grande rapidité, afin de ne rien faire perdre d'un temps qu'il savait si précieux aux deux correspondants. Il avait donc envoyé un bref message à la religieuse avec la dernière lettre de Jean Passadieu, lui demandant de lui préciser l'heure et l'endroit où il pourrait la prendre en charge.

Balbine lui avait répondu simplement qu'elle le rejoindrait pendant le déjeuner du jour de Noël. Il y avait moins de trente lieues de Ploërmel à Nantes, mais le courrier de Nantes devait partir le lendemain matin. Cet itinéraire lui avait semblé impossible dans un premier temps, mais il avait pu se rendre compte que si l'argent n'avait pas le pouvoir de raccourcir les distances, il avait cependant celui d'accélérer les hommes et les chevaux. Tous les crédits nécessaires lui étaient alloués et il ne devait négliger aucun détail pour raisons d'économie. Il avait loué un carrosse et avait tout préparé : chevaux et postillons de rechange aux relais, nourriture, car ils devraient chevaucher toute la nuit pour arriver à temps à Nantes. Il avait ensuite signifié à la religieuse que le plus tôt serait le mieux, pour ne prendre aucun risque. C'était l'hiver, il gelait la nuit et l'on attendait de la neige sous quelques jours, on ne savait pas quand, mais c'était certain.

De son côté, Balbine avait organisé son départ de la façon suivante. De par son statut un peu particulier, il serait simple de faire en sorte qu'on lui porte son repas dans sa cellule. Les maigres festivités prévues pour la Nativité seraient tout de même une distraction suffisante pour lui permettre de sortir du couvent sans être vue. On était dimanche, en outre, jour doublement béni où les honneurs au Seigneur vibreraient d'évidence. Il y aurait sans doute lecture du chapitre et l'on servirait peut-être un peu de vin. C'était largement suffisant comme distraction pour ce qu'elle avait à faire.

Le cousin avait donc recueilli cette frêle silhouette à la porte du couvent, à l'heure prévue. L'ombre de l'après-midi s'étendait déjà vers le soir. Il n'était pas deux heures de l'après midi et pourtant un ciel noir fermait l'horizon, promettant la neige pour bientôt. En homme éduqué et discret, il avait choisi de voyager avec le postillon à l'extérieur du carrosse afin d'offrir le maximum de confort et de discrétion à sa passagère. Il savait qu'il n'en serait pas de même dans le courrier de Nantes. Il avait prévu dans l'habitacle un panier avec quelques victuailles, avait hésité, et avait finalement renoncé à y placer la bouteille de vin, ne connaissant pas les habitudes des carmélites et ne voulant pas la choquer. Il en aurait meilleur usage avec le cocher. Ils s'étaient emmitouflés au sommet de la berline et attendaient à l'entrée principale du couvent.

Une porte avait grincé, une petite religieuse brune, drapée dans une capeline blanche sortit. Après une brève hésitation, elle lança un bref regard aux deux hommes. Le cousin de Jean Grégoire lui sourit et cela suffit à la décider pour monter. Elle n'avait aucun bagage, comme elle l'avait précisé. Il y avait dans cette mission assez de mystère pour donner, en ce jour de Noël, l'impression d'une formidable épopée. Il s'était pris pour quelque agent secret, et cela lui avait apporté une satisfaction supplémentaire, en sus de la prime offerte pour les services rendus.

La chevauchée avait été longue, comme il l'avait prévu, les haltes brèves ne permettant que le nécessaire : changer les chevaux, une fois le postillon et satisfaire les besoins physiologiques élémentaires. La religieuse n'avait quitté qu'une fois la diligence, à Saint-Nicolas de Redon, c'était en pleine nuit. En sortant du relais de poste, elle était venue vers lui. Il n'avait pas pu distinguer les détails de son visage, mais il avait l'air très doux. Elle lui avait simplement proposé de partager la cabine, car il devait être transi. Avec ses pieds glacés qu'il avait roulés dans plusieurs épaisseurs de couvertures, et malgré une épaisse pelisse de lapin qu'on lui avait prêtée, il se sentait aussi froid qu'un bloc de glace. Il n'avait cependant pas osé accepter l'offre. Il avait remercié la religieuse, se satisfaisant de son sourire et de sa voix douce pour se réchauffer un peu quand même. Le voyage s'était terminé sans neige, sans avarie et l'équipage était arrivé à Nantes une heure avant le départ du courrier pour Paris.

La religieuse lui avait parlé une seconde fois, l'avait remercié. Elle lui avait semblé soucieuse ou préoccupée. Il était resté jusqu'au départ de la diligence, car il avait promis de s'assurer complètement de la bonne marche des opérations. Au moment de monter dans la berline, Balbine lui avait donné un petit missel, seul bien qu'elle possédât sans doute, en lui disant une nouvelle fois merci. Sa mission était terminée. Il avait rejoint sa famille, largement enrichi de sa bonne action et des écus que Jean lui avait fait parvenir.

Balbine avait quitté le couvent sans le moindre doute. Jusqu'à la dernière minute, elle avait pourtant attendu un signe. Et pour avoir posé autant de jalons auprès de son Seigneur et n'avoir reçu aucune réponse, elle sut que sa décision était la bonne, puisque rien ne semblait s'y opposer. Elle avait assuré le lien qui nouait les cahiers de Marguerite contre elle, avait pris le livre de prières qui ne la quittait presque jamais, comme un accessoire. Puis, elle avait remonté les couloirs sans les voir, dans cet endroit qu'elle avait mémorisé pour toujours et dont elle allait abandonner les images. Elle était montée dans le carrosse. Elle avait rapidement oublié l'inconfort, les cahots, et le froid aussi. On avait disposé à son intention une large couverture de fourrure. De se retrouver ainsi libérée, elle n'avait su tout d'abord que penser.

Elle avait d'abord imaginé les pensées d'un bagnard en fuite. Mais pas n'importe lequel, un condamné coupable. Car, c'était bien à ce moment-là que la culpabilité avait commencé à lui montrer des images qu'elle avait refusées jusque-là. Elle l'avait pensé, et même écrit : c'était bien de la damnation qu'il s'agissait. Et il faut croire que la religion éclairait suffisamment ses ouailles sur la question, pour réussir à les maintenir en permanence dans la crainte d'un tel châtiment. Se refusant à penser, et soudain épuisée d'avoir à affronter une telle menace, elle avait préféré dormir, ce qu'elle avait fait pendant une grande partie de l'après-midi, ne voulant pas braver des démons qui devenaient bien réels alors qu'elle venait de les provoquer. Mais qu'aurait-elle dit enfin, si elle avait dû retourner au couvent et se présenter comme une fugueuse devant la supérieure ? Fuir ainsi le jour de la nativité, sans même un mot d'explication, laissant derrière elle une cellule inhabitée, mais guère plus vide que lorsqu'elle l'occupait. Elle avait à peine mangé, n'était sortie qu'une fois de la diligence et s'était retrouvée bien plus rapidement que prévu dans le courrier de Paris. Elle ne s'était préoccupée de rien, confiante dans l'organisation de choses dont elle avait depuis longtemps perdu toute notion.

Elle s'était sentie surprise de cette étonnante accélération de sa vie. Après des années d'immobilisme, ce n'était pas quelques jours de voyage qui pourraient peser dans la sébile du temps. Elle avait remercié l'homme qui avait œuvré pour sa libération. Dans le courrier de Paris, on avait à peine remarqué cette religieuse discrète, toujours penchée sur son chapelet, comme s'il s'était agi là du dernier maillon qui la rattachait à son humanité. En réalité, Balbine n'avait pas prié durant le voyage, mais avait égrené le chapelet pour décompter le temps qui la séparait de Paris et de Jean. Il n'y avait aucune hâte, donc, ni étonnamment aucune inquiétude sur ce qui se passerait au bout de la route. Elle n'avait aucune curiosité, confiante dans un sort qui la servait finalement et lui montrerait ce qu'il convenait de faire au moment voulu. Elle ne connaissait pas Jean, pas davantage que lorsqu'elle lui avait donné le morceau de pain, le jour où il avait été chassé du couvent. Mais elle ne connaissait pas moins son propre cœur, qui lui avait alors dicté ce simple geste. Malgré le temps passé, le destin se rattrapait.

Telles avaient été les pensées de Balbine, durant ce voyage qui avait duré cinq jours, comme prévu. Malgré les intempéries, il n'y avait pas eu à déplorer d'avarie. Des chevaux prêts et biens nourris se trouvaient toujours aux relais à temps, et la diligence n'avait souffert d'aucun retard. Tout se liguait favorablement pour amener Balbine à destination, dans les meilleures conditions possible. Elle avait décliné modestement les témoignages de politesse des autres passagers, préférant dîner seule dans sa chambre dans les auberges, refusant quelques friandises qu'on avait pu lui offrir. Et tous ceux qui avaient voyagé à ses côtés durant ce périple, auraient pu témoigner de la sainteté de cette femme, dont on avait à peine entrevu le visage. Elle regardait plutôt les paysages qui changeaient doucement à mesure qu'on approchait de Paris.

Balbine n'avait jamais quitté la Bretagne et ne connaissait que les murs qui l'avaient vue naître, *La Maison de la Providence* et le couvent de Ploërmel. Malgré le froid, il n'avait pas encore neigé. Chaque matin, pourtant, la campagne craquait sous le gel de la nuit et brillait au soleil, imitant des éclats de printemps, quand on les regardait trop en face. Et puis, dès que midi était passé, le ciel s'assombrissait pour rattraper la course des chevaux. Mais, on ne s'arrêtait que bien après la tombée de la nuit.

La diligence était pleine. Et chacun avait hâte, voyageur comme postillon, d'être à Paris pour le Nouvel An, moins pour y célébrer les festivités que pour devancer la neige. Le voyage prévoyait une arrivée le trente décembre au soir, au relais de Saint-Symphorien. Si la diligence tenait ces délais, on prendrait le temps d'une vraie nuit de repos pour les chevaux et pour les hommes, et l'équipage serait à Paris avant la nouvelle année.

Il commençait à neiger, lorsque la diligence arriva au relais. Les voyageurs qui somnolaient au fond de la cabine furent surpris de cette arrivée inopinée. Comme il faisait nuit noire, il leur avait été impossible de reconnaître le paysage et d'évaluer la progression. Le cocher hurla avec triomphe, ce qui n'était pas vain, puisque d'avoir ainsi tenu les délais tenait du prodige, ou plutôt d'une conjonction de chances. Balbine loua le Seigneur de son aide, se rendant compte qu'elle ne lui avait pas témoigné autant de gratitude depuis le jour où elle avait reçu la première lettre de Jean. L'aubergiste attendait ses clients à la porte de l'établissement et les invita à se mettre au chaud, devant la flambée soigneusement entretenue. Il faisait bon dans la salle commune, mais une fumée épaisse où se mêlaient celle du feu et les vapeurs de cuisine, glissait entre les poutres noires et obscurcissait le plafond.

Balbine garda sa capeline, sourit à la jeune fille qui se proposa de lui montrer sa chambre. Elle l'entraîna à l'étage et la fit entrer dans une pièce modeste, qui n'était pas sans rappeler, par bien des détails, sa cellule du couvent.

— Vous n'avez pas de bagages ?
— Non.
— Je monterai tout à l'heure pour bassiner le lit. Vous souhaitez souper ?
— Un simple potage serait très bien. Et si vous pouvez m'apporter de l'eau chaude. Le voyage a été éprouvant.
— Très bien, ma sœur.

La femme sortit en laissant un bougeoir sur le chevet. Balbine se retrouva seule dans la chambre, regarda le lit tendu de blanc, propre. Sur une coiffeuse : une vasque de porcelaine blanche. Un crucifix au mur. Une fenêtre étroite à petits carreaux de verre dépoli donnait sur la route. Elle l'ouvrit quelques instants pour constater qu'il neigeait encore, de gros flocons moelleux qui tombaient doucement, étouffant les bruits de la nuit. Elle écouta les fers d'un cheval et la voix d'une femme qui demandait :

— Le courrier de Nantes est arrivé ?

Balbine referma la fenêtre pour ne pas laisser le froid s'insinuer davantage dans sa chambre. Elle s'assit sur un bord du lit, imaginant comme elle le pouvait ce que serait son couchage le lendemain. Jean n'avait apporté aucune précision sur la façon dont il comptait l'accueillir. Il était convenu qu'on viendrait la chercher ici, pour l'escorter jusqu'à lui, en personne de qualité. Tous ces témoignages lui paraissaient bien inutiles et elle aurait sans doute préféré finalement qu'il vînt la chercher ici lui-même. Elle avait assez attendu. Il était temps et elle éprouva pour la première fois une impatience qui la réjouit, puisqu'elle savait que le lendemain verrait s'achever des années d'attente.

***

Gersende avait chevauché toute la journée. Elle avait quitté Paris à l'aurore et n'était descendue de cheval que pour en changer et se restaurer rapidement, cherchant dans l'air vif qui lui griffait le visage les signes qui la rattachaient encore à son humanité. Jean, pour qui elle aurait tout donné, lui avait confié la mission la plus cruelle qu'elle eût pu imaginer. Et elle avait cherché durant ce voyage effréné les angles où accrocher sa raison chancelante. Cela faisait deux jours qu'elle avait enduré cette longue descente, entrevoyant les couleurs de l'enfer où Jean la plongeait cruellement.

Lorsque Gersende avait reçu sa lettre, quelques jours plus tôt, elle l'avait accueillie avec confiance, espérant qu'il avait enfin reçu ses sentiments et qu'il s'apprêtait à y répondre. Elle s'était reproché les stratagèmes dont elle avait usé pour se rapprocher de lui. Il était clair qu'il lui en voulait encore pour ce qui s'était passé à Combourg et ce qui avait entraîné sa fuite précipitée sur Paris. Le surprendre ainsi traîtreusement à un dîner avait sans doute été sa plus mauvaise idée, plaçant le jeune homme dans la même position que celle où il s'était toujours trouvé devant elle : un paysan face à une jeune fille arrogante, d'une petite noblesse de province. Elle avait même été jusqu'à railler son titre, qui au fond avait cela de plus méritant que le sien. Jean l'avait gagné, certes par hasard, tandis que Gersende ne devait sa particule qu'à sa naissance. Elle regrettait ce dîner et son attitude qui n'avaient donné qu'une impression fausse de ses sentiments.

De l'avoir convoqué aux funérailles de René Hérault n'avait pas relevé non plus de la moindre subtilité. La présence de la vieille comtesse n'avait pas arrangé les choses, donnant à Jean la certitude que Gersende le manipulait. Elle lui avait enfin écrit cette lettre, la corrigeant cent fois peut-être, jusqu'à gommer les moindres aspérités qui auraient révélé son caractère d'autrefois. Submergée par ses sentiments pour lui, elle ne pouvait concevoir d'autre objectif pour elle que d'obtenir son pardon. Dans l'aveuglement, elle n'avait pu imaginer que le temps ne lui donnât pas raison et avait attendu. Après avoir reçu la convocation de Jean, elle s'était rendue dès le lendemain à la boutique. Il la fit asseoir, cette fois-ci, et lui montra davantage d'égards que la première fois.

— Je vous remercie d'avoir répondu aussi vite à mon appel.

— C'est toi qui m'honores de ta confiance, Jean. Je ferai tout pour toi.

— Tout ?

— Pourvu que je te sois agréable, oui. Commande !

Il avait marqué une légère hésitation devant tant d'empressement, comme s'il avait voulu reculer au dernier moment, hésitant à s'engager pour un service dont le coût risquait d'outrepasser sa valeur même. Gersende attendit. Jean parla lentement. Et chaque mot qu'il prononça pénétra le cœur de la jeune femme comme une pointe de métal qu'il aurait lui-même chauffée.

— Vous n'avez pas oublié la jeune novice à qui nous avions écrit une lettre, lorsque nous étions à Combourg ?

Gersende se figea.

— Vous savez les sentiments que je nourrissais pour cette chère âme ? Ils n'ont pas changé. Un revers heureux de fortune me la rendra avant la fin de cette année. Et pour sceller ce bonheur et donner à notre amitié une nouvelle chance, faites-moi la grâce de lui servir d'escorte pour la dernière partie de son voyage.

***

Je dois dire qu'à cet instant, lorsque je sentis l'imperceptible tremblement de Gersende, assise en face de moi, je repensai au regard apeuré d'Aliette, au chagrin de sa mère et à ma fuite forcée de Saint-Léonard. Ma cruauté n'était pas intentionnelle, mais avant d'aller plus loin, il m'avait paru juste de rééquilibrer les choses. Je ne le faisais pas pour moi, c'était pardonné, mais pour cette misérable famille en deuil, qu'elle était venue outrager de son arrogance. Elle resta de longues secondes immobile, cherchant du regard, sur le mur derrière moi, un point où fixer sa volonté pour ne pas fuir, peut-être, ou éclater en sanglots. Je n'avais jamais imaginé Gersende de cette trempe-là, et je m'étonnai de cette sensibilité nouvelle, regrettant, mais trop tard, ma basse cruauté. Elle se ressaisit.

— Quand doit-elle arriver ?

— Après Noël. Vous iriez la chercher au relais de Saint-Symphorien, pour l'accompagner jusqu'à moi.

— Pourquoi ne pas la laisser venir jusqu'à Paris et l'attendre à l'arrivée ?

— Je souhaite lui assurer une protection, même superflue, et lui ôter tout chagrin ou inquiétude que la fin du voyage risquerait de provoquer chez cette noble personne.

— Et pourquoi faire appel à moi ?

— Simplement parce que vous êtes une femme, et que votre sensibilité s'accordera mieux à la sienne que ne le ferait celle d'un homme.

— N'importe qui d'autre aurait pu faire ce genre de chose.

— Mais vous la connaissez par mon entremise. C'est ainsi plus facile de vous demander ce service, sans avoir à expliquer toute la genèse de notre histoire.

Gersende resta muette encore quelques secondes et je me trompai sans doute sur ce que je pris pour des hésitations.

— Admettons que j'accepte de remplir ce rôle. Que me donneras-tu en échange ?

— Vous serez assurée de mon amitié.

— Et qui te dit que je saurai m'en satisfaire ?

— Dame, c'est tout ce que peut vous offrir mon cœur, comme vous l'avez compris.

Gersende se leva. Et à cet instant, je m'émerveillai encore de son aura, de cette allure de lionne qu'elle avait gardée, même blessée dans des sentiments que je commençais à croire sincères.

— Très bien, je ferai ça pour toi.

— Merci.

— Mais en attendant, fais-moi au moins les honneurs de ta boutique, pour te racheter de la dernière fois que je t'ai rendu visite ici.

Je lui fis donc visiter mon laboratoire et elle sembla s'intéresser à tout. Aussi bien au fauteuil pour les extractions qu'à certains instruments qu'elle trouva monstrueux, me posant force questions sur la manière de les manier et tenant même à s'asseoir sur le fauteuil pour en éprouver le confort. Puis, je lui montrai mes fourneaux, les réserves et quelques produits que je gardais à portée de la main, car j'avais l'habitude de les prescrire couramment. Elle m'interrogea sur les propriétés de divers spécifiques qui se trouvaient dans de grands pots de pharmacopée, comme dans les boutiques d'herboristes ou d'apothicaires : onguents, baumes, thériaques ou même poisons pour les nuisibles... rien n'échappa à sa curiosité. Il se faisait tard, la nuit était tombée depuis longtemps et j'étais pressé de rentrer. Elle me demanda si elle pouvait m'accompagner le temps de mon retour chez moi, espérant quelques instants d'intimité, ce qu'au fond, je n'eus pas le cœur de lui refuser.

Je pris quelques minutes pour enlever ma veste de consultation, revêtir une tenue plus simple et un épais manteau pour rentrer rue du four, la laissant seule quelques instants à admirer mes installations et mes préparations.

Nous sortîmes ensemble pour remonter le quai de Conti, vers le Pont-neuf. Nous parlâmes de diverses choses, comme deux amis qui se retrouvaient après une trop longue séparation et qui laissaient libre cours à leurs souvenirs. Et pour la première fois, je ne ressentais plus envers Gersende cette gêne qu'elle m'imposait, comme si elle avait toujours voulu jusqu'alors rabaisser ma condition pour mieux me dominer. Je m'en voulus presque de ma bassesse, regrettant de l'avoir malmenée. La Gersende de ce soir-là n'était plus celle que j'avais connue, elle me semblait douce, se faisant oublier pour rester plus longtemps avec moi. Je la laissai à l'angle du quai et du Pont-neuf, et je la regardai s'éloigner dans l'obscurité, jusqu'à disparaître derrière l'ombre du cheval de bronze.

J'avais géré l'organisation du voyage sans la revoir et je m'étais concentré sur la façon d'accueillir Balbine. Il n'était pas question de l'héberger chez moi. J'avais pensé à demander à un couvent de l'accueillir. La supérieure des ursulines du Faubourg Saint-Jacques m'avait sollicité dans des conditions exigeant la plus grande discrétion pour une de ses pensionnaires, une certaine Cécile V.... En retour, elle m'avait promis son aide inconditionnelle, dans la mesure de ses compétences et de ses disponibilités. Arracher Balbine au Carmel, pour la remettre aussitôt dans d'autres mains, me paraissait délicat. Ni Grégoire ni Datelin n'avaient eu de meilleures idées, jugeant que toutes les auberges qu'ils connaissaient, de par leurs habitudes, ne convenaient que très peu à une jeune religieuse seule dans Paris.

On trancha finalement pour le couvent des Ursulines où lui seraient assurés le gîte et le couvert, aussi longtemps que je le souhaiterais. J'accueillerais Balbine à la boutique et demanderais ensuite à Gersende de la conduire chez les religieuses, sans que soit fait état de sa récente démission. Tout avait donc été préparé dans une fébrilité, où chacun de mes proches partageait ma gaîté et mon impatience. Gersende avait répondu à chacune de mes directives, montrant sa complète soumission. Seule Marie Courval, que je n'avais pas totalement informée de mes intentions, car au fond, elles n'étaient pas si précises, restait à l'écart de ces préparatifs. Elle l'avait senti, mais cela restait incompréhensible pour elle. Elle s'était donc concentrée sur sa tâche, assurant notre quotidien rue du four, avec son application habituelle. Son attitude m'avait embarrassé. En effet, j'avais moi-même initié cette défiance, et ce n'est qu'avec le recul que je me rendis compte de cette erreur, mais ce n'était certes pas la plus importante.

Nous avions passé Noël chez Datelin. Celui-ci commençait à montrer de réels signes de fatigue et ne se déplaçait plus guère en dehors de sa boutique. Grégoire était occupé aux agapes du Caveau. Nous avions formé une belle tablée, Marie Courval, Augustin, Nestor, les Datelin et moi. Marie m'avait regardé à un moment au-dessus de la table avec un œil inquiet. J'avais fui son regard, restant attaché à l'ivresse combinée du vin et de mes espérances.

***

Gersende avait chevauché toute la journée, et lorsqu'elle arriva au relais de poste, elle regretta presque d'être déjà à destination. Elle avait bravé le froid, se souciant peu de l'effet des intempéries sur elle et sur sa monture, toute concentrée sur ce qui l'attendait au bout de la route. Il lui aurait fallu chevaucher des semaines, des mois encore, traverser des déserts, souffrir de la soif et de la faim, pour comprendre et accepter enfin ce qui allait se passer. Dès que Jean lui avait annoncé son projet, elle avait compris qu'il n'y aurait aucun moyen trop hasardeux pour atteindre le but qu'elle s'était fixé bien avant. Car, ses sentiments avaient pris le pas sur sa volonté, dès qu'elle avait appris qu'il était à Paris.

Depuis qu'elle avait saisi la nature impavide de ses sentiments pour Jean, elle avait dû admettre que rien ni personne ne serait en mesure de lui barrer le chemin. Et c'est bien cette certitude qui l'avait le plus choquée : pour la première fois de sa vie, une force supérieure prenait le pas sur elle, lui imposait ses sentiments et ses actes. Pas même l'autorité parentale n'avait permis jusqu'alors une telle prouesse. Et, après en avoir éprouvé de la surprise, Gersende sut que vouloir s'y soustraire serait une perte de temps. C'était une force supplémentaire, une nouvelle énergie qu'elle avait absorbée, trouvant dans cette condition certaines voluptés qu'elle avait jusqu'alors négligées. Imaginer des moments d'intimité avec Jean était devenu pour elle un espoir sincère et un délice par anticipation. Elle s'était découverte patiente, persuadée qu'à force d'humilité, elle parviendrait à retrouver le cœur du jeune homme, comme elle l'avait entrevu à Combourg.

Mais lorsque celui-ci lui avait demandé d'escorter Balbine, elle n'avait rien imaginé d'autre qu'écarter l'obstacle, comme on pousse un tronc foudroyé qui barre la route. Et, c'est durant sa longue chevauchée que sa passion avait envisagé les alternatives de sa libération. Elle avait tout d'abord imaginé parler à la religieuse, pour tenter de la convaincre de renoncer à Jean. Elle aurait pu également lui faire croire que Jean avait renoncé à la recevoir et la reconduire dans son couvent. Mais elle ne voulait pas d'un salut temporaire. Car, si le destin avait mis plus de dix ans pour permettre à ces deux-là de se retrouver, une action aussi timide serait encore contrecarrée tôt ou tard par la Fortune. Non, il fallait quelque chose de bien plus radical, quelque chose d'inimaginable et qui dépasserait l'entendement. Un acte aussi net que le mouvement de la faux qui retrouve le chemin, en taillant la mauvaise herbe.

La neige s'intensifia alors que Gersende arrivait au relais de Saint-Symphorien. Le sol gelait. Les lueurs de l'auberge la tirèrent de la torpeur du froid, de la confusion de ses réflexions et de la dureté de sa décision. Malgré la large pelisse de fourrure qui tombait jusqu'aux flancs de sa monture, elle tremblait... de froid, sans doute, mais de rage aussi, prise par la détermination de l'acte à accomplir. Elle savait que ni son esprit ni son corps ne trouveraient le repos tant qu'elle ne serait pas allée au bout de son idée. Elle donna son cheval au garçon d'écurie et demanda si le courrier de Nantes était arrivé. On le lui confirma et on la pria d'entrer pour se réchauffer. Comptait-elle passer la nuit à l'auberge? Elle répondit que non. Elle partirait sans doute avant qu'une heure soit passée.

Il y avait beaucoup d'agitation dans la grande salle, car on s'apprêtait à servir le repas. On ne prêta guère attention à la nouvelle arrivante, malgré son air imposant, dans sa grande fourrure tout enneigée, qui se mit à fumer lorsqu'elle s'approcha du feu. Elle se réchauffa les mains, tout en cherchant des yeux une religieuse dans la salle. Son regard était aiguisé et vif comme celui d'un serpent, prêt à attaquer. Mais elle ne la vit pas. Au comptoir, elle s'enquit de la jeune femme auprès de l'aubergiste. La religieuse était bien arrivée par la diligence, mais elle avait préféré souper dans sa chambre. On allait la servir.

Les mains de Gersende tremblaient à peine, maintenant qu'elle était réchauffée. Elle réfléchissait, imaginant à la toute dernière minute une solution pour éviter l'irréparable. Mais elle pensa à Jean, à son sourire quand il parlait de Balbine et à l'idée qu'il puisse appartenir à une autre. C'était suffisant. Elle chassa l'idée quand elle vit passer, devant elle, une jeune femme qui portait un plateau, où fumait un bol de soupe à côté d'une tranche de pain blanc. Elle était en bas de l'escalier et se préparait à monter. Gersende la rattrapa.

— C'est le souper de la religieuse?

— Oui, comment savez-vous?

— C'est une amie que je devais retrouver ici ce soir. Si vous voulez, je peux lui monter son plateau, cela vous évitera cette peine.

Puisque la cavalière connaissait la présence de la religieuse, la servante ne se méfia pas.

— C'est la deuxième chambre, dans le couloir.

Trop heureuse d'être soulagée de cette tâche, elle confia le plateau et retourna à son service. Gersende monta rapidement les escaliers pour se retrouver seule dans le couloir. La soupe sentait le sarrasin, quelques morceaux de légumes flottaient. Gersende avait faim, c'était pour elle le signe d'une grande excitation : une fébrilité incontrôlable qu'elle connaissait bien. Elle arrivait toujours à l'approche d'un événement important. Elle sentait contre sa poitrine la petite fiole dérobée dans le laboratoire de Jean. Devant la deuxième porte, elle s'arrêta.

On frappa à la porte de la chambre. Balbine était à sa toilette et demanda quelques instants avant qu'on puisse entrer. Elle sécha ses avant-bras, remit sa tenue en ordre et alla ouvrir. Il n'y avait personne dans le couloir. Un plateau où fumait un bol de soupe était posé sur le sol, juste devant sa porte. Elle le prit et le porta dans sa chambre, puis elle referma la porte. La soupe sentait bon. Il y avait à côté une tranche de pain. Elle repensa à Jean et au morceau de miche qu'elle lui avait offert autrefois. Elle sourit avec une grande tendresse, oublia le bénédicité et prit la cuiller en étain. Elle pensa à la route qu'elle venait de faire, au peu qu'il lui restait, le lendemain, avant de le revoir. Elle goûta une première cuiller du potage. Les couverts métalliques donnaient décidément trop d'amertume aux choses, et c'était bien dommage, pensa-t-elle. Puis, elle continua son repas en regardant la neige qui s'intensifiait dehors. Au moins, ici, elle était au chaud. Une nuit à ne pas supporter les cahots de la route. La chambre était simple, mais l'apaisait. Depuis son entrée au couvent, Balbine avait appris à regarder chaque chose comme si elle la voyait pour la dernière fois. Elle savait qu'elle serait ainsi capable de les apprécier davantage et à chaque fois différemment. Elle loua le Seigneur et trempa un morceau de pain.

Gersende redescendit dans la grande salle, étonnée de sa défaillance au dernier moment. Elle n'avait pas osé affronter sa rivale, déposant simplement le plateau. Rencontrer Balbine n'aurait rien changé. Et c'était quand même plus facile d'éliminer une idée qu'une vraie personne. Elle alla s'asseoir à une table et demanda qu'on lui serve à souper. Depuis son départ de Paris le matin, elle était restée tendue sur son objectif : un but dont les formes s'étaient précisées à mesure qu'elle approchait. Ce qui se passait au-dessus de sa tête, au moment où elle commençait son repas, n'avait plus aucune importance, et elle se retrouva d'un coup face au vide de l'après.

Elle avait été tellement concentrée sur la perspective de libérer Jean de l'emprise de Balbine, qu'elle n'avait pas imaginé ce qui se passerait ensuite. Restait à envisager la réaction de Jean et la façon de gérer son chagrin. Elle se rendit compte, soudain, qu'il y avait un grand risque de le perdre. Elle savait ce qu'un malheur trop grand était capable de produire sur des âmes, dont les ressources avaient déjà été lourdement sollicitées. Elle aurait dû prendre aussi ces éléments en considération. Pour la première fois, elle pesait les arguments d'un geste irrémédiable, qu'il n'était probablement plus temps d'arrêter. C'était encore une pensée nouvelle qui allait contre son habituelle impulsivité.

La nourriture lui faisait du bien, calmait son corps et son esprit en même temps. Jean avait tout organisé pour le retour des deux femmes le lendemain : un carrosse à deux places était réservé avec montures et postillon. Tout était prêt, Gersende s'en était inquiétée dès son arrivée au relais. Elle n'imaginait pas rentrer seule à Paris. Peut-être vaudrait-il mieux qu'elle laissât Jean, seul. Elle eut peur, alors, de se trouver en face de lui pour lui annoncer l'odieuse nouvelle. Mais fuir son engagement, n'était-ce pas là le comportement d'une coupable ? Et même s'il était facile de nier toute responsabilité dans ce qui allait arriver, elle portait en elle la faillite de sa mission. Gersende hésitait, se demandant au fond s'il n'y avait pas une autre voie. Peut-être était-il encore temps d'inverser le cours des choses.

À l'étage, on cria, et il y eut un silence terrible dans la salle où la compagnie était pourtant fort bruyante l'instant d'avant. La première debout, Gersende courut à l'escalier et grimpa les marches sans réfléchir. La servante se trouvait devant la porte ouverte de la chambre de Balbine. Au bruit, elle se tourna vers Gersende, avec dans les yeux une terreur bien reconnaissable.

— Votre amie ! Là ! Au secours !

Puis, sachant qu'il y avait quelqu'un pour la remplacer devant cette vision apparemment insupportable, elle courut vers Gersende et dévala les escaliers en hurlant encore.

— Au secours ! Au secours !

Gersende avança et en deux enjambées se trouva devant la porte. Son œuvre était avancée. La religieuse se tordait sur le sol, prise de convulsions. Elle tournait le dos à Gersende. Celle-ci entra, s'agenouilla près de la malheureuse et voulut la prendre dans ses bras. La malade vomit un long spasme sanglant avant de se retourner. Gersende reconnut en même temps avec terreur les stigmates marbrés de l'agonie et le visage de sa sœur. Sa propre sœur, Enora de Coëtquen, revenue comme un spectre, après des années d'oubli, pour se placer sous sa main coupable. Précipitées ensemble, la surprise et l'horreur ne laissaient aucun doute.

Gersende frémit, secoua la malheureuse, essaya de lui parler, espérant encore s'être trompée. Mais la certitude était là, dans ce visage qui perdait ses dernières couleurs, son propre sang qu'elle avait empoisonné. Le destin reprenait la main de la plus méchante des façons.

Enora avait perdu connaissance...

XV

LE NOUVEL AN

Le samedi 31 décembre 1740 était le jour de la Sainte Colombe. C'est ce que m'avait précisé la supérieure des Ursulines, en me faisant visiter la chambre qu'on avait préparée pour Balbine. Ce qui me sembla paradoxal, c'est que pour une cellule monacale, la pièce qu'elle me montra ressemblait plutôt à un boudoir coquet. Manifestement, on avait l'habitude d'y recevoir des hôtes raffinés. J'étais satisfait. L'excellence de son accueil poussait la discrétion à servir les repas dans les chambres. La supérieure me précisa qu'en effet, certaines personnes de la cour, parfois très proches du roi, aimaient à venir se recueillir quelque temps entre ces murs. Et même si leur volonté d'ascèse entrait dans l'esprit général de leur retraite, il était bien normal qu'on puisse leur offrir confort et réconfort à hauteur de leur rang. Le jeûne n'avait apparemment pas les mêmes nuances à tous les échelons de la société. Je n'avais pas présenté Balbine comme une religieuse et j'avais donné très peu de détail sur ses origines. De même, je n'avais pas été en mesure de préciser combien de temps elle resterait au couvent. Je n'en avais pas la moindre idée. Tout ce que je savais, c'est qu'elle arriverait après midi, accompagnée par Gersende. Même s'il s'agissait d'un service qu'on me rendait, je fis une offrande considérable aux œuvres des Ursulines. La supérieure m'en remercia d'un large sourire et je sus que ma protégée serait traitée avec tous les égards que permettait ma générosité.

J'avais commandé une collation à la boutique quai de Conti, imaginant que les voyageuses auraient envie de se restaurer à leur arrivée. Je n'avais cessé d'imaginer et de devancer les moindres attentes de Balbine, pour lui être agréable. Cela n'avait pas été sans mal, car la plupart des commerçants qui auraient pu se charger d'organiser un tel souper étaient occupés aux préparatifs du Nouvel An. On s'arrachait les meilleurs rôtisseurs pour des soupers extravagants. Grâce à ma renommée, je réussirais néanmoins à me faire livrer ce que j'avais commandé, en temps et en heures.

Je n'avais pas déjeuné, ou très peu. Grégoire était passé le matin pour me tenir compagnie, imaginant avec justesse que je serais dès la première heure à la boutique. Il m'avait montré un peu de musique, m'avait distrait, mais je ne gardai pas grand souvenirs de ce dont nous avions parlé. J'étais sorti ensuite pour une promenade sur le quai. Le froid était particulièrement vif et la neige n'avait pas faibli. Un petit vent acide prenait la pointe des oreilles sous les chapeaux, vrillant à force une vilaine douleur jusqu'au tympan. Il semblait qu'en ce jour particulier, un empressement général avait pris toute la population. Hommes, chevaux, attelages allaient à un train d'enfer, de peur sans doute de ne pas avoir fini leurs courses avant la nouvelle année : tout ce monde se bousculait à perte de vue. Dans quelques heures, il ferait nuit et chacun serait de retour chez soi ou reçu quelque part pour fêter la nouvelle année. J'étais moi-même tout à l'excitation de revoir Balbine. Et sans pour autant me mettre à courir avec les autres, je comprenais pour une fois cette fébrilité collective.

En rentrant, le carrosse que j'avais commandé attendait dans la cour du Collège. Je l'avais fait venir pour le milieu de l'après-midi et j'avais prévu de le réserver tout le temps qu'il faudrait, pour accompagner Balbine au couvent des Ursulines, dès qu'elle en ferait la demande. Je ne savais rien d'elle ni de ses dispositions, encore moins de son état de fatigue après un si long voyage. C'était un moment trop important pour que je laisse mon esprit accaparé par des préoccupations matérielles. Je m'étais affranchi de tout cela, du moins le pensais-je, en ayant fait travailler mon imagination, celle de Datelin et de Grégoire. On livra la collation et un petit buffet fut mis en place dans la boutique même. De grands chandeliers en argent éclairaient richement la pièce. Dehors, le ciel s'obscurcit d'un coup et l'on ne vit bientôt plus les flocons. Il n'y eut aucune transition entre le gris de plomb du ciel et une obscurité compacte. Et partout le silence. Le Collège était déjà vide. Le lendemain, c'était dimanche et un premier janvier! Deux raisons suffisantes pour s'accorder au moins, cette fois-là, une journée de repos.

J'avais choisi pour moi des vêtements simples, sans ostentation. J'avais enlevé tous les accessoires ornementaux que j'utilisais pour consulter. Ces bagues, ces bijoux, croix, rubans, décorations factices que j'arborais d'habitude impressionnaient mes visiteurs, comme si l'ampleur de mon pouvoir se mesurait à ces signes adressés à leur naïveté. Mon habit était simple, je ne portais pas de perruque et je m'étais fait raser le matin même. Mais par coquetterie, j'avais cependant choisi une paire de chaussures à boucles vernies neuves qui brillaient exagérément. J'avais fait brûler de l'encens, plus pour assainir la pièce que par une volonté quelconque d'apporter exotisme ou mystère à la scène qui se préparait.

Par une des fenêtres, je pus vérifier que la neige tombait encore. Et seul cet élément m'empêcha de m'inquiéter trop rapidement d'un éventuel retard. Avec un climat pareil, il n'y avait rien de plus imprévisible qu'un voyage en carrosse, même privé. Il pouvait se passer n'importe quoi : essieu cassé, chevaux manquants au relais... Mais j'avais une totale confiance en Gersende. Elle trouverait le moyen de continuer, là où d'autres attendraient patiemment une accalmie. Quatre heures passèrent, puis cinq. À six heures, je regardai encore par la fenêtre et malgré mon calme, l'excitation que j'avais retenue toute la journée se mêla alors à des angoisses sournoises. Balbine n'avait peut-être pas pu se trouver au rendez-vous? Peut-être y avait-il eu un accident? Une fois toutes ces éventualités écartées, il restait celle à laquelle je ne croyais pas, mais qui au fond, pouvait apporter une justification à ce retard... la religieuse avait renoncé au dernier moment.

Il était presque sept heures, lorsqu'on frappa à la porte de la boutique. Curieusement, je n'avais entendu aucun bruit de chevaux et je n'imaginai donc pas accueillir celles que j'attendais. J'ouvris. C'était un jeune homme, habillé d'un grand manteau de laine noire, d'où dépassait en bas une sorte de tablier de toile claire. Il se tenait devant moi, apeuré et essoufflé. Il avait le cheveu rare et clairsemé. Il grelottait. La neige fondait sur ses épaules en longues traînées humides et son visage était trempé. Je m'étonnai de cette apparition, comme face à un spectre lorsque j'attendais un ange.

— Vous êtes Jean Passadieu ?

— Qui le demande ?

J'étais irrité, dérangé dans mon attente, n'imaginant pas une seconde que cette intrusion avait quelque chose à voir avec Balbine. Je pensais plutôt qu'on venait requérir mon aide de manière impromptue et parfaitement inopportune à ce moment-là.

— Mon nom ne vous dira rien, je suis garçon de salle à l'hôtel-Dieu.

— Et après ?

— On vous demande là-bas, de toute urgence.

— Je ne peux pas venir, j'attends quelqu'un. Vous avez vos médecins, sont-ils à ce point dépassé pour faire appel à un charlatan ? Le soir du Nouvel An ?

— C'est que…

— Eh bien, parle ! Qu'est-ce que tu veux me dire ?

— C'est une malade qui demande votre présence. Elle est arrivée tout à l'heure. Elle risque de passer cette nuit.

— Appelez un prêtre, alors, si ce n'est plus d'un médecin ni d'un charlatan dont elle a besoin !

L'autre paraissait de plus en plus gêné, voyant que je ne comprenais pas.

— Il s'agit d'une religieuse. Une carmélite du nom de Balbine. Une dame vient de nous l'apporter et nous a demandé de venir vous chercher de toute urgence.

— Qu'est-ce que tu dis ?

L'autre me répéta ce que j'étais déjà persuadé d'avoir parfaitement entendu. Mon corps se mit à trembler, mes jambes ne me portaient plus.

— Mais… C'est la religieuse, dis-tu, qui est malade ? Qu'est-ce qu'elle a ?

— On ne sait pas, elle est au plus mal. Il faut vous hâter, si vous voulez garder une chance de la trouver encore vivante.

— Qu'ont dit les médecins ?

— Qu'ils ne pouvaient plus rien pour elle ! Ils l'ont saignée, d'abord au bras droit.

— Les brutes !

— Et comme elle ne se portait pas mieux, ils ont essayé au bras gauche, celui du cœur.

J'avais déjà passé un manteau.

— Tu es venu comment?

— À pieds.

— Viens!

Nous sortîmes de la boutique en hâte et je courus dans la cour, suivi par le jeune assistant qui ne disait plus rien. Dehors, la neige avait profité de la nuit pour s'intensifier. Mes souliers s'enfoncèrent dans l'épaisseur glacée et humide. Mais il n'était pas l'heure des précautions, seulement celle de la peur et de la célérité. Le postillon attendait sous une porte-cochère et sortit de son abri quand il me vit arriver. Il était en train de fumer une pipe, essayant de se réchauffer les mains autour de son fourneau. Il tapa sa pipe contre une des roues de la voiture et la rangea dans la poche de son manteau.

— À l'Hôtel-Dieu! Aussi vite que tu peux.

J'étais déjà monté dans l'habitacle et fis signe au garçon de salle de venir dans la cabine avec moi. Je fermai la porte. Un fouet claqua et le carrosse démarra avec un à-coup. Je n'arrivais pas à penser. Le messager ne disait rien.

— Tu l'as vue?

Il ne répondit pas tout de suite et je sus qu'il préférait me taire la vérité, bien certain qu'elle m'inquiéterait davantage.

— Non, je ne fais que transmettre un message. Elle n'est pas dans la salle où je travaille.

— Pourquoi mens-tu? Est-elle si mal que ça? Que s'est-il passé, un accident?

Il continua à ne pas répondre. Il gardait ses mains coincées entre ses jambes comme pour une prière secrète. Il ne me dirait rien. Je compris alors la gravité de la situation, pour qu'il décidât d'agir de la sorte. Mon esprit courait comme les chevaux sur le quai. C'était un cauchemar, le pire de tous ceux, sans doute, qu'il m'avait été donné de vivre. Nous étions déjà quai des Augustins, car le cocher qui me connaissait n'avait pas douté de l'urgence de la situation. Il ralentit légèrement pour tourner et prendre le pont Saint-Michel. Je ne savais rien en réalité de notre progression, car il m'était impossible de penser à autre chose qu'au sort de Balbine. Au moment même où le malheureux visiteur avait prononcé son nom, une prémonition effroyable m'avait pris. Comme si le destin, qui s'était acharné depuis le début contre nous, reprenait ses droits. J'avais la certitude de l'issue : funeste et imminente. J'étais incapable d'imaginer ce qui avait pu se passer. Incapable aussi de me demander pourquoi ce n'était pas Gersende elle-même qui était venue me trouver. Sans doute était-elle au chevet de la malade, poursuivant jusqu'au bout sa mission.

Il y eut le quai du marché neuf, du côté de l'île de la Cité. Je ne vivais plus. Je finis par espérer que le carrosse n'arrivât pas, car je redoutais la suite comme la plus grande des misères. Et lorsqu'on connaissait mon passé, pour attendre quelque chose de pire que ce que j'avais vécu jusque-là, il aurait fallu beaucoup d'imagination dans le registre de la cruauté.

Comme je ne lui avais pas donné plus de précisions, le cocher nous arrêta finalement devant la grande entrée. La voiture avait ralenti et, à mesure que je voyais poindre l'instant de mon désespoir, je sentais les battements de mon cœur s'alourdir dans ma poitrine : de plus en plus lentement, aussi profondément qu'ils le pouvaient. Ils sonnaient une angoisse que je me sentais incapable d'affronter. Le garçon de salle ouvrit la porte et descendit le premier. Je le suivis. La neige tombait mollement, prêtant à l'obscurité un mouvement qui me donna la nausée. Les cahots de la route y étaient peut-être pour quelque chose, même si je savais parfaitement l'origine du malaise. Plus loin, au bout de la rue, la silhouette massive de Notre-Dame se découpait sur fond de ciel opaque. Et, à cet instant, la façade sinistre n'eut pour moi d'autre visage que celui de la mort.

Je demandai au cocher de m'attendre. Il me signifia qu'il avait terminé la course pour laquelle je l'avais commandé... il rentrait chez lui. L'ayant payé d'avance, je n'avais d'autre choix que le laisser partir. Je suivis le garçon. Quelques marches menaient au vaste porche. J'entrai dans l'hospice derrière mon guide, comme on pénètre aux enfers.

Au-dehors, la neige révérencieuse et craintive retenait ses flocons...

À suivre...

REMERCIEMENTS

À
Florence S. Benoît S. François S.
Marc D. Jean-Marie P. et Marie de B.
Sandrine P. Marc C.
Fabien et Rachel.

SAINT-PIERRE ET MIQUELON

Aux habitants du Caillou qui ont su me faire découvrir les richesses de ces rivages lointains et m'ont donné envie d'y faire naître notre histoire.

SOCIÉTÉ FRANÇAISE D'HISTOIRE DE L'ART DENTAIRE

C'est là que naquit l'idée originelle.
À l'érudition de cette Société et de ses membres qui porte chaque jour les pas de *Jean*.

MUSIQUE

Jean-Philippe Rameau, Antonio Vivaldi, Hans Zimmer, Alexandre Desplat, Indila, Marin Marais, Frantz Schubert, Philip Glass, Ramin Djawadi,…

Ils ont accompagné et inspiré *Jean,* tant dans l'héroïsme que dans l'intimité.

À ceux et celles qui de près ou de loin ont prêté, parfois sans le savoir, une part d'âme ou d'ombre à notre histoire et à ses personnages.

À tous,
Merci !

Si cet ouvrage vous a plu, n'hésitez pas à laisser votre avis sur Amazon, mais également sur Babelio, Booknode, etc.
Vos avis sont très importants pour nous, alors pensez-y!

Jean-Baptiste Seigneuric

Dépôt légal : 4e trimestre 2016
Achevé d'imprimer par Amazon Distribution

www.ingramcontent.com/pod-product-compliance
Lightning Source LLC
Chambersburg PA
CBHW060756030726
47503CB00002B/270